大学文科基本用书·文学
DAXUE WENKE JIBEN YONGSHU · WENXUE

中国现当代文学基础

(第二版)

李平 编著

北京大学出版社
PEKING UNIVERSITY PRESS

图书在版编目(CIP)数据

中国现当代文学基础/李平编著. — 2 版. —北京：北京大学出版社，2014.9
（大学文科基本用书）
ISBN 978－7－301－24534－7

Ⅰ.①中… Ⅱ.①李… Ⅲ.①中国文学—现代文学史—教材 ②中国文学—当代文学—文学史—教材 Ⅳ.①I209.6

中国版本图书馆 CIP 数据核字(2014)第 164096 号

书　　　名	中国现当代文学基础（第二版）
著作责任者	李　平　编著
责 任 编 辑	延城城
标 准 书 号	ISBN 978－7－301－24534－7
出 版 发 行	北京大学出版社
地　　　址	北京市海淀区成府路 205 号　100871
网　　　址	http://www.pup.cn　新浪微博：@北京大学出版社
电 子 邮 箱	编辑部 wsz@pup.cn　　总编室 zpup@pup.cn
电　　　话	邮购部 010－62752015　发行部 010－62750672 编辑部 010－62756467
印 刷 者	三河市北燕印装有限公司
经 销 者	新华书店
	965 毫米 × 1300 毫米　16 开本　20 印张　348 千字 2006 年 1 月第 1 版 2014 年 9 月第 2 版　2024 年 3 月第 12 次印刷
定　　　价	49.00 元

未经许可，不得以任何方式复制或抄袭本书之部分或全部内容。
版权所有，侵权必究
举报电话：010－62752024　电子邮箱：fd@pup.cn
图书如有印装质量问题，请与出版部联系，电话：010－62756370

目录

绪　论　从"现代文学"到"当代文学"/1
　　一　中国现当代文学的历史分期/1
　　二　从"启蒙文学"到"文学启蒙"/8

第一章　"五四"时期的文学(1917—1927)/12
　　第一节　古代文学的终结与现代文学的诞生/12
　　　　一　前"五四"文学/12
　　　　二　新文化运动与文学革命/15
　　　　三　文学革命中的斗争/19
　　第二节　周氏兄弟与"五四"散文的繁荣/21
　　　　一　《新青年》作家群/21
　　　　二　鲁迅的前期杂文和散文/23
　　　　三　周作人、林语堂与小品文/28
　　　　四　冰心、朱自清与"五四"美文/33
　　第三节　郭沫若与白话诗的崛起/37
　　　　一　胡适、郭沫若与初期白话诗/37
　　　　二　《雪朝》、"繁星体"、湖畔诗社与冯至/41
　　　　三　徐志摩、闻一多与新格律诗/44
　　第四节　鲁迅与现代小说的开端/50
　　　　一　《呐喊》《彷徨》和《故事新编》/50
　　　　二　人生派小说与乡土小说/57
　　　　三　郁达夫与艺术派小说/60
　　第五节　现代话剧的引进与模仿/64
　　　　一　文明戏、问题剧与爱美剧/64
　　　　二　欧阳予倩、田汉、洪深、郭沫若、丁西林与初期话剧/66

第二章　左翼时期的文学(1928—1937)/71
　　第一节　从文学革命到革命文学/71

目录

　　　　一　革命文学/71
　　　　二　"左联"与左翼文艺运动/72
　　　　三　东北作家群与"两个口号"/73
　　第二节　新诗的艺术化与革命化/74
　　　　一　李金发与象征诗派/74
　　　　二　戴望舒与现代诗派/79
　　　　三　蒋光慈、殷夫与臧克家/84
　　第三节　小说的三足鼎立与四分天下/86
　　　　一　茅盾与左翼小说/86
　　　　二　海派与新感觉派/94
　　　　三　废名、沈从文与京派小说/104
　　　　四　巴金、老舍与李劼人/109
　　第四节　曹禺与话剧的中国化/119
　　　　一　曹禺、李健吾与话剧的中国化/119
　　　　二　夏衍与左翼戏剧/127
　　第五节　散文的战斗性与多样化/129
　　　　一　鲁迅的后期杂文/129
　　　　二　小品文的繁荣/132
　　　　三　京派与开明派散文/134
　　　　四　游记与报告文学/137
第三章　战争时期的文学（1937—1949）/139
　　第一节　三个地区文学的不同发展/139
　　　　一　"文协"与抗战文艺运动/139
　　　　二　《讲话》与延安文艺座谈会/141
　　第二节　小说的成熟与收获/143
　　　　一　讽刺暴露性小说/143
　　　　二　张爱玲的《传奇》/145

目录

  三　巴金、老舍、萧红与战争中的文化反思/149
  四　赵树理、孙犁与解放区小说/155
 第三节　诗歌的愤怒与智慧/158
  一　抗战初期的诗歌运动/158
  二　艾青、阿垅与七月诗派/159
  三　穆旦与九叶诗派/163
  四　民歌与民谣/168
 第四节　戏剧的拟古与写实/169
  一　郭沫若与历史剧的繁荣/169
  二　曹禺与现实题材的收获/169
  三　解放区的戏剧改革/174
 第五节　报告文学的崛起与杂文的"鲁迅风"/174
  一　报告文学的崛起/174
  二　杂文的"鲁迅风"/175

第四章　新中国时期的文学（1949—1965）/177
 第一节　文学批判与文学运动/177
  一　第一次文代会与建国初的批判运动/177
  二　"双百"方针与"反右"运动/179
 第二节　诗歌的颂歌潮流/180
  一　颂歌潮流的兴起/180
  二　郭小川与颂歌主流/182
  三　绿原、曾卓、唐湜与潜在写作/184
 第三节　散文的朴素与精致/185
  一　巴金与通讯特写/185
  二　杨朔与模式化散文/187
  三　邓拓与《三家村札记》/189
  四　《从文家书》与《傅雷家书》/190

目 录

第四节 小说的现实主义精神/193
    一 赵树理、孙犁、周立波与农村小说/193
    二 吴强、曲波、茹志鹃与战争小说/204
    三 梁斌、欧阳山、杨沫与革命史小说/208
    四 王蒙与"干预生活"小说/216
    五 姚雪垠与历史小说/218

第五节 戏剧的衰退与繁荣/220
    一 现实剧艺术的普遍下滑/220
    二 老舍、田汉与历史剧/222
    三 革命史戏剧的繁荣/224

第五章 "文革"时期的文学(1966—1976)/226

第一节 文学的浩劫与灾难/226
    一 《海瑞罢官》与"文革"的开始/226
    二 《纪要》与"九·一三事件"/227

第二节 样板戏与帮派文学/228
    一 样板戏的样板化/228
    二 "帮派文学"与公开创作/232

第三节 潜在写作与地下文学/233
    一 穆旦、丰子恺与潜在写作/233
    二 张扬、赵振开与地下文学/235
    三 黄翔、食指与白洋淀诗派/237

第六章 新时期的文学(1976—1984)/239

第一节 文学的回归与复兴/239
    一 拨乱反正与思想解放/239
    二 新时期的文学思潮/240

第二节 散文的沉思与报告文学的辉煌/242
    一 巴金、冰心、杨绛与孙犁的晚年散文/242

目录

  二 徐迟与报告文学/245
 第三节 诗歌的呼喊与朦胧/246
  一 艾青与"归来者"/246
  二 北岛、舒婷、顾城与朦胧诗/249
 第四节 小说的反思与寻根/253
  一 刘心武与伤痕文学/253
  二 王蒙、张贤亮、古华与反思文学/255
  三 戴厚英、张洁、张弦、铁凝与人道主义文学/258
  四 蒋子龙、高晓声、谌容、路遥与改革文学/261
  五 张辛欣、刘索拉与荒诞小说/264
  六 汪曾祺、陆文夫、邓友梅、冯骥才与乡土市井小说/265
  七 韩少功、张承志、阿城与寻根文学/268
 第五节 话剧的改革与实验/270
  一 沙叶新与话剧改革/270
  二 高行健与探索戏剧/271

第七章 后新时期的文学(1985—1999)/274
 第一节 纯文学与俗文学/274
  一 从启蒙文学到文学启蒙/274
  二 市场经济与文学读物/275
 第二节 诗歌的混乱与美丽/276
  一 诗人的分流和诗坛的坚守/276
  二 海子、于坚与"新生代"/277
 第三节 小说的变化与探索/282
  一 徐怀中、朱苏进与军旅小说/282
  二 方方、刘恒、刘震云与新写实小说/284
  三 苏童、王朔与世俗小说/287

目录

　　四　莫言、张炜与新历史小说/289
　　五　马原、余华与先锋小说/293
　　六　陈忠实、贾平凹与"陕军东征"/298
　　七　王安忆、陈染、林白与女性写作/304
第四节　散文的大众化与市俗化/306
　　一　散文热潮与新散文运动/306
　　二　史铁生、周涛、王小波与文人散文/308
　　三　余秋雨与文化散文/310
第五节　话剧的彷徨与变脸/311
　　一　探索戏剧的余热/311
　　二　孟京辉与小剧场话剧/312

绪　论
从"现代文学"到"当代文学"

一　中国现当代文学的历史分期

对于中国现当代文学的历史分期，人们习惯于按照中国历史的发展特征，将其分割为两个时期①：1917年1月"文学革命"开始后至1949年7月"第一次文代会"召开前的文学，被称为"中国现代文学"，现在也有人称为"民国文学"；1949年7月"第一次文代会"以后的文学，称为"中国当代文学"。这两个阶段的文学，如果连在一起讲，就是"中国现当代文学"。

在本书中，我们仍然保留了"现代文学"和"当代文学"的概念，并按文学发展实际情况，将其作为一个整体，划分为七个时期：即"五四"时期（1917—1927）、左翼时期（1928—1937）、战争时期（1937—1949）、新中国时期（1949—1965）、"文革"时期（1966—1976）、新时期（1976—1984）和后新时期（1985—1999）。其划分的依据和理由如下：

1."五四"时期（1917—1927）

1917年1月和2月，《新青年》分别发表胡适的《文学改良刍议》和陈独秀的《文学革命论》，标志着"文学革命"正式开始。这是中国文学史上的一个重要转折点，它宣告了中国古代文学的终结和中国现代文学的诞生。

文学革命，同这时期所有的革命运动一样，也是以政治革命为目标的，同时，也是受1915年开始的新文化运动的影响而产生的。新文化运动的主

---

①　按中国历史的划分方法，从1919年5月的五四运动到1949年10月中华人民共和国成立，为"中国现代史"；从1949年中华人民共和国成立之后，为"中国当代史"。中国文学史的划分与此大致相同，但略有出入。

要目的是批判封建思想,而长期以来,封建文学已经成为了封建思想的重要载体,二者紧密地结合在一起,不可分离。要彻底地批判封建思想,就必须废除它的载体。而彻底废除封建文学,就必须进行文学革命。因此,新文化运动的发展,必然导致一场文学革命的产生。文学革命既是新文化运动的组成部分,也是新文化运动发展的必然产物。

到1921年,酝酿多年的文学革命只经过了短短四年"火山式的爆发",就迅速地进入了成熟和收获的季节。新文学运动逐渐趋于高潮,传统旧文学几乎完全崩溃。在这一年里,随着文学研究会和创造社等许多重要文学社团的相继成立,标志着以文学革命为起点的新文学出现了一个流派蜂起、异彩纷呈的繁荣局面。郭沫若的诗集《女神》、郁达夫的短篇小说集《沉沦》,特别是鲁迅的《狂人日记》《阿Q正传》的先后面世,标志着新文学完全战胜了旧文学,确立了新文学在中国文学史上的主流地位。

1923年以后,虽然狂飙突进式的革命风暴逐渐跌入了低潮,但是,被文学革命唤醒的新文学作家,在经过思想解放大潮的洗礼后,始终没有停下他们前进的步伐,没有给封建旧文学东山再起的机会。新文学作家在创造出新文学百花齐放的繁荣局面的同时,也在酝酿着一个新的革命的高潮。在新文学发展的过程中,随着马克思主义的影响在中国的深入和扩大,特别是中国革命斗争的日益激烈,新文化队伍内部也不断分化,新文学在不断的斗争中开始沿着一条从"文学革命"到"革命文学"的轨迹向前发展。其中,有两个十分明显的特点和发展倾向,即,不断深化的艺术探索和不断高涨的革命追求。

这一时期又称现代文学的"第一个十年"。

2. 左翼时期(1928—1937)

1927年4月12日,发生在上海的反革命政变,断送了中国的资产阶级革命,改变了中国的历史,也极为深刻地影响着中国文坛的面貌。以前繁荣而自由的文坛凋零了,无产阶级文学却获得了崭露头角和发展壮大的机会。

1928年1月,在世界性的左翼思潮影响下,由蒋光慈等中共作家成立的太阳社和由冯乃超等从日本新近归国的激进作家组成的后期创造社,共同发起了一场"无产阶级文学倡导运动"。他们与鲁迅、茅盾等"五四"时期的元老作家,围绕着"革命与文学"的问题展开了激烈论争,即著名的"关于革命文学的论争"。这场论争,一方面加剧了新文学内部的分化,另一方面也促成了革命文学的传播和左翼作家的联合,是新文学从"文学革命"到

"革命文学"发展道路上的一座里程碑。

1930年3月,新组成的中国左翼作家联盟(简称"左联"),立即掀起了一场声势浩大的"左翼文艺运动",并成为20世纪30年代文坛的主流。左翼文艺运动对于新文学的发展具有极其深远的意义,而这一运动所取得的卓著成就,也引起了国民党政府的恐慌。为了与左翼文艺运动相抗衡,国民党政府发起了一场"民族主义文艺运动",凭借政府的力量在全国各地创办了十多个带有明显官方色彩和政治倾向性的刊物,但始终没有形成具有体系的理论,也没有产生具有艺术性的作品。因此,掌握着政权的国民党政府虽然在政治、经济和军事上都占有绝对的优势,但决定这个时期文学基本面貌的仍然是"左联"领导的左翼文艺运动以及受"左联"影响的民主主义、自由主义作家的创作。

这一时期又称现代文学的"第二个十年"或"30年代"。

3. 战争时期(1937—1949)

1937年7月7日,卢沟桥事变的爆发,在文艺界引起了强烈反响,作家们因国民党政府不抵抗政策而受到长期压抑的激情终于得以爆发。仅仅一个月后,由夏衍等16位剧作家集体创作的三幕剧《保卫卢沟桥》就在上海公演,这是抗战爆发后出现的第一部抗战题材的剧作。从此,抗战文学的号角响彻整个文坛。

抗战爆发对中国文学的直接影响,还表现为因政治格局的对立而形成的文化格局的分割。自抗战以后,中国文坛就出现了因政治原因而分割成几个地区性文学的特殊现象:共产党领导下的抗日民主根据地的文学,称为解放区文学;国民党统治的大后方的文学,称为国统区文学;日本侵略军占领地区的文学,称为沦陷区文学;此外,被日军包围的上海租界内的文学,则称为孤岛文学。

1938年5月,武汉失守前后,文艺运动的中心转移到战时的"陪都"重庆,西南边陲重镇昆明因为东南沿海众多高校的纷纷内迁,出现了文化上的空前繁荣。随着战事的恶化,抗战初期高涨的热情随之冷落,文学创作也更多地出现了愤怒情绪、苦难意识和暴露倾向。孤岛文学和解放区文学却因政治气候的不同,表现出与国统区文学不同的特点。从1937年11月上海沦陷到1941年12月"珍珠港事件"爆发期间,一部分留守上海的作家在如同"孤岛"般的租界里,仍然坚持文学创作,在杂文和历史剧方面取得了突出成就。抗日民主根据地吸引了越来越多的爱国青年和著名作家,延安成为大家心中的"圣地"。解放区文学的勃兴,为后来的新中国文学奠定了基础。

1941年1月"皖南事变"前后,抗战进入了一个长期而艰巨的相持阶段,国民党趁机掀起了第二次反共高潮,从抗战开始形成的第二次"国共合作"实际上已经破裂,思想文化领域里的"内战"已经开始。同时,"解放区""国统区"和"沦陷区"等地区性的文学,都在这一年前后发生了根本性变化,文学的地区性特点越发鲜明。

1941年底"珍珠港"事件后,太平洋战争爆发,日本侵略军进入英法等国租界,一度十分活跃的"孤岛"也变为了沦陷区,滚滚硝烟中只剩下了市民文学和汉奸文学,很难再听到抗战的声音。

在国统区,1942年9月,中央宣传部长张道藩在国民党中央文化运动委员会主办的《文化先锋》创刊号上发表《我们所需要的文艺政策》,否定了从写实主义到印象主义的所有文艺流派,国民党政府在文化上公开采取法西斯主义政策。由此,国统区完全进入了文化专制主义的黑暗时期。

在解放区,1942年5月,在延安进行的全党整风运动中,召开了一次具有划时代意义的文艺座谈会。会上,中共中央主席毛泽东发表了两次讲话,后结集为《在延安文艺座谈会上的讲话》(简称《讲话》),成为解放区文学,特别是后来新中国文学的纲领性文献。这次整风运动,也被人们看作继五四运动之后的"第二次思想解放运动"[1],有的文学史家也据此将1917年、1942年和1978年看作新文学发展历史分期的依据[2]。也就是从这个时候开始,以文学革命为发端的新文学真正开始进入农村,"五四"新文学的成果也真正普及到农民群众之中;新文学作家自觉或不自觉地从"启蒙者"变成了"被教育"的对象,启蒙文学传统也真正地让位于战争文化传统。

1945年抗战胜利后,沦陷区文学没有了。1949年中华人民共和国成立前夕,实现了解放区文学和国统区文学的"会师",但是,这种因政治因素而形成的分割格局,并没有因此而得到根本改变,只是解放区文学扩展到了整个大陆,国统区文学缩小到了台湾群岛,而香港及澳门的文学则仍然具有孤岛文学的性质。

---

[1] 周扬1979年在中国社会科学院召开的纪念五四运动60周年学术讨论会上的报告《三次伟大的思想解放运动》(《人民日报》1979年5月7日)中说:"本世纪以来,中国人民经历了三次伟大的思想解放运动,'五四'运动是第一次,延安整风是第二次,目前进行的思想解放运动是第三次。"

[2] 参见陈思和:《中国新文学整体观》,上海文艺出版社,1987。

这一时期又称现代文学的"第三个十年"或"40年代"。

4. 新中国时期(1949—1965)

1949年7月2日,在北平召开了中华全国文学艺术工作者代表大会(简称"第一次文代会")。这次大会的举行,意味着"从中国第一次大革命失败以来逐渐被迫分离在两个地区的文艺工作者"的"大会师"[1],被看作中国现代文学结束和中国当代文学开始的标志。

这次大会明确提出了新中国文艺发展的方向:"毛主席的《在延安文艺座谈上的讲话》规定了新中国的文艺的方向,解放区文艺工作者自觉地坚决地实践了这个方向,并以自己的全部经验证明了这个方向是完全正确的,深信除此之外再没有第二个方向,如果有,那就是错误的方向。"[2]

由于这次大会是在对国统区作家进行大范围批判,对解放区创作进行热情肯定的背景下召开的,因此,从国统区来的作家,虽然对新的生活充满激情和向往,但由于思想压力过大,不少作家丧失了应有的自信,除老舍等少数作家外,绝大多数都没能在创作上继续创造辉煌。加之接连不断的政治性批判运动,也使一大批作家相继离开了文坛。

从总体上看,这个时期的文学仍然保持着战争时代的痕迹和解放区文学的传统,英雄主义、爱国主义和民族主义始终占据着主导地位。一方面,"五四"新文学传统仍然得到继承,在反映中国革命历史和社会主义建设现实的作品中,特别是被剥夺了写作权利的作家在秘密写作中,顽强地表现出作家对文学的理想追求和对社会的责任感。另一方面,战争文化传统产生出越来越重要的作用,在创作中普遍存在着"二元对立"的思维模式,两个阶级、两条道路的斗争逐渐成为文学创作的新主题。受不断出现的政治运动的影响,这个时期的文学几乎是由一系列的文艺批判运动构成的。在对各种不同的文艺思想和作家作品进行批判的同时,文学创作的路也越走越窄,文学观念也越来越政治化庸俗化,文学逐渐沦为了政治的附庸。

这一时期又称当代文学的"十七年"或"建国后十七年""新中国十七年"。

---

[1] 周恩来:《在中华全国文学艺术工作者代表大会上的政治报告》,《文学运动史料选》,上海教育出版社,1979。

[2] 周扬:《新的人民的文艺》,《文学运动史料选》,上海教育出版社,1979。

5. "文革"时期(1966—1976)

1966年至1976年的"无产阶级文化大革命"(简称"文革"或"文化大革命")是一场政治大灾难,也是一场文化大灾难,中国文学在这场革命中遭到了毁灭性的破坏和摧残。

这场全民族的灾难正是从"文学论争"开始的。1965年11月10日,姚文元在《文汇报》上发表了《评新编历史剧〈海瑞罢官〉》的长文,成为"文革"开始的导火索。1966年2月,江青主持制定的《林彪同志委托江青同志召开的部队文艺工作座谈会纪要》(简称《纪要》)全面否定了新文学诞生以后的历史和现状,并成为后来全面清洗文艺界的依据。

在清除了文艺界的异己之后,江青又开始了"无产阶级文艺新纪元"的创造。在50年代中期创作的京剧现代戏和其他文艺作品基础上,江青主持移植和改编了以《沙家浜》《红灯记》《智取威虎山》为代表的革命样板戏(简称"样板戏"),将"文艺为政治服务,文艺为工农兵服务"的思想进行简单图解和极端化表现,也将"战争文化传统"推到了极致,终于导致了文坛的畸形和枯竭。

然而,与公开的文坛相对应,一直存在着一个"地下文坛"。许多出于各种原因失去了出版或发表机会的作家,始终在坚持创作。穆旦、丰子恺等现代名家,在诗歌和散文创作上取得了突出的成绩。此外,以白洋淀诗派为代表的青年诗人和以赵振开(北岛)、张扬为代表的青年小说家,则以他们对现代主义艺术的自觉追求和探索,对下一个时期的文学发展起到了重要的启迪作用。1976年4月5日(丙辰清明)前后出现的天安门诗歌运动,代表了人民怒不可遏的心声,敲响了这个黑暗时代的丧钟,是这十年最为激动人心的辉煌乐章。

这一时期又称当代文学的"文革十年"。

6. 新时期(1976—1984)

1976年10月6日,王洪文、张春桥、江青、姚文元组成的"四人帮"被一举粉碎,长达十年的"文化大革命"宣告结束。这对中国文学来说,无疑具有划时代的重要意义。中国文学由此进入了一个全新的时期,故称"新时期"。1977年11月刘心武的《班主任》发表,特别是1978年伤痕文学形成文学潮流,可以看作新时期文学的开端。

伤痕文学以揭露"文革"伤痛为主,来势汹涌,蔚为壮观。知识分子心灵深处蛰伏已久的"五四"知识分子现实战斗精神又开始爆发出来,老作家巴金率先发表反思"文革"和总结自我教训的《随想录》,鼓舞了一大批中青年作家和文艺理论家继往开来地发展和捍卫这一传统。随后出现的反思文学和改革文学,则拓宽和丰富了伤痕文学的题材内容与表现形式。

这时期的文学队伍主要是由中青两代作家构成,中年一代是在新中国时期成长起来的作家,他们中的大多数都在1957年的"反右"运动中遭到不公正的批判和打击,重返文坛后,成为文学创作的中坚力量。青年一代是在"文革"中成长起来的作家,他们中的大多数人都曾在"上山下乡"中受过民间生活和民间文化的熏陶,开始写作后,经历了一个由知青题材向寻根文学的发展和深化过程。

这时期许多作家对西方现代主义思潮的借鉴,大大地开拓了表现现代人感情意识的艺术空间,丰富了中国文学的艺术表现样式。尤其以朦胧诗为代表的诗歌创作,将当代诗歌的表现形式与"五四"新文学传统相结合,创新了诗歌语言的美学原则,对后来文学创作中叙事话语的改变和个人立场的出现,都有着一定的影响。

7. 后新时期(1985—1999)

从20世纪80年代中期到90年代以后,中国社会发生了急剧的转型,有着近四十年历史的社会主义计划经济体制迅速向社会主义的市场经济体制转型。经济领域的改革开放加快了商品经济意识向文化领域的渗透,对知识分子构成了严峻考验,一元化的政治社会理想被淡化,多元文化格局在不自觉中逐渐形成。在文学创作上则体现为:作家们逐渐放弃了宏大历史叙事,转向个人化的叙事立场,作家的文体意识开始觉醒,"文学启蒙"得以展开,他们站在不同的立场上,发出了独立存在的声音。

"文学启蒙"得以展开,与这一时期作家队伍出现的明显变化有关。1983年后,恢复高考后的1977、1978、1979年,前三届大学生相继毕业,他们中的不少人是知青出身,在接受了系统的大学教育和大学期间的文学实践后,于1985年前后纷纷走上文坛。他们比老一代作家更多创新意识,尤其注重文学形式的探索。1985年,刘索拉的《你别无选择》、徐星的《无主题变奏》发表,被称为探索文学,标志着"文学启蒙"的开始。文学试图通过对自身的启蒙,摆脱历来臣服于政治的卑微地位,代之以对文化使命的勇敢担当,更进一步发展到为文学而文学。这种努力在某种程度上取消了文学的功利性,并形成了80年代中后期形形色色的文学实验热潮,传统的文学形式与观念遭到致命的颠覆与革新。

在1985年,西方现代主义、后现代主义文学及理论被大规模介绍到中国,因此,这一年也称为文学上的"方法年"。同样是在80年代中期,寻根文学、先锋文学、新写实小说、新历史小说、"第三代"诗歌等各种文学潮流相继出现,拉开了文学转型的大幕。寻根文学以知青作家为主,是知青文学发展的必然结果。寻根文学对文学审美和自身形式可能性的实践,也为先锋文学的实验提供了契机,并促使先锋文学很快被推向高潮。这时期出现的新写实小说,其余脉虽然也一直延续至90年代以后,但严格说来,90年代的新写实主义,已不是文学潮流或流派,而只是一种泛在的创作倾向。1986年莫言的《红高粱》和张炜的《古船》发表,是新历史小说诞生的一个标志。不少批评家倾向于把它作为新写实小说的一个支流。"第三代"诗歌主要由杨炼、江河等朦胧诗人的"文化诗歌"组成,其中既有对"朦胧诗"继承发展的"后朦胧"诗派,也有完全反叛"朦胧诗"的"新生代"诗派,而"新生代"诗人们的诗歌理念与实践也呈现出纷繁不一的杂色,因此,"第三代"只是一个笼统的代际命名。然而,正是这些小说与诗歌,以迥异的内容与形式,开启了"文学启蒙"的进程。

二 从"启蒙文学"到"文学启蒙"

纵观中国文学从"现代"到"当代"的发展历程,可以清楚地发现,这个近百年的文学发展过程,是一个文学不断介入社会生活并反映社会变革的过程,因此,它不断受到政治的干扰,文学与政治几乎始终处于一种"剪不断,理还乱"的状态,文学的功利性也时强时弱地伴随始终。同时,我们还可以清楚地发现,这个百年的文学发展过程,也是一个文学不断走向现代化的过程,一个不断地进行自我创新和自我完善的过程。因此,中国现当代文学的发展过程,可以简单地描绘为从"启蒙文学"到"文学启蒙"的过程。

中国现当代文学是中国社会变革的产物,也是中国社会变革中一个极为重要的组成部分。在20世纪初,文学是革命家手中最为有力也最为有效的手段和武器,而革命则是文学家心中最为迫切也最为崇高的目标和理想。在当时,"启蒙文学"与"文学启蒙"两股文学思潮是同时存在的,并以"启蒙文学"为核心形成了"'五四'新文学传统"。进入到20世纪30年代,随着全民族抗日救亡运动的不断高涨,特别是抗日战争的爆发,一切文学都打上了战时的烙印,启蒙的主题逐渐让位于救亡的主题,救亡文学成为时代的主流,并以此为核心形成了"战争文化传统"。

"五四"时期的启蒙主题并非从"五四"时期才开始出现的,同样,抗战时期的救亡主题也不是从抗战时期才开始的。实际上,救亡的主题一直伴随着自新文学诞生以来的中国文学,只是从1931年"九·一八"事变后,随着抗日救亡运动的高涨而日益凸显,到1936年开始出现"国防文学"与"民族革命战争的大众文学"两个口号的论争时,实际上已经达到了高潮,战争的爆发只是将救亡的主题推上了时代的主流位置。在这一时期,曾在20世纪30年代叱咤风云的中国左翼作家联盟,于1936年10月宣告自动解散,取而代之的是1938年3月于汉口成立的另一个规模更大的作家组织中华全国文艺界抗敌协会(简称"文协")。

1937年卢沟桥事变爆发后,一个全民族的抗日战争开始了。这场长达八年的民族战争,虽然未能结束中国的灾难和战乱,却第一次结束了中国屡战屡败、挨打受辱的历史。战争时期特殊的政治文化氛围,日益高涨的民族情绪,极大地改变了文学家的文学观念和创作心理,他们主动承担起救亡的重任,各流派的作家和各文体的作品都打上了战时的烙印,"五四"以来新文学作家始终关注的包括"个性解放"和"社会革命"在内的"启蒙"主题,都自觉地让位于民族解放的救亡主题。

自抗战以后,在启蒙主题上形成的"'五四'新文学传统"和在救亡主题上形成的"战争文化传统",一直影响着20世纪中叶的中国文学。"'五四'新文学传统"虽然随着战争的爆发而让位于战争文化传统,但并没有随着战争的爆发而消失;战争文化传统虽然随着战争的爆发而成为文坛的主角,却没有随着战争的结束而退出历史舞台。从文学史的发展角度看,两个传统虽然有着血缘上的内在联系,但是,"战争文化传统"毕竟不是"'五四'新文学传统"发展的必然结果,而是战争外力作用的产物。因此,这两种传统虽然有时也以相互补充和融合的方式出现,但是更多的时候则表现为彼此的冲突和抵触。①

由于新中国文学实际上是解放区文学的继续和发展,而解放区文学则是战争的直接产物,因此,从1937年抗战爆发直到1976年"文化大革命"结束,"战争文化传统"始终占据着主导地位。

1976年10月,"文化大革命"结束,经过了半个多世纪的颠沛流离和战火洗礼,由文学革命开创的新文学,终于带着一路风尘随中国社会一起进入到了一个安定和平的新时期,人们一直无暇顾及的文学自身的建设,终于提

---

① 参见陈思和、李平主编:《中国当代文学》,中央广播电视大学出版社,2000。

上了议事日程,"文学启蒙"开始受到了人们的广泛注意,"'五四'新文学传统"一定程度上得以恢复。到了20世纪80年代中期,"'五四'新文学传统"中的"文学启蒙"逐渐取代了"启蒙文学"的核心地位而成为中国文学的主流。

如果我们选择一个词来概括和总结这一时期文学的主要特征,那么,既可以选择"现代",也可以选择"创新",但我更倾向于选择"启蒙"①。实际上,从20世纪下半叶开始,许多文学史家们就热衷于用"启蒙"一词来描述这一百年来的文学,不但习惯于将"启蒙"与文学、文化、主义、思想、思潮、运动等诸多概念联系在一起,而且更愿意从"启蒙文学"与"文学启蒙"或者是"启蒙"与"救亡"等既相互冲突又相互补充的视角,来分析20世纪中国文学的发展过程,甚至把中国文学的这个世纪直接称为"启蒙的世纪"。

所谓"启蒙文学",就是作为启蒙工具的文学:文学直接承担起批判国民性、唤醒愚昧的民众、宣传先进的科学民主思想等社会的和政治的作用,在强调文学的艺术性的同时,更加强调文学的思想性,要求文学与社会的现代化进程保持同步性甚至超前性。梁启超可以看作其先驱,鲁迅、郭沫若、茅盾等作家可以看作其主要代表,而稍后的老舍、巴金、曹禺、胡风、艾青、赵树理,以及后来的伤痕文学、反思文学、改革文学等则可以视为其继承者。

所谓"文学启蒙",就是文学对自身进行审美意义上的建设:反对将文学看作社会革命的"工具",而强调以文学自身如何现代化、如何建立起现代汉语的审美标准为目标,实现文学的理想境界,虽然也强调文学的社会作用,努力推动文学从古代向现代的转型,但并不要求文学与社会的现代化进程同步。王国维可以看作其先驱,周作人、废名、沈从文等作家可以看作其主要代表,而稍后的卞之琳、萧红、穆旦可以视为以上作家的继承者,再后来的汪曾祺和"文化寻根"、先锋小说等则可以看作其真正的建立者。

当然,"启蒙文学"与"文学启蒙"并不是两个截然对立的文学潮流,它们两者间始终存在着互为因果的必然关系,始终是一个互为依存的整体。"启蒙文学"在对民众进行启蒙教育的同时,也追求着自己的审美理想;而"文学启蒙"在建设自己的审美标准时,也渴望能对民众的心智起到潜移默

---

① "启蒙"一词的本义,是指对儿童进行启迪心灵和智慧的教育,如"启蒙老师""启蒙读物""启蒙教育"等,后泛指普及新知识,使人们摆脱迷信和愚昧,具有"启发""开导"之意。《辞海》的解释是:"开发蒙昧。……指教育蒙童,使初学的人得到基本的、入门的知识。亦指通过宣传教育,使之接受新事物。"在英文中,启蒙一词写作enlighten,主要指启发、启迪、教导和开导之意,无论是名词还是动词,都与中文的释义相一致。

化的作用。用从"启蒙文学"到"文学启蒙"来概括20世纪中国文学发展的特征,并不是说中国文学是沿着这样一条道路直线发展的,而是说从20世纪初开始,由于国家和民族的内忧外患,由于政府和民众的愚昧无知,"启蒙文学"长期占据着主导地位。因此,"'五四'时期"也可以称为"启蒙时期"。但是,从这时期开始,"文学启蒙"就一直是一股细小而又十分顽强的潜流。20世纪80年代以后,随着作家个性得以自由舒展,文学的审美精神得以全面复苏,"五四"以来被长期遮蔽的审美传统也重新发扬光大。

第一章
"五四"时期的文学(1917—1927)

第一节 古代文学的终结与现代文学的诞生

一 前"五四"文学

所谓"前'五四'文学",是指自1898年戊戌变法失败后,梁启超等维新派从政治改良转向文学改良,到1917年文学革命在新文化运动的推动下拉开大幕,这一新旧文学交替期间的文学。

在1898年以前的19世纪末,传统旧文学虽已呈现出明显的衰退趋势,但其霸主地位尚未受到真正威胁。1868年黄遵宪在《杂感》一诗中提出了"我手写我口"的主张,但当时响应者寥寥,谭嗣同、夏曾佑创作的新派诗也处于孤掌难鸣的尴尬境地,而王韬等人倡导的新体文更是无声无息,这些新主张都处于无人喝彩的状态。而军政大臣曾国藩支持的桐城中兴运动、宋诗运动、汉魏六朝诗派和晚唐诗派等复古运动,则以力挽狂澜之势,纷纷崛起,声势浩大,"在当时的实际影响要比新诗派诗人大得多"①。

当时在上海通过主办《时务报》宣传变法维新的梁启超,已经开始意识到《水浒》《三国演义》《红楼梦》等传统小说要比"六经"拥有更多的读者,发现小说可以在民众教育和社会改革中起到重要作用。② 同时,严复、夏曾佑也在《本馆附印说部缘起》③一文中提出,应该利用小说来启发国民的觉悟。从这以后,洋务运动时期形成的"师夷长技以制夷"的观念才开始从实

---

① 章培恒等主编:《中国文学史》(下),复旦大学出版社,1996。
② 参见《变法通议》,《时务报》第16—19期(1897),后收入《饮冰室文集》第1集第2册。
③ 《本馆附印说部缘起》,《国闻报》1897年第16期。

务转向思想,曾经如日中天的维新派才开始在"科学救国"的追求之外顾及到文化,文学也开始成为新民强国、政治启蒙的工具而受到已经觉醒的仁人志士们的青睐。然而,情况并没有发生大的变化。

1898年,戊戌变法失败,情况出现了转机。康有为、梁启超逃亡日本后,将主要精力投入到文化宣传之中,竭力推进文学改良,发动了一场以文学为工具的思想启蒙运动。这一年,梁启超在日本创办的《清议报》①创刊号上发表的康有为的《译印政治小说序》,提出了"政治小说"的概念,把文学的翻译看作政治启蒙的一个组成部分,开始了"小说界革命"的前奏;同时,他还在《清议报》上附设"诗界潮音集",着手"诗界革命"的试验,使晚清悄无声息的"诗界革命"死灰复燃。"小说界革命"和"诗界革命"实际上为后来的"文学革命"承担起了开路先锋的重任。

也是在1898年,严复译述的英国学者赫胥黎的《天演论》②正式出版,从此,中国人知道了达尔文,知道了以"天道变化,不主故常""物竞天择""弱肉强食"为核心思想的进化论,中国的思想界和文化界因此惊醒。

还是在1898年,林纾与王寿昌合作,翻译完成了法国作家小仲马的《巴黎茶花女遗事》,从此,"林译小说"开始了现代中国最早的文学启蒙。林纾自己不懂外语,靠别人口译,他用古文以生动流畅的笔法"改写"了斯托夫人的《黑奴吁天录》(即《汤姆叔叔的小屋》)、狄更斯的《块肉余生记》(即《大卫·科伯菲尔》)、笛福的《鲁滨孙漂流记》以及莎士比亚、巴尔扎克、托尔斯泰等西方文学名著约一百八十种。

经过近二十年酝酿和发展的"前'五四'文学",不仅为后来的文学革命做了舆论和精神上的准备,而且,最起码在以下三个方面,对"五四"新文学的诞生起到了直接的催化作用。

首先,"小说界革命"动摇了传统旧文学的社会基础。虽然"诗界革命"比"小说界革命"提出的时间更早,但由于新派诗仍然保持着旧诗的样式,又缺少群众基础,因而没有形成自己的读者群,收效甚微。"诗界革命"的

---

① 《清议报》1898年12月创刊于日本横滨,1901年停刊,共出100期。
② 《天演论》,原著为赫胥黎的《进化论与伦理学》,1897年部分内容连载于天津《国闻报》,1898年印行木刻本,1905年出版铅印本。

主要收获是邹容的《革命军》和陈天华的《猛回头》《狮子吼》以及南社①诗人的作品,但他们的文学创作并没有取得艺术上的突破。1907年随着春柳社的成立而引进的西方话剧(即"新戏"或"文明戏"),在与传统旧戏曲的对抗中,又一味地迁就市民的趣味,被迫选取了一条商业化的道路,很快就出现了"堕落"的苗头。相比之下,在"文界革命"的号召下出现的新体文,由于有"俗语化"运动相伴随,得到了较大的发展。但"前'五四'文学"最为引人瞩目的成就,仍然是"小说界革命"。在《新小说》的带动下,不仅小说的观念发生了变化,而且还催生了一大批以普通市民为对象的文学刊物,产生了著名的"四大谴责小说"和有着庞大市民读者基础的鸳鸯蝴蝶派小说,由此形成了20世纪中国文学的第一个繁荣局面。虽然,梁启超鼓吹"小说界革命"的本意是要小说承担起"开启民智""使民开化"的启蒙重任,而那些被启蒙的对象却只是通过小说阅读来"消闲",从这个意义上来说,"小说界革命"并没有达到自己的目的,但市民小说的流行和泛滥,却对传统旧文学的社会基础起到了动摇作用。

其次,"汉译小说"培养了新文学最初的作者。"汉译小说"的出现,开始于梁启超在《清议报》上的提倡,而"汉译小说"的流行,则开始于林纾。在汉译小说影响下,外国文学作品得以大量翻译,以翻译为名进行文学的创作蔚然成风,不仅掀起了一个名为翻译实为创作的小说高潮,而且还为后来的新文学培养出了最早的一批大师,许多新文学的作者就是在这样的模仿中成长起来的。鲁迅在南京求学期间,就读到了林纾的《巴黎茶花女遗事》,而鲁迅发表的第一篇文学作品《斯巴达之魂》,也属于以"编译"为名创作的历史小说。外国文学作品,特别是欧美小说的大量翻译,几乎影响了整整一代"五四"新文学作家。

第三,新闻出版业的发展和现代大都市的繁荣,促进了文学的新旧交替。新闻出版业的发展,是随着洋务运动出现的中国近代工业的重要标志之一。中国近代的报刊发展大致经历了三个阶段,第一阶段是外国人办的给外国人看的外文报刊;第二阶段是外国人办的给中国人看的中文报刊;第三阶段是中国人办的给中国人看的中文报刊②。据统计,从1815年到1816

---

① 1909年由陈去病、柳亚子等在苏州发起成立的文学社团,取名南社,意即"操南音不忘其旧"。社员达千人,早期成员多为同盟会员,反对清王朝专制统治,鼓吹资产阶级革命。1923年后因内部分化自动解散。

② 参见程文超:《1903:前夜的涌动》,山东教育出版社,1998。

年,全国的报刊仅8种,到1886年增至78种,到1901年又增长近一倍,达124种,到1911年跃至500种,到1921年再翻一番,竟高达1104种。一方面,机器制造和印刷、电报等科学技术的引进,促进了新闻出版业的发展,而报纸杂志的不断壮大则使广大知识分子在"科举仕途"之外,找到了经济自立、政治自由的一条新路,可以不再靠朝廷和政府的俸禄,而只靠报馆书店的稿费在社会上立足,由此产生了第一批在思想上不再依从官方主流意识形态的"现代知识分子"。另一方面,具有资本主义特征的工商业的发展和现代大都市的繁荣,产生了新型的市民群体,而这些以个体形式存在的新型市民群体,则成为报纸杂志的主要读者,他们既保证了报纸杂志的生存和发展,也鼓舞着报刊作者的涌现和成长。除社会新闻外,文学作品是吸引读者的重要手段,因此,不但有专门的文学小报和杂志,以新闻为主的各大报刊也采用"文学副刊"的形式来争取读者,其中,最为著名的就是《申报》的副刊《自由谈》。这些报纸杂志培育的作者和读者,共同形成了新文学最重要的市场基础。

二 新文化运动与文学革命

1915年9月15日,陈独秀主编的《新青年》[①]创刊,拉开了新文化运动的序幕。

1840年鸦片战争后,人们认识到了中国科学的落后,产生了科学救国的思想;而1894年甲午海战的失败,又使人们认识到,如不改变政体,先进的科学也难以救国,于是开始了政体革命;1898年康梁维新的失败,特别是1911年孙中山领导的辛亥革命在推翻中国最后一个封建王朝之后,胜利成果被袁世凯篡夺的惨痛事实,又使人们认识到思想革命的重要性和紧迫性,认识到如不彻底扫荡封建思想,即使政体改变了,也会有复辟的一天。因此,人们将批判的矛头同时对准了专制的封建极权主义和愚昧的国民性,掀起了现代中国思想界和文化界的第一次启蒙运动——新文化运动。

新文化运动是"五四"时期中国进步知识分子进行的一场前所未有的批判封建传统思想的文化启蒙运动。新文化运动以"拥护德先生(民主)"

---

① 《新青年》:1915年9月15日陈独秀在上海创刊,第1卷名《青年杂志》,月刊,每卷6期。1916年9月自第2卷第1期起改名《新青年》。自1920年9月起,为上海共产主义小组机关刊物。1922年7月休刊,次年6月改为季刊迁广州出版,为纯政治性的中共中央机关刊物。1925年后不定期出版,1927年7月停刊。

"拥护赛先生（科学）"和"打倒孔家店"为主要口号，以反对旧道德，提倡新道德；反对旧文学，提倡新文学为主要内容，以革新思想、促使中国社会现代化为目标，既批判以孔教为代表的封建伦理道德，又宣扬资产阶级民主主义的政治主张、介绍自由平等学说和个性解放思想，是革命先驱们经过了从"科学救国"到"政体革命"再到"思想革命"的思想飞跃的结果。同时，也为1917年1月爆发的文学革命和1919年5月爆发的五四运动做了思想上的准备。

新文化运动包括"思想革命"和"文学革命"两个部分，新文化运动的领袖们大多同时具有文学家、革命家或思想家的双重身份。新文化运动的主要目的是批判封建思想，而长期以来，封建文学已经成为封建思想的重要载体，要彻底地批判封建思想，就必须废除封建文学。而要彻底废除封建文学，就必须进行文学革命。因此，新文化运动是文学革命的先声，而文学革命既是新文化运动的一个组成部分，也是新文化运动发展的必然产物。

经过自1898年以来近二十年的酝酿和准备，一场"千年一遇"的文学大事件终于在1917年爆发了。1917年1月和2月，《新青年》分别发表胡适的《文学改良刍议》和陈独秀的《文学革命论》，标志着文学革命正式开始。这是中国文学史上一个重要的历史转折点，它宣告了中国古代文学的终结和中国现代文学的诞生。

文学革命首先是文学语言的革命，是文学形式的革命。文学革命以封建文学为讨伐对象，其首要任务是反对文言文，提倡白话文。也就是反对在文学创作中使用过时的书面语言，提倡使用现实生活中的日常口语，建立文言合一（日常口语与书面语言相统一）的文学体式，恢复白话在文学中的正宗地位。胡适的《文学改良刍议》针对当时社会上流行的文言文大多模仿古人，充满陈词滥调的弊病，提出了"八不主义"："吾以为今日而言文学改良，须从八事入手。八事者何？一曰，须言之有物。二曰，不摹仿古人。三曰，须讲求文法。四曰，不作无病之呻吟。五曰，务去烂调套语。六曰，不用典。七曰，不讲对仗。八曰，不避俗字俗语。"胡适的主张，立即得到了陈独秀、刘半农、钱玄同的支持。陈独秀在《文学革命论》中说："文学革命之气运，酝酿已非一日。其首举义旗之急先锋，则为吾友胡适。余甘冒全国学究之敌，高张'文学革命军'大旗，以为吾友之声援。"钱玄同则以语言学家的身份，从语言文字进化的角度说明白话文必定取代文言文，"认定白话是文学的正宗"①。1918年5月,《新青年》从第4卷第5期起,全部使用白话文和新式标点。新创刊的《每周评论》②和《新潮》③也加入了提倡白话文的队伍,进一步推动了白话文的普及。1920年,教育部颁布法令,先自小学一二年级起,逐步改用白话文的"国文课本"。随后,连最为保守持重的著名刊物《东方杂志》《小说月报》等,都采用了白话文,从日常应用到文学创作,完全取代了文言文,现代汉语得以形成并确立了主导地位。

文学革命也是一场文学观念的革命。文学革命的另一项重要任务是反对旧文学,提倡新文学。要建立新的文学,就必须有新的观念和目标。陈独秀的《文学革命论》以胡适的"八不主义"为基础,提出了"三大主义":"曰,推倒雕琢的阿谀的贵族文学,建设平易的抒情的国民文学;曰,推倒陈腐的铺张的古典文学,建设新鲜的立诚的写实文学;曰,推倒迂晦的艰涩的山林文学,建设明了的通俗的社会文学。"刘半农在《我之文学改良观》一文中,要求文学"当处处不忘有一个我","心灵所至,尽可随意发挥",同时也把"今日流行之红男绿女小说"视为批判对象④,表明了当时文学革命者心目中的新文学,不仅不同于封建旧文学,而且也不同于迎合市民意识的半新半旧的通俗文学。

而在文学革命的理论建设上,胡适和周作人都卓有建树。胡适的《文学改良刍议》《建设的文学革命论》等重在语言和形式的创造,而周作人的《人的文学》《平民文学》《思想革命》等则重在思想观念的革新。《人的文学》⑤以"人的文学"来概括新文学的内容,作为新旧文学的根本区别,希望新文学能"提倡一点人道主义的思想",表现"灵肉一致的生活",被胡适称为"当时关于改革文学内容的一篇最重要的宣言"⑥。文学革命的倡导者们对新文学的各种体式进行了探讨,胡适的《谈新诗》《论短篇小说》《易卜生主义》,周作人的《日本近30年小说之发达》《美文》,俞平伯的《白话诗的三大条件》《社会上对于新诗的各种心理观》,康白情的《新诗的我见》,刘半农的《诗与小说精神上的革新》等都名噪一时。其中,《谈新诗》被朱自清称为

---

① 钱玄同:《〈尝试集〉序》(1918年1月10日),《尝试集》,上海亚东图书馆,1920。
② 《每周评论》,1918年12月22日创刊,先由李大钊、陈独秀主编,后由胡适主编,1919年8月被北洋政府查封,共出26期。
③ 《新潮》,1919年1月1日创刊,北京大学学生傅斯年、罗家伦等编辑,1922年3月停刊。
④ 刘半农:《我之文学改良观》,《新青年》第3卷第3期(1917年5月1日)。
⑤ 周作人:《人的文学》,《新青年》第5卷第6号(1918年12月)。
⑥ 胡适:《中国新文学大系·建设理论集导言》,良友图书印刷公司,1935。

"诗的创造和批评的金科玉律"①,《易卜生主义》则引发了一个小说和戏剧创作的"易卜生热"。

　　文学革命能否取得成功的关键,不在于理论如何动听,而在于是否能创作出完全不同于旧文学或半新半旧文学的"新文学"作品。在文学革命开始后的短短几年间,虽然新文学还处于一种"萌芽"状态,但已取得了可喜的收获。1918年5月发表的鲁迅的《狂人日记》是新文学具有划时代意义的作品。1920年3月出版的胡适的《尝试集》是新文学第一部个人诗集。1921年8月出版的郭沫若的《女神》是现代浪漫主义的滥觞,是现代新诗的奠基之作;这年10月出版的郁达夫的《沉沦》是新文学第一部短篇小说集;而这年12月开始连载的鲁迅的《阿Q正传》是第一部为新文学赢得国际声誉的文学作品。1922年5月出版的张资平的《冲积期化石》是新文学的第一部长篇小说;这年8月出版的汪静之的《蕙的风》是新文学第一部爱情诗集;这年9月出版的瞿秋白的长篇通讯《饿乡纪程》是新文学第一部报告文学集。1925年1月出版的蒋光慈的《新梦》是无产阶级诗歌的先声,同年11月出版的李金发的《微雨》是象征派诗歌的尝试,而1927年7月出版的鲁迅的《野草》,则是新文学最早的散文诗集。

　　文学革命成熟和收获的标志,除要求有新的文学作品,还要求有新的文学社团和刊物。1921年,文学研究会和创造社等许多重要文学社团的相继成立,标志着新文学出现了一个流派蜂起、异彩纷呈的繁荣局面。据茅盾在《中国新文学大系·小说一集导言》中的不完全统计,从1922年至1925年,全国先后成立的文学社团及刊物,不下一百种。

　　文学研究会是"五四"时期规模最大、影响最广的文学社团,1921年1月成立于北京。由周作人、郑振铎、沈雁冰、叶圣陶、郭绍虞、王统照、许地山、孙伏园、朱希祖、瞿世英、蒋百里、耿济之12人发起,后来参加的著名作家还有冰心、朱自清、庐隐等。主要刊物是沈雁冰主持改革的鸳鸯蝴蝶派刊物《小说月报》②,这是新文学第一个纯文学刊物。由文学研究会主办的《诗》(1922)月刊,则是新文学第一个专门的诗歌刊物。此外,文学研究会还创办有《文学旬刊》(后改为《文学周报》)。文学研究会虽然没有统一的

---

① 朱自清:《中国新文学大系·诗集导言》,良友图书印刷公司,1935。
② 《小说月报》,1910年8月创刊,恽铁樵主编,上海商务印书馆刊行。最初是鸳鸯蝴蝶派的主要刊物,1920年初,在沈雁冰接手改革之后,主要发表文学研究会等新文学作家的作品,1932年因"一·二八"事变停刊。

文学主张,但他们的共同态度是要求文学表现人生、指导人生,反对封建文学和鸳鸯蝴蝶派等游戏文学,在创作中表现出现实主义的倾向,被称为人生派。1932年"一·二八"事变后,文学研究会因《小说月报》停刊而自动解散。

创造社是"五四"时期最有创新精神的文学社团。1921年6月成立于日本东京,由郭沫若、郁达夫、成仿吾、张资平、田汉、郑伯奇等留日学生发起,主要刊物先后有《创造》季刊(1922)、《创造周报》(1923)、《创造日》(1923)、《洪水》(1924)、《创造月刊》(1926)、《文化批判》(1928)以及《流沙》《思想》等刊物和《创造丛书》等。创造社以既反对封建文学,又不赞同人生派文学的姿态,在文坛上"异军突起"。他们要求把文学看作自我表现的形式,其文学主张受到西方浪漫主义、唯美主义、表现主义以及日本私小说等多方面影响,带有明显的"为艺术而艺术"的色彩,被称为"艺术派"。1928年后,因文学主张发生变化,成为无产阶级文学的主要倡导者,又称后期创造社。

三 文学革命中的斗争

文学革命的发展并不是一帆风顺的,而是在不断的斗争中前进的。在文学革命开始之初,社会上就出现了一股反对的思潮,虽然,这股思潮没能形成现代形态的力量,但新文学的提倡者们仍然十分重视。为了集中批判,扩大影响,1918年3月,《新青年》第4卷第3号以"文学革命之反响"为总标题,刊登了钱玄同化名"王敬轩"的《给〈新青年〉编者的一封信》,汇集社会上各种反对新文化运动和文学革命的言论,同时刊登刘半农的《复王敬轩书》,痛加驳斥,上演了一出著名的"双簧戏"。当时,反对派的代表人物是以文言文翻译西方小说而闻名的林纾,他不仅反对以白话文取代文言文,而且还在1919年新文化运动高潮中,创作了《荆生》和《妖梦》两篇文言文小说,用影射的手法对新文化运动的倡导者进行人身攻击。同时,从欧美留学归来的梅光迪、胡先骕、吴宓于1922年在南京主办的《学衡》,是穿着西装的复古派;而北洋政府教育总长兼司法总长章士钊于1925年在北京复刊的《甲寅》,则因为具有官方色彩,被看作新文化运动最大的"拦路虎"(寅,即虎)。此外,复古派的重要刊物,还有北京大学刘师培以"昌明中国固有之学术"为宗旨而创办的《国故》等。但这些复古派并没有对新文化运动造成实质性影响,当时文学革命中的主要斗争出现在新文学内部。

新文学内部的分化,首先是从《新青年》开始的。1917年11月俄国"十月革命"后,李大钊、陈独秀等《新青年》骨干先后接受了马克思主义,与胡适在思想上产生了分歧。1919年5月,李大钊将由他轮职主编的《新青年》第6卷第5期,办成了"马克思主义研究专号";同年七八月间,胡适与李大钊围绕着"问题与主义"的论争,是新文学内部出现的第一场著名论争,也是新文学内部分化的开始。7月,胡适在《每周评论》上发表《多研究些问题,少谈些主义》;8月,李大钊则针锋相对地发表了《再论问题与主义》。1919年秋冬,胡适又提出"整理国故"的主张,受美国实验主义哲学家杜威的影响①,主张用"实验主义"的方法研究国学,再次引发了论争。"问题与主义"和"整理国故"之争,终于导致胡适脱离《新青年》阵营。1922年和1923年,胡适先后创办了《努力周刊》和附刊《读书杂志》及《国学季刊》。1923年,胡适在《读书杂志》上开列了《一个最低限度的国学书目》,竟达200部。1925年鲁迅借《京报副刊》征求"青年必读书"的机会,仍然不忘针锋相对地提出:"我以为要少——或者竟不——看中国书,多看外国书。"②

新文学的内部分化,还表现为鲁迅与周作人这对当时著名的周氏兄弟的分裂,以及鲁迅与陈西滢的论争。1923年7月,随着政治态度分歧和家庭摩擦的加剧,周氏兄弟终于走向了决裂。在随后的与复古派和自由主义文人陈西滢的斗争中,周氏兄弟虽然立场一致,但二人的思想发展却已经走上了两条不同的道路。鲁迅与陈西滢的斗争,主要体现为"语丝"派与"现代评论"派政治态度的分歧。1924年创办的《语丝》和《现代评论》都是新文学的重要刊物,《语丝》以鲁迅、周作人为代表,《现代评论》以胡适、陈西滢为代表。《语丝》是一个具有同人性质的刊物,主要发表本社成员进行"文明批评"和"社会批评"的杂文或散文。《现代评论》是一个开放性的综合刊物,在编辑方针上持自由主义态度,在政治倾向上具有两面性和包容性的特点,既发表新月社的作品,也发表创造社、文学研究会、语丝社、民众戏剧社和南国社成员的作品,沈从文、胡也频、凌叔华等著名作家就是从这个刊物上成长起来的,在与学衡、甲寅等复古派的斗争中,《现代评论》也有突出表现。但陈西滢在《现代评论》上开辟的"闲话"栏目(后结集为《西滢闲话》),在1925年的"北京女师大事件"和1926年的"三·一八惨案"中攻击学生运动,遭到了鲁迅和"语丝"派作家的批判。鲁迅与陈西滢之间的斗

---

① 杜威曾于1919年5月来华讲学,用两年又两个月时间游走于中国的11个省市,胡适曾做向导和翻译。
② 鲁迅《青年必读书》,《京报副刊》1925年5月21日。后收入《华盖集》。

争,是新文学主流作家与自由主义作家长期斗争的开始。不同政治倾向作家间的相互论辩和竞争,导致了新文学队伍的不断分化,也促使了新文学创作的不断发展。

在新文学队伍出现内部分化的同时,"革命文学"的主张也随着马克思主义在中国的传播而得到越来越多作家的响应。早在1921年7月,西谛(郑振铎)就在《评论之评论》第1卷第4期上发表了《文学与革命》等文。1923年,在《新青年》成为中国共产党的理论刊物后,邓中夏、恽代英、瞿秋白、蒋光慈等共产党员作家关于革命文学的理论文章更是屡见不鲜。1924年,更出现了一些倡导革命文学的社团,其中,最有代表性的是蒋光慈、沈泽民等以上海《民国日报》副刊《觉悟》为阵地的春雷社。春雷社等革命文学社团的出现,预示了一个新的文学潮流的到来。

第二节 周氏兄弟与"五四"散文的繁荣

一 《新青年》作家群

新文学是从文学革命开始的,而最初倡导新文学的文章,也就是最初的新文学作品,因此,新文学的创作是从散文开始的。如果说"前'五四'文学"期间"小说革命"的成就最大,那么"'五四'文学"期间,散文的成就则最为突出。新文学初期的散文创作成就,主要体现在杂文(包括小品文)、游记(包括报告文学)和抒情散文(包括散文诗)三个方面。杂文[①]是文学革命的产物,同时也是文学革命的武器。

如果说现代散文中最早取得成就的是杂文,那么,对现代杂文影响最大的则是梁启超在"文界革命"中创造的"报章体"散文。梁启超既是"诗界革命""文界革命"和"小说界革命"(包括戏曲)的发起者,也是散文成就的代表,他的文章不仅数量多,而且多见诸报端,形成了一个较大的读者群,影响巨大。"前'五四'文学"阶段,梁启超等维新派在反对古文代圣贤立言的变革中与桐城派的论争,严复以古文对西方政治经济哲学著作的翻译和介绍,都以优美的文笔和精警的议论,成为现代杂文的先声。

1918年4月,《新青年》从第4卷第4期起,率先创办了"随感录"专栏,专门发表以"议论时政"为特点的杂感短论,起初各篇都只有序号,从第65

---

① 所谓"杂文",是指议论性的文学散文,包括杂感、随感、政论、小品、随笔等多种形式。

篇起才有题目。这些杂文在文字上不同于梁启超半文半白的"新文体",真正做到了"话怎么说,就怎么写",使杂文不但成为"五四"散文中最重要的一种文体,创造了一个"杂文的时代",而且,确立了现代白话散文的新标准和范例,从而奠定了杂文在中国现代文学史上不可替代的独特地位。

稍后,李大钊、陈独秀主持的《每周评论》,李辛白主持的《新生活》,瞿秋白、郑振铎主持的《新社会》,邵子力主持的《民国日报·觉悟》等杂志都开辟了"随感录"专栏,其他报刊也纷纷开设"杂感""评坛""乱谈"等专栏,并各自拥有一批作者,形成了一个杂文创作的高潮。而在这些作者中,又以"《新青年》作家群"最具实力和影响。

由鲁迅、周作人、陈独秀、李大钊、刘半农、钱玄同等组成的"《新青年》作家群",都是当时文坛上的先锋,其杂文有十分敏锐的现实针对性,或侧重社会政治问题,或侧重思想文化批判,虽然多是应时的"急就章",却形成了富有论战色彩的共同特点,而在风格上又形成了各具个性的艺术特色。

陈独秀[①]是《新青年》和《每周评论》的主编,新文化运动首倡者,中国共产党创始人,"五四"时期声望极高的政论家。他的《敬告青年》《本志罪案之答辩书》《偶像破坏论》《下品的无政府党》等政论文,多用杂文笔法写成,视野开阔,气势磅礴,又情境交融,咄咄逼人,几乎每篇都产生过较大的影响。1921年8月25日,鲁迅曾在致周作人的信中感叹:"惟独秀随感究竟爽快耳。"[②]

李大钊[③]也是新文化运动和中国共产党的创始人之一。他的杂文在内容和形式上都与陈独秀相近,但更擅长说理,富有激情和鼓动性,《青春》《今》《新的!旧的!》《Bolshevism的胜利》《庶民的胜利》等名篇,都写得大气磅礴,热烈奔放,具有诗人的气质和抒情诗的特点。

刘半农[④]是语言学家和民间歌谣爱好者,新文化运动中的猛将。他的杂文具有较强的艺术想象力,好用反语,善于夸张,语言明白晓畅,在当时的杂文中独显其活泼可爱的个性特点。其中,《复王敬轩书》,以不容置疑的雄辩力量和寓庄于谐的喜剧色彩名噪一时;《作揖主义》也以"游戏的笔墨",嬉笑怒骂,皆成文章。

---

① 陈独秀(1880—1942),字仲甫,安徽怀宁人。
② 鲁迅:《致周作人》,《鲁迅书信集》,人民文学出版社,1976年。
③ 李大钊(1889—1927),河北乐亭人。
④ 刘半农(1891—1934),名复,江苏江阴人。

钱玄同①是著名的声韵训诂学家,章太炎(炳麟)的"高足"。正是在钱玄同的建议下,《新青年》率先改为左行横排,并专登白话。他的文风比胡适激进,与陈独秀相似,文字泼辣、思想激烈。他将桐城派斥责为"谬种",将"选学"说成"妖孽",得到社会的广泛响应。他的杂文可分为文化批判和社会批评两大类,具有大开大阖、大破大立的独特风格。鲁迅的评语是:"颇汪洋,而少含蓄。"②

在《新青年》作家群中,周氏兄弟的成就最为突出。

二 鲁迅的前期杂文和散文

鲁迅是中国现代文学的奠基人,既是中国现代小说的开创者,也是现代散文的开创者,现代杂文之父。

鲁迅(1881—1936),浙江绍兴人。鲁迅原名周樟寿,字豫山,在"三味书屋"读书时改名豫才。在南京求学时,取学名周树人。"鲁迅"是1918年在《新青年》上发表《狂人日记》时开始使用的笔名。浙江绍兴的周家,曾是名门望族。19世纪中叶,清军勾结英法联军击败太平军后,在绍兴大肆烧杀,周家元气大伤。鲁迅出生时,周家已经没落。1893年,祖父周介孚因科场案入狱,少年鲁迅被迫躲到母亲鲁瑞的娘家避难。不久,因父亲周伯宜吐血卧床,鲁迅又回到家中,每日出入当铺和药店。1898年,鲁迅在南京求学期间,深受"康梁"维新运动和资产阶级民主思想的影响,读到严复译述的《天演论》后,又受到了达尔文的"进化论"学说的影响。1902年考取官费,赴日留学,怀着科学救国的理想进入东京弘文学院。东京,当时正是中国革命党人活动的中心,《清议报》《新小说》成为留学生们的精神食粮。鲁迅在这里开始接触国外文学作品,并以翻译的形式创作了历史小说《斯巴达之魂》,同时与许寿裳开始探讨中国国民性。

1904年,鲁迅从弘文学院毕业后,来到仙台医学专门学校。然而,他对中国国民性的认识越深,对医学救国的理想就越怀疑。后来鲁迅回忆说,1906年,"有一回,我竟在画片上忽然会见我久违的许多中国人了,一个绑在中间,许多站在左右,一样是强壮的体格,而显出麻木的神情。据解说,则绑着的是替俄国做了军事上的侦探,正要被日军砍下头颅来示众,而围着的便是来赏鉴这示众的盛举的人们。……从那一回后,我便觉得医学并非一

---

① 钱玄同(1887—1939),浙江吴兴人。
② 鲁迅:《两地书·致许广平一二》,《鲁迅全集》,人民文学出版社,1981。

件紧要事,凡愚弱的国民,即使体格如何健全,如何茁壮,也只能做毫无意义的示众的材料和看客,病死多少是不必以为不幸的,所以我们的第一要著,是改变他们的精神,而善于改变精神的,我那时以为当然要推文艺,于是想提倡文艺运动了"①。从此,鲁迅"弃医从文",一生致力于"改变他们的精神"。

鲁迅与周作人在因经费等原因筹办《新生》杂志失败后,开始一边翻译外国小说(后结集为两部《域外小说集》),一边介绍外国的文学和哲学。1909年,鲁迅回国,在老家浙江的一所中学教化学、生物学等课程,并以刚发生的辛亥革命为背景创作了"文言小说"《怀旧》(1911)。1912年应教育总长蔡元培之邀,到南京临时政府教育部任职,后随部赴北京,任教育部社会教育司第一科科长。袁世凯复辟后,鲁迅陷入了幻灭,沉没于古籍。1917年文学革命开始时,鲁迅的心中仍然是一团"死火"。但当他渴望的"精神界之战士"在寂寞中向他发出呼号时,他内心的死火终于被重新点燃。

1918年8月,鲁迅在《新青年》上发表了向传统宣战的檄文《我之节烈观》,正式加入《新青年》作家群方兴未艾的"随感录"创作热潮。9月,在《新青年》第5卷第3期上发表了第一篇"随感录"《随感录二十五》。1920年后,在不断创作的同时,还在北京大学、北京师范大学教书和研究古典文学,编纂了《中国小说史略》《嵇康集》《小说旧闻钞》《唐宋传奇集》等。

鲁迅笔耕一生,留下大量著述。除三种小说(《呐喊》《彷徨》《故事新编》)和两种散文(《野草》《朝花夕拾》)外,创作得最多的就是杂文,共编成16部之多②。鲁迅杂文以1927年为界,大致可以分为"前后"两个时期。前期的五部杂文集,表现出较浓厚的启蒙主义思想,主要揭露和批判社会的腐败和思想的落后,其风格总体上呈现出一种"由热到冷"的特点。

《热风》(1925)是鲁迅的第一部杂文集。取名"热风",是因为"觉得周围的空气太寒冽了,我自说我的话,所以反而称之曰《热风》"③。除《题记》

---

① 鲁迅:《呐喊·自序》,《鲁迅全集》,人民文学出版社,1981。
② 鲁迅的前期杂文为《热风》(1925)、《华盖集》(1926)、《坟》(1927)、《华盖集续编》(1927)、《而已集》(1928)五部,后期杂文为《三闲集》(1932)、《二心集》(1932)、《伪自由书》(1933)、《南腔北调集》(1934)、《准风月谈》(1934)、《集外集》(1935)、《花边文学》(1936)、《且介亭杂文》(1937)、《且介亭杂文二集》(1937)、《且介亭杂文末编》(1937)十部,另外还有《集外集拾遗》,共16部。鲁迅曾在《且介亭杂文二集·后记》中对自己的杂文创作做过这样的统计:1927年以后的九年,比以前九年创作的数量多两倍;而这后九年中的最后三年,其数量又等于前六年。
③ 鲁迅:《热风·题记》,《鲁迅全集》,北京,人民文学出版社,1981。

外，收入1918—1924年间所作的27篇"随感录"和《估〈学衡〉》等杂文41篇。27篇"随感录"是近似尼采、叔本华风格的哲理小品，时时处处闪烁着思想家的哲理光彩。《热风》既猛烈地批判封建伦理道德观、复古思想和卑劣的国民性，又热情宣扬民主和科学，鼓吹进步和改革，风格最为热烈。

《坟》(1927)多为长篇论文，取名"坟"，有收存陈迹、眷恋旧作之义。除《题记》《写在〈坟〉的后面》外，收1907—1925年所作的论文23篇，既有日本时期的《人之历史》《科学史教篇》《文化偏至论》《摩罗诗力说》，也有"五四"时期的《我之节烈观》《我们现在怎样做父亲》《娜拉走后怎样》《论雷峰塔的倒掉》等，《春末闲谈》《灯下漫笔》《论"费厄泼赖"应该缓行》等名篇，对自然、现实和历史的斗争规律进行了前所未有的深入开掘，兼有科普、史论和漫画等多种特点，创造出了"细腰蜂""人肉筵席""落水狗"和"叭儿狗"等杂文形象。《坟》主要批判封建传统思想和落后意识，以深刻性见长。

《华盖集》(1926)和《华盖集续编》(1927)取名"华盖"，是表示自己当时的处境犹如被"华盖运"罩住，到处碰壁。《华盖集》除《题记》和《后记》外，收1925年所作的杂文31篇，主要有《青年必读书》《忽然想到》《并非闲话》《我的"籍"和"系"》《十四年的读经》等。《华盖集续编》除《小引》外，收1926年所作的杂文32篇，1927年的1篇，主要有《我还不能"带住"》《"死地"》《记念刘和珍君》《〈阿Q正传〉的成因》等。其中《战士与苍蝇》《无花的蔷薇》是哲理性的散文诗，《马上日记》和《马上支日记》是日记体的杂文，而《北京通讯》《上海通讯》等则与《两地书》一样，是书信体的杂文。

《而已集》(1928)取名"而已"，作者在《校讫记》和《题辞》中有诗曰："这半年我又看见了许多血和许多泪，/然而我只有杂感而已。//泪揩了，血消了；/屠伯们逍遥复逍遥，/用钢刀的，用软刀的。/然而我只有'杂感'而已。//连'杂感'也被'放进了应该去的地方'时，我于是只有'而已'而已！"《而已集》除《题辞》外，收1927年所作杂文29篇，附1926年的一篇，主要有《革命时代的文学》《革命文学》《文学与出汗》等。其中的《再谈香港》，具有小说的体式，《魏晋风度及文章与药及酒的关系》则做到了政治性、学术性与知识性、趣味性的统一。这部杂文集大多带有论驳性的特点，无论是批判一种思想还是一种现象，都讲求严密、锐利、深刻，但不再直接表达意见，措辞常拐弯抹角，风格变得深沉冷峻，形式也更为多样。

鲁迅的前期杂文，表现出浓厚的启蒙主义思想，较多地揭露和批判了社会的腐败和思想的落后。1925年的"女师大事件"和1926年的"三·一八"惨案，使鲁迅的思想受到很大震动，在经过了漫长的求索之后，他深深地感受到了民众中蕴藏的力量,新的发现带来的喜悦逐渐取代了幻灭与彷徨的痛苦。而1927年的上海"四·一二"政变和广州"四·一五"大屠杀,则将鲁迅以前形成的思路完全"轰毁":"我一向是相信进化论的,总以为将来必胜于过去,青年必胜于老年……然而后来我明白我倒是错了。……我在广东,就目睹了同是青年,而分成两大阵营,或投书告密,或则助官捕人的事实!我的思路因此轰毁。"①此后,鲁迅的杂文也就具有了更多的唯物辩证法的思想。

鲁迅的杂文是诗与政论的结合,是诗化的政论,也是政论化的诗歌,不仅做到了形象性与逻辑性的统一,而且,几乎每篇都有思想的新发现,每一篇都是艺术的新创造,是对中国议论性散文的创造性发展。

运用贴切而形象的比喻来阐明深刻的道理,是鲁迅杂文的显著特点之一。《灯下漫笔》②是一篇总结历史经验的长文。作者从人的本位出发,认为"中国人向来就没有争到过'人'的价格,至多不过是奴隶,到现在还如此,然而下于奴隶的时候,却是数见不鲜的"。因此,他将中国的历史归结为两个时代:"一,想做奴隶而不得的时代;二,暂时做稳了奴隶的时代",并将希望寄托于青年,强调"创造这中国历史上未曾有过的第三样时代,则是现在的青年的使命!"文章既结构缜密,脉络清晰,又酣畅淋漓,激情澎湃,把高度的理论概括性与生动的形象说明完美地结合在一起。通过"人肉筵宴"来说明复古主义赞美"中国固有文明"的本质,通过"这人肉筵宴的厨房"说明军阀统治下中国的黑暗和肮脏,再通过"这人肉的筵宴现在还排着,有许多人还想一直排下去",说明现在青年的使命是何等迫切和严峻。这些方法既加强了文章对道理的表达,也显示了作者的联想能力和分析能力。因此,虽然题为"漫笔",但文章从论点的鲜明、论据的充分,到论证的严密,都足以说明它不是一篇"杂感",而是一篇具有高度的理论性并符合文体要求的"论文"③。

---

① 鲁迅:《三闲集·序言》,《鲁迅全集》,人民文学出版社,1981。

② 1925年4月17日至24日,鲁迅组织文学青年创办了《莽原》周刊,《灯下漫笔》就是专门为新创刊的《莽原》周刊而写的一篇长文。关于创办《莽原》的目的,鲁迅后来说:"我很早就希望中国的青年站出来,对于中国的文化教育,都毫无忌惮地加以批评,因此曾编印《莽原周刊》,作为发言之地。"为此,4月22日,他先写了《春末闲谈》,发表于《莽原》周刊的创刊号,29日,又写了这篇《灯下漫笔》,在第二、五两期上连载。

③ 鲁迅这一阶段写的许多长篇论文,都没有收在这时期的《华盖集》中,而是专门收入1926年10月30日编定的论文集《坟》里。

代表鲁迅散文创作成就的重要作品,除杂文外,还有散文诗集《野草》和回忆散文集《朝花夕拾》。这两部散文集直接敞开了作者的心灵,公开了作者心灵深处的感觉、心理、情绪、意识和潜意识,不仅是鲁迅最个人化的作品,而且还开创了"独语风"和"闲话风"两个创作潮流和文学传统,最能体现鲁迅作为一个"文体家"的特色。

《野草》(1927)除《题辞》外,收1924年9月至1926年4月陆续发表于《语丝》的23篇散文诗。主要有《秋夜》《影的告别》《过客》《死火》《颓败线的颤动》等,是鲁迅"彷徨期"的作品,他用象征的手法表达自己的感情,对人生和现实进行哲理思考。直面现实,既直面社会的黑暗,又直面自己内心的痛苦,是其基本倾向和精神特征。

《秋夜》是《野草》中的第一篇作品,它通过对深秋十月晴朗夜空的景色描写,抒发了作者对现实的感受。作者的联想是从窗前的两棵枣树开始的。作者有感于枣树,是因为它们虽然落尽了树叶,枣子也被打得一颗不剩,但它最直最长的几枝仍然"默默地铁似的直刺着奇怪而高的天空"。将黑夜比作反动的统治者是较为常见的,但作者却反复用"奇怪而高"的夜空来比喻,又令许多人感到费解。在这篇作品中,虽然"小粉红花""小飞虫"和"小青虫"等形象也令人费解,但枣树的战斗精神和主人公"我"的清醒意识却是大家一致公认的。

表现作者冷静地看待黑暗,对现实不抱任何幻想的《秋夜》,曾遭人误解,表现作者的内心矛盾和执著精神的《影的告别》更是被人指责为"悲观和虚无"。作品的主人公是人的影子,作者借影子之口表明了自己当时的心境:"有我所不乐意的在天堂里,我不愿去;有我所不乐意的在地狱里,我不愿去;有我所不乐意的在你们将来的黄金世界里,我不愿去。"于是,"我不如彷徨于无地",但"我"的心里最明白自己,虽然现在还不知道自己什么时候将独自远行,但终将会独自远行,"不但没有你,并且再没有别的影在黑暗里"。情绪虽然是颓唐的,但意志却是坚韧的,没有退缩逃跑,更不会投降变节。

《野草》中的主人公形象也大多与"枣树"和"影"一样,属于尼采式的"孤独者",《过客》中一往直前的"客"、《这样的战士》中高举投枪的"战士"、《雪》中的"朔方的雪"等等,而与这些孤独的战士相对应的,是弥漫在世界之上的"夜空""星星",通过双方的对比,更显示出孤独者的勇气和决心。

在艺术手法上,《野草》较多地吸取了象征主义、表现主义等西方现代派文学的特点,在弥漫全书的彷徨情绪中可以嗅出厨川白村《苦闷的象征》的气味,在深刻精辟的哲理式格言中则可以找到尼采"箴言体"的身影,而在对黑暗和罪恶的诅咒里,似乎还可以看到波特莱尔盛开的《恶之花》。《野草》的语言是精美的,但其意象又是晦涩的。它在文学史上曾是一把难以开启的锁,这不仅在于其中的23篇作品大多使用了繁复的比喻和象征,而且还在于反映了作者在北洋军阀黑暗统治下的思想痛苦与矛盾,写出了人的生存困境与两难选择。鲁迅将他这时期创作的小说命名为《彷徨》,也是这种心情的表现。用短小而富有诗意的抒情散文形式表现自己的复杂心情,是鲁迅在《新青年》上发表"随感录"时开始的一种创作尝试。早在1919年八九月间,他就在《国民公报》上发表过一组散文诗《自言自语》,这是新文学史上最早出现的散文诗。后来,在鲁迅的杂文中,也有许多类似散文诗式的作品。但在1927年"四·一二"政变之后,他自己的思想经过一次"轰毁",终于走出了彷徨,三年后,他在为《野草》的结集出版所写的"题辞"中,这样表示了自己的解脱后的轻松之情:"去罢,野草,连着我的题辞!"

《朝花夕拾》(1928)除《小引》外,收1926年以《旧事重提》为题在《莽原》上发表的回忆散文10篇。在写法上,作者也保持着杂文和小说创作不拘一格的特点,《狗·猫·鼠》《二十四孝图》《无常》以议论为主,近似杂文;而《阿长与〈山海经〉》《从百草园到三味书屋》《藤野先生》《范爱农》则以叙事为主,近似小说。如果说《野草》较多地借鉴了西方现代派文学的技巧,那么,《朝花夕拾》则主要继承了中国传统散文的特点,无论是记事还是记人,都保持着墨淡情浓的特点,在平易通脱中蕴藉着沉思,表现的虽然是青少年时代的生活,却不是单纯的怀旧之作,更多地包含着作者对旧日生活的认识,所表达的是中年人的思考和见解,既有深刻的传统批判,也有厚重的现实关怀,在温柔与悲伤的情调中,让读者看到了一个平易而亲切的鲁迅。

三 周作人、林语堂与小品文

周作人(1885—1968),浙江绍兴人。周作人是鲁迅的胞弟,比鲁迅小四岁。祖父案发后,跟随在杭州保外就医的祖父生活,没有像家中长子鲁迅那样承担过重的家庭责任和负担,对社会的感悟没有鲁迅那样深切。周作人原名周櫆寿,1901年在南京求学时改名周作人。南京期间,受西方科学与民主思想的影响,开始翻译并创作文言小说。1906年留学日本,在广泛涉猎西方文化的过程中,对西方文化中讲求个性自由和生活艺术化精神特别推崇,与鲁迅一起筹办《新生》杂志,一起翻译《域外小说集》,一起倡导文艺运动。同时,娶日本女子为妻,获得了平和的家庭生活,形成了"叛徒"与"隐士"的双重性格,并对他的文学观的形成产生了很大影响。

辛亥革命前,周作人回国,在浙江教育界任职,1917年赴京,任北京大学教授,并加入《新青年》编辑部,成为了五四新文化运动的重要参与者和学者型作家。这时期,周作人充分显示出一个"叛徒"的本色和战斗姿态,成为了封建旧文学最大的敌人之一。他一边写作《人的文学》《平民文学》和《美文》等论文,积极建立新文学的思想体系;一边创作《小河》《画家》等诗歌,为刚刚诞生的白话新诗探雷铺路;一边还指导新潮社的文学活动,发起组织文学研究会,并亲自起草《文学研究会宣言》,向世人宣布:"将文艺当作高兴时的游戏或失意时的消遣的时候,现在已经过去了。我们相信文学是一种工作,而且又是于人生很切要的一种工作",在文坛上树起了"为人生"的大旗,表现出既关注现实,反叛传统,又注重艺术、讲究生活的特点。

"五四"高潮之后,一向反对群众运动的周作人,比其他新文学先驱更早进入了"彷徨期"。1922年是周作人思想道路上的一个重要转折点,1月22日,他在《晨报》上开辟专栏"自己的园地",认为"尊重个性的方法",就是"依了自己的心的倾向"去耕种自己的园地,努力保持平和的心态,把小品文视作"言志"的最佳形式,早早地流露出"中年心态"。1923年,他与鲁迅的失和,预示了他未来的方向。1924年5月,他在《一封反对新文化的信》中公开了他与时代主流的分歧:"中国自'五四'以来,高唱群众运动社会制裁,到了今天变本加厉,大家忘了自己的责任,真是可怜悯者。我想现在最要紧的是提倡个人解放,凡事由自己负责去做,自己去解决,不要闲人在旁边吆喝叫打。"①从此,他离"叛徒"越来越远,离"隐士"越来越近。

"五四"高潮之后,《新青年》作家群也出现了分化。1924年,周氏兄弟参与创办的《语丝》②取代了《新青年》在散文创作中的作用和地位,杂文由此进入了"语丝时代"。《语丝》与《新青年》不同,它不是一个包括文学和社会科学在内的综合性期刊,而是以刊登杂文为主的文学期刊,因而作品的

---

① 周作人:《一封反对新文化的信》,《谈虎集》,(上海)北新书局,1928。
② 《语丝》,1927年4月17日创办于北京,1927年10月22日被北洋军阀政府查封,同年冬,鲁迅在上海接编,1928年12月,鲁迅推荐柔石接编,1930年3月10日停刊,共出五卷265期。

艺术性有所增强。周作人在《〈语丝〉发刊词》中说："我们这个周刊的主张是提倡自由思想,独立判断和美的生活。"鲁迅在《我和〈语丝〉的始终》一文中也认为,《语丝》的特色是："任意而谈,无所顾忌,要催促新的产生,对于有害于新的旧物,则竭力加以排击。"《语丝》的主要作家除周氏兄弟外,还有刘半农、钱玄同、孙伏园、林语堂、李小锋、淦女士(冯沅君)等。他们的思想倾向虽然并不相同,但在社会批评和文化批评以及与复古派和"现代评论派"斗争的态度上却是一致的。

在《语丝》的基础上,以同人刊物形式组成的语丝社(也称语丝派),形成了相对稳定的作家群,是一个以杂文为主要形式进行"文明批评"和"社会批评"的散文流派,也是新文学初期最有影响的散文社团。

在《语丝》时期,周作人心中的"两个鬼"①还在相互斗争着,在他的"趣味之文"里还有一个"叛徒"活着②,对当时发生的"女师大事件""五卅惨案""三·一八"惨案、"四·一二"政变等重大社会事件,他都做出了迅速而凌厉的反应,是周作人随笔体杂文创作最为光彩夺目的时期。1927 年 10 月,《语丝》被北洋军阀政府查禁后,他因为对政府和群众的双重失望,一度处于"失语"状态,随后便彻底脱离了新文学运动,一心"闭户读书",而且专读非正统的野史笔记,特别偏爱能体现个性的日记和尺牍。

周作人的散文大体上可分为两类,一类是针砭时弊、讽喻现实的杂文,风格"浮躁凌厉",如为郁达夫和汪静之辩护的《沉沦》《情诗》和《什么是不道德的文学》,"三·一八"惨案中为纪念刘和珍、杨德群写的《新中国的女子》等;一类是通过日常生活琐事来抒写自己生活情趣和人生理想的小品文,风格"冲淡平和",如《乌篷船》《苍蝇》以及《喝茶》《苦雨》《故乡的野菜》《北京的茶食》等。

周作人对现代白话散文的贡献,并不在时政杂文的尖锐和猛烈,而是对于闲适小品的文体创造。1922 年,胡适在《五十年来中国之文学》中曾对此给予了高度赞扬:"白话散文很进步了。……这几年来,散文方面最可注意的发展,乃是周作人等提倡的'小品散文'。这一类的作品,用平淡的谈话,包藏着深刻的意味;有时很象笨拙,其实却是滑稽。这一类作品的成功,就

---

① 周作人曾有一篇文章,题为《两个鬼》,两个鬼,指"流氓"与"绅士",与"叛徒"与"隐士"同义。
② 周作人曾在《泽泻集·序》中说:"戈尔特堡批评蔼理斯说,在他里面有一个叛徒与隐士……我希望在我的趣味之文里也还有叛徒活着。"

可以打破那'美文不能用白话'的迷信了。"虽然在"五四"时期和《语丝》前期,在对"甲寅"等复古派的斗争以及在"女师大风潮"和"五卅"运动中,周作人与鲁迅一样,都写出过思想激进、语言犀利、富有战斗性的杂文,但是,"这以后,周作人的名字,是和'小品文'不可分离地记忆在读者心里,他的前期诸姿态,遂为他的小品文的盛名所掩"①。他的小品虽然只专注于自己身边的小题材,但无论是花草虫鱼,还是故乡往事,都善于旁征博引,随意而谈,而且语言朴实无华,不重藻饰,却写得情趣盎然,幽隽淡远。在语言上,则将白话口语、文言古语和外来欧化语杂糅调和,既有明人小品的风格,又具西方随笔的笔调和日本俳句的风韵,追求一种简单味,看似平常,而这简单味中又隐含着苦苦的涩味,看似平常,犹如一杯西湖龙井,"看去全无颜色,喝到口里,一股清香,令人回味无穷"②。

《乌篷船》③是周作人小品文中平和风格的代表。作者采用书信体的形式,就是为了可以信笔所至,舒卷自如,在亲切随意的话语中讲述家乡的风物和抒发自己的情趣。从这篇作品的叙述方法和口气中可以看出,即使是最让人乏味的事情,他也可以做到不急不躁,委婉含蓄。作品除说明给虚拟的朋友写信的原因外,主要分为两个部分,先是津津有味,不厌其烦地介绍家乡绍兴特有的乌篷船,不但说明"乌篷"与"白篷"的区别,乌篷船中大船与小船的不同,而且连船的形状、材料、结构、用途等都做了具体的描述,在这如数家珍的描述中,正包含着作者对自己家乡的深厚情感;然后再讲在水乡坐船出游的方法。而在对于如何游山玩水的经验介绍,则更是兴致盎然,娓娓动听:"你如坐船出去,可是不能像坐电车的那样性急,立刻盼望走到。"白天,坐在船上要注意看四周的物色;夜里,则要睡在舱中听水橹的声音。在作者看来,要体验到人生的乐趣,不能性急也是其要点,要做到"要看就看,要睡就睡,要喝酒就喝酒",才是"理想的行乐法"。因此,作品说的虽然是游玩之事,传达的是作者对家乡的怀念之情,而真正包蕴的却是隐逸闲适的人生态度。

《苍蝇》④是周作人提倡的"美文"的范本之一,是"五四"散文中的名篇,批评家阿英甚至将此文看作周作人散文创作甚至整个现代散文创作发

---

① 阿英:《夜航集·周作人的小品文》,《阿英文集》,三联书店,1981。
② 曹聚仁语,转引自孙席珍《论现代中国散文》,(北平)人文书店,1935。
③ 《乌篷船》作于1926年1月18日,后收入《泽泻集》,北新书局,1927。
④ 《苍蝇》发表于1924年7月13日的《晨报副镌》,后收入《雨天的书》,(北京)新潮社,1925。

生根本性转折的一个标志。这篇赞美苍蝇的短文纯粹是一种闲谈,看似无聊,但细细品味,却别有情趣。"苍蝇不是一件很可爱的东西,但我们在做小孩子的时候都有点喜欢他。"赞美一件大家讨厌而自己喜欢的事物,是个人的自由,也正是"五四"精神的一种体现。作者的赞美并不有意违背人们的习惯和自然科学常识,也不具体描述苍蝇的特点,而是旁征博引,借助美丽的神话、传说、儿歌、史诗等,作为自己的佐证,而这已经具有了"文抄公体"的雏形。在这不足两千字的篇幅中,引用的材料成了文章的主体,但各种材料的出现又及时而有用,并恰到好处地粘接在一起,给人以"天衣无缝"的美感。30年代以后,周作人更热衷于"文抄公体"的试验,以自己精心挑选的古文为文章的主体,再糅杂以朴实的白话点评,其古文更显其枯涩苍老,而白话更显其炉火纯青,相得益彰。

郁达夫曾说:"中国现代散文的成绩,鲁迅周作人两人为最丰富最伟大。"①如果说鲁迅是"杂文"的代名词,那么,周作人则称得上"小品文"的代名词。这对同胞兄弟虽然性格不同,文风不同,结局也大相径庭,但他们对杂文(包括小品文)这种现代新文体的创造和建立都有特殊的贡献。鲁迅的杂文博大精深,风格热烈而冷峻,以思想锐利、语言犀利著称,而周作人的小品文情趣盎然,风格平和冲淡,以感觉灵敏、见解新颖见长。周作人自己有一段话,可以看作他对自己小品文与鲁迅杂文的形容:"近来三百年的文艺界里可以看出有两种潮流……飘逸与深刻。第一种如名士清谈,庄谐杂出,或清丽,或幽玄,或奔放,不必定含妙理而自觉可喜。第二种如老吏断狱,下笔辛辣,其特色不在词华,在其着眼的洞彻与措语的犀利。"②在"五四"时期,他们不但是并肩战斗的战友,而且在文坛上的成就和声望也旗鼓相当,在现代文学史上形成了"日月同辉"的奇观。

林语堂③是《语丝》培养出来的一个杰出的杂文家,在《语丝》作家中,其影响仅次于周氏兄弟。林语堂出身于一个基督教牧师家庭,从上海圣约翰大学毕业后,曾在清华大学任教。1919年赴美,进入哈佛大学学习,一年后又到德国深造,获得哲学博士学位后,于1923年回国,任北京大学教授。《语丝》创刊后,林语堂成为《语丝》的长期撰稿人,同时受到周氏兄弟的双重影响。一方面,在与《甲寅》《现代评论》的斗争中,他同鲁迅站在一起,是

---

① 郁达夫:《中国新文学大系·散文二集导言》,良友图书印刷公司,1935。
② 周作人:《地方与文艺》(1923),《谈龙集》,(上海)开明书店,1930。
③ 林语堂(1895—1976),福建漳州人。

北大教授中激进派的代表。另一方面,他又主张以幽默的艺术去对付社会矛盾,大力介绍西方的幽默理论,热衷于幽默小品的提倡和创作。1925年,林语堂虽然在《论语丝文体》中因提倡"费厄泼赖"而遭到鲁迅的批评,但鲁迅在《论"费厄泼赖"应该缓行》中提出的"痛打落水狗"的主张,并没有影响他对鲁迅的崇敬之情,特别是1926年发生的"三·一八"惨案,使主张宽容的林语堂深感震惊,在鲁迅写出《记念刘和珍君》之前就写出了《悼刘和珍杨德群烈士》。

这时期,刊登杂文的重要刊物,还有《莽原》《现代评论》和《民国日报·觉悟》等。但20年代末,杂文创作也曾出现过一个短暂的沉寂。到30年代,受政治形势的影响,杂文创作更加鲜明地呈现出紧贴政治和讲求趣味两种倾向,前者以鲁迅的后期杂文和瞿秋白等左翼作家的"鲁迅风"杂文为代表,后者以周作人、林语堂、梁实秋等作家的闲适小品为代表,出现了太白派与论语派的对立,杂文创作再度繁荣。

四 冰心、朱自清与"五四"美文

"五四"时期,白话文能否真正取代文言文,关键在于能否用白话文写出与文言散文一样优美的抒情叙事作品。1917年刘半农在《我之文学改良观》中第一次提出了"文学的散文"的概念,以区别于以散体文字为特征的传统散文,但并没有划清散文与小说的界限。1918年傅斯年在《怎样做白话文》中第一次将散文与诗歌、小说和戏剧并列。1921年周作人发表了在散文史上有重要意义的《美文》,不但确立了现代散文的独立身份,而且真正从理论上确立了文学性散文的主导地位。

由游记发展而来的现代记叙抒情散文,在20年代以后进入了一个繁荣期。当时,作家们的一个共同目标,就是把现代白话散文写得像古代让人千古传诵的"美文"一样。在这个人人争相写作"美文"的时代,以语丝社的周作人、俞平伯、废名为代表的冲淡小品声望日高,而以文学研究会的冰心、朱自清为代表的漂亮精致的抒情美文,则读者更多,流行更广。冰心和朱自清的散文,文笔清新隽丽,感情真挚亲切,尤以描写见长,打破了"美文不能用白话"的传统观念,是"五四"美文的代表。

冰心(1900—1999),原名谢婉莹,福建福州人。冰心是现代文学史上第一位著名女作家,在小说、诗歌和散文三个方面都取得过突出的成绩。冰心是以创作问题小说开始她的创作生涯的,是当时文坛上问题小说创作热潮中举足轻重的代表性作家;她在印度诗人泰戈尔影响下创作的小诗,不仅创造出一种独特的"繁星体",还造成了一个"小诗的流行的时代";然而,冰心影响最为深远的作品,还是她的散文。1921年1月10日,冰心的《笑》在刚刚改革过的《小说月报》第12卷第1号上发表后,立即被奉为"美文"的典范,不但被各学校竞相选入课本,而且还被语法学家拿来做通篇的句式解读,在社会上产生了广泛的影响。有人甚至认为,冰心散文的影响,不在鲁迅、周作人之下:"特别是《往事》(二篇),《山中杂记》(《寄小读者》),以及《寄小读者》全书,在青年的读者之中,是曾经有过极大的魔力。一直到现在,从许多青年的作品中,我们还可以看到这种'冰心体'的文章,在当时,是更不必说了。青年的读者,有不受鲁迅影响的,可是,不受冰心文字影响的,那是很少……"①

所谓"冰心体"的特点,就是"以行云流水似的文字,说自己心中要说的话,倾诉自己的真情,满蕴着温柔,微带着忧愁,显示出清丽的风致"②。郁达夫在《中国新文学大系·散文二集导言》中对这种"冰心体"的解释是:"冰心女士散文的清丽,文字的典雅,思想的纯洁,在中国好算是独一无二的作家了;记得雪莱的咏云雀的诗里,仿佛曾说过云雀是初生的欢喜的化身,是光天化日之下的星辰,是同月光一样来把歌声散溢于宇宙之中的使者,是红霓的彩滴要自愧不如的妙音的雨师……把这一首诗全部拿来,以诗人赞美云雀的清词妙句,一字不易地用在冰心女士的散文批评之上,我想是最适合也没有的事情。"

冰心散文以文字优美而著称。冰心散文的文字美,不在于辞藻的华丽,而在于她能将当时还处于幼稚时期的白话文,与古雅的文言文和洋派的西文完美地糅合在一起,形成了典雅、凝练而又明丽清新的风格特点。

冰心创作的总主题就是"爱"。她不但主张要爱自己母亲,爱所有的儿童,而且主张要爱一切的大自然,希望所有的社会问题都能通过人们之间的"互爱"而得到解决。因此,也称"泛爱哲学"。她在1923年至1926年赴美留学期间,一共写了29封给国内小读者的信,记录了她赴美途中的见闻和她在美国的生活经历,陆续在《晨报·儿童世界》专栏发表,后结集为《寄小读者》。在这本以通信形式写成的游记中,作者倾诉的对象是儿童,而歌颂的对象则是母亲。

---

① 阿英:《夜航集·谢冰心》,《阿英文集》,三联书店,1981。
② 钱理群、温儒敏、吴福辉:《中国现代文学三十年》(修订本)第152页,北京大学出版社,1998。

朱自清(1898—1948),字佩弦,江苏扬州人。朱自清在美文创作上与冰心齐名,但他是以诗人的身份步入文坛的。1920年,还未从北大毕业的他就开始发表诗歌,1922年曾参与创办了《诗》月刊。他在江浙一带当中学教师时,同时进行着诗歌和散文的创作,先后出版了诗集《雪朝》(1922,文学研究会八位诗人的合集)、诗与散文合集《踪迹》(1924)。

1923年,朱自清发表了他的散文成名作《桨声灯影里的秦淮河》,该文不是仅仅聚焦于灯和月,而且将灯影月影与桨声歌声交织在一起,在有声有色的艺术氛围中自然流露出作者内心的忧郁情绪。沈从文在《习作举例》中曾说:"文字的基础完全建筑在活的语言上,在散文作家应当数朱自清。'五四'以后谈及写美丽散文的,常把俞、朱并举,即朱自清、俞平伯。《桨声灯影里的秦淮河》与《西湖六月十八夜》两篇文章,代表当时抒情散文的最高点。叙事如画,似乎是当时的一种风气。(有时微觉得文字琐碎繁复)散文中具有诗意或诗境,应以朱先生作品成就为好。直到如今,尚称为典型的作风。"[1]1925年,朱自清到清华大学任教授,在进行古典文学教学和研究的同时,专注于美文创作,给初期的现代白话散文创作带来了一股充满诗意的艺术气息。

朱自清虽然也写有一些反映社会现实的散文,如记录"三·一八"惨案真实情形的《执政府大屠杀记》,以及表现反帝反封建主题的《白种人——上帝的骄子》《生命的价格——七毛钱》等,但是,影响最大的还是他以写景和抒情为特征的美文。朱自清的写景散文擅长运用工笔与重彩相配合的方法,创造出一种如诗如画的意境,并且在写景的同时抒发自己心中之情。《荷塘月色》描写的是清华园月光下的荷塘景色[2],化静为动,以动写静,以荷叶的翩翩起舞,写月夜的宁静幽美,通过荷花的缕缕清香,抒发心中的淡淡哀愁。《绿》则通过北京、杭州等地的名胜与温州梅雨潭的对比,以"少妇拖着的裙幅""初恋少女的心"来比喻梅雨潭水非同寻常的"女儿绿",暗含着这位自称"扬州人"的诗人对南方山水的深情。人们推崇朱自清散文,不仅是因为他写的风景优美如画,也不仅是因为他写的如画风景全都含情脉脉,更重要的是他的散文在遣词造句上的精益求精,既讲究辞藻的修饰,又

---

[1] 沈从文:《习作举例·三、由冰心到废名》,《国文月刊》第1卷第3期,1940年。
[2] 参见"李平现代文学欣赏"系列微课《〈荷塘月色〉背后的烦恼》,见"五分钟课程"网:http://www.5minutes.com.cn/web/course/CourseDetail.aspx?id=bc7448c9—9161—473f—a758—c59c5290f20f

重视口语的赏心悦目,文而不涩,美而不俗,将现代白话散文对于现代汉语的运用水平,提升到了古诗词一般出神入化的境地。

然而,当人们读到了他的朴实无华的《背影》之后,才发现他以前的那些可以称为"工笔美文"的写景散文,虽然华美富丽,但却给人以过细过满之感,只有《背影》才称得上是完美之作。《背影》是一篇歌颂父爱的抒情散文。作者27岁受聘为清华大学教授后,回忆起八年前的一个冬日。那是1917年,作者的祖母刚刚去世,在徐州担任烟酒公卖局长的父亲又刚刚卸任,"正是祸不单行的日子"。作者从北京到徐州见着父亲,跟随父亲回家奔丧后,父子二人在南京浦口车站分手,儿子虽然已经20岁,北京也去过两三次了,可是父亲仍然不放心,再三踌躇,再三叮嘱,最后,为了给儿子买几个橘子,拖着笨重的身子爬上对面的月台:"他用两手攀在上面,两脚再向上缩;他肥胖的身子向左微倾,显出努力的样子。"这就是永远留在作者心中的不灭的雕像般的"背影"。作者对父亲形象的描写,虽然只是写了一些看似无关紧要的话语和缓慢无力的动作,但正是这些饱含着深厚父子情谊的声音和姿态,以及这些由声音和姿态构成的神韵,打动了几代读者的心。在《背影》中,作者以前常用的"曲曲折折""远远近近"等双声叠字消失了,代之而起的是"我走了,到那边来信!""进去吧,里边没人"等日常用语,不工而自工,达到了返璞归真的更高层次的审美境界。同样是以情动人的记叙名篇,还有作者怀念亡妻武钟谦的《给亡妇》,诉说知识分子内心苦闷的《儿女》等。

1928年,朱自清出版了第一部专门的散文集《背影》,从而奠定了他在中国散文史上的地位。郁达夫在《中国新文学大系·散文二集导言》中曾作此断言:"文学研究会的散文作家中,除冰心女士外,文字之美,要算他了。"

在新文学运动之初,文学革命的先驱者最为看重的是白话新诗、新型小说和西洋话剧的提倡,但事实上,正如鲁迅所说,"散文小品的成功,几乎是在小说戏曲和诗歌之上"①。其主要原因,可以归纳为以下四点:

第一,散文真正实现了"化传统"。在中国的传统文学中,散文与诗词的势力都很强大,而散文的数量最多②。在新文学中,话剧是"舶来品",小

---

① 鲁迅:《小品文的危机》,《南腔北调集》,《鲁迅全集》第4卷,人民文学出版社,1981。
② 所谓"散文",在中国古代是指与韵文相对应的一切散体文字,因此,散文的历史源远流长,从先秦时代起就形成了叙事和议论两大体制,历来被看成是中国文学的正宗。后来,才特指诗歌、小说和戏剧之外的文学体式,包括杂感、随感、政论、小品、随笔、日记、游记、书简、通讯、报道、报告文学、散文诗等多种形式。

说是在西洋形式基础上的"创新",诗歌则完全打破了传统的格律,散文也受到国外随笔的影响,但相对而言,散文在形式和表达方式上与传统最为接近。最初出现的现代散文,无论是文体上还是语言上都是传统的,但在精神上却是现代的,真正做到了传统文化的现代化,做到了"化腐朽为神奇"。

第二,散文作家队伍最为庞大。散文是一种非常自由的文体,比其他新兴文体更容易掌握,所以,"五四"时期的新文学作家,几乎都写过散文。

第三,散文读者对象最为广泛。"五四"散文不但短小,而且率真,而"五四"时期的各大报刊都已经形成了自己特有的读者群,阅读散文既是他们的一种消遣,同时也是了解时事和社会的一个重要渠道。

第四,散文最具时代特征。散文是一种非常个人化的文体,与"五四"时期强调个性解放的时代特征是一致的,最容易得到大家的赞同和接受,因而也得到了现代传媒发展的极大推动和促进。

第三节　郭沫若与白话诗的崛起

一　胡适、郭沫若与初期白话诗

从胡适发表《白话诗八首》到郭沫若《女神》出版前的四年,一般被称为"初期白话诗"时期(1917—1921)。在这个时期,新诗的主要工作,一是努力反映和表现时代精神,一是彻底打破旧诗的形式,创建新的诗歌规范。

初期白话诗最突出的成就是诗体的解放,而促成诗体解放的第一位功臣是胡适。

胡适(1891—1962),原名胡洪骍,字适之,安徽绩溪人。胡适出身于官僚地主兼商人家庭,幼时在家读私塾,14岁到上海读书,1910年留学美国,初习农学,后改哲学,1917年尚未通过哥伦比亚大学哲学博士论文答辩,就回国任北京大学教授。1917年2月,胡适在《新青年》第2卷第6期上发表了新文学史上最早的白话诗《白话诗八首》,但并没有引起反响。为了改变困境,《新青年》从1918年1月始,连续而集中地推出了胡适、周作人、沈尹默、刘半农、刘大白、康白情等名家的白话诗,李大钊、陈独秀、鲁迅等也加入诗歌的创作,白话诗不仅面貌一新,而且成为社会的一个热点。在《新青年》带动下,《新潮》《少年中国》《星期评论》,以及"五四"时期的"四大副刊"(《晨报副刊》《京报副刊》《时事新报·学灯》《民国日报·觉悟》)等著名报刊争相刊登白话新诗。1920年1月新诗社编辑出版了现代文学史上的第一部白话诗集《新诗集(第一编)》,收有胡适、刘半农、周作人、康白情、郭沫若等15人的102首新诗,显示了白话新诗的初步成果。

1920年出版的胡适的《尝试集》,是新文学史上的第一部个人诗集,也是他实践"诗体大解放"主张的初步尝试。诗集取名为"尝试集",是反陆游诗句"尝试成功自古无",取"自古成功在尝试"之意。胡适在白话诗的尝试之初,虽然也采用白话入诗,甚至还采用了一些外语的音译词,但仍然难以摆脱半文半白、重蹈"新学之诗"覆辙的尴尬窘况。然而,胡适正是从外国诗歌的翻译中得到了启示,找到了自由发挥诗情的感觉,使他的白话诗创作产生了一个飞跃①。因此,他把自己的译诗《"关不住了"》看作自己新诗成立的"纪元"。

对新诗理论建设贡献最大的也是胡适。正是他在《谈新诗》一文中明确提出了"诗体大解放"的主张,认为"不但打破五言七言的诗体,并且推翻词谱曲谱的种种束缚;不拘格律,不拘平仄,不拘长短;有什么题目,做什么诗,诗该怎么做,就怎么做"。这一主张大体上代表了当时白话诗人的共同意见,对白话诗的创作起到了重要的指导作用,因而被看作当时"诗的创造和批评的金科玉律"②。

初期白话诗的总体特点,是在内容上具有强烈的政治倾向性和朴素的写实风格,表现出鲜明的时代特征;在艺术上受到外国诗歌影响,并由此形成了新诗发展的传统。周作人的《小河》是白话诗散文化的代表,以其精微的哲理性和敏锐的观察力名噪一时,被胡适称为"新诗中的第一首杰作"③。沈尹默的《三弦》在双声叠韵和音节安排上的精巧处理以及学习古诗意境方面都取得了成功,是白话诗音韵化的代表。刘半农的《相隔一层纸》《学徒苦》,刘大白的《卖布谣》在学习民歌方面的成绩最为突出,具有古乐府民歌的意味。

到1921年,不但各报刊都有白话诗面世,而且,还陆续出版了《诗》月刊、《京报副刊·诗学半月刊》等著名的白话诗专刊,以及《分类白话诗选》(许德邻编)等大型诗集,白话诗以不可抗拒之势占领了诗坛。然而,初期白话诗中的大多数作品,正如胡适对自己的《尝试集》所作的评价一样,还

---

① 参见"李平现代文学欣赏"系列微课《胡博士的童心》,见"五分钟课程"网:http://www.5minutes.com.cn/web/course/CourseDetail.aspx？id=a59308ef—3cc6—4032—a18c—1b2bc059a66c
② 朱自清:《中国新文学大系·诗集导言》,良友图书印刷公司,1935。
③ 胡适:《论新诗》,《胡适研究资料》,北京十月文艺出版社,1989。

没有完全脱离"词曲的气味与声调",就像是旧时女子缠过的小脚,"虽然一年放大一年,年年的鞋样上总还带着缠脚时代的血腥气"。直到1921年8月郭沫若《女神》的出版,才真正标志着白话新诗完全取代了传统旧诗的地位。

郭沫若(1892—1978),四川乐山人。郭沫若原名郭开贞,"郭沫若"是他1919年9月开始在《时事新报·学灯》上发表诗歌时启用的笔名,"沫若"二字取自家乡的"沫水"(大渡河)和"若水"(青衣江)。郭沫若出生于一个地主兼商人家庭,从小受到古典诗词的熏陶,8岁开始学做对句和五七言诗。四川"保路运动"和辛亥革命的失败,既给他带来了失望和苦闷,也激发起他不屈的反抗精神。1914年他赴日留学,学的虽是医学,却沉醉于泰戈尔、海涅、歌德、屠格涅夫的文学作品和斯宾诺莎的"泛神论"。1916年日本姑娘安娜点燃了他心中的诗情。1919年五四运动爆发后,他从美国诗人惠特曼的《草叶集》中找到了"个人的郁积,民族的郁积"的"喷火口"和"喷火方式",形成了一个创作爆发期。1921年6月,与留日同学郁达夫等发起成立创造社。1923年在九州帝国大学医学部毕业后,带着妻子安娜和三个孩子回国,并同时活跃在文艺和政治两个大舞台上。

《女神》1921年8月出版,除《序诗》外,分三辑。第一辑为《女神之再生》《湘累》和《棠棣之花》三部诗剧;第二辑为《凤凰涅槃》《天狗》《炉中煤》《晨安》《匪徒颂》《立在地球边上放号》《巨炮之教训》等30首"五四"时期的作品,最能代表其成就和风格特点;第三辑为《死的诱惑》《日暮的婚筵》《上海印象》等20首最初的试笔和回国后创作的具有优美风格的作品。《女神》强调自我表现、个性解放和理想追求,常常采用托物言志的手法,借用神话传说或历史故事中的形象来寄托自己的理想,表现出鲜明的浪漫主义特征。

《凤凰涅槃》兼有豪放和秀美两种风格,历来被看作《女神》的代表。它由《序曲》《凤歌》《凰歌》《凤凰同歌》《群鸟歌》和《凤凰更生歌》六节组成。其中,又以《凤歌》《凰歌》和《凤凰更生歌》最为重要。《凤歌》以屈原的《天问》的情绪和气势,对"茫茫的宇宙"提出了质问,但是,诗人没有像屈原那样提出天地万物、古往今来的问题,也不是像屈原那样着重表现一种探索的精神,而是仅仅为了否定宇宙,对污秽的宇宙进行诅咒。因此,可以说《凤歌》是一首诅咒之歌。诗人所要诅咒的宇宙也并不是太空,而是现实的社会,是当时黑暗的中国。与《凤歌》的诅咒不同,《凰歌》尽情地诉说了"五百年来"的悲哀,表现了人民"好象那大海里的孤舟"的命运,同时,还发出了对已经失去的年轻时候的"新鲜""甘美""光华"和"欢爱"的呼唤。因此，也可以说《凰歌》既是一首悲哀之歌，也是一首希望之歌。诗中这种渴望自己和祖国都能获得新生的进取精神，在《凤凰更生歌》中得到了更充分的体现。与《凤歌》和《凰歌》中所表现出来的悲愤之情截然不同，《凤凰更生歌》献给人们的是一派欢乐景象，凤凰不仅欢呼着自己的更生，也欢呼着"一切"的更生。因此，《凤凰更生歌》既是一首欢乐之歌，更是一首预言之歌，它预言着一个新的时代的到来。

《炉中煤》是一首典型的爱情诗，但诗人通过一个副题"眷恋祖国的情绪"，就将一首爱情诗转换成了一首以"恋歌"形式出现的爱国诗篇。正是这一转换，表现出了鲜明的"五四"时代特点。在许多爱国诗篇中，人们习惯于将祖国称作"母亲"，而诗人则将祖国称为"我年青的女郎"。诗人曾解释说："'五四'以后的中国，在我心目中就象一位很葱俊的姑娘，她简直就和我的爱人一样。"[①]"五四"时代是一个以"个性解放"为主要特征的时代，歌唱爱情是当时的一种时代风尚，也是创造社浪漫主义作家最为普遍的题材。因此，将祖国比喻为姑娘也最为符合诗人的个性和当时的心情。一般来说，将祖国比作母亲较为适合表现一种深沉的爱，而比作姑娘则较为适合表现一种热烈的爱。当时，诗人正处于一种诗情的爆发期，感情几乎达到了狂热的沸点。这首作品的另一个独特之处，在于诗人选择了既黑又丑的煤炭作为寄托感情的形象，并通过拟人化的手法，将煤转换为地位低贱的"黑奴"的形象，再以煤自况，使"炉中"正在燃烧的"煤"具有了十分丰富的内涵。在此基础上，诗人还以煤的燃烧来表现自己爱国的方式和状态，既符合煤的特点，又与《女神》中的许多作品所表现出来的以自我牺牲来报效祖国的爱国精神相一致，是一曲爱国主义绝唱。

《天狗》历来被看作《女神》中最有特色的作品，它与《凤凰涅槃》和《炉中煤》有许多相似之处。在内容上，都是通过毁灭自我、创造新我来表现爱国精神，在表现手法上，都是借助某一形象（或天狗，或凤凰，或煤）来表现主题。但是《天狗》的感情更为激烈，更为狂暴。正是为了表现这种不可遏制的情绪，诗人没有再选择凤凰这类传说中的"吉祥鸟"，而选择了传说中的"凶神"。在中国的民间传说中，天狗是天上的"破坏者"，天上出现日食或月食，便认为是天狗吞噬了太阳和月亮的结果。诗人选择这样的形象，其用意就是要把自己比作天狗，把天狗当作一切旧事物、旧制度的破坏者来赞

---

① 郭沫若：《创造十年》，《沫若文集》，人民文学出版社，1958。

美和歌颂。作品的开始,宣称"我是一只天狗",就把自己树立为正统社会的对立物,紧接着,便宣布了自己的主张,亮出了自己的旗帜。在人们的眼里,月亮和太阳都是神圣不可侵犯的权威,但我要"把月来吞了","把日来吞了",对此,有人不高兴吗?那好,我就"把一切的星球来吞了","把全宇宙来吞了"。与《天狗》风格较为接近的作品还有《晨安》《匪徒颂》《立在地球边上放号》《胜利之死》《巨炮之教训》等。

如果说,《天狗》是豪放风格的代表,那么,《日暮的婚筵》则可以说是秀美风格的代表。《日暮的婚筵》描写的是一幅日落大海时的美景,在诗人眼中,夕阳渐渐沉入大海,是因为"新嫁娘最后涨红了她丰满的庞儿,被她最心爱的情郎拥抱着去了"。这首诗在构思上主要受到德国浪漫诗人海涅《北海》一诗的影响,只是在海涅笔下,美丽的太阳所嫁的海神是一个"枯燥无味的老头子"。这种悲剧结局是狂热中的郭沫若所无法忍受的,因此,他将"枯燥无味的老头子"转换成了姑娘心中"最心爱的情郎",从而使作品充满了青春的气息,成为一首理想主义的浪漫曲。

如果说《尝试集》是现代第一部个人的白话诗集,是现代白话新诗的开山之作,那么,《女神》则是现代第一部真正取代文言旧诗的新诗集,是现代诗歌的奠基之作。《女神》的意义在于它情绪饱满地表现了以爱国、反抗和进取为特征的"五四"精神,以形式上的"绝端的自由、绝端的自主",真正做到了"诗体的大解放",并表现出鲜明的浪漫主义特色,意味着中国新诗从以形式创造为特点的"自发"的草创期,进入了以形式完善为特点的"自觉"的建设期。

二 《雪朝》、"繁星体"、湖畔诗社与冯至

在1922年的诗歌大事记中,几乎每一页上都写着文学研究会的名字:1月,《诗》月刊创刊、冰心的小诗《繁星》开始在上海《时事新报·学灯》上连载、郑振铎的《论散文诗》发表于《文学旬刊》第24期;3月,俞平伯的诗集《冬夜》由亚东书局出版;6月,周作人在《晨报副刊》上发表了著名的《论小诗》;10月,徐玉诺出版了诗集《将来之花园》。

其中,最引人瞩目的是"《雪朝》诗人"的集体亮相:这年6月,朱自清、周作人、徐玉诺、俞平伯、郭绍虞、叶圣陶、刘延陵和郑振铎八位文学研究会诗人出版了他们的诗合集《雪朝》。《雪朝》以自由体的抒情诗为主,多表现"五四"后觉醒的知识分子的追求和苦恼,也表现下层劳动人民的痛苦,是"五四"时期写实主义诗风的代表。其中,朱自清的成就最大,表现出不懈

追求的激情和踏实坚韧的精神。他的《送韩伯画往俄国》《赠 A.S》[①]等很好地表现出对革命的向往之情。

冰心的《繁星》《春水》与《雪朝》不同，自成一家。她在印度诗人泰戈尔《飞鸟集》影响下，以"小杂感"形式记录的"零碎的思想"，发表时由编辑分行处理后，竟成了自由体新诗一个影响广泛的品种，造成了一个"小诗的流行的时代"。因最初发表时的总题为《繁星》，故称"繁星体"。冰心的小诗与她的散文相似，都以凄美的风格表现她心中的泛爱理想，既含有浅显的哲理性，也带有温情的说教味。造成小诗流行的功臣，还有翻译《飞鸟集》的郑振铎、翻译日本俳句的周作人、诗集《流云》的作者宗白华，以及诗人徐玉诺、何植三等。这种将心中刹那间的细微感情以简约而精美的形式表达出来的形式，得到了许多读者的喜爱和模仿。小诗的出现，不但增加了新诗的品种和表现力，也扩大了新诗的影响和作者队伍。

湖畔诗社 1924 年成立于杭州，虽然只有汪静之、冯雪峰、潘漠华和应修人四位年轻人，但他们专写爱情诗，并且写出了许多大胆而真情的爱情诗，在当时也名重一时。湖畔诗社成立的当年，他们就出版了诗合集《湖畔》和汪静之的个人诗集《蕙的风》，第二年又出版了冯雪峰、潘漠华和应修人的三人诗合集《春的歌集》。

在湖畔诗人中，汪静之的影响最大。他在《伊的眼》中他写道："伊的眼是温暖的太阳，／不然，何以伊一望着我，／我受了冻的心就热了呢！／／伊的眼是解冻的剪刀，／不然，何以伊一瞧着我，／我被镣铐的灵魂就自由了呢！"汪静之的爱情诗以天真烂漫、清新大胆著称。在《过伊家门外》中他更是冒天下之大不韪，公然地说："我冒犯了人们的指摘，／一步一回头地瞟我意中人，／我怎样欣慰而胆寒呵！"这首诗发表后，早已忍无可忍的卫道士们终于发出了"有意的挑拨人们的情欲"和"不道德"的指责。

朱自清在《蕙的风·序》中说："中国缺少情诗，有的只是'忆内''寄内'，或曲喻隐指之作，坦率的告白恋爱者绝少，为爱情而歌咏爱情的更是没有。"因此，汪静之和湖畔诗人的爱情诗在诗歌内容上是一个突破，在诗歌题材上也是一个开拓。如果说初期白话诗的先驱诗人大多都是新旧时代的过渡人物，那么，湖畔诗人则是在先驱者们号召下成长起来的新人，他们是"五四"的产儿，是新诗的未来。为此，周作人专门写了《什么是不道德的文学》，为湖畔诗人以及因小说《沉沦》受到指责的郁达夫进行辩护。朱自

---

① A.S 即庵石，邓中夏的化名。

清后来也在《新文学大系·诗集导言》中肯定了他们的成就,认为他们是一群"真正专心致志做情诗"的诗人。

冯至①是初期白话诗成功之后具有独特个性和成就的浪漫主义诗人,被鲁迅称为"中国最杰出的抒情诗人"②。冯至12岁到北京读中学,1921年考入北京大学,1927年到哈尔滨,1928年任北京大学助教,1930年到德国学习文学和哲学,1936年到上海同济大学任教,1939年任西南联大教授,抗战胜利后回北京,任北京大学教授。受郭沫若、海涅等影响,《一条小河》《蛇》等表现出幽婉的风格和沉思的特点,艺术手法已十分成熟。冯至较早地注意到诗歌的音乐性,诗行趋于整齐,也讲究节奏的舒缓和韵脚的和谐,表现出现代新诗艺术化和格律化的趋势。《昨日之歌》中的四首小叙事诗《吹箫人的故事》《帷幔》《蚕马》和《寺门之外》,借用歌德、席勒叙事歌谣的表现手法,重新改造中国的古代神话和民间传说,做到了抒情与叙事的有机结合,朱自清赞叹其"叙事堪称独步",是当时叙事诗发展的优秀代表。

冯至是在郭沫若的影响下开始诗歌创作的,同时也受到海涅、歌德和席勒等德国诗人的影响,其抒情诗和叙事诗都十分优秀。抒情诗《蛇》表现出幽婉的风格和沉思的特点,已经具有了十分成熟的艺术手法,除了表现知识分子的人生困惑,也以描写爱情著称:"我的寂寞是一条长蛇,/冰冷地没有言语——//……它是我忠诚的侣伴,/心里害着热烈的乡思:/它在想着那茂密的草原——/你头上的浓郁的乌丝。"冯至的爱情诗与汪静之相比,具有感伤凄美的特点,想象奇特而又不落俗套。

冯至最具代表性的作品是出版于1927年的《昨日之歌》下卷中的四首小叙事诗:《吹箫人的故事》《帷幔》《蚕马》和《寺门之外》。中国传统诗歌大多长于抒情而短于叙事,在"五四"前后出现的几部叙事诗中,沈玄庐的《十五娘》是新诗史上的第一首叙事诗,以朴素见长,朱自清的《毁灭》被看作新文学中的《离骚》《七发》,是利用传统技艺的真正长诗,以古雅著称,此外,白采的《羸疾者的爱》虚幻、朱湘的《王娇》深情,都各具特点。而冯至的叙事诗则以神秘为特色,借用歌德、席勒叙事歌谣的表现手法,重新改造中国的古代神话、民间传说,做到了抒情与叙事的有机结合,代表着当时叙事诗发展的最高水平。朱自清十分欣赏冯至的叙事诗,赞叹他的"叙事堪称

---

① 冯至(1905—1993),原名冯承植,河北涿县人。
② 鲁迅:《中国新文学大系·小说二集导言》,良友图书印刷公司,1935。

独步"①。

冯至的诗在现代新诗创作中,较早地注意到了诗歌音乐性,诗行趋于整齐,也讲究节奏的舒缓和韵脚的和谐,已经表现出现代新诗朝着艺术化和格律化方向发展的趋势。

三　徐志摩、闻一多与新格律诗

诗体大解放后出现了许多粗制滥造之作,极大地损害了白话新诗的声誉。人们在批评新诗的同时,也开始了新诗观念和原则的探讨,提出了新诗格律问题。第一个有意创新格律的诗人是陆志韦,他的关于"舍平仄而采抑扬"的主张,便是针对胡适的《谈新诗》对诗歌节奏的否定提出来的;闻一多则在对《冬夜》的批评中提出了诗歌音节问题;梁实秋对《草儿》《繁星》也提出了批评;成仿吾、穆木天、王独清等对新诗疏略粗陋的批评则最为严厉。

1926年4月,主编《晨报副刊》的徐志摩,邀请闻一多加盟,在《晨报副刊》上开辟了《诗镌》专栏,并由此形成了一个著名的新月诗派(格律诗派)。徐志摩在创刊号上发表《诗刊导言》,公开亮出了他们的艺术主张。闻一多的《诗的格律》则对新诗格律作了系统的论述,提出了著名的"三美"主张,即"诗的实力不独包括音乐的美(音节),绘画的美(辞藻),并且还有建筑的美(节的匀称和句的均齐)"。此外,《诗镌》还发表了朱湘的《新诗评一·尝试集》和《新诗评二·郭君沫若的诗》、饶孟侃的《新诗的音节》和《再论新诗的音节》等重要诗评和诗论。《诗镌》于1926年6月终刊,虽然只出版了11期,却造就了徐志摩与闻一多,培养了朱湘、刘梦苇、饶孟侃、孙大雨、杨世恩等一大批青年诗人。

徐志摩是新月诗派的代表人物。徐志摩(1897—1931),浙江海宁人,1916年赴津京求学,曾师从梁启超。1918年赴美留学,1919年9月毕业于克拉克大学历史系,1920年9月获哥伦比亚大学的硕士学位后,放弃了进而取得博士学位的机会,怀着对罗素的崇拜之情,转投英国剑桥大学。当时他并不知道,由于罗素在战争时期的反战主张,已经被剑桥大学除名。当徐志摩好不容易进入剑桥后,却突然失去了目标,只好将所有的才情都转移到了爱情和文学上。同时,剑桥在徐志摩的心中也成了一个解不开的情结,一个永远的梦想。将"剑桥"(Cambridge)称为"康桥",不仅仅是徐志摩在翻

---

① 朱自清:《中国新文学大系·诗集导言》,良友图书印刷公司,1935。

译上的独创,而且成了徐志摩诗情的标识。

  徐志摩的诗主要收在《志摩的诗》(1925)、《翡冷翠的一夜》①(1927)、《猛虎集》(1931)和他去世后编辑出版的《云游》(1932)四部诗集中。从徐志摩诗歌写作的时间顺序看,总体上表现出一个明显的趋势:随着理想越来越渺茫,情绪也变得越来越焦急和消沉。在《志摩的诗》中,诗人的情绪是快乐的,因为他正满怀希望。即使他已经知道,这一理想几乎没有实现的希望,他也要"骑着一匹拐腿的瞎马,向着黑夜加鞭"(《为要寻一个明星》)。到《翡冷翠的一夜》,他的热情几乎完全消退了,剩下的一方面是焦急,一方面则是失望。他曾说:《翡冷翠的一夜》"可以说是我生活上的又一个较大的波折的留痕"②。但在诗人心中,还保留着那位"学一个海鸥没海波"的"女郎"(《海韵》)。再到《猛虎集》,诗人几乎完全绝望了。不但感叹"我不知道风,是在哪一个方向吹",而且爱情诗也堕落到了"得!我再亲你一口:热热的!"(《活该》)这样庸俗的地步。

  徐志摩诗歌大致可分为三类:一是对理想的追求,二是对现实的不满,三是对爱情的歌唱。徐志摩的理想,就是先进文明的资本主义。具体地说,就是"英国工党式"的政治模式。在他的早期诗歌中,可以看到"五四"时期特有的时代气息和乐观精神,可以看到诗人希望祖国早日摆脱贫穷落后,走向进步繁荣的强烈愿望。因此,对理想的追求,既是徐志摩早期诗歌的主要内容,也是他的诗魂。对现实不满,是因为理想得不到实现,而对爱情的歌唱,则贯穿他的整个创作过程。因此,徐志摩素有"诗哲"之称。茅盾曾说:"志摩是中国布尔乔亚'开山'的,同时又是'开代'的诗人。"③

  《雪花的快乐》④是徐志摩早期的一首有名的爱情诗,也是一曲飘在半空中的理想之歌:"假若我是一朵雪花,/翩翩的在半空中潇洒,/我一定认清我的方向——/飞飏,飞飏,飞飏——/这地面上有我的方向。"这朵潇洒的雪花,不去冷寂的幽谷,不去凄清的山麓,也不去荒街,而认清了她要去的花园。雪花的潇洒,正表现了诗人的从容和自信。从诗人的生活经历和思想发展过程来看,他的爱情诗虽然与他的爱情生活有密切的关系,但也可以看作他的政治理想的一种寄托。"志摩的许多披着恋爱外衣的诗不能够把

---

① "翡冷翠",意大利的文化名城,现通译"佛罗伦萨"。
② 徐志摩:《〈猛虎集〉序》,《猛虎集》,新月书店,1931。
③ 茅盾:《徐志摩论》,《现代》第2卷第4期,1932年12月。
④ 《雪花的快乐》,写于1924年12月30日,最初发表于《现代评论》1925年1月17日出版的1卷6期,后收入《志摩的诗》。

它当作单纯的情诗看的;透过那恋爱的外衣,有他的那个对于人生的单纯信仰。"①茅盾的这个意见,对后来人们关于徐志摩爱情诗的看法,具有深远的影响。

《沙扬娜拉一首》②是音乐美的代表:

> 最是那一低头的温柔,
>   象一朵水莲花不胜凉风的娇羞,
> 道一声珍重,道一声珍重,
>   那一声珍重里有蜜甜的忧愁——
> 沙扬娜拉!

这首只有五行的小诗,充分体现出徐志摩诗歌的婉约之风,虽然带有浓郁的脂粉气,但辞藻却并不浓艳,没有用"雪白的肌肤""艳红的嘴唇""云霞般的和服"等的艳词俗字,而是准确地抓住日本侍女在与客人道别时的一瞬,用"温柔""娇羞""忧愁"等富有感情色彩的词汇,道出了说不尽的温情,画出了一个侍女动人的形态和神态,特别是最末一句"沙扬娜拉"的款款道出,犹如一幅余音缭绕的娇美图。徐志摩的诗歌形式自由而又都精巧典雅,深得白话新诗的精髓。《沙扬娜拉一首》单看是一首标准的自由体诗,然而,他却用大致相同的形式一口气写了18首,于是,一个新的"格律"形式就诞生了。新旧格律的本质区别在徐志摩诗中表现得最为鲜明。

《再别康桥》③是徐志摩诗歌的代表作,也是其音乐美和运用现代口语的典范。徐志摩是"康桥文化"的膜拜者,"康桥"在他的一生中有着特殊的重要意义,他对康桥的留恋之情,似乎也成为他一生中永恒的主题。《康桥西野暮色》和《夜》表现了他对康桥的深情厚意,《康桥再会罢》是康桥情结的集中代表:"康桥,再会罢;/我心头盛满了别离的情绪,/你是我难得的知己,/……归家后我母若问海外交好,/我必首数康桥";而《再别康桥》则是"康桥系列作品"中最为动情也最能动人的一首。它在平白自然的口语中,奇迹般地写出了无声无泪的惜别之情。在第一节短短的四行里,竟一口气连用了三个"轻轻的",而在诗的结尾,又换成了两个"悄悄的":"悄悄的我

---

① 茅盾:《徐志摩论》,《现代》第2卷第4期,1932年12月。
② 《沙扬娜拉一首》是组诗《沙扬娜拉》的最后一首。组诗原为18首,写于1924年5月随印度诗人泰戈尔访华期间,最初收在《志摩的诗》初版本中,诗集再版时,作者删去了前17首。
③ 《再别康桥》,写作于1928年11月6日访欧归国途中,发表于同年12月的《新月》第1卷第10期,后收入《猛虎集》。

走了,正如我悄悄的来;我挥一挥衣袖,不带走一片云彩。"可以看出,徐志摩不但善于根据要表达的内容创造不同的形式,而且更善于用不同的手法来创造优美和谐的旋律。

徐志摩诗歌变化多样,既写散文诗和自由体诗,也写富有建筑美特点的新格律诗。徐志摩的新格律诗形式自由而又精巧典雅,深得白话新诗的精髓,在诗行的排列上,更注重在变化中保持整体的谐调,具有现代风尚。他重视诗的音韵,形成了"自由轻快"的独特风格,在音乐美方面的贡献最为突出,影响也最为深远。他的作品几乎全部采用当时的口语,读起来朗朗上口,韵味十足。《雪花的快乐》表现的"雪梅之恋"的优雅,情调是欢快的;《沙扬娜拉一首》表现的是客人对侍女的留恋,情调是温馨的;《再别康桥》表现的是诗人对心中圣地或者理想的诀别,其情调是无奈的。这三首诗可以看作徐志摩诗歌的代表,也是其音乐美和运用现代口语的典范。徐志摩开拓了新诗的表现形式,对现代新诗加快艺术进程起到了重要的推进作用,产生了极为深远的影响。

闻一多(1899—1946),原名闻家骅,湖北浠水人。闻一多是新诗格律的主要倡导者和理论家。他对诗歌格律的研究,与他的新诗创作和新诗评论几乎是同时开始的。1920年7月,他的第一首新诗《西岸》发表;1921年6月,他的第一篇新诗评论《评本学年〈周刊〉里的新诗》在《清华周刊》刊出;而在1921年12月,他在刚成立不久的清华文学社上,就中国诗歌的格律问题以及自由诗问题,作了题为《诗底音节研究》①的报告。1922年3月,在赴美留学之前,他又完成了中国诗歌传统问题的研究长文《律诗底研究》和代表他对早期新诗系统看法的新诗评论《冬夜评论》,开始构筑他富有传统色彩的"东方诗学"之梦的系统工程。留美期间写的《女神之时代精神》和《女神之地方色彩》两文,前者肯定了《女神》对于"五四"青年心声的表现,后者批评了《女神》存在的过于欧化的弊病,是他早期诗评的代表作;1926年5月发表的《诗的格律》强调了诗歌自然美与艺术美的关系,特别是格律在诗歌创作中的重要性,是他多年研究的总结性文章。闻一多特别强调了新格律诗与旧体律诗的区别:第一,"律诗永远只有一个格式,但新诗的格式是层出不穷的";第二,"律诗的格律与内容不发生关系,新诗的格式是根据内容的精神制造的";第三,"律诗的格式是别人替我们定的,新诗的

---

① 原题为"A Study Of Rhythm In Poetry",闻一多译作《诗底音节研究》。现又译作《诗的音节底研究》或《诗的格律研究》。Rhythm,还可译为"节奏"或"韵律"等。

格式可以由我们自己的意图来随时构造"。在中国古典诗词基础上创立的具有"东方和谐美"的"三美"主张,则是闻一多诗歌美学的理想。

闻一多诗歌主要收入《红烛》与《死水》①两部诗集中。《红烛》共分五篇,《李白篇》《夜雨篇》和《青春篇》为留学美国之前在清华学校时的作品,《孤雁篇》和《红豆篇》为留学以后在美国期间的作品。诗集内容广泛,既反映了当时青年知识分子不满现实的情绪,表现了诗人希望献身艺术、报效祖国的理想,以及对自然的歌颂和赞美,也表现了诗人对西方社会强烈的愤恨和炽热的爱国思乡之情,以及对前途渺茫的感伤和哀愁。《死水》中的作品大多是闻一多1925年5月回国后创作的,这时,他既为轰轰烈烈的反帝爱国运动所鼓舞,又对社会现实的黑暗腐朽感到失望和悲痛。于是,诗人的眼光更多地从个人转向了社会,在表现人民的痛苦、民族的屈辱的同时,把诗人自己不甘绝望的内心思想与爱国主题、社会内容结合在一起。

《红烛》一诗是诗集《红烛》的序诗,也是这部诗集内容的集中体现。在诗中,诗人从李商隐"蜡炬成灰泪始干"的著名诗句中得到启发,抓住了蜡烛"燃烧"和"流泪"这两个特征,经过匠心独运的构思,进行了富有哲学意义的探讨,创造出一种充满献身精神的"红烛"形象。对于"莫问收获,但问耕耘"这个结尾,以前多持批评态度,认为"不免有些暗淡和渺茫"②,但这正是一种献身精神的表现,也是闻一多一贯的生活态度。《太阳吟》历来被看作闻一多爱国思乡的代表作,从头到尾都是痛苦而深情的哭泣,是典型的"闻一多式"的赤子之歌。这种描写游子思乡的痛苦,在闻一多的许多作品中都有表现。《忆菊》是1922年在祖国传统节日"重阳节"的前一天写下的一篇"菊花赞"。菊花集高尚、纯洁、傲气等多种气质于一身,是中国传统文人最为钟爱的名士之花,也是中国民族精神的象征。在灯红酒绿的美国,如痴如醉地歌唱菊花,其用意不言而喻。另外一首很少被人提及的《你看》,是闻一多思乡情绪表现得最为淋漓尽致的作品:"朋友,乡愁是个最无情的恶魔,/他能教你眼前的春光变作沙漠。//……朋友们,等你看到了故乡的春,/怕不要老尽春光老尽了人?/啊,不要探望你的家乡,/朋友,家乡是个贼,/他能偷去你的心!"这首诗以诅咒乡愁和家乡的形式来表达思乡之苦,与《死水》以恨的形式来表达对祖国的爱,有着异曲同工之妙。

---

① 《红烛》,由郭沫若、成仿吾介绍,1923年9月由上海泰东书局出版。《死水》,1928年1月由新月书店出版。

② 参见《中国新诗大辞典》,时代文艺出版社,1988。

《死水》一诗写于1926年4月《诗镌》创办之时,是新格律诗和"三美"主张的完美典范,也是闻一多诗歌的代表。作品的结尾:"这是一沟绝望的死水,/这里断不是美的所在,/不如让给丑恶来开垦,/看他造出个什么世界。"很有些破罐子破摔的味道,最耐人寻味,也常常让人误解。闻一多在《女神之时代精神》中曾说过:"20世纪是黑暗的世界,但这黑暗是先导黎明的黑暗。20世纪是死的世界,但这死是预言更生的死。"朱自清在《〈闻一多全集〉序》中说得更明白:"这不是'恶之花'的赞颂,而是索性让'丑恶'早些'恶贯满盈','绝望'里才有希望。""死水"的意象,与《红烛》中的"红烛""孤雁""秋菊"等传统意象相比,更具有现代意识和独创性。

《死水》完美地体现了闻一多的"三美"主张。其音乐美,主要体现在音尺的安排上。音尺,即"逗",是由汉语特有的音节组成的音组,又称音步。音尺主要分"二字尺"和"三字尺"两种。在每行诗中,音尺的数量没有限制,先后顺序也可以颠倒,但音尺数必须相同。如第一节:

这是/一沟/绝望的/死水,
清风/吹不起/半点/涟漪。
不如/多扔些/破铜/烂铁,
爽性/泼你的/剩菜/残羹。

这就同唱歌一样(中国的古诗词都是可唱的),一个音尺一个节拍,四个音尺就如一首"四分节拍"的歌,缓慢而深沉。其绘画美,主要体现在辞藻上,利用汉字的"通感"效果,创造出一种"诗中有画"的艺术境界。作品第二节集中使用了许多富有色彩的辞藻,使诗人笔下的一沟绝望的死水,变成了一幅生动的画面:"也许铜的要绿成翡翠,/铁罐上锈出几瓣桃花;/再让油腻织一层罗绮,/霉菌给他蒸出些云霞。"在这里,诗人是故意用美丽的辞藻来描绘丑恶的事物,造成一种强烈的心理反差,从而增强主题的表达。其建筑美,则主要体现为"节的匀称和句的均齐",仿佛每一个字都是一件建筑材料,诗句的排列整齐给人以外观上的形态美感。作品共五节,每节四行,每行九字,犹如五首内容相连的"九言"绝句,是最为标准的"豆腐干式"的格律新诗。闻一多的"三美"主张很大程度上受到传统诗词的影响,而建筑美则直接来源于古代的绝句和律诗。

如果说《死水》从反面表达了诗人对现实的愤怒,那么,《发现》和《一句话》等则从正面抒发了诗人对现实的不满。人们常把郭沫若的诗看作爆发了的火山,而闻一多则把自己的诗比作"没有爆发的火山"。在国外时,诗人时时不敢忘忧国,祖国在他心中像花儿一样美好,可回到祖国一看,才发现这是"一场空喜",是"噩梦",是"恐怖",于是,在《发现》中,诗人的一腔柔情沸腾了,变为了一腔怒火:"我来了,我喊一声,迸着血泪,/'这不是我的中华,不对,不对!'"在这首诗里,诗人已经被现实逼得不得不放弃自己惯用的"托物寄情"法,而改用以前所反对的"直抒胸臆"法。在《一句话》里,诗人也以急风暴雨的节奏,表达了他这种怒不可遏的激情:"有一句话说出就是祸。/有一句话能点得着火。/别看五千年没有说破,/你猜得透火山的缄默?/说不定是突然着了魔,/突然青天里一个霹雳,/爆一声:'咱们的中国'!"

《死水》的爱国主义精神与《红烛》是一脉相承的,虽不像《红烛》那样浪漫,却更加深沉。《红烛》表现了游子的思乡情,《死水》则表现了赤子的拳拳心;《红烛》流的是泪,《死水》呕的则是血。

第四节 鲁迅与现代小说的开端

一 《呐喊》《彷徨》和《故事新编》

在1918年到1925年的七年间,鲁迅共计创作了25篇以现实生活为题材的小说,后结集为《呐喊》和《彷徨》。这些作品几乎每篇一种形式,每篇都是对现代小说形式的新创造,因此,鲁迅是名副其实的"中国现代小说之父"。同时,鲁迅还是中国现代历史小说的首创者,《故事新编》是一部"神话,传说及史实的演义",是"五四"后历史小说中最重要的成果之一。

《呐喊》(1923)是鲁迅的第一部小说集,除《自序》外,收1918—1922年间的小说15篇[①]。《狂人日记》是鲁迅的第一篇白话小说,《孔乙己》和《药》也是发表于1919年五四运动前的名篇,《阿Q正传》是鲁迅小说的代表作,《明天》《风波》《故乡》和《社戏》也是鲁迅小说的重要作品,此外还有《一件小事》《头发的故事》《端午节》《白光》《兔和猫》《鸭的喜剧》。

《狂人日记》[②]猛烈地抨击封建礼教"吃人"的本质,以足够的思想分量体现了新文学运动的实质,在艺术上成功地借鉴了俄国批判现实主义作家

---

① 为回应成仿吾以赞扬《不周山》来贬低其他作品的言行,在《呐喊》第13次印刷时,鲁迅特意将《不周山》抽去,后改名《补天》编入《故事新编》。

② 《狂人日记》最初发表于1918年5月出版的《新青年》第4卷第5号。

果戈理《狂人日记》的表现手法,在现代文学史上创造了一种崭新的日记体小说和心理分析形态,显示出了文学革命的实绩,具有划时代的意义。从此,也拉开了现代小说不断推陈出新的序幕[①]。

《狂人日记》的主题十分明确,就是要"暴露家族制度和礼教的弊害"[②]。作品虽然是一篇狂人的日记,却始终围绕着中国几千年历史中不断发生的吃人现象展开,其用意就是告诉大家,在写满"仁义道德"的历史中,其实满本都只写着两个字:"吃人!"这是鲁迅对封建道德下的定义,也是他对中国历史思考多年的一个发现[③]。作品通过主人公狂人的眼睛,观察了他身边的人:"他们——也有给知县打过枷的,也有给绅士掌过嘴的,也有给衙役占了他妻子的,也有老子娘被债主逼死的",然而,他们不但没有起来反抗吃人的人,反倒也要跟着吃人。狂人为此而困惑,作者为此而愤怒:"是历来如此惯了,不以为非呢?还是丧了良心,明知故犯呢?"在狂人或作者看来,这些人如果不改,最后都会被吃掉,而未来的希望只能寄托在那些"或者还有"的"没有吃过人的孩子"身上,因此,他发出了"救救孩子……"的呼声。作品不仅表现了彻底批判封建礼教的勇气,还表现了作者"忧愤深广"的人道主义情怀,表现了他以文艺创作来改造社会和人生的总体精神。从这个意义上来看,《狂人日记》的意义远远超出了文学的范畴。

鲁迅仰仗自己先前所看的外国文学作品和所学的医学知识,将狂人这个具有恐惧、多疑、知觉障碍和逻辑思维不健全等特征的"迫害妄想型"精神病患者,描写得栩栩如生,但作品的主旨却并不是要表现他所受到的精神迫害,更不是一篇精神病人的纪实作品,而是要借狂人之口来揭示封建礼教吃人的本质。狂人的形象具有"狂"与"不狂"的两重性。狂人的"狂",一方面在于他所具有的精神病人的特征,一方面也在于他对传统和世俗的反抗;而狂人的"不狂",则在于他"超前"的思想认识,说出了当时人们不敢说或根本还没有想到的话。如同历史上凡是反抗传统、反抗社会现存秩序的人都无一例外地被视为"疯子"一样,狂人的思维和语言常常是离经叛道

---

① 陈衡哲的《一日》(《留美学生季报》1917年新4卷夏季2号)是新文学史上最早的白话小说,但在当时并没有产生什么影响。
② 鲁迅:《中国新文学大系·小说二集导言》,良友图书印刷公司,1935。
③ 参见"李平现代文学欣赏"系列微课《〈狂人日记〉的另一个发现》,见"五分钟课程"网:http://www.5minutes.com.cn/Web/Course/CourseDetail.aspx? id = 02024fd4—ca79—4a77—b448—262c999abf4b

的,但他的观察和结论却是丰富和深刻的。因此,狂人实际上是一个敢于向传统挑战的已经觉醒的知识分子形象,一个敢于向现实的世俗社会挑战的清醒的反封建的民主主义者的象征形象。然而,鲁迅对于狂人的命运和前途却并不乐观,因此,在作品的"文言小序"中预感到了他的结局:"然已早愈,赴某地候补矣。"

《孔乙己》塑造了一个深受封建文化和科举制度毒害的知识分子形象,一生读书却屡试不第,但至死也不肯脱下显示读书人身份的长衫,以简练精粹著称。《药》以清末女革命家秋瑾为原型,塑造了革命先行者夏瑜的形象,表现了"群众的愚昧,和革命者的悲哀"。

《阿Q正传》是鲁迅在辛亥革命失败后潜心于中国文化的历史"钩沉"的结果,最深刻最突出地表现了鲁迅对中国国民性的弱点和病根的认识,因此,被看作鲁迅小说的代表作,也是中国现代文学史上最杰出最辉煌的作品之一。

鲁迅写作《阿Q正传》的目的,就是要通过阿Q的形象,挖掘出中国农民愚昧落后的原因,揭示出中国人的灵魂。因此,从阿Q形象出现的第一天起,就有人"栗栗危惧",怀疑作者是在借阿Q骂自己,或者害怕有一天终会骂到自己头上来。作品开始在报上连载不久,茅盾就断言:"《阿Q正传》虽只登到第四章,但以我看来,实是一部杰作。……阿Q这人,要在现社会中去实指出来,是办不到的;但我读这篇小说的时候,总觉得阿Q这人很面熟。是啊,他是中国人品性的结晶呀!……而且,阿Q所代表的中国人的品性,又是中国上中社会阶级的品性。"①

阿Q是一个生活在江南小镇上的农村流浪汉②,他"没有家,住在未庄的土谷祠里;也没有固定的职业,只给人家做短工,割麦便割麦,舂米便舂米,撑船便撑船"。阿Q不但没有土地,没有家,甚至连自己的姓名籍贯也不知道,即使是在未庄也处于社会的最底层,然而,他却不愿承认这个现实,总以为"我们先前——比你阔多啦!你算是什么东西!"因此,"又很自尊,所有未庄的居民,全不在他的眼里,甚而至于对于两位'文童'也有以为不值一笑的神情。"而且,也真如茅盾所言,还具有"上中社会阶级的品性":第

---

① 茅盾:《通信》,《小说月报》第13卷第22号,1922年2月。
② 关于阿Q的身份或阶级成分,有过不同的看法,一般认为,他属于"雇农",即没有自己的土地而主要依靠出卖劳动力(打短工)为生的农民。也有研究者认为,他属于城市贫民。但是,与他身份类似的七斤(《风波》),却一直被看作"农民"。

一,由于他头有几处癞疮疤,便有了许多的忌讳,"讳说'癞'以及一切近于'赖'的音,后来推而广之,'光'也讳,'亮'也讳,再后来,连'灯''烛'都讳了"。第二,由于在争斗中总是失败,便改变策略,采取"怒目主义",以求得精神上的胜利。谁要说"亮起来了",他便以"你还不配……"作为还击和报复,并因此真的觉得自己的癞头疮也是一种"高尚的光荣的癞头疮"了。即使是挨了打,也能找到自我安慰的办法,以为自己是"被儿子打了"。即使是自己也发现自己是第一个能够自轻自贱的人,也有妙招解脱:"除了'自轻自贱'不算外,余下的就是'第一个'。状元不也是'第一个'么?'你算什么东西'呢!?"这种不敢正视现实,不愿承认失败的态度,和自轻自贱、自嘲自解、自甘屈辱、或妄自尊大、自我陶醉的种种表现形式,就是阿 Q 性格的主要特征:自欺欺人,也就是人们所说的"阿 Q 精神"或"阿 Q 主义"。由于这种表现的目的都是为了求得精神上的胜利,故又称为"精神胜利法"。

"精神胜利法"作为一种主观唯心主义的思想特征,通常是那些需要胜利而又无法取得胜利的人,用以维持精神平衡的一种"骗术",常常表现在正走向没落的统治阶级的精神状态中。阿 Q 作为一个生活在社会最底层的农民,怎么也会产生这种现象呢?从人类思想的普遍意义上来看,这正是被统治者接受统治阶级思想影响的结果。马克思和恩格斯在《德意志意识形态》中指出:"统治阶级的思想在每一个时代都是占统治地位的思想。……因此,那些没有精神生产资料的人的思想,一般都受着统治阶级支配。"由于当时在中国占统治地位的封建阶级在现实中总是以这种精神上的胜利来掩盖对于帝国主义列强的失败,因此,当时的中国国民便普遍如此。具体地说,中国农民具有这种精神病态的原因还有三个:第一,由于封建统治阶级的残酷压迫。中国农民从一次次造反的失败中,错误地得出了造反没有出路的结论,而不造反又无法忍受现实和痛苦生活,只好寻求精神上的安慰,或求佛拜神,或寄希望于来世;第二,由于自然经济的闭塞环境。中国农民长期生活在小国寡民、自给自足的环境中,稍有满足便夜郎自大,盲目排外;第三,由于封建家长制的家庭生活。中国农民虽然社会地位低贱,但在家庭中却具有至高无上的尊严,而且越是在外面受辱受压,就越是在家庭中称王称霸。"精神胜利法"作为弱势群体的一种精神特征,不仅揭示出了中国国民性的病根,而且也揭示出了人类普遍的共同特征,因此,阿 Q 形象是一个具有世界意义的艺术典型。

《阿 Q 正传》在前三章中充分表现了阿 Q 的"精神胜利法",从第四章"恋爱的悲剧"后,阿 Q 的性格得到了进一步发展,在第七章"革命"和第八章"不准革命"中,则集中表现了阿Q的革命,表现了以阿Q为代表的中国国民在社会动荡时期的种种变化,在更深层面和更广泛的意义上,进一步揭示了国民性的缺陷和弊端。所以,阿Q性格中的革命要求与他的"精神胜利法"既是相互对立的,又是相互联系着的。鲁迅在《〈阿Q正传〉的成因》中谈到阿Q是否真要做革命党时说:"据我的意思,中国倘不革命,阿Q便不做,既然革命,就会做的。我的阿Q的运命,也只能如此,人格也恐怕并不是两个。"阿Q的革命,是其性格复杂性的表现,也是其性格发展的必然结果。在封建思想的毒害下,他虽然对造反"深恶而痛绝",但是,当赵太爷等统治者对革命感到恐慌时,他不仅开始"神往"革命,并且也要投身进去"革这伙妈妈的命"了。阿Q的革命,作为对"精神胜利法"的反叛,实际上,正是农民从愚昧走向觉醒的开始。但是,阿Q的革命只是最初阶段的"自发革命",只是一种想拿点东西式的革命,改朝换代式的革命,这种革命即使成功了,改变的也只是皇帝的姓氏,只是皇帝和其他少数人的身份,社会仍旧,传统的思想也仍旧。这就是中国社会不能进步,封建统治可以延续几千年的一个根本原因。

然而,辛亥革命不是阿Q的革命,不是中国农民的革命。在辛亥革命的高潮中,不但绝大多数中国农民仍然麻木不仁、无动于衷,而且即使有阿Q这样的极少数下层农民急于改变自己的地位而投身革命,也因为改良派的反对和统治者的报复而最终被拒之门外,甚至像阿Q这样成为"示众"的材料和屈死冤鬼。在当时的历史条件下,阿Q越是起劲地进行革命,便越是加速了他的死期的到来。正是在这个意义上,阿Q的被杀,表现了鲁迅对辛亥革命的态度,也是对辛亥革命失败原因的总结。

《阿Q正传》最后一章"大团圆",表明了鲁迅对辛亥革命的失望,同时也表明了鲁迅对中国国民性的失望。他不仅通过阿Q不为自己被抓被杀而担心,反而为自己画圆圈画得不圆而羞愧和释然,以及他在游街示众过程中,面对众多的看客,"无师自通"地喊出"过了二十年又是一个……"的豪言壮语,让阿Q的"精神胜利法"有了最后的表演机会,而且更通过看客们因为没有听到他们所熟悉的戏文而遗憾,深刻而沉重地表现了人们的麻木和愚昧,表现了辛亥革命以后社会仍然死寂和黑暗的现实。

《明天》是鲁迅描写农村妇女的第一次尝试,通过寡妇单四嫂子严守"三从四德",把自己的全部希望都寄托在儿子身上,表现了农村的落后和农民的愚昧。《风波》以1917年7月的张勋复辟为背景,通过江南鲁镇的船夫七斤进城被革命党剪掉辫子惹出的一场虚惊,表现了辛亥革命给农村和农民的影响,仅仅是一场"辫子的风波"。《故乡》是一篇带有自传性的小说,通过对少年闰土和中年闰土的对比,表现了农民精神上的麻木和生活上的苦难,对后来的乡土文学产生了深远的影响。

《彷徨》(1926)是鲁迅的第二部小说集,收1924—1925年间的小说11篇。除《祝福》和《离婚》描写的是农村妇女生活外,《在酒楼上》《孤独者》《肥皂》《高老夫子》《示众》《伤逝》,以及《幸福的家庭》《长明灯》和《弟兄》描写的都是知识分子的命运和城市贫民的生活。

《祝福》通过祥林嫂的故事,表现了农村妇女在封建礼教的束缚下无论怎样反抗也无法逃脱的悲惨命运。她以死相拼,不愿违背"从一而终"的伦理道德,却只是暂时做稳了的奴隶,可她按照婆婆的旨意再嫁后,却想做奴隶也不成了。《离婚》是鲁迅的最后一篇现实题材小说,爱姑大胆泼辣,敢于挑战传统的夫权和族权,敢骂公公和丈夫是"老畜生"和"小畜生",虽然完全不同于单四嫂子和祥林嫂,但当她真正面对地方上的头面人物七大人时,仍只有胆怯和屈服。

《在酒楼上》被周作人看作最具"鲁迅气氛"的小说,通过"五四青年"吕纬甫从激进到消沉的思想变化,探讨了"五四"高潮后知识分子的道路和命运。《孤独者》是《在酒楼上》的姊妹篇,但魏连殳的个性特点更为鲜明突出。《伤逝》是鲁迅直接表现青年婚姻爱情题材的唯一作品。涓生和子君在"五四"新思潮的感召和鼓舞下,大胆追求自由恋爱,毅然冲出家庭的束缚,在众目睽睽之下同居在一起,最后却因一张辞退信而断了生路,他们与吕纬甫和魏连殳一样,没能逃脱失败的命运。

《肥皂》是鲁迅第一篇讽刺知识分子的小说,通过四铭对女乞丐的邪念到关于肥皂的联想,揭露了封建卫道者道貌岸然的面具和肮脏心态。《高老夫子》则可以看作《肥皂》的姊妹篇,不同的是高尔础是"新派"人物,但同样不学无术,同样一肚子男盗女娼。《示众》既没有人物描写,也没有完整的故事情节,描写的虽然只是北京街头一个普通的示众场景,展示的却是中国人总是充当看客的劣根性,既是表现中国国民性的经典作品,也是鲁迅小说艺术创新的代表作品,更是历久弥新的具有先锋精神的艺术珍品[①]。

《故事新编》(1936)是鲁迅的第三部小说集,除《序言》外,收1922—

---

① 参见"李平现代文学欣赏"系列微课《〈示众〉:被冷落的先锋珍品》,见"五分钟课程"网:http://www.5minutes.com.cn/Web/Course/CourseDetail.aspx?id=23acc881—108f—4e0b—ac5a—e71fae0cdd53

1935年间的历史小说八篇。前三篇《补天》《奔月》《铸剑》写于1922—1926年间,是鲁迅的前期作品。后五篇《非攻》《理水》《采薇》《出关》《起死》写于1934—1935年间,是鲁迅的后期作品。

《补天》(1922)取材于《淮南子》和《山海经》中女娲采石补天的神话,是对创造精神的歌颂。《奔月》(1926)取材于《淮南子》嫦娥奔月的传说,表现了羿的英雄气概和嫦娥的忘恩负义。《铸剑》(1926,原名《眉间尺》)取材于《列异传》《搜神记》《楚王铸剑记》和《吴越春秋》中的复仇故事,是对眉间尺和复仇精神的赞美①。

《非攻》(1934)取材于《墨子·公输》中墨子止楚攻宋的故事,表现了墨子的智慧。《理水》(1935)取材于《尚书》和《史记》中大禹治水的故事,既有对大禹的歌颂,也有对"文化山"上的学者们的讽刺。《采薇》(1935)取材于《史记》中武王伐纣的故事,批评了伯夷、齐叔逃避现实的消极思想。《出关》(1935)取材于《史记》和《庄子》中老子西出函谷关的故事,既讽刺了孔子的狡猾,更批判了老子的无为。《起死》(1935)取材于《庄子·至乐》中的一个寓言,讽刺了庄子的虚无主义哲学。

《故事新编》的写法不同于《呐喊》和《彷徨》,有的"博考文献,言必有据",如《铸剑》《非攻》等,有的则"只取一点因由,随意点染",如《补天》《奔月》等。鲁迅在《序言》中说:"叙事有时也有一点旧书上的根据,有时却不过信口开河。而且因为自己对于古人,不及对于今人的诚敬,所以仍不免时有油滑之处。"

鲁迅小说按题材可分为知识分子和农民两类。其中,14篇知识分子题材小说真实地描写了中国知识分子在清末、辛亥革命和"五四"以后三个重要时期的精神和生存状况,按其精神特征可分为三种类型:第一类是孔乙己、陈士成(《白光》)等封建制度的受害者和牺牲者。作者对他们既有批判,也有同情;第二类是四铭、高尔础等封建制度的维护者和追随者。作者对他们只有批判,没有同情;第三类是狂人、夏瑜、吕纬甫、魏连殳、涓生和子君等封建制度的破坏者和反抗者。他们具有现代的意识、进步的思想和改革的要求,也曾有过为自己理想而奋斗的辉煌历史,但他们的反抗几乎都以失败而告终。这类形象不仅数量众多,而且也是鲁迅最为看重的现代知识

---

① 参见"李平现代文学欣赏"系列微课《〈铸剑〉与斯巴达精神》,见"五分钟课程"网:http://www.5minutes.com.cn/web/course/CourseDetail.aspx?id=5199398e—b7a4—4490—a064—9faecccb454a

分子形象。鲁迅通过他们失败的故事,既揭示了时代和社会的悲剧,也指出了他们缺乏"韧性"精神和斗争策略的根源。

如果说鲁迅的知识分子题材小说主要表现了他"哀其不幸"的态度,那么,他的农民题材小说则更多地表现了他"怒其不争"的思想,更集中地表现出鲁迅作为一个启蒙主义思想家的特点。鲁迅不仅成功塑造出了一批落后农民的艺术形象,而且还真实地反映了当时中国农村黑暗的现实,深刻地揭示出这些农民愚昧、麻木的精神上的创伤。

"五四"时期的文学家都是启蒙者,都承担着思想家的重任。然而,鲁迅小说的独特性在于:第一,鲁迅小说所关注的不仅仅是个性解放或家庭婚姻或革命斗争,而是中国社会变革时期最紧要最迫切的人的精神困惑和生存前景等重大问题。第二,鲁迅小说并不像"五四"前后的"前驱者"那样乐观,既不像人生派小说那样把未来的希望寄托在问题的揭露或对爱与美的追求上,也不像艺术派小说那样满足于自己身边故事的描写或依靠感伤情感的抒发来打动读者,而是"哀其不幸,怒其不争",要"揭出病苦,以引起疗救的注意"。鲁迅小说正是在怀疑和沉思中,形成了"忧愤深广"的总体特征。

"五四"新文学从一开始就呈现出各种体裁发展不平衡的格局。小说创作虽然起步较晚,且大多比较幼稚,但鲁迅的小说却创造出了一个奇迹:既是现代小说的开端,也是现代小说成熟的标志。

二 人生派小说与乡土小说

文学革命后,具有新文学特征的小说创作一直占据着文坛的主流地位。鲁迅小说的重大突破,对人生派小说和乡土小说产生了直接影响。1919年后的两三年中,北京大学的《新潮》杂志先后发表了22篇小说,几乎全都与当时社会现实直接相关。1921年,文学研究会成立后,叶圣陶、冰心、许地山、王统照等人生派作家继续问题小说的创作,主要描写普通人的生活,并试图探索出人生的意义,逐渐形成了一股写实小说的潮流。而在人生派小说家中,叶圣陶创作的时间最早、作品最多,成就也最大。

叶圣陶[①]1911年中学毕业后,先后在小学、中学和大学里任教,是著名的教育家。1914年开始创作文言文小说,1919年在《新潮》上发表白话小说《这也是一个人?》(《一生》),加入了问题小说的创作热潮之中。先后出

---

① 叶圣陶(1894—1988),原名叶绍钧,江苏苏州人。

版有小说集《隔膜》(1922)、《火灾》(1923)、《线下》(1924)、《城中》(1926)等。问题小说热潮过后,叶圣陶开始专心致志地描写各类学校中知识分子的小市民精神状态和"灰色人生",教育题材成了他最具特色的作品,有教育小说之称。

叶圣陶小说的代表作《潘先生在难中》,以1924年发生在江浙的军阀战争为背景,通过小学校长潘先生携全家"逃难"到上海,又只身"返回"县城,以及"欢迎"得胜军阀等三个情节,塑造了一个典型的灰色小市民形象。叶圣陶坚持以客观冷静的态度观察人生、描写人生,特别强调通过人物自身的言行来表现其思想性格,善于讽刺却不露声色,善于通过细节来突出人物特点,语言朴素严谨,却给人流畅自然的感觉,表现出一种蕴藉而含蓄的特点,最能体现出文学研究会"为人生"的艺术主张。

叶圣陶还是我国童话文学的先行者,1921年就创作了《小白船》,后结集有《稻草人》(1923)、《古代英雄的石像》(1931)等具有中国特色的童话集,体现了一个教育家的本色。

冰心小说具有"五四"时期忧愤深广的时代特点,但成就不如散文和诗歌。初期多为"只问病源,不开药方"的问题小说。处女作《两个家庭》采用对比的方法表达了作者对封建家庭和资产阶级家庭培养出来的女子的不同态度,提出了当时社会普遍关注的家庭、教育和个人出路等问题。成名作《斯人独憔悴》探讨的仍然是家庭问题。《去国》讲述了一个"海归派"青年英士从美国学成归来后报国无门,无奈之中,只好再度去国。五四运动高潮过去后,进入"彷徨期",从热衷于提出问题转为竭力宣扬爱的哲学。代表作《超人》(1921)通过信奉尼采"超人哲学"的主人公何彬的变化,阐述了自己的博爱思想,引起了许多青年读者的共鸣,轰动一时。此后,冰心继续着爱的幻想,先后创作了《烦闷》(1922)和《悟》(1924),将"亲情之爱"扩大到"万物之爱",与《超人》一起,构成了冰心的"爱心三部曲"。

然而,冰心从美国归来后,几乎重蹈小说《去国》中英士的覆辙,同样陷入了报国无门的尴尬境地。因此,在沉默多年后发表的《分》,以及后来的《六一姊》《冬儿姑娘》《我们太太的客厅》等问题小说,摆脱了基督教教义的影响,表现出与早期爱心小说不同的特点,具有了朦胧的阶级意识。

许地山[①]曾创作过著名散文《落花生》,并以"落华生"为笔名,出版有小说集《缀网劳蛛》和散文集《空山灵雨》。许地山小说别具一格,一是他的

---

① 许地山(1893—1941),台湾台南人。

小说大多取材于东南亚一带或国内闽粤地区的华侨生活,因此表现出浓郁的异国情调;二是因为许地山是一个基督教徒,同时对佛教也很有研究。处女作《命命鸟》、代表作《缀网劳蛛》以及《商人妇》等小说不仅宣扬爱的哲学,而且还有明显的宿命观,表现出当时和以后都绝无仅有的传教士色彩。

乡土小说是"五四"小说的重要收获,也是当时重要的文学现象。乡土小说作家大多是来自南方农村的青年,他们既有坚实的生活基础,又受到"五四"新文学,特别是鲁迅的影响,以乡村回忆为创作的主要形式,重视对农村风土人情和民俗世态的描写,表现出浓郁的地方色彩,也在不断的发展过程中形成了自己的特点,突破了"五四"新文学局限于城市知识分子的题材范围,给当时的文坛吹来了一股带着泥土清香和山民野性的新风,形成了新文学农村题材创作的第一次繁荣。

在入选鲁迅编辑的《中国新文学大系·小说二集》的作家中,有四位乡土小说家,他们是来自浙江的王鲁彦、许钦文,来自贵州的蹇先艾,以及来自湖南的黎锦明。

王鲁彦[①]是乡土小说创作中成就最高的作家,出版有小说集《柚子》(1926)、《黄金》(1928)等。早期小说《柚子》从构思到风格都十分接近鲁迅的小说,但其个性特点,则主要体现在他以自己家乡宁波镇海地方风俗为题材的具有民俗学价值的作品中。《菊英的出嫁》生动具体地描写了浙东一带流行的古老民俗"冥婚",通过男女双方家长为去世多年的儿女操办婚礼的荒唐行为,揭示出中国农村落后的社会环境和农民的精神面貌。

许钦文[②]是鲁迅的同乡,也是较早受鲁迅影响的语丝社作家。他的《鼻涕阿二》模仿《阿Q正传》,描写了一位外号叫"鼻涕阿二"的农村妇女的人生悲剧,突出地表现了封建宗法制农村中妇女精神上的麻木和愚昧。他将自己的第一部小说集命名为《故乡》(1926),既体现出乡土小说家在创作题材上的特点,也表现出他对鲁迅的崇拜。

乡土小说及乡土文学的主要作家还有废名、台静农、许杰、彭家煌以及文学理论家王任叔(巴人)、诗人徐玉诺和潘训(潘漠华)等。废名[③]的《竹林的故事》(1925)、《桃园》(1928)和《枣》(1932)等短篇小说集,"专写农村乡镇宁静生活里的人事,对小人物寄同情,初时尚注重社会意义"。《竹林

---

① 王鲁彦(1901—1944),浙江镇海人。
② 许钦文(1897—1984),浙江绍兴人。
③ 废名(1901—1967),原名冯文炳,湖北黄梅人。

的故事》等作品名为小说,实则也是散文,很注重意境的传达,清新素朴,抒情气息浓郁,也喜闲谈琐事,以冲淡为衣,表现出朴讷哀伤的风格。台静农[①]也是一位乡土小说高手,曾得到鲁迅的好评,他的《蚯蚓们》和《负伤者》描写的"卖妻""典妻"现象,《烛焰》描写的"冲喜"恶俗,在题材上与许杰有近似之处,但他的小说在阴冷气氛的制造上则更接近于鲁迅,著名作品还有《拜堂》《天二哥》《红灯》等。许杰[②]的《惨雾》以描写南方农村宗族间的乡民"械斗"而引人瞩目,被茅盾称为"那时候一篇杰出的作品"。而他的《赌徒吉顺》则以描写农村的"典妻"现象而闻名。彭家煌[③]主要描写湖南农村闭塞环境中具有喜剧意味的人间悲剧,"乡村讽刺体"小说《怂恿》描写土豪恶霸间的狗咬狗斗争,对后来的沙汀小说有直接影响。

三 郁达夫与艺术派小说

以创造社为代表的艺术派作家大多在国外留学,受西方浪漫主义文学和日本私小说影响,擅长抒写在异国他邦的屈辱和长期郁积在心中的愤懑,或通过主人公形象来寄托自己的理想,具有明显的"自叙传"特点。

郁达夫(1896—1945),原名郁文,浙江富阳人。郁达夫出身于一个没落的地主家庭,从小熟读史书和古文,喜爱《桃花扇》《燕子笺》等戏曲,1910年在教会学校育英书院因参加反对校长的学潮被开除,回家自修。1913年9月随长兄郁华到日本,1914年进入东京第一高等学校学习,受到屠格涅夫《初恋》《春潮》等小说的影响,考入东京帝国大学经济系后,仍未离开文学,遂与郭沫若等筹办创造社,并开始创作小说。其小说创作大致可分为四个时期:

一、1921年2月,郁达夫完成了他的处女作《银灰色的死》,并于当年7月在上海的《时事新报·学灯》上连载,同时,又完成了《沉沦》和《南迁》,三篇小说汇成小说集《沉沦》,同年10月由上海泰东书局出版。是现代文学史上的第一部短篇小说集。出版后立即引起轰动,其评论毁誉参半,郁达夫也因此一夜成名。小说集《沉沦》体现出显著的自叙传性质、浓郁的抒情格调、感伤的浪漫主义倾向,初步形成了郁达夫小说的个性特征。1922年2月至7月,以"于质夫"为主人公的系列小说《茫茫夜》《怀乡病者》《风铃》

---

① 台静农(1903—1991),安徽霍邱人。
② 许杰(1901—1993),浙江天台人。
③ 彭家煌(1898—1933),湖南湘阴人。

(后改名《空虚》)和《秋柳》,可以看作《沉沦》的尾声。

二、1922年秋,郁达夫回国后,找不到工作的窘迫,使他较多地接触到社会的底层,写出了《春风沉醉的晚上》《薄奠》等一批反映人们"生的苦闷"的具有现实主义特点的作品,显示出一种朦胧的革命文学倾向。《春风沉醉的晚上》是这一期的代表作,具有一种过渡期的色彩,既以自己身边琐事为题材、注重表现作家自己内心感受,又有意识地表现下层劳动人民生活。

三、1925年至1927年,郁达夫陷入矛盾和痛苦之中,最后因观念上的分歧登报退出创造社。创作上也出现矛盾的现象,既有较多情色描写的小说《街灯》《迷羊》和记录爱情生活的散文《日记九种》,也有具有"社会主义色彩"的小说《微雪的早晨》等。

四、1928年后,与鲁迅一起合编《奔流》,参加民权保障自由大同盟和"左联",但仍未能摆脱精神上的矛盾和痛苦,《她是一个弱女子》既有自然主义的情色描写,又包含着积极的革命思想,而《东梓关》《迟桂花》又流露出对隐居山林的向往,《瓢儿和尚》《迟暮》则更为消极。1935年创作的最后一篇小说《出奔》则表现出作者重新奋起的姿态。

郁达夫的一生经历了反叛和追求的痛苦历程,其总趋势是从以《沉沦》为代表的"病态美",向以《春风沉醉的晚上》为代表的"感伤美",再向以《迟桂花》为代表的"宁静美"转变。在他的每一个时期,甚至每一篇作品中,都可以看到并存着的积极和消极因素。虽然周作人凭借自己的威望为他辩护,但人们仍然把他视为颓废派的代表。

《沉沦》是郁达夫小说的代表作,体现出郁达夫小说在显著的自叙传性质、浓郁的抒情格调、感伤的浪漫主义倾向等方面所具有的鲜明个性特征。《沉沦》的主人公"我"有着作家自己的浓重投影,是一位患有严重忧郁症的留日学生,三岁丧父,家境贫寒,长兄在官场上也很不得意,自己在学校又屡屡受挫,退学后便蛰居在小小的书斋里,终日郁郁寡欢,从小养成了孤独感伤的性格。到日本后,陌生的环境和民族歧视,使他的性格更加畸形,不仅仇视日本同学,而且与仅有的几位中国同学也疏远了,于是便把大自然作为自己的避难所,在爱情小说里沉醉,然而,青春期所燃起的爱情之火,却烧得他无处可藏,他越是孤独,越是渴望爱情;可越是渴望爱情,就越是无法获得爱情,终于在肉欲的诱惑下,发展到窥浴、偷听、寻妓而不能自拔的地步,陷入梦魇般的泥潭中,最后赴海自尽。

《沉沦》按照人物的性格逻辑真实地写出了一个青春期少年的性苦闷,

塑造了一位中国的"零余者"的形象。他不愿屈服于社会的虐待,却无法进行报复,总想奋起反抗,却又总是不断地摧残自己,最终导致了他颓废的精神和变态的性苦闷。作品中对性苦闷心理和行为的大胆暴露,是人们议论的焦点,毁之者认为,这是一部不道德、不端方的诲淫之作,而誉之者则针锋相对,认为"是一件艺术的作品","虽然有猥亵的分子而并无不道德的性质","至于所谓猥亵的部分,未必损伤文学的价值"。[①] 作者在《〈沉沦〉自序》中也说,主人公的性苦闷是"性的要求与灵肉的冲突",是"现代人的苦闷",是对当时社会上"青年忧郁症的解剖"。而作品出现在"五四"时期个性解放的思想大潮汹涌而至之际,与人们对封建禁欲主义和虚伪道德观的蔑视是一致的,因而具有十分鲜明的反封建意义。这位中国的"零余者"并不是一个"色情狂",而是一个具有现代意识的"爱情至上主义者",他不但不重金钱,不重地位,就连古代清高的隐士所看重的"知识"和"名誉"也不屑一顾,只是固执地寻求"一个能安慰我体谅我的'心'。一副白热的心肠!从这一副心肠里生出来的同情!从同情而来的爱情!"然而,在备受民族歧视的日本,就是这样的爱情也不能得到,只能寄希望于"祖国呀祖国!……你快富起来!强起来罢!"这就很好地把主人公的种种遭遇与祖国的贫穷落后联系在一起,表现出强烈的爱国主义思想,代表了那个时代青年内心感时忧国的悲愤情绪,也得到了广大青年的理解和共鸣。

  郁达夫对现代小说的贡献,体现在他以具有散文化的结构、诗化的语言与感伤的情调的自叙传小说模式,确立了中国现代抒情小说的最初样式,并创造出了一批具有中国特色的"零余者"形象。郁达夫是一位具有诗人气质的才子,在小说、散文、旧体诗词、文艺理论和文学翻译等领域都卓有建树。他的小说所经历的从表现"性的苦闷"到描写"生的苦闷"的发展过程,在一定程度上真实地反映了旧中国很大一部分青年知识分子的生活和思想历程,不仅赢得了众多的青年读者,更形成了一个以"抒情"为主要特征的小说创作流派,在中国现代文学史上占有独特的重要地位。

  郭沫若也是艺术派的重要小说家之一。他的《漂流三部曲》(《歧路》《炼狱》和《十字架》)和《行路难》等,也受到日本小说的影响,表现出艺术派小说在故事情节上强调诗化和散文化的特点。他的《残春》和《喀尔美萝姑娘》等,则较早地借鉴了西方现代小说的意识流表现手法,运用弗洛伊德的释梦理论,细腻地描写人物的梦境和潜意识,对后来的浪漫抒情小说在艺

---

① 周作人:《〈沉沦〉》,《晨报副刊》1922年3月26日。

术上的创新树立了榜样。

张资平①也是创造社的重要小说家,他的《冲积期化石》是现代文学史的第一部长篇小说。他的早期小说《梅岭之春》《她怅望着祖国的天野》等,虽然与郁达夫的影响无关,但也表现出"性的苦闷"的特点和浪漫感伤的风格。由于他从小受到言情小说的影响,真正代表他小说个性的是沉溺于肉欲描写、偏于鸳鸯蝴蝶派风格的"性爱小说",后来他在上海专事"三角/多角恋爱小说"创作,有"三角恋爱"专家的称号,与创造社抒情派小说并非一路。

受郁达夫小说的影响,文坛上出现了一个以"青春骚动"为题材的抒情小说创作群体。他们大多不是创造社成员,却表现出浓郁的"达夫色彩",在写实小说的创作潮流外,形成了一个抒情小说的创作潮流。

庐隐②是文学研究会著名的女作家,曾写过问题小说,但不成功。真正体现出她小说才华的《或人的悲哀》《丽石的日记》《海滨故人》等感伤之作,表现了"五四"女性对个性解放和幸福爱情的追求,擅长用书信、日记等形式直接披露人物的思想和感情,带有自叙传的性质。代表作《海滨故人》既有郁达夫式的"自叙传"形式,又有着女性特有的细腻笔法和感伤哀怨的个人气质,即"庐隐风格"。

王以仁③也是文学研究会的作家。他的以《孤雁》《落魄》《流浪》《还乡》《沉湎》和《殂落》六篇书信体系列小说组成的小说集《孤雁》,主要描写穷愁潦倒的知识分子的流浪生活。

冯沅君④是"五四"时期第一个以描写爱情,特别是女性恋爱心理著称的女作家。从1924年起,她开始以笔名"淦女士"在创造社刊物上发表小说,她的书信体小说《隔绝》和续篇《隔绝之后》表现出大胆、真挚和热烈的特点,常常被看作创造社的女才子。

受郁达夫小说影响的作家,除了创造社的倪贻德、陶晶孙、叶灵凤、周全平、叶鼎洛外,还有浅草—沉钟社的陈翔鹤、林如稷,文学研究会和狮吼社的滕固,弥洒社的胡山源,艺林社的刘大杰,以及贺玉波等。

---

① 张资平(1893—1959),广东梅县人。
② 庐隐(1899—1934),原名黄英,福建闽侯人。
③ 王以仁(1902—1926),浙江天台人。
④ 冯沅君(1900—1974),河南唐河人。

第五节　现代话剧的引进与模仿

一　文明戏、问题剧与爱美剧

话剧是19世纪末由上海的西方侨民引入中国,中国人演话剧,则是从圣约翰书院、南洋公学等上海教会学校的学生业余演出开始的。1907年,在日本的留学生李叔同、欧阳予倩等组织春柳社,这是中国文学史上最早的话剧团体。这种西方戏剧形式,当时称为"文明戏"或"文明新戏""新剧"。"话剧"的命名,是1927年在易卜生百年纪念演出活动中,由田汉、洪深、欧阳予倩等人共同提出的。

1910年由任天知发起,汪仲贤、欧阳予倩、陈大悲等参加的进化社,是我国第一个职业性的话剧团体。他们创造了中国现代话剧早期的创作与演出模式:"幕表制",即强调现场的宣传作用,强调演员在表演中的创造性,不用剧本,只用演出提纲,演出内容由演员即兴发挥,具有街头剧的特点。但随着辛亥革命的失败,这一团体也逐渐走向衰落。

1914年,以上海为中心、以职业化与商业化为特色,现代话剧又出现了一个新的崛起,史称"甲寅中兴"。其中,以郑正秋导演的《恶家庭》为代表的家庭剧风行一时,并创造了文明戏的最高票房纪录。然而,正是由于他们盲目追求票房成绩、过于迁就小市民欣赏趣味的商业化倾向,以及艺术上的粗糙和演员的堕落,再次失去了观众。

文学革命后,话剧屡战屡败的局面终于有所改观。新文学倡导者们实际上是放弃了用传统戏曲的形式来表现现代生活的尝试,而决心以引进的方式来创建中国的新戏剧,一面加强对传统旧戏的批判,一面全盘引进西方的戏剧理论和作品。

从1917年起,《新青年》几乎每期都有关于新旧戏剧观的讨论文章。这时的戏剧界仍表现出"理论非常丰富,创作却十分贫乏"的特点,但在西方戏剧的引进中,却取得了意外的收获。1918年6月,《新青年》第4卷第6期推出了"易卜生专号",发表了胡适的《易卜生主义》、袁振英的《易卜生传》,以及罗家伦、胡适合译的《玩偶之家》(即《傀儡家庭》或《娜拉》)、《国民公敌》和《小爱友夫》等名剧,集中介绍了这位被称为"(欧洲)现代戏剧之父"的理论、生平和创作,造成了一个影响巨大的"易卜生热",使问题剧几乎成为当时话剧创作的唯一样式,而且还波及小说界,促进了问题小说热潮的形成,成为了新文学运动最重要的文学思潮之一。

　　1920年秋,著名文明戏演员汪仲贤在上海主持演出的萧伯纳名剧《华伦夫人之职业》遭遇失败;1921年5月,沈雁冰、郑振铎、陈大悲、欧阳予倩等13人,在上海发起成立了民众戏剧社。他们主张把戏剧看成推动社会前进的一个轮子,搜寻社会病根的X光镜。这是人生派的文学观在戏剧领域的反映,是戏剧界的人生派。为避免重蹈新剧的覆辙,民众戏剧社以提倡"爱美剧"来反对戏剧的职业化与商业化。"爱美"是Amateur的译音,意为"业余的""非职业的"。这是第一个具有新文学特征的戏剧社团,他们创办的《戏剧》(1921)月刊,是新文学第一个专门的戏剧刊物。在这样的背景下,以天津南开学校、北京清华学校为代表的学生业余演剧活动再一次形成高潮。

　　1921年中华职业学校的学生与谷剑尘、应云卫等组成的戏剧协社在上海成立,后又邀请欧阳予倩、洪深等加入,成为新文学第一个讲组织、讲纪律、讲方法的规范化话剧社团。1922年蒲伯英出资创办的北京人艺戏剧专门学校,则是我国最早系统讲授西洋戏剧理论的学校。1926年田汉在《南国》(半月刊)基础上成立的南国社和南国艺术学院,赵太侔、余上沅主持的北京艺术学校戏剧系等,都对中国话剧运动的开展和话剧艺术的探索作出了自己独特的贡献。

　　最先在话剧创作上掀起问题剧热潮的作家,是文学革命的领袖胡适。他虽然不是民众戏剧社和戏剧协社的成员,但在当时却比任何作家都更具号召力。1919年3月,他在《新青年》第6卷第3期上发表了模仿易卜生《玩偶之家》的独幕剧《终身大事》,塑造了一个"娜拉式"的新女性田亚梅。易卜生的《玩偶之家》将戏剧冲突集中在夫妻之间,作品女主人公在终于看清了丈夫的真实面目和自己在家中所扮演的"玩偶"角色之后,喊出了"我是一个人"的呼声,毅然走出了家门。这给被封建包办婚姻制度长期困扰的中国青年以极大的震动,把娜拉当作了崇拜的偶像。胡适的《终身大事》将戏剧冲突集中在子女与家长之间,很好地表达了当时青年们的心声,体现出"五四"时期的中国特色和时代精神。当田亚梅的父母以几百年前"田陈一家"的理由干涉她与陈先生的相爱,对自己的婚姻横加阻挠时,她像娜拉一样大胆地喊出了"孩儿的终身大事,孩儿应该自己决断"的呼声,勇敢地冲出了家庭的藩篱。

　　在胡适的影响下,出现了欧阳予倩的《泼妇》,熊佛西的《新人的生活》、郭沫若的《卓文君》以及稍晚的白薇的《打出幽灵塔》等以歌颂"时代新女性"为特征的剧目,塑造出了一批"娜拉式"的"出走者"形象。这批"娜拉剧",不但因为追求人格独立和个性解放的思想而受到广大青年的欢迎,壮大了问题剧的规模和声势,而且体现出了"五四"话剧最初的现实主义特色。

这时期的主要收获还有陈大悲的《幽兰女士》、熊佛西的《青春的悲哀》、汪仲贤的《好儿子》等以揭露家庭腐朽为题材和洪深的《赵阎王》、蒲伯英的《道义之交》等以揭露社会黑暗为题材的问题剧。当时的话剧创作以独幕剧为主,而《幽兰女士》(1921)以五幕的巨制,揭露了北京一个"模范家庭"的肮脏内幕,并涉及当时社会上的各种问题,是当时最有分量的问题剧。剧中的主人公幽兰也是一个具有"娜拉"精神,敢于反抗父母的包办婚姻,敢于在家中主持正义的新女性。

伴随着"爱美剧"出现的"小剧场运动",结出了丰硕的果实。小剧场运动起源于19世纪末法国"自由剧场"的艺术实验活动,后风行于欧美与日本。中国的小剧场运动以爱美剧形式改革文明戏体制,其核心是以"导演制"取代"明星制"。小剧场运动对剧本创作的重视,不仅产生了《幽兰女士》《赵阎王》《青春的悲哀》《泼妇》等尝试之作,而且还培养了郭沫若、田汉等一批著名的剧作家。洪深后来总结说:"自郭田等写出了他们底那样富有诗意的诗句美丽的戏剧,即不在舞台上演出,也可供人们当做小说诗歌一样捧在书房朗诵,而后戏剧在文学上的地位,才算是固定建立了。"①

二 欧阳予倩、田汉、洪深、郭沫若、丁西林与初期话剧

欧阳予倩、田汉和洪深是"中国话剧的三个奠基人"。

欧阳予倩②15岁留学日本,1907年加入春柳社并参与演出了中国第一个完整话剧《黑奴吁天录》。此后,参加话剧演出、组织剧社和创作剧本就成为他话剧人生中的三件大事。一方面,他主动学习京剧,做过许多改革京剧的尝试,创造出了独特的舞台表演风格,曾与梅兰芳齐名,有"北欧南梅"的美誉,还创作过《卧薪尝胆》等二十多出戏曲;另一方面,自1926年加入南国社后,开始从事电影文学剧本的创作,又成为中国电影事业的开创者之一。

欧阳予倩是中国话剧运动的创始人和主要奠基人之一。《潘金莲》是

---

① 洪深:《中国新文学大系·戏剧集导言》,良友图书印刷公司,1935年。
② 欧阳予倩(1898—1962),湖南浏阳人。

欧阳予倩在《泼妇》基础上对女性解放进行进一步探讨的结果。自施耐庵在《水浒传》中创造出潘金莲的艺术形象后,再经过《金瓶梅》的渲染,潘金莲就成了"淫妇"的代名词。但欧阳予倩却从中国女性在历史上的地位,重新考察了封建礼教对潘金莲这类妇女的影响,大胆为已经被历史定案的人物鸣冤叫屈,表现出敢为天下先的勇气。作品发表后,也曾引起争议。然而,半个世纪后,"巴山鬼才"魏明伦再一次把潘金莲的故事搬上了舞台。

田汉(1898—1968),原名田寿昌,湖南长沙人。田汉自幼喜爱民间曲艺,在长沙师范学校读书时就创作过《汉阳泪》《新桃花扇》等小剧本。1914年留学日本,后参加中国少年学会,在《少年中国》发表文艺论文和短剧。第一个剧本《梵峨嶙与蔷薇》(1920,即《环娥琳与蔷薇》),"梵峨嶙"(小提琴)象征艺术,"蔷薇"象征爱情。追求真正的艺术和理想的爱情,是他早期剧作的总主题。田汉经宗白华介绍与郭沫若结识,后三人的通信结集为《三叶集》,三人也成为文学青年心中的偶像。20年代,他在创造社的刊物上发表了《咖啡店之一夜》《获虎之夜》和《名优之死》等名剧,是创造社话剧的代表;同时,积极投身戏剧运动,先后与欧阳予倩、洪深、唐槐秋等创办过南国剧社、南国艺术学院、南国电影剧社、南国社等,先后主编过《南国半月刊》《醒狮周报·南国特刊》《南国月刊》等杂志,史称"南国戏剧运动"。

在20年代崭露头角的剧作家中,田汉与郭沫若以"诗人"身份创作的剧本,表现出与当时风行一时的问题剧完全不同的艺术风格。田汉自视《咖啡店之一夜》(1922)为"出世作"。主人公林泽奇和白秋英都是具有"五四"反叛精神的青年学生,同时又因婚姻悲剧而染上了颓废的"世纪末"情绪。《获虎之夜》(1924)第一次涉及"婚姻与阶级这一社会问题",表现的仍然是黄大傻与莲姑的幻灭,人物的反抗意识得到了加强,但未能走出"感伤的殉道者"的窠臼。

田汉的早期作品与郭沫若的诗歌和郁达夫的小说相似,多写充满幻想的青年流浪者在追求艺术和爱情过程中的浪漫主义悲剧。其中,"艺术家"形象系列最引人注目,从《梵峨嶙与蔷薇》的大鼓女柳翠、琴师秦信芳,《苏州夜话》(1928)的老画家刘叔康,《湖上的悲剧》(1928)的诗人杨梦梅,《古潭的声音》(1928)的诗人,到《名优之死》(1929)的名老生刘振声,以至《南归》(1929)的流浪诗人,都具有艺术至上的精神特征和甘为艺术献身的殉道意识,相信"生活在别处",永远在流浪中寻找着精神的港湾。最能代表田汉早期剧作成就的作品是《名优之死》,该剧以浪漫主义的精神,将刘振声塑造成了一个既忠于艺术,又为人正直,在人格上闪耀着理想主义光辉的硬汉形象,显示出一种宁死不屈的悲壮色彩,预示着作家美学风格的变化趋势。

洪深①在清华读书时创作有《卖梨人》《贫民惨剧》等作品,毕业后赴美学习,先入俄亥俄州立大学烧瓷专业,后考入哈佛大学,师从贝克教授,学习编剧,是中国话剧史上到国外专攻戏剧的第一人。1922年回国后,加入戏剧协社,参加并领导过复旦剧社和南国社。

洪深的《赵阎王》(1923)在人物塑造和借鉴外国戏剧艺术手法方面别开生面。主人公赵大虽然是一个杀人放火、奸淫抢掠的阎王,但作者认为他"做坏人心太好,做好人心太坏",他进入军阀部队当兵,也是被生活所逼,他的所作所为也是在军阀部队里混了多年的结果。在作品的后半部分,作者模仿美国表现主义剧作家奥尼尔名剧《琼斯王》的形式,让赵大在森林里乱窜,精神发生错乱。作品虽然由于形式上的欧化而没有演出成功,但对现代话剧的创新之路起到了开拓性的作用。后来,在曹禺的《原野》中,我们可以看到几乎是同样惊心动魄的一幕。

除《赵阎王》外,洪深还有根据王尔德名剧《温德米尔夫人的扇子》改编的《少奶奶的扇子》,而洪深通过排演实践,也推动了正规的表演和导演体制的建立。

郭沫若的早期剧作,都是诗剧,如《女神之再生》《湘累》和《棠棣之花》以及稍后的《孤竹君之二子》等,但他在戏剧创作上的主要成就,则是由《卓文君》《王昭君》和《聂嫈》三部历史剧组成的《三个叛逆的女性》。《卓文君》和《王昭君》是历史题材的"娜拉剧",卓文君与司马相如的"私奔"和王昭君开罪画师毛延寿的历史故事,全部都被重新改写:卓文君被塑造成一个反叛封建礼教、追求个性解放的新女性,而王昭君更是一位不愿做宫中玩物、敢于藐视君王权威的英雄。《聂嫈》是作者在1925年五卅运动的鼓舞下,在旧作《棠棣之花》基础上"扩写"而成,并加入了新的反帝思想。当时,反帝题材的主要剧作还有郑伯奇的《抗争》和熊佛西的《一片爱国心》等。

郭沫若的历史剧与他的诗歌和小说一样,具有浓郁的浪漫主义色彩,写的是古代题材,目的却是为了借此抒发心中的情感。郭沫若"翻案剧"的成功,带动了欧阳予倩的《潘金莲》,袁昌英的《孔雀东南飞》,王独清的《杨贵妃之死》《貂蝉》,熊佛西的《兰芝与仲卿》,顾一樵的《荆轲》《项羽》《苏武》,杨荫深的《一阵狂风》《磐石与蒲苇》以及伯彦的《宋江》等一批"历史

---

① 洪深(1894—1955),江苏常州人。自幼爱好文艺,学生时代开始戏剧演出。

翻案剧"的出现。此后,"翻案剧"不仅成为郭沫若历史剧的主体,而且一直是中国话剧的主要样式之一。

丁西林①早年在上海读书,是一位科学救国主义者。在留学英国期间攻读物理,回国后曾在西南建造过仪器工厂。丁西林从小爱好文学,阅读过大量中外文学作品,还擅长书法、绘画和音乐。丁西林是一位物理学家,却以剧作家而知名于世。他30岁才开始戏剧创作,真正属于半路出家,但又与"弃医从文"的鲁迅、郭沫若等不同,一直没有放弃自己的专业,写剧本只是他的业余爱好。1923年,中国话剧还处于模仿阶段,而丁西林的处女作《一只马蜂》一发表就令人耳目一新,无论是在戏剧的构思、结构,还是在人物、语言和风格上,都表现出了艺术上的成熟,让人看到了话剧艺术中国化的希望,当时就有人赞叹其为戏剧界的"凤毛麟角"。丁西林一开始就形成了自己的特点:在戏剧结构上,通常采用"三元结构"的模式;在戏剧冲突的安排上,又都是"几乎无事的喜剧",其风格特点主要通过机智幽默的语言来体现。虽然《压迫》(1925)被看作其代表作,但最能体现丁西林独幕剧特点的还是《酒后》(1925)。

《酒后》根据著名女作家凌叔华的同名小说改编,夫妻二人是矛盾的主体,作为第三者的客人一直在睡梦中,但夫妻间的关于"生在世上"与"活在世上"问题的讨论,却是由躺在沙发上的这位不速之客引起的:被宠爱的妻子希望当着丈夫的面,吻一下这位客人。客人醒了,讨论也结束了,妻子的"一吻之恋"没能实现,夫妇二人重归于好。然而这"几乎无事"的一段小插曲,却让观众看到了上流社会知识家庭对生活的理解和态度。这部戏很好地表现出"三元结构"的特点,整场戏都是夫妇二人的表演,客人几乎不说话,但他的作用却是不可或缺的。最初,丈夫吃醋撒娇都是因他而起,后来的人生讨论实际上也是围绕着他进行的,而妻子荒诞的一吻之求更是直接冲着他去的,最后矛盾的解决也是因他的醒来结束。

中国的话剧史几乎是多幕剧一统天下的历史,他不但始终对独幕剧情有独钟,而且一开始就形成了自己的特点:在戏剧结构上,通常采用"三元结构"的模式;在戏剧冲突的安排上,又都是"几乎无事的喜剧",其风格特点主要通过机智幽默的语言来体现。丁西林戏剧的上场人物都很少,但又不会少于三人。在这三个主要人物中,又不是三足鼎立,而是二元对峙,另一个第三者通常是矛盾的引发者,他常常躲在一边,暗中操纵着事态的发

---

① 丁西林(1893—1974),原名丁燮林,江苏泰兴人。

展,因此,也是剧中不可缺少的角色①。

  当时的剧作家大都注重作品的社会意义,这也造成了一个问题剧流行的时代,但丁西林几乎无视社会现实中的种种"问题",醉心于自己的"生活的哲学",天真而执著。他这时期的《一只马蜂》《酒后》《压迫》和抗战爆发后创作的《三块钱国币》《妙峰山》等著名剧作,都可以说是理想主义与浪漫主义的结晶,即使是像《压迫》这样最适合表现社会现实的题目,也不涉及"阶级压迫"的内容,而这也让丁西林在当时的剧坛和后来的文学史上常常遭到批评,其剧作也在很长时间内没有得到人们充分的认识。

  中国话剧在成长过程中,由于较多地受到易卜生的社会悲剧、莎士比亚的性格悲剧和古希腊的命运悲剧的影响,因此在类型上以悲剧为主体,但丁西林不为所动,始终坚持"喜剧"创作,被看作中国话剧史上为数不多的杰出喜剧家之一。然而同样是在喜剧创作中追求"趣味",他又与从"文明戏"运动中过来的陈大悲、汪仲贤以及受他们影响的熊佛西等剧作家不同,丁西林更讲究人物和语言的机智和幽默。

  中国现代话剧的历史,是从引进和模仿开始的。话剧发展的艰难,既与话剧是一门综合性艺术,不同于散文、诗歌和小说等单纯的文学体裁有关,也与话剧所面临的强大的旧戏势力有关,同时,更与话剧是一种从国外直接进口的"舶来品"有关。没有观众基础的话剧,从一开始就腹背受敌,只能一边对传统旧戏展开批判,一边对西洋话剧加强介绍,最初的创作也只是亦步亦趋,其成就自然不能与散文、诗歌和小说相提并论。

---

① 参见钱理群、温儒敏、吴福辉:《中国现代文学三十年》(修订本),北京大学出版社,1998。

第二章
左翼时期的文学(1928—1937)

第一节 从文学革命到革命文学

一 革命文学

1927年的"四·一二"反革命政变,断送了中国的资产阶级革命,改变了中国的历史,也极为深刻地影响着中国文坛的面貌。国共两党决裂后,中国革命的主要特点由"五四"时期的思想革命,变为了以武装斗争为手段的社会革命。知识阶层的思考中心和思考方式,也相应地从个性解放转变为社会解放。在文学创作中,则表现为题材的不断开拓和手法的不断创新,出现了一大批表现社会变化和社会冲突的作品。以前繁荣而自由的文坛凋零了,无产阶级文学却获得了崭露头角和发展壮大的机会。

1928年1月,在世界性的左翼思潮影响下,蒋光慈、钱杏邨(阿英)、孟超等共产党员作家新成立的太阳社在上海创办了《太阳月刊》,而从日本新近归来的创造社成员李初梨、冯乃超、彭康等则在上海创办了《文化批判》,这月出版的《创造月刊》也在郭沫若的领导下发生了"突变",这两个社团三个刊物一起,共同提倡革命文学,形成了一场无产阶级文学倡导运动。他们与鲁迅、茅盾(沈雁冰)等"五四"作家围绕着"革命与文学"的问题展开了激烈的论争,即著名的关于"革命文学"的论争。这场论争,是新文学从"文学革命"到"革命文学"发展道路上的一座里程碑,一方面加剧了新文学内部的分化,另一方面也促成了革命文学的传播和左翼作家的联合。

无产阶级文学倡导运动在1928年的上海出现,主要有两个方面的原因。在客观上,一是随着马克思主义的不断深入,许多作家渐渐地接受了马列主义,认识到了无产阶级的历史作用,必然会有人来倡导。这是新文学发展的必然结果。二是"四·一二"政变后,无产阶级单独担负起领导中国革命的使命,在文学上必然会形成一个与之呼应的文学运动。这是社会发展的必然结果。在主观上,主要在于当时的上海集中了一大批革命作家,其中既有郭沫若、茅盾等一部分在"大革命"时期投身于实际斗争的作家,他们在北伐失败后又回到了文坛上;也有由于蒋介石集团的清党运动和白色恐怖转移到上海租界里的鲁迅、阿英等一部分作家;还有受国际无产阶级文学运动影响的,冯乃超、李初梨、彭康、朱镜我、李一氓等在国外接受了马列主义的留日学生。

1930年3月,在中国共产党的促成下,"革命文学"论争的双方握手言和,组成了中国左翼作家联盟(简称"左联"),掀起了一场声势浩大的左翼文艺运动,成为30年代文坛的主流,与海派文学和京派文学在文坛构成了三足鼎立之势。

这场无产阶级文学倡导运动的意义,主要在于不同政治倾向作家间的相互论辩和竞争,导致了新文学队伍的进一步分化,也促进了新文学创作的进一步发展,推动着新文学从"文学革命"走向了"革命文学"。

二 "左联"与左翼文艺运动

"左联",即中国左翼作家联盟,1930年3月成立于上海,鲁迅、冯雪峰、沈端先(夏衍)、冯乃超、蒋光慈等四十余人出席了成立大会,茅盾、郭沫若、郁达夫等著名作家都加入了"左联"。在成立大会上,鲁迅作了题为《对于左翼作家联盟的意见》的著名演讲。"左联"是在中国共产党的推动下,"革命文学"论争双方握手言和后,结成的统一战线。"左联"的主要刊物先后有《前哨》《文学导报》《北斗》和《文学月报》等。"左联"是30年代规模和影响最大的文学社团,在全国的一些大中城市和日本东京都建有分会。在左联的影响下,不同文化领域也相继建立了类似的左翼组织,如"剧联""美联""影联""记联"等,于是,以"左联"以中心,文坛上掀起了一场声势浩大的左翼文艺运动,成为了30年代文坛的主流,对于新文学的发展具有极其深远的意义。

在阶级矛盾和斗争日益尖锐的30年代,文艺斗争也日趋激化,各种斗争从来都没有停止过。当时,"左联"开展了一系列斗争,影响较大的主要有四个。

一是"左联"反对国民党政府文化"围剿"的斗争。左翼文艺运动取得的卓著成就,引起了国民党政府的恐慌。他们在军事上对苏区红军实行"围剿"的同时,企图用武力镇压左翼文艺运动,通过查禁、逮捕、屠杀等手段来消灭进步文学。1931年2月7日,"左联五烈士"柔石、胡也频、殷夫、冯铿、李伟森在上海龙华被秘密枪决。但文化"围剿"并没有成功,进步文学越剿越多,左翼文艺运动也越剿越活跃。

二是"左联"与"民族主义文艺运动"的斗争。国民党政府为了与左翼文艺运动相抗衡,发起了一场"民族主义文艺运动",凭借政府的力量在全国各地创办了十多个带有明显官方色彩和政治倾向性的刊物,但始终没有形成具有体系的理论,也没有产生具有艺术性的作品。因此,掌握着政权的国民党政府虽然在政治、经济和军事上都占有绝对的优势,但决定这个时期文学基本面貌的仍然是"左联"领导的左翼文艺运动以及受"左联"影响的民主主义、自由主义作家的创作。

三是"左联"与新月派的论争。1928年3月,胡适、徐志摩、梁实秋等新月派作家正式创办了《新月》月刊,公开以人性论反对文学的阶级性。于是,鲁迅等左翼作家与胡适等自由主义作家的论争,也演变为鲁迅等"左联"作家与梁实秋等新月派作家之间关于文学阶级性的论争。在整个30年代,"左联"与新月派的论争始终没有停止过。

四是"左联"与自由主义者展开的"文艺自由论辩"。首先挑起这场论争的是自称"自由人"的胡秋原,继而,自称"第三种人"的苏汶(杜衡)也加入了论战。胡秋原以"自由主义"为进攻的武器,而苏汶则以"普列汉诺夫理论"为防御武器,论辩双方的焦点是"文艺与政治"的关系问题。由于苏汶曾是"左联"成员,又翻译过普列汉诺夫等马列主义文艺理论著作,因此,这场论争也比其他论争更复杂更尖锐,被看作出现在"左联"内部的一场最大的文艺斗争,"左联"也一直把他和胡秋原看作比国民党更坏的人。这场论争也被"左联"视为最重要的一次文艺斗争。

"左联"在与各种文艺派别和观点的论战过程中,不断加强理论学习,努力提高自身的理论水平,不但成立了马克思主义文艺理论研究会,还出版了文艺理论专刊《文艺讲座》和各种马列主义文艺理论著作。

三 东北作家群与"两个口号"

1931年"九一八"事变后,民族危机日益严重,抗日救亡运动日益高涨,国内的阶级关系也发生了新的变化,左翼文艺运动逐渐让位于以"救亡"为总主题的抗战文艺运动。

最先显示这一变化的现象,是东北作家群的出现。东北作家群由萧红、萧军、端木蕻良、舒群、白朗、罗烽、骆宾基等东北籍青年作家组成,他们在"九一八"事变后,陆续从东北流亡到关内,其作品主要描写处在日本侵略者铁蹄下的东北人民的生活,表现东北人民的不屈斗争,是最早的一批反映抗战生活的小说。其中,以1935年出版的萧红的《生死场》和萧军(田军)的《八月的乡村》最具代表性,这两部小说由鲁迅分别作序并收入他编辑的《奴隶丛书》后,产生了很大影响,也成为下一时期抗战文学的先声。

1935年"一二·九"运动爆发,立即引起了一场波及全国的救亡运动。在此情况下,部分"左联"作家率先提出了"国防文学"的口号,并得到许多作家的响应。于是,1936年2月,为促成文学界统一战线的形成和配合"国防文学运动"的开展,"左联"根据中共中央领导人王明的指令解散,部分作家另组"作家协会"(后改为"文艺家协会"),鲁迅因对"左联"解散不满,拒绝加入。随后,文艺家协会以当时流行的"国防文学"为口号,号召开展"国防文学运动",但由于鲁迅认为"国防文学"的口号在思想上并不明确,于是,1936年6月1日,追随鲁迅的胡风以自己的名义提出了"民族革命战争的大众文学"口号。这立即遭到了周扬、徐懋庸等"国防文学"作家的批判,并由此引起了关于"两个口号"的激烈论争。

由于全国性救亡运动的迅速发展,论争双方进行长时间的"内战"不再被允许,论争很快趋于低潮。1936年10月,在中国共产党的促成下,各方代表联合发表了《文艺界同人为团结御敌与言论自由宣言》。"两个口号"的论争,虽然加深了文艺界的宗派矛盾,但也扩大了中国共产党关于建立抗日民族统一战线的政策和主张,为抗战爆发后文艺界统一战线的建立奠定了基础。

第二节　新诗的艺术化与革命化

一　李金发与象征诗派

中国20世纪诗歌史上的象征派与现代派以及后来的九叶诗派、朦胧诗派等,都是在西方现代主义诗歌潮流影响下出现的。西方现代主义诗歌潮流在中国的传播,是随着文学革命的酝酿而开始的。1908年,鲁迅就曾在《摩罗诗力说》中呼唤"反抗挑战的伟美之声"。当时,只要具有反叛精神,无论是魔鬼诗人波特莱尔、浪漫诗人王尔德,还是平民诗人惠特曼,也无论是现实主义、浪漫主义,还是现代主义,都是新文学先驱的引进对象和学习榜样,都一样受到热烈欢迎和盲目追随。

中国诗歌史上的现代主义思潮是从西方象征主义诗歌的介绍开始的。象征主义(Symbolism)在中国最初被译作"表象主义"或"新浪漫主义",1920年,易家钺在《诗人梅德林》一文中,最先将它译作"象征主义"①。最早将西方象征主义诗歌系统介绍到中国来的,正是1920年前后活跃在"少年中国学会"中的易家钺等一群年轻人,如吴弱男的《近代法比六诗人》、田汉的《新罗曼主义及其他》、周无的《法兰西近世文学的趋势》、李璜的《法兰西诗之格律及其解放》以及黄仲苏的《1820年以来的法国抒情诗之一斑》等。他们不仅在《少年中国》杂志上全面地介绍了西方诗歌的重要作家和流派,而且还重点介绍了法国象征主义代表诗人波特莱尔、魏尔伦、马拉美、耶麦,以及比利时象征派代表诗人梅特林克、凡尔哈伦等人的理论和创作,并对他们的特点和地位给出了明确的评价。他们称波特莱尔是"法国十九世纪罗曼主义的殿将,象征主义的先锋",近代的象征主义诗人没有不受他影响的。② 称魏尔伦是近年来法国最有名的诗人,"他创造的一种新的艺术,抽出一些新意象,却是法兰西近代一个最有价值的诗人",而梅特林克则是比利时"神秘主义的巨子,象征主义的先锋",他与凡尔哈伦是"近代比利时文学界的两大颗明星"③。而波特莱尔、魏尔伦、梅特林克和凡尔哈伦等象征派大师,对李金发、戴望舒、艾青等中国现代诗歌史上最重要的一些具有现代主义特征的诗人都产生过直接的影响。

在新文学最初的白话诗创作中,几乎在现实主义和浪漫主义作品大量出现的同时,就出现了具有象征主义特点的作品。"鲁迅先后发表的《梦》《爱之神》《桃花》《他们的花园》《人与时》《他》等几首白话诗,周作人的《小河》、刘半农的《窗纸》《敲冰》,已经带有明显的象征的色彩。周作人就自谓他的《小河》与波特莱尔的象征主义的散文诗有相似之处。"④在此前后,《新青年》《小说月报》《文学周报》《创造季刊》《语丝》等新文学最重要的刊物都有相关介绍文字陆续出现。

文学革命的主将陈独秀、鲁迅、周作人、沈雁冰、郑振铎以及诗人戴望

---

① 易家钺:《诗人梅德林》,《少年中国》第1卷第10期。
② 田汉:《恶魔诗人波陀雷尔的百年祭》,《少年中国》第3卷第4—5期。
③ 易家钺:《诗人梅德林》,《少年中国》第1卷第10期。
④ 孙玉石:《中国初期象征派诗歌研究》,北京大学出版社,1988。

舒、徐志摩等的参与,对于象征主义文学在中国的传播,起到了推波助澜的作用。鲁迅不仅发表了具有象征主义特点的白话诗,介绍过俄国象征主义诗人勃洛克的长诗《十二个》,而且,还出版了以象征主义为主要特色的散文诗集《野草》。周作人也是象征主义的积极支持者。1920年,他先是将法国后期象征派代表诗人果尔蒙的《西蒙尼》中的一首译出,发表在《新青年》上,1924年,又将《西蒙尼》11首全部译出,发表在《语丝》上。30年代初,已经成名的戴望舒有感于这些作品"有着绝端的微妙——心灵的微妙与感觉的微妙"①,又在《现代》杂志上再次将《西蒙尼》重译发表。因此,有人甚至认为,"这派诗的开端是周作人先生译的法国象征派诗人Gormont的《西蒙尼》"②。李金发步入诗坛的第一部诗集《微雨》,也是经周作人推荐编入"新潮社丛书",由北新书局出版的。徐志摩也是象征主义的崇拜者。1924年,他在为波特莱尔《死尸》③写的译序中说:这首诗是"《恶之花》诗集里最恶亦最奇艳的一朵不朽之花","他的臭味是奇毒的,但也是奇香的,你便让他醉死了也忘不了他那异味","真妙处不在他的字义里,却在他的不可捉摸的音节里"。徐志摩说,在那里能够听到"有音的乐",也能听到"无音的乐",如果听不到,就只能"怨你的耳轮太笨,或是皮粗,别怨我"。此文虽然遭到了鲁迅和刘半农的反驳,认为这是一种"神秘谈",并由此引起了一场关于诗歌音乐性的争论,无形中也扩大了象征主义的影响。但真正潜心象征派诗歌创作,并使象征主义在中国形成一个诗派的"第一个人"④,则是被人们称为"诗怪"的李金发。

李金发(1900—1976),广东梅县人。李金发曾在香港罗马书院接受英式教育,1917年到上海,进入"留法预备班",1919年到法国,在巴黎南部的劳顿布鲁公学补习法语,1921年春夏之际,与林风眠等到"百钟之城"第戎(Dijon)美术专门学校学习美术,后进入巴黎美术大学雕塑系。从1920年起开始诗歌创作,完成了《微雨》《为幸福而歌》和《食客与凶年》三部诗集。1925年开始在《语丝》上发表诗作,6月回国到上海,11月《微雨》出版。

李金发开始诗歌创作时,正在国外苦读和与法国姑娘热恋,因此,歌唱爱情、感叹人生和描绘自然,是他创作的三个主要内容。就爱情诗而言,郭

---

① 戴望舒:《〈西茉纳集〉译后记》,《现代》第1卷第5号,1932年9月。
② 孙作云:《论"现代派"诗》,《清华周刊》第43卷第1期,1935年5月。
③ 波特莱尔:《死尸》,《语丝》第3期,1924年12月1日。
④ 朱自清:《中国新文学大系·诗集导言》,良友图书印刷公司,1935。

沫若热烈,饱含着对祖国的献身精神;汪静之纯情,旨在反抗封建礼教;徐志摩欢乐,表现出他的人生观的潇洒和自信;闻一多执著,寄托着海外游子的赤子之心;而李金发则充满异国情调,直接表达出他对女性的崇拜。他在《自挽》一诗中称自己是"爱秋梦与美女之诗人",《微雨》是他最初盛下的一掬爱情的雨露,《为幸福而歌》实际上就是为爱情和女性而歌,《食客与凶年》也有许多对爱情的追思和回忆。他在《女性美》①一文中坦言:"能够崇拜女性美的人,是有生命统一之快感的人。能够崇拜女性美的社会,就是较进化的社会。"他在《为幸福而歌》的《弁言》中说,他希望他的爱情诗"能补救中国人两性间的冷淡"。相比之下,李金发感叹人生的作品,数量虽然不多,却由于最能表现出西方象征主义的影响,也最为人们所关注。他在《语丝》上献给国人的"见面礼"《弃妇》,就是其代表。诗中写道:"长发披遍在我两眼之前,/遂隔断了一切羞恶之疾视,/与鲜血之急流,枯骨之沉睡。/黑夜与蚊虫联步徐来,/越过此短墙之角,/狂呼在我清白之耳后,/如荒野狂风怒号:/战栗了无数游牧……//衰老的裙裾发出哀吟,/徜徉在丘墓之侧,/永无热泪,/点滴在草地/为世界之装饰。"以被抛弃的女子来象征人生的命运,自李金发始,在中国现代诗歌中就屡见不鲜了。对自然的描绘,则主要是对国外风景的描绘和对故乡的怀念。

李金发诗歌一面世就受到广泛关注,一般读者看重的是它的异国情调,而文人同行则看重它直接来自于象征主义的家乡。第一,它直接传达了象征主义对社会现实的绝望态度。李金发虽远离国内的现实,不能像波特莱尔那样具有强烈的批判精神,但代表作《弃妇》以被抛弃的女子来象征人生的命运,以丑为美,高举颓废的大旗,正迎合了当时人们的反叛心理。第二,它直接学习和借鉴了象征主义对个人情感的表现手法。第三,它直接带来了象征主义以神秘朦胧为美的新的美学原则。这对当时文化程度普遍不高的中国读者来说,无异于天书,因此李金发被称为"诗怪",虽然他并不认为自己比波特莱尔、魏尔伦这些大师更难懂。

确实,李金发也有许多现在看来十分通俗易懂的作品,如《雨》:"我在故乡的稻田里认识你,/不过那时我年纪尚小,/你湿了我的木屐儿/不拉手便微笑着去了。"虽然用的也是象征手法,却充满童趣,有清新的气息。特别是诗人关于"通感"手法的运用,重视人的主观感觉,同时又采用"省略法",将视觉上得到的印象直接嫁接到听觉或别的感觉上,《弃妇》中"衰老

---

① 李金发:《女性美》,《美育》杂志创刊号,1928,李金发主编。

的裙裾发出哀吟",《夜之歌》中"粉红之记忆,如道旁朽兽,发出奇臭",都创造出一种新奇的艺术效果。这与稍后出现的新格律派的艺术追求遥相呼应,对新诗的艺术化努力产生了很大的影响。

在李金发之后,象征主义在中国诗坛上之所以能够形成一个虽无组织和宣言,却颇具规模的诗歌流派,除了早先的理论介绍和诗歌艺术本身发展的需要外,当时的社会环境也是一个重要条件。五四运动后,革命处于低潮,军阀间的混战,以及军阀对工人和学生运动的血腥镇压,使得刚刚被唤醒的青年陷入了彷徨和苦闷之中,一些曾经有过浪漫激情的诗人,纷纷转向了象征主义的颓废和绝望。后来成为左翼作家的胡也频、京派小说大师的沈从文,以及后期创造社的三诗人王独清、穆木天和冯乃超等,都曾有过借象征主义诗歌创作来安慰自己灵魂的经历。

与李金发一样,后期创造社三诗人的象征主义诗歌也大多创作于国外留学期间。

王独清[①]早年在陕西一家报馆任职,报馆被查封后,东渡日本,结识了郑伯奇,开始阅读外国文学作品。五四运动后回到上海,1920年赴法国留学,开始创作。1922年开始在《创造季刊》上发表作品,1926年加入创造社时,已是一位有影响的诗人。王独清出生于一个没落的官僚家庭,从小喜欢"香艳"的古诗词,再加上两度留学的生活经历,使他很容易从浪漫主义转向象征主义。他的《吊罗马》主要受拜伦《哀希腊》的影响,而《我飘泊在巴黎的街上》则是受魏尔伦《巴黎之夜景》影响的结果。其实,在王独清和当时许多诗人的眼里,浪漫主义与象征主义同样缅怀失落的古代文明,同样厌恶畸形的现代文明,并没有什么不同。其诗歌的主要内容,用另一位象征派诗人穆木天的话来说,"第一是对于过去的没落的贵族的世界的凭吊;第二是对于现实的都市生活之颓废的享乐的陶醉与悲哀"[②]。王独清先后出版有《圣母像前》《死前》和《威尼市》等诗集。

穆木天[③]也曾留学日本,先学数学,后改文学,1921年加入创造社,是较早进入新文学队伍的东北作家。1923—1926年进入东京大学法国文学系,常与同在东京的冯乃超讨论切磋。法国象征主义诗歌中的"异国薰香",引起了他们的创作欲望,也影响了他们的诗歌理想。他此时的作品记录了他

[①] 王独清(1898—1940),陕西蒲城县人。
[②] 穆木天:《论王独清的诗》,《现代》第5卷第1期。
[③] 穆木天(1900—1971),原名穆敬熙,吉林伊通人。

"这一年来心境的变化"①,其诗集也因此取名《旅心》。与李金发和王独清大致相同,穆木天的诗歌也以歌咏爱情和感叹人生以及怀念故乡为主要内容。他自己总结说,"为小资产阶级化了的没落地主的我,一边追求印象唯美的陶醉,而他方,则在心中起来对于祖国的过去有了深切的怀恋"②。

冯乃超③生于日本横滨,因为与康有为是同乡,所以他家里曾接待过康有为、梁启超、孙中山等许多亡命政客,从小受爱国思想影响。在京都和东京学习期间,先学哲学,后改学美学和美术史,与穆木天结识后开始诗歌创作。虽然他的"文艺生活非常短促"④,但还是为中国象征主义诗歌贡献出了一本充满朦胧而感伤的《红纱灯》。

后期创造社三诗人对中国初期现代主义诗歌发展的贡献,不但在于他们的创作在艺术上丝毫不逊色于李金发,还在于他们针对当时诗歌存在的问题提出了自己的诗歌主张。其中,最引人瞩目的是在诗歌形式上与新格律诗派大致相同的看法。他们受魏尔伦、拉佛格和兰波的共同影响,将诗歌艺术中的"色"与"音"结合,称为"音画",视为"最高的艺术"⑤。王独清的《玫瑰花》是"色"的代表:"在这水绿色的灯下,我痴看着她,/我痴看着她淡黄的头发,/她深蓝的眼睛,她苍白的面颊,/啊!这迷人的水绿色的灯下!"穆木天的《雨后》《落花》则是"音"的代表:"我们要听翠绿的野草上水珠儿低语/我们要听鹅黄的稻波上微风的足迹"(《雨后》),"啊 不要惊醒了她 不要惊醒了落花/任她孤独的飘荡 飘荡 飘荡 飘荡在/我们的心头 眼里 歌唱着 到处是人生的故家/啊 到底哪里是人生的故家 啊 寂寞的听着落花"(《落花》)。穆木天几乎所有的诗都不用标点,一律用空格来调节情绪的节奏,即使是在当时的象征派诗歌中,也显得十分先锋。他们也将"诗形"看得很重,相比之下,冯乃超更为整齐谐调,穆木天则更为自由轻盈。但与闻一多、朱湘不同,他们并不把"整齐"看作唯一标准,而是与徐志摩类似,特别是王独清,他的许多作品与徐志摩诗歌放在一起,常常可以乱真。

二 戴望舒与现代诗派

在象征派诗歌的艺术冲击和新月派诗歌的形式探索的共同影响下,从

---

① 穆木天:《旅心·附记》,《创造月刊》第1卷第1期,1926年3月。
② 穆木天:《我的诗歌创作之回顾》,《现代》第4卷第4期。
③ 冯乃超(1901—1983),生于日本,祖籍广东南海。
④ 冯乃超:《我的文艺生活》,《大众文艺》第2卷第6期,1930年6月1日。
⑤ 王独清:《再谭诗——寄给木天伯奇》,《创造月刊》第1卷第1期,1926年3月16日。

20年代末到30年代中期,形成了一个规模庞大的现代主义诗歌潮流。最初被看作象征派新星的戴望舒,成为这一潮流中最引人注目的人物。1928年8月,他的《雨巷》在《小说月报》上由著名小说家叶圣陶编辑发表,并得出了"替新诗底音节开了一个新的纪元"①的结论,不仅使这位新星一举成名,而且得到了"雨巷诗人"的美誉。

戴望舒(1905—1950),原名戴梦鸥,浙江杭州人。戴望舒1922年开始写诗,1923年进入上海大学文学系,后转入震旦大学学习法文。1926年与施蛰存、苏汶一起加入共产主义青年团,因参加革命宣传被捕入狱。保释出狱后,正遇"四·一二"政变,藏在施蛰存家中埋头于文学创作和翻译。1932年自费留学法国,1935年回国。戴望舒先后出版了《我的记忆》(1929)、《望舒草》(1933)和《灾难的岁月》(1948)三部诗集。1937年出版的《望舒诗稿》是以前两部诗集为主的选集,流传较广。

戴望舒最初的诗歌受新月派诗歌影响,诗集《我的记忆》中《旧锦囊》是诗人1923—1924年间的12首试笔,记录了一个孤独青年的愁苦、一个多情男儿的感伤,反映出当时青年学生普遍存在的苦闷心境,在形式上重视句式、辞藻和结构,重视押韵、平仄和音乐性。后来受到法国象征主义诗人魏尔伦的影响,戴望舒开始追求诗的音乐性,追求情绪的流动性和形象的朦胧性。

成名作《雨巷》通过雨巷和代表诗人当时理想的梦一般迷茫的姑娘,反映了一个失意的知识分子对现实的不满和苦闷的情绪。诗人的悲哀不仅在于报国无门,还在于连内心的痛楚也无处诉说。这首诗在音乐性上的成功,首先表现在诗的用韵上。全诗42行,全部采用"三江"韵部,不仅在"脚韵"上一韵到底,而且还频繁运用"头韵"和"内韵"以及同一韵部中的双声叠韵等手法,通过汉语的声韵变化形成韵律感。第一节六行,实际上只有两句,韵脚落在"雨巷"和"姑娘"上,而诗中却夹着"彷徨""悠长""希望""丁香""一样"等同韵词,不但形成了韵律上的首尾呼应,而且还为整首诗奠定了一个统一的基调。其次,还表现在句法的巧妙安排上,使作品形成了抑扬顿挫的节奏。仍以第一节为例,本来可以写成两行平缓的长句,却偏偏分割成了六行,而在分割点的选择上,又注意了语调的起伏跌宕。

从《雨巷》的内容和情调来看,它的意境是从晚唐温李诗派中南唐诗人李璟的"青鸟不传云外信,丁香空结雨中愁"的词句演化而来的。诗人是要

---

① 叶圣陶致戴望舒的信,转引自杜衡《〈望舒草〉序》,《望舒草》,上海复兴书局,1932。

借着一个丁香一样的结着怨愁的姑娘,来表现内心的情绪,但诗人并不直说,只是通过"通感"来暗示,即通过各种感官所获得的感知来表现内在的情感。所以,他始终不说自己的心中充满惆怅,而一再强调希望逢着一个姑娘,对姑娘的形象特征也不作正面说明,只说要有丁香一样的颜色、丁香一样的芬芳和丁香一样的忧愁。于是,人们就可以从丁香的淡紫色,联想到丁香的幽香,再联想到丁香无言的哀怨。这一切都是形象的、有声有色的,但又是朦胧的、不确定的、虚幻的,甚至是可以因人的文化程度和想象能力而得到不同体会和感受的。在戴望舒告别诗歌的音画技巧之前和之后,通过可感知的具体形象来表现不可感知的心绪,是他最常用的手法之一。

《雨巷》在中国现代诗歌史上的意义,除了在音节上的成功外,更重要的还在于它不但吸收了象征主义重视内心表达的特点,而且还继承中国晚唐诗词善于创造意象和意境的传统,形成了善于通过诗歌形象来"暗示"感觉和心境的特点,为现代主义诗歌增添了浓郁的中国色彩[①]。

后来,戴望舒又接受了法国后期象征主义诗人果尔蒙、耶麦、福尔等人影响,倾心于更自由朴素的诗风,告别了诗的音画技巧,他的代表作《我的记忆》便是这一转变的标志。

《我的记忆》是对自己记忆的描写,人们不仅可以从中看到诗人平时的存在状况,也可以清楚地感受到他内心的温馨,甚至还能体会到他自恋的心态。这首诗在内容上与《雨巷》并没有本质的区别,表现的仍然是一个知识分子在当时无处可躲的幻灭感和失落感,但在艺术手法上,却明显地受到果尔蒙的《西蒙尼》的影响,有意识地排斥了音乐和绘画的成分,在追求散文化方面取得了成功,显示出诗人所心仪的自由和洒脱,因此,是诗人自己最喜爱的作品。同样的写法,在艾青的《大堰河——我的保姆》中也可以看到。

现代新诗自诞生以来,经历了一个从诗体解放到格律化的变化过程,并有走向"形式化"的危险,因此,现代派面临着一个如何超越格律化的重任。对此,戴望舒的策略是摆脱音乐和绘画的限制,对诗体来一次再解放。他强调:"诗不能借重音乐",也"不能借重绘画","诗的韵律不在字的抑扬顿挫上,而在诗的情绪的抑扬顿挫上,即在诗情的程度上","新的诗应该有新的情绪和表现这情绪的形式","诗不是某一感官的享乐,而是全感官或超感

---

① 参见"李平现代文学欣赏"系列微课《雨巷诗人的惆怅》,见"五分钟课程"网:http://www.5minutes.com.cn/web/course/CourseDetail.aspx? id = fd52eca6—0b36—4705—8f5c—5adbe969ed0c

官的东西"。① 戴望舒的这一次反叛,既是对现代新诗传统的反叛,也是对自己诗歌道路的反叛。②

现代诗派的真正崛起,是在1929年戴望舒诗集《我的记忆》问世之后。

现代诗派因《现代》杂志而得名。《现代》主编施蛰存在《又关于本刊中的诗》中说:"《现代》中的诗是诗。而且是纯然的现代诗。它们是现代人在现代生活中所感受的现代情绪,用现代的辞藻排列成的现代的诗形。"施蛰存的这个"绕口令"式的定义,很好地概括了现代派诗歌的主要特点,划清了现代派诗歌与包括象征派诗歌在内的其他新诗的区别。《现代》中的诗是"诗",暗含着这样一个意思:其他的许多诗还不是"诗",只是分行的散文甚至标语口号。"纯然的现代诗"是与含杂质的诗相对应的。"现代人"指生活在30年代大都市里的人。"现代生活"即大都市里的生活,对此,施蛰存随后解释:"这里面包含着各式各样独特的形态:汇集着大船舶的港湾,轰响着噪音的工场,深入地下的矿坑,奏着Jazz乐的舞场,摩天楼的百货店,飞机的空中战,广大的竞马场……"所谓"现代情绪",是与这种生活环境和生活节奏相一致的不同于"上代诗人"的思想感情,不是从乡土记忆中得来的,也不是从异国他乡得来的。所谓"现代诗形",则表明它既不同于"五四"初期的直白放纵,也不同于象征派的神秘晦涩,更不同于新格律诗的整齐划一,而是趋向于"华美而有法度"③的散文化和口语化。现代派与象征派虽然同样受西方象征主义诗歌的影响,却存在很大差别,不但规模更大、影响更深远,而且,内容更贴近现实,观念更接近现代意识。

1932年,戴望舒和杜衡参与了施蛰存主编的《现代》杂志的编辑。1935年,戴望舒主编了仅出一期的《现代诗风》杂志。1936年,戴望舒又与卞之琳、冯至、梁宗岱以及新月派诗人孙大雨一起编辑出版了《新诗》月刊,发表了许多有分量的现代派诗歌作品和理论文章。在这前后,卞之琳在北京编辑的《水星》(1934),康嗣群、施蛰存在上海编辑的综合性杂志《文饭小品》(1935),以及南京"土星笔会"主办的《诗帆》(1934),扬州路易士编辑的仅出一期的《菜花》(1936)、仅出三期的《诗志》(1936),北京吴奔星、李伯章主编的《小雅》(1936)等,与《现代》等共同形成了现代主义诗歌南北呼应

---

① 戴望舒:《论诗零札》,《现代》第2卷第1期,1932年11月1日。
② 参见"李平现代文学欣赏"系列微课《〈我的记忆〉的美学反叛》,见"五分钟课程"网:http://www.5minutes.com.cn/Web/Course/CourseDetail.aspx?id=d3d4b72f—a881—4344—971f—3f09802490a3
③ 杜衡:《〈望舒草〉序》,《望舒草》,上海复兴书局,1932年。

的燎原之势。在当时左翼刊物纷纷遭到查禁的情况下,现代诗派的活跃显得尤为突出。诗人蒲风将这时期现代派、后期新月派和新诗歌派三大诗派的同台演出,看作新诗"中衰"之后的"复兴期"①。

在这些刊物上成长起来的诗人中,最有影响的是出版有诗合集《汉园集》(1936)的"汉园三诗人"卞之琳、何其芳和李广田,最具先锋意识也最为年轻的是出版有诗集《二十岁人》(1936)的徐迟,产量最高的是徐迟的诗友路易士。在这个现代主义诗人名单中,还有林庚、金克木、曹葆华、李健吾、罗念生、陈敬容、李长之、蒋锡金、李白凤、陈残云以及以小说著称的废名、施蛰存等等②。

而在40年代有更大的发展,并对40年代现代主义诗歌产生更直接影响的现代派诗人,不是戴望舒,而是卞之琳和冯至。

卞之琳(1910—2000),江苏海门人。卞之琳从小读《千家诗》,继而热爱冰心、郭沫若、徐志摩和闻一多。第一部诗集《三秋草》(1933)由新月书店出版。后来,广泛接受了法国的波特莱尔和中国的李商隐、温庭筠、姜白石等晚唐南宋诗词的影响,在借鉴中外诗歌重视暗示、含蓄和严谨的传统中,形成了克制、凝练、富有哲理的特点。1935年前后的《距离的组织》《尺八》《断章》等都是现代诗歌史上的精品,也是他人生阅历和社会体验的结晶。思想容量很大的短诗《距离的组织》就是活用艾略特"客观联系物"的创作方法和蒙太奇手法,以及瓦雷里的诗体和韵式的结果。

卞之琳的诗被称为"智慧诗",诗句简洁而诗意绵密,在形式上与新格律诗相近,又不同于新格律,在表达方式上与现代派相近,又不同于现代派。受他影响成长起来的九叶派诗人袁可嘉说:"卞之琳上承'新月'(徐、闻),中出'现代',下启'九叶'(尤其是四十年代西南联大的一些年轻诗人),五六十年代以后对海外华人(包括港台诗人)也有广泛影响……"③

冯至在1927年和1929年出版了《昨日之歌》和《北游及其他》两部诗集后,1929年冬考取河北省教育厅官费留学资格,1930年9月赴德国海德堡大学,专攻德国文学,兼修艺术史和哲学,其间受到诗人里尔克的影响,五年后获得海德堡大学哲学博士学位,在1939至1946年任昆明西南联合大

---

① 蒲风:《五四到现在的中国诗坛鸟瞰》,《诗歌季刊》第1卷第1—2期,1934年12月15日至1935年3月25日。
② 参见孙玉石:《中国现代主义诗潮史论》,第128—131页,北京大学出版社,1999。
③ 袁可嘉:《略论卞之琳对新诗艺术的贡献》,转引自《20世纪中国文学精品》(陈思和、李平主编),学林出版社,1999。

学外文系德语教授期间,又进入了一个创作高峰,写出了诗集《十四行集》、散文集《山水》、诗化小说《伍子胥》,以及学术论文、杂文等。以"中国最为杰出的抒情诗人"的身份转而写作具有现代主义风格的"十四行诗"①的冯至,对里尔克的介绍,特别是他的《十四行集》影响甚大,曾轰动一时,对九叶派诗人穆旦等文学青年产生了重要启迪。

三　蒋光慈、殷夫与臧克家

在二三十年代,中国诗坛出现了浪漫主义、现代主义、现实主义等多种诗歌流派同时繁荣的局面。以徐志摩、闻一多为代表的格律诗派和以冯至为代表的抒情诗,是中国现代浪漫主义诗歌的重要收获。但随着冯至的暂时封笔,特别是徐志摩、朱湘的先后辞世,以及闻一多的创作转向,曾在诗坛上一度如日中天的新月派大伤元气,虽然后期新月派继续着艺术探索之路,并以极大的热情投入形式的试验,但仍然呈现出衰落之势。在新月诗派式微之后,现代诗派逐渐取而代之。戴望舒、卞之琳、何其芳、徐迟等现代派诗人大多受象征派诗歌的影响,但他们比象征派诗人有更多的现实意识,在艺术探索上也超越了"声、色、形"的局限,更具现代特征和美学上的意义。而以蒋光慈、殷夫以及以中国诗歌会为代表的"革命诗人",特别是以臧克家等为代表的具有浓郁生活气息的"乡土诗人",则坚持现实主义的传统,在学习和借鉴中外诗歌艺术特长的基础上,表现出鲜明的民族化和大众化的倾向。

蒋光慈(1901—1931),又名蒋光赤,安徽六安人。蒋光慈学生时代曾参加五四运动,不久加入中国共产党,被派往苏联留学。在苏联期间开始写作新诗,其诗歌主要表现自己的心路历程和歌颂苏联的十月革命,后结集为《新梦》(1925)。1924年回国后鼓吹革命和斗争的诗作,后结集为《哀中国》(1927)。蒋光慈曾任冯玉祥的苏联顾问、翻译和上海大学教授,创作出了最早的一批革命小说,是革命文学的先驱。蒋光慈作为中国现代政治抒情诗的最早代表,对殷夫诗歌有直接影响。

殷夫②曾是太阳社成员,诗歌数量最多的是早年的爱情诗,但最有影响的却是1929年前后在革命斗争中创作的"红色鼓动诗"。《血字》是对"五卅惨案"的记录,《1929年的5月1日》是当年"五一"罢工游行的真实写

---

① "十四行诗",又称"商籁体",是欧洲一种格律严谨的抒情诗体。
② 殷夫(1909—1931),原名徐祖华,笔名有白莽等,浙江象山人。

照,而《别了,哥哥》则是诗人决心与自己出身的阶级决裂的真情表白①。殷夫的诗既有现实主义的内容,真实地描绘了革命的斗争场面和革命者的内心思想;也具浪漫主义的风格,热情饱满且富有鼓动性,高亢而不空泛,是一位知识分子职业革命家心路历程的珍贵档案。生前编有诗集《孩儿塔》,但未能出版。鲁迅在《白莽作〈孩儿塔〉序》中说:"这是东方的微光,是林中的响箭,是冬末的萌芽,是进军的第一步,是对于前驱者的爱的大纛,也是对于摧残者的憎的丰碑。一切所谓圆熟简练,静穆幽远之作,都无须来作比方,因为这诗属于别一世界。"

中国诗歌会 1932 年 9 月成立于上海,是"左联"领导下的一个全国性的左翼诗歌团体,由穆木天、杨骚、任钧、蒲风等共同发起,出版有《新诗歌》(1933)等刊物。中国诗歌会主张作品面向现实,描写下层劳动人民的生活,歌唱正在兴起的抗日救亡运动,坚持诗歌大众化。其代表诗人蒲风②主要受《女神》影响,在《鸦声》和《火、风、雨》等早期作品中,可以看到明显的模仿痕迹。蒲风的早期诗集《茫茫夜》以农村生活为题材,努力实践诗歌的大众化主张,热情而朴素。1934 年后转向抗日救亡运动,诗集《钢铁的歌唱》是其主要收获。中国诗歌会的成员后来大多成为了"国防诗歌运动"的主力。

臧克家③的诗歌主要表现对生活的见解和态度,特别善于描写农村的破败和农民生活的艰难,表现出"个人的坚忍主义"的思想特点,以客观的态度呈现出鲜明的现实主义特色,虽不如左翼的革命诗歌高亢,但并不回避苦难。在艺术上继承了古典诗词的结构方法,受闻一多影响,追求凝练、新颖和独特,讲究遣词造句。

《烙印》(1933)是他的第一部诗集,也是他最有影响的诗集。代表作《老马》是一首只有八行的短诗,却浓缩了丰富的生活内容与时代令人窒息的气息,表现出作者在字句锤炼上的功夫,写出了老马命运的不可预测性和长期受压抑所造成的精神幻觉,反映了当时找不到出路的青年知识分子共同的悲愤与困惑,是一首具有现代意识的乡土诗。

在现代新诗发展过程中有两个倾向最为突出。一是诗歌的艺术化探

---

① 殷夫的同胞哥哥徐培根(1895—1991)先后毕业于保定陆军军官学校第三期、陆军大学第六期、德国参谋大学。曾任陈仪部第一师第一团营、团长,第八十五师参谋长,中央陆军军官学校军官教育总队总队长,参谋本部第二厅厅长,航空署署长等职。后任民国陆军二级上将,国防部次长。
② 蒲风(1911—1942),原名黄日华,笔名黄风,广东梅县人。
③ 臧克家(1905—2004),山东诸城人。

索。格律诗派主要表现为对中国诗歌传统的继承;象征诗派和现代诗派主要表现为对西方现代主义诗歌表现手法的借鉴。二是诗歌的革命化追求。革命诗歌主要表现为对现实斗争的直接描写;中国诗歌会主要表现为诗歌大众化的提倡和普及;而乡土诗歌则表现出艺术化探索与革命化追求相统一的特点。现代新诗以自己简洁明快的线索,比散文、小说和戏剧更清晰地标示出了新文学从文学革命到革命文学的发展轨迹。

第三节 小说的三足鼎立与四分天下

一 茅盾与左翼小说

左翼小说是在革命文学基础上发展起来的,是左翼文艺运动的主要收获。左翼小说的发展大致以1933年为界,分为前后两个时期[①],初期以蒋光慈、柔石和丁玲为代表,后期以茅盾和张天翼、沙汀、艾芜为代表。这一时间划分理由主要有三:第一,1931年,柔石、胡也频、殷夫等"左联五烈士"被国民党政府杀害,蒋光慈病逝;1933年,洪灵菲、应修人被害,丁玲被捕,一批重要的初期左翼作家从文坛上消逝。第二,1933年,茅盾的《子夜》发表,标志着左翼文学开始了一个新的起点,这一年因此而被称为"子夜年"。第三,1933年,张天翼、沙汀、艾芜等左翼的后起之秀,以自己所熟悉的生活为创作题材,克服了初期左翼文学普遍存在的"革命的浪漫谛克"倾向,创作出了一大批具有现实主义特征的作品,改变了左翼文学的原有面貌。

蒋光慈是最早提倡并创作革命文学的作家之一,其小说带有很强的纪实性,常常与其生活经历和革命进程同步。第一篇小说《少年漂泊者》以书信体形式,记录了少年汪中流浪和革命的经历,反映了从"五四"到"五卅"的社会动荡,在当时产生了很大影响,包括后来的共和国元帅陈毅在内的许多青年都是受其影响而走上革命道路的。

1927年4月,上海工人武装起义后不到半个月,蒋光慈就完成了中篇小说《短裤党》,表现了上海工人从总罢工到武装起义的全过程。这是较早描写共产党人形象和工人运动场面的小说,但也流露出个人复仇主义的倾向。这一倾向在他于"四·一二"政变后创作的《野祭》《菊芬》和《最后的微笑》等小说中表现得更为突出。这期间,他参与组织了太阳社,公开倡导

---

① 参见黄修己:《中国现代文学发展史》,中国青年出版社,1988。

革命文学。1929年出版的中篇小说《丽莎的哀怨》，企图纠正自己小说创作过于简单化的描写，以一个白俄贵妇自述的方式，表现人物内心的复杂性，但这受到了左翼批评家的严厉批评。不久，蒋光慈东渡日本，写出了《冲出云围的月亮》，塑造了"时代新女性"曼英的形象，被看作"革命的浪漫谛克"的典型。

1929年蒋光慈回国后，在贫病交加的环境中，一边主编《海风周刊》，一边完成了《一个女性的自杀》《胜利的微笑》和《田野的风》。完成于1930年11月的《田野的风》（原名《咆哮了的土地》）是他的最后一部小说，真实地反映了1927年前后大革命中湖南某地农村的农民武装运动，可与毛泽东于1927年3月5日发表的《湖南农民运动考察报告》的内容相互印证。作品还成功地塑造了矿工张进德和革命知识分子李杰的形象，克服了以前创作中的概念化弊病，可以看作蒋光慈小说的代表作。

在初期左翼作家中，蒋光慈是作品最多，也是受批评最多，同时还是对当时的青年读者影响最大的作家，他小说中的优点和缺点，几乎也是初期革命小说共同的优点和缺点。

与蒋光慈风格相近的作品，如洪灵菲的《流亡三部曲》（《流亡》《前线》《转变》）、华汉（阳翰笙）的《地泉》三部曲（《深入》《转换》《复兴》），以及胡也频的《到莫斯科去》和《光明在我们前面》等，都普遍存在着"革命的浪漫谛克"倾向和"革命加恋爱"的写作模式。

柔石（1902—1931），原名赵平复，浙江海宁人。柔石曾参加过《语丝》和《萌芽》的编辑工作，是与鲁迅接触最早也最多的左翼作家之一。从他早期的《旧时代之死》和《三姊妹》等作品中可以看到郁达夫小说的影响。他的《二月》（1929）是作者对青年知识分子前途的思考和总结，也客观地反映了大革命时期人们思想的混乱和迷茫。萧涧秋在外奋斗六年后，怀着幻灭心绪来到江南小镇芙蓉镇，想救助国民革命军的遗孀，却不为世俗所容；想与追求个性解放的陶岚相爱，又得罪了当地的土豪钱正兴。他的种种努力最后证明，在现今世界上，早已没有了"世外桃源"，个人理想主义和牺牲主义在强大的封建习惯势力面前，也毫无用武之地。作品风格优美，笔触细腻，具有很强的艺术感染力。

《为奴隶的母亲》（1930）文字简练，风格朴素，人物生动，内容深刻，是柔石最为优秀的小说。它直接继承和发扬了乡土文学的传统，以自己熟悉的家乡生活为题材，再现了"典妻"的全过程。最令人震惊的是，在柔石的笔下，被丈夫"典借"到老秀才家的春宝娘，并没有受到虐待，老秀才也不是一个淫棍恶霸,在他"典借"春宝娘的日子里,像爱护自己的"生育工具"一样爱护着春宝娘,而春宝娘三年的典期结束后,她的丈夫皮贩子也没有因此而歧视她,仍然把她看作自己的老婆。老秀才借腹生子,是为了家族的延续,而皮贩子出典妻子,则是为了家庭的生计。作品将野蛮的"典妻"陋习与封建宗嗣文化和伦理道德观结合起来,揭示了典妻的社会根源。因此,在同类题材中,《为奴隶的母亲》比以前的《赌徒吉顺》(许杰)和以后的《生人妻》(罗淑)都更深刻,也更具影响。

丁玲是继冰心、庐隐等之后第二代女性作家的代表,也被称为"第一个革命女作家"。丁玲(1904—1986),原名蒋冰之,湖南临澧人。她出身于一个没落的封建世家,早年丧父,其母亲是一位封建家庭的反叛者,这使丁玲结识了不少女革命家。丁玲曾在长沙读书,1921年到上海,进入陈独秀创办的平民女校和上海大学。1923年到北京,开始小说创作,1927年在《小说月报》上发表处女作《梦珂》。与蒋光慈、柔石等尚处于探索中的左翼作家一样,丁玲的小说创作也经历了一个较为频繁的变化过程。《梦珂》写一个单纯热情的女性在冲出没落的封建家庭,进入社会后与周围现实的格格不入,充满那个时代特有的幻灭感。

《莎菲女士的日记》(1928),以"郁达夫式"的大胆和坦率,表现了一个时代新女性对理想爱情的追求,但又比郁达夫更深入细腻地描写了一个女性在追求"灵与肉"相统一的爱情过程中的复杂心理,轰动一时,是丁玲的成名作和早期小说的代表作。这之后,她又创作了《小火轮上》《自杀日记》《阿毛姑娘》《庆云里的一间小房里》等一系列表现各类女性不幸生活的小说,大多以大革命失败后女性的精神苦闷为题材,表现出越来越浓厚的虚无主义的感伤色彩。这期间,她与胡也频、沈从文建立了亲密的关系,组成红黑社,出版有《红黑》半月刊等。

1930年,以革命知识分子为题材的《韦护》和《1930年春在上海》(之一、之二),标志着丁玲小说的一次重要转变,但仍有"革命加恋爱"的特点。1931年的《水》以当年发生在全国16省的大水灾为背景,表现了农民的觉醒和反抗,再次震动文坛,也标志着丁玲小说向工农题材的转变。此后,她又以上海工人生活为题材创作了《某夜》《消息》《夜会》等小说。在1933年被捕前,她还以母亲为原型,创作了自传体长篇小说《母亲》,塑造了辛亥革命时期第一代放开小脚的新型女性,是丁玲思考和研究中国妇女命运中的重要成果。

受到鲁迅影响较深的张天翼、沙汀、艾芜等"左翼新秀",都注意吸取初期左翼创作的经验,努力克服公式化和概念化,使现实主义创作得到了加强,表现出另一种风貌。

张天翼(1906—1985),原籍湖南湘乡,生于南京。张天翼1929年在鲁迅、郁达夫主编的《奔流》上发表短篇《三天半的梦》,受到鼓舞。1931年发表《二十一个》后引起文坛关注,同年加入"左联",是30年代与沈从文齐名的多产作家,也是当时优秀的讽刺小说家和文体家。

《包氏父子》是张天翼这时期小说创作的代表作。门房老包是封建社会培养出来的老奴才,一生都在想往上爬,最后把全部希望都寄托在儿子小包身上,送他进了洋学校。在半殖民地城市里长大的小包,也想挤进花花公子的行列,却只能做一个花花公子的小奴才。作品不仅逼真地描绘了可悲的父亲和可笑的儿子,而且还通过这对父子的矛盾,表现了社会的变化。张天翼小说的题材十分广泛,农村中的地主,城市里的官僚,都是他讽刺的对象,加上他又善于运用江浙及湖南一带的各类方言,因此,有人将他与老舍相媲美,说"老舍是旧中国北方市民社会的同情者和批判者,而张天翼则是当时东南沿海一带市镇社会的揭发者"[①]。与张天翼在创作题材和风格上相近的作家,还有擅长描写下层小公务员生活的蒋牧良。

沙汀(1904—1992),原名杨朝熙,四川安县人。沙汀年幼时随舅舅来往于四川各地乡镇,目睹了地方军阀统治下四川农村的苦难生活。1926年为追随鲁迅专程赴京投考北京大学,1929年转赴上海与同乡组织辛垦书店。1932年加入"左联",成为左翼文学创作的新生力量。

沙汀的小说成名作《法律外的航线》采用"印象式的写法",表现作者在一艘外国商船上的见闻,仍然存在着初期左翼作家概念化的通病,后接受鲁迅和茅盾的建议,将题材转向自己熟悉的四川农村,写出了一系列表现四川农村社会黑暗的"揭露"小说。《代理县长》写某县灾荒,县长去省城活动赈灾经费,秘书代理县长,在听了联保主任对以往赈灾内幕的介绍后,竟想出了要灾民买票候赈的办法,大发灾民财,小说集中描写了地方政府的腐朽和凶残,可以看作沙汀这时期的代表作。《兽道》写军阀部队的士兵,竟然惨无人道地轮奸月子里的媳妇,她的婆婆在哀求时所说的甘愿自己替代的话,也成为他们侮辱和捉弄老太太的游戏,最后将婆婆也逼疯了。《兽道》与《在祠堂里》《凶手》等集中描写了地方军阀令人发指的罪行,是沙汀这时期最具特色的作品。不露声色是沙汀小说最突出的特点,他常常是在客观冷

[①] 钱理群、温儒敏、吴福辉:《中国现代文学三十年》(修订本),北京大学出版社,1998。

静的叙述中,刻画人物和展示人物的性格,营造气氛和表现当地的世态人情,显示出深厚的艺术功力。与沙汀在创作题材和风格上相近的作家,还有曾在西康旧军队里做过文书的周文。

艾芜(1904—1992),原名汤道耕,四川新繁(今新都)人。艾芜因反抗包办婚姻出走云南,边做红十字会的杂役,边在学校学习英文,1927年漂泊到缅甸,在克钦山(即野人山)一家马店做伙计,后到仰光。1930年被英国警察逮捕,于1931年春被押解到香港,同年夏艾芜到达上海,与沙汀相遇并开始小说创作。

艾芜在第一部小说集《南行记》中,通过自己的经历和听到的故事,从一个知识分子的视角,表现了中缅边境上的偷马贼、烟贩子、强盗等各种流民形象,具有浓厚的地方色彩和生活气息,与作者以同样生活为内容的散文集《漂泊杂记》一起,开拓了中国文学的题材范围。《山峡中》充满浪漫的神秘色彩,是《南行记》八篇作品中最吸引人也最有特色的一篇,是作者这时期小说创作的代表作。作品以一个失业的知识青年"我"的所见所闻,表现了一个以魏老头子为首的山贼团伙为求生存铤而走险的故事,展现了20年代中国社会不为人知的一隅。在这伙杀人不眨眼的强盗中,给人印象最深的是"野猫子"和小黑牛。"野猫子"是魏老头子的女儿,从小失去了母亲,在生活的磨难中变得强悍不羁,但仍然保留着天真善良的本性,形成了"外刚内柔"的独特性格。小黑牛单纯幼稚,天性懦弱,根本就不是做山贼的料,只是被生活所迫,才走上这条不归路,却在一次偷盗中失手,被打得半死,最后在昏死中被同伴扔进了峡谷里的江水中。艾芜小说以浓郁的异域风情和具有传奇性的流浪汉故事在30年代文坛上独树一帜。

左翼小说的最高成就是以茅盾为代表的社会剖析小说。

茅盾(1896—1981),原名沈德鸿,字雁冰,浙江桐乡人。"茅盾"是他1927年发表第一篇小说《幻灭》时开始使用的笔名。茅盾出生于书香世家,父亲沈永锡是一个"维新派"医生。但父亲早逝,他在母亲的教育下长大成人。1913年,考入北京大学预科,后因家庭经济陷入困境,进入上海商务印书馆编译所。1920年,接手主编著名的刊物《小说月报》,并主持《小说新潮》栏目,正式介入文学圈,成为最早提倡"文学为人生"的作家之一。"茅盾"这个名字,是随着他的小说创作而产生并享誉文坛的,在新文学初期他一直以"沈雁冰"的名字著称于世。茅盾虽然也去过日本,但与许多留学海外的作家不同,既不属于东洋派,也不属于西洋派,是一位土生土长的中国现代作家。从1921年起,茅盾开始在文学和政治两个舞台上同时崭露头角,并显示出领袖的风范。在新文学初期,他主要是一位文学组织家和理论家;在大革命前后的一段时间里,他则更像是一位职业的革命家,而仅仅是一位业余的文学家;在30年代和40年代,主要是一位小说家和文学评论家;在50年代以后,则主要是一位文学评论家和领导人。

《幻灭》(1927)发表后,立即引起普遍注意,这既是茅盾小说创作的处女作,也是他的成名作,后与另外两个中篇《动摇》和《追求》结集为《蚀》。"《蚀》三部曲"首开"革命加恋爱"创作模式的先河,真实地描写了一批时代新女性在大革命中从"幻灭""动摇"到"追求"的曲折过程,体现了作者直面现实的勇气和对中国革命复杂性的独特认识,初步显示出作者的艺术才华和个性,是茅盾写得最率真自然的小说。《虹》《路》和《三人行》在茅盾的创作生涯中具有过渡的性质。《虹》希望通过一位知识女性追求革命的过程,来表现中国革命的历程,以改变《蚀》的黯淡基调,这是茅盾小说"史诗化"的最初尝试,但未能完成原来的创作设想,也开了茅盾小说以"残篇"面世的先例,成为茅盾史诗性小说的一个标记。《路》急于想为迷茫中的青年指明一条正确的道路,表现出明显的概念化的痕迹。《三人行》写了三个中学生在"九·一八"前后的故事,这种表现同龄人不同人生道路的对比方法,后来成为革命小说一种流行的"三人行"创作模式,在50年代高云览的《小城春秋》等作品中仍有表现。

《子夜》[①]是把主人公吴荪甫作为中国民族资产阶级的典型形象来塑造的。为突出吴荪甫的阶级特征,茅盾特意将他设计为"丝厂老板"。在当时,纺织业是中国最发达最有代表性的民族工业。在吴荪甫身上,集中表现了中国民族资产阶级所具有的"两面性",即革命性与反动性。革命性主要表现为民族资产阶级面对帝国主义和买办资产阶级压迫时的反抗与斗争。在作品中,民族资本家吴荪甫与买办资本家赵伯韬有着不同的阶级本质。吴荪甫希望摆脱帝国主义和买办资产阶级的控制,振兴民族工业,使中国走上资本主义的道路;而赵伯韬则依靠帝国主义的支持,利用金融买办资本来控制民族工业,帮助帝国主义控制中国经济。吴荪甫在与赵伯韬的斗争中,也希望结束军阀内战,实现政治民主,当他的希望一次次落空后,甚至也将对政府的希望转而寄托于反蒋派与地方军阀的联盟。其反动性主要表现为对工人和农民的剥削与压迫。在作品中,吴荪甫与工人和农民始终处于对

---

① 《子夜》,原题《夕阳》,1933年1月由开明书店出版。其中第2、4两章曾以《火山上》和《骚动》为题在《文学月报》第1卷第1、2期上发表。

立面,他在与赵伯韬的斗争中,每失败一次,对工人的剥削和压迫便加重一层,他一方面延长工时,削减工资,开除工人,一方面收买工贼,镇压工人运动,对工人实行法西斯专制主义。但吴荪甫又不是一个概念化的人物,作者采用多种手法突出了他冷静果断、刚毅坚韧的性格。当他得知厂里的小职员屠维岳为讨好工会,准备将他削减工人工资的消息透露出去时,怒气冲冲地准备解雇他,但当他发现此人在自己面前竟从容相对,与手下一贯唯唯诺诺的莫干丞形成了鲜明对比时,便立即改变了主意,委以重任,而屠维岳后来也成为他对付工人运动的得力帮手。茅盾笔下的吴荪甫,不但是上海滩上气度非凡的实业家,而且也是中国民族资本家中具有"法兰西资产阶级大企业家"魄力和自信的佼佼者。民族资产阶级的两面性在吴荪甫身上得到了集中表现和有机统一,是吴荪甫形象成功的主要原因之一。

《子夜》还清楚地表明,吴荪甫作为一个民族资本家,其两面性和悲剧结局,都是当时的社会环境的产物。无论他怎样努力,最终都逃脱不了失败的命运。《子夜》的故事发生在1930年春夏,当时,各种矛盾都在迅速激化,蒋介石、冯玉祥、阎锡山之间展开了大规模的军阀混战,苏区红军也趁机不断壮大,渐成燎原之势。1929年席卷全球的世界经济危机,也对中国经济产生了重大影响,各帝国主义为了转嫁危机,加紧了对殖民地国家的经济侵略。在这种情况下,农村破产,工业也摇摇欲坠,劳资双方的矛盾和斗争也日益升级。当时的吴荪甫就正处于民族资产阶级与买办资产阶级、工人阶级、农民阶级斗争的中心。在作品中,他与赵伯韬的斗争是主线,与裕华丝厂工人和双桥镇农民的斗争是两条副线。"三条火线"相互交织,构成全篇。军阀混战与红军发展也是两条潜在线索,虽然没有得到正面展开,但一直以侧写和暗示的方式,与故事主体联系在一起。故事开始时,吴老太爷来上海,就是因为"土匪实在太嚣张,而且邻省的红军也有燎原之势"。吴荪甫与赵伯韬的关系,也是如此。赵伯韬对吴荪甫态度的根本转变,表面上是因为吴荪甫组织了一个益中公司与自己对抗,实际上区区一个益中公司根本不能与之抗衡,甚至连自己一根毫毛也伤不了,问题的关键在于吴荪甫任用唐云山做了公司的总经理,而唐云山则是汪(精卫)派的政客。汪派是日本人的走狗,而赵伯韬的主子是美国老板,因此,赵伯韬与吴荪甫之间的斗法,实际上是美日矛盾激化的表现。当时,蒋冯之间的战争也是美日较量的一种表现形式。

《子夜》的创作有着明确的目的,即希望通过吴荪甫雄心勃勃地发展民族工业,而又在现实中迅速失败,不得不把自己的产业卖给帝国主义,走向买办化的过程,来揭示中国民族资产阶级在当时不可避免的命运,说明当时的中国根本就没有实现资本主义的可能性。吴荪甫的悲剧,也就是他所代表的整个阶级的悲剧。茅盾在1977年的《子夜·新版后记》中曾说:"这部小说的写作意图同当时颇为热闹的中国社会性质论战有关。当时参加论战者,大致提出了这样三个论点:一、中国社会依然是半封建半殖民地的性质。……这是革命派。二、认为中国已经走上了资本主义道路,反帝、反封建的任务应由中国资产阶级来担任。这是托派。三、认为中国的民族资产阶级可以在既反对共产党所领导的民族、民主革命运动,也反对官僚买办资产阶级的夹缝中取得生存与发展,从而建立欧美式的资产阶级政权。这是当时一些自称为进步的资产阶级学者的观点。《子夜》通过吴荪甫一伙的终于买办化,强烈地驳斥了后二派的谬论。在这一点上,《子夜》的写作意图和实践,算是比较接近的。"①

《子夜》在题材、结构等方面也表现出鲜明的特色。在题材上,显现出"史诗性"的特色:"大规模地描写中国社会。"作品的重心是描写"都市",但又不单纯写都市,而是通过农村与都市的对比,来反映中国社会的"整个面貌"。将吴荪甫设计为"丝厂老板"的另一个考虑,就在于丝厂的生产原料都来源于农村。在结构上,有张有弛,舒展自如。第1章通过吴老太爷进城,拉开了全书的序幕,第2—3章通过吴老太爷的丧事,请出了全书几乎全部的主要人物,同时也为"三大火线"埋下了伏笔。第4章写双桥镇农民的暴动,由于后来没有得到继续,有游离于全书之嫌。第5—8章写吴荪甫三面出击,全线告捷,形成一个小高潮。第9—12章写吴赵斗法,第13—16章写吴荪甫因工人运动兴起而陷入腹背受敌的困境,第17—19章写吴荪甫的最后挣扎。其宏大的构思和"蛛网式"布局与题材的"史诗化"特色相呼应与协调,概括地表现了中国30年代广阔而复杂的社会现实。此外,在人物心理和人物性格多样性的描写上,也表现出高超的艺术才能。如吴荪甫从踌躇满志到强颜作欢再到垂头丧气的心理变化;吴夫人陈佩瑶不堪空房寂寞时,与雷鸣既想重温旧梦又不敢放纵发泄的苦闷心理;周仲伟在资金周转不灵而又"上天无路,下地无门"时自暴自弃的无赖心理;冯云卿为了做公债不惜怂恿女儿冯眉卿出卖色相,自己又不敢直言不讳的尴尬心理等,都写得既生动准确又传神逼真,使一部原本很理性的作品变得十分引人入胜。

《林家铺子》描述了"一·二八"战争前后上海附近小市镇上林家的小

---

① 茅盾:《子夜·新版后记(再来补充几句)》,北京,人民文学出版社,1977。

百货店从兴隆到倒闭的全过程,表现了作者对社会的深刻认识和清晰分析,是茅盾的得意之作。《春蚕》是当时众多"丰收成灾"作品的代表,是茅盾第一篇真正以"乡土农村"为题材的作品,也是茅盾"农村三部曲"(《春蚕》《秋收》《残冬》)中最好的一篇,在茅盾小说中独具一格。

通过《子夜》《林家铺子》和"农村三部曲",以及《多角关系》《当铺前》《小巫》等小说,可以归纳总结出社会剖析小说的三大特点:一是人物形象具有鲜明的阶级特征,其主要人物常常是某一阶级的代表;二是都有广阔的社会背景,作品中的人物和事件与社会有着紧密的联系,人物的变化和故事的发展都是社会各种矛盾激化的结果;三是作品都表现出作者对社会的深刻认识,具有鲜明的理性色彩,既有明确的创作意图,也有问题的提出和回答,所塑造的人物也有一定的社会意义和理论意义。

受茅盾影响的重要作家还有吴组缃和叶紫。

吴组缃[①]虽然不是"左联"成员,但坚持用科学社会理论来分析农村的"人心大变",作品不多,但每篇都很有分量。其中,表现宋氏宗族围绕着一千八百担"义谷"钩心斗角的《一千八百担》,表现敬老扶幼、秉性善良的王小福最终被逼上偷窃道路的《天下太平》,表现线子嫂为救丈夫杀死只顾放高利贷的母亲的《樊家铺》,都可以归入精品之列。

叶紫[②]是30年代重要的农村题材作家。他的父亲和姐姐都死于1927年的反革命政变,因此,他的作品以表现农村斗争的尖锐性著称。《丰收》将农民与地主的对立写得栩栩如生,这种"二元对立"的故事模式和思维方式完全不同于茅盾的《春蚕》、叶圣陶的《多收了三五斗》、丁玲的《水》、夏征农的《禾场上》等"丰收成灾"小说,以及洪深的《香稻米》等相同题材的话剧,对以后的文学创作产生了深远影响。

二 海派与新感觉派

30年代,文学上的鸳鸯蝴蝶派与新感觉派,甚至左翼文学,都曾被看作海派或海派文学。

所谓鸳鸯蝴蝶派,简称"鸳蝴派",原指清末民初以消遣和娱乐为主旨,以才子佳人为题材,以言情为主要特征的文学流派。因其作品中常有"卅六鸳鸯同命鸟,一对蝴蝶可怜虫"的词语而得名。其先导可追溯到1903年

---

① 吴组缃(1908—1994),安徽泾县人。
② 叶紫(1912—1939),原名俞鹤林,湖南益阳人。

孙玉声的《海上繁华梦》,而1908年吴研人的《恨海》常常被看作这派小说的滥觞,1912年出版的徐枕亚的《玉梨魂》,曾风靡一时,是鸳鸯蝴蝶派最为畅销也最有代表性的作品。他们先在《小说时报》(1909)和《小说月报》(1910)上发表作品,1914年《礼拜六》创刊后,成为鸳鸯蝴蝶派最具代表的刊物,故又称礼拜六派或鸳鸯蝴蝶—礼拜六派。由于其文学生命与民国历史相始终,故又有"民国旧派文学"的称谓。

在"五四"新文学的诞生过程中,文学的发展一直保持着一种"雅俗互动"的态势。由文学革命的倡导者发动和领导的新文学,始终保持着先锋文学的性质和纯文学的特征,代表着20世纪中国文学的发展方向。以鸳鸯蝴蝶派为代表的旧派通俗文学,虽然始终被排斥在文学主流之外,但仍然拥有大量的市民读者,并随着新文学读者群的不断扩大,而不断改变着自己的面貌。

在1917年新文学出现之前,鸳鸯蝴蝶派几乎是一枝独秀,是传统旧文学最大的克星。新文学崛起后,鸳鸯蝴蝶派失去了大量青年学生读者,但仍然在市民读者中占有绝对市场。1921年,文学研究会的成立,特别是该会对《小说月报》的改革,对鸳鸯蝴蝶派来说,不仅是一个刊物的丢失,更是对整个通俗文学作家群体士气的打击。为此,在1922年8月,范烟波、顾明道等九人在苏州留园成立了星社,虽然没有正式的宣言和严密的组织,但社团不断壮大,到1932年发展为36人,包括周瘦鹃、程小青、严独鹤、徐卓呆等知名作家。到1937年抗战爆发前,其成员已达68人,新加入的还有包天笑、姚民哀、陈蝶衣等。直到抗战爆发后才自动解散,是当时坚持时间最长的文学社团。

与此相应,以鸳鸯蝴蝶派为代表的通俗文学各种类型的创作,都涌现出了各自的代表作家和作品,呈现出竞相繁荣的局面:言情类有徐枕亚的《玉梨魂》、吴双热的《孽冤镜》、李定夷的《霣玉怨》等;社会类有李涵秋的《广陵潮》、海上说梦人(朱瘦菊)的《歇浦潮》、平江不肖生(向恺然)开黑幕小说先河的《留东外史》,以及毕倚虹的《人间地狱》、包天笑的《上海春秋》等;武侠类有平江不肖生的《江湖奇侠传》(后改编成故事片《火烧红莲寺》,轰动一时)和《近代侠义英雄传》等;侦探类有周瘦鹃用文言翻译的《福尔摩斯探案全集》(12册),以及程小青的模仿之作"霍桑探案"系列等;历史类有叶小凤以明喻清的"抗清史"《古戍寒笳记》、蔡东藩自汉以来的中国通史《历朝通俗演义》(11种)、包天笑的民国开国史《留芳记》等。

到30年代,以鸳鸯蝴蝶派小说起家的张恨水,由俗而雅,逐渐融入了新文学的主流;而由创作新文学起家的张资平,则由雅而俗。他们才是鸳鸯蝴蝶派的新秀,海派的代表。

张恨水(1895—1967),原名张心远,原籍安徽潜山,生于江西广信。张恨水是现代通俗文学的集大成者,也是现代著名的多产作家,一生创作过一百二十多部长篇小说。成名作是在《世界晚报》副刊《夜光》上连载五年的长篇小说《春明外史》(1925),带有明显的"鸳鸯蝴蝶"的特点。在《世界日报》副刊《明珠》上有连载五年之久的《金粉世家》(1935),以京城官宦子弟金燕西与平民女子冷清秋的婚恋悲剧为主线,表现了国务总理金铨一家从显赫华贵到分崩离析的盛衰过程,虽然还保留着《春明外史》的许多痕迹,却改变了以前创作中由小故事集合而成长篇的格局,也走出了鸳鸯蝴蝶派的旧套路,表现出从言情小说走向社会小说的趋向,特别是在美丽清高而又洁身自好的冷清秋身上,寄托了作者心中东方女性的理想,曾被誉为"民国《红楼梦》"①,是张恨水的早期代表作,也是现代较早出现的一部家族小说,与同时期出现的巴金的《家》,虽有雅俗之别,却共同代表着当时家族小说的最高水平。

但真正代表张恨水通俗小说艺术成就的则是于1930年3月至11月在上海《新闻报》副刊上连载的《啼笑因缘》。作品总体上仍是一部言情小说的格局:其故事主线是青年学生樊家树与鼓书艺女沈凤喜、侠女关秀姑以及官宦之女何丽娜的多角恋爱。但作品的重点并不是主人公的风流韵事,或他与几位女子的缠绵悱恻,而是借描写军阀刘国柱对沈凤喜的诱骗和霸占关秀姑的企图,以及沈凤喜的矛盾与痛苦,关秀姑的仗义与无私,何丽娜对爱情的向往与失落等,表现作者对军阀统治下的中国社会的认识和态度,不但完成了言情小说与社会小说的融合,而且还融入了当时通俗小说中十分流行的另一种类型武侠小说的因素,剔除了其中的神怪成分,光大了其中的侠义精神,令人耳目一新。这部作品既包揽了当时通俗小说的所有套路,又栩栩如生地描写了老北京的人文风情,还突出地表现了作者擅长人物塑造和情节描述的特长,在人物的心理描写和风物的环境描写方面也借鉴了外国小说的笔法,实现了雅俗文学的融合,因此,从见报的第一天起,就掀起了一个《啼笑因缘》热,甚至在社会上还出现了一大批"《啼笑因缘》迷",第二年出版的单行本也一版再版,不断刷新当时畅销书的纪录,并拍成了长达六集的故事片,引出了各种不同的"续作",从而奠定了张恨水通俗文学大家的地位。

---

① 徐文滢:《民国以来的章回小说》,《万象》第1卷第6期,1941年12月。

张资平出身于广东梅县一个没落的封建士大夫家庭，从小受祖父和父亲影响，广泛涉猎古今中外小说，特别喜爱《粉妆楼》《再生缘》《花月痕》《品花宝鉴》等言情小说，后来又受到林纾翻译的《茶花女遗事》《迦茵小传》和鸳鸯蝴蝶派小说的影响。在日本留学期间，曾因参加罢课被遣送回国，一年后才获准再度赴日学习。1918年在熊本高等学校学习时开始文学创作，其处女作《约檀河之水》寄回国内后，在上海《学艺》杂志上发表。张资平后进入帝国大学攻读地质，与郭沫若、郁达夫相识，并参加发起组织创造社，是创造社的重要小说家。他的《冲积期化石》作为最初出版的《创造丛书》之一，是"五四"新文学的第一部长篇小说。回国后，先在武昌第四中山大学任地质系主任，后辞职到上海专事恋爱小说创作，从1928年至1932年，共创作有《上帝的儿女们》《最后的幸福》《长途》等二十多部长篇小说，成为"三角多角恋爱小说"的专家，其作品在青年学生中也曾风靡一时。暨南大学、大夏大学等曾聘请他教授文学概论课程，这引起左翼作家的极大愤怒。《时代与爱的歧路》是他最后一部公开发表的作品，1932年在《申报》副刊《自由谈》上连载，但由于社会舆论的强烈反对，后来不得不中止连载。从此，张资平的小说，连同他开办的乐群书店和《乐群》半月刊，一起从文坛上消失，而他在抗战中更堕落为汉奸文人。

张资平的早期小说在内容和风格上都与郁达夫等创造社小说相同，既描写中国留学生的苦闷，也描写下层人民的痛苦，表现出一定的爱国之心和人道主义精神。自20年代中期以后，他企图以鸳鸯蝴蝶派的"旧瓶"来装个性解放的"新酒"，在旧派言情小说的形式中，加入了性烦闷、性病态、性怪癖、性猜疑、性虐待以及婚外恋等各种性心理描写，虽然丰富了现代小说心理描写的手段，探讨了性爱的权利、性爱的自然属性等，但由于他专注于各种男女的三角关系和多角关系，沉溺于性的享乐，热衷于各式人物的纵欲生活，使其作品显示出低俗的肉欲特点。每年三五部长篇的创作速度，也使他很快江郎才尽，只得自己抄袭自己，走入了创作的死胡同。

30年代，以上海为中心的中国现代都市消费文化环境的形成和发展，使文学家们越来越清楚地看到了文学作品的市场潜力，围绕着读者与市场，雅俗文学间又展开了新一轮的争夺战，并由此推动了文坛的繁荣。虽然鸳鸯蝴蝶派与新感觉派都以表现现代都市红男绿女的醉生梦死为主要题材，但二者并没有承继关系，鸳鸯蝴蝶派走的是通俗文学的道路，以追求市场效应为首要目标，而新感觉派走的却是纯文学道路，以追求艺术创新为第一要素。

以施蛰存、刘呐鸥、穆时英等为代表的新感觉派的形成,可以从1928年9月《无轨列车》的出版算起。在这之前的1926年,施蛰存、戴望舒和杜衡(苏汶)等参加了共青团的"左倾"青年组织,编辑了一本没有产生太大影响的小刊物《璎珞》,发表过戴望舒的诗歌《凝泪出门》和他翻译的魏尔伦的作品,以及施蛰存的《上元灯》《周夫人》等小说。1927年"四一二"政变后,他们转移到施蛰存的家乡松江,开始筹划出版一个同人刊物《文学工场》,这是个很时髦也很有革命气息的刊名,冯雪峰也参与其中,但这本刊物没有出版商敢出,最终夭折,其主要作品都出现在了后来的《无轨列车》上。

1928年夏天,施蛰存、穆时英的震旦大学同学刘呐鸥从台湾来到上海,不仅带来了许多日本新出版的书,包括横光利一、川端康成的小说和未来主义、表现主义、超现实主义和唯物主义等各种理论,而且还给大家带来了"现代的""无轨列车"。在刘呐鸥的倡议下,他们先成立了第一线书店,然后由第一线书店出版《无轨列车》半月刊,主要介绍新感觉派、岗位派与保尔·穆杭、瓦莱里等具有先锋性质的外国文学思潮和作家,但仅出八期,仍然是由于"左倾",书店和杂志很快被查封。1929年,刘呐鸥再创水沫书店,并与施蛰存、戴望舒、徐霞村一起出版了《新文艺》月刊,初步显示出新感觉主义的流派特征,并因冯雪峰的关系,在政治上支持"左联"而表现出越来越明显的普罗文学的色彩,但1930年夏又被查封。没了阵地的新感觉派只好投稿给《小说月报》和《文艺月刊》等刊物。

1932年5月,由施蛰存主编的《现代》创刊,再次将这群人集合在一起。虽然这是一个商业性刊物,施蛰存在《本刊宣言》中也声称:"本志并不预备造成任何一种文学上的思潮,主义,或党派",但实际上,编者施蛰存和后来的杜衡,不但对穆时英、刘呐鸥和施蛰存的小说表示了特别的偏爱,并给予了很高的评价,表现出明显的流派意识,而且还广泛介绍了英国的詹姆斯·乔伊斯、美国的福克纳、法国的阿保里奈尔、果尔蒙,特别是日本的横光利一、池谷信三郎等具有现代主义特征的作家作品。因此,新感觉派被称为现代派,既因《现代》杂志而得名,也因他们的确是中国第一个现代主义小说流派。

新感觉主义最初出现在20年代的日本,其主要作家有围绕在《文艺时代》杂志周围的横光利一、川端康成、片冈铁兵、中河与一等。"它同以德国为中心的表现派,以法国为中心的超现实派,以意大利为中心的未来派,以英美为中心的意识流文学,都属于20世纪西方现代派文学的范畴。"①新感觉主义受西方现代派文学特别是法国作家保尔·穆杭影响很大,与传统的现实主义相对立,否认现实世界的客观性,强调通过主观的感受和印象去表现"事物的本质",强调个人的感觉和瞬间的真实,追求感性的奇特的表达方式,认为没有新的形式就没有新的内容,并在实践中逐渐总结出一套新的文学理论②。

刘呐鸥(1900—1939),原名刘灿波,台湾台南人。刘呐鸥是最早将日本的新感觉派引入中国的现代作家,许多读者都是通过他翻译出版的日本新感觉派小说集《色情文化》才知道横光利一、片冈铁兵、池谷信三郎的名字的。刘呐鸥从小在日本长大,先在东京青山学院学文学,后于庆应大学毕业,回国后,在上海震旦大学学习法文。他办的水沫书店,是当时左翼文学的一个大本营③,施蛰存、戴望舒、杜衡等都曾在书店里当过经理和编辑。1931年,他还办过《现代电影》,水沫书店在"一·二八"战火被毁后,曾一度远走日本。1936年又与穆时英合办过文学刊物《六艺》。抗战后,被黄金荣、杜月笙的青洪帮暗杀。

《都市风景线》(1930)是刘呐鸥仅有的一部小说集,也是中国第一部用现代主义手法表现现代都市生活的小说作品。《新文艺》第2卷第1期在对这部小说集的介绍文字中这样写道:"呐鸥先生是一位敏感的都市人,操着他的特殊的手腕,他把这飞机、电影、Jazz、摩天楼、色情、长型汽车和高速度大量生产的现代生活,下着锐利的解剖刀。在他的作品中,我们显然地看出了这不健全的、糜烂的、罪恶的资产阶级的生活的剪影和那即刻要抬起头来的新的力量的暗示。"集子中的《两个时间的不感症者》《游戏》《风景》等小说,用新闻报道的方式和电影蒙太奇手法,表现舞女和都市摩登男女的风流生活,从内容到形式都体现出新感觉小说突出表现现代都市生活的特点。

穆时英(1912—1940),浙江慈溪人。穆时英是新感觉派的后起之秀,被称为"鬼才"。穆时英幼年随父亲到上海,进入光华大学后,潜心于外国现代派文学。《无轨列车》创刊时,尚未见到他的名字,《新文艺》快要被查封时,他才刚刚开始小说创作,1930年他在《新文艺》上发表《咱们的世界》

---

① 严家炎:《中国现代小说流派史》,人民文学出版社,1989。
② 在日本新感觉派的理论中主要有横光利一的《新感觉论》(即《感觉活动》),川端康成的《新进作家的新倾向解说》《新感觉辩》,片冈铁兵的《新感觉的主张》等。
③ 水沫书店出版过《马克思主义文艺论丛》(后改为《科学的艺术论丛书》)等重要左翼书籍。

《黑旋风》等最初的几篇小说时,与这个流派还谈不上有联系,但该刊的编者在"特别向读者推荐"中已经作出了这样的判断:"这是我们可以加以最大的希望的青年作者。"《新文艺》被查封后,由施蛰存推荐到《小说月报》上发表的《南北极》,可以看作他的成名作。

  他第一部小说集《南北极》(1932)中的五篇小说,主要受到当时普罗文学的影响,还没有新感觉的味道。但是,《现代》杂志一露面,他的小说《公墓》就被施蛰存以《现代》创刊号"头版头条"的殊荣隆重推出,几乎一夜之间就坐上了这个流派的头把交椅。从此,他完全进入了新感觉主义的创作轨道,接连发表了《夜总会里的五个人》《黑牡丹》《上海的狐步舞》等重要作品,从题材到风格都发生了根本性的变化,与早期创作相比,形成了一个"南北极"似的鲜明对照。一直关注着这个流派的杜衡,在当时就大胆作出论断,认为他的成就已经超过了刘呐鸥:"中国是有都市而没有描写都市的文学,或是描写了都市而没有采取适合这种描写的手法。在这方面,刘呐鸥算是开了一个端,但是他没有好好地继续下去,而且他的作品还有着'非中国'即'非现实'的缺点。能够避免这缺点而继续努力的,还是时英。"①随后,穆时英又出版了《公墓》(1933)、《白金的女体雕像》(1934)和《圣处女的感情》(1935)三部小说集,在数量上和质量上都超过了刘呐鸥,成为新感觉派最具代表性的作家。

  如果说,刘呐鸥的小说仅仅描绘出了上海这座东方大都市表面上的五光十色,那么穆时英的小说则已经深入到了上海这座殖民化国际大都会的本质。《夜总会里的五个人》只是写五个都市病患者在一个周末的疯狂:失败的资本家、失恋的大学生、失业的政府职员、失宠的交际花、失神的学者,犹如一曲五声部的"复调"音乐,高度概括出了上海生活的全部精髓。《上海的狐步舞》虽然只是穆时英计划的长篇小说《中国:1931》中的一个片断,只是为了作"技巧上的试验和锻炼",却是他最具代表性的小说。作品开篇的第一句:"上海。造在地狱上的天堂。"以哲理诗似的比喻的,为上海作出了最为精辟的注释,也成为人们对20世纪30年代上海最难忘的记忆。

  穆时英年轻气盛,才华横溢,其小说常常采用诗一样的语言、诗一样的句式和诗一样的结构,即使是一篇并不起眼的小说,在最为自然普通的对话中,也常常能读出意想不到的精彩。比如,《被当作消遣品的男子》中的一段对话:

---

① 杜衡:《关于穆时英的创作》,《现代出版界》第9期,1933年2月。

"你读过《茶花女》吗?"

"这应该是我们的祖母读的。"

"那么你喜欢写实主义的东西吗?譬如说,左拉的《娜娜》,朵斯退益夫斯基的《罪与罚》……"

"想睡的时候拿来读的。对于我是一服良好的催眠剂。我喜欢读保尔·穆杭,横光利一,堀口大学,刘易士——是的,我顶喜欢刘易士。"

"在本国呢?"

"我喜欢刘呐鸥的新的话术,郭建英的漫画,和你那种粗暴的文字,犷野的气息……"

这里提的作家作品全都是现实存在的,小说中所说的"你",就是穆时英自己。即使从表面上看,这也不像出自 30 年代的作家之手,更像是出自 90 年代的"痞子作家"王朔之口。如果更进一步琢磨,会发现这几乎就是新感觉派的一篇"宣言":无论是"五四"以来的新文学,还是"五四"以来在中国流行的外国现实主义和浪漫主义的经典,都已经过时,现在已经进入新感觉主义的时代了。然而,在穆时英心里,却与当时中国绝大多数知识分子一样,回荡着无法排解的孤独和苦闷,"我拼命地追求刺激新奇,使自己忘了这寂寞,可是我能忘了它吗?"[1]因此,在他自认为充满"粗暴的文字,犷野的气息"的小说中,难免也流露出哀怨的感伤气息。

穆时英的才气里充满着豪气和霸气。1935 年 6 月 8 日,叶灵凤在给穆时英的信中曾调侃道:"近来外面模仿新感觉派的文章很多,非驴非马,简直是画虎类犬,老兄和老刘都该负这个责任。"[2]连最为痛恨海派的京派作家沈从文,也不得不佩服他所创造出来的"新句,新腔,新境",并推崇他的《五月》"特具穆时英风,铺排不俗"[3]。可见当时的"穆时英风",不但刮遍了上海滩,甚至已经刮遍了全国。

施蛰存(1905—2003),浙江杭州人。施蛰存虽然是新感觉派重要的组织者之一,以前的文学史也一直把他看作新感觉派的代表作家,但他却一直不承认自己是新感觉派,只承认自己应用弗洛伊德的学说写了几篇心理小

---

[1] 穆时英:《我的生活》,《现代出版界》第 9 期,1933 年 2 月。
[2] 见孔另境编:《现代作家书简》,花城出版社,1982。
[3] 沈从文:《论穆时英》,《沈从文全集》第 11 卷,花城出版社,1984。

说①。他的这一说法,近年来得到越来越多的重视和认可,有人甚至因为他而将新感觉派改称新感觉心理分析派②。

施蛰存的小说创作也经历了一个较大的变化。他早年曾有《江干集》《娟子姑娘》《追》等幼稚之作,因此,他只承认《上元灯》(1929)是他的第一个短篇集,其多数作品主要是怀旧,在淡淡的感伤中蕴含着浪漫的诗意,但《周夫人》和《宏智法师底出家》却已经表现出弗洛伊德学说的影响。自《鸠摩罗什》在《新文艺》上发表后,由于得到朋友的鼓励,便"努力着想在这一方面开辟一条创作的新蹊径"③。小说集《将军底头》里的四个中篇,除《阿鉴公主》稍有不同外,另外三篇都是用精神分析学说来重写中国古代人物,特别是他们的"二重人格":《鸠摩罗什》写道与爱的冲突,《将军底头》写种族与爱的冲突,《石秀》写理智与爱的冲突。但更能代表施蛰存心理分析小说成就的,仍然是《梅雨之夕》(1932)和《善女人行品》(1933)两部以现实生活为题材的作品。特别是《梅雨之夕》和《春阳》等小说,将西方现代的性欲理论与中国传统的中庸之道完美地结合在一起,很好地表现了当时在现代文明冲击下都市男女微妙的性心理和潜意识,达到了作者所向往的传统美学的理想境界。施蛰存的最后一部小说集《小珍集》(1936),虽然也保留着心理分析的一些特点,但明显又回到了现实主义的创作道路。

"施蛰存和刘呐鸥、穆时英既有共同的思想背景和艺术氛围,然而,他们在主题、题材、风格以及艺术渊源与取径上又颇可分别。刘呐鸥和穆时英擅长于描写现代都市生活,那种错综复杂、色彩斑斓、具有尖锐感的'都市风景线';而施蛰存则喜欢表现都市与小镇过渡地带半新不旧具有明暗感的心理和人格冲突。施蛰存自觉地运用弗洛伊德的理论来探索人的心理和人格。与刘呐鸥、穆时英铺张地描写都市生活的快速节奏和感觉刺激不同。施蛰存常常通过朦胧神秘的诗意氛围来彰显人物的内心世界。刘呐鸥和穆时英受到保尔·穆杭和日本新感觉主义艺术上的强烈冲击,而吸引着施蛰存的则是奥地利的显尼志勒,在这种吸引里埋伏了中国古典文学的影响。"④应该说,施蛰存与新感觉派既有联系也有区别,施蛰存的小说以心理分析为特点,而刘呐鸥和穆时英的小说中也有很出色的心理分析作品。从

---

① 参见施蛰存:《我的创作生活之经历》,《创作的经验》(鲁迅等著),(上海)天马书店,1933。
② 参见魏洪丘等主编:《中国现代文学流派概观》,成都出版社,1990。
③ 施蛰存:《将军底头·自序》,(上海)新中国书局,1932。
④ 旷新年:《1928:革命文学》,山东教育出版社,1998。

这个意义上来说,也许新感觉派应该被称作现代派。

新感觉派的作家还有叶灵凤、徐霞村,以及以描写都市摩登女郎著称的黑婴和"具有十足的穆时英风"的禾金等。

叶灵凤[①]是新感觉派文学中一位活跃的具有前卫意识的作家。早年毕业于上海美术专门学校,1925 年加入创造社,是创造社的后起之秀。在这期间,他曾主编过创造社的刊物《洪水》,负责《创造月刊》和泰东书局出版物的美术设计。1926 年,创造社出版部被查封后,他先后主编过《幻洲》(半月刊)和《戈壁》,但这两个刊物先后被禁,1928 年底叶灵凤转入现代书局,曾主编《现代小说》和《现代文艺》。1929 年,创造社被取缔,叶灵凤一度被捕。1934 年叶灵凤与穆时英编《文艺画报》,1935 年进入时代图书公司,后到《救亡日报》,抗战后经广州到香港。

与张资平沉醉在肉欲中不能自拔不同,"叶灵凤一直是个趋时的人,总试图跟踪外国潮流。在上海,他希望是个'引导潮流者'"[②]。叶灵凤从具有浪漫主义的爱情小说创作起步,一开始就沾染上了西方颓废主义的色彩,在性暴露和性心理描写方面更接近张资平的后期作品,但更具有梦幻色彩和唯美风格,有人曾在漫画中将他画作一条"美女蛇"。在他早期的《菊子夫人》《女娲氏的遗祸》《鸠绿眉》《处女的梦》等作品中,性心理描写已经显示出弗洛伊德学说的明显影响,这也使他成为中国心理分析小说最早的推行者之一。30 年代初,他加入现代书局后,很自然地融入了新感觉派的阵营,与刘呐鸥、施蛰存、穆时英,以及杜衡、戴望舒等成为好友。这期间,他不但一改自己以前感伤的爱情故事套路,转而表现现代都市的时髦女性,而且还以过来人的身份给后起的新感觉派小说家穆时英以指导和帮助[③]。他这时期创作的短篇小说《紫丁香》《流行性感冒》《忧郁解剖学》《朱古律的回忆》等都是典型的新感觉小说,叶灵凤也因此成为新感觉派的重要作家。后来,叶灵凤终于经不住巨大的读者市场和丰厚报酬的诱惑,拆除了精英与大众之间的篱笆,一手创造着先锋小说,一手又制造着通俗小说,一连推出了《时代的姑娘》(1933)、《未完的忏悔录》(1936)和《永久的女性》(1936)三部长篇,重新回到了最初的感伤爱情小说的老路。

---

① 叶灵凤(1905—1975),原名叶蕴璞,江苏南京人。
② 李欧梵:《上海摩登——一种新都市文化在中国》,北京大学出版社,2001。
③ 穆时英 1932 年 2 月在《公墓·自序》中曾说道,叶灵凤"时常和我讨论到方法问题,给了我许多暗示"。后来在《南北极·改订版题记》中也对叶灵凤曾给他的"鼓励"和"帮助"表示感谢。参见严家炎:《中国现代小说流派史》,人民文学出版社,1989。

三 废名、沈从文与京派小说

在上海之外的北方京津地区,还活跃着一股强大的文学势力——京派文学,他们以文学的自由化为特点,既反对左翼文学的政治化,也反对海派文学的商业化,努力追求文学的独立性和理想化。其中,废名和沈从文都是杰出的代表。

废名被称作京派小说的"鼻祖",原本就是"语丝"派的乡土文学作家,也受到鲁迅的影响。后来他引入古典诗歌的象征手法与西方现代派技巧,追求朦胧的散文意境,"但语言修饰得愈发生涩古怪,陷入歧途"①,因此未能得到鲁迅的赏识②。但是废名得到了周作人的偏爱,是继俞平伯后另一位几乎每部作品集都得到周作人赞赏的作家,并对沈从文产生过很大影响。沈从文曾这样评价废名的作品:"作者的作品,是充满了一切农村寂静的美。差不多每篇都可以看得到一个我们所熟悉的农民,在一个我们所生长的乡村,如我们同样生活过来那样活到土地上。不但那农村少女动人清朗的笑声,那聪明的姿态,小小的一条河,一株孤零零长在菜园一角的葵树……就是那略带牛粪气味与略带稻草气味的乡村空气,也是仿佛把书拿来就可以嗅出的。"③

废名小说讲究情趣和意境,不看重故事的情节和结构的完整。周作人曾说,废名小说的好处,"似乎可以旧式批语曰,情生文,文生情。这好像是一道流水,大约总是向东去朝宗于海,他流过的地方,凡有什么汊港湾曲,总得灌注萦回一番,有什么岩石水草,总要披拂抚弄一下子,才再往前去,这都不是他的行程的主脑,但除去了这些也就别无行程了"④。受古典诗词和《红楼梦》等小说的影响,废名一直把小说当作散文和诗来写。《桥》(1932)是他的第一部长篇,写程小林与史琴子两人青梅竹马的爱情故事,男女主人公身上有着宝黛爱情的影子,故事情节已经完全简化,具有明显的散文化倾向,通篇散发着带有泥土气息的清香。但同一时期创作的另一部长篇《莫须有先生传》和40年代末创作的《莫须有先生坐飞机以后》,从创

---

① 钱理群、温儒敏、吴福辉:《中国现代文学三十年》(修订本),北京大学出版社,1998。
② 鲁迅在《中国新文学大系·小说二集导言》中曾说:"后来以'废名'出名的冯文炳,也是《浅草》略见一斑的作者,但并未显出他的特长来。……于是从率直的读者看来,只见其有意低徊,顾影自怜之态了。"
③ 转引自严家炎:《中国现代小说流派史》,人民文学出版社,1989。
④ 周作人:《莫须有先生传·序》,《周作人文类编》,湖南文艺出版社,1998。

作内容到艺术风格都发生了很大变化,前者作于1927年废名卜居北京西山期间,后者作于其1947年在家乡黄梅躲避战火时,不但是他生活的写照,而且还是他思想的记录,表现出浓烈的佛禅思想。

沈从文(1902—1988),原名沈岳焕,湖南凤凰人。沈从文的祖父曾任贵州提督,嫡祖母为苗族。父亲在辛亥革命时曾参与当地的武装起义,后因谋刺袁世凯事泄而亡命关外,母亲是世家之女,从小就认字读书,对沈从文影响最深。沈从文15岁从凤凰县第一小学毕业后,即按照当地的风习进入地方土著部队,在沅水流域驻留,看到上万平民死于非命,见识了"湘军"的强悍和残忍,也见识了湘西人的美好人性。1922年因偶然机会接触到《新潮》《改造》等文学刊物,独自闯荡北京,升学失败后,在"酉西会馆"和银闸胡同的"窄而霉斋"里发愤自学,郁达夫的《给一个文学青年的公开状》(1923),就是收到沈从文的求助信后的回复。从1924年底他开始用"沈从文"等笔名在《晨报副刊》和《语丝》《现代评论》《小说月报》等刊物上发表作品,并与胡也频编辑《京报》副刊和《民众文艺》周刊。1926年出版第一部作品集《鸭子》(包括散文、小说、戏剧和诗歌)后,在文坛上开始崭露头角,每年都有多部作品出版。1933年5月丁玲被捕后失踪,两个月后沈从文发表了《记丁玲女士》一文,引起文坛瞩目[①]。

1934年是沈从文一生中最为辉煌的一年。这一年,他返回湘西看望病中的母亲,写出了小说代表作《边城》和散文代表作《湘行散记》《湘西》中的许多篇章,以及他的第一部自传《从文自传》。在随后的两年里,沈从文对自己的创作作了初步的总结,出版了一系列小说选集,成为京派的领袖人物。

沈从文的小说大体上可以分为"都市"和"湘西"两大题材。都市题材是他以"乡下人"的身份对现实的反映,重点是道德批判,而湘西题材则是他在成为都市人后对过去的缅怀,重点是理想歌颂,这就形成了"冷与暖"两种截然不同的色调。同样是表现都市生活,沈从文小说与左翼小说、新感觉派小说虽在"揭露性"方面表现出共同的特点,但也显示出很大的区别。沈从文较多地看到了现代文明背后的道德沦丧和人的自私贪婪,偏重于知识分子精神上的庸俗卑劣;以茅盾为代表的左翼小说偏重于社会分析和阶

[①] 参见"李平现代文学欣赏"系列微课《沈从文心中的三位女性》,见"五分钟课程"网:http://www.5minutes.com.cn/Web/Course/CourseDetail.aspx? id = 147a5e5a—b651—4fca—9a19—44bff29d3aaf

级批判；而新感觉派小说则偏重于感觉的印象和人性的迷茫。

沈从文小说中大量的性爱描写，最突出地表现出他对都市和湘西的不同态度。沈从文虽然从20岁进京后就一直生活在大都市里，而且还进入了都市的上流社会，成为受人尊重的知识分子，但他发现，都市里的高等人都患有"阉寺病"，想爱而不敢爱，甚至连说都不敢说。因而他宁可并始终把自己看作"乡下人"，不愿与都市的上层人士为伍，总是以乡下人的眼光去看待都市里的人生。在他看来，都市的"智者"用由"文明"制造的种种绳索捆绑住自己，跌入更加不文明的轮回圈中，而乡下人却总是能返璞归真，求得人性的谐和。在小说的性爱描写中，他总是用讥讽的口吻去调侃城市里的各色人等，特别是上层社会的"高等人"两性关系的虚假性，《八骏图》写的是八位教授的丑态，而《绅士的太太》则主要写绅士和淑女们的丑行。在《边城》以及《柏子》《丈夫》等作品中，却完全是一种赞美和欣赏。翠翠对性爱的要求越是大胆，在沈从文看来就越纯真而美丽。这里，除了怀乡和怀旧的因素外，主要还在于理性的作用。沈从文是把性爱当作人的生命存在、生命意识的符号来看待的，探讨不同人的性爱观念，正是观察不同的生命形态的重要角度，由此更可以发现在不同的文化制约下人性的不同表现形式。也正如苏雪林女士所说，沈从文的创作是"想借文字的力量，把野蛮人的血液注射到老迈龙钟颓废腐败的中华民族身体里去使他兴奋起来"①。因此我们可以说，这些描写都市人生的小说，正在于通过"城乡的对照"，唤起沈从文对湘西人生的美好回忆和向往。

沈从文的湘西题材，生动地表现出极具地域特色的湘西及沅水流域的民风、民俗。《柏子》②是沈从文小说从幼稚走向成熟的标志。作品讲述的是一个名叫柏子的水手与辰河岸边一个做娼妇的女人之间男欢女爱的故事。柏子常常花两个月的时间在辰河的船上辛劳，然后来跟相好的妇人团聚一次，将赚的钱及买的东西交给她。而相好的妇人也总是掐算着时日，有情有义地等着柏子归来，形同夫妇。在这里，作者不是要描写一个劳动者的性格，也不是要粉饰愚昧的人生，而是通过对人性的富于诗意的发现，表现人的生存状态、自然欲望和生命活力。《萧萧》是沈从文最为写实的作品之一。小说从萧萧12岁嫁给3岁的小丈夫开始，以较多笔墨描写了萧萧的勤劳、纯朴以及作为一个少女所有的天真、幼稚、单纯的情状，故事慢慢走向高

---

① 苏雪林：《沈从文论》，《苏雪林选集》，安徽文艺出版社，1989。
② 《柏子》作于1928年5月，发表于1937年8月的《小说月报》。

潮,到萧萧被花狗用山歌唱开心窍,并怀有身孕,情节出现急剧转折,充满诗意的浪漫变成了生死攸关的人生现实。作品的自由结构和风俗描写、爱情歌谣,使小说融入了散文和诗的因素。而他的《龙朱》《媚金、豹子和那羊》《月下小景》等作品,更是从民间故事、苗族传说和佛经故事中汲取营养,充满浪漫主义色彩和地方文化特色。

《边城》①是沈从文小说最有代表性的作品。"湘西世界"是沈从文理想人生的缩影,而《边城》则是沈从文供奉其理想的"希腊小庙"。在这座小庙里,不仅有他向往的代表着自然人性的理想人物和理想生活,还有他追求的代表着自然天性的理想文体。在这些人物身上,闪耀着一种神性的光辉,体现着人性中原本就存在的、未被现代文明侵蚀和扭曲的庄严、健康、美丽和虔诚。翠翠在与当地掌水码头团总顺顺的二老(二儿子)傩送的短暂接触中,任由自己萌生出爱意,而没有觉得自己地位低下,甚至在听到了团总想要与有碾房陪嫁的人家打亲家的话之后,也丝毫没有将这个消息与自己的婚事联系在一起。在她天真纯洁的心灵里,似乎根本就不存在"门当户对"的概念。因此,在作者眼中,她的爱是超越一切世俗利害关系的最为高尚也最富有诗意的爱。可以说,翠翠是沈从文的"理想人物",是他崇拜的爱神和美神。同样高尚的是团总的两个儿子,大老天保和二老傩送都爱上了翠翠,但他们并没有自相残杀,当天保得知翠翠爱上了自己的弟弟后,便主动退出了竞争。令人难以理解的是,这理想生活并不仅仅是一个浪漫温馨的爱情故事,而是一个令人惋惜的爱情悲剧。

但作者对这一悲剧似乎并不悲伤。在作者的人生观(生死观)中,这一切生、老、病、死,都是自然的安排,都是人生的常态,当地民风如此,芸芸众生也应如此。在这个原始而纯朴的世界里,没有邪恶、贪婪,甚至连人类最常见的嫉妒也没有,有的只是和善、诚实、侠义和热情。傩送为了爱情,放弃了陪嫁的碾房,而选择了渡船;天保尊重翠翠的选择,为了成全弟弟,选择了离开;傩送在得知哥哥不幸的消息后,不胜悲哀的重负,也离家而去,连翠翠身边唯一的亲人祖父(实际上是外祖父)也弃船仙逝,只留下她孤零零一个人。但天保和傩送的父亲顺顺不但没有责怪翠翠,反而要来接她回家,就连当年追求过翠翠母亲的老马兵,也来照应翠翠。这就是生活的牧歌和牧歌式的生活,是未被现代文明浸润扭曲的人生形式,也是人生形式的极致,是"神性"的表现。这种神性,就是爱与美的结合。在作者看来,神、爱、美,三

---

① 《边城》连载于《国闻周报》1934年1月至4月。同年10月由上海生活书店出版单行本。

者是一体的,是不可分割的。

为了表现这种人性的极致,作者不能不从一开始就制造出一种梦幻般的意境。《边城》共21节,每一节都是一首圆润的散文诗,都具有抒情的风格:缓缓的情节、细腻的心理、清丽的语言。在《边城》等描写湘西生活的作品中,我们可以看到,沈从文该叙事就叙事,该抒情就抒情,散文的笔法和诗歌的意境成为小说的主体,现实与梦幻,人生和自然,就这样随着简单的故事发展而水乳交融地掺杂在一起。也许,沈从文正是在这不经意间创造出了自己的理想文体:诗化抒情小说。

沈从文小说在对都市中的现代文明进行无情的讽刺和批判的同时,又精心建造了一个美好的湘西世界,在小说的抒情诗手法和田园诗风格方面作出了自己独特的贡献。

京派和海派虽然与北京和上海有关,却不是两个单纯的地域性概念。这两个概念的出现,与30年代开始的京派和海派的论争有关,而这场论争则是由沈从文一手挑起的。沈从文是怀着神圣的"文学理想"从边城来到京城的,依照这个理想,他竭力维护文学的纯粹性和严肃性,坚决反对文学的党派性和商业性。1933年10月,沈从文接手主编《大公报·文艺副刊》后,发表文章对上海和北京一些"玩票白相文学作家"进行了批评,由此引起了"京海之争"。鲁迅的《"京派"与"海派"》持"各打五十大板"的态度:"要而言之,不过'京派'是官的帮闲,'海派'则是商的帮忙而已。"其他左翼作家如胡风、姚雪垠等也左右开弓,批评了这两派的一些不良倾向。"京海之争"不仅扩大了京派的名声,也使京派从"无形"走向了"有形"。

在这之前,京派虽然存在,但并没有结成团体,甚至没有"京派"一说。如果追溯京派形成的原因,可以发现文学刊物的重要作用。首先是1931年5月由废名、冯至编辑的《骆驼草》,然后有1933年9月沈从文接编的《大公报·文艺副刊》,1934年10月由卞之琳、沈从文、李健吾等编辑的《水星》,以及1937年5月由朱光潜编辑的《文学杂志》等。围绕在这些刊物周围的作家,主要有三部分人:一是与语丝社有关的讲究文学趣味的作家,如周作人、废名、俞平伯等;二是与新月派和现代评论派有关的作家,如胡适、沈从文、梁实秋、凌叔华、孙大雨、梁宗岱等;三是北京的高级知识分子和高校中的师生,如朱光潜、李健吾、林徽因、冯至、何其芳、李广田、卞之琳、萧乾、林庚、李长之等①。这些作家除了在小说方面卓有成就外,在文艺理论、散文、

---

① 汪曾祺是40年代在西南联大师从于沈从文后才崭露头角的,被看作京派的最后传人。

诗歌以及戏剧方面都有堪称独步的大家。在京派的形成过程中,"文学沙龙"和"聚餐会"的形式也起到了重要作用①。因此,京派主要指30年代以北京为中心的自由主义作家群。

然而,京派与京味无关。京派指的是一个文学流派,京味指的是一种文学风格,是两个完全不同的文学概念。比如,老舍是典型的京味作家,却与京派无关,不能称为京派作家。京派与以漂泊他乡的南方作家为主的乡土文学作家群有着重要的血缘联系。废名、沈从文等京派作家,都可视为乡土文学传统的继承者,他们对儿时的乡土生活的怀念,是形成"田园牧歌风格"的主要原因,而"田园牧歌风格"的形成,又将他们与乡土文学区别开来。

京派作家虽然没有共同的纲领和宣言,却在创作上形成了共同的特征。在题材上,他们大多倾向于对"乡土中国"和"平民现实"的描写。在风格上,他们大多倾向于从容节制的古典式审美趋向。在文体上,他们大多创造出了比较成熟的小说样式。

四 巴金、老舍与李劼人

30年代,左翼小说、新感觉派小说和京派小说三足鼎立,既相互抗衡,又相互影响。在这三大流派之外,还有巴金、老舍以及李劼人等卓有成就却又游离于主流文坛之外的自由作家,他们的小说创作,无论是在表现社会的广阔性上,还是在表现社会的时代性方面,都足以与三大流派相媲美。

巴金(1904—2005),原名李尧棠,四川成都人。"巴金"是他在发表第一部长篇《灭亡》时使用的笔名。巴金出生于一个封建地主官僚家庭,曾祖父原籍浙江嘉兴,在成都为官,著有《醉墨山房仅存稿》。祖父也为官多年,著有《秋棠山馆诗抄》。到他父亲一代,已经没落,仅在广元做过两年知县。巴金是在充满温情的家庭中长大的,母亲不但使他知道了人间的温暖,知道了爱与被爱的幸福,更使他知道了如何对待那些在困苦中需要扶持的人,从小就在他心里播下了博爱的种子。1914年和1917年,母亲陈淑芬和父亲李道河的先后病逝,对于幼小的巴金是一个沉重的打击。失去父母爱护后的巴金,更多地感受了封建专制大家庭中的黑暗,体验了和平友爱下的倾轧和斗争,目睹了兄弟姐妹的痛苦和死亡,也使他更加渴望走进外面的世界。

---

① 京派作家的"文学沙龙"和"聚餐会",多以林徽因、朱光潜等为东道主,参加的人除上述京派成员外,还有北大的罗念生、叶公超,清华的朱自清、王了一、曹葆华以及周煦良等。

1919年后,《新青年》《每周评论》等新刊物涌入四川,各种思潮和主义,特别是克鲁泡特金以及廖抗夫、巴枯宁、高德曼等的安那其主义(Anarchism,又译"无政府主义")著作在巴金面前展示了一个崭新的世界。从此,他便以安那其主义作为自己的人生信仰。1922年他开始在《时事新报·文学旬刊》上发表作品。1923年春,他跟随三哥来到上海,后到南京考入东南大学附中班。1927年1月赴法国巴黎。旅法期间,他与高德曼建立并保持了通讯联系,与意大利工人领袖凡宰地建立了友谊。当美国政府诬陷萨柯和凡宰地犯有抢劫行凶罪而要对他们处以死刑时,他又参加了国际性的营救活动,失败后在极度的痛苦中,写下了他的第一部小说《灭亡》。1929年巴金回国时,无政府主义运动在中国已经分化、失败,但巴金仍坚持自己的信仰,并将之寄托于文学创作中,同时开始了多种题材的创作。

　　在探索青年人追求自由、理想和信仰方面,主要有"革命三部曲"(《灭亡》《死去的太阳》和《新生》)和"爱情三部曲"(《雾》《雨》《电》)等。

　　《灭亡》(1929)以1926年前后直系军阀孙传芳统治下的上海为背景,讲述了主人公杜大心反抗社会的悲剧故事,并由此形成了巴金小说具有强烈感情色彩的基本特色。《死去的太阳》(1931)以作者所经历的五卅运动为题材。《新生》(1933)是《灭亡》的姊妹篇,但主人公李冷与《灭亡》中的李冷判若两人,由原来的一个和平主义者,变成了杜大心第二,他的妹妹李淑静的思想性格则更为激进,明显地带有俄国女革命家的特点。

　　"爱情三部曲"《雾》(1931)、《雨》(1932)、《电》(1933)是三部连续性的中篇。在这部作品里,作者虽然讲述了一个新的故事,但精神上仍然是《灭亡》和《新生》的继续。"爱情三部曲"是作者根据自己在福建晋江的一些朋友的亲身经历写成的,而晋江正是当时中国安那其主义运动的一个大本营。作者虽然自己题名为《爱情的三部曲》,"但这和普通的爱情小说并不相同,我所注意的乃是性格的描写。我并不是单纯地描写着爱情事件本身;我不过借用恋爱关系来表现主人公的性格"[①]。《雾》主要通过周如水与张若兰的恋爱,来描写周如水优柔寡断的软弱性格。《雨》则主要通过吴仁民与玉雯和智君的三角关系,表现他的矛盾性格。而对于《电》来说,虽然作者认为主人公是集体,是所有的人物,但相对而言,书中主要刻画的是李佩珠的健全性格。作者满腔的激情通过对青年人的信仰描写而得到了充分

---

① 巴金:《爱情的三部曲·总序》,《爱情的三部曲》,良友图书印刷公司,1936。

表现,这不能不说是作者特别钟爱这个三部曲的重要原因①。

在揭露封建家庭制度的弊害和社会专制制度的罪恶方面,主要有《激流三部曲》(《家》《春》《秋》)和短篇《杨嫂》《第二的母亲》等。

《家》(1931)原名《激流》,是巴金影响最大的作品,也是巴金小说最有代表性的作品。这部长篇小说饱含着作者生活中的爱和恨,欢乐和痛苦,并且,"这一切造成了一股激流,有着排山倒海之势,向着那唯一的海流去"②,犹如一首悲壮激昂的反抗之歌,带着被封建制度残害的无数青年的血和泪,震撼着更多的正在被残害着的青年的心。从这个意义上说,《家》也具有激情小说的特点,但是,《家》更重要的意义已经不完全是"激情"的抒发,而是对"生活"的深刻描写,对封建制度的强烈控诉,对人物形象的成功塑造。所以,它比《灭亡》等激情小说显得更为坚实,更具有现实意义和历史意义。可以说,《家》是一部带有"家庭文学"特征的生活小说。

《家》在很大程度上受到《红楼梦》的影响,它所描写的主要人物和事件,都发生在一个家庭之中,作者通过家庭矛盾的揭示,反映了整个社会的变化和发展,揭示了封建制度必然灭亡的历史趋势。家庭是社会的基本单位,家庭矛盾是社会矛盾的反映。封建家庭集中体现着封建社会的本质特征,如果一个典型的封建家庭在内部已经表现出必然崩溃的趋势,那么整个封建制度的灭亡也就在劫难逃了。《家》作为《激流三部曲》的第一部,虽然没有完整地反映高氏家族没落的全过程,却通过辛亥革命、五四运动和高家三代人(即高老太爷一辈、克字辈、觉字辈),从外部和内部两个方面,对这个家族必然没落的原因,进行了客观而生动、准确而形象的描写。

高家作为一个官僚地主家庭,在辛亥革命后由于政治上的失势,开始走向衰落。第一代的高老太爷是苦学出身,得到功名后,做了多年的官僚,广置田产,大建房屋,造就了一份大家业。在第二代克字辈的几兄弟中,除老二早夭,老五克定尚年轻外,其他三位都曾做过清末的官僚。辛亥革命虽然没有动摇封建土地制度,高家仍是大地主,但老大克文早早地病死,老四克安丢了官,老三克明留学日本后又改行做了律师,高家在政治上遭到了重大

---

① 巴金在《爱情的三部曲·总序》中曾说:"这三本小书,我可以说是为自己写的,写给自己读的。我可以毫不夸张地说,就在今天我读着《雨》和《电》,我的心还会颤动。它们使我哭,也使我笑。它们给过我勇气,也给过我慰藉。我这里不提到《雾》,因为《雾》的初印本我并不喜欢,里面有一些篇页,我自己看到总觉得有些肉麻,不敢重读。……《电》是应该特别提出来的。这里面有几段,我永不能够忘记。我每次读到它们,总要流出感动的眼泪来。"

② 巴金:《激流总序》,《家》,开明书店,1933。

打击,以致长房长孙觉新要外出做事时,也不得不仰仗高老太爷的面子,去自己家做股东的西蜀实业公司做"师爷"(即办事员);更有甚者,当军阀与省城督军开战时,高家一片惊恐,一个马弁就可以带着土娼出身的连长太太,耀武扬威地指明要住高家的外花厅,克明虽然在"卫道"和"护法"思想的鼓舞下,赶走了那个女人,却想不出对付一连大兵的办法,最后还是靠觉新的同学弄来一张军长的告示,才解了燃眉之急,但高家的威风早已荡然无存。此外,天灾战祸,佃户逃亡,再加上自己的挥霍,更加速了经济的破产。作品虽然没有正面描写五四运动,但通过对家庭内部叛逆者的塑造,充分表现了新文化思潮的影响。

高老太爷是高家的封建家长,是高家的独裁者。他的态度不但决定了觉新的命运,而且凭着他兴之所至的一句吩咐,就要把只有17岁的丫头鸣凤送给年已花甲的冯老太爷做小老婆,鸣凤被迫投湖自尽后,竟然又让另一个更小的丫头做了替身。他在年轻时与妓女鬼混,老来又找了一个姨太太,还与儿子一起玩戏子,父子勾结一起侮辱一个小丫头。《家》对封建制度的批判,首先是通过对高老太爷专横和腐败的思想性格特征的描写来实现的。在高家"克"字辈中,克明虽然看到了家族正在没落的趋势,也已经向资产阶级转化,不再买田地而投资股票,但是他在高老太爷的压制下,无所作为。而克安和老五克定,则龟缩在家庭的笼子里,成了坐吃山空的败家子,既没有看到家族的未来,更没有振兴的愿望,只是花样翻新地发展了高老太爷的荒淫和无耻。而在高家"觉"字辈的第三代人中,觉群和觉世是继承封建传统的代表,他们从小就醉生梦死,除了调戏丫头,享乐腐化外,没有任何能耐。在他们身上,封建阶级一代不如一代的特征和趋势表现得最为明显。

然而,《家》描写的重点是"要写一些可爱的年青的生命怎样在那里面受苦、挣扎而最终不免灭亡。我最后还要写一个叛徒,一个幼稚而大胆的叛徒。我要把希望寄托在他身上,要他给我们带来一点新鲜的空气,在那旧家庭里面我们是闷得透不过气来了"①。高家长房的三兄弟中,觉新走向了灭亡,而觉慧则是那个"幼稚而大胆"的叛徒。

觉新是一个新旧参半的人物。一方面,他是在"五四"前就已经成家的地主大少爷,较早地接受了封建正统观念,是一个恭顺的封建阶级的奴仆,因而被克明选为接替他挽救高家命运的人;另一方面,他又是封建制度的受害者,他与表妹钱梅芬青梅竹马,心心相印,也提过亲,却仅仅由于双方母亲

---

① 巴金:《关于〈家〉》,即《关于〈家〉十版改订本代序》,《家》,开明书店,1944。

在牌桌上的纠纷,被随意断送了幸福,最后服从父亲"拈阄"的结果,娶了李瑞珏。"五四"后,觉新对家庭的腐败和自己的屈辱都产生了不满,形成了矛盾的双重性格:在旧家庭中,他是一个暮气沉沉的少爷;与觉慧一起时,又是一个渴望新生活的新青年。作者说:"觉新不仅是书中人物,他还是一个真实的人,他就是我大哥,"是作者"一生中爱得最深的人"。① 然而,他承受着太重的旧文化的因袭重担,在封建意识的压迫和自我矛盾的痛苦中,无力自拔,无法找回自我。

觉慧也是一个少爷,也具有地主少爷的性格弱点。他爱鸣凤,又因鸣凤不是"小姐"而遗憾;他想以少爷的身份来保护鸣凤,但又不能真正给她自由和解放。他对封建家庭的反抗是最坚决最激烈的,但他并没有成熟的思想和彻底的精神,常常在反抗中流露出感伤的情绪,怀疑自己是聂赫留朵夫②,甚至对高老太爷也存有幻想。作者在真实地描写觉慧矛盾而复杂的性格的同时,又突出地表现了他的叛逆性格以及这种性格产生的原因。在高家长房中,由于父亲克文早逝,遗妇周氏又是继母,不便对子女进行管束,长兄觉新的思想较为开明,性格也较为软弱,对外人一概以"作揖主义"和"不抵抗主义"相对,因而觉民和觉慧能获得较多的自由,很快接受了"五四"新思想的影响。觉慧不但参加了《黎明周报》的编辑和宣传,而且还参加了反对地方督军的游行和请愿,这终于导致了他与高老太爷的直接冲突。在高家,觉慧是第一个敢于违抗高老太爷旨意的人。觉慧的形象有着"五四"时期反封建的时代色彩,他的出现,敲响了封建家族灭亡的丧钟。

《家》中的鸣凤、梅、瑞珏都是具有梅花一样美好而高洁品质的女性形象,然而,她们都在封建家庭中"受苦、挣扎而最终不免灭亡"。鸣凤因反抗自己被当作礼物的命运而自杀,梅被拆散姻缘而远嫁,守寡后憔悴而死,瑞珏顺从命运的安排,却被逼到郊外分娩,难产而死。她们的悲剧是作品中最为感人的部分。

巴金小说的创作过程,是一个从"激情"走向"生活"的过程,一个从以倾诉自己心中的激情为主,转变为以描写客观现实生活为主的过程,一个由描写青年知识分子中的英雄人物,转而描写现实生活中小人小事的过程,也是一个由浪漫主义演变为现实主义的过程。如果把这时期的《灭亡》与下一时期的《寒夜》进行对比,就可以清楚地看出它们之间的差别。但是,这

---

① 巴金:《和读者谈谈〈家〉》,《收获》1957年第1期。
② 聂赫留朵夫,俄国作家托尔斯泰名著《复活》中的主人公。

个发展和演变的过程,又不是循序渐进的,也不是螺旋式上升的,更不是前后反复的,而是两类作品相继出现,平行发展,先后完结的。从1927年至1930年,是激情小说时期;从1931年至1941年是激情小说与生活小说并存的时期;从1943年至1946年,是生活小说时期。当然,这两类作品的界限也不是泾渭分明的,特别是在"平行发展"时期的作品,在许多方面都具有共同之处,如由《家》《春》《秋》组成的《激流三部曲》,《春》比《家》更强烈地表现出青年人的热情和愤怒,因而也更具有激情小说的特点。

这个时期还是巴金短篇小说创作的高峰期,从1929年到1936年的八年间,巴金共出版了10个短篇集,除国内题材外,还有大量国外题材,特别是反映法国大革命的题材,这在当时几乎独树一帜。

老舍(1899—1966),原名舒庆春,"老舍"是他在第一部小说《老张的哲学》连载到第二期时开始使用的笔名。老舍是地道的北京人,满族,旧时叫"旗人"。1900年,父亲舒永寿(正红旗护军甲兵)在八国联军打入北京城时阵亡殉国。还不到两岁的老舍藏在家中的箱子里,昏睡了几天才躲过一劫。老舍七岁进私塾,后进小学和中学,由于家贫,考入免收学费的北京师范学校。1918年师范毕业后派任方家胡同小学校长,1920年被任命为教育部通俗教育研究会会员。1922年接受基督教洗礼,跟基督教堂的满族牧师学英语,结识了燕京大学的艾温士教授,后又到燕大去旁听英语课程。1922年9月去天津在南开中学教国文。后经艾教授推荐,于1924年夏天赴英,在伦敦大学东方学院担任中文教师。

在英国期间,老舍阅读了狄更斯等人的小说,萌发了"写着玩玩"的想法[1],正式开始小说创作[2],连续写出了《老张的哲学》(1926)、《赵子曰》(1927)和《二马》(1929)三部与"北京"有关的长篇,在对"国民的劣根性"的探索过程中,初步形成了自己的独特风格。1930年老舍回国后,先后在济南的齐鲁大学和青岛的山东大学,边教学边创作。老舍回国前后创作的《小坡的生日》(1931)和《猫城记》(1932),具有过渡性质,体现出老舍不懈的探索精神。在随后的几年中,老舍进入创作的"丰收期",写出了大量作品[3]。《离婚》(1933)是一篇世态讽刺小说,是老舍回归幽默、重返京味小说

---

[1] 老舍:《我怎样写〈老张的哲学〉》,《宇宙风》创刊号,1935年9月。
[2] 老舍赴英前在天津南开中学教书时曾有过小说创作的尝试,1923年在《南开季刊》第2、3期合刊上发表了第一篇短篇小说《小铃儿》。
[3] 这时期的作品主要有长篇小说《猫城记》《离婚》,中短篇小说《黑白李》《微神》《月牙儿》《老字号》《断魂枪》等,此外还有《老舍幽默诗文集》等。

的早期代表作，标志着老舍小说批判市民性格及相关社会生活环境、思想渊源和文化传统的核心思想得以确立，并初步形成了其简洁清新的语言特点和幽默风趣的艺术风格。《牛天赐传》(1934)讲述了一个叫牛天赐的儿童，在不正常的商人家庭和不适当的学校教育中，成为一个废物的过程，在艺术手法上与《离婚》相似，但艺术成就稍差。老舍这时期还有《赶集》(1934)、《樱海集》(1935)、《蛤藻集》(1936)三部短篇小说集，主要以下层市民为题材，表现"老中国儿女"的生活和精神状况。以第一人称的写法和散文诗的抒情笔调，写社会底层的一个少女因生活所迫沦为暗娼的中篇《月牙儿》，写一个"臭脚巡"一辈子不断走下坡路的人生经历的中篇《我这一辈子》，以及以作者自己初恋经历为题材的《微神》，表现下层妇女痛苦生活的《柳家大院》，表现新旧两种文化风范的《黑白李》，表现民族商业同行恶性竞争的《老字号》等，都是艺术上乘的优秀作品。《断魂枪》对沙子龙着墨不多，对劝他献艺的徒弟王三胜和求艺的孙老者却竭力渲染，通过一桩事，三个人物和三个精彩片断，表现了沙子龙复杂的内心和性格，行文简约，构思精巧，最能体现老舍小说的特色。

1936年夏，老舍辞去了教职，在青岛专事写作①，他"作职业写家的第一炮"②，就是《骆驼祥子》。

《骆驼祥子》③是老舍这时期最有代表性的作品，也是现代长篇小说的一部杰作。作品以旧中国北平为背景，描写了人力车夫祥子由人堕落为"兽"的悲惨遭遇，表达了作者对挣扎在社会最底层的劳动者苦难命运的关怀和同情，歌颂了祥子勤劳、朴实、善良、向上的优良品质，深刻揭示了造成祥子悲剧命运的原因。破产的青年农民祥子独自来到北平，靠拉洋车为生。他的生活目标是凭自己的力气、勤劳和坚忍买一辆车，过上安稳的生活。经过三年的奋斗，他买了车，实现了自己的理想，成为自食其力的洋车夫。不久，在兵荒马乱中，连人带车被兵匪掳走。失去了洋车的祥子逃出兵营，拾得三匹骆驼，"骆驼祥子"由此得名。祥子继续从头开始，更加拼命拉车，攒钱。好不容易得到了拉"包月"的美差，可是，在杨宅得到的只是役使和侮辱，在夏宅又被夏太太引诱与玩弄，虽然在曹宅找到了一点做人的感觉，但

---

① 同年还完成了长篇小说《文博士》和《大明湖》(后在商务印书馆付印时毁于"一·二八"战火)。

② 老舍：《我怎样写〈骆驼祥子〉》，《老舍论创作》(增订本)，上海文艺出版社，1982。

③ 《骆驼祥子》写于1936年，连载于《宇宙风》杂志第25—48期(1936年9—1937年10月)。1939年由上海人间书屋出版单行本。

好心的曹先生却救不了他,所有的积蓄都被侦探敲诈洗劫一空。最终,在虎妞的诱骗下,做了"自己老婆的玩物","把他从乡下带来的那点儿清凉劲儿毁尽了",虽然结了婚,成了家,也买了车,结果却因虎妞难产而死又卖掉了车。经过这"三起三落"的折腾后,精神一蹶不振,先是被夏太太再次引诱而染上了病,后是他心爱的小福子沦为妓女而自尽,最后一个梦也破碎了,从此,他终于"入了车夫的辙",开始放纵自己,自暴自弃,甚至堕落到损人利己,以出卖革命者换取金钱的地步。

虎妞是作品中除祥子外,作者花费笔墨最多的一个人物。她的出现,对于祥子形象的刻画、作品主题的深化、内容的丰富、情节的起伏以及增强作品的艺术表现力等多方面都起到了重要的作用。虎妞是人和车厂老板刘四的女儿,长期帮助父亲经营车厂。家庭和生活对她产生了很大的影响,使她形成了狡诈泼辣的个性特征,在思想上又打上了瞧不起车夫的烙印。但由于她父亲不肯失去这样一个廉价的好帮手,不肯招婿上门,使她成了一个无人敢要的老姑娘。因此,虎妞既有令人憎恶之处,又有令人同情之处。虎妞对祥子的追求,虽然是极端利己主义的,但同样也具有一定的合理性。在遇到祥子之前,虎妞早已失去了青春,对毫无温暖的家庭和贪婪的父亲也产生了厌恶和反感,只能在与车夫的打闹中发泄心中的情欲。她与祥子的"相爱",可以说是她一生中最为辉煌的时刻。而她与父亲的决裂,并不是要反抗家庭,只是她与父亲无法达成协议后的一次赌注,先将自己嫁出去,再等待重返车厂的机会。她拿出私房钱为祥子买车,也是在坐吃山空的情况下不得已的选择,她始终都没有真正理解祥子。她的死,虽然对于祥子是一种解脱,但对于已经有过家庭的男人来说,仍然是一个沉重的打击,"虎妞虽然厉害,但是没有她怎么成一个家呢?"

作品将祥子为买车以实现自己"自食其力"的理想所经历的三起三落作为情节发展的中心线索,把笔触伸向广阔的城市贫民生活领域,通过祥子与兵匪、与侦探、与车厂主、与虎妞、与同行等各个方面关系,描绘了一幅动荡不安、恐怖黑暗的社会生活图景,从社会、心理、文化等层面,展示了祥子从充满希望,到挣扎苦斗,直至精神崩溃、走向堕落的悲剧一生,反映了城市畸形文明病及愚昧文化给人性带来的肉体和精神上的双重伤害,凝聚了作者对城市文明病的艺术思考和批判性审视。作品采用大量的叙述、抒情加议论的心理描写,替祥子诉说着血泪凝成的痛苦心声,既刻画了人物性格,又表达了作者挚热的感情,增强了作品的艺术感染力。浓郁的北京地方色彩,从语言、环境到风俗人情,则显示了作者日渐成熟而富有魅力的艺术风格。

老舍是北京人,虽然不是京派的成员,但从老舍作品所表现出的风格特点看,老舍与京派有许多接近之处。如老舍和京派作家都格外重视为现代文明探索病源,习惯于用文化来分割不同阶层的人。在老舍看来,祥子的悲剧在于病态的城市文明对人性的伤害,而在《骆驼祥子》这部小说中,老舍正是通过一个乡下来的人力车夫(祥子)的眼光来看待城市的。因此,作者在批判的同时,又试图从"道德审视"的角度对现代文明病的病源进行探讨;又如老舍和京派作家描写的也是特定文化背景下人的命运和在文化制约中的世态人情,写得最好的人物也都是"老中国儿女"或"乡土中国"的子民。但是,老舍走的却是"俗文化"的路子,正因为老舍的"俗",由于他作品的"北京味儿"、幽默风以及以北京话为基础的语言,使他远离当时较为普遍的"新文艺腔"①,在现代作家中独具一格,成为把"乡土中国"社会变革过程中小市民阶层的命运、思想、心理用文学形式表现出来并取得巨大成功的第一人。

从老舍的创作经历可以看出,他最有特色和艺术成就的作品都与北京这座城市有关,是北京文化孕育了老舍。"擅于运用俗白而富有生活情趣的北京地方语言写作,敏于描绘北京的风光、习俗及人物个性,敢于以喜剧风格来演示悲剧故事,等等,都教文坛感受到了缕缕新气息。这些特点的形成,与老舍自幼濡染着的京城文化分不开。清初以来近三百年,大批满洲人屯居京城,他们在由满族母语改操汉语之后,培养起了对北京话切磋玩味的普遍嗜好,从《红楼梦》作者曹雪芹(隶满洲内务府正白旗),到《儿女英雄传》作者文康(隶满洲镶红旗),都是这种语言造诣的典范体现者,老舍是该传统的现代继承人。"②老舍小说全景式地描写了北京的市民生活和风俗,被看作现代京味小说的源头和北京文化的一个象征。

老舍在创作上,几乎是从一开始就一直耕耘着京味小说这一亩三分地,最终种成了一棵茂盛的大树。老舍是一位多产作家,一生共创作了一千多部(篇)作品,特别是在长篇小说艺术上取得了巨大成功,与茅盾、巴金一起,并称"现代长篇小说的三大高峰"。

李劼人(1891—1962),原名李家祥,四川华阳(今成都)人。李劼人9

---

① "新文艺腔",主要指一种做作的、不自然的文风,以及与现实语言有一定距离的、书面化的语言方式。
② 黄修己主编:《20世纪中国文学史》,中山大学出版社,1998。

岁时就跟随在衙门当差的父亲游走他乡,受尽贫穷和颠沛流离之苦。读了两年小学,就去当排字工。14岁时,父亲病逝,留下三代寡妇、两块洋钱和他这个唯一的男丁。母亲右脚残废,不能行走。李劼人既无兄弟,又无姐妹,只好独自支撑一个家。到16岁时,他才在亲戚的资助下,到四川高等学堂附属中学堂读书,受到新思潮的影响,常与王光祈①、郭沫若等同学相互切磋。1911年,四川发生铁路风潮,李劼人作为中学生代表参加了这场声势浩大的"保路"运动。1915年起,先后担任《四川群报》主笔、编辑,《川报》社长兼总编,并完成第一篇白话小说《儿时影》,1917年前又完成《盗志》《做人难》《续做人难》等多篇白话小说,是中国现代白话小说的先行者之一。1919年8月,李劼人赴法国勤工俭学,同时从事文学创作和法国文学翻译。1924年归国,回《川报》当编辑、写评论,因创作讽刺小说被捕。从1935年5月起,专事文学创作。

　　李劼人的《死水微澜》(1935)、《暴风雨前》(1936)和三卷本《大波》②(1937)三部六卷近一百五十万字的编年体历史小说,时间跨度近二十年,出现人物四百多个,从中日甲午战争写到辛亥革命,描写了四川历史上许多重大事件,开创了新文学长河小说(又称大河小说)的先例。小说出版不久,郭沫若就撰文称之为"宏大的著作",是"小说的近代史","至少是'小说的近代《华阳国志》'"。③

　　《死水微澜》是李劼人小说的代表作,也是中国现代最为优秀的长篇小说之一。小说以成都郊外的天回镇为主要场景,以民女蔡大嫂、掌柜蔡兴顺、袍哥罗歪嘴、土粮户顾天成等人之间的爱恨情仇为基本线索,在浓郁的川西民俗风情氛围中,通过袍哥与教民两股势力之间的较量,和各类人物命运的变迁,展现了1894年中日甲午战争到1901年辛丑条约签订这一特定时期中国的社会历史。

　　蔡大嫂(邓幺姑)是小说塑造得最为成功的艺术形象。她敢爱敢恨,外表泼辣,心地善良,性格复杂,"不安分"是其性格的核心。在成为蔡大嫂之前,倔强任性的邓幺姑只是乡村底层的一个渴望改变命运的普通少女,但当她发现了成都这个别样的世界后,就像《包法利夫人》中那个外省的爱玛日夜梦想着繁华的巴黎一样,开始了对别样生活别样人生的强烈向往。成都

---

① 　王光祈(1891—1936),字润玙,笔名若愚,四川温江人,现代著名音乐学家和社会活动家。
② 　50年代以后,《大波》重新改写,由作家出版社分为四卷本出版。
③ 　郭沫若:《中国左拉之待望》,《李劼人选集》,四川人民出版社,1980。

梦破灭后,她嫁给了天回镇丑陋愚钝的小掌柜蔡兴顺,成为了蔡大嫂。满足了基本生存条件的蔡大嫂,依然感到生活的缺失。妓女刘三金的出现,再次点燃了蔡大嫂的情欲,开始与当地的袍哥头子罗歪嘴公开偷情。她性格中无视世俗羁绊、敢爱敢恨、敢作敢为、大胆泼辣的一面也鲜活地表现了出来。在袍哥与教民的争斗中,袍哥败北,罗歪嘴逃走。面对新的现实,蔡大嫂又一次表现出主宰自己命运的勇气,同时也凸显了她的善良。为了解救丈夫和情人,她嫁给了萎琐庸俗但是吃洋教的顾天成,成为了顾三奶奶。从邓幺姑到蔡大嫂再到顾三奶奶,既是一个女人的成长史、性格史、人性史,又折射出死水般的内地社会初兴的波澜,潜藏着暗长的历史信息。蔡大嫂是好人还是坏人,是反叛还是堕落,正是蔡大嫂这个人物的魅力所在,也是李劼人对人的认识的独特发现。

第四节　曹禺与话剧的中国化

一　曹禺、李健吾与话剧的中国化

曹禺是"文明戏的观众,爱美剧的业余演员,左翼剧运影响下的剧作家"[1]。这句话,大致概括了曹禺的戏剧人生。

曹禺(1910—1996),原名万家宝[2],祖籍湖北潜江,生于天津。曹禺是他在1926年发表小说时第一次使用的笔名。曹禺从小失去了自己的母亲,姨妈成为了继母,他从小就跟着继母看京戏、地方戏和文明戏。因此,曹禺作为文明戏观众的历史,是从继母的怀抱里开始的。而他作为业余演员的历史,则在"爱美剧"出现之前就开始了。1915年,5岁的曹禺还在私塾里读诗背经时,就开始与小同学演戏编戏。1921年,由于民众戏剧社的大力提倡,以天津南开学校、北京清华学校为代表的学生业余演剧活动形成了一个高潮。1925年,15岁的曹禺正式加入南开中学文学会和南开新剧团[3]的活动。1927年,他还参加过丁西林、田汉和易卜生剧作的排演,扮演过《玩偶之家》中的女主角娜拉。曹禺作为剧作家,虽然是1934年以后的事,但是

---

[1]　孙庆升:《曹禺论》,北京大学出版社,1986。
[2]　"万"的繁体字"萬",为一个"草字头"和"禺"字,"草"与"曹"谐音,故"曹禺"即"万"。
[3]　南开新剧团是我国话剧界较早的剧团之一,由南开学校创始人严范孙、张伯苓创建于1909年,周恩来曾是其中的活跃分子。

在1928年,曹禺担任《南开双周》的戏剧编辑后,就开始了《雷雨》的构思。他父亲希望他能成为一名医生,但他两次投考协和医学院都未被录取。同年夏天,曹禺以优异成绩从南开中学毕业后,免试升入南开大学政治系,但他对政治经济学等课程不感兴趣,1930年暑假又专程去北京报考清华大学。9月,曹禺与八位同学一起转入清华大学,插入西洋文学系二年级就读,在广泛涉猎西方文学特别是戏剧文学的同时,课余还常常与巴金、靳以去看京剧。年底,与钱锺书等人一起成为《清华周刊》编辑。1933年,曹禺开始写作构思了长达五年的《雷雨》和毕业论文《论易卜生》。1934年1月,由郑振铎主编,巴金、靳以编辑的《文学季刊》创刊,巴金在靳以那里看到《雷雨》后,主张立即发表,7月,曹禺的处女作《雷雨》发表于《文学季刊》第1卷第3期。曹禺仿佛就是为话剧而生的,从看戏演戏到写戏导戏,终其一生,无怨无悔。他一生共写下了14部剧本①。

《雷雨》(1934)明显受到易卜生戏剧"社会悲剧"、莎士比亚戏剧"性格悲剧"和古希腊戏剧"命运悲剧"等西方戏剧观念和创作方法的影响,广泛吸收了西方戏剧的优点,并将它们有机地结合在一起,成功地表现了20世纪20年代中国带有浓厚封建性色彩的资产阶级家庭中各种人物的生活、思想和性格,达到了文学性与舞台性、艺术性与欣赏性的高度统一,成为中国现代第一出真正的悲剧,从而使话剧这种外来的艺术形式完全中国化,成为我国新文学中一种独特的艺术样式。这就是《雷雨》对现代话剧的特殊贡献。

易卜生戏剧"社会悲剧"对《雷雨》的影响,主要表现在周朴园形象的塑造和作品的主题思想方面。周朴园是《雷雨》的主人公,是剧中各种悲剧的根源。作品以他为中心,安排了两条主要的线索:一是他与妻子繁漪的冲突,以表现家庭内部的矛盾;二是他与矿工鲁大海的冲突,以表现他与工人的对立,这两条线索又通过侍萍而紧密联系在一起,构成了尖锐复杂的戏剧冲突。周朴园是一个狠毒凶残的资本家,作者通过鲁大海之口,揭露了他血淋淋的发迹史:从前在哈尔滨包修江桥时,他故意让江堤出险,淹死了两千

---

① 即《雷雨》(1934)、《日出》(1936)、《原野》(1937)、《全民总动员》(与宋之的合著、根据《黑字廿八》改编,1938)、《蜕变》(1939)、《正在想》(根据墨西哥作家约瑟菲纳·尼格里剧本《红丝绒的山羊》改编,1939)、《北京人》(1941)、《家》(根据巴金同名小说改编,1942)、《柔蜜欧与幽丽叶》(根据莎士比亚同名话剧改编,1943)、《镀金》(根据法国作家拉毕什喜剧《迷眼的沙子》改编,1943)、《桥》(1944)、《明朗的天》(1954)、《胆剑篇》(原名《卧薪尝胆》,与梅阡、于是之合著,1961)、《王昭君》(1979)。

多个工人,进而在每个工人的抚恤金中扣去300块钱。只要能弄钱,他什么都做得出来。周朴园更是一个专制冷酷的封建家长,在家中,他的话就是法律,为了贯彻他的意志,不惜牺牲任何人的幸福。他与蘩漪的关系,表面上是一种夫妻关系,实际上却完全是一种主仆关系,他需要蘩漪做的,只是为孩子们树立一个"服从的榜样"。在"第一幕"他强迫蘩漪喝药的一场戏中,蘩漪拒绝了他的要求,他先是让小儿子周冲端着药去劝,看着周冲含泪的眼睛,蘩漪只好退而求其次,请求留到晚上再喝。可他仍不肯让步,又命令大儿子周萍去劝,并且要跪着劝,直到蘩漪认输方才罢手。在他的眼中,蘩漪根本没有独立的人格和起码的尊严,他关心的也不是妻子的健康,而只是自己的意志。周朴园与前妻侍萍的关系,则充分表现了他复杂的性格,年轻时他与女佣的女儿侍萍相爱,当侍萍投河自尽后,他在后两次婚姻中都没有得到幸福,为了纪念自己一生中仅有的一次真爱,不仅将自己儿子取名为"周萍",保留了侍萍生周萍时的房间模样,甚至喜欢关窗的习惯,而且还一直把侍萍当作"正式嫁过周家的人看",要为她修一座墓。但是,当他朝思暮想的侍萍以女佣母亲的身份出现在他面前时,竟马上翻脸不认人。

但曹禺并没有把周朴园作为一个阶级的典型,而是作为一个活生生的"人"来塑造的①。他对蘩漪的冷酷,是因为他始终无法得到她的爱;他与鲁大海的冲突,则是当时社会上日益激烈的劳资矛盾的反映;而对侍萍的翻脸,则因为他不敢正视自己心爱的姑娘重又嫁人生子的现实,最后,当侍萍再次出现在周家的客厅时,他怀着忏悔的心情,命令周萍前来与自己的生母相认。虽然作者在创作之初,"并没有显明地意识着我要匡正、讽刺或攻击些什么",但是,"写到末了,隐隐仿佛有一种情感的汹涌的流来推动我,我在发泄着被压抑的愤懑,毁谤着中国的家庭和社会"②。而从人的角度去感受生活,对生活进行艺术概括,正是易卜生的戏剧观。

莎士比亚戏剧"性格悲剧"的影响,主要表现在蘩漪形象的塑造上。蘩漪"是一个受过一点新式教育的旧式女人,有她的文弱,她的明慧——她对诗文的爱好,但也有一股按捺不住的热情和力量在她心里翻腾着"。曹禺

---

① 参见"李平现代文学欣赏"系列微课《周朴园与侍萍的爱恨情仇》,见"五分钟课程"网:http://www.5minutes.com.cn/Web/Course/CourseDetail.aspx?id=b90108c9—0cca—435c—810f—bc40b7a3d286

② 曹禺:《雷雨·序》,《曹禺文集》第1卷,中国戏剧出版社,1988。

在剧本的"舞台提示"中这样写道："她的性格中有一股不可抑制的'蛮劲',使她能够忽然做出不顾一切的决定。她爱起人像一团火那样热烈；恨起人来也会像一团火,把人烧毁。"繁漪是周朴园的续弦,如果算上侍萍,她实际上是周朴园的第三任妻子。她来到周家18年,不但没有得到丈夫平等的爱,反而在精神上受到长期的摧残。她知道丈夫年轻时的荒唐事,知道周萍是丈夫与女佣的女儿生的"私生子",也眼睁睁地看着丈夫为纪念这个儿子的生母所保留的房间。而丈夫仅仅把她看作一个儿子们服从他的权威的榜样。这种压抑的家庭环境和不平等的待遇,使她产生了强烈的反抗心理。她怀着对爱情和自由的向往,怀着对周家的报复,疯狂地缠着大少爷周萍。而当她发现周萍喜新厌旧,想摆脱她转而去追求四凤时,又不惜追到鲁家,在鲁大海将要发现周萍的关键时刻,关上窗户,断了周萍的后路,把他暴露在鲁大海面前,想借鲁大海的手来达到自己的目的。最后,终于导致了四凤触电身亡,周萍也开枪自杀。

繁漪形象的成功,主要就在于作者深刻地表现了她矛盾复杂的"雷雨式"的性格。她对周朴园表面上是屈从的,但内心却充满了仇恨和反抗。她追求周萍,不惜陷入"母亲不像母亲,情妇不像情妇"的可悲境地,这与其说是爱的爆发,不如说是恨的宣泄。繁漪是作者眼中"值得赞美"的人物,所以作者着力描写了她因"环境的窒息"而作出的一次"困兽的搏斗",以及在这一过程中生命里所交织的"最残酷的爱和最不忍的恨"[①]。

古希腊戏剧"命运悲剧"的影响,则主要表现在侍萍形象的塑造上。侍萍是无锡周公馆女佣梅妈的女儿,她不但与周家大少爷周朴园因相爱而同居,而且还为他生下了两个儿子——周萍和鲁大海。30年前的一个除夕,她生下第二个儿子才三天,周家却要娶一个有钱人家的小姐,于是侍萍带着刚出生的儿子跳了河。人们都以为她死了,但她被人救起,并且又两次嫁人,还生了个女儿,就是现在的鲁四凤。这个性格刚强而受尽侮辱和迫害的女人,一直在努力摆脱命运的安排。由于她自己的母亲是佣人,自己才如此命苦,虽然与少爷同居三年生了两个儿子,但仍然不能在周家得到应有的名分和地位。因此,她一直害怕自己的女儿再蹈自己的覆辙,但丈夫鲁贵却又把女儿送进了公馆做使女。为了把女儿找回来,自己只好又踏进了周家的大门。但命运弄人,她的女儿又与公馆里的大少爷扯上了关系,而这位大少爷竟是周萍——四凤同母异父的哥哥。由于作者在当时从来就没有看见过

---

① 曹禺：《雷雨·序》，《曹禺文集》第1卷,中国戏剧出版社,1988。

像侍萍这样的"下人"有何出路,他的所见所闻全是无论怎样挣扎也不能改变自己境遇的人,因此,也就只能用"命运悲剧"来替他们作解释了①。

受西方古典主义戏剧观的影响,《雷雨》在结构上十分讲究,四幕戏的时间集中在一天之内(从上午到深夜),地点也集中在周鲁两家的范围内,出场的八个主要人物之间全都有千丝万缕的血缘关系,因此,作者自己也意识到它有些"太像戏"了,技巧上也运用得太过分。此外,作者还受到西方基督教文化和现代悲剧观的影响,在渲染悲悯的宗教思想和神秘的命运色彩的同时,又强调距离的审美效果。在初版本中,特别设计了相同场景的"序幕"和"尾声",让人们早早就知道了故事的结局:十年后,周公馆改成了教会医院,这里住着两个疯了的老妇人——繁漪和侍萍,周朴园也成了基督教徒。让人们在了解了故事发生的缘由后,能够再回味心中曾涌起的那份情感。

《雷雨》一开始并没有引起国内文坛的注意,却得到了在日本的中国留学生的好评。1935年,东京帝国商科大学的中国学生郑振铎将《雷雨》译为日文,由留日学生剧团中华话剧同好会于4月27日在东京神田一桥讲堂首演,郭沫若看后大加赞赏,称其为"一篇难得的优秀的力作"②。8月17日,天津市立师范学校孤松剧团在国内首次公演(也是该剧第三次公演)了《雷雨》,才引起轰动。著名京派戏剧家兼评论家刘西渭(李健吾)发表《雷雨》一文称:这是"一出动人的戏,一部具有伟大性质的长剧"。

《日出》(1936)以20世纪30年代具有中国特色的半封建半殖民地都市天津为背景,以"交际花"陈白露的华丽客厅和翠喜所在的三等妓院"宝和下处"为具体地点,展示了"有余"和"不足"两个社会阶层完全不同的生存状态,实现了对"损不足以奉有余"的社会的揭露。全剧共四幕,其时间分别为:黎明,黄昏,午夜,凌晨。作品主要描写了三类人物:一是受"五四"新文化影响而在社会上发生不同变化的青年学生,如堕落为交际花的陈白露、仍然向往光明的方达生;二是"有余者"的代表和附庸,如银行家潘月亭、大丰银行襄理李石清、富孀顾八奶奶、面首胡四、打手黑三、洋奴张乔治、大旅馆茶房王福升以及没出场的恶霸金八等;三是社会底层的"不足者",

---

① 参见"李平现代文学欣赏"系列微课《侍萍的性格悲剧》,见"五分钟课程"网:http://www.5minutes.com.cn/Web/Course/CourseDetail.aspx?id=412b0f3d—836a—4d77—92d1—5bf43405367d

② 郭沫若:《关于曹禺的〈雷雨〉》,《东流》(东京)第2卷第4期,1936年1月。

如妓女翠喜、被银行抛弃的小职员黄省三、不幸落入黑社会之手的小东西等。

曹禺在清华读书期间,特别是在河北女子师范教书期间,见识过许多"娜拉式"的新女性,陈白露就是她们中的一位[①]。在没有走进社会之前,她们都是美丽而纯真的"竹均",对未来充满理想;走进社会后,很快就变成了玩世不恭的"白露"。她们凭借自己的聪明和美丽,在娱乐圈里找到了自己的位置,暂时在现代大都市中站住了脚,没有重蹈鲁迅小说《伤逝》中子君的覆辙,但面临着娜拉和子君都未曾遇到的一个新问题:如何抵御金钱的诱惑和腐蚀。于是,陈白露很快投入了银行家潘月亭的怀抱,完成了从"不足者"到"有余者"的变化。方达生的出现,唤起了陈白露对过去的美好回忆,但过去的美好也仅仅是回忆中的一点残留,她清楚地知道,自己回不去了,她已经成了潘月亭养在鸟笼里的一只金丝雀,即使有方达生的援救,即使鸟笼的门可以打开,自己也丧失了独立生存的能力,不会自己觅食了。陈白露是作者心中的一个理想,也是作者对这个理想的哀思,因此,即使她已经被彻底地锈蚀,但在作者的心目中,她仍然是一个富有同情心的女性,为了保护被人随意买卖的"小东西",甚至不惜与金八作对。

在作品中,潘月亭、李石清和黄省三,构成了一个既互为对照又互为补充的"三段式"人物链,很好地表现了"有余者"和"不足者"的对立与变化。潘月亭和黄省三可以看作"有余者"和"不足者"的代表,而李石清则可以看作企图从"不足者"变为"有余者"的典型。因此,作品中的"潘李之间的冲突"和"李黄之间的冲突"都是作者有意识地要"着力"描写的重点片断,其主要目的就在于让人们看到"损不足以奉有余"的"人之道"的"残忍"。

李石清是一个极端自私而又阴险狡猾的人,而黄省三则是一个非常神经质而又胆小怕事的人。通过李黄之间的冲突,可以清楚地看到李石清从"不足者"变为"有余者"的动因。黄省三现在的处境,就是李石清的过去,也有可能是李石清的另外一种前途,如果不是像现在这样丧心病狂、不择手段地往上爬,他完全有可能落入或重新落入黄省三的境地。反过来,如果黄省三也像李石清一样有心计有手腕还有胆量,他也可能成为李石清第二。而李石清如果拥有了潘月亭的钱财和权势,他就会比潘月亭更加贪婪和荒

---

① 参见"李平现代文学欣赏"系列微课《从〈雷雨〉到〈日出〉》,见"五分钟课程"网:
http://www.5minutes.com.cn/web/course/CourseDetail.aspx?id=dc4a76b6—5551—4770—9785—0d080dd3e9e7

淫。现在的李石清就如同"多年的媳妇熬成了婆",在对待"媳妇"时就比当年的"婆婆"更加残忍。李石清非常看重自己现在的"襄理"位置,他深知自己往上爬的艰辛和屈辱,他看见现在的黄省三就像看见了过去的自己,他从心底里瞧不起像黄省三这样的怯懦者和失败者。

如果说《雷雨》主要体现了作者对中国封建家庭的认识,《日出》主要体现了作者对中国现代都市社会的认识,那么《原野》则主要体现了作者对人的精神承受力的理性探讨。

曹禺的第三部话剧《原野》(1937)将视点又转向了农村。故事是在一连串血海深仇的背景下展开的:仇虎的父亲仇荣,被当过军阀连长的恶霸地主焦阎王活埋,仇家的土地被抢占,仇家的房屋被烧毁,仇虎的妹妹被送进妓院而惨死,仇虎的未婚妻金子被焦家的儿子焦大星强占,做了"填房",仇虎自己也被投进了监狱。

曹禺敢于将《原野》的背景放在自己并不熟悉的农村,并不是要追随时代潮流去表现农村中的阶级斗争,而是要借一个发生在农村的具有传奇性的复仇故事,挖掘一个人在强烈的爱与恨夹击下丰富而脆弱的内心世界,表现人充满反抗意识的原始生命力和复仇者的心理变化。因此,作品一开始就将从狱中逃出来复仇的仇虎,置于欲复仇不能、欲放弃又不甘的尴尬境地。仇虎胸中燃烧着复仇的火焰,然而,害得他家破人亡的罪魁祸首焦阎王已经先他而去,剩下的只是瞎眼的焦母、懦弱的焦大星以及尚在摇篮中的小黑子,仇虎不但失去了复仇的对象,而且连复仇的正义性也面临着考验。虽然仇虎在"父仇子报""父债子还"的传统观念支配下,内心几经折磨,终于杀死了大星,并造成了小黑子的死,但是,究竟是仇虎有意借焦母之手杀死了小黑子,还是无意中让焦母误杀了自己的孙子,仿佛是作者有意留给读者(观众)的一个谜。也正是小黑子之死,终于导致了仇虎内心情与理的冲突,导致了复仇故事的逆转:由仇虎追杀焦家母子,变成了焦母追杀害死自己孙子的凶手。最后,仇虎逃入森林中,在焦母不舍的追杀中,终于精神崩溃。

长期以来,《原野》都被看作曹禺的败笔,但随着对这部作品认识的深入,人们越来越重视这部具有表现主义特征的作品,并将它与曹禺的"三大杰作"《雷雨》《日出》和《北京人》一起,并称曹禺的"四大杰作"。还有人对它情有独钟,不但将它与《雷雨》《日出》并称为曹禺的"三个生命",而且更推崇为"生命三部曲"之最①。

《雷雨》成功之后,中国话剧正式步入了"剧场戏剧"时期,从业余化走向了专业化,从幼稚期走向了成熟期。"剧场时期"叱咤风云的剧作家,除曹禺外,主要还有李健吾、阳翰笙、袁牧之、于伶、陈白尘、宋之的等。

李健吾(1906—1982),山西安邑(今运城)人。李健吾的父亲曾是辛亥革命晋南地区领导人,1919年被北洋军阀杀害后,李健吾随母亲和姐姐居住在北京,读小学时就参加了北京的学生话剧运动。1924年创作表现铁路工人痛苦生活的独幕剧《工人》,被中共中央的刊物《向导》转载。1925年由北京师范大学附属中学毕业后,考入清华大学中文系,在朱自清的建议下转入西洋文学系学习法语,毕业后留校任教,1931年赴法国专攻福楼拜,1933年回国。

李健吾是京派著名的戏剧家、评论家和文学翻译家。他以"刘西渭"为笔名写作的文学批评,比话剧影响更大。李健吾的话剧创作虽然也取材于现实生活,风格特点却与夏衍、洪深等左翼作家有很大区别,剧作的时代感不强,也不重反映现实生活的深刻性,而重人物的内心矛盾和戏剧的艺术探索,几乎每个人物都具有"善恶并存"的特点,具有较高的艺术价值,特别是在结构的严谨、语言的机趣等方面,形成了独特的风格,也不同于主要受西方戏剧影响的曹禺话剧,而更多地具有传统戏曲的特点,他以前也曾写过乡土文学作品,在创作中比较注意地方色彩的表现。

三幕剧《这不过是春天》(1934)被看作李健吾的代表作。作品主要描写冯允平作为南方的革命党被派到军阀统治下的北京,警察厅长的秘书怕他会抢走自己的饭碗,很是紧张。密探白振山探明了他的身份,可警察厅长却不肯给赏,白振山便将消息透露给了冯允平的旧情人、警察厅长夫人,夫人给了白一笔钱,使旧情人化险为夷,厅长秘书也如释重负。作品的精彩之处在于厅长夫人以及密探、厅长秘书等人的内心矛盾,在厅长夫人身上,充满着"理想和现实的矛盾,纯情挚爱和世俗利益的矛盾,物质享受和精神空虚的矛盾,青春不再和似水流年的矛盾,强烈的虚荣心和隐蔽的自卑感的矛盾"②。关于这部戏剧还有一则小插曲,"抗战时期,有人揭发当时一位叫陈铨的剧作家,抄袭或模仿这出三幕剧,写了一本叫《野玫瑰》的话剧,还得到

---

① 参见钱理群:《大小舞台之间——曹禺戏剧新论》,浙江文艺出版社,1994。
② 柯灵:《李健吾剧作选·序》,《李健吾剧作选》,中国戏剧出版社,1982。

国民党的嘉奖"①。

李健吾在同年创作的另一部三幕剧《梁允达》(1934)中,将传统戏曲的表演方法与话剧的结构相结合,并以农村悲剧为题材,将农民口语运用得相当娴熟,更能代表李健吾京派戏剧的特点。作品内容主要通过父子两代的道德沦丧,表现了农村的人心大变。20年前,年轻的梁允达在痞子刘狗的唆使下,谋财弑父。20年后,刘狗为躲避北伐军逃匿在梁家,又唆使梁允达的儿子四喜杀父,四喜却以父亲的丑事威胁梁允达,梁允达不得已只得杀了刘狗。这出三幕剧多达42场,在一天的时间里交代了20年的故事,做到了外来话剧表演空间的有限性与传统戏曲表演空间的无限性的完美结合。剧中虽然有杀人的情节,但作者表现的重点却是杀人者内心的矛盾和冲突。

喜剧《以身作则》(1936),写营长方义生调戏徐举人的女儿徐玉贞,但徐玉贞却正是他的未婚妻。从故事情节和人物设置上,就可以看出传统戏曲的影子。因而,一般都认为他的话剧时代感不强,不过又具有较高的艺术价值,特别是在结构的严谨、语言的机趣等方面,形成了独特的风格。

二 夏衍与左翼戏剧

1927年"大革命"的失败,激发了无产阶级文学运动的兴起。1929年秋在上海成立的艺术剧社,旗帜鲜明地提出了"无产阶级戏剧"(或称"新兴戏剧""普罗戏剧")的口号。1930年8月,艺术剧社又联合辛酉、南国等剧社,成立了上海剧团联合会,后改为中国左翼剧团联盟、中国左翼剧作家联盟(简称"剧联")。"剧联"在全国建立了大小不同的分盟和剧团,培养出了一批戏剧人才,成为"左联"的重要力量,掀起的一场左翼戏剧运动,对话剧创作的题材和主题有明显影响,是30年代最有声势的左翼文艺运动。左翼戏剧运动以提倡"戏剧的大众化"为特色,在工厂建立工人剧团(蓝衣剧团),在农村有以"露天剧场"形式实验的农民戏剧,在共产党领导的红军中建立有八一剧团等,推动话剧加快了进入广场戏剧的步伐。1931年"九一八"事变后,又有国防戏剧的提倡。

1930年,田汉以长文《我们的自己批判》清算了以前的感伤主义,投入革命运动,参加了上海自由大同盟和"左联",组织并领导左翼戏剧家联盟,成为左翼戏剧运动的主力,同时也屡遭迫害。先是南国社因上演由他改编的法国作家梅里美的《卡门》而被解散,转入地下;后是因他的《回春之曲》

---

① 黄修己:《中国现代文学发展史》,中国青年出版社,1988。

在上海公演而与杜国庠、阳翰笙一起遭逮捕,五个月后经徐悲鸿、宗白华保释出狱,但仍被软禁到抗战爆发。这时期,田汉的主要作品有表现工人生活和斗争的《年夜饭》《梅雨》《顾正红之死》和表现抗日救亡运动的《乱钟》《扫射》《暴风雨中的七个女性》《回春之曲》《洪水》等。其中,《梅雨》表现了被开除的工人潘顺华一家,或被迫自杀,或遭报复被捕,或参加工人运动,结构严谨,剧情紧张,是当时最好的工人题材剧作。《回春之曲》写南洋华侨青年高维汉回国参加抗战,他的恋人梅娘也拒绝了富商之子陈三水的追求,回国照料负伤的高维汉,情节奇特,情感深厚,保持了作者原有的浪漫主义抒情风格和艺术个性,是田汉抗日救亡题材的代表。

洪深参加"剧联"后,受左翼剧运的影响,在1930—1932年间创作了《农村三部曲》(《五奎桥》《香稻米》《青龙潭》)等反映农民苦难生活和农民与封建势力作斗争的作品。在随后的国防戏剧运动中,洪深既是理论上的倡导者,也创作出了反响强烈的独幕剧《走私》《咸鱼主义》(与沈起予等合作)等剧作,他与夏衍创办的《光明》半月刊,成为宣传抗战的重要刊物。

真正代表左翼戏剧成就的剧作家是左翼戏剧运动的主要领导者夏衍。

夏衍(1900—1996),原名沈端先,浙江杭州人。夏衍出生于一个没落的小地主家庭,3岁丧父,小学毕业后做过小染坊的学徒。1914年考入浙江省立甲种工业学校,并开始参加学生运动,编辑《新浙江潮》等刊物,毕业后公费留学日本,进入明治专门学校学习电工技术,开始阅读狄更斯、契诃夫、高尔基等人的作品,受《共产党宣言》影响,参加日本工人运动,1927年被驱逐回国。1929年秋参与组织艺术剧社,主编《艺术》《沙仑》等,翻译高尔基的《母亲》,后参与"左联"和"剧联"的筹建。1932年任明星电影公司编剧、顾问后,写有《狂流》《春蚕》《上海24小时》等电影剧本。1935年,发表话剧处女作《都市的一角》(独幕剧),抗战爆发前又连续创作了《赛金花》《秋瑾传》和《上海屋檐下》,在剧坛上几乎是一鸣惊人。

《赛金花》(1936)以义和团事件为背景,通过清末名妓赛金花的故事,采用漫画式手法,辛辣地讽刺了国民党当局媚外求荣的不抵抗政策,演出后轰动一时,是国防戏剧运动的重要收获,从而带动了一个历史讽喻剧的创作热潮。但由于作者对"以肉体博取敌人的欢心而苟延性命于乱世的女主人公"给予了较多的同情,受到了鲁迅、茅盾的批评。《秋瑾传》(1936,原名《自由魂》)以清末女革命家秋瑾为主角,歌颂了她在革命事业上的献身精神,但又存在着将剧中人物作为时代传声筒的"席勒化"倾向。

《上海屋檐下》(1937)采用"复调"的手法,以林志成、匡复和杨彩玉之间的关系变化为中心情节,同时描写了一座石库门房屋内的五家人,除堂屋的二房东林志成外,还有灶披间的小学教师赵振宇、亭子间的失业职员黄家楣、前楼的暗娼施小宝、阁楼上的老报贩李陵碑。五家人在舞台上此起彼落,多线索并进,组成了一曲上海市民生活的交响曲。这不同于曹禺戏剧多在雷雨般的激烈冲突中展示人物性格,而更接近于丁西林戏剧在几乎无事的日常生活中去发掘事物的悲剧性和喜剧性。作品虽然具有鲜明的政治倾向性,但这种倾向是通过作者提供的普通人和普通生活场景自然而然地流露出来的,是夏衍戏剧的代表作,也是 30 年代左翼戏剧中最具现实主义特征的作品。

第五节　散文的战斗性与多样化

一　鲁迅的后期杂文

1927 年上海"四·一二"政变和广州"四·一五"大屠杀,将鲁迅以前形成的思路完全"轰毁"。于是,鲁迅将全部精力投入了杂文创作。首先,内容越来越广,涉及现实和历史,包括妇女、儿童、青年、家庭、教育、心理、道德、风习、语言、文字等;其次,形式也越来越丰富,包括杂感、短论、随笔、书信、序引题跋以及墓志碑铭等;最后,数量也越写越多,1927 年以后的九年,出版有 10 部杂文集,比以前的九年多两倍;而这后九年中,最后三年的数量又相当于前六年。

《三闲集》(1932)是反文化"围剿"斗争的收获。除《序言》外,收 1927—1929 年间的杂文 34 篇,主要有《无声的中国》《"醉眼"中的朦胧》《我的态度气量和年纪》《文学的阶级性》《柔石作〈二月〉小引》《新月社批评家的任务》《我和〈语丝〉的始终》等,多与革命文学论争和反文化"围剿"斗争有关,由于环境关系,大多较为隐晦。取名"三闲",是因为成仿吾曾在《完成我们的革命文学》中,指责鲁迅坐在华盖之下抄他的小说旧闻,有闲、有闲又有闲。

《二心集》(1932)也是反文化"围剿"斗争的收获。除《序言》外,收 1930—1931 年间的杂文 37 篇,主要有《"硬译"与"文学的阶级性"》《对于左翼作家联盟的意见》《"丧家的""资本家的乏走狗"》《中国无产阶级革命文学和前驱的血》《黑暗中国的文艺界的现状》《上海文艺之一瞥》《"民族主义文学"的任务和运命》《"友邦惊诧"论》《关于小说题材的通信》等,另附《现代电影与有产阶级》译文一篇。其中,《"友邦惊诧"论》是揭露性的时事评论,《对于左翼作家联盟的意见》则又是纲领性的理论文献。出版后不久即被国民党政府查禁,后将删除的 16 篇改题为《拾零集》(1934)出版。取名"二心",是因为早就有人说鲁迅是"贰臣",在读了德国文学批评家梅林的论文后,又知道"在坏了下去的旧社会里,倘有人怀一点不同的意见,有一点携贰的心思,是一定要大吃其苦的。而攻击陷害得最凶的,则是这人的同阶级的人物",也有仿"三闲"并与之配对之意。

《南腔北调集》(1934)除《题记》外,收 1932—1933 年间的杂文 51 篇,主要有《论"第三种人"》《辱骂和恐吓决不是战斗》《为了忘却的记念》《我怎么做起小说来》《"论语一年"》《小品文的危机》《漫与》《作文秘诀》等。其中,《由中国女人的脚,推定中国之非中庸,又由此推定孔夫子有胃病("学匪"派考古学之一)》更是从标题到形式都别出心裁。取名"南腔北调集",一是因为有人攻击鲁迅"很喜欢演说,只是有些口吃,并且是'南腔北调'",二是因为准备和将来的《五讲三嘘集》(后未编成)配对。

《伪自由书》(1933)除《前记》《后记》外,收 1933 年 1—5 月间的杂感 43 篇,主要有《王道诗话》《现代史》《推背图》《中国人的生命圈》《文章与题目》等,内容多为短小的时事评论。1936 年 11 月,鲁迅逝世后,上海联华书局曾以《不三不四集》为名印行一版。取名"伪自由书",是因为这些杂感多在《申报·自由谈》上发表,而"《自由谈》并非同人杂志,'自由'更当然不过是一句反话"。

《准风月谈》(1934)除《前记》《后记》外,收 1933 年 6—11 月间的杂文 64 篇,主要有《夜颂》《二丑艺术》《登龙术拾遗》《看变戏法》《青年与老子》等。取名"准风月谈",一是为了与"伪自由书"配对,二是因为 1933 年 5 月 25 日《自由谈》的编者刊出了"吁请海内文豪,从兹多谈风月"。

《花边文学》(1936)除《序言》外,收 1934 年 1—11 月间的杂文 61 篇,主要有《"京派"与"海派"》《趋时与复古》《骂杀与捧杀》等。取名"花边文学",是由于"和我在同一营垒的青年战友,换掉姓名挂在暗箭上射给我的。那立意非常巧妙:一,因为这类短评,在报上登出来的时候往往围绕一圈花边以示重要,使我的战友看得头疼;二,因为'花边'也就是银元的别名,以见我的这些文章是为了稿费"。

《且介亭杂文》(1937)除《序言》《附记》外,收 1934 年间的杂文 36 篇,主要有《关于中国的两三件事》《拿来主义》《门外文谈》《中国人失掉了自信力吗?》《中国文坛上的鬼魅》等。其中,《关于中国的二三事》是对中国政治统治术的总结。取名"且介亭",是因为当时作者住在上海北四川路,属于"越界筑路"(即帝国主义越出租界范围修筑的马路),即所谓的"半租界"。"且介"二字即取"租界"二字的各半。

《且介亭杂文二集》(1937)除《序言》《后记》外,收 1935 年间的杂文 8 篇,主要有《叶紫作〈丰收〉序》《〈中国新文学大学〉小说二集序》《田军作〈八月的乡村〉序》《人生识字胡涂始》《"京派"和"海派"》《在现代中国的孔夫子》《论"人言可畏"》《萧红作〈生死场〉序》,以及七篇《论"文人相轻"》和九篇《"题未定"草》等。

《且介亭杂文末编》(1937)收 1936 年的杂文 35 篇,作者生前开始编辑,后由其夫人许广平编定,并附有她的《后记》。主要有《〈凯绥·珂勒惠支版画选集〉序目》《白莽作〈孩儿塔〉序》《三月的租界》《〈出关〉的"关"》《答徐懋庸并关于抗日统一战线问题》《关于太炎先生二三事》《因太炎先生而想起的二三事》《〈海上述林〉上卷序言》《死》《女吊》等。三本《且介亭杂文》是鲁迅生命中最后三年的作品,许多文章都具有总结性的特点,对中国新文化的发展提出了许多精辟的见解。其中,《论"文人相轻"》系列和《答徐懋庸并关于抗日统一战线问题》是对文坛现状和文艺运动的总结,而《中国人失掉了自信力吗?》则是作者自己对中国国民性批判的总结。因此,三本《且介亭杂文》历来被人们看作鲁迅杂文创作思想和艺术的结晶,堪称鲁迅杂文的压轴之作。

《集外集》(1935)收作者 1933 年以前未曾编入杂文集中的诗文,包括名为翻译实为创作的文言小说《斯巴达之魂》、"五四"初期的白话诗《梦》《爱之神》,以及《俄文译本〈阿 Q 正传〉序及著者自叙传略》等。

《拿来主义》[①]既是评论精当的文艺论文,又是文辞精彩的议论散文。文章所论述的对待外国文化和外国事物的问题,也是当时人们所面临的关于现代文化观念的重大理论问题,作者能在千余字的杂文中进行清楚、准确、深刻的论述,主要得益于比喻的精彩运用。比如,将外来事物以及本国的文化遗产巧妙地比喻成一座旧宅子,然后通过人们对它的不同态度,形象地说明了应该去其糟粕,取其精华的深刻道理;又比如,以"鱼翅"和"鸦片"为例,说明对待外来事物的正确方法:"看见鱼翅,并不就抛在路上以显其'平民化',只要有养料,也和朋友们像萝卜白菜一样的吃掉,只不用它来宴

---

① 《拿来主义》作于 1934 年 6 月 4 日,同年 6 月 7 日发表于《中华日报》,署名"霍冲",后收入《且介亭杂文》。

大宾;看见鸦片,也不会当众摔在毛厕里,以见其彻底革命,只送到药房里去,以供治病之用,却不弄'出售存膏,售完即止'的玄虚。"

鲁迅杂文是一部生动形象的中国近现代社会发展史、心灵变化史,一部认识当时中国社会的百科全书,同时,也是鲁迅思想的直接表现,包含着他丰富的人生感悟和社会经验。他在杂文中对国民性的批判常常比他的小说更直接、更尖锐、更透彻,是了解鲁迅思想、鲁迅小说最好的资料。鲁迅的后期杂文具有更多的唯物辩证法的思想,也更具有战斗性和坚韧性,对各种社会现象的批判也更深刻、犀利,更不留情面。周作人在《关于鲁迅》(1937)中说:"鲁迅写小说散文又有一特点,为别人所不能及者,即对于中国民族的深刻的观察。大约现代文人中对于中国民族抱着那样一片黑暗的悲观的难得有第二人吧。"

鲁迅的杂文是诗与政论的结合,是诗化的政论,也是政论化的诗歌,是对中国议论性散文的创造性发展,不仅做到了形象性与逻辑性的统一,而且,几乎每篇都有思想的新发现,每一篇都是艺术的新创造。鲁迅赋予了杂文新鲜的富有活力的旺盛生命,使杂文成为中国现代文学史上最有影响的一种文体。

二 小品文的繁荣

20 年代末,随着新文化队伍的分化,《语丝》成员也不可避免地出现了分化。1927 年 10 月,《语丝》被北洋军阀查封后,鲁迅先在上海继续编辑《语丝》,后又与郁达夫合办了《奔流》。而周作人怀着对政府和群众的双重失望,一时间处于"失语"状态,随后便彻底地脱离了新文学运动,一心"闭户读书",专读野史笔记,又特别偏爱能体现个性的日记和尺牍,热衷于"文抄公体"的试验,以自己精心挑选的古文为文章的主体,杂以朴实的白话点评,其古文更显其枯涩苍老,而白话更显其炉火纯青,相得益彰。1930 年,他与废名、俞平伯、林语堂、徐宜正等在北平办《骆驼草》周刊,作为《语丝》的继续。《骆驼草》虽减弱了《语丝》的战斗锋芒,却继承了《语丝》的随笔传统,并聚集了缪崇群、梁遇春、冯至、李健吾、吴伯箫等散文名家,在热闹的上海文坛外,逐渐形成了一个远离时代潮流的充满学术氛围的作家群。这个群体的发展,就是后来的京派。1932 年,周作人在《中国新文学的源流》中,试图将新文学与新文化运动分离开来,把明末的公安派作为新文学的源头,为自己"言志"派的性灵文学寻找理论根据,并以此推动了"论语派"散文的发展,造成了一个小品文繁荣的时代。

到30年代,受政治形势的影响,杂文创作呈现出紧贴政治和讲求趣味两种倾向。1932年9月,林语堂创办《论语》半月刊,与周作人、俞平伯、废名、刘半农、邵洵美以及徐訏等,共同提倡"闲适"和"幽默"的小品文。继而,林语堂又创办了《人间世》(1934)和《宇宙风》(1935,与兄林憾庐和陶亢德、徐訏合编),形成了以林语堂为中心的论语派。林语堂回避现实斗争的主张,遭到了左翼作家的抵制和批判。鲁迅、茅盾、瞿秋白、唐弢、徐懋庸、胡风、聂绀弩、曹聚仁等以《太白》《新语林》等杂志为主要阵地,以"新的小品文"矫正闲适小品、幽默小品的泛滥,在文坛上形成了太白派与论语派的对抗和竞争,杂文创作再度繁荣。1934年也因此而被称为"小品文年"。

瞿秋白(1899—1935),江苏常州人。瞿秋白是中国共产党的早期领导人,"五四"时期开始杂文和报告文学的创作,1920年在《晨报》上连载的赴俄考察记,后结集为《新俄国游记》(即《饿乡纪程》),是新文学最早的报告文学作品。1923年从莫斯科回国后,他开始在《晨报副刊》《文学周报》和《新青年》上发表杂文。1925年他主编的中国共产党历史上第一份日报《热血日报》,每期都有他撰写的具有政论色彩的社论,并辟有《小言》专栏,他也是主要撰稿人。1930年被排挤出中共中央领导岗位后,他到上海从事文艺活动,陆续在"左联"刊物《北斗》等杂志上发表了《一种云》《狗道主义》《鹦哥儿》等深得鲁迅笔法和风格的杂文,后集为《乱弹及其他》。

1931年下半年始,瞿秋白与鲁迅由通信而交往,结为终身挚友。他同鲁迅合作或自己撰写的《王道诗话》等12篇杂文,用鲁迅的笔名在《自由谈》上发表,既有鲁迅的文风,又有瞿秋白的创造,是典型的"鲁迅风"杂文。而他撰写的《鲁迅杂感选集序言》,则是鲁迅生前最有影响的一篇全面评价鲁迅杂文的长文。他牺牲后,鲁迅为他编辑了两卷文集,取名《海上述林》,并以"诸夏怀霜社"("夏"即中国,"霜"即秋白)的名义出版。

唐弢①是在鲁迅的直接影响下成长起来的青年杂文家。1933年,唐弢在愤恨而找不到出路时,读到了鲁迅的杂文,开始了与鲁迅的通信交往,其杂文笔调酷似鲁迅,文笔犀利而富有文采。他这时期的主要作品是1936年连续出版的《推背集》《海天集》两本杂文集。他在《自由谈》上发表的《新脸谱》,人们都以为出自鲁迅之手。在《自由谈》主编黎烈文款待作者的宴会上,鲁迅当众以赞赏的口吻对唐弢说:"你做文章,我挨骂!"

---

① 唐弢(1913—1992),浙江镇海人。

徐懋庸①从小读鲁迅杂文长大，1933年加入左联后，迅速成长为一名多产杂文家，在抗战前就已经出版了《不惊人集》《打杂集》《街头文谈》等杂文集和十多种著译，与唐弢并称"双璧"。徐懋庸的杂文内容广泛，形式多样，极富针对性和战斗性，在写法上也善于从大处着眼，小处落笔，表现出知识渊博，长于思辨的特点，自认为具有"浮躁凌厉"之风。鲁迅对他的杂文也十分赞赏，他的《打杂集》出版时，曾特意为之作序。因此，他在"两个口号"论争中与鲁迅关系的破裂，也成了他的终生憾事。

三　京派与开明派散文

现代散文虽然林林总总，形式繁多，但总体上可以分为"杂文"和"美文"两大类。从语体风格上看，杂文主要是为了"言志"，表现为一种"闲话体"，鲁迅杂文和周作人小品代表其最高成就；而美文主要是为了"抒情"，表现为一种"独语体"，鲁迅的《野草》代表其最高成就。

到30年代，美文创作已经蔚然成风。其中，最有成就的两个作家群体：一是形成于北方的京派，以废名、何其芳、李广田、师陀、沈从文、萧乾、吴伯箫为代表；二是形成于上海的开明派②，以开明书店编辑丰子恺、夏丏尊、叶圣陶为代表。此外，缪崇群、丽尼、陆蠡等在抒情小品的创作上也各有建树。

废名是语丝社的骨干作家之一。在散文创作上，他与俞平伯一样，也属于新文学作家中的崇古派。他在《三竿两竿》中说："中国文章，以六朝人文章最不可及。"他在《中国文章》中又说："中国文章里简直没有厌世派的文章，这是很可惜的事。……我尝想，中国后来如果不是受了一点佛教影响，文艺里的空气恐怕更陈腐，文章里恐怕更要损失好些好看的字面。"周作人对此评价极高："这些话虽然说的太简单，但意思极正确，是经过好多经验思索而得的，里边有其颠扑不破的地方。废名在北大读莎士比亚，读哈代，转过来读本国的杜甫李商隐，《诗经》《论语》《老子》《庄子》，渐及佛经，在这一时期我觉得他的思想最是圆满，只可惜不曾更多所著述，这以后似乎更转入神秘不可解的一路去了。"③

何其芳（1912—1977），四川万县人。何其芳出生在一个守旧的地主家

---

① 徐懋庸（1910—1977），浙江上虞人。
② 由于丰子恺、夏丏尊、叶圣陶等开明派作家，此前还与朱自清、朱光潜、刘大白、俞平伯、李叔同等同在浙江白马湖的春晖中学任教，故又有"白马湖作家群"之称。
③ 周作人：《怀废名》，《周作人文类编》第10卷，湖南文艺出版社，1998。

庭,闭塞的环境和古板的教育使他从小养成了孤僻的性格。1929年他考入上海中国公学预科,1931年进入北京大学哲学系,接受了新文学和西方文学的影响,并开始在京沪两地的《现代》《文学季刊》等杂志上发表诗歌和散文,先以"汉园三诗人"之一而知名于文坛,1936年因刚出版的散文集《画梦录》获《大公报》文艺奖而再次引人瞩目。

何其芳的《画梦录》整部作品都可以说是一个孤独者的内心独语,是现代独语散文的优秀代表。《画梦录》中最为典型的两种意象,一是以黄昏、黑夜为代表的"时间意象",二是以墓地、古宅为代表的"空间意象",两者都具有一种阴冷的凄凉感和封闭的收缩感①,但是,由于作者在创作中常常把充满孤寂、感伤和迷茫的感觉,与富有诗意的意象组合在一起,再经过字斟句酌的精雕细刻,既有晚唐诗风的婉约之美,又有西方现代主义的感伤之美,因而表现出了与鲁迅《野草》不同的如泣如诉、如梦如幻的艺术境界。何其芳的独语散文反映了当时许多向往美好未来的青年,既不满现实,又不愿面对丑恶,不甘在污垢的世界里堕落,而情愿在幻想的美丽中陶醉,在陶醉中死去的普遍心态。其中的《独语》一文这样写道:"黑色的门紧闭着;一个永远期待的灵魂死在门内,一个永远找寻的灵魂死在门外。每一个灵魂是一个世界,没有窗户。而可爱的灵魂都是倔强的独语者。"

何其芳的散文作品不多,但在现代散文日益走向"叙事化"和"说理化"之时,较早意识到了散文作为一种独立文体的重要性,是一位具有自觉意识的散文文体家。他曾说:"我愿意以微薄的努力来证明每篇散文应该是一种纯粹的独立的创作,不是一段未完成的小说,也不是一首短诗的放大","我的工作是在为抒情的散文找出一个新的方向",努力追求一种"纯粹的柔和,纯粹的美丽"。②

夏丏尊、叶圣陶、丰子恺等人的散文大多取材于自己身边的生活。由于他们比当时大多数散文家年长,既有广博的知识和敏锐的头脑,又有丰富阅历和宁静的心态,因此,他们的创作虽少有涉及社会风云的文字,却充满世俗生活的情趣,在平易的叙述中体现出执著的现实精神,在体味人生的意义中表达自己的人生态度,是叙事散文中的"美文"典范。

夏丏尊(1886—1946),浙江上虞人。夏丏尊16岁考中秀才,17岁到上海中西书院读书,后又留学日本,回国后主要从事中学教育,曾主编过以中

---

① 参见张龙福:《心理批评:〈画梦录〉》,《文学评论》1994年第2期。
② 何其芳:《我和散文——〈还乡杂记〉代序》,文化生活出版社,1949。

学生为对象的《中学生》杂志,是一位著名的教育家。夏丏尊的散文作品不多,仅出版过一本随笔、评论和小说合集《平屋杂文》(1935)。其中,《白马湖之冬》"把自己拟诸山水画中的人物",通过白马湖寒风呼号、松涛如吼的寒冷景象,表现一种"萧瑟的诗意",创造出一种充满艺术魅力的"有我之境",曾享有盛誉,有研究者称之为"白话记述文的模范"①。但最能代表夏丏尊散文特点和风格的作品,是那些将日常生活艺术化的篇章。《幽默的叫卖声》写作者从嘈杂纷乱的叫卖声中,发现卖臭豆腐干和卖报的,"这两种叫卖声颇有幽默家的风格。前者似乎富于热情,像个矫世的君子,后者似乎鄙夷一切,像个玩世的隐士"。《猫》从妹妹送来的猫,写到家道中落之后的种种感伤,通过猫在人亡的感慨,寄托了对亡妹的深情。夏丏尊散文简练而含蓄,耐人寻味却毫无做作之态,常常能够很自然地将叙事、抒情与议论结合在一起,对巴金、丰子恺以及汪曾祺的创作都产生过影响,是一位受人尊敬的"功力派"文体家。

叶圣陶以小说家的声誉知名于世,也是一位著名的教育家。他把自己的散文创作比作绘画中的"木炭习作",因而把自己的散文集取名为《未厌居习作》(1935)。叶圣陶的小说以表现教育问题为特色,而他的散文则以揭示人生问题为主,无论是写花草的《牵牛花》《藕与莼菜》,还是写自己人生经验的《过去随想》《中年人》,都富有哲理情趣。而叶圣陶散文的最大贡献,则在于他对现代汉语的规范化。叶圣陶被认为是较早注意到克服古文残迹和欧化倾向,致力于创造纯粹白话语言的少数先行者之一。他的散文简洁自然,既精炼规范,又生动活泼,常常作为中学生的范文。

丰子恺(1898—1975),原名丰慈玉、丰润、丰仁,浙江崇德(今崇福)人。丰子恺出生书香门第,1914年考入浙江省第一师范学校,1921年自费留学日本,学习西洋艺术。一年后回国,开始文学创作,1925年后陆续在《文学周报》《小说月报》等杂志上发表散文。这期间,先后在上海师专、中国公学、浙江上虞春晖中学任教,长期与夏丏尊、叶圣陶共事,是开明派重要的散文家,并以漫画家的身份知名于世。1933年回故乡。抗战后,在桂林师院、浙江大学、国立艺专等校任教,抗战结束后重回故乡。除美术画册和著作外,出版有《谷诃生活》(1927)、《缘缘堂随笔》(1931)、《中学生小品》(1932,后改名为《子恺小品集》)、《随笔二十篇》(1934)、《子恺随笔集》(1935)、《车厢生活》(1935)、《缘缘堂再笔》(1937)、《甘美的回味》

---

① 杨牧:《中国近代散文选·前言》,台北洪范书店,1981。

(1940)、《子恺近作散文集》(1941)、《教师日记》(1944)、《率真集》(1946)等散文集,是当时有名的多产散文家。

丰子恺在浙江第一师范学习时,曾师从于李叔同和夏丏尊。留学日本时,主攻西洋艺术,心仪英国作家斯蒂森以及日本明治时代的两位充满清新风格和博爱思想的小说家——德富芦花与尾崎红叶。受教师夏丏尊的影响,特别推崇日本作家夏目漱石。夏目漱石的《我的猫》表现出来的幽默态度和洒脱笔法,在他的漫画和散文作品中,都留下了深深的印痕。因此,丰子恺的散文也具有漫画风格,构思独特,视角新奇,笔法幽默。

儿童生活和自己童年,是丰子恺散文中最富特色的创作题材,《儿女》《给我的孩子们》《作父亲》等充满爱心童趣的作品,都是这方面的代表。丰子恺的童真散文,与冰心不同,不是想启迪儿童的爱心,宣扬泛爱的思想,而是人到中年后对人生黄金时代的追忆,是逃避现实黑暗的一条途径,比较接近于明代思想家提出的"童心说",也类似于我们现在所说的"回归自然""返璞归真"的意思,与鲁迅的《朝花夕拾》有异曲同工之妙。他后来在《我的漫画》一文中曾作过这样的说明:"我向来憧憬于儿童生活,尤其是那时,我初尝世味,看见了当时社会里的虚伪骄矜之状,觉得成人大都已失去本性,只有儿童天真烂漫,人格完整,这才是真正的'人'。现在回忆当时的意识,这正是从反面诅咒成人社会的恶劣。"

丰子恺散文创作的另一大特色是取材日常生活、反映世态人情,如《车厢社会》《肉腿》《手指》等。丰子恺虽然深受佛教思想的影响,在对人生、自然和宇宙的探究中,常常浸润着佛理,但毫不晦涩艰深,而总是体物入微,务求明白,只是在对日常生活的描写中流露出世事无常的超然态度,因此,即使是嘲讽,也只是静观,让人玩味,别有一番风趣。

四 游记与报告文学

"五四"散文的繁荣,给新文学贡献出两朵奇葩,一是杂文,一是游记。30年代,由于散文的"文体意识"受到普遍重视,散文创作不但没有因作家们政治态度的不同而出现危机,反而因杂文、小品、抒情散文、报告文学、游记等不同形式的散文品种的竞相发展,而得到了长足的进步。

游记与杂文一样,也是中国文学的传统体裁。"前'五四'文学"时期,吴汝纶、容闳等出使西洋后带回来的游记、旅行记和日记,就是现代叙事性散文(特别是游记散文和报告文学)的先声。文学革命后,游记散文得到了进一步发展,许多散文名家,都是游记高手。瞿秋白的《新俄国游记》、冰心的《寄小读者》、徐志摩的《巴黎的鳞爪》等大多为游记的结集,朱自清的《荷塘月色》、俞平伯的《西湖六月十八》,以及他俩的"同题散文"《桨声灯影里的秦淮河》等众多散文名篇,也都是游记散文。

30年代以后,俞平伯①的散文从内容到风格都发生了很大变化,旷达的心态和幽默的笔调取代了以前的刻意仿古,得到了周作人一如既往的赞美。朱自清1931—1932年留学英国的经历写成的《欧游杂记》和《伦敦杂记》,表现出对现代汉语的成功驾驭和熟练运用,风格更趋于质朴,语言也更接近口语。而郁达夫在1933年举家迁往杭州后,也徘徊于山水之间,足迹遍及浙东、浙西、皖东等地,先后出版了《屐痕处处》和《达夫游记》两部游记散文。在《中国新文学大系》的两部散文集中,游记散文占有很大比重。

报告文学的兴起,是新文学对于传统游记散文的一个革命性贡献。最初的报告文学作品,是随着社会革命的发展和报刊业的发达而出现的大多具有"战记"性质的纪实性报道,如阿英编辑的《鸦片战争文学集》《中法战争文学集》《庚子事变文学集》等,有的作品也直接标记为"游记",如康有为的《欧洲十一国游记》、梁启超的《新大陆游记》、瞿秋白的《新俄国游记》等。在新文学运动中,《新青年》《每周评论》和《晨报》等报刊都发表了许多"通讯"形式的散文,特别是邹韬奋主编的《生活》周刊,以"各国通讯"专栏发表了大量通讯报告。散文史上的一些名篇,如叶圣陶的《五月卅一日急雨中》、朱自清的《执政府大屠杀记》以及郭沫若的《请看今日之蒋介石》等,都具有报告文学的性质。

"左联"开展的"工农兵通讯运动"更促进了报告文学的发展。1932年阿英编辑的《上海事变与报告文学》一书出版后,"报告文学"得以正式命名,并逐渐从游记甚至散文中分离出来,成为一个具有独立性质的文学体裁。1936年,茅盾主编了规模巨大的报告文学集《中国的一日》。当时,最具文学色彩的报告文学作品,是夏衍的《包身工》。作品以丰富翔实的材料揭露半殖民地社会特有的"包身工"制度的同时,刻画了"芦柴棒"的包身工形象,增强了作品的文学性和艺术感染力,标志着报告文学进入了成熟期。

---

① 俞平伯(1900—1990),原名俞铭衡,字平伯,浙江湖州人。

第三章
战争时期的文学(1937—1949)

第一节 三个地区文学的不同发展

一 "文协"与抗战文艺运动

1937年抗日战争开始后,中国的政治地理被划分成为三个地区,即日本侵略者统治下的被占领地区(即沦陷区)、国民党统治的大后方(即国统区)、共产党领导下的抗日民主根据地(即解放区)。此外,还有抗战初期独立存在的孤岛文学①。

在沦陷区,除汉奸文学外,因政治色彩的不同,大致可分为三种情况:一是市民文学。以上海沦陷区的张爱玲小说为代表,主要描写新旧交替时代上海女性的不幸命运,呈现出既通俗也典雅的特点。二是消闲文学。以北平沦陷区的周作人散文为代表,主要描写怀旧情绪、日常生活和知识学理,呈现出既清淡又苦涩的特点。三是乡土文学。以东北沦陷区的山丁为代表,主要表现东北人民的苦难生活,呈现出深沉的爱国主义情绪和地方色彩。

在国统区,随着抗战的爆发,整个文坛都呈现出全民动员、共同对敌的亢奋局面。1937年7月下旬,从日本冒死回国的郭沫若立即投入了救亡运动,担任了《救亡日报》社的社长。8月,《文学》《文丛》《中流》和《译文》四

---

① 中国现代文学史上的孤岛文学,特指上海"孤岛时期"的文学,即从1937年11月上海沦陷,到1942年12月"太平洋战争"爆发后日军进入上海英法等国租界,这四年又一个月的时间里,一部分作家在"孤岛"般的租界里从事的文学创作。其成就主要表现在戏剧和杂文创作两个方面。

家上海著名的文学刊物合并为《呐喊》在上海出版,茅盾任主编。9月,胡风主编的《七月》创刊。1937年8月,救亡运动的中心从上海转移到武汉。10月,首个全国性的抗战文艺社团中华全国戏剧界抗敌协会在汉口成立。1938年2月,国民政府军事委员会成立专门负责抗日宣传工作的政治部第三厅,郭沫若出任厅长。为适应战争的需要,1938年3月在汉口成立了中华全国文艺界抗敌协会(简称"文协")①,500多位作家出席了成立大会,45位代表当选为理事。"文协"的成立是文艺界抗日民族统一战线最终形成的标志。"文协"和"第三厅",都由国民党控制的国民政府管辖,同时,其中的许多左翼作家又更愿意接受中国共产党的领导。从这时起,文学运动便被纳入了国家意识形态之中。

"文协"的任务是"团结一切不愿做日本帝国主义者底奴隶的文艺作家,从文艺的道路上参加这个光荣的民族解放事业"。它还提出了"文章下乡""文章入伍"的口号,组织了作家战地访问团,帮助作家深入前线和民间,以描写抗战现实。它的会刊《抗战文艺》是抗战时期坚持得最久的刊物之一。"文协"在全国各地设立了数十个分会,组织作家深入战争前线,或宣传抗战,或投笔从戎,掀起了一场如火如荼的抗战文艺运动。

抗战文艺运动,指1937年"七七事变"前后至1941年"皖南事变"前后,在全国各地掀起的以开展宣传抗日主张、振奋民族精神为主要内容的各种文艺活动。最先作出反应的是武汉时期的戏剧界,除大型话剧《保卫卢沟桥》外,还创作了大量街头剧、独幕剧和报告剧,其中影响最大的街头剧是被称为"好一计(记)鞭子"的《放下你的鞭子》《三江好》和《最后一计》。诗歌创作中,最为活跃的形式是以高兰为代表的朗诵诗,而最为重要的收获,则是艾青以《向太阳》为代表的"太阳组诗"。报告文学得到了进一步繁荣,大多数作品都以"战地报告"为特色,是当时拥有读者最多的文学品种。抗战初期表现前线战事的小说,大多具有写实和通讯的特点,其成就也远不如报告文学,丘东平的《第七连》《我们在那里打了败仗》《一个连长的战斗遭遇》等报告文学,就一直被看作当时小说成就的代表。

随着战事的不断恶化,抗战文艺运动的中心由武汉移至重庆,创作内容由歌颂变为暴露讽刺,创作风格也由热烈变为愤怒,整个创作面貌都发生了很大变化。1938年4月由张天翼小说《华威先生》引起的关于"暴露与讽刺"的论争,是抗战以来的第一场大规模文学论争。1938年10月武汉失守

---

① 1945年抗战胜利后,"文协"更名为"中华全国文艺界协会"。

后,国民党政府采取了一系列反民主的政策,限制抗战文艺的发展。

1941年1月"皖南事变"后,国共两党再次分裂,国民党政府公开采取法西斯主义政策,由此引发了一个暴露讽刺文学创作的高潮。在现实题材方面,丁西林、陈白尘的话剧,张恨水、钱锺书的小说,袁水拍、臧克家的民谣体诗歌以及冯雪峰、聂绀弩的杂文等,都是其代表。在历史题材方面,以郭沫若的战国史剧,阳翰笙、欧阳予倩、陈白尘的太平天国史剧等,都体现出当时历史剧普遍具有的"影射"特点,成就最为突出。

二 《讲话》与延安文艺座谈会

同样在战争环境中,国统区文学是从歌颂变化为暴露讽刺,呈现出凝重而愤怒的特点,而解放区文学,则是从暴露讽刺变化为歌颂,呈现出明朗而朴素的特点。

抗战爆发后,解放区在政治上是全国最先进的地区,很容易激发起人们热忱的向往和讴歌,丁玲、萧军、艾青、田间、何其芳等著名作家都先后奔赴延安。艾青、何其芳等已经形成自己艺术风格的诗人,也一改以往忧郁低婉的感伤情调,变得明快欢乐,充满浪漫主义色彩。1938年鲁迅艺术学院①成立时,毛泽东为之题词:"抗日的现实主义,革命的浪漫主义",成为解放区文艺的指导思想和后来新中国文学的重要思想之一。

但在1942年以前,解放区的经济文化十分落后,封建传统还有很大的影响。以丁玲为代表的解放区文学,特别是小说和散文创作,因此也表现出浓厚的启蒙文学特点,出现了许多带有暴露性和讽刺性的作品。当时,虽然许多作家都能有意识地反映根据地生活的特点,但在客观上,由于创作者对革命斗争还缺乏亲身的体验和长期的积累,新文学借鉴外来形式创立起来的文学样式,难以为广大群众特别是农民群众所接受,在主观上作家们又习惯于揭露问题,与工农群众以及工农出身的干部还存在着较大的隔膜,对于已经成为中国革命主力军的农民表现得不够,特别是在中共中央开展全党整风运动后,暴露性和讽刺性的作品渐成泛滥之势,于是,中共中央在全党整风运动的同时,决定开展文艺界的整风运动②。

---

① 鲁迅艺术学院,后改名为"鲁迅艺术文学院",简称"鲁艺"。
② 李洁非在《延安整风:人物、故事及成果》一文中说:"1943年,整风运动在'审干''拯救'的名义下,完全变成了一个'整人运动',由于王实味事件的示范效应,知识分子不仅是重点对象,而且就运动实际的进行来看,也几乎是惟一的对象。……运动高潮期,鲁艺在校师生约三百余人,被打成'特务'者达267人,遭审查者更多,达90%。"见《钟山》2003年第6期。

1942年5月2日,中共中央主席毛泽东亲自主持了著名的"延安文艺座谈会",在延安的七八十位文艺工作者参加了会议,座谈会共举行了三次,于5月23日结束。座谈会回顾了五四运动以来文艺工作的历史经验和教训,并联系延安文艺界的思想和创作实际,进行了检查和批判。毛泽东、朱德等中共中央最高领导到会讲话。毛泽东于会议开幕和结束时作了两次长篇讲演,即《在延安文艺座谈会上的讲话》(简称《讲话》)①,分为"引言"和"结论"两个部分。"引言"提出了文艺工作者的立场、态度、工作对象问题以及工作问题、学习问题等,指出文艺的中心问题"是一个为群众和如何为群众的问题"。"结论"系统地阐述了文艺与政治、文艺与群众、普及与提高、文化遗产的批判与继承、文艺批评的政治标准与艺术标准、文艺界的统一战线等问题,并对"人性论""超功利主义"等观点进行了批判。强调了"文艺服从于政治",文艺应"作为团结人民、教育人民、打击敌人、消灭敌人的有力的武器"。在中国现当代文学史上,《讲话》具有深远的划时代的意义,不仅完全改变了"五四"新文学与人民大众的关系,真正实现了文学的大众化,而且在解放区文艺界实现了思想大统一,确立了战争文化规范的主体地位。从此,作家和作品被当作了"一支军队"②,各种文学运动也都打上了战时文化的烙印,这对于当时的解放区文学,和后来在解放区文学基础上发展起来的新中国文学,产生了极其深远的影响。《讲话》不仅成为延安文艺整风运动的指导性文献,而且长时期内一直是中国共产党拟定文艺政策和方针的理论基础。

1942年后,解放区文学发生了根本性的变化。小说方面,以赵树理和孙犁为代表的作家,在农村题材和战争题材两大方面取得了重大成就。诗歌方面,以李季为代表的民歌体叙事诗创作,风行一时。在散文方面,报告文学一枝独秀。在戏剧方面,群众性的演剧活动蓬蓬勃勃,传统旧戏的改革和利用也有所收获,而《白毛女》更在融合中西戏剧艺术方面取得了突破性的成就,被看作中国"民族新歌剧"的成功尝试。解放区文学为新中国文学的起步奠定了基础。

---

① 《在延安文艺座谈会上的讲话》最初发表于1943年10月19日的延安《解放日报》。
② 毛泽东在《在延安文艺座谈会上的讲话》中说:"我们要战胜敌人,首先要依靠手里拿枪的军队,但是仅仅有这种军队是不够的,我们还要有文化的军队,这是团结自己、战胜敌人必不可少的一支军队。'五四'以来,这支文化军队就在中国形成,帮助了中国革命,使中国的封建文化和适应帝国主义侵略的买办文化的地盘逐渐缩小,其力量逐渐削弱。"

第二节 小说的成熟与收获

一 讽刺暴露性小说

曾被称为"左翼新秀"的张天翼、沙汀、艾芜,这时期都在暴露和讽刺性小说创作方面取得了收获。

张天翼的《华威先生》[①]最先引起人们的注意。抗战初期,国民党迫于全国人民不断高涨的抗战热情,不得不作出一些抗战的姿态,但他们的真正目的不是要抗战,而是要控制抗战的领导权。《华威先生》没有完整的故事情节,也没有人物的心理刻画和环境描写,只是通过华威先生参加三个会议和在两场冲突中的种种表现,采用近似漫画的手法,以夸张而不失真实的细节描写,突出了人物言行的种种矛盾,刻画出人物鲜明的个性特征、阶级特征和时代特征。虽然这只是一篇五千字左右的"速写",但由于它成功地塑造了华威先生的形象,暴露了国民党统治者假抗战的面目,在社会上引起了强烈的反响,围绕着关于"暴露与讽刺"的不同看法,文坛上由此开始了抗战以来第一场大范围的论争。张天翼这时期还创作有长篇讽刺童话《金鸭帝国》。

艾芜的《秋收》和《纺车复活的时候》是最早表现抗战初期农村新气象的小说,此外还有端木蕻良的《螺蛳谷》、奚如的《萧连长》等。艾芜后来的三部长篇《丰饶的原野》《故乡》《山野》和中篇《石青嫂子》等,不但看不到早期的浪漫风格,抗战初期的乐观情绪也消失了,与当时的大多数作品一样,转向了对黑暗的暴露和苦难的揭示,是国统区农村题材小说的重要收获。

三人中这时期成就最大的是沙汀。他的《在其香居茶馆里》《堪察加小景》和被称为"三记"的《淘金记》《还乡记》《困兽记》,与抗战前的《兽道》等作品一起,构成了四川农村的系列小说,成为40年代最重要的小说家之一。沙汀的《在其香居茶馆里》和《淘金记》是这时期最杰出的暴露和讽刺性小说。《在其香居茶馆里》以大后方四川为背景,通过联保主任方治国与大土豪邢幺吵吵在茶馆里的一场恶斗,揭露了国民党基层政权和兵役制度

---

① 《华威先生》写于1938年2月,发表于同年4月的《文艺阵地》半月刊。后与《谭九先生的工作》《"新生"》等一起编成《速写三篇》。

的腐败。选择"吃讲茶"的方式来展开两人具有戏剧性的"狗咬狗"的斗争，故事紧凑而集中，既富有喜剧意味，又具有地方色彩。《淘金记》(1943)以四川某县北斗镇开采筲箕背金矿的事件为线索，描写了农村恶势力之间的一场内讧，反映了当时抗战"大后方"农村的真实面貌，在保持作者一贯风格的基础上，变得更为辛辣，被卞之琳誉为"抗战以来所出版的最好的一部长篇小说"。

钱锺书(1910—1998)，字默存，江苏无锡人。钱锺书出身书香门第，早年受过良好的古典文学熏陶。1933年毕业于清华大学外文系，1937年在英国牛津大学英文系获得副博士学位后，再赴法国巴黎大学研究院专攻法国文学，回国后，先后任西南联大外文系教授、国立蓝田师范学院英语系主任、上海暨南大学外文系教授、中央图书馆外文部总纂等。钱锺书的第一部散文集是《写在人生边上》(1941)，第一部小说集是《人·兽·鬼》(1946)，包括《上帝的梦》《猫》《灵感》和《纪念》四个短篇，显示出他擅长文人讽刺和心理刻画的特点，也暴露出他与主流文坛的疏离。

钱锺书唯一的长篇小说《围城》(1947)，是一幅抗战期间知识分子丑陋生活的"浮世绘"，也是40年代讽刺小说创作潮流的"压轴戏"，更是一部可以与《儒林外史》比肩的经典讽刺小说。

围城即人生，尤其是人生中最重要的婚姻："城外的人想冲进去，城里的想逃出来"。作品通过"围城"这一象征性结构，围绕着方鸿渐的恋爱与婚姻，以及他在人生道路上的寻梦过程，表现了知识分子彷徨无主的宿命感和中国知识阶层日益腐败的官场化，揭示了现代人特别是现代知识分子在生存和精神上的双重困境。钱锺书是一位学者型的讽刺小说家，他对知识分子的嘲讽，既不同于鲁迅、叶圣陶等具有启蒙主义精神的"五四"作家，也不同于张天翼、沙汀等具有政治暴露倾向的左翼作家。他不重人物夸张的行为，而偏重于对人物隐秘心理和潜意识的揭示，将人情世故批判与道德风俗批判融为一体，将对知识分子阶层的批判与对中国命运的思考结合在一起，在轻喜剧的风格中暗含着悲伤的韵味。同时，在艺术上，钱锺书较多地受到英国讽刺作家菲尔丁的影响，他凭借自己渊博的学识和对中国知识分子的熟知，大量使用富有知识性的书面讽刺语言，各种警句典故，信手拈来，皆成妙喻，形成了机警而睿智，俏皮而生动，犀利而儒雅的独特风格。

茅盾从抗战爆发到新中国成立一直处于动荡之中，他这时期的《第一阶段的故事》《腐蚀》《霜叶红于二月花》《走上岗位》《锻炼》等小说和他唯一的剧本《清明前后》，大多是"急就章"。《第一阶段的故事》(发表时题为

《你往哪里跑》)反映了上海"八·一三"战争期间,上海各阶层人物对抗战的不同态度,着重描写了民族资本家何耀先走上抗日行列的过程,试图表现人们在历史关头"何去何从"的重大抉择,但只留下一些新闻式的报道。

《腐蚀》[①]写于1941年"皖南事变"发生后三个月左右,是最早揭露国民党反共卖国罪行的小说。由于政治环境的恶劣,作品采用了披露一位国民党女特务日记的形式,在揭露"皖南事变"真相的同时,也揭露了国民党特务组织的内幕,一经面世就引起了一场"政治地震"。小说艺术上的主要成就在于,利用"日记体"的优势,塑造了女特务赵惠明的形象,表现了她的心理变化,较为可信地描绘了她为追求个性解放而走向社会,虽然在抗战初期曾参加过抗战工作,但因个人主义思想误入政治歧途,最后在矛盾与痛苦中终于走上自新之路的过程。

国统区的暴露和讽刺性作品,还有吴组缃的《山洪》、萧红的《马伯乐》、张恨水的《八十一梦》和《五子登科》等,随着战事的不断恶化和国民党政府独裁本性的不断加剧,暴露和讽刺性作品越来越多,蔚为壮观,成为国统区小说的主流。

二 张爱玲的《传奇》

张爱玲(1920—1995),原名张煐,祖籍河北丰润,上海人。张爱玲的祖父张佩纶,原是清末的著名大臣,祖母李菊耦是慈禧心腹李鸿章之女。父亲是遗少型的少爷,母亲则是时髦的新女性。张爱玲受父亲影响,从小就会背诵唐诗,而受母亲影响,生活情趣及艺术品位都十分西洋化。6岁入私塾,并开始小说创作。9岁进小学,跟着母亲读《二马》并从此喜欢上老舍的小说。1931年进上海圣玛利亚女子中学。1938年考取英国伦敦大学,因战事激烈无法前往。1939年转香港大学文学系,同年发表散文处女作《天才梦》。太平洋战争爆发后,香港大学停办,未能毕业,后报考上海圣约翰大学,又因"国文不及格"未被录取。为了生活,只得为《泰晤士报》和《20世纪》等英文杂志撰稿。

张爱玲是中国现代文学史上一位充满传奇色彩的作家,她的身世就是一部苍凉哀婉而精彩动人的女性传奇,她的小说大多也写的是上海没落淑女的传奇故事,她的小说集以《传奇》命名。

---

① 《腐蚀》连载于1941年5月17日至9月底的香港《大众生活》,同年10月上海华夏书店出版。

1943年和1944年,是张爱玲一生中最重要的两个年份。1943年,她在周瘦鹃主编的《紫罗兰》杂志上发表《沉香屑 第一炉香》(通称《第一炉香》)后,一鸣惊人。她最初的几篇小说都是以她在香港的生活为题材的。1944年5月,著名翻译家傅雷以"迅雨"笔名发表了当时最重要的评论文章《论张爱玲的小说》。1944年8月和11月,她最有代表性的小说集《传奇》①和散文集《流言》②相继出版,也是在这一年,张爱玲与才子胡兰成举行了婚礼。不幸的是,张爱玲在文学上的辉煌转瞬即逝,而她的这次婚姻也只维持了两年。

《第一炉香》和《金锁记》是张爱玲写得最好的作品,而《倾城之恋》和《金锁记》则是张爱玲最有代表性的小说。

《第一炉香》是张爱玲开始作家生涯的第一篇小说。这是一个关于"寡妇"的故事,写了梁太太和葛薇龙两代寡妇。从此,张爱玲在创作中形成了一个"寡妇情结",她最好的小说写的大多都是寡妇。做寡妇,是女人的悲哀,但张爱玲笔下的女性却对做寡妇情有独钟,而且都是目的明确地为了钱而甘愿当寡妇。同时,这也是一个关于"沉沦"的故事。葛薇龙当初投奔姑妈梁太太是为了更好地读书,可当她的爱情失败后,梁太太就成为了她的人生榜样,她已经无法找回原来的自己,无法离开梁家的沙龙了。小说绘制精细,意象迷蒙,似古实雅,美艳如初放的蓓蕾,出手不凡,一登文坛便立即引起了轰动和惊叹。

《倾城之恋》是张爱玲最富传奇色彩的小说③。这是一个关于"调情"的故事,重点描写的是范柳原与白流苏的调情表演。傅雷本来是张爱玲小说最早的肯定者,但他唯独对这部作品评价不高。他认为:"一个'破落户'家的一个离婚女儿,被穷酸兄嫂的冷嘲热讽撵出母家,跟一个饱经世故,狡猾精刮的老留学生谈恋爱。正要陷在泥沼里时,一件突然震动世界的变故

---

① 小说集《传奇》主要有《沉香屑 第一炉香》(1943年4月)、《沉香屑 第二炉香》(1943年5月)、《茉莉香片》(1943年6月)、《心经》(1943年7月)、《封锁》(1943年8月)、《倾城之恋》(1943年9月)、《金锁记》(1943年10月)、《琉璃瓦》(1943年10月)、《年青的时候》(1944年1月)、《花凋》(1944年2月)、《鸿鸾禧》(1944年5月)、《红玫瑰与白玫瑰》(1944年6月)、《桂花蒸 阿小悲秋》(1944年9月)等。

② 散文集《流言》主要有《到底是上海人》《洋人看京戏及其他》《更衣记》《公寓生活记趣》《烬余录》《谈女人》《论写作》《有女同车》《自己的文章》《私语》《谈画》《谈音乐》等。

③ 参见"李平现代文学欣赏"系列微课《"倾城之恋"与"倾情之恋"》,见"五分钟课程"网:http://www.5minutes.com.cn/Web/Course/CourseDetail.aspx? id=c504bf71—7128—4f05—8d26—40282a92bded

把她救了出来,得到一个平凡的归宿——整篇故事可以用这一两行包括。因为是传奇(正如作者所说),没有悲剧的严肃、崇高,和宿命性;光暗的对照也不强烈。因为是传奇,情欲没有惊心动魄的表现。几乎占到二分之一篇幅的调情,尽是些玩世不恭的享乐主义者的精神游戏;尽管那么机巧,文雅,风趣,终究是精练到近乎病态的社会的产物。好似六朝的骈体,虽然珠光宝气,内里却空空洞洞,既没有真正的欢畅,也没有刻骨的悲哀。《倾城之恋》给人的印象,仿佛是一座雕刻精工的翡翠宝塔,而非莪特式大寺的一角。美丽的对话,真真假假的捉迷藏,都在心的浮面飘滑;吸引,挑逗,无伤大体的攻守战,遮饰着虚伪。……勾勒的不够深刻,是因为对人物思索得不够深刻,生活得不够深刻;并且作品的重心过于偏向顽皮而风雅的调情,倘再从小节上检视一下的话,那末,流苏'没念过两句书'而居然够得上和柳原针锋相对,未免是个大漏洞。离婚以前的生活经验毫无追叙,使她离家以前和以后的思想引动显得不可解。这些都减少了人物的现实性。总之,《倾城之恋》的华彩胜过了骨干;两个主角的缺陷,也就是作品本身的缺陷。"①但张爱玲对此批评并不服气,反驳说:"我喜欢参差的对照的写法,因为它是较近事实的。《倾城之恋》里,从腐旧的家庭里走出来的流苏,香港之战的洗礼并不曾将她感化成为革命女性;香港之战影响范柳原,使他转向平实的生活,终于结婚了,但结婚并不使他变为圣人,完全放弃往日的生活习惯与作风。因之柳原与流苏的结局,虽然多少是健康的,仍旧是庸俗;就事论事,他们也只能如此。"②也许,傅雷的意见仅仅代表着男性读者的意见,这个意见对于范柳原是合适的,对于白流苏则有些冤屈。站在女性的立场看,白流苏的调情的背后,是生存的焦灼和无奈。因此,也有人认为,"柳原意在求欢,流苏意在求生,这是女性根本的悲哀,也是张爱玲的洞见所在"③。

同时,《倾城之恋》也是一个关于"弃妇"的故事,是一个弃妇在进行垂死挣扎和自我拯救之后终于修成正果的故事。也可以说,这是一个张爱玲版的"娜拉走后怎样"的故事,一个关于"逃离"的故事。白流苏虽然几经努力得到了众人虎视眈眈的猎物范柳原,成功地逃出了家庭,但是,作者并没有因此而削弱自己作品中常有的荒凉感。白流苏逃出了狼窝,又落入了虎

---

① 傅雷:《论张爱玲的小说》,《万象》第3卷第11期(1944年5月),署名"迅雨"。
② 张爱玲:《自己的文章》,《流言》,中国科学公司,1944。
③ 艾晓明:《〈倾城之恋〉赏析》,《张爱玲名作欣赏》(黄修己主编),中国和平出版社,1996。

口,而且,她得到的婚姻只是一座没有爱情的空城,而这座空城的获得也仅仅是因为战争的成全,是"香港的陷落成全了她"。虽然战争加快和简化了许多人成婚的速度,但作者心里最明白,这种婚姻肯定是靠不住的。

《金锁记》是张爱玲小说的代表作。这是一个关于"原欲"的故事,一个令人惊心动魄的人性变态和人性异化的故事。张爱玲的小说都与女性和"女性与金钱的关系"有关,为了生存或为了不至于受穷,她们把婚姻当作自己唯一的目标,以青春作婚姻的代价,以金钱为最终目的。这部作品不仅写了人的物欲(财欲),写了姜家二奶奶曹七巧为了能进入虽然已经破落但仍然是贵族大户的姜公馆,嫁给了患骨痨的废人姜二爷,而且,还突出了人的情欲(性欲),在做上了二奶奶后,畸形的婚姻造成了畸形的性格,使她对男女情事十分敏感,也自然地将情感集中在当时她能接触到的唯一男人三少爷季泽身上。然而,当情欲得不到满足后,物欲便成了她生命的唯一中心。

同时,《金锁记》也是一个关于"报复"的故事,一个关于"禁锢"的故事,一个用物欲报复情欲,一个因情欲被长期禁锢而变异演化为更为疯狂的物欲的故事。按照弗德伊德的学说,情欲就像一条河流,如果它受到阻碍,就会溢向别的河道,直接导致性错乱心理和性变态行为。七巧家原是开麻油店,她年轻时也有中意她的肉店小伙,还有她哥哥的结拜兄弟,称得上是"麻油西施",虽然粗鲁泼辣,却充满活力。但做了姜家二奶奶后,爱情是缺失的,连情欲也得不到满足,更令人窒息的是,谁都轻视她,连丫环都敢对她冷嘲热讽,加上封建礼教的压抑,她不得不强压情欲之火,"逼得全身的筋骨和牙根都酸楚了"。于是,她渴望着三少爷的爱,但风流成性的季泽谁都敢沾,就是不愿越叔嫂之防。当她最后一点情欲之火熄灭后,开始变得刻薄冷酷,开始进行疯狂的报复。她先是"恋子",要儿子整夜地陪她抽大烟,以探听和渲染儿子与媳妇的房事为乐趣,逼得儿媳守空房。后又"妒女",自己没有得到的幸福生活,连自己的女儿也别想得到。最后,自己终于沦落为一个眼中只有金钱没有亲情的恶毒残忍的魔鬼。

《金锁记》是一个"害人害己"的故事,但曹七巧与葛薇龙、白流苏等女性不同,她的婚姻一开始并不是她自愿的,完全出于"父母之命,媒妁之言",因此,她当时只是受害者和受虐者,但是,当她无论怎样努力也得不到幸福后,当她开始对她的亲人进行报复后,她便成为了害人者和施虐者。此外,这也是一个关于"宿命"的故事。在作者眼里,曹七巧的婚姻只是一个买卖(张爱玲小说中的婚姻实际上全都是买卖),她卖掉了自己的一生,得到的只是一点金钱。因此,她生命中最可宝贵的当然是金钱而不会是家庭与亲情。当她与季泽的爱情化为泡影后,特别是当她看清楚了季泽重新上门来只是为了算计她的财产时,她对所有的男性都绝望了,因而对整个世界都绝望了。她得出的结论就是:"人是靠不住的,靠得住的只有钱。""这是个疯狂的世界!"所有的人都被一种无形的魔力所控制,人的命是天定的,不是自己可以左右的。这就是张爱玲所要表现的"传奇"故事,所要表现的世界的无情和人生的苍凉。正因为如此,曹七巧一直被人们看作张爱玲笔下最完整的女性形象,最厚实的小市民形象,甚至可以说是张爱玲为20世纪中国文学贡献的一个独一无二的具有经典意义的艺术形象。

张爱玲小说表现出来的具有现代主义意味的"荒原"意识,是"五四"以来的新文学中较少表现的,这正是其独特之处。张爱玲小说在文学史上的特异地位,不仅在于她与40年代前期上海沦陷区的环境相适应,没有也不愿利用作品来说教或宣传,热衷于表现自己对人生的切身体验和独特感悟,在表现当时上海市民生活和心理方面堪称独步,而且还在于她有着中西文化的深厚素养和艺术地运用汉语语言的纯熟手法,完全摆脱了"新文艺腔",继承了传统古典小说和现代通俗小说的手法与韵味,将新旧雅俗融会贯通,创造出了新旧交织、雅俗共赏的独特风格。

除张爱玲外,40年代的文坛上,还有苏青、梅娘、施济美、杨琇珍、曾文强、汤雪华、程育珍等一批引人瞩目的女作家,她们的小说大多以女性为探讨对象,比起冰心、庐隐、冯沅君等第一代女作家,具有更为明确的女性意识。苏青的自传体小说《结婚十年》以纪实笔法写现代女性从家庭妇女成为职业女性的人生道路,在表现她们的内心痛苦和性饥渴方面以"赤裸裸的直言谈相"而著称。梅娘的《蚌》《鱼》《蟹》等"水族系列小说",描写的也是大家庭中的女性追求独立和自由的过程,这些作品都在可读性方面有突出的表现。

三 巴金、老舍、萧红与战争中的文化反思

抗战爆发后,几乎所有的作家都卷入了战火的硝烟中,但是,并不是每位作家的每部作品都直接与前线的战事有关。在40年代,不少已经卓有成就的知名作家,与新文学一起步入了自己的成熟期,他们或挖掘已经过去的生活,或表现抗战中的人和事,丰富的生活积累和深厚的艺术修养,使他们即使是在战争的环境中,仍然创作出了超越自我的作品,总体上呈现出从激情走向生活的发展趋势。于是,在当时的中国文坛上,不约而同地出现了一

批由知名作家创作的具有文化探讨性质的作品,除曹禺的《北京人》等话剧作品外,在小说创作上,巴金的《寒夜》、老舍的《四世同堂》、萧红的《呼兰河传》等,无论是在思想的深刻性上,还是艺术手法的圆熟上,都超过了他们以前创作的《家》《骆驼祥子》《生死场》,成为现代文学史上的"华彩乐章",在中国现代小说史上熠熠生辉。然而,这些作品面世后很长一段时间里,都没有得到主流文坛的认同,有的作品还在很长时间内一直遭到批评和冷遇。

巴金在40年代,创作了"激流三部曲"中的《春》和《秋》,"抗战三部曲"(又称《火》三部曲)《火》《冯文淑》《田惠世》,"生活三部曲"《憩园》《第四病室》《寒夜》,完成了从激情小说向生活小说的过渡。

《春》(1938)和《秋》(1940)继续着《家》的故事,通过淑英与蕙的对比描写,表现了封建家族中采取反抗和屈服两种不同生活态度的青年所遭受的不同命运。其他人物也在《家》的基础上有了新的发展,克定、克安等人更加荒淫无度,觉民、琴成为斗争的中坚力量。作者在人物性格逻辑的发展和作品艺术结构的安排方面,从容地展示了高氏家族灭亡前的悲凉景象。

《火》(1938)和《冯文淑》(1941)中的许多材料和冯文淑的经历,都来自"一个朋友"(即作者的妻子萧珊),但与《死去的太阳》一样,由于缺乏严密的构思和深刻的思想,导致了失败。而在《田惠世》(1943)中,通过田惠世建立在基督精神基础上的家庭,表现了作者对美满和睦家庭的憧憬,更加接近生活小说的特点。

《憩园》(1944)取材于作者的五叔,原以《冬》为题作为《秋》的续篇。虽然最后的书名和主人公都有所变动,但精神上仍是"激流三部曲"的继续,表现的仍是封建大家庭破败后的景象。类似的主题巴金曾在散文《爱尔克的灯光》(1941)中有过很好的表达。《第四病室》(1945)取材于巴金在贵阳中央医院的住院生活,除了对医院中各种丑陋现象进行了冷静而客观的记录,小说既没有主人公,也没有故事情节,更像一部"大特写"。

《寒夜》(1946)是巴金的最后一部长篇小说,也是他的后期代表作。甚至有人断言,"这部作品在艺术成就上达到了巴金创作的最高峰"[①]。《寒夜》主要通过汪文宣一家在抗战后期的悲惨生活和他们在抗战胜利后仍然无法改变的不幸命运,对国民党统治区的黑暗现实进行了深刻的批判。汪文宣是一个正直善良、忠厚老实的小公务员,他毕业于大学的教育系,也曾有过青年人的热情,美好的理想,甚至也不乏反抗的精神。为了爱情,他曾

---

① 陈思和、李辉:《巴金论稿》,人民文学出版社,1986。

经不顾母亲的反对,与同学曾树生由自由恋爱而同居。但是,他的理想在现实面前碰得头破血流,不但在社会上只能忍辱偷生,而且在家庭里也无法调和妻子与母亲的矛盾。曾树生原来也是一位具有新思想的温柔女性,她忠实于自己的丈夫,始终竭力维持着自己亲手建立起来的小家庭,面对这个家庭的破败,她既无能为力又心有不甘,于是,便陷入了既不愿背叛家庭又不得不去做"花瓶"的矛盾和痛苦之中。

在这部作品中,汪母是一个十分重要而成功的人物。作者通过她由原来的"才女"落难为儿子家中的"二等老妈子",表现了社会现实的残酷;又通过她对儿子"占有"式的母爱和对儿媳的排斥,表现了中国中下层小家庭中封建意识的残余。在故事情节的发展过程中,汪母的存在始终是一个有力的推动因素。由于她的勤劳操持,家庭的困难在一定程度上得以缓和,但由于她的顽固观念,家庭的矛盾也进一步激化。曾树生离家随上司远赴兰州,汪文宣最后的绝望消沉,都与汪母与儿媳坚持不懈的"斗争"有着直接的关系。如果说,汪文宣让人同情,那么,作品中的两位女性更多的则是令人深思。所以,他们的悲剧不仅仅有着个人和社会的原因,而且也有着历史和传统的原因。

巴金的小说,一般不太重视人物形象的刻画,即使是在他最有影响的《家》里,人物的描写也不是占绝对突出的地位的。但是,在《憩园》和《寒夜》里,人物形象成为作品成功的最重要因素,可以说,杨梦痴、汪文宣、曾树生,特别是汪母形象的塑造,使巴金小说终于摆脱了激情小说的发展轨迹,将生活小说的特点表现得淋漓尽致。

《寒夜》的结尾处,汪文宣在抗战胜利的爆竹声中"无声"地死去了,汪母带着孙子回老家去了,而曾树生却茫然不知所措。这个悲剧色彩十分浓厚的处理,常常令那些习惯于给人物以光明未来的主流批评家们很不痛快,以至于作者在写完后不久,便不得不赶快解释:"我没有在小说的最后照'批评家'的吩咐加上一句'哎哟哟,黎明!'并不是害怕说了就会被人'提来吊死',唯一的原因是那些被不合理的制度摧毁,被生活拖死的人断气时已经没有力量呼叫'黎明'了。"①甚至到了1980年,作者仍在申诉:"我给整得太难受了,我要讲一句真话:它不是悲观的书,它是一本希望的作品,黑暗消散不正是为了迎接黎明。"②但是,仍然有人坚持认为:"这样的愿望是好的。

---

① 巴金:《〈寒夜〉后记》,《寒夜》,晨光出版公司,1947。
② 巴金:《关于〈寒夜〉》,《创作回忆录》,人民文学出版社,1997。

遗憾的是,作品本身的悲观绝望色彩太浓太浓了。在这种色彩覆盖下,作家的愿望并没有通过艺术形象鲜明地突现出来。这不能说不是作家当年的一种思想局限。"①

抗战后,辞去教职而专心写作的老舍,曾一度返回济南的齐鲁大学任教。1937年底,他只身赴武汉筹备"文协","文协"成立后当选为常务理事兼总务部主任,负责日常工作。后随"文协"迁往重庆,又随战地慰问团赴西北。丰富多彩的生活经历,使老舍的创作也走向了多样化,除鼓词形式的长诗《剑北篇》外,还创作了《残雾》《面子问题》《国家至上》(与宋之的合作)等九部话剧和《火葬》《鼓书艺人》《我这一辈子》等小说,以及京剧等戏曲作品。其中,最有代表性的是由《惶惑》《偷生》《饥荒》三部小说组成的《四世同堂》。

《四世同堂》(1944—1948)的创作历时五年。第一部《惶惑》于1944年11月开始在《扫荡报》上连载,第二部《偷生》于1945年开始在《世界日报》上连载。1946年应美国国务院的邀请,老舍与曹禺赴美讲学一年,讲学结束后在美国创作了第三部《饥荒》。1949年《四世同堂》曾以《黄色风暴》为名在美国出版"节译本",被美国文坛誉为"好评最多的小说之一,也是美国同一时期所出版的最优秀的小说之一"②。1950年5月,第三部《饥荒》曾在《小说》第4卷第1—6期上连载,但作品以全书的面貌出现时,已是1982年了。

《四世同堂》以"七七"事变到日本投降八年间的北平沦陷区为背景,选取西城的小羊圈胡同作为"亡城"的缩影,以祁家祖孙四代的遭遇为中心,主要通过祁老太爷、祁天佑、祁瑞宣祖孙三代的痛苦生活和思想变迁,以及与代表民族正气的钱家、代表民族败类的冠家的对比,塑造了一系列性格鲜活的市民群像,展示了国破城亡期间他们经受的心灵上和肉体上的苦痛和屈辱,是一部表现北京市民生活的鸿篇巨制。

抗战期间,老舍并不在北平,但他凭借着厚实的生活积累,丰富的艺术经验,竟以勃勃的雄心和巨大的容量,完整地反映了抗战八年中北平市民的深重灾难,深刻地揭露了日本侵略者的本质和民族败类的无耻,在反映抗战的作品中独树一帜。老舍自己也曾感叹:"设计写此书时,颇有雄心。可是执行起来,精神上,物质上,身体上,都有苦痛,我不敢保险能把他写完。即

---

① 赵遐秋、曾庆瑞:《中国现代小说史》,中国人民大学出版社,1985年。
② 《美国文坛对老舍及其〈四世同堂〉的评论》,《文学研究参考》1986年第1期。

使幸而能写完,好不好还是另一问题。在这年月而要安心写百万字的长篇,简直有点不知好歹。"①

作品的独特性在于,并没有将重点放在展示日本侵略者杀人放火、奸淫抢掠的具体罪行上,而是把放在挖掘沦陷区市民的心灵上,一方面写他们性格中的保守性,一方面又写出他们的觉醒与蜕变,在亡国的哀痛中看到了中国不会亡的希望。"像《四世同堂》这样以古都北平广大市民的亡国之痛为题材,饱含怒、愤、傲、烈之情抒写而成的被征服者的愤史,在我国现代文学作品中,可说是第一部。"从历史文化的深层,对民族传统文化进行现代性的审视和反思,是作品最为深刻的思想价值。作品将历史镜头聚焦于北平市民的灵魂深处,通过市民在惶惑中偷生的一幅幅生活图像,让战争的烈火考验国民的劣根性,不仅勾画了民族危难时刻的众生相,而且剖析了民族性格中的精神癌变,流露出对屠弱甚至病态的国民性格和苟安保守的生活观念的批判意识,表现出强烈的民族反省的理性力量和爱国激情,显示了作者改造和重塑"国民性"的努力。"老舍及其艺术的独特性首先在于,他是中国现代文学史上最杰出的市民社会的表现者与批判者。这不仅是指,他的艺术世界几乎包罗了市民阶层的一切方面,显示出他对于这一阶层的百科全书式的知识,更重要的是,他经由对自己的独特对象——市民社会,而且是北京市民社会的发掘,达到了对于民族性格、民族命运的一定程度的艺术概括,达到了对于时代本质的某种揭示。"②

老舍对市民社会的表现与批判,又因对象的不同而呈现出两种不同的态度。对传统文明的态度从他的创作一开始就是带有批判性的,但他的温和态度与鲁迅猛烈甚至偏激的态度完全不同,在批判的同时常常表现出一种"失落感"。无论是《二马》中的老马、《离婚》中的张大哥,还是《四世同堂》中的祁老太爷、祁天佑、祁瑞宣,这些老派市民虽然可笑,但大多是值得同情的,他们都是"悲剧性"的人物,作者在批判中注入了自己的情感,因而其批判并没有力量,最多也只是一种幽默。但老舍对于受现代文明影响的洋派市民的批判,则严厉和辛辣得多。无论是《离婚》中的张天真,还是《四世同堂》中的祁瑞丰,采用的几乎都是十分刻薄的嘲讽手法,其鄙夷之情毫不保留地溢于言表,虽然其批判也常常是无力的,但作者宁可作"漫画式"的处理。老舍之所以在对市民社会的表现与批判中,流露出失落与愤激相

---

① 老舍:《四世同堂·序》,人民文学出版社,1980。
② 赵园:《老舍——北京市民社会的表现者与批判者》,《兰州大学学报》1984年第1期。

交织的复杂感情,究其原因,主要在于他对传统文明和西方文明的不同态度。

《四世同堂》在艺术上保持着老舍作品特有的浓郁的北京地方色彩,作品语言几乎全是纯粹的北京市民口语,加上对人物民族性的深入挖掘,使之成为老舍"北京市民生活系列小说"中的一座高峰,也是40年代国统区小说中最具民族化特征的一部。

萧红(1911—1942),原名张迺莹,黑龙江呼兰人。萧红出身地主家庭,幼年丧母。1931年在哈尔滨市立第一女中读书时,为反抗父亲的包办婚姻,出走流浪,1932年秋与萧军同居,创作有《两个集》《跋涉》《看风筝》《旋风》等短篇小说。1934年10月萧红与萧军到达上海,得到了鲁迅的许多帮助。她的《生死场》(1934)、萧军的《八月的乡村》和叶紫的《丰收》一起,由鲁迅作序并编入《奴隶丛书》,从而奠定了萧红在文学史上的地位。1936年萧红赴日养病,抗战爆发后即回国投入抗战,出版有小说集《牛车上》和散文集《旷野里的呼唤》。1938年应李公朴之邀,到山西临汾民族革命大学教书,出版有短篇集《朦胧的期待》。1940年在病中完成讽刺性长篇《马伯乐》,后赴香港,完成中篇小说《呼兰河传》和纪念鲁迅先生的哑剧《民族魂》及传记散文《回忆鲁迅先生》。1941年还创作有短篇《小城三月》,1942年病逝于香港。

《呼兰河传》是萧红在历经了生活磨难和情感挫折后,在郁闷寂寞的状态下和与病魔的斗争中写出的回忆童年生活的小说,带有明显的自传色彩。作者以一个未谙世事单纯幼稚的女孩所特有的眼光来观看一切,常常举重若轻,言不及义,却流露出成人的荒凉感。儿童视角给小说带来了特殊的审美效果,小女孩所作出的情感评价,与成人的诗性回忆之间形成了某种距离,形成了作品内部丰富的张力。小说开篇有两个脍炙人口的精彩片段,即对地上的"大泥坑"和天上的"火烧云"(晚霞)的描写,萧红用素描的手法,描绘了东北民间社会富有地方色彩的风俗画卷。"大泥坑"包含了丰富的象征意蕴,是呼兰小城生动具象的写照,是混沌沉滞、吞没一切生灵、阻碍社会进步的大陷阱,虽无一处说到"愚昧",但在具体事实的背后却处处直指国民性的愚昧。"火烧云"在善于幻想、充满好奇的孩子眼中,五彩斑斓,奇妙无比,是一个神奇的梦幻世界,寄托着童年萧红对大自然无比的热爱和对美好事物的真诚向往,文词优美生动,描写真切细腻,显示了萧红的文字功底。这两种不同意象的描写,体现出作者独特的用心:以"童话的善美"反衬社会现实的黑暗、中国乡镇的落后。

《呼兰河传》是一部具有独特风格的散文化小说，一首既优美欢快又悲凉凄婉的牧笛。"也许有人会觉得《呼兰河传》不是一本小说。他们也许会这样说：没有贯串全书的线索，故事和人物都是零零碎碎，都是片段的，不是整个的有机体。——而且我们不也可以说：要点不在《呼兰河传》不像是一部严格意义的小说，而在于它在这'不像'之外，还有些别的东西——一些比'像'一部小说更为'诱人'些的东西：它是一篇叙事诗，一幅多彩的风土画，一串凄婉的歌谣。"①通过美善的童真与愚昧的人性的对比，真实生动地勾勒出故乡人民的生活场景，既毫不留情地鞭笞了农民愚昧保守、自得其乐的弱点，揭示了他们长期受到封建主义思想桎梏而造成的种种弊病，也歌颂了农民勇敢善良的品质。

此外，路翎的《财主底儿女们》、诗人冯至的诗化小说《伍子胥》也是这时期小说创作的重要收获。

路翎（1923—1994），原名徐嗣兴，江苏南京人。路翎小说是七月派小说的代表，比七月派诗歌更能体现胡风的文学主张。路翎的小说主要分为下层劳动人民和知识分子两大题材。《卸煤台下》和《饥饿的郭素娥》等表现了生活在社会底层的工人和农民的不幸命运。其代表作《财主底儿女们》规模宏大、内容丰富，是一部表现抗战前后中国知识分子心路历程的史诗性作品。上部以30年代苏州巨富蒋捷三死后的遗产争夺战为中心，表现了蒋捷三的精明、老大蒋蔚祖的懦弱、老二蒋少祖的无能和大少奶奶金素痕的凶悍，反映了封建地主向现代资产阶级转化过程中的痛苦和血腥。下部以老三蒋纯祖为中心人物，表现了他怀着成就一番事业的雄心去寻求出路的经历和最终一事无成地告别人生的结局。路翎笔下的人物都表现出一种"内心的强力"，其行为具有盲目性、突发性和疯狂性，其中，既有个性解放的要求，也有"精神奴役的创伤"。

四 赵树理、孙犁与解放区小说

1943年，中国文坛几乎同时升起了两颗代表着新文学发展新趋势的明星：一是南方沦陷区的张爱玲；一是北方解放区的赵树理。

赵树理（1906—1970），原名赵树礼，山西沁水人。赵树理出身于一个破落的农民家庭，三代单传，小名"得意"寄托着祖父"金榜题名"的希望。6岁随祖父读"三圣教道会经"及《麻衣神相》《奇门遁甲》，过目不忘，乡里称

---

① 茅盾：《萧红的小说〈呼兰河传〉》，《文艺生活》第28期（1946年10月）。

为"神童"。10 岁时祖父去世,赵家彻底没落,随父亲学会了"农民的技术"和"农民的艺术"两门手艺,最喜爱"上党梆子"、打鼓板等民间曲艺,因此可以说,他是在民间艺术和农民语言的熏陶下成长起来的。1923 年,赵树理小学毕业,1925 年考入长治县省立第四师范,接触到新文学作品。1927 年因反对校长被开除,后又被捕,在狱中开始小说创作。一年后出狱,改名"树礼"为"树理",立志创作"老百姓喜欢看"的作品。1931 年再次入狱,1936 年第三次入狱。1937 年参加牺盟会,1940 年,任《抗战生活》(半月刊)编辑,同时一人独办《中国人》(周刊)。

1943 年,赵树理发表《小二黑结婚》,一举成名。《小二黑结婚》描写农村青年小二黑与小芹自由恋爱,却遭到双方父母"二诸葛""三仙姑"和掌握村政权的地头蛇的刁难和迫害,最后在民主政府支持下终成眷属。作品经杨献珍、浦安修推荐,彭德怀给予了高度赞扬,出版后供不应求,特别是在被改编为上党梆子等各种戏曲之后,在解放区农村引起了一场真正的轰动。同年又完成中篇《李有才板话》,描写阎家山农民与地主阎恒元及其爪牙之间围绕着村政权的改造和减租减息开展的斗争,得到更高评价,被指定为整风学习、减租减息和土改运动的干部必读材料。

赵树理的第一部长篇《李家庄的变迁》(1945)通过描写一个村庄从辛亥革命到抗战胜利二十多年的变迁,表现农民命运的变化。华北新华书店出版后,北方各大新华书店以及上海知识出版社、香港新民主出版社等都竞相翻印,文艺界的反映也超乎寻常的热烈。1947 年 7 月 25 日,晋冀鲁豫边区文联举行文艺座谈会,专门讨论赵树理的创作。主持文联日常工作的副理事长陈荒煤做了题为《向赵树理方向迈进》的总结发言。《李家庄的变迁》和《李有才板话》《地板》都曾作为整风学习、减租减息和土改运动的干部必读材料。《邪不压正》(1948)是赵树理第一次受到批评的小说,未收入文集,也渐渐被人们遗忘,80 年代后人们才真正认识到了它的价值。

1942 年以后解放区的短篇小说创作,呈现出明朗纯净的总体风格,在表现形式上又形成了两种不同的类型:一是以赵树理为代表的"写实型";一是以孙犁为代表的"抒情型"。这两种类型在 50 年代形成了山药蛋派和荷花淀派两大小说流派。

孙犁(1913—2002),原名孙树勋,河北安平人。孙犁在保定育德中学毕业后,因无钱升学而在北京流浪,在大学里旁听,他是从《大公报》上开始文学创作的,其后来创作中的诗情画意明显受到京派文学田园牧歌风格的影响。1936 年,他曾到河北安新县的小学教书,对白洋淀一带的生活和环境有一定了解。1944年孙犁前往延安,在"鲁艺"学习和工作。在去延安前后,陆续创作了《芦花荡》《荷花淀》《吴召儿》《嘱咐》等,以描绘冀中农民在民族战争中表现出来的"美的极致"和白洋淀青年妇女形象而著称,后结集为《白洋淀纪事》出版。

《白洋淀纪事》大多以抗日战争为背景,但对战争并未作过多的渲染,重点在写人写事写景,形成了语言清新优美、结构简洁灵活、抒情色彩浓郁、富有诗情画意和地方气息的总体特色。《荷花淀》①是其中的代表,这篇小说清新自然,如行云流水,以轻松明快的笔调,表现了白洋淀青年妇女既思念外出打仗的丈夫,又矜持害羞,还事事不甘落后的心理,以及她们的思想感情上的变化过程。小说可分为四个片断:一,"话别"是作品的开端,写水生在区里报名参军后与妻子的告别,重点表现的却是水生嫂不忍丈夫远去,但又深明大义的思想矛盾。二,"寻夫"则通过水生嫂与女伴们各自编出一个天真的借口要去探望刚参军的丈夫,表现了她们虽不肯明说自己思念丈夫,可在要强的言语间又不自觉地流露出"儿女情长"来。三,"遇敌"写了一场富有浪漫色彩的遭遇战,既表现了水生们的生机勃勃,也表现了水生嫂们的飒爽英姿。四,"相会"是作品的结尾,通过这群少妇与自己丈夫的打情骂俏,描写了她们的开朗性格和乐观精神。作品将白洋淀的美景与当地青年夫妇间的人性美、人情美交织在一起,犹如一首情景交融的散文诗。随处可见的传神而动情的对话和细节描写,是作品的一大特色。

在解放区作家的创作变化中,丁玲具有重要的代表性。1933年丁玲被捕,在中共地下组织的帮助下,于1936年逃离南京,同年11月到达延安,任中央红军警卫团政治处副主任。抗战初期,带领西北战地服务团去山西前线,1940年任陕甘宁边区文协副主席,1941年主编《解放日报》的文艺副刊。在延安整风运动之前,她创作出了一批以歌颂为目的的批评性作品,主要有剧本《重逢》(1937)、短篇集《一颗未出膛的枪弹》(1938)、《我在霞村的时候》(1940)和小说《在医院中》以及杂文《三八节有感》等。

《我在霞村的时候》中,农村姑娘贞贞为反抗包办婚姻出走,不幸落入火坑,做了一年多的日军妓女,而当她逃回家乡后,却遭到家乡父老厌弃。通过这个故事,丁玲突出描写了贞贞在精神上受到的来自同胞的侮辱,体现出作者对被侮辱被迫害的妇女不幸遭遇的不平和同情,也表现了霞村群众在思想上的愚昧和狭隘。《在医院中》则更多地接触到当时解放区革命工

---

① 《荷花淀》发表于1945年5月15日的《解放日报》副刊,后收入《白洋淀纪事》。

作中的一些带有普遍性的问题,塑造了一个参加革命的知识分子陆萍的形象,代表着从30年代到50年代参加革命的知识分子的特点,是继莎菲后又一个独具个性的艺术形象,也是解放区文学最初的重要收获。

整风运动开始之后,丁玲受到批评,并有计划地写出了《田保霖》等一批反映先进模范和英雄人物事迹的报告文学,受到了毛泽东的称赞。1946年到1948年,丁玲参加了晋察冀土改工作团,这时期创作的长篇小说《太阳照在桑干河上》与整风运动前的作品相比,创作面貌发生了很大变化:在主题和题材上,由原来表现解放区工作中存在的问题,变为表现农村土改运动中的成绩;在人物塑造上,由原来较多地描写知识分子,变为主要描写农民;在思想感情上,则由原来与农民和农民出身的干部的隔阂,变为与农民群众建立了深厚的情感。

解放区的长篇小说大多以社会上的重大事件为题材,对50年代以后的长篇小说创作有极大影响。这些长篇小说按其题材内容可分为三类:一是描写消灭封建土地所有制的土改运动,主要有赵树理的《李家庄的变迁》、丁玲的《太阳照在桑干河上》和周立波的《暴风骤雨》等。二是描写解放区发展工农业生产的斗争,主要有欧阳山的《高干大》、柳青的《种谷记》和草明的《原动力》等。三是描写抗日战争中的敌后武装斗争,主要有柯蓝的《洋铁桶的故事》、马烽、西戎的《吕梁英雄传》和袁静、孔厥的《新儿女英雄传》等。

第三节　诗歌的愤怒与智慧

一　抗战初期的诗歌运动

抗战爆发后,民族意识和民族精神空前高涨,为民族解放而歌,几乎是所有诗人的共同信念,为适应抗日宣传需要出现的具有"战歌"特点的短诗,是当时诗歌的主要特色。1938年前后,武汉、重庆等地率先掀起了"朗诵诗运动",其中,高兰的许多作品曾在汉口、重庆的广播电台朗读,《我们的祭礼》在纪念鲁迅逝世一周年大会上作为"代祭文"朗诵时,轰动全场,《我的家在黑龙江》《哭亡女苏菲》在抗战中广为传诵,有的作品还被谱成歌曲,改编成戏剧序曲,产生了很大的影响。光未然曾以歌词《五月的鲜花》(1935)闻名,这时期还出版有《街头剧创作集》(1938)等,他的组诗《黄河大合唱》(1939)经冼星海谱曲,传遍全国,成为抗战时代的民族最强音。

1938年8月7日,田间等率先在延安发起"街头诗运动日"。街头诗是一种近似于标语口号式的政治鼓动诗,主要张贴或书写在大街小巷,甚至断垣残壁上,故又称为传单诗、墙头诗,最典型的就是田间的《假如我们不去打仗》。在街头诗运动中,由田间、魏巍等长期活跃在晋察冀边区的诗人们形成的晋察冀诗人群,曾组织有战地社等诗歌团体,出版有《诗建设》周刊,他们利用诗朗诵、诗传单、街头诗等形式开展活动,是解放区重要的诗歌群体。其中,最有代表性的是田间。田间(1916—1985),安徽无为人,出版有《未明集》(1935)、《中国牧歌》(1935)和长诗《中国·农村底故事》(1936)。抗战爆发后,田间诗风大变,创作了一大批表现民族战斗精神的作品,多采用"鼓点"式的短小诗行,精悍有力,通俗易懂,鼓动性强,后结集为《给战斗者》(1943),被闻一多称为"时代的鼓手",是抗战初期影响最大的诗人之一。

在战争的特殊环境中,许多诗人都改变了自己的诗风。戴望舒抗战后到香港,香港沦陷后被捕入狱,创作了《狱中题壁》《我用残损的手掌》等浪漫主义的爱国诗篇。何其芳到延安后,写出了《生活是多么广阔》《我为少男少女们歌唱》等明快振奋之作。

二 艾青、阿垅与七月诗派

七月诗派是七月派的一个重要组成部分,得名于胡风1937年9月创办的《七月》周刊。七月派以1941年9月《七月》终刊为界,分为《七月》和《希望》两个时期。七月诗派聚集了邹荻帆、姚奔、曾卓、冀汸、绿原、阿垅、杜谷、芦甸、方然、孙钿、庄涌、天蓝、鲁藜、彭燕郊、艾漠等年轻诗人,这些文学"初来者"大多数是在艾青的影响下成长起来的,他们的创作虽风格各异,但大多具有与艾青相似的忧郁、深沉,因此,"忧国忧民"是七月派诗歌的总主题。七月派诗人始终把自己个人的情感融入到人民的情感之中,在他们的作品中,对国统区的揭露和对解放区的歌颂,形成了一种鲜明的对比。

艾青(1901—1996),原名蒋海澄,浙江金华人。艾青出身地主家庭,父亲既开明又迷信,艾青出生后,被认为"命克父母",于是,从小便被送到农妇"大叶荷"家中寄养,他也一直把自己看作农民的儿子。中学时代艾青开始写诗,1928年考入杭州国立西湖艺术院,在院长林风眠鼓励下赴法留学,接触到凡尔哈仑等现代主义诗歌,创作了《马赛》《巴黎》《芦笛》《会合》等。

艾青是七月诗派的代表,也是现代新诗的集大成者。1932年他从法国回国后,因参加中国左翼美术家联盟和"春地画社"的活动,与12位美术青年一起被捕入狱。在狱中,他创作了《大堰河——我的保姆》等作品,把西方现代主义的诗歌手法与中国现实中的苦难生活以及自觉的自我意识结合在一起,初步形成了忧郁的风格和散文化的特点。1935年10月,艾青获释出狱,1936年底,他自费出版了第一部诗集《大堰河》。

1937—1940年是艾青的成熟期和高潮期,也是艾青一生中诗歌创作成就最为突出的时期。艾青出狱后,正值抗日救亡运动的高潮,他以灾难深重的祖国和现实生活中的人民为主要题材,创作了一大批情深义重的作品。在抗战爆发前,他深情地呼唤着"请给我以火,给我以火"(《煤的对话》),盼望着"从远古的墓茔/从黑暗的年代/从人类死亡之流的那边",向我滚来一轮火红的太阳(《太阳》),"以坚苦的耐心,/希望在铁黑的天与地之间/会裂出一丝白线"(《黎明》),坚信春天将"来自郊外的墓窟"(《春》)。就在"七·七事变"的前一天,他写下了《复活的土地》:"你——悲哀的诗人呀,/也应该拂去往日的忧郁,/让希望苏醒在你自己的/久久负伤着的心里。"然而,当这个希望变成了现实,诗人自己也风尘仆仆地赶到了"战时的首都"武汉,与七月派的新老朋友胡风、田间、萧军、萧红等会合后,他心中的忧郁并没有能够拂去,反而更加严重了。这时,他不仅看到了如火如荼的抗日救亡运动,而且更看到了法西斯战争给中国带来的灾难,看到了"寒冷在封锁着中国呀……"于是,在一个寒冷的夜里,他写下了《雪落在中国的土地上》①。从此,这忧伤悲愤的调子便成为艾青诗歌的主旋律,个人情感和民族情感的交织成为了艾青诗歌的总主题。这首诗和田间的《给战斗者》在刚创刊的《七月》上先后发表,他和田间也成了七月诗派的"初来者"和广大青年心中的英雄与榜样。

1938年1月,艾青与萧军、萧红、聂绀弩、端木蕻良、张仃等应山西民族革命大学李公朴之邀,北上山西临汾执教,后因晋南失守,撤至陕西西安,再退回湖北武汉。途中一边画速写,一边写诗,创作了被称为"北方诗草"的《北方》《风陵渡》《补衣妇》《驴子》《骆驼》《手推车》和《乞丐》②等抒情短章。其中,《北方》一诗较长,像一篇总序,概括地表现了北方的"贫穷与饥饿",也抒发了这位南方诗人对悲哀的国土的热爱与崇敬。1939年后,艾青

---

① 《雪落在中国的土地上》写于1937年12月28日,发表于1938年1月16日在汉口出版的《七月》半月刊第2集第1期。

② 《乞丐》发表于1938年4月1日出版的《七月》半月刊第2集第6期。但在艾青所有的诗集中,《乞丐》的末尾处都保留了"1939年春,陇海线上"的字样,其实,1939年春艾青已由湘桂路南下,正在桂林《广西日报》副刊《南方》当编辑,并与戴望舒合编诗刊《顶点》,而1938年春他正好在陇海线上。

又颠沛流离,从桂林到湖南再到重庆,继续以"土地"为主题创作了《我爱这土地》《旷野》《冬天的池沼》等。在1938年至1940年期间,他还创作和发表了《向太阳》《他死在第二次》《吹号者》《火把》等抒情长诗和《诗的散文美》等诗学论文,出版了诗集《北方》[1],这是艾青一生诗歌创作中最有代表性的诗集。

艾青与郭沫若、闻一多,并称中国新诗史上的三大爱国主义诗人。在中国特定的历史条件下,爱国主义不是诗人们的标新立异,而是时代和社会的必然反映。因此,在不同时代,爱国主义的表现形态也是不同的。郭沫若的诗歌产生于"狂飙突进"的"五四"时期,其表现形态是"激昂";闻一多的诗歌产生于腐朽黑暗的军阀统治时期,其表现形态是"深沉";而艾青的诗歌产生于祖国和民族生死存亡的抗战时期,其表现形态是"忧郁"。艾青曾说:"叫一个生活在这年代的忠实的灵魂不忧郁,这有如叫一个辗转在泥巴的梦里的农夫不忧郁,是一样属于天真的一种奢望。"[2]艾青的忧郁,既与当时祖国和民族的命运以及诗人自己的出身和经历相关,也与西方现代主义的影响有关。

1941年初艾青赴延安后,诗风大变,无论是《毛泽东》《黎明的通知》等抒情诗还是《雪里钻》等叙事长诗,都一扫以前的忧郁色彩,充满了欢欣和愉悦。其中,《黎明的通知》最能代表这时期诗风变化后的特点。然而,从1942年后,艾青突然失语,几乎再没有诗歌新作发表。

阿垅(1907—1967),原名陈守梅,又名陈亦门,浙江杭州人。阿垅幼年在私塾读书,并开始写作旧体诗,15岁才进入小学,18岁毕业后在杭州沈奎记绸庄当学徒,以小品文创作的稿费购书自学英语。后考入上海工业专科大学,毕业后进入中央军校第十期,1936年毕业,任排长,次年在淞沪战役中受伤,以《闸北打起来了》等报告文学引起文坛注意。1939年辗转北上抵达延安,进入抗日军政大学学习,在演习中受伤,被送往西安治疗,其间应"文协"征稿,创作了长篇小说《南京》[3]。伤愈后进入重庆陆军大学学习,毕业后留校任战术教官,与曾卓、绿原等人一起编辑《诗垦地》,并与中共地下党建立联系。1946年,又与方然编辑《呼吸》,后为躲避校方通缉潜回杭

---

[1] 诗集《北方》包括《复活的土地》《他起来了》《雪落在中国的土地上》《北方》《乞丐》《驴子》《手推车》《我爱这土地》等艾青这时期最有代表性的诗作。1939年自费出版,1942年1月由巴金主持的上海文化生活出版社再版,1943年又作为《七月诗丛》之一出版。
[2] 艾青:《诗论·服役(29)》,《艾青》,人民文学出版社,1983。
[3] 《南京》,即《南京血祭》,1938年获"文协"小说征文奖。

州。1949年到天津,任天津市文协(作协)编辑部主任,1955年因"胡风反革命集团案"被捕入狱,后病故狱中。

阿垅是七月诗派最具代表性的诗人之一,出版有抒情诗集《无弦琴》,同时,也是七月派的报告文学作家,出版有报告文学集《第一击》,还是七月派的重要理论家,出版有诗学论著《人和诗》《诗与现实》(三卷)、《诗是什么》等。

阿垅的《纤夫》写于1941年①,当时正是抗战最为困难的相持期。在诗人的眼里,当时的中国就如同一艘行进在逆风和逆流中的"古老而又破漏的船","衰弱而又懒惰/沉湎而又笨重",但希望仍在,因为还有那些正面抗拒着逆风逆流的"纤夫们",他们"偻伛着腰/匍匐着屁股/坚持而又强进!"诗人从这些纤夫们"四十五度倾斜的/铜赤的身体和鹅卵石滩所成的角度",发现了历史的"动力和阻力之间的角度",发现了纤夫们所具有的"创造的劳动力/和那一团风暴的大意志力",相信纤夫们的"动力一定要胜利",而"阻力一定要消灭"。正是从纤夫的前进步伐中,诗人领悟到,这"前进的路","并不是一里一里的/也不是一步一步的/而只是——一寸一寸"的,"直迫近""那一轮赤赤地炽火飞爆的清晨的太阳"。

"这是一幅历史性的悲壮场面,它对于力的搏斗的永恒的描写,犹如这些参差不齐的诗行所表达出来的力量、呼吸以及人体动作的错落,它的延伸与短促所造成的内在旋律与听觉间的抑扬顿挫,特别是它锲入现代人的劳动生活所传达出来的真实的力度和美感,都是格律诗所难于达到的,更是那些民歌体所难以实现的。"②诗人笔下的纤夫,既具有现实生活中纤夫的具体特征,又是中华民族坚韧不屈的精神的象征,我们正是从他们无言的奋斗中发现了中国这个古老民族的顽强生命力,获得了令人震撼的思辨力量。也正是因为这首诗,九叶诗派的理论家唐湜对七月诗派在艺术上的成就格外看重,认为他们也"不自觉地走上了诗的现代化的道路",可以同九叶诗派一起并列为"诗的新生代"的两个"浪峰"③。

在七月诗派卓有成就的诗人中,还有绿原。绿原(1922—2009),原名

---

① 参见"李平现代文学欣赏"系列微课《〈纤夫〉:潜伏者的诗歌杰作》,见"五分钟课程"网:http://www.5minutes.com.cn/Web/Course/CourseDetail.aspx?id=9a02e229—8ed8—42b2—822b—768748fbdab4。

② 谢冕:《献给他们白色花》,转引自陈思和、李平主编:《20世纪中国文学精品》,学林出版社,1999。

③ 唐湜:《诗的新生代》,《新意度集》,三联书店,1989。

刘仁甫,又名刘半九,湖北黄陂人。绿原从16岁开始以学生的身份流亡,读高中时因受到迫害,1942年从家乡逃亡到重庆,考入迁至重庆的复旦大学,因受到胡风的影响和提携而开始诗歌创作,与曾卓等编辑《诗垦地》。1944年,还未毕业又受到国民党的迫害,流落到川北一个小县当教师。

绿原的第一部诗集《童话》(1942),寄托着他这个时期内心深处对梦幻般的童话世界的向往。但现实生活的残酷,很快改变了他纯真甜美的诗风,他创作出了《终点,又一个起点》《给天真的乐观主义者们》《伽利略在真理面前》等直面现实、气势恢宏的政治抒情长诗,先后出版了抒情诗集《集合》(1946)和政治诗集《又一个起点》(1948)。

七月诗派是40年代规模最大、影响也最大的诗歌流派。它是自觉地作为新月派和现代派的对立物出现的,其最大的特点,就是将鲁迅所期待的"摩罗诗人"的战斗传统与胡风所倡导的"主观战斗精神"结合在一起,以主动拥抱生活的积极态度,张扬自己的个性,张扬民族的精神,表现出具有阳刚之气的"七月风"。七月诗派和九叶诗派在当时被称为现代中国的"堂吉诃德"和"哈姆雷特",一个愤怒而果敢,一个沉思而智慧。

三 穆旦与九叶诗派

九叶诗派得名于1981年江苏人民出版社出版的杭约赫(曹辛之)、辛笛、穆旦、陈敬容、郑敏、唐祈、唐湜、杜运燮、袁可嘉九位诗人的诗合集《九叶集》。九叶诗派的形成经历了两次历史性的聚集。一是抗战爆发后,随清华、北大和南开等高校远迁到昆明后成立的西南联合大学。当时的西南联大,正聚集着朱自清、闻一多、冯至、卞之琳和李广田等前辈诗人和英国现代主义青年诗人燕卜荪,在浓郁的文学氛围中,郑敏、杜运燮、穆旦、袁可嘉等青年学生聚集到了一起,自称"昆明的现代派",促成了一个现代主义诗歌创作高潮的形成。二是抗战胜利后。1946年,《文艺复兴》杂志发表了大量具有现代主义诗风的作品,除杭约赫和郑敏外,其他九叶诗人都曾在这里相聚。1947年,杭约赫等出版了《诗创造》月刊,1948年,杭约赫与辛笛、陈敬容、唐祈、唐湜等又创办了《中国新诗》月刊,并与穆旦、杜运燮、郑敏、袁可嘉等西南联大诸人取得联系,形成了一个"南北方才子才女大会串",并开始显示出流派的特色,因《中国新诗》的成功,他们在当时便被称为中国新诗派。

40年代的九叶诗派与30年代的现代诗派,存在着一种直接的承接关系。这不但因为西南联大的穆旦等青年学子在诗学理论和诗歌创作上,直接受到了冯至、卞之琳、李广田等现代派诗人的教诲和影响,而且还因为辛笛等一些年龄稍长的诗人,30年代就在现代诗派的刊物上发表作品,原本就是现代诗派中的成员。除西南联大的师生外,九叶派的许多诗人与现代派的诗人间,存在着错综复杂的师生关系和朋友关系。杜运燮在厦门大学外文系读书时,与在厦大中文系任教授的现代派诗人林庚是诗艺上的"忘年交",他前往西南联大就是林庚写的推荐信。戴望舒的新诗集《灾难的岁月》就是由杭约赫主持的星群出版社出版的。卞之琳离开昆明北上时,曾暂住在辛笛家中。而唐湜学诗之初,最喜爱的诗人就是艾青和何其芳,并在读了卞之琳、冯至、梁宗岱、戴望舒等人的现代主义译诗后走入诗坛。袁可嘉也将戴望舒、冯至、卞之琳、艾青视作他们进行诗歌试验和革命的先驱,对冯至的《十四行集》和卞之琳的《距离的组织》更是推崇备至。更为重要的是,九叶派与现代派的诗人在接受西方象征主义与现代主义诗潮的影响和向自身传统转化方面,有着许多一致之处。"他们都摒弃初期象征派诗人对于西方象征派诗的模仿。他们对于波特莱尔、叶芝、瓦雷里、里尔克、T.S.艾略特代表的由象征主义走向现代主义的大诗人所代表的西方现代诗歌传统,都同样抱着钦敬的心情,从他们中间吸取丰富的多方面的艺术养分。"①

同时,九叶派诗人对于现代派诗人的艺术主张又有新的发展:"30年代就出现的'荒原冲击波',到40年代的'新生代'诗人们中间,得到了更深刻的美学反响。30年代现代派诗人提出的诗与音乐分离这一思想,同样在'新生代'诗人们的创作中得到创造性的延伸。卞之琳等人在30年代尝试的诗的'戏剧化'处境的美学原则,40年代成为现代派诗人群体普遍认同的美学理论并得到更广泛的实践。30年代后期,冯至先生对里尔克诗歌美学精义的概括:'他使音乐的变为雕刻的,流动的变为结晶的,从浩无涯涘的海洋转向沉重的山岳',几乎成为'中国新诗'派一部分青年诗人在创作实践中所尊奉的美学原则,这一段话,为陈敬容和唐湜论述他们诗友的创作时所反复引用。30年代现代派诗人有一股'晚唐诗热'。而对于中国传统中的晚唐诗词所代表的脉系,他们也是同样地情有独钟。……他们所提倡的'现实、玄学、象征的综合'这一原则,比起30年代现代派诗来,大大增强了'现实'的成分,但是在'象征'与'玄学'这样两个区别于现实主义诗潮的

---

① 孙玉石:《中国现代主义诗潮论》,北京大学出版社,1999。

基本要素方面,仍然是明显地继承了戴望舒、卞之琳们所开拓有新诗传统的。"①

穆旦被看作九叶派诗人的代表,不仅是因为他的诗最具现代主义特质,而且还因为他"最善于表达中国知识分子的受折磨而又折磨人的心情"②。

穆旦(1918—1977),原名查良铮,笔名梁真,原籍浙江宁海,生于天津。穆旦从小就表现出"不但早慧,而且早熟"③的特点,1929年9月,11岁的他考入天津南开中学,大致从1934年开始诗歌创作,并参加抗日救国活动。1935年,16岁的穆旦考入北平清华大学地质系,半年后改读外文系,到1937年10月他作为"护校队员"随清华南迁为止,可以看作他的创作初试期,主要作品有《流浪人》《古墙》等。

1937年,抗日战争爆发后,穆旦随校南赴长沙,又随校横贯湘黔滇三省,跋涉三千里西迁到云南昆明,同当时许多著名作家一样,也经历了一个"辗转流徙"的阶段。在昆明西南联大读书期间,在朱自清、闻一多、冯至、卞之琳以及燕卜荪等一大批著名诗人的影响下,穆旦与郑敏、杜运燮、袁可嘉、王佐良等青年人读艾略特、奥登……开始系统地接触英国现代诗歌和诗歌理论,找到了"当代的敏感"与眼下的现实相结合的道路,创作也发生了较大变化,并走向成熟,形成了一个被自己人称为"昆明的现代派"的诗歌小团体。而在这个团体中,穆旦的诗歌才华是大家所公认的。1940年,穆旦从西南联大毕业,留校任助教。在这期间,穆旦发表了关于艾青和卞之琳的诗评《他死在第二次》和《〈慰劳信集〉——从〈鱼目集〉说起》,并创作了《合唱》《防空洞里的抒情诗》《从空虚到充实》《赞美》《诗八首》等具有代表性的作品,成为当时有名的青年诗人。他这时的作品主要发表在香港的《大公报》文艺副刊和昆明的《文聚》上。

1942年2月,穆旦应征加入"中国远征军",以翻译官的身份随军进入缅甸抗日战场。5月到9月,亲历了与日军的战斗及随后的"滇缅大撤退",死里逃生,过了几年颠簸不安的生活。在这期间创作的《阻滞的路》和稍后创作的《活下去》《森林之魅——祭胡康河上的白骨》等作品,都反映了诗人对战争和战争中人的命运的思考。1945年,昆明文聚社出版了他的第一部

---

① 孙玉石:《中国现代主义诗潮论》,北京大学出版社,1999。
② 王佐良:《一个中国诗人》,《文学杂志》第2卷第3期(1947年8月)。
③ 杜运燮:《穆旦译著的背后》,《一个民族已经起来》,江苏人民出版社,1987。

诗集《探险队》。这年穆旦来到沈阳,创办《新报》并担任主编。在抗战胜利前后,他创作了二十余首"抗战诗录",把战争和战争中的人放在人类、文化及历史的高度予以思考,同奥登1939年创作的"十四行诗"《在战时》较为接近。1947年5月,穆旦自费出版了第二部诗集《穆旦诗集(1939—1945)》①,并创作有《隐现》等"拟诗剧",继续探讨新诗的戏剧化。1948年2月,上海文化生活出版社又出版了他的第三部诗集《旗》。他的前三部诗集很快都在香港再版。同在这一年,闻一多编选的《现代诗钞》出版,其中选入了他的11首作品,在数量上仅次于徐志摩;这年《中国新诗》的8、9月号还发表了唐湜的《穆旦论》,对他的作品进行了全面介绍和很高的评价。这期间,他的作品大多发表于上海的《诗创造》和《中国新诗》杂志,可以看作他的创作高峰期和成熟期,标志着九叶诗派两股势力的合流。

"一个民族已经起来""丰富,和丰富的痛苦"和"残缺的我",分别出自《赞美》《出发》和《我》三首名作,是穆旦诗歌中三个常见的主题②。

"一个民族已经起来",体现了九叶诗派"历史意识的浮现"的创作特点,体现了穆旦诗歌强烈的民族意识和深广的忧患意识,是"结合着强烈的中国现实感而来"③的。《赞美》④借助一个饱经忧患的受难者——"农夫"的形象,表达了作者对中华民族的坚忍意志和顽强生命力的颂扬,以及对民族前途的坚定信念。受抗战初期"战争乌托邦"思想的感染,穆旦相信,苦难的中国一定会在战火中获得新生,苦难的中华民族经过战争的洗礼一定会重新站起来。但穆旦又亲身经历过抗战后向大后方几千里的徒步撤退,亲眼目睹了广阔而荒凉的中国大地上底层人民痛苦的生存状态,这使得他没有流于肤浅,而是透过乐观的表象看到了"忧郁""荒凉"的社会现状和"耻辱""佝偻"的民族命运,在一种"带血"的、痛切的历史文化反思中,熔铸了知识分子的自我反省,表现出对人民的理解和尊重以及对民族命运的探索精神。在借助意象的不断铺陈来表达自己的赞美之情时,受艾青"北方诗草"的影响,他将"土地"和"人民"作为赞美对象,感情深沉、意象质朴、

---

① 《穆旦诗集(1939—1945)》是他创作成熟期最具代表性的作品集,2000年被人民文学出版社选为"百年百种优秀中国文学图书(1900—2000)"之一。
② 现在,人们在讨论穆旦诗歌时通常作此归纳,特别是前两句,不少关于穆旦的研究论文都喜欢以此为题。
③ 王佐良:《谈穆旦的诗》,《丰富和丰富的痛苦》(杜运燮等编),北京师范大学出版社,1997。
④ 《赞美》写作于1941年12月,发表于《文聚》第1卷第1期(1942年2月16日)。

诗句绵长而细密,摆脱了廉价的乐观,与同时代众多标语口号式的热情呼喊不同,穆旦的诗歌有着思辨的强力和凝重的内涵,体现出强烈的民族意识和深广的忧患意识,达到了民族史诗的高度。穆旦这时期的《赞美》以及《合唱》《中国在哪里》与艾青的《雪落在中国的土地上》等作品相比,又在"现实、象征与玄思的结合"上表现出更为滞重的理性思辨色彩,语言上也更为奇崛。

"丰富,和丰富的痛苦"早已成为了穆旦诗歌的代称,是最具穆旦个性特点的核心,是穆旦最能表现现代知识分子那种近乎冷酷的自觉性的经典命题:即对自我、现实、历史乃至真理的拷问。因此,《出发》也可以看作穆旦对人生和世界的整体性看法,这在《控诉》《我》《被围者》《我歌颂肉体》等诗中也有精彩的体现。

"残缺的我"的主题最能体现穆旦创作的现代意味,是穆旦对自我、现实、历史乃至真理进行拷问的结果。《我》写出了现代社会个体命运的"残缺性"及孤独本性,是穆旦诗歌中现代意味最为强烈的一首。全诗共四节,前两节通过一种主观性极强的时间("时流")和空间("子宫"),标明了"我"被"锁在荒野里"的锁闭状态。"我"不断挣扎,仍不能融入历史和人群。后两节通过"遇见",表达了"冲出樊篱"的决心和向外发展的愿望,结果却是"更深的绝望",并由此揭示出人的两难境地。穆旦诗歌的基本价值取向表现为对"现代的我"的探索,直面现代社会中普遍的个体精神困境和人格"残缺",拒绝至善至美的永恒乌托邦梦想,拒绝精神避难所;直面人生的"暗杀""阴谋""残缺",拒绝虚假的"圆满"和"平衡",以"绝望"的姿态谋求"突围",即通过对现代个体的分裂、矛盾、扭曲的残酷剖析,达到对自我、现实、历史乃至真理的拷问和追寻。这个"残缺的我",既不同于郭沫若诗歌代表的昂扬的时代精神的"大我",也不同于戴望舒笔下仅仅代表颓废的知识分子内心世界的"小我",在现代新诗史上,从更深刻的哲理意义上表达了现代人无法确定自我生命价值和存在意义的精神困惑。

穆旦在现代诗歌史上具有特殊的重要地位。中国现代新诗的发展是在西方现代诗歌的影响下产生并发展的。以胡适为代表的初期白话诗,虽然直接受到了当代美国意象派诗歌的启示,但主要影响却来自于国内对文言文的革命和对旧体诗的颠覆。以郭沫若为代表的浪漫派诗歌,主要受19世纪德国狂飙突进的浪漫主义的影响,甚至比胡适离当时的世界文学潮流更远。以李金发为代表的象征派诗歌,学习的也主要是19世纪末期以魏尔伦、马拉美、兰波为代表的法国象征主义。以徐志摩、闻一多为代表的新月派诗歌和以戴望舒为代表的现代派诗歌情况也大致如此,对徐志摩影响最大的是唯美主义,戴望舒与李金发一样,他的学习对象也是法国象征主义,闻一多的理论虽然主要来自于20世纪初的印象主义,但他对当代英美诗歌并不关心。而九叶诗人则主要受20世纪20年代以庞德、艾略特、叶芝、瓦雷里、里尔克为代表的西方现代主义诗潮的影响,特别是与奥登有着直接的继承和借鉴关系。因此,九叶诗派是40年代崛起并臻于成熟的现代主义诗派。而在九叶诗派中,最为深刻地体现出40年代新诗现代性探求的,正是穆旦。有人甚至把穆旦看作"新诗的终点"。

四 民歌与民谣

现代新诗是作为传统旧诗的对立物出现的,它从一开始就以西方的诗歌为榜样。在新诗完全取代了旧诗之后,诗人们逐渐认识到了全盘西化的弊病,开始向大众化方向努力。在30年代,曾有过"文学大众化"的三次大讨论。因此,在40年代的诗坛上,除以七月诗派为代表的自由体诗歌和以九叶诗派为代表的现代派诗歌外,还活跃着以大众化为特色的民歌民谣体诗歌。

民歌体诗歌的主要收获,是解放区民歌体叙事诗的崛起。李季的民歌体叙事长诗《王贵与李香香》是解放区诗歌的代表性作品。劳动人民以胜利者的形象出现在文学作品中,这在现代诗史上还是第一次。作品采用陕北民歌"信天游"的形式,在叙事、抒情以及人物刻画、语言风格等方面保持了民歌的原汁原味,产生了广泛的影响。此外,比较重要的作品还有阮章竞的《漳河水》、田间的《赶车传》、张志民的《王九诉苦》和李冰的《赵巧儿》等。解放区民歌体叙事诗崛起的主要原因,一是文艺整风运动之后,民间文艺受到普遍的重视,同时,抒情诗的创作受到了抑制;二是在解放区群众文艺创作的热潮中,陕北民歌《东方红》等革命民歌的出现和流行,起到了推动作用。

民谣体诗歌的主要收获,是国统区讽刺诗的泛滥。袁水拍的《马凡陀的山歌》(1946)和《马凡陀的山歌续集》(1948)是当时国统区最有影响的政治讽刺诗集。臧克家这时期也写出了《宝贝儿》《人民是什么》《枪筒子还在发烧》等讽刺诗。国统区的讽刺诗与讽刺暴露性的小说、历史剧一起,构成了一股讽刺暴露性文学的巨大潮流。

第四节　戏剧的拟古与写实

一　郭沫若与历史剧的繁荣

历史剧的繁荣是国统区文学的重要收获。剧作家们为了宣传抗战,反对投降,主动选择了与当时社会情形相似的历史题材,因而在本质上也是对现实的一种反映。阿英在孤岛时期创作的《碧血花》《海国英雄》和《杨娥传》等"南明史剧"是其前奏。随后,国统区出现了一大批太平天国史剧,如阳翰笙的《李秀成之死》(1937)和《天国春秋》(1941)、欧阳予倩的《忠王李秀成》(1942)、陈白尘的《石达开的末路》(1936)、《太平天国》第一部《金田村》(1937)和根据旧作《石达开的末路》改写的《大渡河》(1946)等。其中,阳翰笙的《天国春秋》是最先用历史剧形式抨击"皖南事变"的作品,引起了很大的影响。

这时期历史剧创作的代表是郭沫若。在40年代,郭沫若已成为一位运用马列主义研究中国历史的卓越史学家。皖南事变后,为了在国统区险恶的政治环境中伸张正义,揭露反动派的罪行,郭沫若连续创作了六部历史剧,包括《棠棣之花》《屈原》《虎符》和《高渐离》四部战国史剧,以及写元末统治者陷害忠良故事的《孔雀胆》、写明末17岁的爱国英雄夏完淳抗清英勇事迹的《南冠草》。其中,《棠棣之花》根据早年《女神》中的同名诗剧改编和扩写而成,1925年他还曾以此为题材创作过历史剧《聂嫈》。《屈原》取材于战国时代的一场关系到楚国生死存亡的政治斗争,以三闾大夫屈原为代表的"联齐抗秦派"与以南后郑袖为代表的"绝齐亲秦派",泾渭分明。全剧结构紧凑,冲突尖锐,气氛悲壮,风格豪放,语言优美,犹如一首规模宏大的抒情史诗,不仅是郭沫若历史剧的代表作,也是40年代国统区最为优秀的浪漫主义作品。

郭沫若的历史剧,以促进团结抗战和反对投降分裂为总主题,在精神上与他诗歌和小说创作一脉相承,其主要特征,都在于借助某些形象来抒发和寄托自己的感情,来表达和倾诉自己对现实的认识和感受。因此,可以说,《屈原》是《女神》的再生,也是他的寄托小说在舞台上的再现。

二　曹禺与现实题材的收获

真正代表40年代话剧艺术水平的作品,是曹禺、夏衍等的现实题材剧作。

在40年代,曹禺的话剧创作更趋活跃。1938年初,他随国立戏剧学校迁往重庆。10月,与宋之的合作,根据宋之的、陈荒煤、罗烽、舒群等集体创作的《总动员》改编为《全民总动员》,当月公演,轰动重庆。1939年春,曹禺随校再迁江安,暑假期间创作《蜕变》,初冬率师生赴重庆演出,蒋介石看后下令禁演。1940年秋开始创作《北京人》,翌年公演。1942年辞去教职后,他根据巴金原著改编的《家》,成为继《雷雨》《日出》《原野》《北京人》后的第五大杰作。

《北京人》代表着40年代话剧艺术的最高成就。曹禺为中国话剧的贡献早已得到了文坛内外的公认,但曹禺剧作总是伴随着不同的意见,《雷雨》《日出》和《原野》如此,《北京人》更是如此:"在曹禺的剧作中,恐怕再没有比《北京人》受到误解的批评更多了。这些误解的批评意见涉及对作家创作思想、艺术风格、基调的准确理解和评价。有些意见在抗战期间就有影响,而在全国解放后还在若干文学史著作中流传着。"①造成这种情况的原因很多,最重要的一点,就是有人总以为《北京人》与时代精神不符。其实,《北京人》比《雷雨》和《日出》更具批判精神。作者曾说:"写《北京人》时,我的诅咒比较明确些了,那种封建主义、资产阶级是早晚要进棺材的!他们在争抢着寿木。而这个人世,需要更新的血液和生命。"②但是,人们都盼望着曾给中国话剧带来殊荣的曹禺,能更深刻更尖锐地揭示出社会现实的根本矛盾,然而盼来的却是一部与抗战现实几乎无关的作品,曹禺重新回到了封建大家庭的旧题材,观众的失望之情可想而知。这既是时代的要求,也是时代的局限。当时,曹禺刚刚创作了反映抗战生活的《蜕变》,而这时期郭沫若的战国史剧,阳翰笙、欧阳予倩、陈白尘等人的太平天国史剧,都是借古讽今的醒世之作。因此,人们将《北京人》看成是作者"于失望之余,悲哀心情的表现",批评他"转换了方向","唱起了他悲哀的旧调"等等。当时乃至以后的几十年里,人们都没有认识到,《北京人》以及这前后出现的《寒夜》《四世同堂》《呼兰河传》等作品,同样是对现实生活的历史反思,是从民族传统文化的视角对民族性格的剖析和批判,也是"五四"时期以鲁迅为代表的新文学作家批判"国民性"主题的继续。即使当时有人认识到了文学的这种文化批判功能,也无法得到主流文化的认同。因此,人们对《北京

---

① 田本相:《〈北京人〉论》,《曹禺剧作论》,中国戏剧出版社,1981。
② 曹禺:《曹禺选集·后记》,《曹禺选集》,人民文学出版社,1961。

人》的真正认识,是从20世纪70年代以后才开始的。

代表着远古、现实、未来三个不同时代三种不同文化的"北京人",同时出现在一个舞台空间,这是曹禺创造的一个"舞台奇观"。

"远古北京人"(中国人的祖先——北京猿人)是作为一个象征形象出现的,他"熊腰虎背,披着半个兽皮,混身上下毛茸茸的","他整个是力量,野得可怕的力量,充沛丰满的生命和人类日后无穷的希望,都似在这个身内藏蓄着"。作者借人类学家袁任敢的口说:"那时候人类要爱就爱,要恨就恨,要哭就哭,要喊就喊,不怕死,也不怕生,他们整年尽着自己的性情,自由地活着,没有礼教来拘束,没有文明来捆绑,没有虚伪,没有欺诈,没有阴险,没有陷害,没有矛盾,也没有苦恼,吃生肉,喝鲜血,太阳晒着,风吹着,雨淋着,没有现在这么多人吃人的文明,而他们是非常快活的。"

"现实北京人"是作者主要批判的对象。作者紧紧抓住"生命的意义与价值"这一命题,通过曾皓等形象从"人"蜕变为"生命的空壳"这一悲剧,展开了对以北京文化为代表的封建士大夫文化的批判。曾皓形象的塑造,主要是通过他对棺材的珍视来完成的。这位敬德公的后代,曾氏家族的家长,虽然也曾有过盛极一时的辉煌历史,可现在他最后的挣扎,就是在棺材上再刷一道油漆。极端地讲究体面与排场,正是北京文化的典型特征之一。作者在这上边做足了文章。曾皓的长子曾文清是"染受了过度的腐烂的北平士大夫文化的结果",他能诗会画,知书达理,温文尔雅,清峻飘逸,淳厚聪颖,风趣不凡,是表妹愫芳心中的偶像。但是,完全依靠祖传家产的寄生生活,使他成为了一个只会品茶养鸟抽大烟的"废物"。通过曾文清的形象,作者充分揭示了封建文化对人的腐蚀,让人们看到了人的堕落、生命的浪费和人的价值的丧失。女婿江泰与女儿曾文彩夫妇虽各有特点,但同样都是废物。江泰在"生活的艺术"方面的造诣,与曾文清难分伯仲,他们的区别仅仅在于:一个动,一个静;一个善于骂,一个懒得骂。正如曾文清所总结的:"我不说话,一辈子没有做什么,他吵得凶,一辈子也没有做什么。"然而,一事无成的江泰,却得到了曾文彩的崇拜。这位封建大家庭的小姐,不但没有领悟到北京文化的真谛,而且完全被这种文化迷误,成了丈夫的附庸和封建文化的殉葬品。曾文清的妻子曾思懿"是一个自小便在士大夫家庭里熏陶出来的女人",自私狠毒,伪善多疑,充分表现了封建礼教和北京文化的本质特征。虽然她也曾被看作"对社会不但无用而且有害的废物"[①],

---

① 胡风:《论曹禺的〈北京人〉》,《青年文艺》第1卷第1期,1942年10月。

但她与曾文清、江泰、曾文彩有更多的区别,在这个意义上她更接近她的公公曾皓。她和曾皓都竭力维护封建家庭的规矩,只是一个已经威严扫地,一个还十分猖狂;他们也都有着自己的追求,只是一个为棺材,一个为钱。如果说在曾文清等人身上还能看到一点点北京文化的优雅外表,那么在曾思懿身上,一切都荡然无存了,只剩下赤裸裸的本质。曾文清和曾思懿的儿子曾霆,作为曾家的第三代,则完全继承了他父亲的特点,犹如曾文清第二,"生得文弱清秀",长着一双"苍白得几乎透明的手","迈着循规蹈矩的步伐",无疑,又是一个"废物"。

袁任敢和袁圆父女是"未来北京人"的代表,作者突出地表现了他们旺盛的生命力和新型的父女关系。赋予袁任敢以现代科学家的身份,表现了作者对于现代新文化的希望。袁圆长着"粗壮的手臂","穿着短袖洋衬衫,胶鞋,男孩的西式裤",率真爽朗,无拘无束,不懂得上尊下卑,长幼有序,与父亲竟以"老猴儿""小猴儿"相称,正体现了作者心目中理想化的平等、自由、和谐的新伦理观和家庭观。

在这三种北京人中,愫芳和曾瑞贞是饱含作者情感的两个特殊人物,可以看作从现实北京人走向未来北京人的代表。愫芳从小父母双亡,虽然生活在姨父家中,却寄人篱下,只是一个仆人。在她温顺忍让的性格中,既有以德报怨、逆来顺受的封建传统思想,也有坚忍不屈、自我牺牲的优秀传统精神,是《北京人》中性格特征最为复杂和最具发展变化特征的人物。刚出场时,她只是一个文弱安详的大家闺秀,与曾文清有珠联璧合之感,然而到最后,她却大胆地与封建家庭决裂。愫芳的离家出走,是对曾文清的绝望,更是对封建家庭和封建文化的绝望。曾瑞贞形象的塑造,则使这一意义得到了加强。瑞贞是曾霆的妻子、曾家的长孙媳妇,作者对她的描写虽稍嫌粗糙,但她的作用却是十分明显的。她对曾家的冲击,不仅在于她第一个喊出了在曾家"活不下去了"的心声,而且还把愫芳拉出了曾家。

《北京人》虽然重新回到了封建家庭的旧题材上,但这一"回归"并不是简单的"重复",与《雷雨》主要通过周朴园的专制以及周家的乱伦来批判封建秩序和封建道德完全不同,《北京人》是通过曾家三代人的自我沉沦,以及以曾家为代表的现实北京人与远古北京人、未来北京人的对比,从思想文化的角度挖掘了封建阶级必然走向没落与崩溃的根本原因。由于《北京人》比《雷雨》等剧作多了几分嘲讽,其风格也由悲剧转向了喜剧。

《北京人》在创作上明显受到契诃夫戏剧的影响,努力追求一种自然平静的格调,不设置大起大伏的剧情,既没有像《雷雨》那样写家庭内部的乱伦丑行,也没有像《日出》中潘月亭破产那样的热闹场面;更没有像《家》那样写外界力量对家庭的冲击,所写的家庭内部的思想冲突和生活纠纷,也都带有日常性。正如钱理群所说,这是在作者走出了生命的"郁热期",进入了生命的"沉静"状态之后,一次新的发展,是曹禺追求已久的由"戏剧化的戏剧"向"生活化(散文化)的戏剧"的转变,是曹禺"走向契诃夫"宿愿的实现,是曹禺戏剧的一个新的高峰[1]。田本相则说得更为直接:"《北京人》是曹禺解放前戏剧创作的高峰,无论它的思想还是艺术都标志着曹禺剧作的最高成就。"[2]

夏衍这时期的话剧创作也进入了一个丰收期。"皖南事变"前,他连续创作了三部描写上海战后生活的多幕剧:《一年间》(1938)、《心防》(1940)和《愁城记》(1940)。前两部的风格与曹禺的《蜕变》相似,充满热情,包含着抗战初期对胜利的乐观情绪,后一部的调子则略为沉郁,预示着后来的变化。"皖南事变"后,夏衍又连续创作了五部作品,除《水乡吟》(1942)和《离离草》(1944)外,与宋之的、于伶合作的《戏剧春秋》(1943)通过一位艺人在抗战前的人生经历,描写了中国话剧运动的发展轨迹;《天涯芳草》(1945)描写中年男人与年轻女学生的婚外情,虽然二人后来都克制了自己的感情,投入了抗日工作,但仍然引起广泛争议。《法西斯细菌》(1942)是夏衍这时期最为重要的一部话剧。医学家俞实夫在亲眼看见自己的科研成果成了法西斯杀人的工具后,终于改变了以前不问政治的态度,放弃了科学至上的幻想。

这时期重要的现实题材话剧,还有于伶的《长夜行》、吴祖光的《风雪夜归人》、茅盾的《清明前后》、洪深的《鸡鸣早看天》、田汉的《丽人行》、宋之的的《祖国在召唤》《雾重庆》和陈白尘的《乱世男女》《岁寒图》等。一些从上海来到重庆等地的电影家,在无法拍摄电影的情况下,也投入了话剧创作,如袁俊的《小城故事》《边城故事》《山城故事》和《万世师表》,沈浮的《重庆24小时》《金玉满堂》和《小人物狂想曲》等,共同推动了话剧的繁荣。

抗战胜利后的内战时期,讽刺剧的创作明显增多,主要有丁西林的《三块钱国币》、吴祖光的《捉鬼传》、宋之的的《群猴》、瞿白音的《南下列车》等。其中,陈白尘的《升官图》(1946)在艺术上借鉴俄国作家果戈理的《钦差大臣》和中国传统戏曲的讽刺手法,对国民党官场的腐败和黑暗进行了

---

[1] 参见钱理群:《大小舞台之间——曹禺戏剧新论》,浙江文艺出版社,1994。
[2] 田本相:《〈北京人〉论》,《曹禺剧作论》,中国戏剧出版社,1981。

夸张而深刻的揭露,是一部新的《官场现形记》,把"五四"以来的讽刺喜剧艺术推向了新的水平,在演出时曾轰动一时,最具代表性。

三　解放区的戏剧改革

传统旧戏的改编和新编现代戏的出现,是解放区戏剧的两大主要成就。1942年10月,"鲁艺"平剧研究团与八路军120师战斗平剧社合并,成立延安平剧研究院,提出了改造平剧(即"京剧")的主张,毛泽东为祝贺平剧研究院成立的题词"推陈出新",也成了戏曲改革的指导方针。1943年底,平剧研究院创作的《逼上梁山》首演,1944年1月9日,毛泽东第二次观看此剧后,在给编导的信中称赞此剧是"旧戏革命的划时期的开端"。此后,平剧研究院还创作了《三打祝家庄》等剧目。同时,利用旧戏的形式改编现代戏的工作也取得了进展,代表作有马健翎的"新秦腔"《血泪仇》等。

"五四"以来,新文学的作家们一直尝试着借鉴西洋歌剧的模式来创立中国的现代歌剧,但始终没有成功。1943年,在解放区的群众性文艺运动中出现了秧歌剧的热潮,王大化等的《兄妹开荒》、马可的《夫妻识字》等小型秧歌剧对旧形式的改造成功,给人们以重大启示。1944年,由水华、王大化、贺敬之等集体创作的大型秧歌剧《惯匪周子山》,使人们看到了民族新歌剧的雏形。1945年5月,"鲁艺"师生根据河北民间新传奇《白毛仙姑》改编的大型秧歌剧《白毛女》(贺敬之、丁毅执笔),在秧歌剧的基础上,吸收了西洋歌剧以音乐表现人物的方法,又采用了中国民间音乐和戏曲的曲调,既有歌剧特点,又具民族风味,标志着民族新歌剧的诞生,并由此带动了民族新歌剧的创作,出现了阮章竞的《赤叶河》、傅铎的《王秀鸾》、魏风的《刘胡兰》等民族新歌剧。

第五节　报告文学的崛起与杂文的"鲁迅风"

一　报告文学的崛起

报告文学的崛起是时代发展的必然。一些作家在流亡中亲眼目睹了残酷的战争后,投笔从戎,亲身经历了战火的考验,他们都希望能用自己的笔鼓舞人民的斗志,而广大的读者更渴望了解前方的战事,因此,报告文学成为当时最受欢迎的文体。

当时,影响最大的是七月派作家丘东平。丘东平(1910—1941),笔名东平,广东陆丰人。丘东平出生在南方最早的"苏区",童年时代参加儿童团,大革命时期担任农民运动领袖彭湃的秘书,起义失败后流亡香港和日本,开始写作反映家乡革命的作品。"九·一八"事变后,丘东平从日本回国参加蔡廷锴领导的19路军,先后经历过上海"一·二八"战役、热河战役、上海"八·一三"战役。1938年加入新四军,1941年在盐城反"扫荡"战役中,为掩护"鲁艺"二队突围壮烈牺牲。

丘东平反映淞沪战役的战地报告《第七连》《我们在那里打了败仗》《一个连长的战斗遭遇》等,集文学性通讯与纪实性小说为一体,重视战场人物的刻画,重视战斗气氛的烘托,并很好地将自己的主观感受与战斗进度结合在一起,有一种摄人心魄的艺术魅力。抗战初期表现前线战事的小说,大多具有写实和通讯的特点,但成就不高,丘东平的报告文学一直被看作当时小说创作的代表。

此外,还有诗人阿垅反映前线战事的《闸北打起来了》《从攻击到防御》,诗人曹白反映难民生活的《这里,生命也在呼吸……》,擅长战地报道的战士作家骆宾基的《东战场别动队》、专业记者范长江的《西线风云》、教授学者曹聚仁的《大江南北》,前线女作家胡兰畦、谢冰莹也分别有《淞沪火线上》《新从军日记》等收获。许多专业作家也写出了文学性较强的长篇报告文学,如碧野的《北方的原野》、姚雪垠的《战地书简》、萧乾的《见闻》和《灰烬》等。

在敌后战场上,八路军在平型关首战告捷,取得了中国对日宣战以来的第一次胜利,这让八路军各部队和各抗日民主根据地也成了作家们关注的焦点,出现了范长江的《中国的西北角》、丁玲的《一二九师与晋冀鲁豫边区》、周立波的《晋察冀边区印象记》、何其芳的《记王震将军》、沙汀的《随军散记》、卞之琳的《第七十二团在太行山一带》、周而复的《诺尔曼·白求恩断片》、吴伯箫的《黑红点》和陈荒煤的《刘伯承将军会见记》等。

二 杂文的"鲁迅风"

40年代虽然出现过"鲁迅的时代是不是已经过去"和"如何继承鲁迅风"的讨论,但分布各地的杂文创作大多仍然受到鲁迅的影响。在"孤岛"上海,有以唐弢、王任叔(巴人)、柯灵为代表的《鲁迅风》作家群;在陪都重庆,有以郭沫若、冯雪峰、孔罗荪、田仲济、章靳以为代表的《新华日报》作家群;在文化中心昆明,有以闻一多、朱自清、吴晗、王力(了一)、钱锺书为代表的学者作家群;而成就最大的是在桂林以聂绀弩、夏衍、秦似、孟超为代表的《野草》作家群。聂绀弩(1903—1986),湖北京山人。"左联"时期追随鲁迅,其"鲁迅笔法"几乎可以乱真。他的《韩康的药店》《我若为王》都是传诵一时的名篇。

这时期,梁实秋和周作人也有新收获。梁实秋(1901—1987),浙江杭县人。梁实秋自 1939 年入川后,曾任《中央日报》副刊主编,其杂文坚持"与抗战无关"论的主张,不接触政治问题,只针砭人情世态,描写生动,文词雅丽,情韵悠长,同时也兼顾了幽默和辛辣,这些杂文后结集为《雅舍小品》(1949),风行一时①。周作人在北大南迁后,滞留北平,曾出任伪职,其小品文与杂文难以区别,多为补白式的读书札记与回忆文字,暗含亡国之痛的复杂情感。

解放区也曾出现过杂文创作的热潮。谢觉哉、艾思奇、胡乔木、林默涵、何其芳、田家英等名家名流,都曾在《解放日报》文艺副刊和大型墙报《轻骑队》上发表过杂文,其中,最为著名的作品是仍然带有"鲁迅笔法"的丁玲的《三八节有感》、萧军的《论同志之"爱"与"耐"》、艾青的《了解作家与尊重作家》以及王实味的《野百合花》《政治家·艺术家》《硬骨头与软骨病》等。特别是王实味的《野百合花》,批评延安仍然是"衣分三色,食分五等",在战争环境中仍然存在着"歌啭玉堂春,舞回金莲步"等不和谐现象,成为后来开展整风运动的直接原因之一。1942 年 4 月,王实味受到批判,后逐步升级,以至丧命。艾青、丁玲都加入了批判与自我批判的行列,这使得解放区杂文的面貌有所改变,势头也有所减弱。

抗战之后的散文创作,也表现出与以前不同的发展走势。抗战初期,抒情散文和艺术小品结集出版的数量不少,但创作的数量已急骤下降,报告文学和杂文等偏重社会效应的作品成为主流。抗战胜利前后,记叙性和抒情性的艺术散文虽然不曾出现高潮,但也有可喜的收获。巴金的《控诉》、冰心的《关于女人》、靳以的《人世百图》、司马讦的《重庆客》、缪崇群的《废墟集》、沈从文的《湘西》和冯至的《山水》等都是当时著名的散文集,陆蠡的《囚绿记》、萧红的《回忆鲁迅先生》、张爱玲的《更衣记》、丰子恺的《辞缘缘堂》和茅盾的《白杨礼赞》等则是当时广为传诵的名篇。

---

① 参见"李平现代文学欣赏"系列微课《〈雅舍小品〉的雅趣》,见"五分钟课程"网:http://www.5minutes.com.cn/Web/Course/CourseDetail.aspx?id=10a1f3b4—3daf—4c97—9292—906e64b8658b

第四章
新中国时期的文学(1949—1965)

第一节　文学批判与文学运动

一　第一次文代会与建国初的批判运动

　　第一次"文代会"是中华全国文学艺术工作者代表大会的简称或别称。第一次"文代会"由郭沫若提议,中共中央批准,1949年7月2日至19日在北京举行,代表824人。毛泽东主席讲话,朱德总司令致贺词,周恩来总理代表中共中央作《在中华全国文学艺术工作者代表大会上的政治报告》,郭沫若作大会总报告《为建设新中国的人民文艺而奋斗》,周扬作解放区文艺的报告《新的人民的文艺》,茅盾作国统区文艺的报告《在反动派压迫下斗争和发展的革命文艺》。大会成立了中华全国文学艺术界联合会(简称"文联"),郭沫若为主席,茅盾、周扬为副主席。会后还成立了"文联"下属的各个协会,其中,中华全国文学工作者协会(简称"作协")选举茅盾为主席,丁玲、柯仲平为副主席。

　　第一次"文代会"标志着中国当代文学的开始,也标志着"解放区文学传统"从解放区走向全中国,解放区文学的方向成为了今后文学发展的唯一方向。在第一次"文代会"上,长期分散在两大政治性区域(即"国统区"和"解放区")的文学家的"会师",被看作这次大会的主要特点和成就。但是,这次大会却是在对国统区作家进行大范围批判,对解放区创作进行热情肯定的背景下召开的。因此,代表着两个不同地区不同传统的文学在这次大会上,是有轻重之分的,而他们在今后的文学发展道路上所处的地位也是有主次之分的。从国统区来的不少作家,虽然对新的生活充满热情,激动万分,却因为思想压力过大,丧失了应有的自信。而沈从文、张爱玲、朱光潜等许多在现代文学史上作出过重要贡献的著名文学家,则完全被排斥在大会的门外。加之随后接连不断的政治性批判运动,又使一批批作家先后离开文坛。除老舍等极少数作家外,绝大多数在现代文学史上有过辉煌成就的作家都没能在创作上再创辉煌。在当代文学的初期,许多从部队直接进入文坛的青年作家,很快就成为文学创作的主要力量,展现出当代文学的新的面貌。因此,第一次"文代会"的明显倾向性对当代文学的发展有着极其重要的影响。

新中国初期的文学史,几乎是由一系列文艺论争、批判和运动构成的。1949年10月,上海《文汇报》组织了关于小资产阶级人物可否作为作品人物(主人公)的论争;同年11月,北京《文艺报》组织了关于如何对待古典文学遗产问题的讨论;1950年3月,《人民日报》开展了关于阿垅《论倾向性》和《论正面人物与反面人物》的批判;1951年2月,《文艺报》《光明日报》《解放军文艺》开展了对碧野长篇小说《我们的力量是无穷的》的批判;同年6月,开始对萧也牧的创作倾向进行批判;同年11月,开始对杨绍萱戏曲理论和创作中的"反历史主义倾向"进行批判;1952年1月,《文艺报》开展了"关于高等学校文艺教学中的偏向问题"的批判;同年9月,《人民文学》发起了对路翎及其作品的批判等等。这个时期,还有三次全国性的大规模文艺批判运动,而且运动的深度和广度一次超过一次。

一是对电影《武训传》的批判。1951年5月20日,《人民日报》发表由毛泽东撰写的社论《应当重视电影〈武训传〉的讨论》后,编导孙瑜、主演赵丹等被公开点名批判,最初的讨论也迅速变为一场全国性的群众批判运动。据不完全统计,从1949年到1952年,全国共拍摄故事片86部,而受到批判的就有32部。

二是对俞平伯的《红楼梦研究》的批判。俞平伯是继胡适后"新红学派"的代表,20世纪20年代出版《红楼梦辨》,1952年修订后改名《红楼梦研究》重新出版,1954年又发表《红楼梦简论》。1954年9月,李希凡、蓝翎在《文史哲》上发表《关于〈红楼梦简论〉及其它》,对俞平伯的研究观点和方法进行了批评。同年10月16日,毛泽东于就此事给中央政治局写了《关于〈红楼梦〉研究问题的信》,经中国作协开会传达,以及全国文联和作协主席团的"联席扩大会议",原本当时一种极常见的文学批评,很快就演变成了一场"全国性"的批判运动。当然,批俞平伯的目的在于批胡适的资产阶级唯心论,而批胡适的目的又在于改造知识分子的思想。因此,后面的批判运动也就一次比一次声势浩大。

三是对胡风文艺思想的批判。胡风与后来成为文艺官员的何其芳、林默涵等人的矛盾由来已久,而胡风的文艺思想与毛泽东的文艺思想又存在着较大差异,因此,在当时的一片批判声中,对胡风的批判也就不可避免,势在必行。而这场批判恰恰是在1952年11月31日至12月8日全国文联和作协主席团先后召开的批判"《红楼梦》研究中的资产阶级唯心主义倾向"的八次"联席扩大会议"上开始的。在周扬所做的《我们必须战斗》大会报告的三项主要内容中,第三项就是"胡风的观点同我们的观点之间的分歧"。1955年1月2日,《人民日报》开始刊载批判胡风的文章,半个月后的1月17日,毛泽东决定公开发表胡风的《意见书》(即《关于解放以来的文艺实践情况的报告》,也即所谓的"30万言书"),月底,《文艺报》将胡风的《意见书》作为当年第1、2期合刊附册出版,"供批判用"。4月1日,郭沫若在《人民日报》发表了《反社会主义的胡风纲领》,5月13日、24日和6月10日,《人民日报》连续公布了三批"关于胡风反党集团的材料"。从第三批材料的公布,到人民出版社出版由毛泽东亲自撰写"序言"和"按语"的《关于胡风反党集团的材料》单行本,也就只有短短的10天。于是,在批判俞平伯《红楼梦研究》错误观点的同时,胡风问题迅速升级,从对胡风文艺思想的批判变为对"胡风反革命集团"的镇压。

二 "双百"方针与"反右"运动

胡风问题"解决"之后,虽然批判运动仍然不断,但知识分子普遍低落的情绪却引起了中共中央高层领导人的特别关注,再加上国内外形势的变化,中共中央终于下决心对文艺政策作出调整。为了调动一切积极因素,特别是广大知识分子的积极性,1956年5月2日,毛泽东在最高国务会议上提出了"百花齐放,百家争鸣"的方针(即"双百"方针)。5月26日,中共中央宣传部长陆定一在题为《百花齐放,百家争鸣》的报告中对这一方针作了阐释。"双百"方针提出后,文艺界迎来了一个短暂的春天。在理论上,秦兆阳的《现实主义——广阔的道路》、钱谷融的《论"文学是人学"》、巴人的《论人情》等提出了关于人性与人道主义的主张;在创作上,最重要的成就是由以王蒙为代表的一批年轻作家创作的揭示社会主义社会内部矛盾的作品。此外,徐志摩、戴望舒、沈从文、废名等老作家的作品选也列入了出版计划。在理论上和创作上出现的新变化,显示了"五四"新文学传统的存在和顽强生命力。

然而,1957年6月,中国作协党组第一次扩大会议对丁玲、陈企霞的批判,又拉开了"反右"运动的序幕。在这场运动中,全国有55万人被定为"右派",丁玲、冯雪峰、艾青、秦兆阳、姚雪垠、吴祖光、穆旦、王蒙、刘宾雁、李国文、陆文夫、钟惦棐等著名作家都在其列,"双百"方针也被解释为"引蛇出洞,聚而歼之"的政治斗争手段。

60年代初,中共中央再次调整文艺政策。1961年6月,中宣部在北京新侨饭店召开全国文艺工作座谈会(即"新侨会议"),根据会议精神,中共中央制订了《关于当前文学艺术工作的意见》(即《文艺八条》)。1962年3月,文化部和中国剧协在广州召开话剧、歌剧、儿童剧创作座谈会(即"广州会议"),同年8月,中国作协又在大连召开农村题材短篇小说座谈会(即"大连会议"),但大连会议结束后不到两个月,中共中央八届十中全会上提出了"阶级斗争学说",完全否定了大连会议的精神①。

第二节 诗歌的颂歌潮流

一 颂歌潮流的兴起

50年代初期最为活跃的作家,多是从解放区来的。他们纵情地歌唱共产党和领袖毛泽东,歌唱火热的工农业生产,歌唱抗美援朝的志愿军战士。"颂歌"从此成为这一时期文学的主流。

这时期的诗歌创作主要呈现出三种情况:一是大张旗鼓地高唱颂歌;二是在心灵深处自我吟咏;三是在时代大合唱中保持自己的独特声音。但是,由于第二种情况是以"潜在写作"或"私人写作"的方式存在的,没有公开发表的机会,在当时并未产生社会影响,而第三种情况则属于个别现象,没有像小说那样出现一个"干预生活"的创作潮流,因此,当时诗歌创作的基本特征是以第一种情况为主流,即以紧密配合、努力满足、热情歌颂、积极反映、全面贯彻为特点"颂歌潮流"。

1949年底,胡风陆续发表由《欢乐颂》《光荣颂》《青春曲》《安魂曲》(《英雄谱》)和《又一个欢乐颂》(《胜利颂》)组成的长诗《时间开始了》,首

---

① 《中共中央关于建国以来党的若干历史问题的决议》指出:在中共中央八届十中全会上,"毛泽东同志把社会主义社会中一定范围内存在的阶级斗争扩大化和绝对化,发展了他在一九五七年反右派斗争以后提出的无产阶级同资产阶级的矛盾仍然是我国社会的主要矛盾的观点,进一步断言在整个社会主义历史阶段资产阶级都将存在和企图复辟,并成为党内产生修正主义的根源"。

开颂歌潮流的先河。在这个潮流中,还有郭沫若的《新华颂》《毛泽东的旗帜迎风飘扬》《百花齐放》,臧克家的《一颗新星》《春风集》和十年自选集《欢呼集》,田间的《天安门赞歌》《马头琴歌集》《英雄歌》《火颂》和长诗《赶车传》等诗集。失语多年的艾青,也加入了颂歌的行列。但令人尴尬的是,《官厅水库》《女司机》《春姑娘》等许多直接歌唱新的建设和生活的作品,以及学习民歌的叙事诗《藏枪记》《黑鳗》等,都遭到了失败,《维也纳》、组诗《南美洲的旅行》等域外诗和《礁石》等哲理诗却取得了意外的成功。1958年后,艾青被划为"右派分子",先后到黑龙江北大荒和新疆农垦部生产建设兵团劳动,被剥夺了创作的权利。

1951年开始的抗美援朝战争,成为诗人们争相歌咏的主题,未央、张永枚、胡昭、韩笑等青年诗人正是从此走上诗坛的。

1953年开始的大规模的经济建设,带来了全新的题材,于是,许多诗人纷纷加入劳动和建设的大合唱。李季举家迁往大西北的玉门油田,以《玉门诗抄》和《石油诗》成为中国第一位以表现油田建设和石油工人著称的"石油诗人",还采用民歌体写成了叙事长诗《菊花石》和《扬高传》。阮章竞也来到内蒙古草原上的新兴钢铁基地,写出了叙事长诗《白云鄂博交响诗》等。这时期,表现经济建设的青年诗人,还有以雁翼、梁上泉、傅仇、高缨、流沙河、孙静轩等为代表的四川诗人群,以及表现铁道兵生活的魏钢焰、周纲,表现农村生活的严阵、苗得雨,表现工人生活的李学鳌、温承训等。中国作协编选的《建设的歌》(作家出版社,1956)是中国新诗史上第一部以反映经济建设为内容的诗合集,收入了57位诗人的62首(组)作品。1958年开始的"大跃进"运动和"人民公社"运动,再一次掀起了颂歌的狂潮。

随着时代的变化,五六十年代的颂歌潮流也在发生着变化,每个时期歌颂的内容不同,其颂歌潮流也呈现出不同的特点。其总的变化趋势是政治性越来越强,调门越来越高,即从"颂歌"逐渐变化为"战歌"。在50年代初期,是以歌颂共和国的成立和党在革命斗争中的胜利以及抗美援朝战争为主。在50年代中期,是以歌颂经济建设的火热场面和劳动的精神为主。在50年代后期,则是以"浮夸风"为特征的新民歌运动和大跃进诗歌为主。到60年代初期,特别是1962年底"千万不要忘记阶级斗争"口号提出后,诗人们更加自觉地以流行的政治概念为创作的出发点,以演绎和阐发政治概念为创作目的,是以政治概念为主导的政治抒情诗为主,政治抒情诗成了诗坛主流,其总体风格也由"颂歌"彻底转向了"战歌"。

二　郭小川与颂歌主流

以郭小川、贺敬之、闻捷为代表的诗歌创作,最集中而鲜明地体现了新中国时期文学的基本特征。他们都是来自解放区的青年诗人,都曾在青年时期参加革命,都曾在延安马列学院、鲁迅艺术学院或陕北公学等革命学校学习工作过,也都经历过抗日战争、解放战争的炮火考验,因此,他们既不同于艾青等早在30年代成名的"老诗人",不存在风格转变等问题,也不同于公刘、邵燕祥、李瑛等在50年代成长起来的青年诗人,不存在缺乏生活阅历和文学准备等问题。在他们创作之初,就受到延安整风运动等思想教育,习惯于按照时代精神来抒发个人的感情。他们与历史同步,从战争走进了和平,既能很快适应新的时代要求,又能悉心领会社会思潮的不断变化。在各种艺术风格和思想倾向的诗人成批退出诗坛后,以郭小川、贺敬之和闻捷等格调高昂、风格轻快的作品,便成为了颂歌的主要形式,不仅构成了当时诗坛的基本风貌,而且广泛影响着同时代的其他诗人。

郭小川(1919—1970),原名郭恩大,河北丰宁人。郭小川从学生时代开始诗歌创作,1937年到延安后,受晋察冀诗人群影响,初步显露出善于表现思想探讨性主题的特点。1948—1954年间还创作过大量的思想杂谈。郭小川擅长采用当时诗坛上种种流行的样式:50年代初的组诗《致青年公民》采用的是当时最流行的"楼梯式",稍后的"爱情三部曲"《白雪的赞歌》《深深的山谷》《严厉的爱》等采用的是当时最常见的"半自由体",50年代末的《将军三部曲》等则更多地借鉴了传统散曲小令节奏明快的特点,而60年代初的《林区三唱》(《祝酒歌》《大风雪歌》《青松歌》),又在散曲小令的基础上吸收了民歌中比兴手法的营养。

《甘蔗林—青纱帐》(1962)构思新颖,想象丰富,是郭小川艺术成熟期的代表作品之一。诗人选取"甘蔗林"与"青纱帐"这两种既具有南北特征又具有象征意义的物体,感物言志,将历史与现实、战争与和平巧妙地交织在一起,大量采用排比的修辞形式,集短句为长句,恣意铺陈,竭力渲染,强调段与段、行与行之间的对称,使作品形成了排列上的均齐和音韵上的严整,作品浩荡的气势与诗人热烈的诗情相适应,表现出雄浑壮美的艺术风格。这种在"半自由体"基础上融合古典辞赋特点的诗体,正适合既长于思想辨析,又充满浓烈感情的表现特点,因而被称为"新辞赋体"或"郭小川体"。

郭小川还善于选取当时有重大社会意义的题材,同时努力地保持着自己的独立个性。《致大海》(1956)对自己的人生道路和思想历程进行了深刻的检讨,表现出诗人渴望彻底摆脱"一个知识分子的可怜的梦幻"的愿望。《望星空》(1959)将这种思想探索从个人延伸到现实与理想的领域,表现了当时相当一部分知识分子的矛盾心态。60年代以后,诗人自己否定了自己的思想探索,不再以历史回顾的方式表现自己的独立思考,而是将革命传统作为一种战斗精神贯注在对现实生活的描绘之中,成为"从颂歌走向战歌"的先锋。

贺敬之[①]以笔名"艾漠"从《七月》走上诗坛,1942年后,参加了民族新歌剧《白毛女》的创作,同时,学习陕北民歌"信天游",诗风大变。50年代以后的作品大致可分为两类:"民歌体短诗",以《回延安》《桂林山水歌》《三门峡歌》《西去列车的窗口》为代表;"政治抒情长诗",以《雷锋之歌》《放声歌唱》《中国的十月》为代表,借鉴苏联诗人马雅可夫斯基的"楼梯式",与当时具体政策和政治运动紧密联系在一起,在当代中国变幻莫测的政治风云中,又常常造成主观愿望与客观效果的错位,以至诗人不得不出于政治的考虑不断地进行修改[②]。

闻捷[③]的《天山牧歌》(1956)由组诗《吐鲁番情歌》《博斯腾湖畔》《果子沟山谣》《天山牧歌》和叙事诗《哈萨克牧民夜送千里驹》以及九首散歌组成。《苹果树下》《舞会结束以后》《种瓜姑娘》《金色的麦田》等大多具有小叙事诗的特点,人物、情节和场面都表现出新疆少数民族所特有的个性风格。以"牧歌"形式来表现"颂歌"主题,在颂歌潮流中格外引人注目。"大跃进"期间,出版了政治抒情诗集《祖国,光辉的十月》(1958)、叙事长诗《东风催动黄河浪》(1958)以及《河西走廊行》(1959),还与李季共同出版了两本"报头诗集"《第一声春雷》(1958)和《我们插遍红旗》(1958)。1959年,闻捷酝酿了近十年的叙事长诗《复仇的火焰》第一部《动荡的年代》发表,并立即得到热情的肯定,被称为诗体小说。此后,闻捷放弃了"报头诗"的写作,主要致力于长诗的第二部《叛乱的草原》和第三部《觉醒的人们》的写作。

---

① 贺敬之(1924—),山东峄城人。
② 1961年和1972年人民文学出版社出版的两个不同版本的《放歌集》,以及1979年山东人民出版社出版的《贺敬之诗选》,许多诗作都保留着诗人多次删改的印迹。
③ 闻捷(1923—1971),原名赵文节,江苏丹徒人。

三　绿原、曾卓、唐湜与潜在写作

1955年对"胡风反革命集团"的镇压,导致七月诗派整体消失。因艺术观念与时代要求的不符,九叶诗派也早早便从诗坛隐退。1957年在"反右"运动中被迫离开诗坛的诗人,既有公木、吕剑、陈梦家、苏金伞、李白凤等老诗人,也有邵燕祥、公刘、白桦、流沙河、周良沛、高平、梁南、胡昭、昌耀、孙静轩、林希等在新中国成长起来的青年诗人,而在这前后遭到指责或批判的诗人和作品则更多。一些无法在诗坛上立足的诗人们,始终坚持着自己的诗美理想,表现出一个诗人对诗歌艺术的忠诚,绿原、曾卓、唐湜等文坛流浪者便是当时这类潜在创作的代表。

绿原、曾卓在七月派活跃的40年代只是小有诗名的青年诗人,50年代初,他们或沉寂于诗坛,或已经放弃了诗歌创作,但由于与胡风的关系,1955年作为"胡风反党集团"中的成员被捕入狱。因此,他们在五六十年代的诗歌创作只能采用"秘密写作"的方式进行,他们不必考虑时代的要求,也从来就没想过要发表,只是想记录下自己的真情实感,其作品与当时主流诗坛上的作品相比,呈现出完全不同的风格特点。

绿原1948年加入中国共产党,1953年曾任《长江日报》文艺组副组长,1955年被捕入狱。在秦城监狱的七年里,创作了《又一个哥伦布》(1959)等名篇,体现出深沉有力的思辨色彩和高度浓缩的凝练风格,表现出一个学者型诗人所特有的"理念化"和"书卷气"特点。在狱中,他还以坚强的毅力自修了德语,阅读了大量马克思、恩格斯和黑格尔的原著。出狱后,他以"刘半九"的笔名从事德语古典文艺理论的编译,成为著名翻译家。1969年,他被下放到湖北咸宁"五七干校",五年后才又重操翻译的"旧业",1980年胡风案平反后,与牛汉一起编辑出版了七月派的20人诗选《白色花》。

曾卓(1922—2002),原名曾庆冠,湖北黄陂人。曾卓1939年开始发表作品,1941年参与《诗垦地》的编辑。1944年出版了诗集《门》后,便不再写诗。但入狱后却重新开始拿起诗笔,其作品大多收入《悬崖边的树》(1981)。1961年底,经过了两年牢狱之苦、两年保外就医和两年下放劳动的曾卓,以一首《有赠》记录了他与等待六年的妻子相见时的感动。

绿原与曾卓虽然创作的经过大致相同,但创作的内容和风格却由于个人性格的不同而呈现出不同的特点:相比之下,绿原的诗更具有社会性,而曾卓的诗则更具有个人性;绿原的诗因其凝练和思辨而别具一格,曾卓的诗则因其温馨和柔情而独树一帜;绿原的诗在风格上要宏大深邃一些,具有

"理念化"和"书卷气"的学者型特点,而曾卓的诗在风格上则要浪漫多情一些,更具有哀婉动人的落难公子型特点。绿原的《又是一个哥伦布》和曾卓的《有赠》可以看作他们在这一时期各自创作风格的代表。而曾卓的《悬崖边的树》则被看作整个七月派诗人甚至包括当时所有的受苦受难的诗人们的精神形象和集体象征。

唐湜在九叶诗派中以写"诗论"和"诗人论"著称,是九叶诗人中的理论家和评论家,也是风格独特的诗人。唐湜(1920—2005),原名唐扬和,字迪文,浙江温州人。1948年毕业于浙江大学外文系,曾参与《诗创造》和《中国新诗》的编辑,出版有诗集《骚动的城》、叙事长诗《英雄的草原》和诗论集《意度集》等。唐湜与绿原、曾卓一样,由于艺术观的差异,与当时主流诗坛志趣不投,早在50年代前期就已淡出诗坛,1954年任《戏剧报》编辑期间,多写戏剧文章,很少写诗。他虽然没有被打成反革命,但仍难逃厄运,1958年被划为"右派",在"北大荒"劳动三年。1961年,唐湜被遣返原籍,在温州老家,没有了公职,也无事可做,更不能发表文章,他只能沉浸于自己家乡的民间文化氛围之中,劳动之余随昆剧艺人闯荡江湖,满腔诗情在无处化解之时,终于喷薄而出。

唐湜这时期几乎同时开始了两种题材两种风格的诗歌创作:一是受冯至启发,以家乡的神话和传奇为题材创作的叙事诗,既有《划手周鹿之歌》《泪瀑》《魔童》等"南方风土故事诗",也有《明月与蛮奴》《边城》《海陵王》等"历史传说叙事诗",后结集为《泪瀑》和《海陵王》;二是受里尔克抒写东方传说与西方诗美传统的启发,以自然和艺术为理想创作的"十四行体"抒情长诗《幻美之旅》,称得上是60年代的中国执著于"十四行诗"艺术的"独行侠"。前者在传统的内容中融入了现代知识分子的人文思考,而后者则在西方古典诗体中融入了中国古典诗词的品格和精神,成全了自己早年的"诗美理想",这在当时和现在都是独一无二的。

第三节　散文的朴素与精致

一　巴金与通讯特写

50年代初,带有浓重的叙事性和纪实性的通讯报告成为散文创作的主要形式。在抗美援朝战争中,产生了巴金的《我们会见了彭德怀司令员》、魏巍的《谁是最可爱的人》等一批感情真挚的作品。人民文学出版社出版的《朝鲜通讯报告集(1—3)》(1952—1953)、《志愿军英雄传(1—3)》(1956)和《志愿军一日(1—4)》(1956),集中体现出当时创作的气势和规模。

有"劳动模范"美誉的巴金,多次去波兰、苏联、日本、越南等国访问,经常到工厂、农村体验生活,还曾两赴朝鲜战场慰问,先后出版有《华沙城的节日》(1951)、《纳粹杀人工厂——奥斯威辛》(1951)、《生活在英雄们中间》(1953)、《英雄的故事》(1953)、《保卫和平的人们》(1954)和《友谊集》(1959)、《赞歌集》(1960)、《李大海》(1961)、《倾吐不尽的感情》(1963)、《贤良桥畔》(1964)、《大寨行》(1965)等小说散文集,以及《大欢乐的节日》(1957)、《新声集》(1959)两本选集。

巴金不仅是现代文学史上的著名作家,也是众多青年(特别是女青年)崇拜的偶像,而在当代文学史上,情况却恰恰相反,无论他如何虔诚地表达自己对社会的热爱,如何辛劳地既写小说又写散文,都始终得不到主流文学的认可。虽然他在当时的社会地位不低,也与老舍一样得到过"劳动模范"的美誉,但他的文学地位和影响却远不如以前的巴金和当时的老舍。如果说,以前的巴金是一个"热血青年",敢说敢笑,潇洒狂放,那么,当时的巴金则可以说是一个"小公务员",埋头苦干,唯唯诺诺。虽然,他也对历史与现实进行了严肃认真甚至是富有情感和深度的思考,但是,其感人的艺术魅力却大不如以前。

《奥斯威辛集中营的故事》(1951)正是巴金在这种尴尬的情况下创作的,因此,他不得不在写作方式上有所考虑。《奥斯威辛集中营的故事》不讲"故事",而只讲"事实",是当时的一篇有特色的作品。然而,这样的作品能够在当时的情况下被社会所接受,被主流文学所认可,当然不是因为他即使是不讲故事只讲事实也仍然让人动情,不用技巧只作客观描述也仍然流露出了他思想深处的人道主义情怀,更不是他在平静的叙述中仍然情不自禁地表现出了他的内心痛苦和感伤情绪,而仅仅在于作品的题材与50年代初中国政府反对帝国主义的立场相吻合。应该说,这并不是巴金的成功,恰恰相反,这是巴金的悲剧,而巴金的悲剧也不是他一个人的悲剧,而是整整一代中国知识分子的悲剧。

1953年从苏联引入"特写"的概念后,反映经济建设的通讯报告创作更趋活跃,出版有《祖国在前进》《经济建设通讯报告选(1—2)》《散文特写选(1953—1956)》《特写选》等选集。秦兆阳的《王永淮》、柳青的《1955年秋天在皇甫村》、沙汀的《卢家秀》、杨朔的《石油城》、李若冰的《柴达木盆地》

等作品虽然仍带有浓重的叙事性和纪实性,但文学性得到增强。

50年代末至60年代初,在通讯报告和特写基础上发展起来的报告文学,终于找到一条避开正面表现政治运动的重大事件,而专注于塑造人物的创作途径,呈现出收获的态势,出现了王石、房树民的《为了六十一个阶级兄弟》、魏钢焰的《红桃是怎么开的》、穆青等人的《县委书记的榜样——焦裕禄》、黄宗英的《小丫扛大旗》等,作家出版社还出版了《报告文学》(1963)和《新花红似火》(1964)等选集。其中,最为优秀的是徐迟的《祁连山下》(1962),作品打破了长期以来散文创作的固定格局,展示了尚达、沈健南等知识分子的人生风采。但由于几乎不间断的政治运动造成了普遍的紧张气氛,直面现实、思考社会的创作极度萎缩。

与这时期历史剧、历史小说创作的繁荣相一致,散文创作也出现了一个"史传文学"高潮,产生了一大批村史、公社史、工厂史、部队史以及革命回忆录。

二 杨朔与模式化散文

与诗坛的"颂歌"潮流相呼应,以杨朔、秦牧、刘白羽为代表的艺术散文,以赞美、讴歌为己任,也在散文创作领域形成了一个"颂歌"潮流,代表着这一时期艺术散文的主要面貌和基本特点。

杨朔(1913—1968),原名杨毓晋,山东蓬莱人。杨朔50年代初创作有反映抗美援朝战争的长篇小说《三千里江山》和散文《鸭绿江南北》等。《香山红叶》(1956)是他散文走向艺术化的开始,后出版有《亚洲日出》《海市》《东风第一枝》和《生命泉》等艺术散文集。杨朔散文努力追求"诗的意境",形成了清丽秀美的风格特征。他在从事外事工作时创作的《蚁山》《樱花雨》《生命泉》等,显示了他表现国际题材的才华,但最能代表他艺术个性和成就的,仍然是《荔枝蜜》《雪浪花》《茶花赋》等表现新时代新生活的新变化、歌颂时代精神的作品。杨朔的散文以强调布局的严谨和精巧著称,擅长主题的提炼和升华,以追求诗的意境为最大特色,形成了以精巧为特点的"诗化散文"模式。其最大局限就在于,他为了使每一篇作品都充满诗情画意,而让感情服务于主题,给人以矫揉造作、削足适履之感。

秦牧[①]从40年代开始杂文创作,出版有《秦牧杂文》。50年代后出版有《星下集》《贝壳集》《花城》《潮汐和船》等散文集和文艺随笔集《艺海拾

[①] 秦牧(1919—1992),原名林觉夫,原籍广东澄海,生于香港。

贝》,影响广泛,其代表作是《土地》《花城》《古战场春晓》《社稷坛抒情》等。50年代后,虽然秦牧的散文创作发生了很大转变,由以前的以揭露为主转变为以歌颂为主,由于有杂文(小品文)的底子,因此并没有直接地露骨地歌颂某一政治事件或人物,而是善于寓教于乐,努力追求知识性、趣味性与思想性的结合,较多地继承了传统小品的优点,同时充分发挥自己擅长杂文创作的优势,讲究结构的自由,形成了"百科全书式"的"小品散文"模式。其最大局限在于,常常为了追求知识的丰富性,造成了精炼性和抒情性的不足;海阔天空的议论也常常多于一针见血的批评,影响了作品的思想力度。

刘白羽①是具有战地记者特色的散文家,30年代开始小说创作。解放战争期间,以新华社随军记者的身份参加了辽沈、平津、渡江等战役,写出了《火光在前》等大量小说和通讯报告。50年代后,其创作风格发生了很大变化。在1958年前,以报告文学集《早晨的太阳》中的《万炮震金门》为代表,仍保持着"战地通讯"的特点;1959年后,则以抒情散文集《红玛瑙集》中的《日出》为代表,以壮美风格取代了原有的纪实风格;1976年以后的回忆散文集《红色的十月》,其风格又趋于平实。虽然抒情小品《平明小札》和《冬日草》也为人称道,但真正代表他散文风格的仍然是《日出》《红玛瑙》《长江三日》等具有鲜明时代感和强烈革命气息的作品。战地记者出身的刘白羽,虽写过小说,但更多的是通讯报道,因此,他的散文在技巧上不如杨朔,在知识上又不如秦牧,这倒也正符合他作为一位职业军人的特点,喜欢主观感情的抒发和革命哲理的表达,不玩技巧,也不掉书袋(不讲知识典故)。刘白羽散文的主要特色是雄浑壮美,表现出一种军人式的豪迈气魄,形成了哲理式的"战歌散文"模式。其最大局限在于,虽然他也重视结构的谋篇布局,注重语言的瑰丽与准确,但由于过分强调主观感情的抒发和深刻哲理的揭示,夸大了作家的感受,给人以华而不实之感,削弱了作品的艺术感染力。

杨朔、秦牧、刘白羽等散文创作在当时产生了很大影响,一方面他们以自己在艺术散文(美文)上的实践和努力,为当代散文从朴素走向优美起到了重要的推动和示范作用,另一方面,由于构思单一,内容和形式的重复和雷同,形成了一种"模式",既妨碍了自己创作的发展,更为严重的是,这些由自我僵化形成的"模式化"创作,被主流文学推举为一种时尚,并成为主流文学的典型代表,从而导致了一个时代散文风格的单一性。他们的散文"模式化"形成的主要原因,在于他们始终与时代保持着相同的步调,不仅

---

① 刘白羽(1916—2005),北京人。

完全破坏而且自动放弃了"现代散文侧重抒发个人情感的传统方式"。

这段艺术散文繁荣时期的重要作品,还有巴金的《倾吐不尽的真情》、冰心的《樱花赞》、曹靖华的《花》、吴伯箫的《北极星》、魏钢焰的《船夫曲》、袁鹰的《风帆》、何为的《织锦集》、菡子的《初晴集》、郭风的《叶笛集》、柯蓝的《早霞短笛》、碧野的《情满青山》、方纪的《挥手之间》、峻青的《秋色赋》等。

三　邓拓与《三家村札记》

50年代,杂文创作也加入了声势浩大的"颂歌"大合唱。40年代曾在桂林担任过《野草》月刊主编的秦似①,是当时最为活跃的杂文家之一。这时期,他的杂文一改以前的批判作风,几乎全是歌颂性的。陈笑雨、郭小川、张铁夫三人以"马铁丁"为笔名开辟的"思想杂谈"专栏,影响较大,但成就不高。

1956年"双百"方针提出后,与"干预生活"的小说、戏剧相呼应,杂文创作也表现出正视矛盾、针砭时弊的特点,出现了创作高潮。林淡秋主编的《人民日报》副刊率先开辟杂文专栏,全国各大报刊纷纷效仿,吸引了不少辍笔多年的杂文名家。徐懋庸的《武器、刑具和道具》、巴人的《况钟的笔》等,以其锋芒毕露、深刻辛辣的风格特点,再现了鲁迅杂文的光彩。而徐懋庸的《小品文的新危机》(1957)更引起了一场关于杂文的争论,但"反右"运动开始后,争论被迫停止,刚刚兴起的杂文创作也无疾而终。

60年代初,随着文艺政策的调整,杂文又重新浮出水面。但仍然只能以说古论今、旁敲侧击的形式来针砭时弊。当时最有影响的三个杂文专栏,一是《北京晚报》上邓拓以"马南邨"为笔名的"燕山夜话";二是《前线》杂志上邓拓、吴晗、廖沫沙三人以"吴南星"为笔名的"三家村札记";三是《人民日报》约请夏衍、吴晗、廖沫沙、孟超、唐弢等著名杂文家为主要撰稿人的"长短录"。

邓拓(1912—1966),原名邓子建、邓云特,笔名马南邨、卜无忌等,福建福州人。邓拓1929年考入上海光华大学政法系,1931年转入上海大学政法系,从事地下活动。1934年又转入河南大学历史系,1937年出版《中国救灾史》,引起史学界注意。同年任新华社晋察冀总分社社长等职。1949年后,邓拓任中共北京市委宣传部长、《人民日报》社总编辑、社长等职。

---

① 秦似(1917—1986),原名王缉和,广西博白人。

1966年5月10日,《解放日报》《文汇报》发表姚文元的《评"三家村"——〈燕山夜话〉〈三家村札记〉的反动本质》,他与吴晗、廖沫沙成为"文化大革命"第一批被打击的对象,也成为当时党内斗争打击北京市委书记彭真的突破口。

邓拓的杂文集中出现在60年代初,后大多收录于《燕山夜话》和《三家村札记》两部杂文集子中。《三家村札记》集邓拓、吴晗、廖沫沙三人之功力,在保持较强的思想性和知识性的同时,其内容的涉及面比《燕山夜话》更广,从科学文化到政治经济,从伦理道德到工作作风,凡是现实生活中存在的问题,都在他们的针砭之列。其中,邓拓的《三种诸葛亮》《一个鸡蛋的家当》《说大话的故事》《两则外国寓言》《伟大的空话》《专治"健忘症"》等,都表现出强烈的现实感和尖锐的思想锋芒,表现出令人叹服的胆识和勇气。

邓拓杂文的特点,主要表现在两个方面。首先,最为显著地表现出现实针对性和批判意识。邓拓杂文也强调思想性、知识性和趣味性的结合,但与秦牧的杂文不同,不是歌颂性和阐释性地谈天说地,而是揭露性和批判性地说古论今,"说古"的目的不是为了讲明一个道理,介绍一种知识,而是有针对性地指出一种现象,提出一个警告。其次,鲜明地表现出独立的政治立场和人格意识。虽然邓拓杂文中提出的问题和常常是带有预言式的警告都十分尖锐,但也都是善意的忠告和古代士大夫式的"劝谏",既不盲目地唱赞歌,也绝不恶意地攻击诽谤,对现实中出现种种现象都有自己独立的思考和看法,有理而不以理压人,善于雄辩而不以辩取胜。

邓拓杂文这些特点的形成,主要原因是他从小养成的书生气质,以及带着这种书生气质投身革命后形成的兼有政治家和知识分子特点的双重性格。政治家的坚定党性原则、政治操守和务实精神,使他具有独立的判断能力和强烈的现实参与意识,而知识分子的独立思想和独立人格,又使他具有强烈的历史责任感,"武死战,文死谏"的传统精神使他不顾仕途风险而坚守自己的社会责任。当然,邓拓杂文的许多特点也与当时既可以说出一些自己的看法又不可能畅所欲言的社会环境直接有关。

四 《从文家书》与《傅雷家书》

在新中国时期,散文创作与诗歌创作一样,也存在着一种"潜在形态"的写作。当时,有不少作家因为在历史上直接或间接地与左翼文艺运动发生过冲突,有过不愉快的记忆,或者虽然没有冲突,但在感情上却存在着一定的距离。但在时代发生巨变时,他们并没有离开自己的国家,他们希望能在新的环境下与新政府重新调整好关系,忘掉不愉快的过去。在新的时代里,特别是在不断的政治性运动中,他们的内心是相当紧张的,他们的艺术才华也失去了呼应时代要求的能力。因此,他们中的大多数都自觉地退出了文坛,隐居在民间。但也有的人在继续写作,只是他们的作品都不能发表,也没有想到要发表。沈从文的《从文家书》、傅雷的《傅雷家书》、张中晓的《无梦楼随笔》以及无名氏(卜宁)的多卷本长篇小说《无名书》等[1]富有个性特征的作品,大多是80年代后才结集出版的。

《从文家书》由两部分组成,一是沈从文三四十年代的日记与写给妻子张兆和的书信,分为《劫余情书·日记》《湘行书简》《飘零书简》和《霁清轩书简》四辑;二是50年代后沈从文写给张兆和的书信,分为《呓语狂言》《川行书简》《南行通信》和《跛者通信》四辑。

收录在《从文家书》中的《五月卅下十点北平宿舍》,写于1949年5月。当时来自各地的第一次文代会代表云集北平,而京派的代表性作家沈从文,则已经被人们所"遗忘"。沈从文与左翼作家的关系从抗战开始就不断恶化,在左翼作家关于"与抗战无关"论、战国策派、"反对作家从政"论、"自由主义文学"等的一系列论争中,他几乎每次都是被批判的对象。到1948年,郭沫若更是用不容置疑的口气断言:沈从文"一直是有意识的作为反动派而活动着"的[2],政治的重压摧残了他敏感的神经。

《五月卅下十点北平宿舍》虽然算不上文学史上的名篇,但却有着独特的文学史意义。第一,自第一次文代会以后,包括沈从文、傅雷、张中晓、无名氏以及七月诗派和九叶诗派在内的不少作家相继退出了文坛,但他们并没有停止写作,只是由于这些作品在当时不可能发表,而形成了一种"潜在形态"的创作。沈从文的这篇日记式的随笔,富有象征意味地记录了当时一部分失意知识分子的精神状态,成为当代文学中"潜在写作"的发端。第二,这篇作品采用的是一种类似日记的"手记"形式,具有突出的私人性,由于在写作的时候就没有想过要发表,因此,与当时那些发表的作品有很大的区别,它坦率地表达出了自己的真情实感,没有受到主流意识形态的影响。

---

[1] 《从文家书——从文兆和书信选》(沈虎雏编选),上海远东出版社"火凤凰文库之九",1992。《傅雷家书》,三联书店,1981。《无梦楼随笔》,上海远东出版社"火凤凰文库之十三",1996。《无名书》在20世纪40年代末曾出版第1、2卷及第3卷上册。1949年后,无名氏隐居杭州,继续写作,完成了第3卷下册和第4、5、6卷。20世纪80年代,全书六卷陆续在台湾出版。

[2] 郭沫若:《斥反动文艺》,《文艺运动史料选》第5册,上海教育出版社,1997。

在短小的篇幅中插入了三段不同的时空:历史的回忆、现实的抒情和对未来的幻想。三段时空中出现了三个女性:历史上的朋友丁玲、现实中的妻子张兆和和幻觉中的小说人物翠翠。作家对这三个女性的态度分别表示出自己对过去、现在和未来的不同看法:对历史是既怀念又怨恨,对现实是既感激又愧疚,对未来是既向往又担忧。这三种情感交织在一起,正是作家当时既不甘于沉沦又不敢有所奢求的真实心态。①

傅雷(1908—1966),字怒安,号怒庵,笔名迅雨,上海人。傅雷1924年考入上海大同大学附中,次年参加"五卅"运动,1927年冬赴法国入巴黎大学学习艺术理论。回国后曾从事美术考古和美术教育的工作,有志于美学及艺术史论的著述。从30年代起,由于难以融入以左翼作家为代表的主流文坛,且不善于与人交际,最后选择了闭门译述,主要致力于法国文学名著的翻译。1949年,傅雷虽然应邀参加了第一次文代会,但一直战战兢兢、小心翼翼,最后在"反右"运动中仍然没能幸免。后又发生了在波兰留学的儿子傅聪擅自"出走"英国的事件,并埋下祸根,"文革"开始后,因不堪凌辱,1966年9月3日,他与夫人朱梅馥一起自杀身亡。

《傅雷家书》主要收录了1954年至1966年间作者写给儿子傅聪的125封家信,大致包含两方面内容:一是对儿子学习和生活的悉心指导和严格要求,二是谈论自己对包括音乐在内的各种文艺问题以及时局的看法。傅雷对儿子的要求特别严格,这不仅仅是因为他有着"望子成龙"的浓厚的传统思想,而且更在于他清楚地认识到,自己生不逢时,是很不得志的。他在信中与远在海外的儿子频频讨论文艺问题,特别是敏感的政治时局问题,则完全是因为他有许多想法却无处可说。当时文坛上所能见到的傅雷文字,只是对外国作家的译述,很难看到他对现实的真实看法,只有在他的这些家书中,才能看到这个有着嵇康、刘伶式精神风貌的现代知识分子,才能让人们又想起那个在现代文学史上以笔名"迅雨"著称的常常迸发出真知灼见的文学评论家。《傅雷家书》不仅记录着一颗可怜的"天下父母心",而且也披露了一个文学家对社会和文艺的真实心态,极鲜明地表现出当时一个正直的知识分子无处排遣的"内心苦闷",这正是其文学价值和文学意义所在。

---

① 参见"李平现代文学欣赏"系列微课《沈从文心中的三位女性》,见"五分钟课程"网:http://www.5minutes.com.cn/Web/Course/CourseDetail.aspx? id =147a5e5a—b651—4fca—9a19—44bff29d3aaf

第四节　小说的现实主义精神

一　赵树理、孙犁、周立波与农村小说

赵树理是一位不多见的同时在中国现代文学史和当代文学史上都有着重要地位和影响的作家。但是,他在这两段文学史上的遭遇和处境却是完全不同的。在现代文学史上,赵树理获得广泛赞誉,除《邪不压正》①外,几乎所有作品都备受推崇,是解放区文学的杰出代表,"赵树理方向"也因此成为解放区文学的发展方向②。而在当代文学史上,他却始终处于"褒贬毁誉之间",除《登记》外,他的《三里湾》《"锻炼锻炼"》《老定额》《套不住的手》《实干家潘永福》《互作鉴定》《卖烟叶》等几乎所有作品都曾受到过不同程度的批评。

1950年,为配合我国第一部婚姻法的颁布,赵树理赶写了评书体短篇小说《登记》,其思想主题与作家的成名作《小二黑结婚》一样,也是一篇反映农村青年与封建思想作斗争、争取婚姻自由,具有鲜明的时代性的作品,可以看作《小二黑结婚》的姊妹篇。《登记》虽然为宣传而作,但并不是浅薄的政治宣传品。由于作家熟悉农村生活,通过对罗汉钱、打老婆、说媒等中国农村特有的民俗风情的描写,塑造出了具有浓厚民间文化特色的小飞娥等形象,包含着丰富多彩的民间文化艺术的审美功能。以《罗汉钱》为名被改编为秦腔、豫剧、粤剧、评剧、沪剧等各种戏剧戏曲,并被搬上银幕,在社会上有着广泛的影响。

《三里湾》(1955)是第一部反映农业合作化运动的长篇小说。作品以走社会主义道路的村支书王金生、走资本主义道路的村长范登高、做发家美梦的中农马多寿三家人为主线,生动地表现了合作化时期的农村生活面貌。

---

① 《邪不压正》,《人民日报》1948年10月13、16、19、22日连载。作品描写的是一个中农女儿软英的婚姻故事。软英先被地主刘锡元的儿子看中,狗腿子小旦为虎作伥,强下聘礼。下河村解放后,农会主席小昌又唆使成为积极分子的小旦逼迫软英嫁给自己的儿子。最后在整党运动中,小昌挨批,软英与情郎小宝终成眷属。

② 1947年7月25日,晋冀鲁豫边区文联根据中共晋冀鲁豫中央局宣传部指示,举行了一次文艺座谈会,专门讨论赵树理的创作。主持文联日常工作的副理事长陈荒煤在题为《向赵树理方向迈进》的总结发言中说:"我们觉得,应该把赵树理同志的方向提出来,作为我们的旗帜,号召边区文艺工作者向他学习,看齐!为了更好的反映现实斗争,我们就必须更好的学习赵树理同志!大家向赵树理的方向大踏步前进吧!"《人民日报》1947年8月10日。

但是，作品最成功的部分，并不是办农业社的过程和两条道路的斗争，而是对农民们日常生活的表现，农民们如何在"个人致富还是集体致富"的社会矛盾中进行家庭矛盾的调整、人际关系的处理，特别是新旧风俗的变化所引起的伦理道德观的变化，由农业合作化运动引起的农村生产关系的变革，以及对农民内心世界造成的影响。作品的主要篇幅也不是写王金生与范登高之间的两条道路的斗争，而是围绕着扩社和修渠而展开的入社和分家活动。

小说从王玉梅、范灵芝和马有翼在扫盲班的微妙关系开始，到三对新人结婚结束，与《小二黑结婚》一样，作者最看重最关心的仍然是年轻人的生活和未来。范灵芝放弃了落后的马有翼，选择了爱社如家的小发明家王玉生；马有翼虽然失去了范灵芝，却如愿以偿地娶到了王玉梅；受母亲"能不够"影响的袁小俊与王玉生闹离婚后，虽然没能嫁给大姨家的马有翼，却得到了更能干的满喜，六位年轻人都"有情人终成眷属"。在赵树理的脑子里，仍然还是《小二黑结婚》的思路。

《三里湾》塑造得最成功的人物，也不是合作化的带头人王金生，而是热衷于个人致富的党员范登高，以及有着鲜明个性特征的落后的富裕中农"糊涂涂"（马多寿）、"常有理"（马多寿老婆）、"铁算盘"（马多寿大儿子马有余）、"惹不起"（马多寿大儿媳）、"能不够"（袁天成老婆）等。范登高是村长、老党员、老干部，是三里湾的一个能人，因为参加革命早，立过功，用他自己的话来说，"在当初，党要我当干部我就当干部，要我和地主算账我就和地主算账"。他在土改中得到了好处，于是开始热衷于个人致富，甚至开始雇人在外边"倒小买卖"。所以，他的外号叫"翻得高"。范登高作为党内走资本主义道路的代表，在当时是有极高的典型意义的，不但表现了两条道路的斗争，而且还表现了党内日益尖锐复杂的思想斗争。然而，在赵树理笔下，范登高本质上仍是一个农民，一个想走发家之路却落了个"留党察看"处分的精明能干的农民，更为重要的是，范登高虽然是村长，却没有什么实权，在党内有支部书记管着他，在党外是合作社社长说了算，他也没有用实际行动对抗合作化运动，只是不满意党的批评和教育，不肯放下架子老老实实地承认自己的错误。赵树理恰如其分地描写了范登高的发家愿望与他的心理活动以及行为方式，塑造出了一个有血有肉的革命蜕化者的形象，而没有作脸谱化处理。也许正因为如此，才让赵树理受到严厉的批评。

马多寿一家，由于人多戏多，几乎成了《三里湾》的主角。实际上，作品中最核心的故事，如扩社、入社、分家等都是以马家为中心展开的，作品中最引人注意的几个人物"糊涂涂""常有理""铁算盘""惹不起"都是马家人，个性最为鲜明的"能不够"也与马家有关,是马多寿老婆"常有理"的妹妹。因此,"糊涂涂"马多寿实际上也就成了作品的中心人物。在赵树理的小说中,大凡有外号的人都是落后的"中间人物",都写得各有特色,算得上是一个"人物"。"糊涂涂"能成为富裕中农,说明了他的精明能干,但在政治上他却十分保守和糊涂,当然,有时只是假装糊涂,他不仅会利用范登高的真糊涂来阻挠合作社的扩建,也会利用"常有理"的胡搅蛮缠来阻挠合作社的修渠计划,还会利用互助组的善意让他们来为自己种田,最重要的是,在大势所趋的情况下,他会审时度势,"变糊涂为光荣",高调加入了合作社。

在赵树理笔下,所有的农民都是可以改变的,哪怕是像马家这样顽固不化的农村宗法式的封建家庭,也会随着社会主义合作化运动的潮流而土崩瓦解。虽然作品通过县委刘副书记的口,多次写到"两条道路的斗争",但在三里湾的实际生活中,"这个斗争,并不是摆开阵势两边旗鼓相当地打起仗来……"①,并不是你死我活的。也正因为如此,虽然它也曾产生了较大的影响,还被改编成同名话剧、评剧、花鼓戏等各种舞台剧和电影《花好月圆》,但仍然受到了主流意识形态的批评,认为它"所展开的农民内部或他们内心中的矛盾就都不是很严重、很尖锐,矛盾解决得都比较容易"②。

在1956年召开的中国作协大会上,赵树理与茅盾、巴金、老舍、曹禺一起,被称为"当代语言艺术的大师"。然而,赵树理的处境并没有得到真正改变。赵树理也意识到了自己与时代的差距,努力地想加入时代的颂歌潮流。为此,在1958年,赵树理创作了《"锻炼锻炼"》。

《"锻炼锻炼"》③生动地描写了1957年秋末"争先农业社"在整风运动中农村干部整治落后农民的故事,是赵树理最具问题小说特征的作品。故事由三次冲突组成:第一次是干部与个别群众的冲突。争先社年轻的副主任杨小四,用当时流行的"大字报"形式公开批判落后社员,引起了落后社员"小腿疼"大闹社办公室,但是,敢于民告官的"小腿疼",却在法律和政府力量的震慑下不得不委曲求全。第二次是干部与广大群众的冲突。杨小四为了解决社员出工率低的问题,采用欺骗手法,先宣布第二天集体拾"自由花"④,等大家都上工后,又突然宣布改为集体摘棉花,并批判上当受骗者是

---

① 赵树理:《谈谈花鼓戏〈三里湾〉》,《湖南文学》1963年第1、2期合刊。
② 周扬:《建设社会主义文学的任务》,《中国作家协会第二次理事会议(扩大)上的报告、发言集》,人民文学出版社,1956。
③ 《"锻炼锻炼"》最初发表于《人民文学》1958年第9期。
④ "自由花":即散落在地里的零星棉花,社员捡拾后归自己。

出于自私的目的，不但必须强迫劳动，而且还要写检讨，甚至还指派干部监督劳动。第三次是群众与群众的冲突。"小腿疼"不知道大家已改成集体摘棉花，于是，她的单独行动就变成了"偷棉花"，被当作"罪犯"受到大家的批判。作家通过三次不同形式的冲突，多侧面地表现了当时农村工作中存在的基层干部作风粗暴，农民无处说理，干部群众矛盾尖锐，劳动积极性普遍不高等问题。

"锻炼锻炼"是社主任王聚海的一句"口头禅"。因为他信不过年轻人，凡不按他章程行事的，都需要"锻炼锻炼"。同时，他又是一个回避矛盾、不讲原则、压制新生事物、迁就落后思想的"和事佬"，被杨小四看作"争先社争先难"的根源。因此，作者以此作小说的标题，正是为了批判他是非不辨、奖罚不明的"和事佬"思想。但是，作品中最成功的人物不是王聚海，而是落后人物"小腿疼""吃不饱"和年轻干部杨小四。"小腿疼"老说自己有腿疼的毛病，不能干活，而"吃不饱"则老是抱怨自己吃不饱，无法下地。但她们在为自己捞好处、占集体便宜时，却又精明能干，不落人后。而且，作家还赋予了她们不同的性格特征："小腿疼"泼辣、刁钻，得理不饶人，敢于顶撞干部；而"吃不饱"则好吃懒做，胆小怕事，善于见风使舵，搬弄是非。虽然，她们是"三仙姑形象系列"的新成员，是农村落后妇女的代表，但作家通过这两个形象客观地表现出农民劳动积极性的低下和生活境况的窘迫。与这两个落后形象形成鲜明对比的是杨小四的形象。赵树理在创作这篇小说时，本想歌颂一下农村中的新生事物，站在青年干部杨小四一边，批评干部中以社长王聚海为代表的"和事佬"思想，让"小腿疼""吃不饱"等自私落后的人出点丑，但由于他不肯违背生活的真实，客观上表现的是当时农村中日趋激化的"干群矛盾"，最后将歌颂农村新人写成了对农村坏干部的揭露，实际效果与自己努力的方向、时代的要求都恰恰背道而驰。因此，作品一经发表，就受到批判，被认为是对农村现实的歪曲，丑化了正在进入共产主义的农民形象。此后，无所适从的赵树理无可奈何地草草结束了自己曾辉煌一时的创作生涯。

赵树理在小说创作中一直努力反映老百姓爱看的有政治主题的新人新事，而在艺术上又特别注意适应老百姓的欣赏习惯。赵树理始终把自己的读者定位为不识字的农民。他的小说总是先读给农民听，他认为，只有农民听懂了，小说才能在"政治上起作用"。为此，他在表现手法和形式上有意识地倚重民间文艺，特别是说书艺术的传统；在表现内容和趣味上努力反映时代的变化和新的工作任务，并不迁就大众的娱乐口味。这是一对很难调和的矛盾,也正是赵树理小说创作的艺术理想。

赵树理基本上不用现实主义小说常用的"典型化"原则(即在典型环境中表现典型人物的典型性格)来刻画人物,他的小说中很少有叱咤风云的英雄人物,也从来不紧紧围绕着一两个主要角色来展开情节,而是继承宋元话本和明清小说的传统,采用民间"说书"式的"评书体"的叙述方法,在漫漫长卷中整体展示芸芸众生般的农民群像,逼真地写出他们在日常生活中的琐碎细节,表现出一种极具个性的"细节的现实主义"特点。

与"细节的现实主义"的特点相呼应,赵树理小说的语言也表现出"亦土亦新"的特点,在现当代作家中独树一帜。他常常在朴素的日常口语中,自然而然地融入一些当时农村中时髦的政治性术语,但是,他既不刻意追求方言土语和政治术语以壮声色,也不刻意突出人物的性格语言,而是把叙述语言与人物语言连成一体,混成一片,达到了民间口语与书面语言的高度统一,表现出小说叙事的内在和谐和朴素自然。赵树理特别擅长"对话"的运用。在他的小说中,对话,既是展开故事情节的重要手段,也是塑造人物的重要方式。

当然,赵树理小说也存在着自身的局限,一是艺术视野的逼仄,二是在创作方法上对事件的重视。但是,赵树理小说在文学史上仍然有着自己的独特价值:它不同于以前所有的农村题材作品,不仅反映了农民的生活和农村的面貌,而且真正站在农民的立场上,以农民为对象,为农民说话。无论是在内容还是在形式上,都不是对"五四"新文学传统的割裂,而是一种补充。此外,还表现出独特的知识分子的人文精神,宁可不写也不盲从,这正是中国的知识分子最可宝贵而又日益稀少的精神财富。

在赵树理小说的影响下,一些在太行山根据地成长起来的山西作家,有意识地学习赵树理小说的风格和特点,相继发表了一系列具有共同风格的农村题材小说,如马烽的《饲养员赵大叔》《韩梅梅》《三年早知道》,西戎的《宋老大进城》《赖大嫂》,束为的《老长工》《好人田木瓜》,孙谦的《伤疤的故事》,胡正的《两个巧媳妇》《三月古庙会》等,形成了一个具有地方特色的文学流派。由于他们的作品都充满了乡音土调,史称山药蛋派;又由于他们都是山西作家,又称山西派;还因为他们当时多以山西省文联的机关刊物《火花》为基地,也称火花派。

山药蛋派虽然没有发表明确的宣言,却有着共同的生活基础、思想基础和文学基础。他们从小就与当地农民一起斗争和生活,他们对山西的风土人情、生活习俗有着深入的了解和深厚的感情,同时,他们都坚持现实主义的创作方法,十分注重作品的社会功效,与赵树理一样,在"描写人物,叙述事件时,都是以农民直接的感觉、印象和判断为基础的"①,都把自己看作农民中的一分子,坚定不移地站在农民的立场上为农民说话,他们的"思想和形象始终确切不移地来自当前生活的底层"②。因此,他们的作品都具有问题小说特点。山药蛋派的作家,还有着大致相同的艺术修养和美学追求,都具有大众化、民间化的特点。他们的艺术修养,主要来自地方戏曲、说书艺术、民间故事等民间文艺形式和古典小说等传统文化,在作品中表现出鲜明的民间色彩和浓厚的民族风格。他们的美学理想,都是建立在通过写农民达到为农民服务的基础上的,因此,在叙事手法上,追求故事的动态发展、单线索推进;在结构安排上讲究有头有尾、依次进行,分段明确,交代清楚;在人物刻画上,强调情节生动、细节真实,用人物自身的语言和行为来表现性格和相貌,极少用静态描写和心理分析;在语言运用上,要求通俗明了,朴素自然。因此,有人称山药蛋派是当代文学中最具"流派"特征的创作流派③。

孙犁在50年代创作的《山地回忆》《秋千》《小胜儿》《正月》《风云初记》《铁木前传》等,继续保持了他在40年代创作《荷花淀》《芦花荡》《嘱咐》《吴召儿》《村歌》等小说时形成的清新优美的文风,保持着对小说的散文化和诗化的追求热情,被认为是荷花淀派的创立者。

《铁木前传》历来被看作一部反映农业合作化运动的优秀文学作品,但在作品中,农业合作化运动只是一个时代背景。孙犁在作品中关注的只是人性,努力挖掘的也只是不同时期人们生活中的真情实感,并自觉或不自觉地流露出作家对北方农村人情美、人性美的向往和赞美。从作品的艺术构思来看,作者原本是希望通过木匠黎老东和铁匠傅老刚两个老人在土改前后的交好与交恶,来反映人们在生活有了变化之后人际关系出现的变化。这两个靠自己手艺吃饭的手工匠人在贫穷的日子里结下了浓厚的友谊,铁匠虽是外乡人,但每年总是要来一次的。铁匠的女儿九儿和木匠的儿子六儿也成了青梅竹马,两家甚至订下了"儿女亲家"。在全书20章中,前五章讲的都是铁匠和木匠的故事,可是,从第六章开始,一个叫小满儿的姑娘出现后,便悄悄地取代了铁匠和木匠,甚至取代他们的后代六儿和九儿,成为故事的主角。于是,故事的发展完全超出了作者的初衷,故事也无法再发展

---

① 周扬:《论赵树理的创作》,原载1946年8月26日《解放日报》。
② 康濯:《试论近年间的短篇小说》,《文学评论》1962年第5期。
③ 参见洪子诚:《当代中国文学的艺术问题》,北京大学出版社,1986。

下去了。因此,从结构的意义上来说,《铁木前传》实际上是一部没有完成的作品。

孙犁小说曾以描绘冀中农民在民族战争中表现出来的"美的极致"和白洋淀青年妇女的优美形象而著称,那些活色生香的女性形象,成为小说的亮点,给读者和文学史留下了难以磨灭的记忆。在他完成《铁木前传》的七年前,曾在《村歌》和《山地回忆》中塑造了两个不同的美好女孩。一个是年轻漂亮、性格泼辣,又因爱唱戏而"方圆闻名"的双眉,一个是既勤劳能干、淳朴善良,又聪明泼辣、尖刻挑蛮,有着复杂双重性格的妞儿。双眉几乎没有引起大家注意,而妞儿却得到了大家的一致赞赏。七年后,《铁木前传》中也有两个女性形象,一是九儿,一是小满儿。九儿继承和发扬了妞儿勤劳能干、淳朴善良的品性,但由于失去了聪明泼辣、尖刻挑蛮,也就成了一具进步女性的标本,不再灵动可爱;而小满儿则集双眉的年轻漂亮和妞儿的聪明泼辣、尖刻挑蛮于一身,虽然她只是一个爱打扮、爱漂亮、不安分、不上进的个人主义者,在当时崇尚集体主义的主流文化中,不可能成为作品主角,更不可能成为歌颂对象,但孙犁对这类生动活泼、无拘无束、喜爱天性、甚至带点妖娆之气的美好女孩却情有独钟,于是,当双眉发展成为小满儿后,变得更加光彩照人,成为作品中熠熠生辉的鲜活形象。因此,也有研究者认为,这部小说在叙述上出现了两个声音,一个是革命正统的叙述者的声音,一个则是作家自己"本我"的声音。小说前半部分基本被第一种声音控制着,从小说中段开始,当一位从省里来的高级干部与小满儿接触后,另一个声音也就跟着出现了。小满儿也由一个否定性的形象变成了"这篇小说最打动人的悲剧式主人公。……小说的叙述至此事实上已无法继续下去了。于是,作者以一段简短而含义朦胧的抽象抒情终止了这部小说的叙述"①。《铁木前传》的故事虽然没有完成,但并没有影响到小说中人物的鲜明生动,笔调的明丽流畅,特别是作品对当时人们的精神状态和思想意识的变化的表现,仍然是当时同类作品中最为杰出的。

《铁木前传》历来也被看作当时所有写合作化运动的作品中,最具艺术风采的一部。其中,人们较一致的看法有两点:一是孙犁把它写成了一部诗化的小说,作品的情节单纯明净;将叙事融入描写当中,呈现给我们的是一幅充满乡土气息的农村生活画卷,处处洋溢着诗情画意;注重将笔触深入人物的内心世界,对人物的心理刻画尤为细腻、精彩。二是作品以散文化的笔

---

① 杨联芬:《孙犁:革命文学中的多余人》,中国文联出版社,2004。

法来演绎这场特定历史背景下的人性、人情悲喜剧。作者将历史的身影散而有序地置于文本中,不仅让读者理解了社会变革对人与人之间关系的巨大影响,并且将作者的审美价值判断"从场景和情节中自然而然地流露出来",而作品中带有强烈感情色彩的景物描写和人物在现实与回忆中的心理穿梭,使小说的艺术风格更加接近于散文。

50年代初,孙犁在担任《天津日报》的《文艺周刊》的主编时,就有意识地指导和培养了京、津、冀地区的一批文学青年,发表了一批以诗化、散文化的美学风范为特色的农村题材小说,如刘绍棠的《青枝绿叶》《运河的桨声》《瓜棚记》,从维熙的《鸡鸭委员》《七月雨》,韩映山的《鸭子》《作画》,房树民的《花花轿子房》《引力》等。这些作品多取材于冀中平原地区的乡村生活,以孙犁为榜样,以诗的意境和散文的笔法为主要特征,或描写冀中人民的斗争史和情感史,歌颂劳动人民纯净朴实的美好品德,或记录冀中平原清新秀美的水乡风光和民风民俗,表现了具有新时代特点的人情美、人性美,形成了共同的朴素自然、清新柔美的艺术风格,形成了一个荷花淀派,又称白洋淀派。

周立波(1908—1979),原名周绍仪,又名周凤翔,湖南益阳人。周立波1929年进入上海劳动大学,开始写作。1932年被捕,1934年出狱后加入"左联"。在现代文学史上,周立波在文学翻译、文艺理论和文学创作等多个领域都有所成就。他不仅翻译过肖洛霍夫的《被开垦的处女地》(第一部)、普希金的小说《杜布罗夫斯基》、基希的报告文学集《秘密的中国》等文学名著,撰写过《文学浅论》等文艺理论读物,还创作过《战地日记》《晋察冀边区印象记》等报告文学作品,也曾担任中苏合拍的纪录影片《中国人民的胜利》《解放了的中国》的编导,他创作的反映土改运动全过程的长篇《暴风骤雨》[①],被视为解放区小说的主要收获。

周立波成就不小,名气却不大,其文学价值一直没能得到公众足够的重视。在同时代的农村题材小说家中,周立波既是最具传统文人意味的,也是受西方文学影响最深的,其英文程度也是最高的。1954年,周立波回到故乡湖南后,进入了他创作的又一个高峰期,并连续担任过两届省文联主席。长篇小说《铁水奔流》是当时反映工业题材作品中的佼佼者,而短篇小说《禾场上》《山那边人家》和长篇小说《山乡巨变》等反映农村题材的作品,

---

① 《暴风骤雨》于1951年被前苏联授予斯大林文学奖金三等奖,同时获二等奖的作品为丁玲的《太阳照在桑干河上》。

则充分显示出了他的艺术才能和个性特点,成为当代文学史上最早的一批文学经典。

《山乡巨变》[①]分为正篇和续篇两部。正篇的故事发生在1955年初冬,毛泽东发表《关于农业合作化问题》的报告之后,县团委副书记邓秀梅被派到一个叫做清溪乡的小山村传达党的政策,并协助这个乡建立了五个初级农业合作社。续篇接着讲述了农业合作社建立之后农村的矛盾和斗争。《山乡巨变》最突出的成就,不仅在于反映了合作化运动在农村生产关系上的巨变,更在于它表现了农业合作化运动对农民的影响,塑造了具有鲜明地方色彩和生活气息的多种多样的农民形象,通过这些人物在这场运动中的矛盾与斗争过程,反映了农民在思想觉悟和精神面貌上的巨变,同时,以浓郁的湖南乡村风情,表现了合作化运动对农民的影响,将农民的人性美与农村的乡情美、自然美有机地融为一体,展现了民间生活的丰富意涵。

《暴风骤雨》和《山乡巨变》表现了中国农村两次巨大变革,是周立波最为人称道的两部作品。前者表现的是东北解放区的土改运动,后者表现的是湖南山乡的农业合作化运动,在内容上有着内在的连续性,而在艺术风格上,前后却发生了很大变化。有人认为:"从《暴风骤雨》到《山乡巨变》,周立波的创作沿着两条线交错发展,一条是民族形式,一条是个人风格;确切地说,他在追求民族形式的时候逐步地建立起他的个人风格。"[②]其风格也从"阳刚"转向了"阴柔","较多采用纤细的笔墨,对于时代风貌比较着重从侧面来进行描写,有关日常生活和风土人情的描绘在书中占有较多的篇幅"[③]。如果说《暴风骤雨》是一支时代主旋律的鸣奏曲,那么《山乡巨变》则是一首充溢着泥土芬芳的田园抒情诗。周立波在艺术风格上的变化,反映了他在创作上的心态变化。《暴风骤雨》是他参加东北解放区的土改工作队时的收获,其创作心态是与土改运动暴风骤雨式的工作激情相一致的,而为了创作《山乡巨变》,他先是回乡体验生活,后又带着全家人回乡安家落户,不但亲身参加了合作化运动,还与家乡的农民结下了浓厚的情谊,其创作心态是与还乡后目睹家乡变化时的喜悦心情相吻合的。

---

① 《山乡巨变》,作家出版社,1958。
② 茅盾:《反映社会主义跃进的时代,推动社会主义时代的跃进!》,《人民文学》1960年8月号。
③ 黄秋耘:《〈山乡巨变〉琐谈》,《文艺报》1961年第2期。

在现代文学史上,湖南人才济济、巨匠迭出。沈从文、丁玲、周扬、张天翼、叶紫、周立波的作品,特别是沈从文和周立波描写湖南本地民俗风情的作品,对湖南的青年作家产生过重要的影响,先后出现了周健明的《柳林前传》、谢璞的《二月兰》、孙健忠的《留在记忆里的故事》、古华的《芙蓉镇》《爬满青藤的木屋》、叶蔚林的《蓝蓝的木兰溪》《在没有航标的河流上》、韩少功的《西望茅草地》、谭谈的《山道弯弯》、彭见明的《那山·那人·那狗》等有着浓郁湖南地方特色的作品,既强调对时代风云和社会变革的记录,更强调对自然风光、历史传统,特别是南方农村的婚丧嫁娶、节令习俗、迷信禁忌等民俗风情的表现,努力追求一种风俗画和田园诗的风格,形成了一个以湖南作家为主的乡土化与诗意化相结合的文学流派茶子花派。

以赵树理、孙犁、周立波为代表的山药蛋派、荷花淀派和茶子花派,都是具有鲜明地域文化特点的文学流派,它们在新中国时期的文坛上是极为少见的,可以看作当代文学史的意外收获。

除上述三大流派外,这时期农村题材小说的重要作家,还有柳青、李準等。

柳青(1916—1978),原名刘蕴华,陕西吴堡人。柳青30年代开始文学创作,1938年赴延安,后在米脂县任乡政府文书。第一部长篇《种谷记》(1947)主要反映的是陕甘宁边区的大生产运动,第二部长篇《铜墙铁壁》(1951)主要表现的是沙家店粮站"护粮支前"的斗争。柳青1952年起落户陕西长安,曾任长安县委副书记,亲历了从互助组到合作化的全过程,写有散文集《皇甫村的三年》(1956)、中篇小说《狠透铁》(1958)和《创业史(第一部)》(1959)等。

《创业史》[①]是一部全面表现50年代中国社会主义革命的鸿篇巨制,其创作目的是为了回答"中国农村为什么会发生社会主义革命和这次革命是怎样进行的"。在仅仅出版第一部时,就被公认为"史诗性"的和"纪念碑"式的作品。《创业史》在艺术上的得与失都在于人物塑造。其主要成就是塑造了梁三老汉、郭振山、郭世富和王二直杠等非先进人物的形象,而其主要失败则在于在塑造梁生宝这个先进人物形象时,因过于理念化而过于理想化。在梁三老汉身上,作者表现得更多的是自己对现实生活的体验和认识,而在梁生宝身上,作家表现得更多的则是自己对政策的理解和对理想的

[①] 《创业史》,中国青年出版社,1960。

憧憬。当理想与现实发生冲突时,作家如果不能尊重现实,不能对人物的性格发展与历史进程的矛盾作出合情合理的解释,其创作必然陷入困境。这种"有心栽花花不开,无意插柳柳成荫"的现象,在当时的文坛上并不少见。《创业史》原计划为四部,最终没能完成。

  李準①1943年中学辍学后,在盐栈、邮局、银行、学校等任职,1952年开始文学创作。其短篇小说《不能走那条路》(1953),率先在农村题材创作中引入了"两条道路"斗争的观念,轰动一时,被称作"当代小说中第一篇触及农村两条道路斗争的作品"②。《不能走那条路》触及了农民刚刚在土地改革中得到土地,又不得不"卖地求生"这一重大社会现象,也指出了自由买卖土潜伏着重新走上两极分化的危险,然而没有探讨这一买一卖的深层原因,也没有探讨宋老定放弃买地计划之后,要卖地的张栓怎么才能避免重新走上贫困之路,只是一味地指责买地的宋老定。因此,李準虽然有敏锐的政治嗅觉和社会观察能力,但是,他对农村中出现的矛盾和问题,并没有自己独立的思考,而仅仅是对政策的图解。这一特点在1960年创作的《李双双小传》中再一次得到体现,并因为农村形势的恶化而显得更加突出,更加触目惊心。

  新中国时期的农村题材小说,有着其他题材所不具备的得天独厚的优越条件,有着丰富多彩而又激动人心的生活素材,同时继承着"五四"新文学和解放区文学两个"传统",并表现出以下三个主要特点:

  第一,表现出新时代的风貌。赵树理的《登记》、谷峪的《新事新办》、马烽的《一架弹花机》等小说,大多表现了农村新生活的情调,反映了农民新的生活情景和精神面貌,既具有鲜明的时代精神,又具有浓郁的民间色彩。同时,李準的《不能走那条路》等,也引入了"两条道路"斗争的观念。

  第二,同时继承了"两个传统"。从1942年"延安文艺整风运动"以来,随着"战争文化规范"的崛起,"五四"新文学传统在几乎所有题材的创作中都有所断裂,唯独在农村题材中得到了继承和发展。既有对以鲁迅为代表的启蒙主义小说的继承,也有对以沈从文为代表的田园浪漫主义小说的发展。而对解放区文学传统的沿袭,则是不言而喻的,因为这个传统本来就是赵树理、孙犁等创造的。

  第三,以现实生活为主。一方面在当时的描写现实生活的作品中,农村

---

① 李準(1928—2000),原名木华犁,蒙古族,河南洛阳人。
② 《中国当代文学史初稿》,人民文学出版社,1985。

题材的创作成就最大；另一方面，从40年代的"土地改革"到50年代的"农业合作化运动"，不仅是当时农村社会的重大事件，也是当时中国革命的主要内容，而这些事件和内容在赵树理、周立波、柳青的长篇小说中都得到了很好的反映。

二 吴强、曲波、茹志鹃与战争小说

在新中国文学的创作队伍中，有一大批来自战争第一线的部队作家和业余作家，他们是战争的目击者，也是战争的参与者。特殊的战争经历和文化背景，形成了战争小说的异军突起。孙犁的《吴召儿》《山地回忆》等表现华北抗日根据地的小说率先拉开了战争小说的序幕。此后，知侠的《铁道游击队》、李英儒的《战斗在滹沱河上》、刘流的《烈火金刚》、冯志的《敌后武工队》等描写敌后斗争传奇故事的小说受到广大作家和读者的特别青睐，风行一时。与抗日战争题材相比，刚刚结束的解放战争题材小说更为活跃。马加的《开不败的花朵》、朱定的《关连长》、碧野的《我们的力量是无敌的》、柳青的《铜墙铁壁》、陈登科的《活人塘》、杜鹏程的《保卫延安》、峻青的《黎明的河边》、肖平的《三月雪》、吴强的《红日》、曲波的《林海雪原》、玛拉沁夫的《茫茫的草原》（上）、茹志鹃的《百合花》等，都在当时产生了很大的影响。随后，中国现代历史上的其他战争也得到了艺术上的反映，记叙朝鲜战争的主要有巴金的《英雄的故事》、杨朔《三千里江山》、陆柱国的《上甘岭》以及路翎的《初雪》《洼地上的"战役"》等，反映土地革命战争的主要有王愿坚的《党费》《粮食的故事》等系列短篇小说，描写北伐战争的主要有陈立德的《前驱》等。

杜鹏程的《保卫延安》（1954）和路翎的《洼地上的"战役"》（1954）是两部具有"开创性"意义的作品。前者全景式地描写了延安保卫战的整个战争进程，第一次在文学作品中有名有姓地塑造了革命领袖彭德怀的艺术形象。后者大胆地以个人化的视角来描写战争，探讨了革命军人的内心世界，特别是志愿军与朝鲜姑娘的爱情问题。

稍后出现的吴强的《红日》、曲波的《林海雪原》则是当时战争小说的代表。

吴强（1910—1990），江苏涟水人，1933年加入"左联"并开始文学创作，1938年在皖南参加新四军，从事宣传和文化工作。解放战争期间，参加了莱芜、孟良崮、淮海、渡江等著名战役。

《红日》①选取涟水、莱芜、孟良崮三个连贯战役为故事主线,表现了山东战场上人民解放军从战略撤退到战略反攻的全貌。作品先以涟水撤退来表现当时国共双方力量的悬殊和人民解放军面临的严峻形势,再以莱芜大捷的胜利为过渡,最后以集中描写全歼国民党"王牌军"74师的孟良崮歼灭战达到高潮,视野开阔而层次分明,场面宏大而结构紧凑,表现出独特的战争整体观和巨构性特点。

《红日》在战争观念上的突破,也就是对当代战争小说美学的重要贡献。首先是较好地体现了战争的整体观。在叙述策略上采用"先抑后扬"的方式,本来在战争题材小说的创作中是极平常极普通的一种方式,但在当时"战争文化规范"制约下的创作环境中,胜利只能属于正义一方,虽然"涟水撤退"只是整个解放战争中的一个小插曲,但要在文学作品一开始就把解放军这支正义之师"置之死地",是需要一点"胆大妄为"的勇气的。作品写的虽然是历史事实,但说出了人之不敢说,就是一大突破。在艺术结构上,《红日》与《保卫延安》一样,也是直接描写重大战役的正面战场,采用全景式"整体视角"的优秀代表,其突破主要在于故事情节不再以"连队"为中心,而以"国共两党"的两支"王牌军"大规模的连续性战役为中心,并以双方的军级高级将领为主要人物,形成了宏大的气魄和"巨构性"特点。其次是较好地表现了人物的丰富性。《红日》的人物塑造与它的战争整体观相一致,既不回避英雄的缺点,也不对敌人人物进行漫画式处理,同时,仍然把描写的重点放在沈振新、张灵甫等敌我双方高级军事指挥官身上。

曲波(1923—2002),山东黄县人。1938年参加八路军,1943年进入胶东抗日军政大学,并开始文学创作,1944年起历任胶东军区《前线报》记者、团政治处主任、团政治委员等,曾参加东北剿匪战斗。

《林海雪原》②集中描写了一支由36位解放军侦察兵组成的小分队,在东北长白山林区和绥芬草原追剿数十倍于自己的国民党残余势力和当地土匪的故事,以惊险曲折的传奇性取胜。受古典浪漫传奇小说的影响,采用单线发展的传统结构方式,奇袭奶头山、智取威虎山、大战四方台等主要情节各具特色,又环环相扣。它的一些情节被改编成电影、京剧以及戏曲,特别是京剧《智取威虎山》在"文革"中成为"样板戏"之后,杨子荣、少剑波、座

---

① 《红日》,中国青年出版社,1957。
② 《林海雪原》,作家出版社,1957。

山雕等形象更是家喻户晓了。

《红日》与《林海雪原》都取自作家自己的一段亲身经历,不仅在创作时间上大致相同,而且作品所反映内容的时间也大致相同,都是解放战争初期人民解放军从被动转为主动的一个军事胜利。但是,这两部作品却表现出许多完全不同的特点。

在题材处理上,《红日》为了表现解放军在山东战场上由败而胜的全过程,采用整体视角,全景式地描写了"国共两党"军队在正面战场上的大兵团作战,以巨构性见长,很好地体现了当时文学作品表现重大题材的时代要求。而《林海雪原》为了表现解放军小分队在深山老林里的剿匪胜利,既紧扣人民解放军在东北战场上的军事胜利,保持着与时代要求的一致性,同时,又在"远离主战场,接近民间"上大做文章,巧妙地避开了主流意识形态的制约,以传奇性取胜,表现出浓郁的民族风格和民间文化色彩。

在人物塑造上,《红日》为适应大规模兵团作战的题材要求,以沈振新、张灵甫等敌我双方的高级将领为描写重点,强调了他们作为"艺术形象"的独立地位,突出了他们作为"职业军人"的特点。而《林海雪原》则为了适应剿匪斗争的题材需要,充分利用"五虎将"模式、"英雄/美人"模式等民间文化的传统形态,通过"大忠大奸"的夸张手法,将人物的性格特征与阶级特征统一起来,响应了时代精神要求的革命英雄主义基调。相比而言,《林海雪原》在创作上更加自由,其人物形象也更加生动,更有传奇性和吸引力,具有更为突出的个性特征,不但正面人物杨子荣与反面人物座山雕之间形成了鲜明的对比,而且即使是正面人物杨子荣、少剑波、栾家超之间,反面人物座山雕、小炉匠之间,也各具特点,绝不雷同。

在情节安排上,《红日》与《林海雪原》都体现了与故事内容相呼应的特点。《红日》先抑后扬,安排了三次连续性的战役,表现出一种不可阻挡的浩荡气势。而《林海雪原》则十分灵活自由,无论是总体上的"直线发展",还是局部上的"节外生枝",主动权都完全掌握在作家自己的手里。值得注意的是,"直线发展"(即从失败走向胜利,或从胜利走向胜利)是现代战争小说必须遵循的创作模式,也是由"歌颂革命胜利"的创作目的所决定的,而"节外生枝"才是充分展示人物性格和作家才华的舞台。因此,正是《林海雪原》在情节处理上充分运用了各种"节外生枝"的技巧,才使得作品充满了浪漫传奇色彩。

在当时的战争小说中,茹志鹃的《百合花》别具一格,甚至不合时宜。

《百合花》写于反右运动紧锣密鼓的 1958 年初春,当时许多作家已受到不同程度的打击,《百合花》也因"感情阴暗"一再遭到退稿。虽然最终得以发表,但只是因为得到时任文化部长的茅盾的肯定和赞扬,才受到评论界的重视和大家的认可。

茹志鹃(1925—1998),笔名阿如,上海人。茹志鹃幼年亡母失父,随祖母辗转于上海、杭州,1938 年祖母去世后被送入孤儿院,后进入浙江武康中学。1943 年回上海,做家庭教师,开始文学创作。1944 年随兄参加新四军文工团。1955 年从部队转业回上海,任《文艺月报》编辑,出版有小说集《关大妈》《黎明前的故事》《高高的白杨树》等。

《百合花》[①]描写的是 1946 年的中秋之夜,在部队发起总攻之前,小通讯员送文工团的女战士"我"到前沿包扎所,和他们到包扎所后向一个刚过门三天的新媳妇借被子的小故事。作品取材于战争生活而不写战争场面,涉及重大题材而不写重大事件,以表现人情美和人性美著称。作品主人公小通讯员是一位来自农村的 19 岁青年,作者特别强调小通讯员的农村背景,强调他对女性的腼腆,强调他在与女性打交道时的笨拙,而实际上是在强调他身上所具有的"人性美与人情美"。在当时那个年代,任何潇洒风流和油腔滑调,都是不讨女人喜欢的,也是不符合时代标准的。新媳妇是作品中的女主人公,她出场的时间虽然不多,但由于在一夜之间有了小通讯员从生到死的巨大变化,使大家看到她性格的两个不同侧面,这一形象也就有了丰富多彩的厚重感和立体感。她身上的"人性美"主要就体现在她这前后的变化之中。作家强调她"新媳妇"的身份,正是为了强调她在一个女人一生中的特殊阶段对小通讯员前后态度变化的合理性,在这个过程中,小通讯员肩膀处的口子和那条"枣红底色上洒满白色百合花的被子"起到了重要的作用。小卫生员"我"在作品中的主要作用虽然是一个"牵线人",但同时"我"又是作品"女性视角"的代表者,在她身上不仅有着作家所追求的"人性美",她与小通讯员和新媳妇的关系,也见证了男女两个主人公的"人性美",而且更体现出了当时"革命大家庭"中所特有的"人情美"。在不长的篇幅里,两个重点人物被先后推出,使故事不仅仅是一个"横断面",也成为一个有发展变化的过程,不但有利于情绪的酝酿和烘托,而且使两个人物的特点都有机会得到突出和渲染,更适于"人性美与人情美"的流露和表达。

---

① 《百合花》最初发表于《延河》1958 年第 3 期。

在这个故事中,三个主要人物都无名无姓,在这里,姓名不是最重要的,最重要的是他们的所作所为,在作家自己亲身经历过的战争年代,许多令人难忘的英雄都是无名无姓的。当然,小通讯员是可以被写成英雄的,新媳妇和"我"也是可以被写成英雄的。也许,茹志鹃并不是有意要摆脱"英雄"概念的束缚,她只是想写他们身上的美好情感,在她的眼中,平常而美好的人就是值得歌颂和赞美的"英雄"。

三 梁斌、欧阳山、杨沫与革命史小说

50年代中期,随着革命战争题材大规模进入文学领域,波澜壮阔的中国革命史必然成为了作家普遍重视的创作题材。现代革命史小说的作家与现代革命战争小说的作家一样,大都亲身经历了作品中所描写的革命斗争,或受到这些斗争的熏陶和感染,他们对书中的人物和事件,都充满了理想的色彩和自豪的感情。因此,现代历史题材小说同战争题材小说一样,也具有胜利者的主体定位以及英雄主义的乐观基调。从广义上讲,革命战争小说也是革命历史小说的一个组成部分。两者之间的主要区别在于,现代战争小说描写的题材更为集中,而现代历史小说表现的范围更为广泛,除李六如记述戊戌变法以来中国社会史的《六十年的变迁》(第一卷)(1957)、李劼人这时期重新改写的反映辛亥革命前后四川保路运动的四卷本《大波》外,其主流是表现新民主主义革命过程的作品,如高云览的《小城春秋》、罗广斌和杨益言的《红岩》、梁斌的《红旗谱》、欧阳山的《三家巷》、杨沫的《青春之歌》、宗璞的《红豆》以及冯德英的《苦菜花》等。

高云览的《小城春秋》(1956)是当代文学史上最早的描写中共地下斗争和知识分子革命经历的长篇小说,取材于1930年5月中国共产党领导的曾轰动全国的"厦门大劫狱"事件。在这一事件发生后不久,作家就曾以此为题材创作过中篇小说《前夜》(1933)。《小城春秋》在创作题材和创作手法上,与当时同类小说大多取材于北方(特别是北方农村)不同,是以具有典型的南国都市特点的厦门为背景的,既受到现代文学史上乡土文学的影响,通过家族械斗等具有南方民间色彩的宗族矛盾,来表现革命斗争的缘起,也受到普罗文学(即革命文学),特别是"初期左翼文学""三人行"模式的影响,具有典型的"革命加恋爱"和青年知识分子革命者思想"突变"的特点,可以明显地看到茅盾、丁玲早期小说的影子。

罗广斌、杨益言的《红岩》①在描写中共地下斗争的小说中,更有影响也更具代表性。作品以1948年至1949年全国解放前夕曾经作为国民党政府"陪都"的重庆为背景,记叙了中共重庆地下党组织与国民党重庆特务机关之间复杂艰巨、血腥残酷的生死搏斗,生动地描述了中共地下党的斗争生活,真实地记录了中国现代民主革命的最后一幕,是一部以"用阶级分析的观点,回顾过去的斗争"为创作方法,以"揭露敌人,表彰先烈"为创作目的的生活"教科书"。

《红岩》的艺术特点主要表现在三个方面:第一,精彩激烈的狱中斗争。在《红岩》描写的城市地下斗争、农村武装斗争和狱中斗争这三条线索中,着墨最多、写得最精彩也最动人心魄的是狱中斗争。特别是通过刘思扬被释放和再次被捕的情节,巧妙地完成了描写重点从渣滓洞到白公馆的转移,以两种不同的风格手法,写出了两种不同的斗争环境,塑造出两群不同的人物形象。第二,各具特色的人物塑造。《红岩》塑造了大量人物,虽然对正面人物有拔高的痕迹,对反面人物有漫画化的倾向,但这种做法正是当时"典型化"所要求的。江姐、许云峰、齐晓轩、成岗、刘思扬、华子良、小萝卜头和双枪老太婆等都是当时最具影响力的"英雄群像"。江姐临就义前从容换上"蓝色的旗袍"和"红色的绒衣"的形象,经过歌剧等其他艺术形式的再创造,已经成为人们心中最具人格魅力的女共产党员形象。而徐鹏飞与座山雕(《林海雪原》)、张灵甫(《红日》)一起,成为当时最有代表性的三个反派形象。第三,老少咸宜的可读性。由于作家对这个题材有多次创作的基础,特别是专业文学编辑的精心修改甚至重写,使作品具有了结构灵活、节奏明快的特点,受到了广大普通读者,特别是青少年读者的欢迎。

在描写中共地下斗争的作品中,比较有影响的还有李英儒的《野火春风斗古城》(1958)等。而在表现现代革命史方面最重要的收获,是梁斌的《红旗谱》、欧阳山的《三家巷》和杨沫的《青春之歌》。

梁斌(1914—1996),原名梁维周,河北蠡县人。1927年,在县立高小读书的梁斌参加了共产主义青年团,1930年考入"保定二师"(省立保定第二师范学校)。在随后的两年中,"二师学潮"和他的家乡爆发的"高蠡暴动",对他的一生都产生了极其深远的影响。

---

① 《红岩》,从1961年11月10日起开始在《中国青年报》上连载,同年12月由中国青年出版社出版单行本。后被改编成歌剧、京剧、各种地方戏曲、话剧、电影和电视连续剧等。

《红旗谱》①被誉为一部描绘农民革命斗争的"史诗性"作品②。作者为此曾经有过长时间的精心准备和漫长的写作过程③。梁斌的创作理想是把朱老忠塑造成完美的"农民英雄"④,希望赋予他中国农民几千年来传统的反抗性格和英雄品质,突出他与老一代旧式农民英雄的不同特点,而评论家们也普遍认为,朱老忠是"一个兼有民族性、时代性和革命性的英雄人物的典型","不仅继承了古代劳动人民的优秀品质,古代英雄人物的光辉性格,而且还深刻地体现着新时代(无产阶级革命时代)的革命精神"。⑤

为了完成这一理想化的命题,作家为朱老忠设置了四场斗争:一是朱老巩"大闹柳树林"。作为全书的"楔子",以此来拉开斗争的序幕,很好地强调了作品的主题,也为朱老忠被迫闯关东和在25年后抱着复仇的决心回到家乡做了很好的铺垫。但是,由于朱老巩毕竟是朱老忠的父亲,在这场斗争中,朱老忠还不是斗争的主角。二是"脯红鸟事件"。这是朱老忠回到锁井镇后与冯老兰(冯兰池)展开的第一次冲突。但是,从运涛抓到脯红鸟,到冯老兰派账房先生李德才威逼利诱,再到鸟儿不明不白就"给猫吃了",冲突并没能得到充分展开,特别是朱老忠仅仅是支持了孩子们的行动,基本游离于冲突之外。三是"反割头税运动"。这是四场斗争中农民取得的唯一胜利,也是作品最为重要的部分。从江涛回乡发动群众,到朱老忠和大贵在家门口安锅宰猪;从刘二卯向冯老兰求救,到冯老兰派儿子冯贵堂代表割头税包商向县衙门求救;从反割头税大会和示威游行,再到朱老忠、严志和、大贵等举行入党仪式等,整个过程写得有声有色,峰回路转,跌宕起伏。这场斗争的胜利,形象地说明了农民只有在中国共产党的领导下,放弃个

---

① 《红旗谱》,中国青年出版社,1957。
② 参见《中国当代文学史》,第2册,上海文艺出版社,1984。
③ 1935年,梁斌写出了第一篇反映高蠡暴动的短篇小说《夜之交流》,后又创作了《三个布尔什维克的父亲》和在此基础上扩写的中篇小说《父亲》、五幕剧《千里堤》《五谷丰收》以及短篇小说《抗日人家》等。就同一题材而进行如此长时间的酝酿和多次反复的写作,在当代文学史上是罕见的。从1953年开始长篇小说的创作,最初计划写四部,到1956年底,前三部基本写出初稿时,计划已发展为六部。第二部《播火记》,1963年由百花文艺出版社出版。第三部《烽烟图》,1983年由中国青年出版社出版。后三部由于病魔缠身和社会变动,最终没能完成。
④ 梁斌在《漫谈〈红旗谱〉的创作》中认为:"几千年来,在中国革命历史上,涌现了许多有勇有谋的农民英雄,因此,我认为对于中国农民英雄的典型的塑造,应该越完善越好,越理想越好!"《人民文学》1959年第6期。
⑤ 冯牧、黄昭彦:《新时代生活的画卷》,《文艺报》1956年第19期。

人的自发斗争,走向自觉的有组织的集体斗争道路,才能取得胜利。但是,斗争的领导者始终是江涛,出面宰猪的也是大贵,朱老忠仍然仅仅是一个敲边鼓、跑龙套的角色。四是"二师学潮"。这是作品的压轴戏,也为下一部作品《播火记》描写"高蠡暴动"作了重要准备。作者成功地将视线从农村转向了城市,但是,故事的中心人物仍然是江涛,面对青年学生与军阀部队面对面的激烈斗争,朱老忠只扮演了一个化装成车夫救学生的次要角色。

虽然作家希望把朱老忠塑造成一个勇猛豪爽、疾恶如仇,既有勇有谋,又有胆有识的新一代农民英雄,但由于作品中直接与朱老忠有关的内容,只有幼年参加父亲朱老巩大闹柳树林的斗争,代好友严志和去济南探望狱中的运涛,出钱资助江涛上学,在反割头税运动中做中共地下党员的"保镖",为被困的二师学生送粮以及只身闯入思罗医院营救张嘉庆等,作家的主观愿望与作品文本的叙事逻辑的错位,这一命题并未能真正实现。在作品的第二部《播火记》中,作家虽然有意识地加强了朱老忠的声势和气魄,把他写成了红军大队长,但又由于作家不善写军事斗争,仍没能实现预想的创作目的。

造成这种结果的主要原因是作为一部多卷本的表现中国共产党领导的革命斗争的历史长卷,《红旗谱》所表现的主要是农民斗争从自发走向自觉的过程。而在这一过程中,广大农民还没有真正地觉醒,农民的发动主要还是靠运涛、江涛等革命知识分子的启蒙。在《播火记》中,有组织有觉悟的农民阶级才逐步承担起革命的历史重任,才能成为作品的主角。因此,《红旗谱》的表现内容,只能是知识分子在革命运动中的成长过程。但是,在50年代,要想突出地表现知识分子在革命斗争中的重要作用,已经不符合新的文化规范和时代精神的要求。周扬在第一次文代会上早就指出:"当中国人民已经在中国共产党领导之下,奋斗了二十多年,他们在政治上已有了高度的觉悟性、组织性,正在从事于决定中国命运的伟大行动的时候,如果我们不尽一切努力去接近他们,描写他们,而仍停留在知识分子所习惯的比较狭小的圈子,那么,我们将不但严重地脱离群众,而且也将严重地违背历史的真实,违背现实主义原则。"[①]因此,作家不能真实地表现出知识分子的作用。作品对保定二师学潮的描写就是一个典型的例子。一方面由于作家不善于描写短兵相接的战斗,没有写出二师学生护校斗争的气势和光彩;另一

---

① 周扬:《新的人民的文艺》,《文学运动史料选》,上海教育出版社,1979。

方面又由于保定二师学潮是当时执行党内左倾路线的结果,作家不得不有所忌讳,有所淡化,没有充分表现当时保定地区共产党在当时政府机构中的活跃情况和全国各地对二师护校斗争的声援,以及与"反割头税运动"之间必然的有机联系,把二师学潮置于一个孤立的斗争环境中,也就无法反映出当时革命形势的多样性和广泛性。

但是,如果不把朱老忠看作一个理想化的英雄人物,而仅仅看作一个民间英雄,他的慷慨豪迈、讲义气等"好汉"性格也是十分鲜明的。他既保持了传统绿林好汉"为朋友两肋插刀"的侠义精神,又具有"出水才看两腿泥"的坚韧性格,懂得"缺乏读书人"和"没有拿枪杆子的人"的教训,抱定了培养"一文一武"的下一代的决心,表现出与他父亲朱老巩等老一辈农民不同的特点。此外,作品还塑造了许多有浓郁生活气息的人物形象。春兰是新一代农村女性的代表,也是当代文学创作中最优秀的农村闺女形象之一。她与运涛的相爱过程,从两小无猜到以身相许再到忠贞不渝,都写得朴实无华、真挚动人,表现出北方保守环境中的农村姑娘对新生活的向往。春兰身上弥漫着的浓郁的村野气息,饱含着作家对农村生活的眷恋,因此,作品中写得最美的段落大多与春兰有关。

《红旗谱》无论是描写农民形象,还是描绘北方农村的民间生活都相当精彩,特别是在小说形式的民族化、大众化方面的成就,一直为人们所称道。作者是以有文化的农民及农村干部为对象创作的,因此,他选择了学习传统文学的手法,在章法结构上不脱离民族形式,语法结构上不脱离现实,尽可能写得通俗易懂。为了加强作品的故事性,采用了"比西洋小说写法略粗一些,但比中国的一般小说要细一些"的描写方法,加快了情节发展的节奏。为了方便农民阅读,他甚至还体贴入微地把每一章的字数控制在六七千至一万字之间。在语言风格上,作家坚持在生活中学习群众的语言,既采用冀中地区的土语和方言,也注意从书本上借鉴一些与群众口语相近的古典文学的语言,对于人物的塑造起到了很好的作用。

欧阳山(1908—2000),原名杨凤歧,湖北荆州人。欧阳山1924年开始创作,曾组织广州文学会,创办《广州文学》周刊。1926年到中山大学旁听,1927年发表小说处女作,1932年参加左联。1941年到延安,任中共中央文委常委、中央研究院文艺研究室主任。1947年完成第一部长篇小说《高干大》,塑造了一位敢于带领农民脱贫致富的农村干部。其实,早在1942年,他就有意要创作一部"反映中国革命的来龙去脉"的历史小说,最初取名为

《革命与反革命》。1957年动笔时,改名为《一代风流》①。

《三家巷》(1959)以20年代的广州为背景,通过与广州直接有关的省港大罢工(包括这期间发生的"沙基惨案")、国民革命军北伐和广州起义等重大事件,表现了周炳的半生经历,以及工人运动从幼稚走向成熟的发展过程,并涉及第一次国共两党从合作到分裂的全过程,在题材选择、人物塑造、表现方法和风格情调等方面都有着鲜明的个性特征。

在当时的作品中,《三家巷》错综复杂的社会关系特别引人注目。当时,"南方都市题材"比较少见,能引起较大社会反响的成功作品更少。与当时阶级矛盾十分对立的农村题材作品相比,作品中的阶级成分则复杂得多,不同阶层的人仅仅因为生活在一个地方而随意通婚,在中国农村是不多见的;与北方的"京味"作品相比,南方题材中的市民风俗也自有特点,生活气息和亲情因素更为浓烈一些。《三家巷》中的"五重亲"关系,比老舍笔下的"四世同堂"关系明显包含着更广泛也更具有现代商业社会的时代性特点,同时也包含着更多的可变性特点。而将这一切独特的成分都放置在一个表现革命者成长过程的"现代历史题材创作"中,其与众不同的个性特征无疑是十分突出的。

《一代风流》是一部多卷本的长篇架构,但与《红旗谱》不同的是,在第一部《三家巷》中,重点描写的是成长中的青年知识分子,而且对其主角周炳也没有理想化的成分,可以放开手脚,大胆地描写他的成长过程,突出他成长的特殊环境,特别重要的是,作品没有急于完成主人公的"转变过程",所以,周炳这个三家巷里打铁出身的知识分子,不仅具有"又俊又傻"的特点,还具有既脆弱多变又坚定忠诚的复杂特点,甚至比《青春之歌》中的革命者林道静还具有更多的浪漫和温情,也更具有个人性特点。在当时常见的革命者形象中,几乎可以说是独一无二的。在周炳等人物的塑造上,也可以看到《死水微澜》的影响。周炳、区桃和陈文婷是作品中最为重要的三个形象,也是在"五重亲"关系中成长起来的一代青年。在周炳和陈文婷身上,作者强调了他们的可变性,而在区桃身上,作家则强调了她的象征性。与周炳的形象相对应的是陈文婷的形象,他们都是在不断地发生着变化的,不同只是一个艰难地走向炼狱,走向革命,另一个则放纵地走向世俗,走向

---

① 《一代风流》分为五卷:《三家巷》(1959)、《苦斗》(1962)、《柳暗花明》(1981)、《圣地》(1983)、《万年青》(1985)。1997年,作家重新校改全书,改名为《三家巷》,分为四卷,取消分卷的书名。本教材讨论的是最初出版的《一代风流》第一卷《三家巷》。

堕落。而与陈文婷相对应的另一位女性形象区桃,几乎只存在于周炳的心中,实际上她也是可以走向革命的,但由于她的早逝,其变化只留下一个趋势,成了一个"美的象征"。

杨沫的《青春之歌》①是50年代为数不多的以知识分子为主人公和歌颂对象的长篇小说之一,也是当时仅有的一部全面展示学生运动和知识分子思想历程的作品。杨沫(1914—1995),原名杨成业,北京人。1928年进入北京温泉女子中学,失学后曾任小学教师、书店店员等。1934年发表作品。抗战后在晋察冀边区做妇女和报刊编辑工作。1952年后曾任中央电影局剧本创编室、北京电影制片厂编辑。

《青春之歌》以1931年"九·一八"事变到1935年"一·二九"运动这一历史时期北平的学生运动为背景,描写了地主家庭出身的小姐林道静从一个单纯幼稚、追求个性解放的少女,一步步成长为一个职业革命者的过程。通过"出走、觉醒、成长"的三段式结构,塑造出革命知识分子林道静的典型形象。林道静离家出走,是她生活道路上的重要转折,也是她阶级本性的必然表现。林道静与余永泽的分离,是她觉醒的开始,也是作者对她成长过程提出的"时代要求"。林道静在卢嘉川的影响下最终走上了革命道路,是她性格发展的必然结果,也是她作为一个从小资产阶级知识分子成长为一个革命知识分子的必然选择。同《子夜》中的吴荪甫等形象一样,林道静也是被作为一个阶级的代表来刻画的。与周炳的成长过程相比,这个"三段式"发展明显地带有很大的理性特点,也就是说,"周炳的道路"是他自己选择的,而"林道静的道路"是作者所规划的,是为了让林道静的道路能够代表20世纪30年代知识分子走向革命道路的共同特点。

围绕着林道静的形象,作品主要刻画了三种不同类型的知识分子形象:一是知识分子的先进代表,如作家所钟爱的革命英雄卢嘉川、林红以及接替卢嘉川形象出现的江华等;二是知识分子中的可耻败类,如追名逐利的余永泽、贪图享乐的白莉苹,以及叛变革命的戴愉等;三是正处于觉醒和进步过程中的知识分子,如罗大方、许宁以及王晓燕父女等。但由于作家拘泥于林道静形象的塑造,对其他人物着力不够,影响了作品的厚度和深度。

宗璞(1928—),原名冯钟璞,祖籍河南唐河,生于北京。宗璞是著名哲学家冯友兰之女,幼承家学,早年就读于清华大学附属成志学校,1946年考入南开大学外文系,后转入清华大学外文系,1951年毕业,多年来一直从

---

① 《青春之歌》,作家出版社,1958。

事外国文学研究,曾任《文艺报》《世界文学》等刊物编辑,1981年调到外国文学研究所英美文学研究室。1948年开始发表作品,1957年的短篇小说《红豆》是其成名作。新时期后,创作有短篇《弦上的梦》和《我是谁》、中篇《三生石》、散文集《丁香结》等。1988年出版第一部长篇小说《南渡记》,第二部长篇小说《东藏记》获2005年第六届茅盾文学奖,它们与《西征记》以及尚未完成的《北归记》,共同构成了《野葫芦引》系列长篇,写的是抗战爆发后,北平的学生南下昆明,参加滇缅战争,又北上返家的故事。

《红豆》[①]讲述了大学生江玫与齐虹的爱情悲剧,但并不是爱情题材小说,而是革命历史题材中的知识分子题材小说。一方面,男女主人公的爱情悲剧是由两人在革命过程中的政治态度所决定的,爱情在故事中始终只占一个次要的地位,而知识分子在时代巨变面前的内心矛盾和人生选择一直占据着主动的支配地位。另一方面,从读者接受的效果看,首先引起强烈共鸣的不是社会大众,而是知识分子;而引起知识分子强烈共鸣的内容,也不是江玫与齐虹的爱情悲剧,而是江玫在人生十字路口面前表现出来的具有典型知识分子特征的内心矛盾。

《红豆》的创作目的,是为了表现知识分子在时代巨变面前的内心矛盾,这在当时的社会环境中是不允许的,因此,《红豆》与《百合花》一样,也是不合时宜的。其实,江玫与《青春之歌》中的林道静有许多相似之处,她们都生活在北京,都与北京的大学有关(江玫在大学读书,林道静在大学组织学生运动)。但她们的区别也是十分明显的:在林道静身上有农民阶级的血液,而江玫是真正的小资产阶级知识分子;林道静没有上过正规的大学,而江玫是真正的大学生;在林道静的一生中,有许多平常人所没有的传奇经历和故事,而江玫的人生更接近许多从大学校园直接参加革命的学生,即主要是在思想上接受了革命的道理,而不是在行动上参加了革命的斗争;最重要的是,林道静走的是一条与工农相结合的道路,而江玫仅仅是在别人的领导下参加了学生运动,与工农没有直接的接触。因此,从本质上看,江玫从始至终都没有改变自己的阶级属性,一直都"多愁善感"。当然,这篇作品最为独特的地方也正是其结尾:江玫一开始就不是英雄,到最后也没有成为英雄,而且仍然十分重情,甚至比参加革命之前更"感伤"。

---

① 《红豆》1957年7月由《人民文学》的"革新特大号"作为"新人的作品"与李国文的《改选》、丰村的《美丽》一起推出后,反响强烈。

四 王蒙与"干预生活"小说

王蒙(1934—),笔名有"阳雨"等,北京人。1953年开始创作长篇小说《青春万岁》,1955年发表处女作《小豆儿》,1956年在"干预生活"的创作热潮中以小说《组织部新来的青年人》引起轰动。

《组织部新来的青年人》[①]格调清新、感情纯真、态度直率,虽然以大胆揭露官僚主义现象、积极干预生活而著称,但最突出的特点,却是新中国第一代青年特有的"青春加革命"的"少共精神"和他们的理想与现实的冲突。作品写于1956年共青团中央向全国青年发出学习娜斯嘉[②]的号召之后,小说中区委组织部新来的青年干部林震,正是在娜斯嘉精神影响下成长起来的新一代青年。但作品并没有把林震写成一个"娜斯嘉式的英雄",而是在强调林震勇于"向一切违反党的利益的现象作斗争"的同时,更生动、具体地描写了他按"娜斯嘉方式"生活的艰难,通过林震理想与现实的冲突,表现了社会生活的复杂性和人的思想的多样性,讲述了一个中国的娜斯嘉不断受挫、不断失败的故事。

林震与刘世吾等官僚主义的冲突,也就是理想与现实的冲突,而冲突的结果是理想在现实面前却碰得头破血流。林震对生活充满理想,但他的理想又包含着许多不切实际的幻想;他敢于向一切不符合理想的官僚作风发起挑战,却不懂得讲究工作的方式方法;他把党的工作看作自己生命的一部分,充满了感情,但又隐藏着既自命清高,又多愁善感的"小资产阶级"情调。在林震身上,我们可以清楚地看到丁玲《在医院中》陆萍的身影,所不同的仅仅是,怀着满腔热情从上海来到延安的陆萍,在理想幻灭后离开了乌烟瘴气的边区医院,而充满战斗精神的林震却没有丝毫退缩的意思。林震是作者钟情的"少共精神"的代表,是作者心目中理想化的"娜斯嘉精神"的体现者。他身上的斗争精神是必不可少的,但作者的目的并不是要创造一个"战神"的形象,而是要通过他在斗争中所受到的挫折和磨难,表现一种"斗争的精神",因此,林震的形象实际上是"理想与现实冲突"的象征。

刘世吾的形象虽然是作为林震形象的对立面而出现的,但由于作者并

---

① 《组织部新来的青年人》,原题《组织部来了个年轻人》,《人民文学》1956年9月号。标题为《人民文学》编辑部(秦兆阳)所改,因作家持不同意见,在《1956年短篇小说选》(中国作家协会编,人民文学出版社1957年)以及王蒙的选集、文集中,又恢复了原来的标题。

② 娜斯嘉:苏联小说《拖拉机站站长和总农艺师》中的女主人公。

没有把他简单地看作一个官僚主义的典型,而是比较充分地表现了他从热情到世故的思想变化过程,写出了他复杂的内心世界,因而也可以看作林震的前辈,是一个形象更厚实更丰满的"组织部新来的青年人"。也许,正因为如此,才使许多人感到"震惊"。从 1956 年 12 月起,《文艺学习》组织了专门讨论,随后,《人民日报》《文汇报》《光明日报》《中国青年报》和《延河》等全国各地的著名报刊也都发表了讨论文章,以至惊动了中共中央主席毛泽东[1]。毛泽东的仗义执言,虽然使争论暂时平息,但王蒙仍然没能逃脱被补划为"右派"的厄运。

此外,赵慧文作为林震形象的"补充",除了仍有着独立的艺术形象意义外,既预示了林震在遭受挫折后将会出现的状况,也表明了林震并没有陷入孤军奋战的绝境,在作品中有着不可或缺的重要作用。

从"双百方针"提出到"反右"运动开始,一年半的时间里,《人民文学》等刊物陆续发表了以王蒙为代表的一批青年作家"干预生活"的作品[2],这些作品在创作主题、题材和风格上都有所突破。这批作家,大多二三十岁,都是在革命运动中成长起来的"少年布尔什维克",是在鲁迅、巴金等中国作家的影响和奥斯特洛夫斯基的《钢铁是怎样炼成的》等外国作品的熏陶下,逐步走向成熟的革命知识青年的代表。

对革命的忠诚和对生活的热爱,决定了这些作家必然是革命的理想主义者,他们的作品在艺术上也试图努力超越"好人好事"或"敌败我胜"的创

---

[1] 朱寨主编的《中国当代文学思潮史》说:毛泽东"在《关于正确处理人民内部矛盾的问题》的讲话中,认为小说批评官僚主义是可以的,中央还出官僚主义,所在地为什么不能出?中央还出陈独秀、张国焘等人,写一个区委有什么不可?"韦君宜在《思痛录》中也说:"奇怪的是毛主席竟为这个青年的作品仗义执言,说'谁说北京没有官僚主义?'"。

[2] 除王蒙《组织部新来的青年人》外,还有刘宾雁《在桥梁工地上》(《人民文学》1956 年 4 月号)、《本报内部消息》和它的"续篇"(《人民文学》1956 年 6 月号和 10 月号)、耿简《爬在旗杆上的人》(《人民文学》1956 年 5 月号)、邓友梅《在悬崖上》(《文学月刊》1956 年 9 月号)、李威仑《爱情》(《人民文学》1956 年 9 月号)、陆文夫《小巷深处》(《萌芽》1956 年 10 月号)、《平原的颂歌》(《雨花》1957 年 1 月号)、邵燕祥《贾桂香》(《人民日报》1956 年 11 月 17 日)、流沙河《草木篇》(《星星》创刊号,1957 年)、秦兆阳《沉默》(《人民文学》1957 年 1 月号)、李凖《灰色的篷帆》(《人民文学》1957 年 1 月号)、杨履方《布谷鸟又叫了》(《剧本》1957 年 1 月号)、南丁《科长》(《新港》1957 年 2 月号)、阿章《寒夜的别离》(《萌芽》1957 年 3 月号)刘绍棠《田野落霞》(《新港》1957 年 3 月号)、《西苑草》(《东海》1957 年 4 月号)、白危《被围困的农庄主席》(《人民文学》1957 年 4 月号)、高晓声《不幸》(《雨花》1957 年 6 月号)、耿祥龙《入党》(《江淮文学》1957 年 6 月号)、李国文《改选》(《人民文学》1957 年 7 月号)、丰村《美丽》(《人民文学》1956 年 7 月号)、方之《杨妇道》(《雨花》1957 年 7 月号)、李岸《戒指》(《解放军文艺》1957 年 7 月号)以及高缨《达吉和她的父亲》(《红岩》1958 年 3 月号)等。

作模式。南丁的《科长》描写了一个与契诃夫笔下的"小公务员"有异曲同工之妙的基层干部形象。刘绍棠的《田野落霞》和《西苑草》描写了农村干部的腐败和堕落。李国文的《改选》描写了工人们在抵制官僚主义、保护自己的合法权益方面所作出的努力,充满了当时现实题材创作中少有的批判精神和悲剧色彩。丰村的《美丽》描写了一位美丽的女秘书因爱上首长而产生的令人心碎的感情波澜。高缨的《达吉和她的父亲》、李威仑的《爱情》,表现了人情美和人性美的魅力。甚至在陆文夫的《小巷深处》中,还可以听到一个曾经受过侮辱的女性发自心灵深处的生活颤音。

这些新中国时期的产物,虽然大多细腻地描绘出主人公高尚的道德情操和真实的内心活动,但仍没能完全摆脱"寓教于乐"的道德说教传统的影响。邓友梅的《在悬崖上》在大胆描写主人公见异思迁的感情变化过程中,不敢真正越雷池半步,最后仍然回到了"浪子回头"的陈旧套路之中。阿章的《寒夜的别离》,虽然用浓郁的感情色彩描写了两位在抗战中分离的老干部,却唯恐读者误解,生硬地将在寒夜里话别的年轻恋人作为陪衬。

令人意外的是,刘宾雁的《在桥梁工地上》和《本报内部消息》、耿简的《爬在旗杆上的人》、秦兆阳的《沉默》、李準的《灰色的篷帆》、白危的《被围困的农庄主席》、高晓声的《不幸》、耿祥龙的《入党》、方之的《杨妇道》以及李岸的《戒指》等,原本应该属于"颂歌文学"的作品,却被认为情绪消沉,宣扬了资产阶级人性论、爱情观、人情味;或被指责为散布了没落的、猥亵的资产阶级情调;或被诬蔑为恶毒攻击社会主义新农村,等等,随着"反右"运动的不断深入,很快都遭到厄运。

五　姚雪垠与历史小说

在50年代末60年代初,历史剧的创作十分活跃,并引起了一场关于历史剧问题的讨论,"相形之下,历史小说却成了'冷门'"[①]。但是,在60年代初,与历史剧的繁荣相呼应,历史小说创作也出现了一个小高潮。这时期的历史小说虽然不如历史剧的成就突出,但基本情况却令人惊奇地相似,大致也可以分为"政治型""个人型"和"民间型"三种类型。

"政治型"以姚雪垠的《李自成》为代表,其特点与郭沫若的历史剧一样,也采用当时十分流行的"古为今用"的创作原则,积极反映时代精神,以歌颂历史上的伟大人物来达到为今天的伟人歌功颂德的目的。

---

① 黄秋耘:《空谷足音——〈陶渊明写《挽歌》〉读后》,《黄秋耘自选集》,花城出版社,1986。

姚雪垠(1910—1999)，河南邓县人。姚雪垠中学未毕业即考入河南大学预科，后因参加学生运动被捕，出狱后开始文学创作，1938年发表短篇《差半车麦秸》，从此引起文坛注意。抗战胜利后曾任上海大厦大学教授。五卷本《李自成》①以明末农民战争为背景，以李自成起义为主线，兼写明清之交的民族矛盾和阶级斗争，是一幅中国封建社会"百科全书"式的鸿篇巨制。创作于1957年的《李自成》（第一卷）是这部五卷本长篇巨著中艺术成就最高的一部。作品以潼关南原大战和起义军在商洛东山再起为主要情节，主要描写从崇祯十一年（公元1638年）冬到次年春，农民战争处于低潮阶段的故事，被看作描写农民起义和农民战争的悲壮史诗。

"个人型"以陈翔鹤的《陶渊明写〈挽歌〉》和《广陵散》为代表，其特点与田汉的《关汉卿》一样，都在借历史题材曲折表达自己的个人话语，都体现了对知识分子处境的感慨和对下层人民的关怀。

陈翔鹤（1901—1969），重庆人。陈翔鹤是"五四"时期的老作家，"浅草—沉钟社"的主要成员。其早期创作多取材于现实生活，带有浓重的感伤色彩。1949年后，长期担任编辑工作，很少发表作品，但在1961年和1962年却连续发表了《陶渊明写〈挽歌〉》和《广陵散》两篇②作品，格外引人关注。《陶渊明写〈挽歌〉》对陶渊明形象的塑造，渲染了陶渊明在吟诵阮籍的《咏怀》诗和写《挽歌》《自祭文》时的悲观色彩，但强调的不是达观的生活态度，而是潜藏在达观态度后面自己心中的苦闷和悲愤人生态度。《广陵散》通过嵇康"追求自由"不得，"独善其身"又不能的悲剧命运，表现了知识分子在"无地自由"处境中的精神漂泊感和压抑感。田汉笔下的关汉卿和陈翔鹤笔下的陶渊明、嵇康，都是知识分子中的硬骨头，都是与时政当局格格不入的斗士，但他们的生活态度不同，所采用的斗争方法也不同，相比之下，前者更加理想化，后者则更具有现实性。如果说《关汉卿》是一曲知识分子的赞歌，那么陈翔鹤的作品则充满了孤愤和哀伤。这类作品还有黄秋耘的《杜子美还家》《鲁亮侪摘印》等。

"民间型"以老舍的作品为代表。他的未完成的《正红旗下》③与他的

---

① 《李自成》，共5卷，中国青年出版社出版。1963年出版第1卷，1976年出版第2卷，1981年出版第3卷，1999年作家去世后才全部出齐。

② 《陶渊明写〈挽歌〉》最初发表于《人民文学》1961年第11期。《广陵散》最初发表于《人民文学》1962年第10期。

③ 《正红旗下》创作于60年代前期。"文革"开始后，老舍因不堪人格侮辱而自杀，只完成了11章。

话剧《茶馆》一样,都自觉地继承了民间传统,反映出民间的意识和趣味,不同的是,这部小说写的是自己的童年印象,是他当作一部"自传"来写的,反映的只是旗人生活。其创作目的既不是为了批判旧时代,也不是为了歌颂新时代,而是为了记录和抒发自己民族(满族)的记忆和感悟,所以,个人的情感更多一些,反省的色彩更强一些,创作的自由度更大一些,民族性的反思和批判也更突出一些。虽然作品未能完成,在当时也未能出版,但仍可以清楚地看出作家的艺术追求:以自传的形式表现社会风习与历史变迁。

第五节　戏剧的衰退与繁荣

一　现实剧艺术的普遍下滑

新中国时期的话剧多以现实题材为主,每年的剧本数以千计,但艺术成就普遍不高。而且,其艺术水准的普遍下滑,几乎成为一种趋势,并且随着时间的推移变得越来越明显。最初出现的《红旗歌》《六号门》等,还可以说是新题材新主题的尝试之作,水准不高情有可原。可《洞箫横吹》《布谷鸟又叫了》等作品在艺术上刚露出一点起色,立即又遭受到"反右"运动的冲击,于是,后来的作品大多偏离了艺术创作的发展方向,虽然在农村题材和部队题材上也产生出《槐树庄》《霓虹灯下的哨兵》等在当时有影响的作品,但就其艺术水准而言,既不能与同类题材的小说相比,也不能与话剧中的历史剧相比。

在现代文学史上卓有成就的一批老作家的尝试几乎都未成功,他们或放弃在现实题材上的努力,或转入历史题材的创作。夏衍的《考验》(1954)勇敢地对当时共产党内部严重的官僚主义进行了揭露和批判,并对造成官僚主义的原因作出了自己的分析,但擅长描写小市民和知识分子生活的夏衍,并没能在反映工业题材和政治斗争方面取得艺术上的成功。曹禺的《明朗的天》(1954)虽然敏锐地抓住了当时知识分子思想改造这一具有普遍意义的题材,但由于对新的生活缺乏体验,无论是人物塑造,还是戏剧结构,都远没有达到自己原有的艺术水平。

唯有老舍是个例外,虽然他这时期直接反映社会现实的作品,艺术水平并不平衡,大多因为离政治运动太近,影响了作品的艺术力量,但他屡败屡战①,17 年间共创作 14 部话剧②,此外,还创作改编有《十五贯》等京剧,以及曲剧、歌舞剧、歌剧、儿童歌剧、话剧译作,被称为文艺界的"劳动模范"。其中,《龙须沟》和《茶馆》是老舍自认为得意的两个剧本。

《龙须沟》(1950)虽然是老舍在这时期创作的第二部剧作,却是第一部产生较大影响的作品,可以看成他在当代文学史上的成名作。作品主要描写北京天桥东边一条著名臭水沟的变化,特别是生活在臭水沟边的以曲艺演员程疯子为代表的北京下层市民生活的变化。由于作者熟悉北京城和北京的市民生活,使这部现在读来稍嫌单薄的作品在当时有着动人心魄的艺术力量,也使老舍成为了第一个在现实题材创作中取得成功的"现代老作家"。然而,《龙须沟》与他以前的《骆驼祥子》和《四世同堂》等小说以及以后的《茶馆》等话剧相比,则显得"单薄"或"浅薄",更像一出"活报剧"(舞台上的"通讯报道")。应该说,他想要表现的生活和塑造的人物还太新,在他心中生活的时间还太短,没有经过积淀,缺乏祥子、祁瑞宣、王利发等形象那样的历史感和丰富性。但是,即便如此,它的艺术水准不仅在当时老作家的创作中是少见的,而且在当时所有现实题材的话剧作品中也算是上乘的。由此也可以想见当时现实题材话剧的创作水准。

现实题材话剧艺术水平的普遍下滑,是当代文学的一大损失。究其原因,大致有四个:一是就创作特点而言,话剧属于集体创作的性质,不像小说创作可以由一个作家自己独立完成,因此话剧更容易受到其他各种因素的干扰。二是就传播方式而言,话剧带有即兴表现的特点,演员直接面对观众,不易控制社会效果,因此,话剧创作历来比小说创作更受政府重视,也就有更多的限制和要求。三是就题材而言,刚开始大家对新时代的现实题材还不太熟悉,刚熟悉了又被泼了一盆冷水,而历史题材毕竟还得到了一个喘息的机会。四是就作家而言,新作家掌握话剧这种综合艺术的过程要比小说更长一些,而老作家适应新的社会环境的过程也比新作家要长一些,况且他们的思想包袱也比新作家要沉重一些。

---

① 1962 年老舍曾沉痛地说:"在我的最失败的戏《青年突击队》里,我叫男女工人都说了不少话,可是似乎一共没有几句话是足以感动听众的。"
② 包括《方珍珠》《龙须沟》《生日》《春华秋实》《青年突击队》《西望长安》《茶馆》《红大院》《女店员》《全家福》《宝船》《荷珠配》《神拳》《火车上的威风》。

二　老舍、田汉与历史剧

这时期的历史剧,除朱祖诒的《甲午海战》等少数作品外,大多出自名家之手。老舍、田汉、曹禺、郭沫若等,由于对"新生活"比较陌生,在创作上出现了停滞或平庸的普遍现象,而历史题材为他们提供了一个重新焕发青春的机会,形成了历史剧的一次创作高潮。

由于这些戏剧名家的风格不同,创作目的也不同,他们的历史剧也存在着明显的区别,基本上呈现出三种情况:

"政治型"以郭沫若的《蔡文姬》《武则天》和曹禺的《胆剑篇》为代表。郭沫若是著名的历史学家,在历史剧中常常表现出许多惊世骇俗的新观点。50年代以后的两部历史剧《蔡文姬》(1959)和《武则天》(1960),都是有意为曹操和武则天所作的"翻案文章"。剧中的曹操和武则天不同于传统舞台上的奸雄、淫妇形象,呈现出雄图大略、"忧以天下,乐以天下"、扶危济困、爱民如命的崭新面貌。这实际上是郭沫若以前创作风格和套路的一种延续,不同的是过去的"借古讽今"变为了今天的"借古颂今"。曹禺与梅阡、于是之合作的《胆剑篇》(1961)以春秋战国时期的吴越战争为背景,塑造出范蠡等个性鲜明、动作性强的人物形象,重新演绎了"卧薪尝胆"的历史故事。剧中越国人民"没有牛用人拉,没有犁用手刨"的情景,显然是对"艰苦奋斗,自力更生"精神的响应,具有明确的现实针对性。虽然作品显示出结构严谨、对白圆熟的特点,但由于完全从概念出发,机械地理解"人民是创造历史的真正动力的历史观",削弱了作品的艺术感染力。1962年,曹禺根据周恩来的意见创作的《王昭君》,是一篇以"歌颂我国各民族的团结和民族之间的文化交流"为主题的"命题作文",几经波折,直到1978年才艰难完成,但也没有达到作者以前的水平。这类作品大体上可以看作当时"时代大合唱"中的一个声部,颂歌潮流中的一个支流。

"个人型"以田汉的《关汉卿》为代表。《关汉卿》(1958)是为配合世界和平理事会"纪念世界文化名人关汉卿创作七百周年"而创作的。"世界和平理事会"是中国当时参加的为数不多的几个国际性组织之一,每年它都要选择几个"世界文化名人"来搞纪念活动,1957年选择的几个文化名人中正好有中国的关汉卿。作品主要通过关汉卿目睹贪官污吏的凶残愤而创作《窦娥冤》、为民申冤,并不顾权贵的威胁利诱、拒不修改剧本等情节,塑造了一个理想化的知识分子英雄形象,在当时十分难得。田汉这部作品虽然也是"命题作文",但由于他在其中找到了可以借用、可以抒发自己感情的地方,写起来也就特别惬意,特别得心应手了。这类作品更多地体现出"五四"新文学的传统,表现的是一种当时绝对不允许表现的知识分子的情怀。

"民间型"以老舍的《茶馆》、田汉的《谢瑶环》为代表。但这两部作品也呈现出不同的情况:《茶馆》(1957)主要目的在于通过新旧中国的对比,歌颂新社会的光明,更接近于"政治型"的特点,而田汉根据碗碗腔《女巡按》改编的"新编历史京剧"《谢瑶环》(1961)是作家戏曲创作的优秀代表,它通过谢瑶环形象的塑造,揭示了"为民请命"的谢瑶环悲剧命运的必然性,不仅体现出作家研究历史的独特见解,而且更包含着作家对现实生活的深刻思考,更接近于"个人型"的特点,主要寄托着知识分子的英雄情怀。这类作品也在一定程度上体现了"五四"新文学的传统。

《茶馆》[①]是老舍戏剧的代表作,也是中国当代话剧的巅峰之作,从它诞生之日起,就一直是北京人民艺术剧院的保留剧目和中国当代话剧的代表。该剧以反映社会历史的深广,戏剧结构的独特,北京地方色彩的深厚,语言技巧的精妙而享誉于世。

《茶馆》以三幕的构制表现了裕泰茶馆在三个时代的变化,展现出北京半个多世纪的社会面貌,颇具"史诗"的意味。要表现裕泰茶馆以及与这茶馆有关的众多人物半个世纪的变化,如果按常规的办法,即使是分为几十幕几百场也难以做到。因此,作者选择了最有代表性也最黑暗的三个时代:康梁变法失败后的清朝末年、北洋军阀统治时期的民国初年和抗战胜利后的国民党统治时期。毫不相关的三个时代的历史故事之间的联系,一是靠场景(地点),二是靠人物,三是靠内在的情绪(作品风格)。三幕戏,只是三个生活横断面,犹如三幅市井风俗画,构成了"横断面连缀式"的"图卷戏"。《茶馆》的结构很独特,在这以前的其他戏剧作品中从来没有过,所以也被称为"老舍式戏剧结构"。但这种结构又不是作家故意追求新奇的结果,而是根据作品所表现的内容所进行的尝试。

《茶馆》在三幕戏中描写了七十多位人物,有台词的就有五十多人,有名有姓的也有四十余人,描绘出"清明上河图"式的民间众生相。根据这些人物在戏中的不同作用大致可以分为四种情况:一是主要人物贯穿始终,如茶馆掌柜王利发、旗人后代常四爷、茶馆房东秦二爷秦仲义;二是次要人物父子相承,如拉皮条的刘麻子、暗探宋恩子、吴祥子等;三是特殊人物特殊处理,如吃洋教的马五爷、国民党官僚沈处长等;四是普通人物无名无姓,只露

[①] 《茶馆》最初发表于1957年巴金主编的《收获》。

脸不说话(台词)。

王利发、常四爷、秦二爷三个人物,刚出场时差不多都二三十岁,但他们性格各具特点,也都随时代的发展而不断变化,而这种变化的总趋势则是不断走向深渊。王利发是一个典型的旧式商人,精明而圆滑,善良而自私,既谨小慎微又富于改革精神。在第一幕时王利发息事宁人、逆来顺受、小心翼翼、战战兢兢,生意还能维持,到第二幕时他为了挽救茶馆破产的命运不得不进行改良,而到第三幕时虽然他仍在不断地进行改良,但再怎么改良也已无法挽救茶馆的命运,也同样无法挽救自己的命运了。这一形象生动地说明,裕泰茶馆无法经营下去,不是王利发无能,而是社会无道。常四爷是吃"铁杆庄稼"的旗人,不满现实,正直刚毅,在他身上既有旗人的毛病,也有旗人的优点。这一形象生动地说明,落入社会底层的旗人无异于普通的城市贫民,旗人的天下已经走到了尽头。秦二爷是一个富家子弟,裕泰茶馆的老板,他一腔热血,希望通过办实业来实现富国强民的理想,但只会说不会做,很是潇洒地玩了一生,到最后连老祖宗的一点房产都给玩丢了。这一形象生动地说明,"实业救国"的路是走不通的。王利发、常四爷、秦二爷都是良民,而良民在当时的中国是没有出路的,因此,大家都把《茶馆》看作为旧时代写的一曲葬歌。剧本的结尾三个老人以"撒纸钱"的方式祭奠自己,这种没有亮色、没有"大团圆"的结尾,在当时的戏剧创作中绝无仅有。

剧中人物的对话常常十分简短,包含丰富的潜台词,既具有北京口语的地方色彩,又符合人物的个性特征,充分显示出作者的语言功力。

在这时期的旧戏整理和旧戏改革运动中,"古为今用,推陈出新"的原则也给了传统戏曲重新表现的机会。越剧《梁山伯与祝英台》、昆曲《十五贯》以及田汉的京剧《白蛇传》、孟超的昆曲《李慧娘》等,继承和发扬了传统戏曲中存在着的民间意识和民间趣味,显示出顽强的生命力和广阔的包容性。

三 革命史戏剧的繁荣

与这时期的小说创作一样,革命历史题材一直是话剧创作的主要内容,涌现出了陈其通的《万水千山》、王树元的《杜鹃山》、顾宝璋等的《东进序曲》、白刃的《兵临城下》、于村的《刘胡兰》、阎肃的《江姐》,以及宋之的的《保卫和平》、黄悌的《钢铁运输兵》、沈西蒙的《杨根思》等反映抗美援朝战争的作品。

在50年代中期以后,还出现了一大批以革命历史为题材的歌剧和地方戏曲。它们的出现与这时期历史剧的繁荣无关,主要是 40 年代戏剧改革的继续和收获。《红霞》(1958)、《洪湖赤卫队》(1958)、《刘三姐》(1960)、《红珊瑚》(1960)、《江姐》(1964)等当代著名歌剧,都集中出现在这个时期。而沪剧《碧水红旗》(1959)、《红灯记》(1962),昆剧《红灯传》(1962),京剧《奇袭白虎团》(1959)、《杜鹃山》(1962)、《革命自有后来人》(1962)、《红灯记》(1964)、《智取威虎山》(1964)以及话剧《智取威虎山》(1958)、《红色娘子军》(1964)等,后来大多被移植为"样板戏"。

  1963 年 2 月,江青在上海观看了沪剧《红灯记》后,开始插手"京剧现代戏"的改革,同时开始了对《李慧娘》等历史剧的批判。而 1965 年对历史剧《海瑞罢官》的批判,则成为"文革"的导火索。

第五章
"文革"时期的文学(1966—1976)

第一节 文学的浩劫与灾难

一 《海瑞罢官》与"文革"的开始

"文革"从1966年5月开始,到1976年10月结束,历时十年又五个月,是中国历史上空前绝后的一场政治迫害运动,对中国的民族、社会、政治、经济、文化等都造成了巨大的浩劫和深远的灾难。

"文革"的"导火索"是对历史剧《海瑞罢官》的批判。1959年,毛泽东在上海看了湘剧《生死碑》和《明史·海瑞传》之后,提出要宣传和学习海瑞,说海瑞虽然骂皇帝,但对皇帝还是忠心耿耿。同年6月16日和9月21日,北京市副市长、历史学家吴晗在《人民日报》上连续发表了《海瑞骂皇帝》和《论海瑞》两篇杂文,又在京剧表演艺术家马连良的再三催促下,创作了历史剧《海瑞罢官》①,于1961年初在北京首演。但是,江青和康生把剧中的海瑞与在庐山会议上被免职的彭德怀联系在一起。在江青和张春桥的直接授意下,姚文元十易其稿的《评新编历史剧〈海瑞罢官〉》,经毛泽东亲自审定后,于1965年11月10日在上海《文汇报》发表,各地报纸纷纷转载。虽然在北京遭到北京市市长彭真的抵制,但在政治的高压下,11月29日《北京日报》不得不同意转载,随后,《人民日报》等中央主要报纸也均予转载。

1966年2月,根据彭真在"五人小组"上的讲话精神拟定的《关于当前学术讨论的汇报提纲》(即《二月提纲》),竭力将对《海瑞罢官》的讨论控制

---

① 《海瑞罢官》最初发表于《北京文艺》1961年第1期。

在学术范围内。4月,毛泽东亲自主持政治局扩大会议,对彭真进行了批判,并决定撤销经中共中央批准的《二月提纲》和"五人小组"。5月8日,《解放军日报》发表署名"高炬"的《向反党反社会主义的黑线开火》,5月10日,上海的《解放日报》和《文汇报》又同时发表了姚文元的《评"三家村"——〈燕山夜话〉〈三家村札记〉的反动本质》,5月11日,全国各地报刊转载。同日,彭真领导的北京市委解体。

1966年5月16日,在中央政治局扩大会议上,彭真与罗瑞卿、陆定一、杨尚昆被定性为"反党集团",并通过了由康生、陈伯达起草,经毛泽东多次修改的《中国共产党中央委员会通知》(即《五一六通知》),宣告了"文化大革命"的开始。

"文革"开始后,文艺界遭到灭顶之灾。除鲁迅被"神化",郭沫若、茅盾受到周恩来特别保护外,包括周扬在内的绝大多数作家都受到不同程度的批斗、劳改和迫害,幸存者也都遭受了巨大的身心摧残。邓拓、叶以群、老舍、傅雷、周作人、赵树理、罗广斌、田汉、孟超、魏金枝、陈翔鹤、海默、肖也牧、杨朔、司马文森、丽尼、闻捷、李广田、邵荃麟、侯金镜、巴人、丰子恺等二百余位著名作家和艺术家,都先后殉难。

二 《纪要》与"九·一三事件"

1966年2月,江青在林彪支持下,在上海主持召开了部分军队文化干部参加的座谈会。会后根据江青的多次讲话内容,形成《林彪同志委托江青同志召开的部队文艺工作座谈会纪要》①(简称《纪要》)。经张春桥、陈伯达多次修改,又经毛泽东三次审阅修改后,4月,《纪要》作为中共中央文件在党内一定范围内传达。

《纪要》包括"文艺黑线专政论"、重新组织文艺队伍、破除对30年代文艺的迷信、破除对中外古典文学的迷信、文艺上反对外国修正主义等十条内容,并点名批判了一大批文艺作品。《纪要》认为,建国以来的文艺界"被一条与毛主席思想相对立的反党反社会主义的黑线专了我们的政,这条黑线就是资产阶级的文艺思想,现代修正主义的文艺思想和所谓30年代文艺的结合",因此,要"进行一场文化战线上的社会主义大革命,彻底搞掉这条黑线"。《纪要》实际上成为了江青等人随意摧残和迫害作家

---

① 《林彪同志委托江青同志召开的部队文艺工作座谈会纪要》,《中国当代文学史料选》(谢冕、洪子诚主编),北京大学出版社,1995。

的依据。

在"文革"前期,除郭沫若以及浩然、胡万春、李学鳌、仇学宝等工农出身的作家外,几乎所有作家都失去了创作和发表作品的权利。除《解放军文艺》外,包括《文艺报》《人民文学》《诗刊》在内的所有文学刊物都被迫停刊。文坛上,只剩下由江青"钦定"的"样板戏"。

自1971年9月13日林彪叛逃坠机事件(即"九·一三事件")后,随着国家领导层的变动,文艺政策和文坛面貌也发生了相应的变化,一些文艺书刊也以新的面目重新浮出水面。

1971年12月,原《北京文艺》以《北京新文艺》为名率先复刊。随后,广西、广东、内蒙古、吉林、山东、贵州、四川、湖南等省市的文艺刊物也陆续复刊。到1973年夏季,全国大部分省市都有刊物复刊或创刊,而上海、天津、江苏、浙江等地也有地市级的文艺刊物刊行。1974年1月,张春桥、姚文元和王洪文的"大本营"上海,还创办了当时在全国影响最大的文学月刊《朝霞》,并不定期出版《朝霞丛刊》。

随着各种文学刊物的重新出现,作家队伍也有所扩大,除贺敬之、李瑛、臧克家、姚雪垠、玛拉沁夫、张永枚、草明、顾工、茹志鹃等老作家外,还可以看到克非、李云德、黎汝清、李心田等当时文坛的主力作家,以及叶辛、张抗抗、莫应丰、张长弓、王小鹰、刘心武、徐刚、郑万隆、谌容、梁晓声等后来活跃在"新时期文学"的青年作家。但是,这时期的公开创作继续受到严格控制,许多作品仍只能以"集体创作"名义出版。

在1974年前后,文艺书籍的出版也有一定程度恢复。如鲁迅作品的单行本(24本)和重排的《鲁迅全集》(20卷)以及《三国志通俗演义》《儒林外史》《水浒传》等古典作品也先后出版。

第二节 样板戏与帮派文学

一 样板戏的样板化

样板戏的正式名称为"革命样板戏"。在样板戏中,除《海港》和《龙江颂》外,大多是从以前的现代京剧、沪剧、淮剧和话剧以及其他文学形式"移植"而来的。

1958年至1964年间出现的京剧现代戏①,是解放区戏曲改革的继续和发展,也是新中国时期文坛的重要收获之一。当时的艺术家们虽然努力坚持艺术创作的原则和规律,但仍然受到"二革"(即革命现实主义与革命浪漫主义相结合)创作方法和"三结合"(即领导出思想,作家出技巧,群众出生活)写作方式的局限和影响,大多过于强调阶级斗争,强调道德教化,以理想化的方式来设计情节和戏剧冲突,试图塑造高大完美的英雄形象,后来样板戏的许多原则和特征,在京剧现代戏的创作过程中实际上已经初步形成。

　　1964年,文化部在北京举办"全国京剧现代戏观摩演出大会",汇集了全国19个省市28个剧团的37个剧目。其中,话剧《智取威虎山》(1958)、《红色娘子军》(1964),沪剧《碧水红旗》(1959)、《红灯记》(1962),昆剧《红灯传》(1962),京剧《奇袭白虎团》(1959)、《杜鹃山》(1962)、《革命自有后来人》(1962)、《红灯记》(1964)、《智取威虎山》(1964)等不少作品,就是后来样板戏改编的原本。大会结束后,江青在演出人员座谈会上发表讲话:"我们提倡革命的现代戏,要反映建国十五年来的现实生活,要在我们的戏曲舞台上塑造出当代的革命英雄形象来。这是首要的任务。"②但在后来的样板戏中,除《龙江颂》和《海港》外,几乎全都取材于"建国十五年"以前的革命历史。

　　正是从这时开始,《沙家浜》《红灯记》和《智取威虎山》等几部有良好基础的剧作,在江青的直接干预下开始了"样板化"的过程。因此,"京剧现代戏"的样板化过程,是政治高压下以革命的名义下强奸艺术的过程,每一次修改甚至每一处变动,都成为了"阶级斗争"的表现。

　　《沙家浜》最初取材于崔左夫的回忆录《血染着的姓名——三十六个伤病员的斗争纪实》。回忆录讲述了中共地下联络员、"春来茶馆"老板娘阿庆嫂与"忠义救国军"司令胡传奎、参谋长刁德一斗智斗勇,保护郭建光等新四军伤病员的故事。50年代末,上海市人民沪剧团改编成沪剧《碧水红旗》,1960年公演时改名《芦荡火种》。1963年秋,江青在上海观看了演出,要求北京京剧团尽快改编成京剧。汪曾祺、杨毓珉、萧甲、薛恩厚奉命改编剧本,突出了地下斗争的主题,改名为《地下联络员》。为了进一步修改剧

---

　　① 京剧现代戏,即表现"现代生活"的"京剧"。而所谓"现代生活",在京剧现代戏中,又主要局限于中国民主革命的历史和社会主义时期的生活。
　　② 江青:《谈京剧革命》,《红旗》,1967年6月。

本,北京市委特意安排剧组到部队体验生活,1964年又借上海沪剧团赴京演出之机,组织大家观摩学习,并重新改用原名《芦荡火种》。京剧《芦荡火种》连演百场而盛况不衰,特别是"智斗"一场,精彩绝伦,《北京日报》的"社论"和评论,评价甚高。但是,"1964年7月23日,伟大领袖毛主席观看了京剧《芦荡火种》演出后指出:要以武装斗争为主。江青同志根据这一指示,调动一切艺术手段,加强了新四军指挥员郭建光的英雄形象,突出了武装斗争的主题"[①]。江青强调:"突出阿庆嫂? 还是突出郭建光? 是关系到突出哪条路线的大问题。"[②]因此,作品如何修改的问题,已不是一个艺术问题,而是一个政治问题。根据毛泽东的"最高指示"进行的修改,除将剧名改为《沙家浜》外,主要集中在两个方面,一是为郭建光增加了不少成套唱腔;二是将结尾改为郭建光等人连夜奔袭,攻进敌巢。

修改后的《沙家浜》中,郭建光在舞台上的戏份虽然足以与阿庆嫂平分秋色,但仍然无法改变阿庆嫂在观众心目中的地位,在当时全国性的"学习样板戏"的群众演出活动中,大家最喜爱的形象仍然是阿庆嫂,最喜爱的故事仍然是阿庆嫂与胡传奎、刁德一之间的"智斗"。阿庆嫂不但具有一个地下工作者所应有的机智敏锐的斗争经验,而且还具有茶馆老板娘所应有的八面玲珑、左右逢源的处事作风,正如剧中人刁德一所说:"这位阿庆嫂眼观六路,耳听八方,胆大心细,遇事不慌。"在与胡传魁和刁德一的周旋中,巧妙地利用了胡传魁的愚蠢,面对刁德一的步步紧逼,察言观色,滴水不漏。这在当时的正面形象中几乎是绝无仅有的。作品的精彩和巧妙之处在于,不但突出了阿庆嫂的智慧和沉着,而且也渲染了刁德一的狡猾和凶狠,他先是从以前没见过阿庆嫂而产生怀疑,又因为阿庆嫂曾在日本人眼皮底下救过胡传魁而加重了疑心,继而单刀直入地问新四军的行踪,引阿庆嫂上钩,最后甚至想出了化装成老百姓下湖捕鱼,让藏身在芦苇荡里的新四军自己走出来的诡计,给阿庆嫂配上了一个真正的对手。而胡传魁虽蠢,却每每事出有因,完全符合他的性格和特征,是这场戏中不可或缺的人物。

《红灯记》的故事发生在抗战时期日本统治下的东北。铁路工人李玉和在一次传递"密电码"的任务时,由于叛徒王连举的出卖,和李奶奶

---

① 北京京剧团红光:《人民战争的胜利凯歌——革命现代京剧〈沙家浜〉修改过程中的一些体会》,《人民日报》,1970年1月11日。
② 戴嘉枋:《样板戏的风风雨雨——江青·样板戏及内幕》,知识出版社,1995。

双双英勇牺牲,李铁梅在群众帮助下,将"密电码"送到了北山游击队手中。1962年,这个故事由影片《自有后来人》搬上银幕后,马上又被改编成戏曲搬上了舞台,主要有京剧《革命自有后来人》、昆剧《红灯传》、沪剧《红灯记》等。1963年2月,江青在上海观看了沪剧《红灯记》,推荐给了中国京剧院改编成现代京剧,1964年6月参加了"全国京剧现代戏观摩演出大会"。

《智取威虎山》1958年改编自根据曲波同名小说创作的话剧《林海雪原》。1963年,为迎接"全国京剧现代戏观摩演出大会",先由上海市委宣传部长石西民负责,后改由宣传部副部长张春桥接手。1963年底,张春桥特地请江青来到剧组指导排演。由江青任"指导"的《智取威虎山》,顿时身价百倍。在观摩大会上,原安排在第三轮上演,在开幕式后突然被提到首轮,但仍然有人认为它既不如《红灯记》和《芦荡火种》,也不如《奇袭白虎团》,甚至还不如当时正在北京上演的京剧《智擒顽匪座山雕》以及话剧《智取威虎山》。

《奇袭白虎团》原是"中国人民志愿军京剧团"于1953年在朝鲜战场上创作的一出"京剧活报剧"。该剧团在1957年底回国后,被济南军区司令杨得志要到山东,改编为"山东京剧团"。1963年为参加全国会演,该剧由山东省委宣传部主持重排。江青看中该剧后,想树为样板,但又怕与彭德怀有关,直到1966年确定与彭德怀无关后才开始其样板化的进程。

1966年12月26日《人民日报》发表《贯彻执行毛主席文艺路线的光辉样板》一文,首次将京剧《红灯记》《智取威虎山》《沙家浜》《海港》《奇袭白虎团》,芭蕾舞剧《红色娘子军》《白毛女》和"交响音乐《沙家浜》"①并称为江青亲自培育的八个"革命艺术样板""革命现代样板作品"。1967年5月31日《人民日报》发表社论《革命文艺的优秀样板》,正式提出了"样板戏"一词。之后又出现了京剧《龙江颂》《红色娘子军》《平原作战》《杜鹃山》等第二批样板戏。到1975年"文革"接近尾声时,样板戏的数目增加到18个,其中京剧11个,并通过舞台表演、电影放映、电台广播和语言文字等传播渠道,在全国民众中强行推广。

样板戏是"文革"时期极左政治开创的"无产阶级文艺新纪元"的集中

---

① "交响音乐《沙家浜》"在京剧现代戏的基础上,综合了京剧音乐、交响乐、合唱和表演等多种艺术形式。

体现。它在文艺观念上将"文艺为政治服务"图解为对政治斗争的直接参与,而把"文艺为工农兵服务"直接简化为工农兵形象"占领"舞台,起自于"大跃进"时期的"三结合"创作方法,在"样板化"过程中被再次实施并强行推广。样板戏在题材和内容上,力图勾勒中国无产阶级的革命历史;其艺术样式包含了传统的中国戏剧京剧和来自西方的芭蕾舞、交响乐等现代艺术;在表现方式上,则以"三突出"原则(即在所有人物中突出正面人物;在正面人物中突出英雄人物;在英雄人物中突出中心人物)塑造"高、大、全"式的英雄人物。

二 "帮派文学"与公开创作

1971年"九·一三"事件后,虽然出现了浩然等人的一些新作品,但文学创作仍在《纪要》所规定的框架内进行。

浩然①1956年发表小说处女作《喜鹊登枝》,随后发表了大量农村题材小说,出版有《喜鹊登枝》《苹果要熟了》《杏花雨》等十余部小说集,是当时有名的青年多产作家。1964年、1966年和1971年先后出版《艳阳天》第一、二、三部,在"文革"期间享有巨大声誉,被看作深刻反映农村尖锐激烈的阶级斗争的优秀作品。1972年和1974年又相继出版了《金光大道》前两卷,这是他在检讨了《艳阳天》的不足,学习了样板戏"三突出"创作经验后,努力塑造"高大全"英雄形象的新成果。虽是个人创作,但已完全放弃了作家的个体性话语,使作品从主题、人物到情节结构,都成为"文革"主流意识形态的演绎。

《虹南作战史》(1972)则是当时"集体创作"的一个典型"怪胎"。由"土记者和农村干部相结合"组成的"上海县《虹南作战史》写作组",直接听命于"上海市委写作组",表现上海农村50年代合作化运动中"两条路线斗争",其写作方式完全按照《纪要》的规定进行。原计划写两部,但只完成了一部。当时公开出版并产生较大社会影响的作品,主要还有南哨的《牛田洋》、浩然的《西沙儿女》等。

1974年,随着"批林批孔"运动的展开,江青等人先后策划了《春苗》《决裂》《反击》《盛大的节日》《欢腾的小梁河》等一批"与走资派斗争"的电影,但这些作品已经谈不上什么艺术审美因素,完全沦为政治影射的"帮派文艺"。

---

① 浩然(1932—2008),原名梁金广,祖籍河北,天津宝坻人。

这时期,在公开出版的小说中,较有艺术价值并产生一定社会影响的作品,主要有姚雪垠的《李自成》(第2部)、克非的《春潮急》、李云德的《沸腾的群山》、李心田的《闪闪的红星》、黎汝清的《万山红遍》和《海岛女民兵》等。

与此同时,围绕着文艺创作而进行的政治斗争也日益激烈,湘剧《园丁之歌》、晋剧《园丁之歌》、电影《创业》和《海霞》先后受到批判。江青对《创业》进行批判时,邓小平已经主持中央工作,毛泽东对文艺现状和文艺政策也有明显的不满。在邓小平等人的直接推动下,毛泽东在1975年7月间作出了有关《创业》的"两个批示",使得这些影片最终得以问世,也使《人民文学》《诗刊》等文学杂志在不久后得以复刊。

第三节　潜在写作与地下文学

一　穆旦、丰子恺与潜在写作

"文革"时期,与公开的文坛相对应,许多因各种不同原因失去了写作权利的作家,始终在坚持"潜在写作",其中,穆旦、丰子恺等在诗歌和散文创作上的成绩最为突出。

1948年,穆旦曾在FAO(联合国世界粮农组织救济署)和美国新闻处工作过一段时期,同年8月,穆旦赴美国芝加哥大学研究生院攻读英美文学,1951年获文学硕士学位。1952年由美国诗人休·克里克莫尔主编的纽约版《世界名诗库(公元前2600—公元1950年)》,选入了穆旦的两首作品,入选的中国诗人仅穆旦和何其芳两人。也正是在这一年,穆旦谢绝了中国台湾和印度一些知名大学的盛情邀请,执意回国。由于妻子周与良是生物学博士,回国手续颇费周折,直到1952年底才得以启程,于1953年初回到天津,从5月起在南开大学担任外文系副教授,1954年因曾经参加过"中国远征军"被列为"审查对象"。1957年先后在《诗刊》和《人民日报》发表《葬歌》和《九十九家争鸣记》,同年9月受到批判。1958年底,被定为"历史反革命",降职降薪,甚至被逐出课堂,在南开大学图书馆接受管制。"文革"中,又因"中国远征军"问题被打成"历史反革命"。此后,他虽然停止了诗歌创作,但一直坚持诗歌翻译,以本名"查良铮"和笔名"梁真"出版了国外著名诗人的诗集十余种①,由一个著名诗人成为了一个著名的文学翻译家。这一时期是他创作的衰退期,却是他翻译的高峰期。

1975年,在"文革"结束前夕,停止写作多年后,穆旦心中郁积已久的诗情再一次爆发,一口气创作了《智慧之歌》《停电之后》《冬》等近三十首作品。特别是他的《神的变形》以"诗剧"的形式,通过"神、魔、权、人"这四个人物的戏剧性冲突,展示了一个寓言式的人类悲喜剧,充满苦涩的智慧,是他在生命的晚期对人生的回顾和总结。但穆旦的最后辉煌时间太短,由于长期以来身心受到的摧残和折磨,刚过了59岁生日,就于1977年2月26日不幸病逝。好在他看到了"文革"的结束。两年后,穆旦的冤案终于得以平反。

丰子恺是现代文学史上有名的多产散文家,1957年还曾出版过创作于1925—1948年间的散文选集《缘缘堂随笔》,翻译出版了多部俄罗斯和日本的文学作品。在"文革"中,丰子恺遭到了严酷的批斗与迫害,上海甚至专门成立了"打丰战斗队",但在灵魂深处,他始终坚守心灵的一方净土。在1971—1973年受批斗的日子里,他竟利用被批斗之余的凌晨偷偷写下了几十篇散文,后结集为《缘缘堂续笔》②。在旧人旧事的琐忆中,对人生、对生命的亲和达观的态度与身处困境中的生存智慧,显示出在那个疯狂的年代难得见到的超脱、从容与镇静,这显然与他的佛学修为有很大关系。丰子恺曾受到英国作家斯蒂森,以及日本作家德富芦花、尾崎红叶,特别是夏目漱石的深刻影响。在《暂时脱离尘世》中,他引用夏目漱石的话:"苦痛、愤怒、叫嚣、哭泣,是附着在人世间的。我也在30年间经历过来,此中况味尝得腻了。腻了还要在戏剧、小说中反复体验同样的刺激,真吃不消。我所喜爱的诗,不是鼓吹世俗人情的东西,是放弃俗念,使心地暂时脱离尘世的诗。"这段话可以概括《缘缘堂续笔》的创作特点。

许多老作家也曾以或曲折或直露的方式表达对"文革"的反抗。牛汉

---

① 穆旦已出版的译著共16种,包括普希金诗集7种:《青铜骑士》(1954,上海平明)、《波尔塔瓦》(1954,上海平明)、《加尼里颂》(1955,上海平明)、《普希金抒情诗集》(1957,上海新文艺)、《普希金抒情诗二集》(1957,上海新文艺,"文革"中重新修订后更名为《普希金抒情诗集》,上下册,上海译文)、《欧根·奥涅金》(1957,上海新文艺)、《高加索的俘虏》(1958,上海新文艺)。其他诗集7种:《拜伦抒情诗选》(1957,上海新文艺,"文革"中重新修订,上海译文)、《布莱克诗选》(1957,人民文学)、《雪莱抒情诗选》(1958,人民文学)、《济慈诗选》(1958,人民文学)、《云雀》(雪莱,1958,人民文学)、《唐·璜》(1980,四川人民)、《英国现代诗选》(1985)、《艾略特和奥登诗选》。文艺理论译著2种:《文学原理》(季摩菲耶夫,1955,上海平明)、《别林斯基论文学》(1958,上海新文艺)。
② 《缘缘堂续笔》,《丰子恺散文全编》,浙江文艺出版社,1992。

的《华南虎》《悼念一棵枫树》《半棵树》,以及曾卓的《悬崖边的树》、绿原的《重读〈圣经〉》等七月派诗人的作品,超越了自己40年代作品中强烈的社会功利意识,着重思考了重压之下的生命、死亡与背叛等主题。廖沫沙在被批斗时作的《嘲吴晗并自嘲》,将辛酸化为无奈的自嘲,在平淡中显出时代的荒谬,《悼吴晗同志》借对吴晗的悼念,抒发了知识分子对文化专制主义的无限愤慨。杨沫《自白——我的日记》中的"文革"部分,则真实地记录了时代的残酷以及知识分子的真实心态。流沙河、蔡其矫、李英儒等,也创作了为数不少的优秀作品。

二　张扬、赵振开与地下文学

"文革"中的地下文学,上承新文化传统,下启新时期文学,对于伤痕文学、知青小说,以及朦胧诗等现代主义文学实验等,都有不可忽视的重要影响。

在1968年前后,随着"文革"的迅猛发展,全国各地的红卫兵组织开始摆脱"中央文革小组"的控制,创办了《莱茵报》《新湘江评论》《井冈山》《东方红》《长征》《中学文革报》《红卫兵文艺》等"红卫兵小报",发表了遇罗克的《出身论》《写在火红的战旗上——红卫兵诗选》的等影响广泛的大量评论、杂文、诗歌、散文等,掀起了一场声势浩大的红卫兵文艺运动。这些以公开形式出现的"非正式出版物",直接诱发了"文革"地下文学的发展和繁荣。与此同时,一些在"文攻武卫"的内乱中退出政治舞台的"老红卫兵",成为了"文革"中的"逍遥派",并开始看看"文革"前"供批判用"的"内部读物"("灰皮书")和"文革"中"供高干阅读"的"内部读物"("黄皮书"),如《第四十一个》《多雪的冬天》《你到底要什么》等小说和《铁托传》《斯大林传》《新阶级》等政治读物,形成了许多"地下文艺沙龙",为后来的地下文学创作作了直接的准备。

毕汝协[①]的《九级浪》1970年开始在北京知青中秘密传抄,后迅速扩散,是"文革"中影响较大的早期作品。毕汝协是"文革"初的老红卫兵,出生在北京一个干部家庭,进入北京女才子黎利的"文艺沙龙"后开始文学创作。《九级浪》以"文革"开始后的社会为背景,表现一代青年走向迷茫、幻灭、堕落的过程,明显受到俄罗斯批判现实主义的影响。取名"九级浪",一是因为小说中绘画老师家中出现的俄罗斯画家埃瓦佐夫斯基的油画《九级

---

① 毕汝协(1951—),北京人。

浪》,描绘了茫茫大海,狂浪滔天,一只帆船即将倾覆;二是因为主人公"我"与他心中的"女神"司马丽结伴跟绘画老师学画,司马丽先后被老师和"我"玩弄后,走向了沉沦,其放纵如"九级浪"。

与《九级浪》同时流传的还有佚名作者的《逃亡》。作品讲述了在东北插队的几位知青,在一个寒冷的冬夜扒车回城的故事。最后,在一节拉煤的空铁皮车厢里,他们抱在一起,一睡不起。《逃亡》通过不同人物的回忆,展示了"文革"初和"文革"中的历史场景,表现了"文革"中知青的悲惨命运。

"文革"中影响最大的"手抄本"小说是张扬的《第二次握手》。张扬(1944—),原名张尊宽,原籍河南长葛,在湖南长沙长大。1961年读高三时以笔名"周豫"在《长沙晚报》发表处女作散文《婚礼》。《第二次握手》最初写于1963年,以舅舅的爱情悲剧为题材,第一稿为短篇《浪花》,1964年修改扩充为中篇《香山叶正红》,1966年的第三稿增加到10万字,1970年完成第四稿,再改名为《归来》。1970年初,张扬因在通信中"攻击林副统帅"被捕,"九·一三"事件后于1972年底获释。这期间,他未署名的手稿,被传阅和转抄到全国很多地方,曾出现过《归国》《氢弹之母》《一代天骄》等各种书名,其中,以《第二次握手》流传最广,在全国清查手抄本作品运动中,被列为重点清查目标之一。1975年张扬因此再次被捕,并被罗织各种罪行,内定处以死刑。直到1978年10月,《中国青年报》应读者要求,呼吁为《第二次握手》恢复名誉,1979年1月18日张扬被无罪释放。同年7月,张扬重新修改的《第二次握手》由中国青年出版社出版。作品以化学家苏冠兰和核科学家丁洁琼的爱情故事为主线,把曲折的爱情故事与对知识分子的歌颂以及爱国主义的主题结合起来,这对正统文艺的清规戒律是一次很大胆的触犯。

"文革"地下文学中在小说创作上最成功的是赵振开的中篇小说《波动》。赵振开(1949—),笔名艾姗、北岛、石默等,北京人,后以笔名"北岛"闻名于世。1969年,赵振开于北京四中高中毕业后,被分配到一家建筑公司,在那里当了11年的混凝土工和烘炉工。1970年开始写诗,1972开始小说创作,创作有《波动》《幸福大街十三号》《稿纸上的月亮》等,后出版有小说集《归来的陌生人》。1976年参加天安门运动,1978年与诗友芒克等人共同创办《今天》,任主编。80年代曾在《新观察》《中国报道》当编辑,后辞职。1986年被《星星》杂志评为"我最喜欢的中青年诗人"之一。出版有诗集《北岛诗选》《五人诗选》等。其中,《北岛诗选》获得中国作协全国第三届新诗诗集奖。

《波动》①中的杨讯与萧凌同是时代的反叛者,却代表着觉醒的一代知青中绝望与希望两种典型的心态。作品采用复调叙述的方式,叙述者有杨讯与萧凌,有充满矛盾的地方领导林东平及其女儿,还有彻底的虚无主义者、充满了原始兽性的流浪汉白华等,语言精警、感觉敏锐、象征手法圆熟、人物意识准确而富有流动感,多角度、多侧面地展现出"文革"的时代图景,被称为"从黑暗与血污中升起的星光"。

这时期比较有影响的手抄本,还有一些遭到围剿的黄色小说(即色情小说)。《少女之心》(佚名)带有明显的"自叙传"色彩,五六千字,主要表现主人公"我"与表哥的恋爱过程,通过三次身体接触,表现了主人公性意识的觉醒和发现。《曼娜回忆录》(佚名)也是一部具有"自叙传"特点的小说,有万余字,有的版本更长,主要讲述曼娜与三个男人三次婚姻中的性生活,但性描写并不露骨,文笔多感情色彩。此外,还有《塔里的女人》等。

三 黄翔、食指与白洋淀诗派

在"文革"中,也有一些年轻的敏感者开始萌生独立意识,并有组织地开始了地下文学活动,预告了一个新的文学时代的到来。其中,黄翔、食指和白洋淀诗派最值得注意,他们的诗歌摆脱了主流意识形态的左右,回到了自己的生活体验、艺术想象与社会思考之中,并由此显示出人性与艺术的觉醒。

黄翔(1941—),湖南桂东人。黄翔的诗歌创作较早,在"文革"前创作的《独唱》(1962)中,已显示出特立独行的性格和沉思内省的个性。在"文革"中,黄翔已经属于在思想与艺术上最早、也最出色的探索者。《野兽》对那个年代发出了最强烈的诅咒,不仅诗人的意识已跳出了那个"可憎年代"的笼罩,而且其诗艺的尖锐、集中,其意象的变形、生动,都产生出极强烈的形象效果,显示出强烈的探索精神与浓厚的现代主义色彩,与"文革"时期干枯的语言迥然不同。组诗《火神交响曲》则借火炬之口,发出了那个时代最高亢的呼喊,呼唤人性、科学与真理的复归。

食指(1948—),原名郭路生,北京人。食指出身于干部家庭,"文革"初经常出入牟敦白的"文艺沙龙",结识了郭世英(郭沫若之子)并受到较大影响。他的成名作《相信未来》,表现了当时青年人中普遍存在的绝望情

---

① 《波动》(1974)原系手抄本,署名"艾珊",后在民间文学刊物《今天》杂志第4—6期连载,1986年收入小说集《归来的陌生人》(花城出版社)。

绪,唤醒了一代青年诗人,被称为"文革""新诗歌"的发轫之作。他的代表作《这是四点零八分的北京》,表现了"上山下乡"的知青对故乡、母亲和文明的眷恋,不但与当时公开的文学作品大相径庭,即使与"文革"前的作品相比,也具有迥然不同的特点。这标志着年轻一代已从"乌托邦神话"中觉醒,并尝试以自己独特的方式来表现自己的感性体验与理性思考,具有一种涤除了政治权力话语之后的真率与清新。1974年,郭路生因失恋而精神崩溃,他在此期间创作的《疯狗》,很好地表现了当时知青的心态,流传甚广。

白洋淀诗派形成于1971年北京以女主人徐浩渊为中心的"文艺沙龙",其代表人物是1969年一起到河北白洋淀插队的北京三中学生芒克、根子和多多。芒克①下乡后开始诗歌创作,有诗集《心事》《旧梦》《阳光中的向日葵》和长诗《群猿》、组诗《没时间的时间》等。根子②主要有《三月与末日》《白洋淀》《桥》等。多多③主要有《回忆与思考》(5首)、《蜜周》《万象》(14首)、《致太阳》《感情的时间》等。根子和多多在"文革"初开始创作旧体诗,后受食指和芒克影响,开始创作具有现代色彩的诗歌,直接预示和影响了朦胧诗与后朦胧诗的现代主义探索。而北岛、舒婷、顾城、江河、杨炼等朦胧诗的代表人物,也正是在这前后开始诗歌写作的。

当时在各地知青中,还广泛流传着各种版本的《知青之歌》等歌谣。其中,影响最大的《南京知青之歌》,它反映了知青们对故乡亲人的思念,流露出被迫将"脚印深浅在偏僻的异乡","跟着太阳出,伴着月亮归"的困惑与心酸。而这时期出现的长诗《决裂·前进》(1972)和《生活三部曲》(1974)等,受郭小川政治抒情诗的影响,用革命的形式表现革命者内心的矛盾痛苦,描写了知青们的心路历程。

1976年4月5日(丙辰清明)前后,在悼念周恩来总理的活动中出现的"天安门诗歌运动",代表了全国人民对"四人帮"和"文革"怒不可遏的心声,敲响了这个黑暗时代的丧钟,是"文革"十年最为激动人心的辉煌乐章。北岛的《回答》和江河的《纪念碑》都是其中的代表性作品。

---

① 芒克(1950—),原名姜世伟,北京人。
② 根子(1951—),原名岳重,北京人。
③ 多多(1951—),原名栗世征,北京人。

第六章
新时期的文学(1976—1984)

第一节　文学的回归与复兴

一　拨乱反正与思想解放

1976年10月,"四人帮"(王洪文、张春桥、江青、姚文元反革命集团)的覆灭,标志着"文革"的结束。但1977年2月7日,当时中国最具权威性的"两报一刊"(《人民日报》《解放军报》《红旗》杂志)同时发表社论《学好文件抓好纲》,提出了著名的"两个凡是":"凡是毛主席作出的决策,我们都坚决拥护;凡是毛主席的指示,我们都始终不渝地遵循。"

正是在"改革派"与"凡是派"的激烈斗争中,1978年5月,"新时期文学"终于在"拨乱反正"的一系列重大事件中拉开了帷幕。

1978年5月11日,《光明日报》发表评论员文章《实践是检验真理的唯一标准》,随即引起了思想、文化领域的一场大辩论,标志着"思想解放运动"的开始;5月27日,中国文联及五个协会正式恢复工作,《文艺报》复刊;11月15日,北京市委正式为"天安门事件"平反;11月16日,新华社正式报道,中共中央决定为1957年被错划的"右派分子"平反;12月5日,《文艺报》和《文学评论》编辑部召开文艺作品落实政策座谈会,为《保卫延安》《组织部新来的青年人》等作品平反;12月18日,中共中央第十一届三中全会召开,确立了"全党工作重点转移到社会主义现代化建设"的方针和"解放思想、开动机器、实事求是、团结一致向前看"的思想路线。

1979年10月,第四次文代会召开,邓小平到会并代表中共中央致祝辞,明确提出对文艺工作"不要横加干涉"的意见,承认文艺创作是一种复杂的精神劳动。

1980年,中共中央正式提出以"文艺为人民服务,为社会主义服务"的总方针,取代"文艺为工农兵服务"和"文艺为政治服务"的口号。

1984年,第四次作家代表大会召开,胡启立代表中共中央致祝辞,首次以科学的态度总结了历史上党领导文艺工作存在的缺点,并提出"创作自由"。

新时期文学充满了生机勃勃的创新精神,也充满了创新和保守两种文学观念的冲突。"阶级斗争"的思维模式仍然存在,知识分子依然被看作"小资产阶级",对西方文化思想依然采取拒绝态度,对文艺思想问题依然希望用"搞运动"的方法来解决。这些都决定了新时期文学过渡时期的性质。一方面人们在"拨乱反正"中,通过各项文艺政策的调整而获取了巨大的创作动力和积极性;另一方面,在生机勃勃的创新面前,人们的思想意识深处还依然残存着50年代以来形成的战争文化心理、阶级斗争的"运动"观念、二元对立的思维模式、保守封闭的文化思想等,因此,新时期文学的一个重要特点,就是"五四"精神(或"五四"文学传统)的复活。而"五四"精神的复活,正是伴随着70年代末期"拨乱反正"的思想解放运动而出现的。

二 新时期的文学思潮

新时期的文学思潮,是由伤痕文学、反思文学和改革文学等一系列既各自独立,又相互关联的文学思潮构成的。

伤痕文学是新时期最先出现的创作潮流。"文革"的噩梦结束以后,"文革"造成的"伤痕"却尚未愈合,直面浩劫的罪恶,恢复现实主义的传统,成为当时作家的强烈要求。于是,政治上的拨乱反正,催生了刘心武的《班主任》、卢新华的《伤痕》等一大批伤痕文学作品,同时也拉开了新时期小说创作的序幕。伤痕文学以揭露"文革"的罪恶为主要内容,表现人们在十年动乱中精神和肉体所受到的创伤,以直面现实的勇气和敢于揭露社会阴暗面的批判精神,开拓了现实主义道路,是对"文革"文学的否定,更是"五四"新文学传统的复归。

伤痕文学的创作主体是年轻的知青作家。他们心灵上无法弥补的伤痕,伴随着已逝青春的感伤,给伤痕文学笼上了一层阴郁和绝望的色调。伤痕文学的情感基调虽然是感伤性的,但在苦痛、血泪和伤痕中,却包含了对"五四"启蒙精神的张扬,表现出强烈的现实批判精神和直面人生的态度,在情感上为否定"文革"作了有力的铺垫。因此,伤痕文学的意义,主要在于它以其批判的现实战斗精神与"五四"文学传统形成了对接,弘扬了"五四"文学传统中的干预精神、批判精神以及知识分子的主体意识。

同时,伤痕文学大多还停留在对十年"文革"表象的揭露和批判上,未能对其产生的内在原因进行深入探讨。随着思想解放运动的展开,必然出现对国家悲剧进行更大范围和更深层次探讨的作品:反思文学。

反思文学的创作主体是一批复出的"右派"作家,他们比年轻的知青作家具有更丰富的人生阅历、生活体验和创作经验,同时,还拥有年轻作家所没有的从 50 年代就培养起来的理想和信念,因此,他们创作中表现出十分强烈的理性主义色彩。

反思文学出现的时间比伤痕文学稍晚,但反映的内容更广,从"文革"时期上溯到民主革命时期,具有更为深邃的历史纵深感和更大的思想容量,但多以苦尽甘来的"大团圆"为结局,在某种程度上回避了战争和"文革"的灾难性实质,因此也削弱了批判的力度。

伤痕文学与反思文学具有许多共同的特点:以揭露和批判极"左"路线、反对官僚主义、揭示社会和历史悲剧、呈现和剖析悲剧人物的命运遭际、刻画悲剧人物性格等为主要内容,并且都表现出鲜明的干预意识、批判精神和现实主义风格。但是,从情感倾向而言,伤痕文学往往表现出面对痛苦历史时刻骨铭心的个人性绝望与忏悔意识,具有较强的感性色彩,而反思文学则具有较强的理性色彩;从作品文体的角度看,伤痕文学多为短篇形式,而反思文学则创作的篇幅更大,一般采用中篇小说的形式,80 年代的"中篇小说热",正是伴随着反思文学的兴盛而出现的。可以说,伤痕文学是反思文学的源头,而反思文学则是伤痕文学的深化。

改革文学是在中国社会改革开放的大潮中应运而生的。1982 年后,农村相继实行联产计酬和承包责任制,城市经济改革的步伐也进一步加快,改革真正成为中国大地上的第一重大事件。于是,具有社会参与传统的新时期文学,也就承担了新的历史使命,在这些"改革英雄"身上,倾注了作家们对新时代英雄的赞美,也满足了读者对改革的向往。

这时期出现的人道主义文学思潮,是对"五四"新文化传统的继承和发扬,是新时期文学承接"五四"新文学传统的一个组成部分。从 50 年代开始,人道主义就被视为异端邪说,遭到主流社会的大肆讨伐,俨然成为了文学创作的禁区。这一状况,到"文革"时达到了登峰造极的地步。1979 年开始的思想解放运动,是对人的地位和价值的重新确认,为文学创作中的人道主义思潮提供了思想基础。80 年代初兴起的人道主义思潮,不仅在文学创作与理论上,而且在整个文化思想界,都引起了一场大讨论。这次讨论,虽然仍以政治干预的方式终止，但并没有以大批判的方式进行，也没有作彻底否定的结论。特别是在对《人啊，人》的围攻式批评和在对《绿化树》与《男人的一半是女人》等作品的激烈争鸣中，人们逐渐认可了它的存在和意义。

对西方现代主义的评价，在80年代初成为文学界普遍关注的一个现象，并由此引起了一场有关现代派文学的争议。对现代意识的追求，是新时期文学创新精神的重要体现。刚开始时，虽然只局限在现代派艺术技巧的探索，但很快就显现了作家对现实生活矛盾与个人生存意义的整体性思考。1983年，对现代主义的批判使得这股文学新思潮一度低落，但该时期作家们的开拓和努力，却为1985年先锋文学的出现埋下了伏笔。

第二节　散文的沉思与报告文学的辉煌

一　巴金、冰心、杨绛与孙犁的晚年散文

70年代末，思想解放运动的开展，改革开放路线的确定，为中国文学的重新繁荣提供了极好的机遇。巴金、冰心、杨绛、孙犁、萧乾、柯灵等一大批老作家重返文坛后，都不约而同地致力于"五四"新文学传统的恢复。

巴金晚年散文的代表作《随想录》①，是一座个人的"文革"博物馆。《随想录》的创作出发点，就是对"文革"作出个人的清算与反省，为世人留下一个民族灾难的见证。其主要内容可以归纳为三个方面：一是揭露"文革"给人们造成的创伤和苦痛，如《怀念萧珊》等；二是反思"文革"的灾难，强调"文革"的余毒尚存，并提出了建立"文革博物馆"的构想，希望能给历史留下民族灾难的见证，向世人提出警示，如《病毒草》《"文革"博物馆》等；三是表现出与民族共忏悔的人格魅力和人道精神，如《"遵命文学"》《怀念胡风》等。

把反省"文革"与自我追问结合在一起，是《随想录》的独特之处。从第7篇《"遵命文学"》对自己在1965年参与批判柯灵剧本《不夜城》行为的反省，到最后关于"反胡风"运动的忏悔，巴金艰难地完成了漫长的自我发现

---

① 《随想录》收录了巴金在香港《大公报》所开辟"随想录"专栏上的文章。从1978年12月1日发表第一篇《谈〈望乡〉》开始，至1986年8月20日完成最后一篇《怀念胡风》，历时8年，共计150篇，以30篇为一集，集为《随想录》(第一集)、《探索集》《真话集》《病中集》和《无题集》。1980年人民文学出版社出版第一集，1986年12月出齐。1987年三联书店出版合订本《随想录》，计42万字，是当代散文的鸿篇巨制。

与清算。《怀念胡风》详细剖析了自己在"反胡风"运动中,为了明哲保身而不惜任意"上纲"写表态文章时的痛苦心情,是他最动感情的一篇随想。在《一颗桃核的喜剧》中,作者小时候在父亲的衙门里看到犯人挨了打还要向知县老爷谢恩的情景,成为贯穿《随想录》全书的总体意象。《随想录》的可贵之处,在于没有停留在简单的伤痛展示上,也没有单纯地从社会政治角度来反思"文革"乃至极"左"思潮的历史原因,而是通过个人的内心追问,对民族性格、民族心理和个人的精神状态进行反思、忏悔和拷问。《随想录》的意义不仅在于巴金对个人历史的反思,而且在于他通过自己的心路历程,十分典型地反映出现代中国知识分子所经历过的普遍的文化心态。

冰心的晚年散文①最为可贵的是,敢于说真话,敢于面对现实人生,敢于自我呈现。其内容大致可分为三类:一是对知识分子的关注。如《我呜咽着重新看完毕〈国殇〉》痛心疾首地呼吁社会重视知识、重视知识分子,并希望知识分子进行自救,而《从"五四"到"四五"》《无士则如何》《我请求》《读巴金的随想录》等,更表现出一位知识分子对祖国命运和前途的拳拳之心。她在93岁高龄时写下的《我的家在哪里》,仍在进行着知识分子生命的文化精神价值的探寻。二是对自己人生历程的回顾。如《我的故事》《我的童年》《我入了贝满中学》《我的中学时代》《我的大学生涯》《在美留学的三年》等自传体散文,通过真实的历史氛围的描绘,反映出时代的风云变幻。三是继续对"爱"的讴歌。如《三寄小读者》在谈理想、谈世界和平时,把一位老知识分子的爱国深情贯注其中,《我的母亲》表达了对母亲深切而真挚的热爱之情,《老舍的散文》《悼靳以》《怀念郭小川》《悼丁玲》《追忆吴雷明校长》等表达了对朋友的真诚情谊,《病榻呓语》则在更高层次的生命感悟上,表达了老作家热爱人类、热爱生命的主题。冰心晚年所追寻的爱,已完全消解了理想化的成分,变得更为具体、更为实在。

杨绛(1911—),原名杨季康,祖籍江苏无锡,北京人。少年时代在上海、苏州读书,1932年毕业于苏州东吴大学,后成为清华大学研究院外国语文研究生,1933年发表处女作《收脚印》。1935—1938年留学英、法等国,回国后任上海震旦女子文理学院外语系教授、清华大学西语系教授,1953年后任北京大学文学研究所、中国社会科学院外国文学研究所研究员。1970年下放河南息县"五七"干校,1972年回京。杨绛创作有散文《干校六

---

① 冰心的晚年散文主要有散文集《晚晴集》(1980)、《三寄小读者》(1981)、《记事珠》(1982)、《关于男人》(1988)、《关于男人和女人》(1993)等。

记》《将饮茶》《杂忆与杂写》和长篇小说《洗澡》等,始终保持着边缘人的写作姿态,漠视功利,避免明显的政治倾向性。

散文集《干校六记》(1981)是杨绛对 1970 年 7 月至 1972 年 3 月在河南干校生活的回忆,描写了知识分子在浩劫年代的际遇和心迹。作品在叙说自己与丈夫钱锺书在"文革"中被迫下放劳动改造的过程中,有意避开了对社会政治的观照,而以边缘人的达观诙谐,表现了作家在逆境中的洒脱镇定,体现出学者式的智慧风范。首篇《下放记别》,含而不露,将别离的悲恸写得恬适平静,表现出别一种自我的生命力量;《"小趋"记情》通过写一条叫"小趋"的小狗与"我"的融洽关系,以狗之情趣,反衬人的险恶,以及"文革"灭绝人性的生存环境,从另一种角度,揭示了"文革"的历史真实和知识分子情怀;其他四篇《凿井记劳》《学圃记闲》《冒险记幸》《误传记妄》,也都体现了她对历史事件置身事外的态度,以平静的笔触来表现人情的真相、审视历史,文字简略含蓄,在平和冲淡的情感中表现出作者在经历了人生苦痛后的心智和感悟,在幽默诙谐的哲理中蕴含着经历沧桑后的达观情趣。

孙犁晚年也形成了一个散文创作的高潮①。其内容大致可分为回忆、杂感和随笔三种类型。《母亲的记忆》《童年漫忆》《乡里旧闻》《亡人轶事》等追忆文字,既饱含着人之真情和人生之沧桑,又显示着对于社会、历史的批判力量。《谈妒》《谈名》《谈谏》《谈谅》《谈情》等杂感,具有较强的现实针对性,既表达了作家对社会人生的看法,又熔铸着作家几十年的人生体验。而文艺随笔则阐述了他一贯的现实主义文学创作主张,包括对青年的批评奖掖、对文史典籍的阅读体会和对文坛现象的评判论说等。

如果说每个作家的创作道路都有前期和后期之分,那么,许多跨越中国现当代文学的作家,则多以 1949 年"建国"为界分为前后期。然而,孙犁的创作道路却以"文革"为界。其前期创作以小说为主,持续保持着清新优美的文风,被称为"老孙犁"。"文革"中,孙犁不得不搁笔。但新时期以后,又以评论、杂文等散文创作为主,风格也为之大变,以愤世嫉俗在文学界特立独行,迎来了他的创作艺术的又一高峰,在文学界产生了广泛影响,被称为"新孙犁"。有人总结说:"前期,深于诗,多于情,阴柔之美盛;后期,深于

---

① 孙犁从 1976 年 12 月写作《远的怀念》起,20 年间,先后出版了《晚华集》、(1979)、《秀露集》(1981)、《耕堂杂录》(1981)、《澹定集》(1981)、《尺泽集》(1982)、《远道集》(1984)、《老荒集》(1986)、《陋巷集》(1987)、《无为集》(1989)、《如云集》(1992)和《曲终集》(1995)等十余部散文集。

世,多于思,忧患意识强化。"①孙犁的变化虽然是从新时期开始的,但在1956年他创作最后一部小说②《铁木前传》时,就已经有所预兆,体现出了孙犁在精神上的困惑。

二 徐迟与报告文学

报告文学经过半个世纪的发展,在80年代进入自己的辉煌时期,成为这时期文学的重要收获之一。

徐迟(1914—1996),浙江吴兴人,早年曾在苏州东吴大学就读,1933年开始发表诗歌,出版有诗集《20岁人》《最强音》等,30年代在香港与袁水拍、冯亦代被称为"三剑客"。50年代后有诗集《美丽、神奇、丰富》《战争、和平、进步》《共和国的歌》和报告文学《我们这时代人》《鱼的神话》《祁连山下》等。1976年后,连续发表了《地质之光》《哥德巴赫猜想》《生命之树常青》《在湍流的涡旋中》《结晶》和《刑天舞干戚》等,成为新时期报告文学的代表作家。

徐迟新时期的作品主要以科学家为题材,在报告文学史上具有创新和开拓的意义。《哥德巴赫猜想》③是新时期第一篇"爆炸性"的报告文学,第一次直接为知识分子在"文革"中的遭遇鸣不平,正面表达出对文化知识的尊重和对知识分子的赞美,并成功地塑造了数学家陈景润的艺术形象,在当代文学史上有着里程碑式的意义。

新时期的报告文学始终关注现实社会的矛盾,不断开拓题材范围。当时最引人瞩目的主要有三大题材:

一是知识分子题材,徐迟作品外,主要有黄宗英的《大雁情》和《小木屋》、陈祖芬的《祖国高于一切》、黄钢的《亚洲大陆的新崛起》、理由的《痴情》和《中年颂》、柯岩的《船长》和《奇异的书简》、霍达的《国殇》、孟晓云的《胡杨泪》、肖复兴的《生当做人杰》、李辉的《文坛悲歌》等;

二是"文革"题材,主要有陶斯亮的《一封终于发出的信》、遇罗锦的《一个冬天的童话》、杨匡满、郭宝臣的《命运》、理由的《在"四五"的激流中》、靳大鹰的《九·一三事件始末记》、李玲修的《笼鹰志》、冯骥才的《一百个人

---

① 阎纲、阎庆生:《孙犁的话题》,《当代文学研究资料与信息》(中国当代文学研究会),2008年第3期。
② 孙犁后来所作的几篇"芸斋小说",实际上已不是文体学意义上的小说,而是杂感或随笔式的小品。
③ 《哥德巴赫猜想》最初发表于《人民文学》1978年第1期。

的十年》等；

三是社会改革题材，主要有刘宾雁的《人妖之间》、张锲的《热流》、程树榛的《励精图治》、袁厚春的《省委第一书记》、张辛欣和桑晔的《北京人》、李宏林的《80年代离婚案》、苏晓康的《阴阳大裂变》、涵逸的《中国的"小皇帝"》等。

此外，在体育题材方面，鲁光的《中国姑娘》、理由的《扬眉剑出鞘》等；在农村题材方面，李延国的《中国农民大趋势》、麦天枢的《西部在移民》等；在历史题材方面，董汉河的《西路军女战士蒙难记》、徐志耕的《南京大屠杀》、大鹰的《志愿军战俘纪事》；在国际题材方面，刘亚洲的《恶魔导演的战争》等，都是当时有影响的作品。

第三节　诗歌的呼喊与朦胧

一　艾青与"归来者"

1976年"天安门诗歌运动"后，以缅怀老一辈无产阶级革命家和歌颂与"四人帮"作斗争的英雄为重点，出现了一个被称为"新现实主义"的诗歌创作高潮，贺敬之的《中国的十月》、李瑛的《一月的哀思》、李发模的《呼声》、雷抒雁的《小草在歌唱》、白桦的《阳光，谁也不能垄断》、叶文福的《将军，你不能这样做》、流沙河的《就是那一只蟋蟀》、邵燕祥的《中国的汽车呼唤着高速公路》等，都表现出强烈的社会意识，在当时产生了较大影响。

这时的诗坛上，主要活跃着两类诗人：一是在历次政治运动中被剥夺写作权利的"归来者"，二是在"文革"地下文学中顽强生长出来的"觉醒者"。在重返文坛的"归来者"中，既有30年代成名的艾青，也有40年代两大诗派中的七月诗人和九叶诗人，还有50年代走上诗坛的公刘、昌耀等，他们这时的作品大多表现出"新现实主义"的特点。

艾青50年代时曾以一个知识分子的真诚去追赶时代，追求进步，但还是在劫难逃，在1958年被打成右派。1978年4月30日，他在《文汇报》上发表小诗《红旗》，之后短短几年时间又出版了《归来的歌》《彩色的诗》等诗集，成为新时期诗坛上最为活跃的老诗人。艾青这时期的诗歌，大致可分为两类：一是蕴涵人生思考的哲理小诗，如《鱼化石》《盆景》《镜子》《蛇》等。二是充满政治激情的抒情长诗，如《光的赞歌》《古罗马大斗技场》等。

《鱼化石》①表现的是一个被掩埋的故事。一场从天而降的变故,使原本活泼的鱼被禁锢在一块僵硬的石头中,尽管完整地保存着的鳞、鳍和生动的体态,却丧失了新鲜的生命活力。诗歌生动地传达出一代有自由思想和崇高信仰的受难者在被禁锢中的窒息感,使"鱼化石"这一形象成为作者和过去岁月中遭受磨难的中国知识分子的人生写照,以及整个知识分子群体心灵创伤的象征。表面看似乎平淡无奇,情感也不是那么激荡,但在艺术上却很精致,寓意幽深,深含哲理,透出一种隽永之美,是艾青哲理小诗的代表作。

《光的赞歌》②深沉而热烈,忧郁而刚强,将抒情性、哲理性和历史感融为一体,运用象征手法创造出了一个浑然一体的诗歌意象,构成了一曲雄浑而沉郁的赞歌。同时,作品也将一个赞美"光"的主题,深化为对愚昧、专制、丑恶的鞭挞和对文明、民主、美好的追寻,既有深切的人生体验,也有对人类历史发展进步的理性思考,蕴涵着一种人类历史的纵深感,是艾青抒情长诗的代表作。艾青这时期的政治抒情诗继承了30年代追求光明的特点,又将其发扬光大,从而不再局限于单纯的民族解放的主题,视野更加开阔,层次更加深邃,体现出一种站在文化哲学高度的"诗体哲学"。

1981年,《白色花》③和《九叶集》④两部诗集的出版,标志着在"胡风反革命集团案"中遭受毁灭性打击的七月诗派和因诗歌观念不适合主流意识形态而自动退出文坛的九叶诗派的重新崛起。他们这时期的诗歌,自觉地继承"五四"新文学传统,一方面抒写由个人的悲惨遭遇体验到的人生、社会和民族的苦难,表现出顽强的人生追求和生命意志。另一方面,对社会现实与历史进行了深刻的反思,表现出沉重、积郁而又富有理性思考的特征,将爱与憎、希望与失落、个人哀伤与历史沉思等交织在一起。

牛汉(1923—2013),原名史成汉,现名牛汀,笔名谷风等,山西定襄人。牛汉抗战后流亡西北高原,1941年开始发表诗歌,有长诗《鄂尔多斯草原》等。1943年入陕西城固西北大学外文系学习俄文,1944年主编《流火》,1946年因参与组织学生运动被捕,创作有组诗《牢狱集》,经组织营救出狱。1948年赴华北解放区,1949年先后在华北大学和人民大学工作,1950年参

---

① 《鱼化石》最初发表于《文汇报》1978年8月27日。
② 《光的赞歌》最初发表于《人民文学》1979年第1期。
③ 《白色花》(绿原、牛汉编选,20人诗合集),人民文学出版社,1981。
④ 《九叶集》(9人诗合集),江苏人民出版社,1981。

加抗美援朝战争,任东北空军《空军卫士》编辑等。1954年被调入人民文学出版社。1955年被打成"胡风分子",在受难期间,创作了《悼念一棵枫树》《麂子,不要朝这里奔跑》《华南虎》《汗血马》等名篇。

牛汉复出后,其个人风格变得越来越强烈,即交织着痛苦与崇高的悲剧精神,饱含着具有"五四"新文学传统精神的知识分子的人格力量,在困境中表现出对美好生命的悲愤和忧伤,创造出一种质朴而深远的意境,体现了一种悲壮的审美特征。在那个不幸的年代,他感受到的虽然只是痛苦和创伤,却要在一个最没有诗意的时期,一个最没有诗意的地点,留下一个时代痛苦而崇高的精神面貌,无论是表现生命的死亡还是美好的毁灭,都包含了对生命尊重的渴望和对生命所受摧残的控诉,悲剧意识十分强烈。《我是一颗早熟的枣子》(1982)表现的是诗人自己对于遭到小虫噬咬的命运的悲叹、控诉和抗议,更是一种对人生、历史的思考,诗人将自己深沉而复杂的情感,寓于一颗早熟的枣子上,创造了一个别具一格的意象,倾吐了自己的人生悲哀。

公刘(1927—2003),原名刘仁勇,又名刘耿直,江西南昌人。1939年开始写诗,1948年赴香港,任生活书店持恒函授学校导师、《文汇报》副刊和全国学联地下刊物《中国学生》编辑。1949年入伍,随军赴西南边疆,出版有诗集《边地短歌》《神圣的岗位》《在北方》《黎明的城》和长诗《望夫云》,并与黄铁、杨知勇、刘绮共同整理了民间长诗《阿诗玛》等。1955年调中央军委总政治部创作室,创作有《五月一日的夜晚》《上海夜歌(一)》等。1958年被打成"右派",遣送山西劳动改造。1962年调任《火花》编辑,后到安徽作协从事专业创作。

公刘复出后,艺术风格发生了很大变化,虽然还是那么的炽烈,但人生的磨难、历史的沉思、沉郁的情感,构成了他诗作的基本格调,出版有长诗《尹灵芝》、诗选集《离离原上草》和《白花·红花》《仙人掌》《母亲——长江》《骆驼》等诗集。《哦,大森林》《刑场》《呼喊》等以张志新烈士被害为题材,《车过山海关》《乾陵秋风歌》《假如这些秦俑们突然间活过来》等借助历史古迹进行反思,在理性思辨之中透露出批判的锋芒。

昌耀(1936—2000),原名王昌耀,湖南桃源人。1950年入伍,曾在文工团学习曼陀铃和二胡。1953年在朝鲜战场上负伤后转入河北省荣军学校读书,1954年发表组诗《你为什么这般倔强》,1955年到青海文联工作。1958年被打成"右派",流落青海垦区。1979年平反后调青海作协,1982年成为新边塞诗运动的主要代表之一,出版有《昌耀抒情诗集》《命运之书》

《昌耀的诗》等诗集。

昌耀创作的西部诗歌可分为两类：一是以西部独特的自然和人文风貌来表达西部情结，带有强烈的乡土感、鲜明的时代感，如《鹰·雪·牧人》《荒甸》《筏子客》等。二是以西部的文化性格来展现生命感受，包含着作者对西部历史文化与精神状态的认知，如《划呀，划呀，父亲们！》《慈航》《凶年逸稿》等。

二　北岛、舒婷、顾城与朦胧诗

在"归来者"活跃于诗坛的同时，一些"觉醒者"创作的朦胧诗也引起了人们的关注。北岛、舒婷、顾城、江河、杨炼、芒克、多多、梁小斌等诗人，努力继承和发扬了"五四"传统，精神上的怀疑反抗与艺术上的探索进取并举，重新树起了现代主义的大旗，既是对伤痕文学的应和，也是对"先锋文学"的呼唤。

北岛和芒克等人于1978年12月创办的民间杂志《今天》，在思想解放运动中产生过巨大影响，故又称今天派。从地下浮出地面的今天派，一开始就受到人们的质疑。1979年，公刘在刚复刊的《星星》上发表《新的课题——从顾城同志的几首诗谈起》，表示了自己的忧虑。1980年《诗刊》第8期和第10期分别发表的《令人气闷的"朦胧"》（章明）和《两代人——从诗的"不懂"谈起》（顾工），以及1981年5月21日《文汇报》发表的《从"朦胧诗"谈起》（艾青）等，更表达出主流文坛的态度，朦胧诗也因此得名。与以往不同的是，围绕着朦胧诗长达四年的论争，不但没有再出现新的"文字狱"，而且还出现了谢冕的《在新的崛起面前》、孙绍振的《新的美学原则在崛起》和徐敬亚的《崛起的诗群》（合称"三个崛起"）等持不同意见的文章，并以朦胧诗的名义被写入文学史著作《新时期文学六年（1976.10—1982.9）》（中国社会科学出版社，1985）而告终。

北岛是朦胧诗诗人中态度最为激进，思想最具反叛意识，引起争议最多的诗人，同时，也是最能体现一代青年从迷惘走向觉醒后的精神状态，最能代表朦胧诗现代主义倾向的诗人。北岛的诗歌创作，开始于70年代初。1975年悼念遇罗克的《结局或开始》和1976年四五运动的《回答》《宣告》《履历》，都表现出一个先驱者与众不同的觉醒意识，其富有哲理的思想深度和充满艺术魅力的人格力量，对同代人的心灵产生了强烈震撼。80年代以后的《古寺》《红帆船》《触电》等，虽然由现实所激发的激愤情绪有所减退，但仍然坚硬、冷峻，充满批判的精神也加重了对历史的沉思，加深对人的内心世界的剖析。

《回答》①是第一首在国家正式刊物上公开发表的朦胧诗,标志着朦胧诗由地下和半地下的民间状态公开进入了主流文坛,并由此导致了一个全国性的"新诗潮"运动。《回答》开始的两行"卑鄙是卑鄙者的通行证,高尚是高尚者的墓志铭",采用格言警句式的比喻,意象宏大,对比鲜明,情感沉重庄严,语言简洁有力,理想主义、英雄主义乃至怀疑主义都包蕴其中。这是理想主义者的告白,英雄主义者的宣言,也是怀疑主义者的质问,最为典型地代表着这一时期的诗歌精神和朦胧诗的主要特征,反映了整整一代青年觉醒的心声,是与已逝的一个历史时代彻底告别的"宣言书",也是朦胧诗最为经典的作品。诗人也因此成为当时最有影响、也最受年轻人喜爱的青年诗人之一。

《回答》集中体现了北岛诗歌创作的主题意蕴和创作风格,"最突出的是表达一种怀疑和否定精神,对虚幻的期许,选择的犹豫和缺乏人性内容的苟且生活的坚决拒绝"②。诗人自己曾说:"诗歌面临着形式的危机,许多陈旧的表现手段已经远不够用了,隐喻、象征、通感,改变视觉和透视关系,打破时空秩序等手法为我们提供了新的前景。我试图把电影蒙太奇的手法引入自己的诗中,造成意象的撞击和迅速转换,激发人们的想象力来填补大幅度跳跃留下的空白。另外,我还十分注重诗歌的容纳量、潜意识和瞬间感受的捕捉。……民族化不是一个简单的戳记,而是对于我们负责的民族精神的挖掘和塑造"③。北岛的诗歌常常表现一个清醒的、孤独的觉醒者的自我描绘与内心表达,善于描绘孤独落寞形影相吊的情境,被诗意地比喻为"北方的孤岛"。

在朦胧诗没有浮出地表之前,舒婷作为当时最优秀的青年女诗人而受到大家的喜爱,而在朦胧诗引起全社会的关注后,舒婷又作为朦胧诗人中最早得到社会认可的诗人,成为与北岛、顾城齐名的朦胧诗派的代表作家。

舒婷(1952—),原名龚佩瑜,原籍福建泉州,生于厦门。1969 年到闽西山区插队,1971 年开始写诗,其诗作在知青中广为流传。1972 年回厦门,当过泥工、挡车工、浆纱工、焊工、锡工等各种临时工。1977 年与北岛结识,

---

① 《回答》初稿写于 1973 年 3 月 15 日,题为《告诉你吧,世界》,完成于 1976 年清明前后,最初发表于《诗刊》1979 年第 3 期。

② 洪子诚:《中国当代文学史》,北京大学出版社,1999。

③ 老木编:《青年诗人谈诗》,北京大学五四文学社(内部资料),1985。

同年开始发表作品,成为《今天》的主要撰稿人。1979年4月,她最初发表在非正式刊物《今天》上的《致橡树》被《诗刊》转载,舒婷以其南国少女的柔情和对待爱情的传统美德,立即赢得了各方人士的好感。特别重要的是,这位工人出身的女知青在诗坛上刚一崭露头角,就得到了她家乡文艺界的高度重视和珍惜。1980年,《福建文艺》编辑部以"关于新诗创作问题"为题开设专栏,以探讨舒婷的诗歌为主进行了长达一年的讨论,把她与已经开始引起人们注意的"新诗潮"联系起来,并且有意识地把她放在核心地位,这对于扩大她的影响起到了至关重要的作用。随后,她的《祖国啊,我亲爱的祖国》又获得了"1979—1980年中青年诗人优秀诗歌奖"。因此,虽然读者及学界对朦胧诗依然评价不一,她却率先得到了出版诗集的机遇。1982年,她的第一部诗集《双桅船》刚一出版,就获得了"中国作家协会第一届(1979—1982)全国优秀新诗(诗集)奖"的二等奖。当人们正争论应该如果看待朦胧诗这股新诗潮时,舒婷的诗却得到了"清新的艺术之风"的美誉;当人们还在纠结于朦胧诗是否真的朦胧晦涩时,舒婷的诗却以最不朦胧的清晰面目赢得了大家的喜爱。

舒婷是一个感情至上主义者,她重视自己的直觉和感悟,总是相信世界是美好的。舒婷诗歌具有两个明显的艺术特征:一是特有的女性气质与风格,二是浪漫主义与现代主义的结合,代表着当代诗歌从浪漫主义向现代主义的过渡。舒婷的诗有明丽隽美的意象,缜密流畅的思维逻辑,又能在一些常常被人们忽视的生活现象中发现深刻的人生哲理,对人性的觉醒进行诗化的表现。她的成名作《致橡树》,赋予木棉树独立的人格,表达了追求爱的平等思想。

对"人"的关怀是舒婷诗歌的灵魂。她从小生长在鼓浪屿,生活环境和家庭环境都充满了基督教氛围,《圣经》对她的耳濡目染和亲朋好友对她的言传身教,使她充满爱心的天性在残酷的生活境遇中得以保存和完善,她的作品中也常常表现出冰心式的"泛爱思想",甚至是基督教文化倾向。她在《在诗歌的十字架上》一诗中曾强调:"我钉在/我的诗歌的十字架上/任合唱似的欢呼/星雨一般落在我的身旁/任天谴似的神鹰/天天啄食我的五脏/我不属于自己,而是属于/那篇寓言/那个理想……"

舒婷的《惠安女子》把女性的自觉意识写得既楚楚动人,又富有思辨的力量。惠安,位于福建沿海,"十年九旱,十雨九涝"。越是贫穷闭塞,就越多陈规陋习,男子长年漂泊海上,留守的女人必须承担起全部的家庭责任,低下的社会地位和恶劣的生存环境给她们带来了许多苦难。惠安女子勤劳、温良、孝顺,长期以来一直默默忍受着生活的折磨,但历史也留下过触目惊心的集体自杀的记载。在外部世界看来,虽然她们也属于汉民族,但独特的地理环境和古老的风俗习惯,使她们戴斗笠,裹方巾,穿短裤,束银带,美丽的服饰,再加上她们在劳动中形成的自然绰约的身姿,映衬在海天之间,成为一道独具魅力的亮丽风景。《惠安女子》不是一首赞美诗,而是一首悲悯歌。《惠安女子》不仅表现了诗人敏锐的洞察力,对于人们惊异和赞赏中流露出来的猎艳心理和畸形审美思想进行了批判,大有为惠安女子"请命"的架势,而且更清楚地表现了她宏大的博爱情怀,用诗的语言告诉人们,天下女性的苦难命运并未"绝迹",她们的生存处境不容"忽略"。舒婷对人性的呼唤,使长期蒙受禁锢的心灵为之惊愕。而她温婉又略带哀愁的抒情笔调给人们留下的惠安女子沉静优美的形象,特别是字里行间诗人内心躁动的情感风暴,更令人深思。因此,可以说,《惠安女子》已经超越了对于妇女政治经济地位的关切,升华为对妇女历史命运和人格精神的思考,具有一般抒情诗难以达到的思想深刻性。

顾城(1956—1993),原籍上海,北京人。12岁开始诗歌写作,1969年随诗人父亲顾工下放山东某农场。1974年带着几盒昆虫标本和两册自编的诗集(《无名的小花》和《白云集》)回到北京,当过木工、搬运工、借调编辑等。1980年以《小诗六首》参加《诗刊》组织的"青春诗会",因不同于以往现实主义的审美原则而引起非议,成为引发朦胧诗论争的主要诱因。1981年因《爱情诗十首》获"星星诗歌奖"。1987年应邀出访欧美国家,1988年赴新西兰教授中国古典文学,后辞职隐居新西兰激流岛。1992年获德国学术交流中心DAAD创作年金,1993年获伯尔创作基金,在德写作。1993年10月在新西兰杀妻后自杀。身后出版有《顾城诗全编》、自传体小说《英儿》等。

《生命幻想曲》(1971)是顾城少年时期最好的习作,意象丰富而奇特,想象开阔,建构了梦幻般的诗意境界。《一代人》①全诗仅两句:"黑夜给了我黑的眼睛/我却用它寻找光明",是朦胧诗创作中最经典的名篇之一。作品以一组单纯的意象构成了对"文革"岁月的隐喻,以及"一代人"历经黑暗后对光明顽强的渴望与执著的追求,顾城也因此被誉为"童话诗人"。

在朦胧诗最初引起人们注意时,北岛与舒婷、顾城的情况有许多相同之处。首先,他们创作的时间都在"文革"尚未结束之前,而且都经过了一个

---

① 《一代人》最初发表于《星星》1980年第3期。

先在地下流行,然后再以非正式的方式发表,最后才公开面世的漫长过程,都有着较为广泛的群众基础和一个相对成熟的读者群;其次,他们在开始诗歌创作时,都没有想到要公开发表,也就没有想到要去迎合主流意识形态,所以,大多写得情真意切,都是自己真情实感的自然流露,与当时公开发表的文学作品无论在内容上还是在形式上都形成了较大的反差;第三,当时文坛的确也太荒芜太单调,几乎没有什么能够吸引读者的作品,所以,他们的作品一问世,就立即显得光彩夺目,令人欣喜,令人震撼。

在朦胧诗人中,江河和杨炼最先体现出明显的史诗意识和寻根倾向。江河(1949—),原名于友泽,北京人。1968年高中毕业后在北京一家工厂工作,"文革"期间开始写诗,后成为《今天》的重要撰稿人,1985年后从事专业写作。江河写于"文革"结束前夕的《纪念碑》①和杨炼的《自白——给圆明园废墟》(1981),具有与北岛、舒婷、顾城不同的特点,即更注重对民族历史和心理的思考。杨炼(1955—),出生于瑞士伯尔尼,长于北京。1973年高中毕业,1974年到北京郊区昌平县插队,并开始练习写诗。1977年考入中国广播艺术团创作室,开始发表作品,1985年后发表了一批很有影响的组诗,如《诺日朗》《半坡》《敦煌》《西藏》《人与火》等,以"寻根"的方式对东方意识与民族精神进行探寻,与江河的《太阳和他的反光》等一起,被看作寻根文学的重要收获。

第四节　小说的反思与寻根

一　刘心武与伤痕文学

70年代末和80年代初,刘心武的《班主任》、卢新华的《伤痕》、王亚平的《神圣的使命》、郑义的《枫》、陈国凯的《我应该怎么办》、孔捷生的《在小河那边》、宗璞的《我是谁》、中英杰的《罗浮山血泪祭》、张洁的《从森林里来的孩子》、张贤亮的《土牢情话》和《灵与肉》、张弦的《记忆》、古华的《爬满青藤的小屋》、金河的《重逢》、冯骥才的《啊!》、叶蔚林《在没有航标的河流上》、叶辛的《蹉跎岁月》、梁晓声的《今夜有暴风雪》、莫应丰的《将军吟》、陈世旭的《小镇上的将军》、从维熙的《大墙下的红玉兰》、竹林的《生活的路》和周克芹的《许茂和他的女儿们》等一大批揭露"文革"的伤痕文学

---

① 《纪念碑》最初发表于《诗刊》1980年第10期。

相继问世,标志着中国文学史上最为黑暗的时代的结束,也标志着一个新的文学时期的到来。

刘心武(1942—),笔名刘浏,四川成都人。中学时代开始文学创作,1958年开始在全国各大报刊发表作品。1961年从师范专科毕业后到北京13中任教,担任过十年的班主任,有《睁大你的眼睛》(1975)等小说。《班主任》[①]以中学老师张俊石准备接收曾被拘留过的小流氓宋宝琦所引起的轩然大波为线索,通过宋宝琦为卖钱偷书,石红为求知读书,谢惠敏为防止资产阶级思想没收书等事件,特别是以宋宝琦和谢惠敏两种不同的愚昧无知为警钟,写出了"文革"十年盛行的反知识、反文化的政治风尚造成的现实危害,发出了"救救被'四人帮'坑害的孩子"的呼声,是最早出现并引起强烈反响的伤痕文学作品。

卢新华(1954—),江苏如皋人。出生在一个部队干部家庭,早年随父在山东长岛读书,1968年毕业于长岛中学后回原籍读高中。1973年入伍,曾任炮兵侦察员、侦察班长等。1977年退伍到江苏南通柴油机厂当工人,同年考入复旦大学中文系。《伤痕》先是贴在壁报上,在学校引起争论,后发表于1978年8月11日的《文汇报》,又引起社会轰动。作品中16岁的中学生王晓华,因母亲被打为叛徒而受到社会的歧视,出于对组织的信赖,王晓华毅然与母亲划清界限,不辞而别,到农村插队落户。母亲平反后,王晓华回家探望,但母亲已患癌症去世。伤痕文学就是因小说《伤痕》而得名。

伤痕文学所诉说的,都是一种无法弥补的心灵伤害。孔捷生的《在小河那边》写姐弟俩的乱伦;陈国凯的《我应该怎么办》写一女嫁二夫的尴尬;郑义的《枫》写情人参与武斗的愚昧与悲惨。从1979年到1981年,知识分子自发的现实批判激情慢慢减退,伤痕文学作为一个文学思潮随即终结。但伤痕小说仍时有出现,其中,最有代表性的是陈村的《死》。

陈村(1954—),原名杨遗华,回族,上海人。1971年底到安徽农村插队,1975年病退回上海,在街道生产组做工人。1980年考入上海师范大学政教系专科,毕业后到上海市政二公司工作。1979年发表《两代人》后步入文坛。主要作品有中、短篇小说《走通大渡河》《少男少女,一共七个》《蓝旗》等,长篇小说《住读生》《从前》《鲜花和》等。

这时期陈村的小说主要有两类:一是描写自己亲身经历的知青生活,二

---

① 《班主任》最初发表于《人民文学》1977年第11期。

是通过对凡人小事的描写,展现他们的生态和心态。《死》①所表现的是一次"生者对死者的访问",但整个作品没有停留在对傅雷死亡事件的描述,或"文革"中傅雷怎样受到不公正待遇而悲愤赴死的经历上,而是以一种非常个人化的方式表达了对"文革"的反省。作品从现实叙述开始,进入到梦幻的叙述,自由出入于生者与死者的境界。最惊心动魄的是作家与傅雷的亡灵假想的对话与争论,与其说是陈村在叙述傅雷之死,不如说作家在抒发自己的情感,表达自己的思考,这种叙述表现出了与伤痕文学的"个性偏离"。《死》与伤痕文学一样,主要表现的仍然是"文革"十年所造成的罪恶,但又有着明显的区别,是对于"文革"题材的一次新的开掘。

二 王蒙、张贤亮、古华与反思文学

1979 年,《清明》第 1 期和《人民文学》第 2 期分别刊登了鲁彦周的《天云山传奇》和茹志鹃的《剪辑错了的故事》。随后,文坛上又有张一弓的《犯人李铜钟的故事》、高晓声的《李顺大造屋》,以及王蒙、张贤亮、古华、方之的小说出现,形成了一个反思文学的创作思潮。其作者大多在 50 年代中期被打成"右派"或因"干预生活"的作品而被赶出文坛,也是文坛上的"归来者"。

沉默了二十多年的王蒙,重新拿起笔后,意气风发,一口气创作出《布礼》《蝴蝶》《春之声》《夜的眼》《海的梦》《风筝飘带》和《杂色》等一批作品,成为同代人中最具有艺术探索精神的作家之一。《布礼》②带有较多的自传色彩,钟亦成少年时代便成为革命的一员,对未来充满幻想,对革命事业忠心耿耿,即使被莫名其妙地被打成右派,并在"文革"中受尽肉体与精神上的折磨,仍不改其忠诚。钟亦成的名字具有明显的象征意味,然而,只知忠诚与执著,却不懂独立思考,又使他的理想和追求充满了悲剧性,直至"平反"之后,他才开始历史的反思。《杂色》③试图在"意识流"式的心理结构与传统的情节结构之间,寻求一条中和的道路,但他的理想主义与历史理性主义并无改变。作品以曹千里骑着一匹杂色老马去牧场路上的所经、所思、所感为叙事结构,表现了人物复杂而深厚的内心世界和几十年的社会风云。从 80 年代中期更加注重探寻中国知识分子文化人格的历史文化渊源

---

① 《死》最初发表于《上海文学》1986 年第 9 期。
② 《布礼》最初发表于《当代》1979 年第 3 期。
③ 《杂色》最初发表于《收获》1981 年第 3 期。

的《活动变人形》,到 90 年代以中国知识分子在特殊年代的种种"失态"深入解剖了民族劣根性的"季节"系列(包括《恋爱的季节》《失态的季节》《踌躇的季节》等),虽然王蒙创作在思想和艺术上都有所变化,但基本的艺术思维模式并无根本的改变,心中的"右派情结"始终没能解开。

张贤亮(1936—),祖籍江苏盱眙,生于南京。抗战时期在重庆读小学,抗战胜利后回南京读中学。1951 年到北京读书,1954 年被开除学籍,1956 年自愿报名去西北,在甘肃省贺兰县农村当文书。1957 年因诗歌《大风歌》被打成"右派",在宁夏农场劳动改造。1979 年平反后,创作了《肖尔布拉克》《龙种》《河的子孙》《男人的风格》和以"唯物主义者的启示录"为题的《绿化树》《男人一半是女人》等系列作品。

张贤亮的《邢老汉和狗的故事》①讲述了发生在中国西部偏僻乡村的一个悲惨故事。50 年代初,邢老汉分得了几亩土地,40 岁才成了家,但妻子的生病和去世耗尽了他的全部积蓄,"大跃进"又使他续弦的希望化为泡影。在 70 年代大饥荒中,一位逃荒女意外地走进了他的生活,但在这个阶级斗争的年代,这位富农的女儿没有嫁给贫农的权利,只得悄悄离去,与他相依为命的狗在"打狗运动"中被枪杀,他最终也在孤独与寂寞中郁郁死去。这个故事几乎是屠格涅夫《木木》的翻版,但更残酷,人为的斗争上演着人间的悲剧。

古华(1942—),原名罗鸿玉,湖南嘉禾人。中学时代开始诗歌创作,1961 年从郴州农业学校肄业后到地区农科所当工人 14 年,参加过村史的编写。1975 年调郴州歌舞团,出版有长篇《山川呼啸》和短篇集《莽川歌》。1979 年调郴州文联从事专业创作。

古华的《芙蓉镇》②主要围绕着胡玉音的命运变化来编织故事情节,组织人物的悲欢离合,从而表现社会的历史变迁。人情、乡情、亲情被政治取代,人与人成为政治斗争的符号,王秋赦、李国香成为了政治斗争的工具,黎桂桂、胡玉音、秦书田则成为斗争的牺牲品,谷燕山、黎满庚虽未泯灭人的良知,但也无可奈何。与此相呼应,小说在结构上采用"编年体"的形式,集中描写了 1963、1964、1969、1979 四个年份。每年一章,每章七节,每节重点写一个人的活动,借人物命运来演绎乡镇变迁,对中国当代社会进行了较为深刻的历史反思。

---

① 《邢老汉和狗的故事》最初发表于《朔方》1980 年第 2 期。
② 《芙蓉镇》最初发表于《当代》1981 年第 1 期。

胡玉音是芙蓉镇上的一名普通劳动妇女，淳朴、善良、勤劳、温和而富有同情心，既有安于命运和逆来顺受的一面，也有顽强生活和坚强抗争的一面。她的命运变化，是极"左"路线残害人民的真实写照，也是当时政治形势变化的风向标。最初，胡玉音与黎满庚的爱情成为政治的牺牲品，后来，胡玉音与秦书田的婚姻权力也被剥夺，还被强制扫大街。

王秋赦作为一个流氓无产者，自私卑琐、好逸恶劳，所以一遇到政治运动他就热情高涨，借助极"左"路线对人们进行打击、压迫。"在胡玉音等善良百姓倒霉遭殃，而王秋赦等市侩小人踌躇满志之日，也就是中国社会最黑暗之时。当王秋赦等暂时蛰伏乃至精神失常，而胡玉音等生活富裕之日，也正是中国社会清明稳定之时。"王秋赦具有的社会破坏性并不在于他是极"左"路线的得益者，甚至也不是他依仗极"左"路线对胡玉音等人的整治和摧残，而在于他身上所具有的历史文化基因。反思形成这种性格的原因，不能不正视平均主义思想、民主意识的缺乏等民族所共有的文化根源。所以，王秋赦的形象超出了文学范畴而进入历史文化的范畴，比胡玉音更有意义和价值。

这时期，一些文学作品的反思范围突破中国当代史的范畴，开始对中国革命四十余年的历程进行全面的整体性反思。其中，最具代表性的是方之的《内奸》。

方之（1930—1979），原名韩建国，原籍湖南湘潭，江苏南京人。方之在抗战结束后参加地下党组织，并开始文学创作。50年代从事共青团工作，并发表小说。1957年在南京市文联工作，因与高晓声、陆文夫、叶至诚等青年作家组织"探求者"文学社一案被下放农村劳动，并创作有电影剧本《绿洲》和小说《岁交春》《看瓜人》等。"文革"中再度下放，1978年回南京市文联。

《内奸》[①]讲述了一个榆面商人的田玉堂故事。田玉堂胆小、谨慎，自私、虚荣，甚至"不干不净，好吹好炫"，在民族陷入外族的蹂躏时惶恐不安，看到八路军日益壮大时又感到惊异，却敢于冒着生命危险，掩护救助共产党八路军。新中国成立后当上了县蚊香厂厂长和政协委员，成为受人尊敬的民主人士，但在"文革"中却变成了牛鬼蛇神。作品通过一系列传奇情节和生动场面，在与各种各样的共产党人的对照中，揭示了"内奸"的复杂内涵，体现了作者对中国历史别具特色的思考。《内奸》的特点是以富有民间色

---

① 《内奸》最初发表于《北京文学》1979年第3期。

彩的普通商人田玉堂的眼光来看待四十多年的社会政治风云。这种视角不是把老革命的人生遭遇和革命历程作为叙事主体,也不是以知识分子的眼光来看待这四十多年的历史,而是选择了一个革命"同路人"和民间化的立场。小说描写了一个极其真实的,处于民间的普通人,在小人物的悲欢中对历史根源进行深刻探询。而一个处于边缘状态的人的坎坷和起伏,使作品具有了悲剧命运的普遍性,也就更加深刻地体现出了作者的反思意识。

三 戴厚英、张洁、张弦、铁凝与人道主义文学

80年代初,戴厚英、张洁、张弦、铁凝和张贤亮等人道主义文学作品的出现,有着明确的针对性和特殊的时代背景,是对"文革"非人道、反人道文化思想的一种反叛。

戴厚英(1938—1996),安徽颍上人。1956年考入华东师大,毕业后到上海作协文学研究所从事文学理论研究。"文革"初曾是大批判的活跃分子,1968年却因"右倾"遭到批判。1979年到复旦大学任教,后调复旦大学分校(现上海大学文学院)。她的第一部长篇《诗人之死》1982年由福建人民出版社出版,第二部长篇却是稍早出版的《人啊,人》。

《人啊,人》①以反右斗争后的历史为背景,描写了C城大学以何荆夫与奚流等为代表的两种不同类型的人物间的矛盾纠葛。一种人以党委书记奚流为代表,他以整人为乐,自私卑鄙;另一种人以何荆夫为代表,他虽然受尽人生折磨,却矢志不移,胸怀博大。其他人物也黑白分明,陈玉立以正人君子自居,灵魂丑恶。游若水完全沦为政治工具,失去了自我。孙悦热情质朴,心地善良。赵振环在反思和剖析中终于获得了精神的解放和灵魂的安妥。在艺术构架上仍然采用二元对立模式,是一部充满理性色彩的小说。作品在"文革"后第一次公开打出了人道主义的旗帜,出版后就引起了广泛的争议,受到批判,直到作者死后,人们才重新作出评价。

人道主义在文学中恢复、发展与深化的一个重要标志,就是女性意识的再次觉醒与回归,出现了一些以写爱情而引起人们普遍关注和广泛争论的作品。

张洁(1937—),原籍辽宁抚顺,生于北京。张洁幼年丧父,从母姓。1956年进入中国人民大学计划统计系学习,1960年分配到第一机械工业部工作。1978年发表处女作《从森林里来的孩子》。1980年调入北京电影制

---

① 《人啊,人》,广东人民出版社,1980。

片厂,后为北京作协专业作家。张洁的小说主要有两类,一是反映社会矛盾冲突,如《从森林里来的孩子》《条件未成熟》和长篇小说《沉重的翅膀》等;二是表现爱情伦理生活,如《爱,是不能忘记的》《方舟》等。

《爱,是不能忘记的》[①]讲述离婚后带着女儿生活的女作家钟雨与一个有家庭而没有爱情的老干部之间充满理想色彩的爱情悲剧故事。小说通过钟雨的爱情悲剧,反映了当时社会上普遍存在的现象:没有爱情的婚姻和不被尊重的爱情,进而提出了"只有以爱情为基础的婚姻才是道德的"这一严肃而带有理想化的主题。张洁在小说中既强调了以个性为前提的爱情权利的重要,又在道德层面上表现得较为谨慎,强调的是理想爱情追求的过程,而不重视结果;强调的是精神沟通,而不是肉体的结合,明显带有柏拉图式的理想色彩,却因大胆涉及"婚外恋"而引起了广泛的争议。

《方舟》[②]讲述了三个知识女性的故事。马列主义哲学研究者曹荆华、进出口公司翻译柳泉和导演梁倩曾是中学同学,她们都有过人生理想和追求,也都有过失败的婚姻,现住在同一套公寓房。作品表现了现代知识女性从理想走向现实的人生道路,探寻了知识女性在生活上的痛苦、绝望与奋争,特别是她们在精神上的焦灼、孤独和悲凉,最能体现张洁的创作特点与艺术风格,也是当时女性文学的代表作。在艺术上,张洁既保持着淡化情节、松散结构、注重抒情和心理描写等特点,又采用内心独白和议论的方式,使作品具有了较强的情感感染力。"方舟"象征着人生苦难的暂时逃避、精神与灵魂上的救赎,也象征着人生将面临的一种新的动荡和漂泊。

从《爱,是不能忘记的》到《方舟》,张洁的女性意识有了明显的发展。《爱,是不能忘记的》中那种理想和浪漫的爱情,在现实面前变得无踪无影,取而代之的是《方舟》中知识女性在奋力挣脱旧式人身和精神锁链的同时,又陷入新的异化状态时所面对的痛苦、绝望和抗争。《爱,是不能忘记的》中的"痛苦的理想主义"的情调,变成了《方舟》中的"理想主义者的悲剧"。

张弦(1934—1997),原名张新华,浙江杭州人,生于上海。抗战后,张弦全家从上海迁往南京,9岁时父亲忧愤而亡,由母亲和姐姐养大。14岁开始发表小说,1951年考入华北工学院,后并入清华大学冶金机械专修科,1953年毕业后到鞍钢设计院当技术员,创作有电影剧本《锦绣年华》。1956

---

① 《爱,是不能忘记的》最初发表于《北京文艺》1979年第11期。
② 《方舟》最初发表于《收获》1982年第2期。

年调北京黑色冶金设计院,发表小说《甲方代表》,后改为剧本《上海姑娘》并拍成电影。1958年因一篇未发表的小说《苦恼的青春》被打成"右派",调到马鞍山钢铁设计院,1961年创作有越剧《莫愁》。新时期以后,先后创作有电影剧本《心在跳动》(后拍成影片《苦难的心》)等。其中,小说《被爱情遗忘的角落》①描写了母亲菱花与两个女儿存妮、荒妹三人的爱情悲剧。土改时,随着婚姻法的实施,菱花撕毁了与杂货铺小老板的婚约,嫁给了自己的情人沈山旺。存妮长大后,由于生活和精神的贫困,爱情遭到了扼杀,存妮自杀、小豹子被判刑。而当荒妹又被爱情唤醒时,菱花却要把她"当东西卖"。此外,《记忆》《未亡人》《污点》《挣不断的红丝线》《银杏树》等小说,从不同角度和生活层面,展现出女性的爱情悲剧,表现了经济与传统观念对于爱情婚姻的制约作用。

80年代,许多作品仍然体现出"文明与愚昧"的二元对立思维模式,但也有一些作家在努力突破启蒙话语模式,其中的代表就是铁凝。

铁凝(1957—),原籍河北保定,生于北京,4岁时从北京回到保定老家,1975年中学毕业后下乡插队,发表小说《会飞的镰刀》。1978年调保定文联从事专业创作,任《花山》杂志编辑。

铁凝的成名作《哦,香雪》②讲述了一个发生在偏远山村的故事。火车的开通,把台儿沟惊醒,也把深山里的香雪惊醒了。香雪是一个生活在封闭环境中的山村少女,在她身上既有山村少女的好奇和质朴,也有中学生对美好未来理想的憧憬,但随着具有象征意味的那列火车驶过她的家乡,封闭的环境被打破了,香雪从仅仅只停靠一分钟的"火车"上发现了新大陆,使她从心底产生了许多"梦想",并开始了人生的第一次反叛:甘愿被父母责难,也要用40个鸡蛋换来既象征现代文化又包含着人的尊严的带磁铁的泡沫塑料铅笔盒。与村里其他姑娘相比,香雪更具有自觉的人格精神。作品没有正面展现社会变革和时代风云,而是将笔触伸向乡村姑娘的内心情感世界,展示了现代文明给深山小村带来的变化。作者的独特之处在于,不是简单地采用历史进化论的方法,而是大胆地突破"文明战胜愚昧"的话语模式,提出了"人们在获得现代文明的同时,是不是也丢掉了人与自然最为美好、最为纯真的东西"的现代悖论。

---

① 《被爱情遗忘的角落》最初发表于《上海文学》1980年1月号。
② 《哦,香雪》最初发表于《青年文学》1982年第5期。

四　蒋子龙、高晓声、谌容、路遥与改革文学

蒋子龙是改革文学的开拓者。蒋子龙(1941—　)，笔名田重，河北沧州人。1958年从天津第40中学毕业后，考入天津重型机器厂技工学校，1960年毕业后在厂里当锻工，同年入伍，在海军航海保证部当制图兵，并开始文学创作，1962年开始发表杂文和通讯等。1965年复员回厂后，发表有小说《新站长》《三个起重工》。1976年在《人民文学》复刊后的第1期上发表的《机电局长的一天》曾引起较大反响。

蒋子龙的《乔厂长上任记》①讲述了以新任厂长乔光朴为代表的改革派战胜以冀申为代表保守派，救活一个大型国有工厂的故事。小说一发表就在社会上产生了强烈反响，被称为最早自觉"写四化，写四化的阻力，写克服阻力的斗争"的文学作品，是改革文学的发端。从题材角度来说，改革文学、开拓者家族的写作，是蒋子龙的一大贡献；从人物塑造的角度而言，乔光朴是作者着力塑造的一个具有开拓精神的改革家形象，寄托着人们期待具备理想人格力量的救世英雄的美好愿望，为新时期人物画廊中增添了乔光朴这样一个新的改革者形象；从创作思维角度看，体现了作者干预生活、参与社会变革的积极心态，而作品中形成的道德化、简单化和"改革/保守"二元对立的模式，也为文学史留了那个时代特有的印迹。因此，《乔厂长上任记》代表了早期改革文学的特点，蒋子龙也为改革文学立下了头功。

此后，蒋子龙又写出了《开拓者》《狼酒》《一个工厂秘书的日记》《赤橙黄绿青蓝紫》《锅碗瓢盆交响曲》以及长篇小说《蛇神》等反映改革的作品，在思想和艺术上都有一定的丰富和发展。

在农村题材的改革文学创作上，高晓声的小说最具代表性。高晓声(1928—1999)，江苏武进人。高晓声从小酷爱文学，中学时因经济原因三次辍学。1948年考入上海法学院经济系，1949年入苏南新闻专科学校，先后在苏南文联、江苏省文化局和《新华日报》文艺副刊部工作。1951年发表小说《收田财》，1954年与叶至诚合作锡剧剧本《走上新路》，同年以表现新婚姻法的小说《解约》而引起文坛注意。1957年因与陆文夫、方之、叶至诚等青年作家组织"探求者"文学社和小说《不幸》而被打成"右派"，回原籍劳动改造。1962年以"摘帽右派"身份在家乡务农并重新开始创作。1979年以小说《李顺大造屋》重新引起人们注意。随后创作的"陈奂生系列"通

---

① 《乔厂长上任记》最初发表于《人民文学》1979年第7期。

过对农村改革和农民命运的追踪式描写,较完整地表现了农村经济体制几十年的发展变化,是一部中国当代农村改革史。

高晓声的"陈奂生系列"①共七篇:80年代初的《"漏斗户"主》《陈奂生上城》《陈奂生转业》《陈奂生包产》四篇,主要表现中国农民在吃饭问题上的变化,显示出改革开放的农村政策给农民带来的生活的变化。90年代初的《战术》《种田大户》《陈奂生出国》三篇,主要描写中国农民在解决了吃住问题之后的精神变化,展现了农村新的社会形态,一部分人开始从土地中分离出来,而另一部分农民仍在土地上耕作,它似乎预示着中国农村经济发展的一种历史趋向。

《陈奂生上城》②通过陈奂生上城卖油绳(油条)买帽子、住招待所的经历及其微妙的心理变化,写出了背负历史重荷的农民在跨入社会历史变革门槛时的精神状态。作者通过对农民生活的观察和体验,清醒地认识到中国农民性格心理中的"文化矛盾",他们善良、正直、勤劳,在任何艰难困苦的条件下都相信能依靠自己的劳动活下去;但同时又愚昧麻木、逆来顺受、不善思考,坚信共产党能够使他们的生活逐渐好起来,性格中坚韧和惰性并存,高晓声从中国历史文化等角度来思考中国农村和农民命运的发展历史及其原因,可以看作鲁迅关于国民性问题思考的延续。高晓声在探索当代农民悲剧命运根源的基础上,更提出了农民在解决了物质需求之后,如何满足他们的精神追求的问题,在精神上与"五四"文学传统衔接,最能体现高晓声小说的特点。

谌容(1935—   ),原籍四川巫山,湖北武汉人。谌容幼年曾在成都、北京、重庆等地读书,1951年初中未毕业就到西南工人出版社门市部当店员,业余自学,1954年考入北京俄语学院,1957年被分配到中央广播事业局任翻译和编辑。1963年任中学俄语教师,后因病离职。1969年被下放到北京通县插队,1973年回中学任教。"文革"前开始文学创作,有长篇《万年青》(1975)、《光明与黑暗》(1978)和中篇《永远是春天》(1979)等。

谌容关注改革现实的作品主要有两类,一是对知识分子命运的忧虑,如《人到中年》《真真假假》等;一是对人们现实心态的剖析,如《减去十岁》《献上一束夜来香》《懒得离婚》等。进入90年代又有长篇小说《梦中的河》等作品问世。

---

① "陈奂生系列"后结集《陈奂生上城出国记》,1991年由上海文艺出版社出版。
② 《陈奂生上城》最初发表于《人民文学》1980年第2期。

《人到中年》①描写了中年眼科大夫陆文婷因工作、家庭负担过重,病累交加,濒临死亡,终被挽回生命的故事,客观而真实地展现了一代知识分子的艰难人生和生存困境,与80年代初呼唤文化知识的时代精神和民族社会心理相呼应。这篇小说还成功地塑造了"马列主义老太太"秦波,为当代文学增添了一个典型的中国贵妇人与官僚主义者的艺术形象。

路遥的小说呈现出与蒋子龙、高晓声、谌容等作家不同的个性特点。"城乡交叉地带"是路遥始终关注的焦点,中国的城镇和农村长期以来一直存在着文化的落差,也一直是中国农村改革的重点。路遥(1949—1992),陕西清涧人。路遥出身贫寒,1963年考入延川县立中学,1969年回乡务农,曾任小学教师一年。1973年入延安大学中文系学习,发表小说《优胜红旗》,1976年调陕西省文学创作研究室,后任《陕西文艺》编辑。1980年发表小说《惊心动魄的一幕》等。

路遥的《人生》②以"城乡交叉地带"为人物主要的生活背景,描写了高加林的奋斗历程,揭示了改革初期农村青年的人生价值及其艰难的追求过程。高加林是一个性格复杂的悲剧形象,他既不是改革时期的梁生宝,也不是中国的于连。一方面,他是一位有知识、有理想、有抱负的农村青年,在接受了现代文化思想后,渴望远离农村与传统,向往城市文明,他的那些具有现代青年气质的光彩,是那些淳朴的老式中国农民所不具备的,在这个意义上,他是中国农村变革的一个积极因素。另一方面,他又与传统道德有着千丝万缕的联系,这使他留恋乡村的淳朴,留恋巧珍的爱情,在现代与传统的冲突中,他经历了痛苦的精神历程,而他的奋斗经历又充满了个人主义的盲目性,甚至丧失了自己所担负的社会责任,最后走向了悲剧性的结局。从高加林离开乡村又被迫回到乡村,从他得到土地的宽容到受到土地的惩罚,人生经历了一个悲剧性的轮回,体现出路遥深厚的苦难意识和悲剧意识。但是,高加林的悲剧不仅是他个人的悲剧,更是社会的悲剧和文化的悲剧。然而,作品一问世,高加林的人生道路和奋斗方式就引起了激烈的争议,以至于在获得了第二届全国优秀中篇小说奖后,甚至在路遥的长篇《平凡的世界》问世并得到广泛好评后,仍有人不愿认同。

改革文学主要还有柯云路的《三千万》《新星》,张洁的《沉重的翅膀》、李国文的《花园街五号》、苏叔阳的《故土》、张贤亮的《男人的风格》、矫健

---

① 《人到中年》最初发表于《收获》1980年第10期。
② 《人生》最初发表于《收获》1982年第2期。

的《老人仓》、王润溢的《鲁班的子孙》、贾平凹《鸡窝洼的人家》、张锲的《改革者》和焦祖尧的《跋涉者》等。

五 张辛欣、刘索拉与荒诞小说

"文革"后第一篇具有荒诞特点的现代主义小说是1979年2月宗璞在《长春》杂志上发表的《我是谁》。随后,中国文坛出现了一大批荒诞小说。在1985年之前,这些小说大致可分为两类,一是中年作家以"文革"为背景,以荒诞内容表现的荒诞意识,如茹志鹃的《剪辑错了的故事》、王蒙的《布礼》系列、李国文的《冬天里的春天》、谌容的《减去十岁》、蒋子龙的《找帽子》等。二是青年作家对现实的抗争和对个体命运的思考与追求,如张辛欣的《在同一地平线上》、刘索拉的《你别无选择》和徐星的《无主题变奏》等。

张辛欣(1953—)原籍山东,江苏南京人。张辛欣幼年随父到北京,小学毕业后被下放到黑龙江生产建设兵团。后回北京,当过护士和共青团干部。1979年考入中央戏剧学院导演系,1980年发表《我在哪儿错过了你》,1984年分配到北京人民艺术剧院任导演。

张辛欣的《在同一地平线上》[①]因较多地吸取了西方现代派文学的因素而引起文坛注目。作品描写了青年画家"孟加拉虎"与妻子为了改变自己的生存处境,从结合到分手的过程,具有明显的存在主义意味。80年代中期,与桑晔合作《北京人——100个中国人的自述》之后,张辛欣多致力于纪实文学的创作。

刘索拉(1955—),原籍陕西志丹,北京人。1977年考入中央音乐学院作曲系学习,1983年毕业后分配至中央民族学院任教。1982年开始发表作品,1985年发表处女作《你别无选择》,以及《蓝天绿海》《寻找歌王》等,是新时期最早的先锋小说之一。1986年加入中国作家协会。曾为电影作过插曲,出过盒带,在北京举行过独唱音乐会。1988年后旅居英国、美国。

《你别无选择》[②]着意表现世界的非理性形态,充满现代意识的价值疑惑与反抗精神,是当年"小说爆炸"中最具爆炸力的作品之一。作品采用"音乐式"的结构,没有完整统一的故事情节,由一个人物引出另一个人物,一个事件引出另一个事件,描写了一群音乐学院作曲系学生的混乱思想和

---

① 《在同一地平线上》最初发表于《收获》1981年第6期。
② 《你别无选择》最初发表于《人民文学》1985年第3期。

荒诞行为,是一篇情绪化特征明显的小说。

六 汪曾祺、陆文夫、邓友梅、冯骥才与乡土市井小说

在80年代的小说创作中,乡土小说和市井小说是与现代主义小说同时发展的。陆文夫的"小巷人物志"系列、邓友梅的"市井文化"系列、冯骥才的"市井人物"系列、陈建功的"谈天说地"系列以及刘心武的《钟鼓楼》等,使市井小说成为80年代颇具规模的文学现象。而刘绍棠的《蒲柳人家》《瓜棚柳巷》《花街》《鹧鸪天》、高晓声的"陈奂生系列"、林斤澜的"矮凳桥系列"、赵本夫的"黄河故道系列"和陈军的"吴越风情系列"等作品,则构成了80年代乡土小说的洋洋大观。在这个过程中,汪曾祺的小说创作起到了重要的引领作用。

汪曾祺(1920—1997),江苏高邮人。汪曾祺生于一个旧式地主家庭,自幼受到良好的家庭教育,博学多能,尤爱文学。1939年,汪曾祺经上海、香港、越南到昆明,考入西南联大中文系,师从沈从文等现代名家,1940年开始发表小说。1948年到北平,失业半年,1949年出版第一部小说集《邂逅集》,后到历史博物馆任职,又随军南下,在武汉被派往一女子中学任教,一年后调回北京,先后任《北京文艺》《说说唱唱》和《民间文学》编辑。1958年被补划为右派,下放张家口劳动。1961年调北京京剧团任编剧。1963年出版第二部小说集《羊舍的夜晚》。"文革"中在"控制使用"的状态下参加了"样板戏"京剧《沙家浜》的改编。

汪曾祺被誉为当代文坛上抒情的人道主义者,"京派"的最后一位传人,中国最后一个纯粹的文人,中国最后一个士大夫。1980年,60岁的汪曾祺发表《受戒》后,立刻引起文坛内外的广泛注意,获当年度"《北京文学》奖",甚至被看作他的"成名作",给人以大器晚成的印象。其实,早在1947年创作的《鸡鸭名家》中,汪曾祺就已显示出了独特的散文化风格特点。汪曾祺天性就喜欢乡间的民俗,纯粹中国化的田园生活。这种天性,在其后的创作中表现得更为明显,而且,随着《异秉》《大淖记事》《岁寒三友》《职业》《故里三陈》(《陈小手》《陈四》《陈泥鳅》)等有鲜明个性特色的风俗画作品的发表,文坛上悄然形成了一个"汪曾祺热"。

《受戒》[①]描写了小和尚明子的"受戒"和他与村姑小英子之间"相爱"的故事,对佛门进行世俗化的叙说。在明子和小英子朦胧而美丽的情感、自

---

① 《受戒》最初发表于《北京文学》1980年第10期。

由的人性面前,一切的规范、束缚都被解构了。作品歌颂了健康的人性和理想的爱情,充满了浪漫、抒情色彩。"因为是'写四十三年前的一个梦',所以人们在一派'伤痕文学'解冻的潮水中,忽然无比惊奇地发现,从政治的阴影中挣脱出来的现代汉语,原来还可以这样美丽,隽永。从那以后,沈从文、张爱玲被'重新发现',寻根文学的旗帜被高高举起,'现代派'和先锋小说像万花筒一样缭乱了人们的眼睛。从纯粹文学的意义上来看,新时期文学所迸发出来的汹涌澎湃、铺天盖地的文学大潮,新时期文学所生发出来的持续不断的语言反省,都源自那'四十三年前的一个梦',都源自那一次文学的'受戒。"①

汪曾祺的小说风格恬静、随意而优雅,多采用散文化的笔法,情感节制、情节淡化,不追求故事的戏剧性,不刻意编织情节,不讲究结构的严谨,语言既清新自然,又典雅隽永,表现出作者深厚扎实的文学功底和敏锐、准确的艺术感悟。《受戒》不但开启了汪曾祺的文学"新生",也开创了新时期文学文体自觉的先声。

陆文夫(1928—2005),江苏泰州人。1945年考入苏州高级中学,1948年赴苏北解放区,进华中大学学习。1949年随军渡江,先后任新华社苏州支社采访员和《新苏州报》记者。1953年开始文学创作,1956年发表成名作《小巷深处》,同年出版第一本小说集《荣誉》,次年刚调入江苏省文联,却因与高晓声、方之、叶至诚等青年作家组织"探求者"文学社一案被下放到工厂劳动。1960年回文联,发表了《葛师傅》《二遇周泰》等小说。1964年再次受到批判,1970年全家下放盐城农村落户,1978年回苏州,出版《小巷人物志》等小说集。

陆文夫的小说重视表现小巷中的市井小民,无论是《小巷深处》中的妓女徐文霞、《小贩世家》中的小贩朱源达、《美食家》中的多余人朱自冶、《围墙》中的小公务员马而立,还是《井》中家庭成分不好又有海外关系的徐丽莎,从中我们既可以看到市井氛围中的人情世态和人物的性格心态以及苏州独特的文化与风俗,也可以看到社会和时代的变迁,特别是作者对历史和现实的审视,表现出强烈的时代感和历史纵深感。

陆文夫的小说具有轻喜剧的色彩,他有意识地避免大场面、大冲突,擅长在几乎无事的事件中来进行讽刺,即使是对丑恶现象的批判,通常也比较含蓄和平静,含而不露,愠而不怒,形成了一种酸溜溜、甜丝丝的幽默风格,

---

① 李锐:《活着的是文学》,《文汇报》2002年5月14日。

被称作"糖醋现实主义"。

邓友梅(1931—),原籍山东平原,天津人。1942年参加八路军,任交通员,1943年因遭追捕而流浪天津,迫于生计应招进厂后被押往日本山口县做劳工。1943年春回国,重任八路军通讯员,后到根据地的中学读书,再到文工团当演员。1948年开始文学创作,1949年随军渡江,在新华社某部队分社任见习记者,后调入北京文联。1950年开始发表小说,1952年入中央文学讲习所学习,1955年到建筑公司任职。1956年发表成名作《在悬崖上》,1962年到鞍山文联从事专业创作,1976年回北京定居,创作有《我们的军长》《追赶队伍的女兵》等。

邓友梅自1979年创作了《话说陶然亭》后,又写出了《那五》《烟壶》《寻访"画儿韩"》《"四海居"轶话》《索七的后人》等一组风俗市井小说。其中,《烟壶》①采用双线结构,一是写聂小轩宁肯手骨折断,也不为八国联军绘制歌功颂德的烟壶的传奇故事;一是写没落八旗子弟乌世保被陷害入狱,在狱中结识汉族烟壶艺人聂小轩,学会"古月轩"技艺成为自食其力的劳动者的故事,具有典型的北京地方生活气息和满汉民族特点。

冯骥才(1942—),原籍浙江慈溪,天津人。冯骥才从小喜爱美术、文学和体育。1961年高中毕业后,当过篮球运动员、美术教师,并发表过文学和美术文章。1973年开始整理义和团运动史料,1974年调天津工艺美术工人大学。1977年与李定兴合作出版历史小说《义和拳》,1979年后发表《铺花的歧路》《神灯》《啊!》等。

冯骥才的市井民俗小说主要分两类,一是《苏七块》《酒婆》《认牙》等通过市井人物表现他们身上的文化性格和文化悖论;二是《神鞭》《三寸金莲》《阴阳八卦》等通过"辫子""小脚""八卦"等文物式的"国粹"表现民间文化中的恶俗。

邓友梅和冯骥才都注重在小说中展示民俗风俗化素材,但是,两者在题材和表现手法上却形成了各自独特的风格特点。邓友梅往往是通过风情风俗来构筑宏观的整体市井氛围,风俗民情的背后并不带有文化审视意味,作者的文化观念是通过整体文化氛围下的个体命运来显现的;冯骥才则直接将那些已经僵死的文物化民俗材料作为审视的对象,用辫子、小脚、八卦来揭示文化的劣根。

---

① 《烟壶》,1984年获第三届全国优秀中篇小说奖。

七 韩少功、张承志、阿城与寻根文学

寻根文学出现的主要原因,一是文学自身的发展和变化。随着作家主体意识的觉醒,在学术界文化热的助推下,作家对人的考察从社会学视角转向了文化学视角,从观念形态而言,作家不满文学单一的价值属性,而开始寻求更为多元、更为丰富的审美功能,开始走向历史、自然、传统与文化,试图营造新的文学审美空间;从创作形态而言,对传统小说旧格局的突破与小说新格局的寻找,都成为了文学创新的动力。二是各种文学样式迅速渗透。1980年,随着汪曾祺的《受戒》等一系列具有鲜明民间色彩小说的出现,特别是在创作中对于文化风俗和文化趣味的美学追求,给小说界带来一股清新的风,直接促进了小说创作中文化观念的融入。1981年,诗人杨炼创作的《自白——给圆明园废墟》已经表现出了鲜明的寻根意识。1983年,诗人江河也从早期朦胧诗的反非理性、人道性主题,转向了更为深广与厚重的"现代东方诗"的创作,以"寻根"的方式对东方意识与民族精神进行探索。三是来自当代外国文学的冲击。西方东方神秘主义、原始主义,特别是拉美的魔幻现实主义的影响,无疑都给80年代以后的小说创作以重要启示。

1982年到1983年之间王蒙发表的《在伊犁》系列小说被看作小说中寻根意识的开始。此后,随着韩少功、张承志、阿城的崛起,以及王安忆的《小鲍庄》、李杭育的《最后一个渔佬儿》、贾平凹的"商州系列"小说的轰动,特别是1985年韩少功《文学的根》发表后,寻根文学成为了继伤痕文学反思文学和改革文学之后,在新时期文坛上有着广泛影响的创作潮流。

韩少功(1953—),笔名艄公,湖南长沙人。1969年初中毕业后到湖南省汨罗县插队,1974年调县文化馆,并开始发表作品,还与甘征文合作编写过史传文学《任弼时》。1978年考入湖南师范学院中文系,1979年发表小说《月兰》,1982年毕业后任湖南省总工会《主人翁》杂志编辑,1984年调湖南作协从事专业创作。1985年韩少功在《文学的"根"》中,第一次明确阐述了寻根文学的立场,随后发表了《爸爸爸》《归去来》《女女女》等具有探索意义的寻根小说。90年代以后,《马桥词典》又在文坛上引起争议。

《爸爸爸》[①]的主人公丙崽是个长不大的小老头,形象丑陋、禀性痴呆,没有正常的思维能力,一生只会说两句话:"爸爸爸"和"X妈妈"。他时而成为人们戏弄的对象,时而成为鸡头寨人的巫师——丙仙,时而又成为寨中

---

① 《爸爸爸》最初发表于《人民文学》1985年第6期。

活祭的"牺牲"。鸡头寨是远离现代文明的"孤岛",是与丙崽相呼应的集体存在,体现着整个民族生存与心理的"集体无意识"。

张承志(1948—),回族,原籍山东济南,北京人。1967年毕业于清华大学附中,1968年到内蒙古草原插队。1972年进北京大学历史系学习,1975年毕业后到中国历史博物馆工作,1978年考入中国社会科学院研究生院,专攻北方民族史及蒙古史,同年发表小说《骑手为什么歌唱母亲》。1981年毕业后留社科院民族所工作,曾在日本东京大学进修,并发表小说《大坂》《北方的河》《黑骏马》《残月》等。其中,中篇小说《黑骏马》采用赞歌的抒情方式,每一小节的开头都采用古歌《钢嘎哈拉(黑骏马)》中的歌词,随着情节的展开,歌词的内容也逐渐展开,带有鲜明的诗化倾向。短篇小说《残月》通过杨三老汉的一生,展示了西海固人的理想与现状,包含着鲜明的文化内涵和宗教倾向。90年代,他的《金牧场》和《心灵史》中的宗教倾向更为突出。

阿城(1949—),原籍四川江津,北京人。1968年到山西、内蒙古插队,后又去云南农场,1979年回北京,曾在中国图书进出口公司工作,后任《世界图书》编辑。1984年发表处女作《棋王》,后又有《树王》《孩子王》和短篇系列《遍地风流》等。1985年发表的理论文章《文化制约着人类》使他成为寻根文学的代表人物之一。

《棋王》[①]写的是"棋呆子"王一生的故事。他出身贫寒,嗜棋如命,到农村插队后,不顾生活的极度贫困,仍以棋为生。在一次地区举行的象棋大赛中,一人对九名高手,并取得了车轮大战的胜利。在人物形象的塑造上,作者着重描写了王一生的"吃"和"棋",强调了王一生的生存意识和存在方式。吃是棋的物质基础,是生命存在的重要支点,是身体之必须,是一种物质化的意象,是王一生不可离弃的实际人生;而棋则是王一生的精神实质,是生命的价值体现,是特有的生存方式和自我完善的追求,是获取精神平衡的手段。作品回避了对王一生人生沉浮的描写,超越了当时普遍存在的单一直接的社会政治观照,透露出明显的道庄思想,以一种文化力量构成了对现实政治氛围的反讽。作品始终以中国古代文化哲学思想为出发点,充分体现了中国传统文化中儒道合璧的人格精神和文化心理积淀以及远远超出社会属性的文化属性,成为了一种文化形象和文化性格的"符码",也显示了作者对于中国传统文化的理解和感悟。

[①] 《棋王》最初发表于《上海文学》1984年第7期。

第五节　话剧的改革与实验

一　沙叶新与话剧改革

新时期的话剧创作,与这时期的散文、诗歌和小说创作情况一样,也是在缅怀和批判中开始"伤痕"和"反思"历程的。白桦的《曙光》(1977)以借古讽今的形式,金振家、王景愚的《枫叶红了的时候》(1977)以政治喜剧的形式,首先揭开了几十年来压在人们心底的对极"左"路线的仇恨。随后,又出现了一大批具有批判精神的社会问题剧。宗福先的《于无声处》(1978)问世于"天安门事件"正式平反之前,表现出作家强烈的政治参与意识。此外,苏叔阳的《丹心谱》(1978)和《左邻右舍》(1980)、崔德志的《报春花》(1978)、赵梓雄的《未来在召唤》(1979)、李龙云的《有这样一个小院》(1979)、邢益勋的《权与法》(1979)、赵国庆的《救救她》(1979)、赵寰和金敬迈的《神州风雷》(1979)、中杰英的《灰色王国的黎明》(1980)等话剧,都产生了极大的社会轰动效应。

与此同时,还出现了一批具有鲜明政治倾向性的历史剧。取材于革命历史的主要有邵飞冲等的《报童》(1978)、程士荣等的《西安事变》(1978)、赵寰等的《秋收霹雳》(1979)、丁一三的《陈毅出山》(1979)和《九·一三事件》(1981)、沙叶新的《陈毅市长》(1980)、所云平的《朱德将军》、王德英等的《彭大将军》(1981)等;取材于古代历史的主要有曹禺的《王昭君》(1979)、陈白尘的《大风歌》(1979)、颜海平的《秦王李世民》(1981)、李民生等的《唐太宗与魏征》等;取材于国外题材的主要有赵寰的《马克思流亡伦敦》(1983)、沙叶新的《马克思秘史》(1983)等。

稍后出现的一批揭露现实的批判现实主义作品,十分大胆而尖锐地把批判锋芒指向了封建特权和官僚主义。沙叶新、李守成、姚明德的六场话剧《假如我是真的》(1979)中,知青李小璋化名张小理,冒充宣传部马部长的熟人,几乎调动回城的故事,提出了一个严肃的社会问题,引起波及全国的争论,最终演出被停止。1980年1月,中国戏剧家协会和中国电影家协会在北京联合举行"剧本创作座谈会",围绕《假如我是真的》和白桦、彭宁的《苦恋》(1979)、王靖的《在社会的档案里》(1979)、李克威的《女贼》(1979)等电影剧本,以及刘克的中篇小说《飞天》(1979)展开讨论。此后,这股创作思潮在当时受到了抑制,话剧创作的热潮也一度降温。

这时期风行的话剧,主要是具有改革文学特点的现实主义剧作,代表作有宗福先和贺国甫的《血,总是热的》(1981)、水运宪的《祸起萧墙》、梁秉堃的《谁是强者》(1981)和《阵痛时刻》、沙叶新、李守成、姚明德的《大幕已经拉开》、白峰溪的《明月初照人》(1981)和《风雨故来人》(1983)、魏敏等的《红白喜事》(1984)、马中骏和贾鸿源的《街上流行红裙子》(1985)、李龙云的《小井胡同》(1985)等。

沙叶新(1939—   ),回族,南京人。沙叶新高中时开始发表诗歌和小说,1957年从南京五中毕业后考入华东师大,发表论文《艺术史上的喜剧》,继而又发表有小说等。1961年毕业后保送至上海戏剧学院戏曲创作研究班。1963年他在《文汇报》上发表论文《审美的鼻子如何伸向德彪西》,同年分配到上海人民艺术剧院任编剧,1966年发表了第一个剧本《一分钱》。"文革"初,因反对"三突出"遭批判。1975年发表剧本《一篮菜秧》,回上海人民剧院。"文革"后致力于话剧创作,发表了《约会》《假如我是真的》(合作)、《风波亭的风波》《论烟草之有用》《陈毅市长》《大幕已经拉开》(合作)、《马克思秘史》《寻找男子汉》《耶稣·孔子·披头士列侬》《东京的月亮》《尊严》以及儿童剧《兔兄弟》等,在内容题材和表现手法都有所创新,许多剧作都曾引起不同程度的争议。

《陈毅市长》①重点围绕陈毅与事业、与人民群众的关系来组织材料,这些事件基本上没有因果关系,也不是围绕着某一中心事件来展开的,十场戏选择最能表现"陈毅精神"的彼此独立的十件事,使人物的历史真实性和情节的生动性、丰富性充分地融合在一起,显示了现实主义话剧创作的开放态势。在结构方式上,借鉴了布莱希特的《第三帝国的恐惧与痛苦》,十场戏写十件事,取消中心事件,由陈毅一人来穿引十场戏,多侧面、多层次地展示了陈毅的精神世界与性格特征,显示了现实主义话剧创作的开放态势。沙叶新自己将这种"一人多事"的散文式结构方式,称为"冰糖葫芦式"结构,打破了传统易卜生式的剧作结构,但又在各场戏中注意起伏跌宕的节奏,既适合了观众的欣赏习惯,又从不同侧面、多层次地展示了陈毅的精神世界与性格特征。

二 高行健与探索戏剧

80年代初,戏剧的形式探索是一种普遍的风尚,《血,总是热的》《陈毅

---

① 《陈毅市长》最初发表于《剧本》1979年第3期,1980年中国戏剧出版社出版单行本。

市长》《秦王李世民》等许多参与社会改革的问题剧和具有鲜明政治倾向性的历史剧,都学习和借鉴了西方现代戏剧的手法。一些剧作家在话剧创作的同时,也开始直接引进国外现代戏剧作品和理论。1979年中国青年艺术剧院演出的布莱希特的《伽利略传》、1981年上海青年话剧团演出的萨特的《肮脏的手》、1983年北京人民艺术剧院演出的阿瑟·米勒的《推销员之死》,以及围绕着朦胧诗的讨论、由高行健的《现代小说技巧初探》(1981)、徐迟的《现代化与现代派》(1982)和黄佐临1962年提出的"写意的戏剧观"的重新讨论等,都促进了戏剧的探索力度和进程。他们首先从戏剧形式上入手,努力探索表现人物精神面貌和内心世界的各种新形式,同时也促进了自己美学观念从"再现"向"表现"的转变。

最先打破传统戏剧一幕一景方式的探索戏剧,是都郁采用"电影化"手法创作的《哦,大森林》(1979);而最先引起社会关注的探索戏剧则是马中骏、贾鸿源和瞿新华的独幕哲理剧《屋外有热流》(1980),该剧借鉴表现主义和荒诞戏剧的手法,场景自由转换、人鬼同台表演,以及交错重叠的散文化式的结构,前所未有地凸现了人物的心态与心理深层结构,强化了主题的哲理性与复调性。但真正使探索戏剧风行一时的代表,却是1987年移居法国,1997年取得法国国籍,2000年获得"诺贝尔文学奖"的小说家高行健。

高行健(1940—   ),祖籍江苏泰州,江西赣州人。1952年就读于原为教会学校金陵大学附属中学的南京市第十中学(今南京市金陵中学),较多地接触过一些西方作品。1962年毕业于北京外国语学院法语系,先后当过翻译、中学教师等。1975年任《中国建设》法文组组长,1977年调中国作协对外联络委员会工作。1978年开始文学创作。1979年后发表散文《巴金在巴黎》、中篇小说《寒夜的星辰》《有只鸽儿叫红唇儿》等。1981年出版论著《现代小说技巧初探》,同年调北京人民艺术剧院任编剧,他与刘会远合作的《绝对信号》于1982年11月由北京人民艺术剧院以小剧场的形式首演后,引起广泛关注。1983年后,又独自创作有《车站》《野人》《彼岸》等,在创作探索戏剧的同时,还提出了一系列理论主张,先后发表了《论戏剧观》《对一种现代戏剧的追求》等。1984年发表中篇小说集《有只鸽子叫红唇儿》,90年代定居法国,继续从事创作和绘画,出版小说《灵山》等。2000年因小说《灵山》获瑞典学院颁发的诺贝尔文学奖,成为第一个获得此项殊荣的华人作家。

《绝对信号》[①]借鉴意识流手法，借助演员的表演与灯光、音效等舞台技巧来表现心理活动和潜意识，表现了青年一代在特定历史和背景下从失落到重新占有自我的过程。剧中多次利用舞台分割来表现回忆、想象和幻觉，并且还较早运用小剧场形式，让演员直接与观众交流，让演员的一丝表情、一句台词的节奏都成为与观众共同进行戏剧创作的手段和过程。这种以"观众学"为核心的戏剧美学范畴的实践与探索，直接体现了"接受美学"在戏剧领域中的成就。1983年在北京人民艺术剧院首演的《车站》，大胆采用了荒诞派戏剧和象征主义的表现手段，把"车站"象征为人生道路的一站。而剧中多声部手法的运用，更是多侧面地揭示了人物潜意识世界，形象地批判了在混沌中对生命的浪费，赞扬了不说废话、认真进取的精神。而1985年在北京人民艺术剧院首演的《野人》，更是以众多的人物和多变的时空、多线索的复式结构，以及对唱、歌舞、口技、哑剧等表演形式，进行了一次"全能戏剧的尝试"，从社会到自然到文化历史的纵深，用充满哲理意味的表现来表达关于人与人、人与自然这种"社会生态环境"的思索。三部作品表现出作者从社会生活的现象到本质、从个体到群体到整个文化历史的全面思考，也表明了作者思想和探索的深化。从《绝对信号》到《车站》《野人》，分别从精神领域和艺术范畴体现了高行健的探索意识。

《屋外有热流》和《绝对信号》的出现，还带动了一批探索戏剧的出现，其主要作品还有刘树纲的《15桩离婚案的调查剖析》(1983)和《一个生者对死者的访问》(1985)、王树元的《小巷深深》(1984)、马中骏和秦培春的《红房间·白房间·黑房间》(1985)、陶骏的《魔方》(1985)、王培公的《WM(我们)》(1985)等。

[①] 《绝对信号》最初发表于《十月》1982年第5期。

第七章
后新时期的文学(1985—1999)

第一节　纯文学与俗文学

一　从启蒙文学到文学启蒙

从文学史的角度来看,"五四"新文学一直存在着两种启蒙传统:一种是"启蒙文学",一种是"文学启蒙"。前者强调思想、艺术的深刻性,并以文学与历史的现代化进程的同步性作为衡量其是否深刻的标准,鲁迅、郭沫若、茅盾、曹禺等作家是其主要代表;后者则是以文学推动建立现代汉语的审美价值为目标,与现代化的历史进程不尽同步,周作人、废名、沈从文、老舍、萧红等作家的作品,断断续续地延续了这一传统。

如果说,自1978年以来相继出现的伤痕文学、反思文学和改革文学,体现了"启蒙文学"的传统,那么,以建构现代审美原则为宗旨的"文学启蒙"的传统,在1985年以后的创作中也逐渐得到了恢复和发扬。这些"文学启蒙"作品虽然不像"启蒙文学"那样直接面对人生、反思历史,与社会上的阴暗面作短兵相接的交锋,也不总是发人深省,但是,这些"文学启蒙"作家在精神气质上多少带着一点儿浪漫性,他们不约而同地对中国本土文化采取了比较温和、亲切的态度,不想也不屑与现实社会发生针锋相对的摩擦,试图从传统所圈定的所谓知识分子的使命感与责任感中游离开去,在民间的土地上另外寻找一个理想的栖息之地。因此,"文学启蒙"的文学,又可称为"审美的文学"。

1985年前后,在文学理论上出现了关于"文学主体性""小说形式探索""现代主义技巧"等问题的讨论,虽然并不成熟,却推动了理论界对文学自身价值的关注。特别是1985年,随着寻根文学的兴起,当代文学终于开始了文学观念的突破与艺术形式的创新。可以说寻根文学预示着中国文学一元化的结束。进入80年代后期,中国文学迎来了多元化的时代。这主要表现在两个方面:

一是小说创作上出现了以刘恒、方方、刘震云等为代表的新写实小说,以苏童、王朔等为代表的世俗小说,以莫言、张炜、陈忠实等为代表的新历史小说,以马原、孙甘露、余华等为代表的先锋小说,以朱苏进等为代表的军旅小说,以及以王安忆、陈染、林白等为代表的"女性写作"。这些小说创作,从不同角度和层面打破了50年代以来当代文学的创作规范,在叙事结构、叙事方式、叙事立场、叙事视角和叙事语言等多方面进行了艺术探索甚至颠覆,形成了个人化和民间化的特点,从主流社会生活转向日常生活,从主流意识形态转向民间文化形态,从一统的现实主义转向多种创作方式并存。

二是诗歌创作上出现了对以朦胧诗为反叛对象的群体性行动。如果说朦胧诗是中国当代诗歌史上的一次突破,那么,以海子、韩东、于坚等为代表的60年代出生的青年诗人所发起的第三代诗歌创作,由于流派林立,社团如星,竞相标榜,此起彼伏,彻底打破了一元化诗歌创作格局,产生了一种冲击波,与小说、散文、戏剧等其他文学样式一起,在对中国当代文学传统的挑战中,共同建构着一个新的多元化文学时代,即"后新时期文学",特别是在预示21世纪文学的发展方面起到了重要作用。

二 市场经济与文学读物

80年代末,中国社会发生了急剧转型,这次历史转型对文学的影响,突出地表现在两个方面。

首先,商品意识、市场观念迅速渗透到文学领域,进而引起文学观念的急剧变化。读者从被动接受教化式或审美化的文学,转而倾向于娱乐消费型的文学,从而带动相当一部分作家转向,甚至弃文从商。虽然也有作家在继续坚守人文精神的阵地,但纯文学始终无法摆脱艰难的困境。出版机构也不得不根据市场消费来确定自己的方向,体制外出版商的大量出现,更加大了市场操作的力度,促进了流行性的现代读物的形成。

市场经济对于文学的影响,最突出地表现为流行性文学读物的大量兴起。这时期的文学读物具有雅俗共赏的特点,体现了一种包含有多层次作品的文化现象,其中,既有琼瑶、亦舒的言情小说,也有马里奥·普佐、西德尼·谢尔顿的黑社会犯罪小说,更有从林语堂、梁实秋到张爱玲、苏青,从米兰·昆德拉到金庸、余光中等知名作家创作的经典作品,还包括一些具有原创性的文学作品,如王朔的"顽主"系列小说、春风文艺出版社策划编辑的"布老虎丛书",如洪峰的《苦界》、王蒙的《暗杀》、张抗抗的《情爱画廊》、铁凝的《无雨之城》等,以及余秋雨的《文化苦旅》等"大文化"散文、张中行等前辈文人的学者随笔、黄蓓佳等女作家的言情小说、叶永烈等的政治人物传记、秦文君和陈丹燕等的青春小说、彭懿等的恐怖小说、卫慧、九丹、木子美等"美女作家"的"下半身写作"等。

随着社会转型的进一步深入,文学读物的种类及内容日益丰富多彩,其可读性和吸引力也逐渐增强,与此相反,纯文学作品则正在不断地失去读者,逐渐成为一种精神奢侈品。文学读物作为现代读物的一个较为高级的品种,堂而皇之地接管了各个社会阶层的读者,与影视文化、流行音乐鼎足而立,共同左右着现代城市的文化消费市场。

其次,是知识分子原先所拥有的社会文化中心的重要地位渐渐失落,以令人难以置信的速度向社会文化的边缘迅猛滑落。原有的意识形态格局被打破后,形成了主流意识形态与非主流意识形态并存的新格局,特别是民间文化意识形态越来越受到人们的关注,文学创作上的民间文化形态从过去的隐形迅速走向显形。

"五四"传统中的知识分子启蒙话语受到质疑,知识分子也在不断的边缘化过程中不断地进行精神上的自我反省。知识分子在面对历史文化转型时,不得不调整自己的文化定位,主观上他们虽然还想严守自己的启蒙主义立场,但客观上他们却无法保持自己作为文化精英的中心地位和话语权力,已从社会意识形态的话语中心被挤到边缘地位。一些人文作家在重新确定自己个人化的文化立场后,转而在民间文化形态中寻求人生理想和自己的情感寄托。

第二节　诗歌的混乱与美丽

一　诗人的分流和诗坛的坚守

80年代中期以后,曾经一度熙熙攘攘的诗坛在受到通俗小说、流行歌曲和肥皂剧等大众文化的冲击后,舒婷等许多著名诗人都中断了诗歌的创作,有的诗人转向散文等其他文体,但也有一些诗人在顽强地坚守诗歌的精神,同时也有更多的诗歌追求者前赴后继、奋不顾身地投入诗坛,一起努力地探索诗歌新的出路,形成了色彩纷呈的多元化格局。

1986年10月,由《诗歌报》和《深圳青年报》联合主办"中国诗坛1986现代诗群体大展",共有84个民间诗歌群体参加了先后分两期刊载的大展,这次展出活动标志着"新生代"诗人的正式崛起。1994年10月,中国现代格律诗学会在北京成立,会集了公木、林庚、唐湜、绿原、梁上泉、骆寒超等众多老一辈诗人,而且不久就有唐湜、岑琦、骆寒超的《三星草——汉式十四行诗三百首》(1997)等现代格律诗问世。1997年12月,在中国作协主办的"鲁迅文学奖"诗歌奖评选中,李瑛的《生命是一片叶子》、匡满的《今天没有空难》、韩作荣的《韩作荣自选诗》、沈苇的《在瞬间逗留》、张新泉的《鸟落民间》、王久辛的《狂雪》、辛茹的《寻觅光荣》和李松涛的《拒绝末日》8部诗集和长诗入选。此外,《朦胧诗后——中国先锋诗选》(1990)、《后朦胧诗萃》(1992)、《1990—1992 三年诗选》(1994)、《90年代实力诗人诗选》(1998)和《90年代文学书系·诗歌卷》(1999)等大型诗选集纷纷出版,也对这个时期的诗歌成就进行了总结与检阅。

　　至20世纪末,民间诗社和民间诗刊在横空出世的网络上找到了更为自由的发展空间。1997年号称"全球中文原创作品网站"的"榕树下"异军突起,1999年纯诗歌网站"界限"建立开通,从而带动了一批诗歌网站的出现。网络对诗歌发展形成了越来越大的影响,它不仅是一个平台和空间,更是多元化、个人化和自由写作的象征。

二　海子、于坚与"新生代"

　　"新生代"大多是在朦胧诗影响下成长起来的"校园诗人",因此,又被称为"后新诗潮",其中,既有追随江河和杨炼,致力于东方现代史诗创作的廖亦武、欧阳江河等四川青年诗人群,也有活跃在南京的"他们"、上海的"海上"等,他们的主张纷繁嘈杂,形式五花八门,是一个极其庞杂的诗人群体。新生代在创作上比较有成就和影响的诗人群体,主要有两个:一是以海子、王家新、骆一禾、西川等为代表的"后朦胧"诗人,二是以韩东、于坚、杨黎、李亚伟等为代表的"第三代"诗人。

　　"后朦胧"诗人主要继承了从朦胧诗传递过来的"五四"新文学传统,他们坚守知识分子的精神立场,关注社会,抗拒世俗,受西方现代主义文学的影响更深,也更强调体现古老的文化传统和知识分子的精英意识,更注重从哲学层面探讨人生的价值和诗歌的终极意义,其作品比朦胧诗更丰厚深邃,也更艰深晦涩。他们大多游离于各种社团和流派之外,坚持个人化写作、边缘写作、知识分子写作,强调文学创作的专业性、人文性和独立性。

在中国当代的诗坛上,有一位年轻的诗人,以梦为马,遨游古今,找寻生存的意义,探求激情与理性、个人体验与人类精神的结合,他的诗蕴含着对土地的深情,呈现出清新朴素的诗风,被人们称作"当代最杰出的抒情诗人",他就是海子。

海子(1964—1989),原名查海生,安徽怀宁人。海子在农村长大,1979年考入北京大学法律系。1982年开始写诗,1983年毕业后在中国政法大学政治系哲学教研室任教。1989年3月26日于河北山海关卧轨自杀。七年间,创作了将近二百万字的作品,除诗歌外,还有小说、戏剧、论文等。其主要作品有:长诗《但是水,水》、长诗《土地》、诗剧《太阳》(未完成)、第一合唱剧《弥赛亚》、第二合唱剧《大扎撒》(未完成)、话剧《弑》及约二百首抒情短诗,曾与西川合印过诗集《麦地之瓮》。死后由友人编辑出版有《海子、骆一禾作品集》《海子的诗》《海子诗全编》和《土地》等诗集。

海子是一个诗歌的理想主义者,同时也是一个人生的悲观主义者,在他的身上集中体现了中国当代知识分子在社会急剧变革和中西方文化激烈冲撞中无处依傍的精神焦虑。海子一直梦想创造"一种民族和人类的结合,诗和真理合一的大诗"[①],试图通过诗歌来追寻精神的故乡,探索生存的本质,在他身上,中国古老的文化传统和西方现代的存在主义有着良好的结合。海子受到顾城、杨炼以及欧阳江河的影响,以抒情诗为起点,将自己童年与少年时代15年的乡村生活经验,凝结成一个个质朴、单纯的世界,对大自然表达了浓厚的感恩之情。

海子也是一位充满激情和幻想的具有典型诗人气质的"行为艺术家",他把印象派大师凡·高看作自己的人生榜样,用燃烧生命的热情来投入诗歌创作。从艺术风格上看,海子与舒婷有相似之处,而在精神气质上则更接近北岛,他也受到尼采哲学思想的影响,在作品中透出一种智慧与高贵、孤独与愤激。但海子比舒婷和北岛走得更远,他对西方现代主义文化有着更为广泛的涉猎和更为丰富的心得。他把20世纪最伟大的存在主义哲学家海德格尔视作自己的精神导师,热爱海德格尔所欣赏的德国浪漫主义诗人荷尔德林,把诗歌看作现代漂泊者的灵魂,专注于人的存在本质的追寻和生命意义的探究,"以梦为马",一往情深地追寻精神的家园。

---

① 海子:《简历》,见西川编《海子诗全编》,上海三联书店,1997。

海子的《亚洲铜》①以充满激情的想象,通过"鸟"与"水"的意象,表达了诗人渴望飞翔的愿望,同时又通过"亚洲铜"与"月亮"的意象,表达诗人对未来亚洲的期待。在诗人眼里,亚洲的黄土地是一块被塑造成具有凝固感和雕塑感的"亚洲铜",不仅冰冷、坚硬、沉重,埋葬了一代又一代人,而且是"唯一的一块"仍然墨守成规、循环往复的"埋人的地方","我也将死在这里"。表达了诗人对"亚洲铜"的封闭、贫穷、落后,祖祖辈辈被这片土地困死的痛苦哀叹。诗人虽然对这片土地充满热爱与眷恋,不忍心抛弃这块土地,但是,他却不愿像"青草"一样世代困守在这块黄土地上,不想在此虚度一生,自生自灭,他渴望以浪漫主义大诗人屈原为精神之父,远走他方,渴望像白鸽与河流一样,走遍所有能去的地方,沿着时间的河流去探索寻求中华民族的历史与文化。因此,他希望能用击鼓的方式唤醒这块沉睡的土地,希望亚洲铜也能像月亮一样,做一个"在黑暗中跳舞的心脏"。

海子写《亚洲铜》时正好20岁,刚刚参加工作,诗歌创作也才正式起步,心中正充满了激情与骚动,渴望摆脱束缚,渴望飞翔,渴望出发,渴望创造。正是这种激情与渴望,使这首有着厚重历史意识和文化内涵的作品充满了歌唱性。"海子在这里反复说'亚洲铜',主要目的正是要使诗具有'如歌'的韵味。难怪谢冕称赞这诗'以歌谣的明亮写出了丰厚的意蕴'。……可以说,正是由于对'如歌'效果的明确追求,这首诗在汉语形象的创造上显出了成功。"②而歌咏的方式,也正是农耕文明时代巫术仪式中惯常的手法。然而,海子的独到之处,在于充分发挥了自己奇特的想象力,兴之所至,信手拈来,顺其自然,对传统有所学习和借鉴却不见痕迹。

在北京大学历届"未名湖诗歌朗诵会"上,《亚洲铜》都是必选的朗诵篇目,在许多作品选本中也都有它的名字,人民文学出版社1995年出版的《海子的诗》与上海三联书店1997年出版的《海子诗全编》也都把它放在开篇位置,从中都可以看出人们对这首诗的重视。诗歌评论界对它也是喝彩声一片,认为它是海子前期的重要作品和成名作,更是最早为海子带来广泛声誉且奠定他日后在中国诗坛地位的重要诗篇。谭五昌在《海子诗歌精品》中认为,全诗所包蕴的深邃丰富的历史文化及生命情感内涵,使它在海子数量众多的充满纯粹抒情色彩的诗篇中显得卓尔不凡。

---

① 《亚洲铜》写于1984年10月,最初发表于四川的(内部交流资料)刊物《现代诗》1985年第1期。

② 王一川:《海子:诗人中的歌者》,见崔卫平编《不死的海子》,中国文联出版公司,1999。

作为一位诗的理想主义者，海子的声音是真诚而孤独的，他的行为昭示了个体生命存在的悲凉意味。《亚洲铜》是海子诗中展现土地意识的起点，它以强烈的动感使土地与生命合一，而升起的月亮则成就了诗歌的完美。从此，麦地、村庄、月亮、天空等带有原型意味的意象就在海子诗中经常出现，特别是苦难而辽阔的"麦地"，作为人与大地和睦相处的象征，成了他进行了再三歌咏的对象，成为他心中幸福生活的最后堡垒，也成为他的感恩之情的集结。海子自己曾说："有两类抒情诗人，第一种诗人，他热爱生命，但他热爱的是生命中的自我，他认为生命可能只是自我的官能的抽搐和内分泌。而另一类诗人，虽然只热爱风景，热爱景色，热爱冬天的朝霞和晚霞，但他所热爱的是景色中的灵魂，是风景中大生命的呼吸。凡·高和荷尔德林就是后一类诗人。……做一个诗人，你必须热爱人类的秘密，在神圣的黑夜中走遍大地，热爱人类的痛苦和幸福，忍受那些必须忍受的，歌唱那些应该歌唱的。"①

海子的《五月的麦地》②主要表现的是诗人理想失落后的孤独和悲凉。在诗人的想象中，东南西北全世界的兄弟都在"五月的麦地"里会合拥抱，然而，诗人却"孤独"一人。《春天，十个海子》写于海子自杀前12天，是海子生前创作的最后一首诗。作品以"十个海子"这种主体分裂的意象，传达了一个"黑夜的儿子"沉浸于冬天与死亡中不能自拔的内心痛苦。海子流传最广也最有影响的是以"麦地"和"土地"为主题的抒情短诗，但人们仍习惯于把《土地》(1987)看作他的代表作。《土地》是他生前出版的唯一长诗，也是他一生中最重要的长诗。他在诗中这样写道："大地，盲目的血/天才的语言背着血红的落日/走向家乡的墓地！"海子受到海德格尔经常援引的荷尔德林的诗句"人，诗意地栖居在大地上"的启发，将"土地"视为激情、生命和艺术的源泉与归宿，专注于生存本质的追寻，寻求人类和自己心灵的精神故乡。

"第三代"主要指以朦胧诗和"后朦胧"为反叛对象的更年轻的一批诗人。他们认为，"五四"时期把诗从文言文中解放出来的白话诗人是第一代，"文革"后把诗从政治工具中解放出来的朦胧诗人是第二代，而他们这些把诗从群体意识中解放出来的诗人则是第三代。因此，他们要做的工作，

---

① 海子：《我热爱的诗人——荷尔德林》，见崔卫平编《不死的海子》，中国文联出版公司，1999年。

② 《五月的麦地》最初发表于《诗刊》1988年第9期。

就是与"后朦胧"一起弥补朦胧诗的欠缺。但他们弥补的方法与"后朦胧"不同,不是继承和发展,而是变异和反动:反英雄、反崇高、反理性、反文化、反抒情、反优美……强调民间立场,倡导平民意识;消解历史和文化的崇高意义,做诗坛上的"嬉皮士"和流浪汉。韩东的《有关大雁塔》对杨炼《大雁塔》中浓重的历史感和人文色彩的消解,特别是于坚的诗歌所表现的普通人平淡无奇的生活,和他在反意象、反修辞和口语化等方面的语言实验,被他们看作"语言意识的觉醒"的成功范例。

于坚(1954—),昆明人。1970年至1980年在工厂当工人,1973年开始新诗创作,1979年开始发表作品,1984年毕业于云南大学中文系,同年冬在南京与韩东、丁当等创办民间刊物《他们》。主要作品有《尚义街六号》、长诗《0档案》和诗集《诗60首》(1989)、《对一只乌鸦的命名》(1993)、《一枚穿过天空的钉子》(1999)、《于坚的诗》(2000)以及诗论集《棕皮手记》《人间笔记》等。

《尚义街六号》[①]用调侃的语调对普通人的平庸生活进行逼真描写,同时还表现出了"超语义的美",因而被看作"生命意识的觉醒"的代表作,而通过语言意识和生命意识的变异所体现出来的诗歌审美意识的变异,正是"第三代"诗歌最根本也是最显著的特点。从这个意义上来说,"后朦胧"可以看作朦胧诗的发展,而"第三代"才是朦胧诗的真正变异。

这一新的写作倾向的另一重要成就,是80年代中期的女性诗歌创作。翟永明在大型组诗《女人》中所精心营造出的"黑夜"意象,后来逐渐为大多数女诗人接受,并成为女性诗歌创作的核心象征,把它表现成在消除了男性话语遮蔽后浮现出来的女性的自我世界,是一个完全边缘化和个人化的生存空间。翟永明的《女人》宣示了女性自觉写作的开始,随后唐亚平的组诗《黑色沙漠》、伊蕾的组诗《独身女人的卧室》和翟永明的另外两个组诗《静安庄》《人生在世》陆续问世,以及陆忆敏、张真等女诗人也在此前后写出了大量尽管风格各异、但全都意在表现女性个体生存体验的抒情诗,这些作品构成了当代女性写作的第一个高峰。

这些女性诗人创作比较一致的特点,就是努力地确立女性自己的话语方式,她们几乎不约而同地把男性世界和权力世界作为一个反抗的对象,以期达到颠覆意识形态中心话语的目的。在她们的作品里,经常出现各种各样的二元对立的意象组合,比如女性/男性、黑夜/白昼、月亮/太阳、癫狂/理

[①] 《尚义街六号》最初发表于《诗刊》1986年第1期。

性、反叛/占有等等,在尖锐的对照中凸显出女性生存的感性内容,同时也试图瓦解社会历史中的种种虚妄假象。因此,以翟永明、伊蕾、唐亚平等为代表的"女性诗歌"可以看作"第三代"的一个"旁支"。

"第三代"的大规模出现,引起了诗坛上的一次"美丽的混乱"。由于它的理论和实践都采取一种极端化且随意化的方式,还有许多"伪诗人"混迹其中,一直有着不太好的名声,也妨碍了人们对它的认识。但"第三代"所表现出来的优点和缺点又不是孤立的,而是与90年代整个社会的发展变化和文坛的创作状况相呼应和协调的。

第三节　小说的变化与探索

一　徐怀中、朱苏进与军旅小说

新时期最初两年面世的军旅小说,大多是写于"文革"中的"昨天的故事"。主要有孟伟哉的《昨天的战争》、魏巍的《东方》、莫应丰的《将军吟》等长篇和邓友梅的《我们的军长》《追赶队伍的女兵》等中短篇,这些作品虽然在社会上产生了一定影响,但在艺术上却没有多少值得夸耀的创新。

军旅小说创作的变化,是从1979年"对越自卫反击战"给作家带来了新的题材后开始的。

徐怀中(1929—　),河北邯郸人。徐怀中的《西线轶事》①受前苏联作家瓦西里耶夫的《这里的黎明静悄悄》影响,一反过去的战争文学模式和英雄模式,将陶珂等六个女电话兵和男步话兵刘毛妹放在反击战的特殊环境中,通过描写他们的生活,塑造了具有复杂性格的当代军人刘毛妹的艺术形象,使军旅小说面貌一新。

李存葆的《高山下的花环》②则将军人生活与社会现实联系在一起,在描写英雄连长梁三喜形象的同时,通过吴爽、赵蒙生母子的"曲线调动"、薛凯华因两发臭弹牺牲等故事,在军旅小说正视社会矛盾方面取得了带有决定意义的重大突破。

新时期军旅小说的主要收获是两类作家和三种题材。这两类作家,一是在"文革"前成长起来的中年作家,如徐怀中、黎汝清、魏巍、刘白羽、石

---

① 《西线轶事》最初发表于《人民文学》1980年第1期。
② 《高山下的花环》最初发表于《十月》1982年第6期。

言、叶楠、彭荆风等;二是 50 年代后出生的青年作家,如"军门子弟"朱苏进、刘亚洲、乔良、海波、简嘉、严歌芩等,"农家子弟"李存葆、莫言、周大新、宋学武、阎连科等。这三种题材,一是"当代战争题材",主要有徐怀中的《西线轶事》、李存葆的《高山下的花环》、宋学武的《山上山下》、王中才的《最后的堑壕》、张廷竹的《他在拂晓前死去》等短篇,韩静霆的《凯旋在子夜》、江奇涛的《雷场相思树》、朱苏进的《欲飞》等中篇,朱春雨的《亚西亚瀑布》、沈石溪的《战争和女人》等长篇;二是"历史战争题材",主要有黎汝清的《皖南事变》、莫言的《红高粱》、乔良的《灵旗》、张廷竹的《黑太阳》等;三是"和平军营题材",主要有朱苏进代表着"后新时期"军旅小说新变化的《射天狼》《引而不发》《绝望中诞生》《金色叶片》《接近于无限透明》,以及刘兆林的《啊,索伦谷的枪声》、李斌奎的《天山深处的大兵》、唐栋的《兵车行》等。

朱苏进(1953—),南京人。1959 年随父到福州读书,后因病辍学。1969 年入伍,当过战士、班长、排长、副指导员等,1971 年开始文学创作。1977 年到南京军区政治部文化部创作室从事专业创作。1986 年考入北京大学中文系作家班,同年转入南京大学中文系。1988 年毕业后任南京军区政治部文化部创作室主任。

朱苏进军旅小说的独特之处,在于他很少正面歌颂军人的理想主义和英雄主义,而是更多地投入了自己的独特感受,在意识形态性很强的军旅题材中,表现出深入探询个性心理的个人化倾向。《绝望中诞生》最能体现这种倾向。

《绝望中诞生》[①]通过对当代军人孟中天的精神世界的探索,表现了他经历中蕴藏着的震撼人心的力量和性格中包含着的神奇迷人的色彩。孟中天具有卓越的军事素质与测地才能,这种才能使他注定不能满足于只做个平庸的专业技术员,而必然会跻身于政治的权力场中。他被不怀好意的司令员宋雨看中,调往军区当机要秘书,随后平步青云,风光一时,然而,"文革"后又灰飞烟灭,沦为阶下囚,只能在绝境中期待着再一次崛起。"绝望中诞生",这实际是对于孟中天这个天才人物的深层个性心理结构状态的揭示。他正是在政治上绝望时,才创造了地理学上的奇迹。而当他一旦有时机在政治上崛起,另一极致便会跌入零点。最根本的是,欲望与才华的结合,形成了他独特的个性心理结构。作家将人物置于绝境,进而揭示了人处

---

① 《绝望中诞生》最初发表于《钟山》1989 年第 3 期。

于绝境时的强大生命力与旷世奇有的探寻精神。《绝望中诞生》把意识形态性的两极对立转变为个体欲望与目的的对立,超越了纯政治性的层面,饱含着对人性及人的处境的深切关怀,具有普遍的生命感悟的意义。《绝望中诞生》及朱苏进的其他军旅文学创作所表现出来的有异于过去及同代军旅文学的"个人化倾向",在当代军旅文学中有着独特的地位。

二 方方、刘恒、刘震云与新写实小说

80年代中期,继伤痕文学、反思文学、改革文学和寻根文学等一浪高过一浪的文学思潮后,在中国文坛上几乎同时出现了两股来势更为汹涌、风格却迥然不同的文学浪潮:新写实小说和先锋小说。

新写实小说产生于文化寻根思潮以后的80年代中期,它舍弃了寻根文学所追求的过于狭隘与虚幻的"文化之根",否定了对生活背后是否隐藏着"意义"的探询,但又延续了寻根文学对生活本质的探求精神,可以看作一种"后寻根"现象。新写实小说的"新",在于它改变了传统的"写实"观念,瓦解了文学的典型性,取消了作家的情感介入,以近似冷漠的"零度情感"来反映现实,掩藏作家的主观倾向性。

80年代中期以后,在方方、池莉、刘恒、刘震云的创作中,则体现出一种对人间凡俗性的展示。方方的《风景》和池莉的《烦恼人生》被看作新写实小说的两部开山之作。

方方(1955—),原名汪芳,原籍江西彭泽,南京人。1957年随父母迁至武汉,1974年高中毕业后,做过4年装卸工,《风景》的写作与她那段时间的生活直接相关。1975年开始诗歌创作,1978年考入武汉大学中文系,1982年毕业后到湖北电视台任编辑,同年发表小说处女作《"大篷车"上》。《"大篷车"上》《十八岁进行曲》《江那一岸》等早期小说集,在表现青年人的平凡人生时充满理想主义的热情。1989年,方方调湖北作协从事专业创作,此后的《风景》《祖父在父亲心中》《行云流水》《一唱三叹》《春天来到昙华林》《水在时间之下》等作品趋于丰富和凝重,它们着重描写底层人物的生存景状,刻画卑琐丑陋的病态人生,以冷峻的眼光剖析人性的弱点,探寻生命的意义。方方的小说无论是描写武汉的市民生活,还是表现知识分子的精神状态,都呈现出冷静而细致、敏锐而深刻、沉重而忧伤等特点,是新写实小说中最具女性特点和文人气息的作品。

《风景》①描写了武汉底层社会贫民窟一个十一口之家的生活状态:父亲是个码头工人,性情粗暴而且为人凶悍,打母亲是他生活中的重要内容。而母亲不以为耻,反以为荣,在40年的婚姻生活中,虽然"挨打次数已逾万次可她还是活得十分得意",始终不改其风骚粗俗的本性,常常挑逗父亲托运站的朋友,与他们打情骂俏,"托运工男女相遇常有骇人之举。这便是扒下对方裤子或伸手到对方裤裆。虽是下流无比却也公开无遗"。甚至她当着父亲的面也敢与邻居调情,让父亲常常怀疑自己的哪个儿子不是自己亲生的。他们一生所得只有八个儿子和两个女儿,除最小一个儿子夭折之外,其余九个都在猪狗般的生活中长大成人。

小说由死者(即夭折的小儿子"小八子")的视角来讲述生存的故事,以一种极端强化的方式还原出赤裸裸的生存本相,"风景"就是死者眼中的现实"活报剧",这使得作品中的生存景观显得异常冷漠和残酷。

大哥几乎完全继承了父亲的秉性。四哥是小说中性情最为平和的一位,因为他是哑巴。然而,作者却不无讽刺地写道,后来他"和一个盲女子结了婚。四哥有眼而她有灵敏的耳和灵巧的嘴。这是一个完整人的家庭"。五哥六哥是一对双胞胎,小时候一起强奸女孩,长大后一起为发财不择手段,无恶不作。家里的儿子如此,女儿更坏。大香学有钱人家的女孩总是把指甲留得尖尖的,七哥小时候尿了裤子,她便用指甲"拼命地掐他的屁股"。而小香更毒,她长得既像父亲又像母亲,伶牙俐齿活泼可爱却心狠手辣。她比七哥大两岁,只要她在家里,就不许七哥站起来走路。小香说七哥是狗投生的,必须爬行。可当着父亲的面她又告状说,七哥故意学狗爬不学人走路。

小说从七哥开始,到"想起七哥的话"结尾,作品中讲述最多的也是有关七哥的故事。由于七哥是在父亲离开汉口的15天里怀上的,"父亲总怀疑七哥不是他的儿子",因而从他出生的那一刻起,就被打入了另册。在这个只有13平方米的板棚屋里,连与哥哥们一起睡地铺的资格也没有,在肮脏潮湿的床下一睡就是17年。七哥从小就是个逆来顺受的孩子,从5岁开始捡破烂,7岁开始捡菜,从来没有得到过父母的爱,只有二哥给过他一丝怜悯,过的真正是猪狗不如的日子。但在他15岁时,他对家人的仇恨终于在心中萌发,"七哥曾发过一个毒誓:若有报复机会,他将当着父亲的面将他的母亲和他的两个姐姐全部强奸一次"。是"上山下乡"运动改变了他的

---

① 《风景》最初发表于《当代作家》1987年第3期。

命运。他在插队的小山村里,因患夜游症而被当作了鬼,村民便像送瘟神一般推荐他上了大学,而且是北京大学。虽然"七哥走的是狗屎运",但他却不失时机地抓住了运气。在同学"苏北佬"的感召和教导下,他学会了"不择手段"。虽然他的女朋友是教授的女儿,但是当他遇到有高官父亲的老女人时,果断地与女友分手,选择了这个已经不能生育的老女人,从而实现了自己改变命运的理想,进入了上层社会。在作品的叙述中,作者显然对七哥的"不择手段"进行了宽恕,而将批判的矛头转向了社会。《风景》发表后,人们最为震撼的除了小说所展示的"生似蝼蚁,生如尘埃"的生存景象外,就是七哥的成长方式,其焦点不是七哥是否走了一条"于连式"的道路,而在于作者对他的充满了同情甚至赞许的态度。在对苦难的忧伤中带着对人物的温情,在对社会的批判中流露出作者的主观倾向,这也正是《风景》与其他新写实小说完全冷漠的"零度感情"的重要区别①。

作品中另一个重点人物是二哥。他不但对七哥有一丝怜悯,而且还因救了溺水的杨朦,走进了一个知识分子家庭,并在那里受到了文明的震撼。"文革"爆发后,杨家遭难,他却疯狂地爱上了杨朦的妹妹杨朗,自愿陪杨朗下乡。然而,当杨朗多次失去返城的机会后,竟然献出了自己的贞操,痴情的二哥最后绝望地自杀。同样渴望改变自己的命运,他的死亡与七哥的发达形成了鲜明的对比,同时也证明了七哥成长方式的必然性。

《风景》以这样一种极端化的方式来描写粗鄙丑陋的凡俗人生,刻画野蛮冷酷的生存景象,企图还原出现实生活赤裸裸的生存本相,是新写实小说中最具"左拉式"自然主义风格的作品,表现出一种令人震撼的探索精神。

刘恒、刘震云等在 80 年代中期的小说创作,最早体现了回归到人本身的生存意识。

刘恒(1954—),原名刘冠军,北京人。刘恒曾就读于北京外国语学院的附小和附中,1969 年入伍,在海军部队服役 6 年,退伍后在北京汽车制造厂当装配钳工 4 年。1977 年开始发表小说,1979 年调北京文联,任《北京

---

① 方方在《仅谈七哥》中说:"生存环境的恶劣,生活地位的低下,必然会使开过眼界的七哥们不肯安于现状。改变自身命运差不多是这样家庭出生的人一生奋斗的目标。他们的吃苦能力比别人更强,对于功名的追逐亦有超出常人的激情。但因为先天条件的不足和后天实力的软弱,他们中全靠自己的智慧和才能而名正言顺达到目的的人为数不多。由此,迫切地向命运挑战的心情促使很多的他们不得不采用别具一格的奋斗方式和生存技巧。只要能改变地位,成为人上之人,像他们过去曾经羡慕过的别人一样,他们什么都能干。道德品质算什么?人格气节算什么?社会舆论算什么?他人痛苦算什么?如果需要,这些都可以踏在脚下。"

文学》编辑。1986年发表成名作《狗日的粮食》,后又发表有《伏羲伏羲》《白涡》《教育诗》等中短篇和《黑的雪》《逍遥颂》《苍河白日梦》等长篇。刘恒的《狗日的粮食》写一个瘿袋女人的生活内容就在于"生孩子"和"挣粮食"。《伏羲伏羲》写一个通奸故事,主人公杨天青的生存价值也只是通过生殖来传宗接代。因此,刘恒小说进一步消除了人性中的精神性因素,把全部笔墨都集中于对"食""色"的描写,直接表现生命的繁殖与维持,不存在任何超出生存本身的意义,描绘出一个原始纯粹的本能世界,这在"新写实小说"中并不多见。

刘震云(1958—),河南延津人。1973年入伍,1978年复员,在家乡当中学教师,同年考入北京大学中文系,1982年毕业后分配到《农民日报》工作,同年开始小说创作。1987年后陆续发表《塔铺》《新兵连》《头人》《单位》《官场》《一地鸡毛》《官人》《温故一九四二》等,在文坛上引起强烈反响。

《一地鸡毛》[①]以非常冷峻而又略带讥讽的笔触,描写了极其平庸琐碎的当代日常生活景况。作品基本上承续了《单位》的思路,继续写小林在家庭生活中所经历的精神磨砺与变化:老婆调动工作、孩子入托、和老婆吵架、排队抢购大白菜、拉蜂窝煤以及每天的上班下班、吃饭睡觉,这些琐事构成了小说的全部内容。标题"一地鸡毛"的意义也不具深刻的象征,只是十分表浅地揭示出生存本相:生活就是种种无聊小事的任意集合,它正销蚀着每个人的棱角,使他们在昏昏入睡的状态中丧失了精神上的自觉。

1988年秋,《文学评论》和《钟山》杂志在无锡举行的"现实主义与先锋派"研讨会上,人们对这种"新现实主义"或"后现实主义"现象展开了讨论。《钟山》从1989年第3期开始设立"新写实小说大联展"栏目,"新写实小说"由此得名。其主要作家还有范小青、苏童、叶兆言、李晓、杨争光、赵本夫、周梅森、朱苏进等,几乎包括了寻根文学以后文坛上最活跃的一批作家。

三 苏童、王朔与世俗小说

市场运作方式进入文学领域后,读者市场对创作起着越来越明显的制约作用,使许多写作都含有直接追逐商业利润的目的。在纯文学作品苦苦支撑的同时,出现了一大批具有俗文学特点和商业化倾向的世俗小说。

苏童(1963—),原名童忠贵,原籍江苏扬中,苏州人。1980年考入北

---

① 《一地鸡毛》最初发表于《小说家》1991年第1期。

京师范大学中文系,1983年开始文学创作,1984年毕业后分配到南京艺术学院工作。1986年调《钟山》任编辑。1987年发表成名作《1934年的逃亡》后,创作了许多"大胆的充满奇思异想"的作品,被看作先锋小说的主将。1989年后,风格发生变化,从形式探索转向故事讲述,创作出《妻妾成群》《妇女乐园》《红粉》《武则天》等表现"妇女生活"和《米》《我的帝王生涯》等以细腻而敏锐的笔触重现往日历史的作品,又成为新历史小说的代表,是较早转向的先锋派作家。

《妻妾成群》①虽然残留着先锋文学的许多个性特点,但已经显露出精致的商业化倾向。小说讲述的是一个传统的封建家庭内部因"一夫多妻制"而相互倾轧的老套故事。但是,个人化的主体精神的植入,又使故事具有了新意。主人公颂莲是受过新式教育的知识女性,隐含地透露出"五四"后的新文化思想背景。她父亲去世后,迫于生活的窘境,自愿嫁给有钱人陈佐千作四姨太,为了能在陈家立足并获得尊严和做人的正常权利,她不得不与毓如、卓云、梅珊三位太太争宠,加入了钩心斗角的家庭游戏。但她却希望能够保持自己的尊严和人格,始终不肯完全放弃自己的个性与信念,不肯彻底泯灭自己的精神,主动退出了这种非人道的人际模式,这又使她成了陈家花园里的一叶孤零零的浮萍,直到突然崩溃。作品始终充盈着浓重的死亡气息,不时透射出一种令人心惊的主观感受,具有超越客观层面的主体精神,充分体现出苏童小说文字细腻精微,善于捕捉女性身心的微妙感受的特点。

两年之后,"第五代"导演张艺谋把《妻妾成群》搬上银幕,更名为《大红灯笼高高挂》(编剧倪震),继续深入探询人性的主题,其至在对环境给人的精神戕害方面还有更出色的表现,同时,商业性也得到了增强。电影《大红灯笼高高挂》突出了电影的艺术特征,以具有象征意义的"点灯——灭灯——封灯"为主线,加重了环境的压抑程度,展示了封建权力的施演方式,不仅增强了影片的可视性,激发了观众的好奇心理,而且突出了女性的悲剧命运,出色地表现了封建制度对人性精神的戕害,加重了对封建传统的批判力量,增强了影片的人性探索主题。然而,电影的改编对小说中的部分内容也有所丢弃或者弱化,消解了颂莲对个性的追求和作家的独特感受等。

王朔(1958—),北京人。1965至1975年在北京上学,其间曾在山西太原生活。1977年入伍,在海军北海舰队服役,1978年开始小说创作。

---

① 《妻妾成群》最初发表于《收获》1989年第6期。

1980年转业后在北京医药公司药品批发店工作,1983年辞职从事自由写作。1984年发表成名作《空中小姐》后,陆续发表《浮出海面》《一半是火焰,一半是海水》《永失我爱》《橡皮人》《顽主》《玩的就是心跳》《千万别把我当人》等,通过放肆,撒野以至于颓废的语言,站在北京下层社会市民的立场上,无所顾忌地亵渎神圣,对"文革"以来虚伪的道德意识和社会时尚作了辛辣的讽刺,迎合了当代社会中骚动不安的情绪。90年代后,又发表有《我是你爸爸》《过把瘾就死》《看上去很美》等,在理想主义受到普遍唾弃的风气下,显露出拒绝人类理想的媚俗倾向,表现出对知识分子精神传统的叛逆。

相比于王朔的其他作品,《动物凶猛》①是一个例外。女主人公米兰的形象,兼具天真明朗与放荡妩媚两方面的特点,可以看作王湄(《空中小姐》)、吴迪(《一半是火焰,一半是海水》)、于晶(《浮出海面》)与李白玲(《橡皮人》)等他过去笔下许多女性类型的结合。主人公"我"与米兰的恋爱故事并不是真实的,"我"与米兰从来就没有熟识过,"我"叙述的只是"我"在一个夏天看到一位少女后产生的想象,"我"由米兰身上获得性意识而导致的性强暴行为,也只是叙述者重拾逝去时光时产生的情绪冲动。因此,《动物凶猛》虽然与王朔的《浮出海面》《顽主》《玩的就是心跳》等其他小说有内在的联系,主人公"我"也仍然放浪不羁,我行我素,但是,他却已经不再是一个玩世不恭的"顽主",而只是一位在"文革"中迷茫的少年。作品的内容也不再只是亵渎神圣、调侃社会,而是通过不加掩饰地展示出个人经历中的青春记忆,表现了对"文革"时期所形成的社会规范与道德意识的反叛,超越了一般通俗读物的审美趣味,带有更多的"纯文学"的色彩,为当代文学提供了创造性的新视界和新感受,在王朔小说中占有特殊的地位。

四 莫言、张炜与新历史小说

1986年,莫言的《红高粱》的发表,以及张炜的《古船》、乔良的《灵旗》等作品的相继问世,标志着新历史小说的诞生。新历史小说是对历史的一种重构,从思维方式到叙述语言都超越了传统的历史小说,打破了社会/政治的思维模式和"党史模式"的历史框架,以个人化的立场对近代历史重新书写,创造出一种新的艺术境界。

90年代,新历史小说得到了迅速发展,产生了刘霞云的《故乡天下黄

---

① 《动物凶猛》最初发表于《收获》1991年第6期。

花》(1991)、《故乡相处流传》(1993)和《故乡面和花朵》(1999)、苏童的《米》(1991)和《我的帝王生涯》(1991)、李锐的《旧址》(1992)、李晓的《民谣》(1992)、陈忠实的《白鹿原》(1993)、张炜的《柏慧》(1994)和《家族》(1995)、王安忆的《长恨歌》(1995),以及叶兆言的"夜泊秦淮河系列"等优秀作品。

莫言(1956—),山东高密人,原名管谟业。莫言童年时在家乡小学读书,五年级时因"文革"爆发而辍学,回家务农近十年,其间曾"走后门"到县棉油厂干过临时工。1976年应征入伍,来到渤海边上,站岗之余依旧喂猪、种菜。1979年秋调至解放军总参谋部,历任保密员、政治教员、宣传干事。1981年在河北保定的《莲池》上发表小说处女作《春夜雨霏霏》后,又在《莲池》和《长城》上连接发表了《丑兵》《民间音乐》《岛上的风》《雨中的河》等,得到孙犁、徐怀中赏识,1984年秋入解放军艺术学院文学系学习。1985年以中篇小说《透明的红萝卜》一举成名,并在一年之内接连发表了《球状闪电》《金发婴儿》《爆炸》《枯河》《老枪》《白狗秋千架》等多篇小说。1986年则以开创性地叙述着民间历史故事的《红高粱》奠定了他在当代文坛上的重要地位,同年毕业于解放军艺术学院文学系。1988年张艺谋导演的同名电影《红高粱》获柏林电影节金熊奖,引起世界对中国电影的关注。1991年,莫言于北京师范大学鲁迅文学院创作研究生班毕业并获文艺学硕士学位。1997年脱离军界,转至《检察日报》工作。继《红高粱》之后,莫言不断寻求突破,出版了长篇小说《红高粱家族》(1987)、《天堂蒜薹之歌》(1988)、《十三步》(1988)、《酒国》(1993)、《丰乳肥臀》(1995)、《红树林》(1999)、《檀香刑》(2001)、《四十一炮》(2003)、《生死疲劳》(2006)、《蛙》(2009)等大量作品。2011年被聘为青岛科技大学客座教授,同年当选中国作家协会副主席。2012年10月11日,获得该年度诺贝尔文学奖。2013年受聘成为北京师范大学文学院教授,2013年任新成立的北京师范大学国际写作中心主任。莫言的作品获国内外多项大奖,并被译成多种文字在世界各国发行,是海内外最有影响的中国当代作家之一。

《红高粱》①以儿童的视觉审视抗战历史,叙述了一个充满民间色彩的抗日故事。通篇以虚拟的家族回忆形式,把全部笔墨都用来描写由土匪司令余占鳌组织的民间武装,以及发生在高密东北乡的各种野性故事,在很大程度上弱化了历史的政治色彩,将历史还原成了一种自然主义式的生存斗

---

① 《红高粱》最初发表于《人民文学》1986年第3期。

争。作品中那片广袤辽阔的高粱地,既是枪林弹雨、"屎尿横飞"的血腥战场,又是惊世骇俗、"耕云播雨"的天堂乐园,既演绎了一段浴血抗战的革命历史,也见证了一段狂野豪放的爱情故事:在莫言的笔下,"我奶奶"和"我爷爷"是具有真正强健人格的人,他们风流多情,敢爱敢恨,我行我素,任性而为,时时处处都在张扬生命的激情。"我奶奶"爱"我爷爷"是因为她曾拼命反抗自己的婚姻,在出嫁途中又目睹他出手制服了拦路的劫匪,而且对她至死不渝,"不仅仅是抗日英雄,也是个性解放的先驱,妇女自立的典范"。"我爷爷"对"我奶奶"的爱,对日本鬼子的恨,他的一切所作所为,既是出于生命的本能,也是出于对生命的尊重,在他脑子里,没有崇高的思想,也没有政治的动机。他们就像高密东北乡的红高粱,活得坦坦荡荡、自由自在。"我父亲"豆官后来虽然也有英雄的壮举,但无法与"我爷爷""我奶奶"相比。而"我"虽然受过现代文明的熏陶,但在父辈和祖辈的历史面前,也只能感到自愧和自卑。莫言小说的主要特点是关注民间普通百姓的生存状态,表现充满生命意义和力量的带有理想色彩的民间世界,他在创作中流露出强烈的"人种退化"的忧患意识,同时在小说叙事艺术上进行了卓有成效的探索。

《红高粱》描绘了一个充满生命意义和力量的带有理想色彩的民间世界,集中体现了莫言小说的浪漫精神和瑰丽色彩,从中我们可以感受到莫言强烈的生命意志和生命激情,以及独特的儿童视角等特点。莫言从福克纳和马尔克斯那里大胆借鉴了意识流小说的时空表现手法和魔幻现实主义小说的情节结构方式,在关注民间普通百姓的生存状态的同时,把交织着爱与恨的传奇故事讲述得支离破碎,但在散漫的情节中,既张扬了一种生机勃勃的自由精神,又表现出作者内心强烈的"人种退化"的忧患意识。这篇小说的另一个独特之处,还在于对小说的叙事语言和叙事艺术进行了卓有成效的探索与尝试,通过"我"和"我父亲"豆官两个男孩的双重视角,讲述"我爷爷""我奶奶"及"我父亲"过去的故事,这种在当时具有强烈陌生化效果的叙述方式,后来成为了一种流行的叙述方式,在当代文坛上影响深远。

莫言从小在农村长大,20岁以前从来没有真正离开过农村,是地地道道的土生土长的"农民作家",最初也以一系列乡土作品崛起,被看作"寻根派"作家。但是,与汪曾祺、高晓声、刘绍棠、古华、贾平凹、阎连科等几乎同时代的乡土作家不同,莫言小说充满了神奇的浪漫精神和神秘的瑰丽色彩,这既受到乡下流传的鬼怪故事和民间传说的影响,也明显受到美国作家威廉·福克纳和哥伦比亚作家加西亚·马尔克斯的影响,莫言从他们那里大胆借鉴了意识流小说的时空表现手法和魔幻现实主义小说的情节结构方式,把故事讲述得非常自由散漫,充满了生机勃勃的自由精神。

作为一个有着浓重乡土情结的作家,"高密东北乡"不仅是莫言创作的灵感泉源,更是他情感宣泄的对象目标。在他的故乡高密,无论是一段惊心动魄的爱情,还是一桩骇人听闻的酷刑,在莫言的丰富想象中都是那么感天动地,可歌可泣。在《红高粱》中,作者借"我"之口说:"我曾经对高密东北乡极端热爱,曾经对高密东北乡极端仇恨,长大后努力学习马克思主义,我终于悟到:高密东北乡无疑是地球上最美丽最丑陋、最超脱最世俗、最圣洁最龌龊、最英雄好汉最王八蛋、最能喝酒最能爱的地方。"因此,只要一写到高密东北乡,他就充满了激情和狂野,他笔下的人物就充满了旺盛的原始生命力,他的作品也就充满了暴力与性。

然而,同样是描写暴力与性,莫言与《苦菜花》的作者冯德英等同乡和前辈不同,他常常是通过儿童视角来表现的。无论是《红高粱》中的"我父亲"豆官,还是《透明的红萝卜》中的黑孩、《丰乳肥臀》中的司马粮,以及众多作品中的"我",这些"小男孩"既鲜明地体现了原始生命力的抗争,又明确地标示着人种的退化,他们大多承受着生活的艰辛与苦难,虽然都顽强地活着,但与父辈祖辈们相比,已完全没有了不可驯服的英雄气概,显得扭曲而萎缩。而通过小男孩们的眼睛,作者要展现的正是一种精神,一面生命的旗帜。

新历史小说与新写实小说是当代文学在努力摆脱政治影响、回到文学自身的过程中出现的一对"孪生兄弟"。它们最大的共同特征就是"还原",但既不是为了还原历史,也不是为了还原现实,而是为了还原事物的本相,还原人生和生命的本色。在新历史小说中,事物大多残酷,人生和生命大多狂野;而在新写实小说中,事物大多冷漠,人生和生命大多卑微。从这个意义上来说,莫言《红高粱》的作用是具有开创性的。

20世纪90年代以后,新历史小说得到了迅速发展,除莫言仍然不断有新作问世外,还产生了叶兆言的《夜泊秦淮》(1991)系列、苏童的《米》(1991)、《我的帝王生涯》(1991)、刘震云的《故乡天下黄花》(1991)、《故乡相处流传》(1993)、《故乡面和花朵》(1999)、李锐的《旧址》(1992)、李晓的《民谣》(1992)、陈忠实的《白鹿原》(1993)、张炜的《柏慧》(1994)、《家族》(1995),以及王安忆的《长恨歌》(1995)等在文坛上有较大影响的优秀作品。

张炜(1956—   ),山东栖霞人。1976年高中毕业后回乡,1978年考入烟台师专中文系。1980年毕业后分配到山东省档案局工作,同年发表小说。1984年调山东省文联从事专业创作。1986年,发表成名作《古船》,进入90年代又连续推出了《九月寓言》《柏慧》《家族》等长篇,这些作品在对历史的拷问中,突出了对于大地的崇敬与怀恋,探寻着历史、家族、人的生存与野地、土地、大地的精神联系。

《古船》①以隋、赵、李三个家族的兴衰历史为基本框架,以家族的矛盾与斗争消解了阶级的对立和斗争。其开拓意义不仅在于对小说题材和思想内涵的深层次开掘,以及对家族这一中国特殊文化形态的苦难历史和人类生存及其精神文化历程的艺术表现,而且在于这部作品以民间与知识分子的立场和艺术视角,来审视和建构中国几十年的历史。作品深受马尔克斯《百年孤独》等作品的影响,在坚持现实主义的基础上,吸取了魔幻、象征等艺术营养。

五 马原、余华与先锋小说

现代主义的出现改变了80年代中国文学的格局,它不仅出现在诗歌中,而且更为广泛地出现在小说、戏剧以及美术、音乐、电影等各个艺术门类之中。在文学创作中,小说对现代主义的表现最为充分、广泛,也最具冲击力。

伴随着朦胧诗的出现,小说领域出现了茹志鹃的《剪辑错了的故事》、王蒙的《夜的眼》、宗璞的《我是谁》等现代主义的尝试之作。1981年,高行健《现代小说技巧初探》的发表,终于使这一创作现象成为引人注目的文学潮流。随后,张辛欣的《在同一地平线上》带动起年轻一代作家学习和模仿现代主义的热浪。到80年代中期,一方面出现了刘索拉的《你别无选择》、徐星的《无主题变奏》等带有"黑色幽默"特点的现代主义小说,另一方面,也出现了马原、莫言、残雪等在叙事革命、语言实验和生存探索三个方面以前卫姿态进行的小说实验运动,使现代主义文学在中国呈现出泛滥之势。

以马原为代表的小说实验运动不仅具有强大的阵营和声势,而且更具先锋的精神。

马原(1953—),辽宁锦州人。1970年中学毕业后到辽宁锦县农村插队,1974年进沈阳铁路运输机械学校学习,1976年毕业后到阜新当钳工。1978年考入辽宁大学中文系,1982年毕业后进藏,任编辑记者,同年开始发

---

① 《古船》最初发表于《当代》1986年第5期。

表作品。1984年发表成名作《拉萨河的女神》后,又接连发表了《冈底斯的诱惑》《叠纸鹞的三种方法》《涂满古怪图案的墙壁》《拉萨生活的三种时间》《虚构》,以及《游神》《错误》《大元和他的寓言》等极具先锋性的作品,从而带动了一大批作家在小说观念到小说形式上的全面试验。1989年,马原调任沈阳文学院当专业作家,在出版了第一部长篇小说《上下都很平坦》后,便"淡出"出了先锋阵营。

《冈底斯的诱惑》[①]由几个发生在西藏的故事组装而成,一是讲老作家在西藏的一次神秘经历;二是以第二人称"你"讲述猎人穷布找猎的经验;三是以第三人称讲述陆高、姚亮等人看"天葬"的故事,同时转述听来的双胞胎顿珠、顿月兄弟的故事。作品采用"元叙事"的手法,作家在小说中直接出现并揭露小说的虚构性,小说一开始就出现的"我"既不是老作家,也不是陆高、姚亮,但也无法证明就是作家马原。这种传统小说中的全知叙述者的隐退,瓦解了经典现实主义的叙事观念,使马原成为小说"叙事革命"的代表。

格非的《褐色鸟群》《青黄》《迷舟》等小说也致力于叙事迷宫的建造,并表现出与马原不同的特点。

先锋小说家都十分重视小说的语言实验,莫言首先在小说语言的实验中形成了富有主观性和感觉性的个人化文体,但在语言实验上走得最极端的则是孙甘露。

孙甘露(1959—),原籍山东,上海人。1967年上小学,1976年结束学校生活,1977年进当地邮局工作,1983年开始发表作品。1986年发表成名作《访问梦境》,随后的《我是少年酒坛子》《信使之函》等,直接呈现出超现实主义诗歌式的沉思和梦态抒情。1989年成为上海作协专业作家。主要作品还有《仿佛》《请女人猜谜》等。孙甘露对小说进行了诸多探索,特别是其以梦呓般的语言进行的小说实验,把小说创作变成了一种"反小说"的修辞游戏,同时也把小说文本变成了语言的迷宫,使他成为先锋小说的代表作家之一。

先锋小说家重视对人的生存状态的表现,残雪的《山上的小屋》等小说就以一种丑恶意象的堆积,表现人的丑恶和绝望以及外在世界对人的压迫,把个人化的感觉上升到寓言层次。

残雪(1953—),原名邓小华,湖南长沙人。1966年小学毕业,1970

---

① 《冈底斯的诱惑》最初发表于《上海文学》1985年第2期。

年进街道小厂当铣工,后为服装缝纫个体经营户。《山上的小屋》[①]采用超现实的方式,表现主人公在重压与窒息的环境中永恒的孤独,"我"在生活中充满被"吃"的恐惧,但同时也故意吓唬妹妹,仇视着家庭中的每一位成员,是冷酷的人际关系的参与者。此后,残雪又连续发表了《苍老的浮云》《黄泥屋》《阿梅在一个太阳天里的愁思》《天堂里的对话》《天窗》等中短篇小说和长篇小说《突围表演》,表现出鲜明的先锋特点。

余华(1960—),原籍山东高唐,杭州人。1977年高中毕业后在海盐县一家镇卫生院当牙科医生,1983年进入县文化馆,1984年发表处女作《星星》,后就读于由北京鲁迅文学院和北京师范大学联合创办的研究生班。1989年调入浙江嘉兴市文联,现定居北京。1987年发表成名作《十八岁出门远行》后,又连续发表了一批具有先锋小说特点的作品,形成了一个创作高潮。余华是中国当代最有影响也最有代表性的先锋小说作家之一,是同时代著名作家中写作字数最少、废品也最少的作家之一,是给中国当代文学带来真正变化的少数作家之一,同时也是继鲁迅之后中国最深刻也最有创新能力的作家之一。

余华是一位在创作上不断变化的作家,他的每一部新作品,相比之前几乎都是一次跳跃,一次超越,一次精神和艺术的提升。先锋时期的余华,发展了残雪对人的存在意义的探索。《十八岁出门远行》记录了一位少年第一次走进社会的人生经历,但他一路上遇见的全是恶人,因此,在他的眼里没有光明与美好,只有罪恶与阴暗。《现实一种》更是把一对同胞兄弟间的相互残杀写得既不动声色,又触目惊心。在《四月三日事件》《1986年》《河边的错误》《世事如烟》《难逃劫数》等作品中,暴力和死亡更是得到了诗意化的精致表现。从《十八岁出门远行》到《现实一种》,其结构大体上是对事实框架的模仿,情节段落之间的关系基本上是递进、连接的关系,那时期的作品主要体现了对社会常理的破坏。到《世事如烟》时,余华已经放弃了对事实的模仿,而是采用并置、错位的结构方式,使其文学世界能够尽可能地呈现出一种纷繁的状态。

90年代后,余华小说出现了一个从先锋向世俗的转变。即使是在他放弃了"先锋"的姿态后,变化也十分明显。《呼喊与细雨》(1991,又名《在细雨中呼喊》)是他从狂暴状态松弛下来后的第一部长篇,余华以一个被成人世界冷落的孩子的眼光来看世界,抒发的虽然还是无奈的"绝望",但已经

[①] 《山上的小屋》最初发表于《人民文学》1985年第8期。

有了些许温情。作品主要依靠回忆的"细雨"来滋润"呼喊"的紧张,"回忆"在这里扮演着一个全能的角色,它不但担负着化解作者紧张情绪的重任,同时还以自己的温情温暖着作品中那些像"看客"一样的冷漠的心。

《活着》①与《许三观卖血记》②一直都被看作余华小说从先锋走向世俗后的代表作,但这两部小说的风格和特点并不相同。虽然作者仍然十分严肃地在关注着人的生存状况,死亡的阴影仍然笼罩着小说中的人物,但血腥和暴力却越来越少,温情则越来越多。两部作品都带有一些"寓言"的色彩,可以看作作者用"世俗"的方法表达的"哲学"思想。"活着"正是余华的"存在哲学"的核心。有思想而且是大体上成体系的哲学思想,正是余华与当代其他许多作家的重要区别。《活着》并不追求浓墨重彩的史诗性展示,还反其道行之而刻意突出了个人命运和细碎生活:仅仅刻画了福贵等几个民间人物,描述了一些凡俗生活。但于平凡中达到奇妙效果,几近写出了一种民族苦难史和民族生命力。相比于《呼喊与细雨》,《活着》更加放松,即使是一次次地面对死亡,也不再采取"以暴还暴"的方式,但还只是"逆来顺受"而已。最后,作者借助让主人公福贵以自己的名字给陪伴自己一生的牛"命名"的方式,宣告了自己对世界的看法。而《许三观卖血记》则在《活着》"温和"的基调上,增加了更多的亮色,把一出人生的悲剧变成了喜剧,甚至走向了"幽默",这与早期的余华形成了鲜明的对比,达到了"笑看人生"的崇高境界。但是,余华小说在20世纪90年代以后,其叙事风格基本上是向着朴素、坚实,且具有强烈民间意识的方向转变的,相比而言,后者比前者在这方面表现得更为突出。余华从先锋到世俗的变化,对于先锋小说是具有象征意义的,那就是任何文学潮流都是要随时代的发展而变化的。

《许三观卖血记》讲述了丝厂送茧工许三观在生活困难的年代卖血求生的故事,是余华小说的叙事风格走向朴素、坚实的代表,且具有强烈的民间意识。余华在《许三观卖血记》的"中文版自序"中说:"这本书其实是一首很长的民歌,它的节奏是回忆的速度,旋律温和地跳跃着,休止符被韵脚隐藏了起来。作者在这里虚构的只是两个人的历史,而试图唤起的是更多人的记忆。"法国《读书》杂志1998年第1期的一篇介绍说:"这是一部精妙绝伦的小说,是外表朴实简洁和内涵意蕴深远的完美结合。"

---

① 《活着》最初发表于《收获》1992年第6期,1993年由长江文艺出版社出版单行本。
② 《许三观卖血记》最初发表于《收获》1995年第6期,同年由江苏文艺出版社出版单行本。

《许三观卖血记》全书共29章,讲述了一个叫许三观的丝厂送茧工在生活困难的年代多次卖血求生的故事。他第一次卖血是出于好奇,为了证明自己的身体结实。第二次卖血是因为他的大儿子一乐打伤了方铁匠的儿子,他不赔钱,方铁匠就带人拉走了许家的东西,无奈,只好再一次去卖血。第三次卖血是因为他一直暗中喜欢的女工林芬芳踩上西瓜皮摔断了右脚,他乘虚而入,终于如愿以偿地得到了自己的初恋情人,为了报答她的好心,让她吃到"肉骨头炖黄豆",早日痊愈,于是,他走进了医院。第四次卖血是1958年的大跃进、大炼钢和大食堂之后,全民大饥荒,无论他老婆许玉兰怎样精打细算也不能填饱一家人的肚子,他的"嘴巴牙祭"也无济于事,在一家人喝了57天玉米粥之后,他又找到了李血头。第五次卖血是因为下乡当知青的一乐生病了,并将卖血的钱直接给了一乐。第六次卖血是在刚送走一乐后,二乐所在生产队的队长又来了,为了招待队长,万般无奈的许玉兰在不知情的情况下第一次开口求丈夫:"许三观,只好求你再去献一次血了。"然而"血友"根龙连续卖血后死亡,让他感到了恐惧。就在这之后不久,二乐背着病重的一乐回来了,为了救一乐,许三观一个上午借到了63元钱,他一边让许玉兰护送一乐去上海,一边再次找到李血头。可李血头不再理他,他只好拼死一搏,设计好旅行路线,在六个地方上岸,"一路卖着血去上海"。这一路卖血几乎要了许三观的命。40年以后,当许三观一家"不再有缺钱的时候",他又突发奇想,想再卖一次血,可已经没有人要他的血了。"40年来,每次家里遇到灾祸,他都是靠卖血度过去的,以后他的血没有人要了,家里再有灾祸怎么办?许三观开始哭了……"王安忆在谈到《许三观卖血记》时说:"余华的小说是塑造英雄的,他的英雄不是神,而是世人。但却不是通常的世人,而是违反那么一点人之常情的世人。就是那么一点不循常情,成了英雄。比如许三观,倒不是说他卖血怎么样,卖血养儿育女是常情,可他卖血喂养的,是一个别人的儿子,还不是普通别人的儿子,而是他老婆和别人的儿子,这就有些出格了。……他不是悲剧人物,而喜剧式的。"

在这部作品中,有许多精彩的场面,如作品开头对卖血习俗的渲染,作品中间常常被人们提起的许三观与儿子一乐在血缘上的纠纷与和解,以及许三观为了自己的初恋情人而卖血求欢引起的家庭风波,以及作品最后许三观不得不纵横千里一路卖血的壮举等,但最具民间特点的还是在全民大饥荒时期许三观与孩子们苦中作乐的片断。

发表于1995年的短篇小说《我没有自己的名字》①,讲述一个弱智孤儿"来发"以给镇上的人家送煤为生,却成为大家欺负和取乐对象的故事,这是余华小说创作发生变化后最有代表性的一篇,也是余华小说中最具鲁迅特征的作品。

从90年代初开始,马原、莫言、苏童、余华等先锋作家纷纷改变了自己的探索姿态,降低了探索的力度,或长时间搁笔,或采取一种更能为一般读者接受的叙述风格,或与商业文化相结合,甚至完全放弃了以前他们所推崇的先锋精神和理想,使先锋小说作为一个小说艺术的实验运动和文学思潮最终走向了解体。而北村、吕新等新一代先锋小说作家,仍然在坚守着先锋小说的阵地,继续着实验和探索。

六 陈忠实、贾平凹与"陕军东征"

90年代初,中国的社会转型,特别是市场经济的风起云涌,直接导致了文学生产方式的变化,长期处于霸主地位的精英文化和新启蒙主义难以为继,"文学终结"的恐惧成为了作家心头挥之不去的阴影。纯文学滑入低谷的一个重要标志,就是文学期刊征订数量的大幅滑坡。最有代表性的是由著名作家巴金主编的《收获》,1981年的订数高达120万册,到80年代中期却迅速滑落到10万册左右,再到1993年,已面临极大的生存危机,还是靠巴金先生捐赠的一笔稿费及其倡议成立的一个基金会,才勉强渡过了这一难关。而《当代》《十月》《花城》等知名刊物到1992年,也是四面楚歌、举步艰难②。

1992年,对于陕西文坛来说,是悲喜交加的一年。这年前后,杜鹏程、路遥等陕西籍重要作家相继离世,而也就在这年年初,陈忠实、贾平凹、京夫、程海和高建群五人分别完成了《白鹿原》《废都》《八里情仇》《热爱命运》《最后一个匈奴》五部长篇小说,并在1993年集中于北京出版,立即在文坛特别是社会上引起了"空前的轰动效应",被人们称为"陕军东征"。

陈忠实(1942—),陕西西安人,1962年从西安市第34中学毕业后,一直在乡村基层工作,长达20年,有丰富的乡村生活经验。曾在本村小学和毛西公社农业中学任教,1965年开始发表散文,1969年任公社副书记,1973

---

① 《我没有自己的名字》最初发表于《收获》1995年第1期。
② 参见何璐《"陕军东征"现象研究之一:文学与传媒的联袂自救》,《南华大学学报(社会科学版)》2011年第1期。

年后开始发表小说。后任西安市灞桥区文化馆副馆长、文化局副局长等职。80年代后调西安市作协从事专业创作,后任陕西作家协会副主席、主席,中国作家协会副主席。

《白鹿原》①以陕西关中地区白鹿原上仁义村白、鹿两家的家族斗争为基本视点,描绘了中国清末到新中国建立半个多世纪的历史变迁。作品从白嘉轩六娶六丧写起,通过巧取风水地、恶施美人计、孝子为匪、亲翁杀媳、兄弟相煎、情人反目等事件,生动地表现了民间的乡村生活,同时,也广泛地涉及了从辛亥革命、军阀割据、刘镇华围长安、农民运动、国共两党合作与分裂,到抗日战争、解放战争,以及新中国建立等重大历史事件,构成了一部形象的中国近现代历史。白鹿两姓,本同为一宗祖,后来分化为两个家族,几十年间,以白嘉轩与鹿子霖为代表的两个家族之间的争斗,具有深刻的文化意义和深远的历史意味,打上了中国政治斗争的特殊烙印。它的特异而深刻之处,在于作者以冷静客观的态度来审视历史,并与中国传统文化历史进行了衔接,对中华民族历史进程进行了具有文化意识的思考。作品虽然只是将波澜壮阔的历史风云作为一种背景加以叙述,而将笔墨的重心放在了最具中国历史文化传统意义的家族、宗法观念这一特殊视点上,但作者对于中国这半个多世纪历史的把握与展示,显然已经超越了同类题材小说的艺术视野,这不但给了陈忠实一个新的视野,而且也给他的文学创作带来了一种新的境界。

几十年间,白鹿两姓为争夺家族的统治权,进行了多次较量,并集中地体现在白嘉轩与鹿子霖二人身上。以白嘉轩与鹿子霖为代表的两大家族祖孙三代的恩怨纷争,隐喻着中国近现代历史上历次政治斗争,表现了社会风云变迁中的宗法家族观念。

白嘉轩有着坚韧的人格力量、顽强的意志力量和强大的生命力量,可以说,他就是中国儒家文化的实践者和理想的化身,是封建礼教在乡村中的代言人。他恪守祖上遗训,笃信耕读持家、修身养性、仁义宽容、以德报怨、宽容仇家的处世原则,具有为人正直刚强、百折不挠的人生信念、仁爱之心、勤俭持家的品德,忍辱负重、敢于求理、天灾人祸的无畏精神,率民众抗税交农,为祈雨忍痛自残,被称为白鹿原上"头一个仁义忠厚之人"。同时,他又是中国传统社会所倚重的乡村生活秩序、伦理原则的化身,是存天理、灭人

---

① 《白鹿原》最初连载于《当代》1992年第6期和1993年第1期,1993年6月人民文学出版社出版单行本,1998年获第四届茅盾文学奖。

欲和封建等级制度的维护者。他利用族长的权力，不许与小娥私奔的黑娃进入祠堂，把黑娃和小娥打入另册，使他们成为村里的"贱民"。甚至小娥死后，他仍然不肯放过，要将其焚尸扬灰。从他的身上，我们可以看到传统文化的强大与顽强，也可以感受到中国现代文化转换的艰难性。

小娥是一个苦难深重却具有反叛精神的女性形象，是被侮辱与被损害者的代表。她似乎只懂得爱，而不知道恨。她在郭举人家被当作养身和发泄的工具，因为黑娃对她的爱而重获新生。后来她跟黑娃私奔，被赶出鹿家，住进村东头的一间破瓦窑，她因为有黑娃的爱而知足常乐，没有怨恨过任何人。她被"乡约"鹿子霖霸占利用，报复了白孝文，却没有复仇的欢欣。她的生命是一个悲剧，是传统文化道德的牺牲品。小说一面世就引起强烈的反响，大家争论的焦点，除了朱先生的"翻鏊子"理论，主要在于对小娥的情感判断。

这部作品最为人们称道的是它的文化底蕴。自80年代中期"文化寻根小说"出现后，对于中国历史文化的探寻与反思，就成为了一种文学潮流，文化成为评价作品思想艺术的一种价值尺度。但是，能真正深刻揭示中国历史文化的作品却并不多。《白鹿原》对于中国历史文化的把握，以儒家文化及其实践为正宗，既抓住了儒家文化仁义的精魂，也准确地把握住了儒家文化温厚、刚直的性格。对中国近现代史的勾勒、对家族兴亡史的演义、对儒家文化史的剖析和对民族命运史的思考，这四个方面交织在一起，共同构成了《白鹿原》厚实而沉重的历史内涵。作品以最具中国历史文化传统意义的家族、宗法观念为核心，将中国家族历史的变迁浓缩为两个家族的斗争，突出了传统文化对于生命的戕杀，强化了生命的意义和生命的悲剧色彩，具有震撼人心的真实感和厚重的史诗风格。

《白鹿原》的叙事语言深厚而洗练，字里行间渗透着文化内蕴和情感力量，既通俗又包含深意，具有很强的可读性，是学习中国传统小说与现代通俗小说的典范。《白鹿原》的问世，是中国当代现实主义文学创作的里程碑。它是吸取80年代文学创作的经验和对西方现代文学借鉴的结果，以凝重的笔法叙述了中国近现代半个世纪沉重而深厚的历史，给人以心灵的震撼，可以说是新时期以来最有中国历史文化意蕴，最得中国历史文化真谛的少数作品之一。《白鹿原》是当代文学史上最有中国历史文化意蕴，也最得中国历史文化真谛的经典作品之一。

贾平凹（1953—　），原名贾平娃，陕西丹凤人。贾平凹的父亲是乡村教师，母亲是农民，他也因此始终认为自己是一个农民。读初中时因受父亲牵连而辍学。1972年进入西北大学中文系,第一次来到西安。1973年发表处女作《一双袜子》。1975年毕业后分配到陕西人民出版社任编辑,1978年发表成名作《满月儿》,1980年调《长安》任编辑,1983年起任陕西作协专业作家,并深入商州地区,写出"商州系列"小说《小月前本》《鸡洼窝人家》《腊月·正月》《商州》《天狗》《浮躁》以及散文式的系列小说《商州初录》《商州又录》和《商州三录》等。90年代以后曾因《废都》过多的性描写引起争议。之后,他又连续出版了《白夜》《土门》《病相报告》《怀念狼》《秦腔》《高兴》等有分量的长篇小说,再一次引起文坛的高度重视。

《商州初录》[①]由14个独立的短章组成,从商州的文化氛围,深入到对社会精神的再现,构成了商州文化的精神本体。贾平凹对待商州文化的态度,主要表现在两个方面。一是从地理、风俗、风情入手,将强悍的民风、质朴的民情、阳刚的气质,以及坚韧、古朴、保守、落后结合在一起,既没有强烈的文化批判意识,也没有明显的文化弘扬态度,而是以平静平实的叙述,以清新纯朴的笔调,展现了一个别具诗意的美好世界,特别是在这个世界中人们的生命过程。二是客观地对变化发展中的商州进行理性的审视,既表现了商州传统文化对现代化变革的制约,也表现了现代化变革对商州传统文化的影响。

《废都》[②]的面世以及由此引发的"《废都》热"是当年中国文坛上的一个大事件。《废都》出版前,就有媒体宣称这是一部"当代的《金瓶梅》",出版后,不仅在读者中引发了巨大反响,而且引起了文学评论界的普遍关注,毁誉之声四起,在短时间内就出版了《〈废都〉废谁》《〈废都〉滋味》等多部评论集等,一时间,形成了到处争说《废都》的奇特景观。1993年下半年,《废都》因"格调低下,夹杂色情描写"被禁时,一部近80万字的《废都大评》尚未出版。到2009年7月,《废都》与《浮躁》《秦腔》组成的《贾平凹三部》由作家出版社出版,据业内人士估算,16年间,正式和半正式出版的《废都》有一百多万册,而盗版大约超过了一千两百万册,六十多个版本[③],成为了当代文学史上的一大奇观。

《废都》是一部具有寓言性和预见性的惊世骇俗之作。作品以古城西

---

① 《商州初录》最初发表于《钟山》1983年第5期。
② 《废都》1993年6月由北京出版社出版,首印37万册,第二个月加印至48万册,同年在《十月》第4期和《中国青年报》刊载和连载。
③ 参见《老编辑解密〈废都〉当年遭禁内幕》,《青年周末》2009年第29期。

安为背景,是想借当代西安人的心态来写当下中国人的生存状态,在展示"废都"景观的同时,也揭示出废都人的世纪末情绪和颓废色彩。作者曾多次说,"西安在中国来说是废都,中国在地球来说是废都,地球在宇宙来说是废都"①。而作品以著名作家庄之蝶与妻子牛月清、情人唐宛儿、保姆柳月三位女性的情感纠葛为主线,以庄之蝶与书法家龚靖元、画家汪希眠、艺术家阮知非"四大名人"的生活为辅线,则是想通过有代表性的文人生活来揭示当时的思想文化状态和精神走向。2009年,有学者认为:"今天的思想文化环境,与'五四'渐远,却与晚明相近。晚明处在大变动时代,虽然出现了一些大思想家如黄宗羲、顾炎武、王夫之、李贽等,但普遍的士风却是逃禅归隐、弃儒从商、纵欲享乐之风盛行。"②而这一判断也正是当年《废都》所表达的对生活和世界的看法。

庄之蝶与妻子牛月清的关系只是"性",无论庄之蝶是主动还是被动,他都是苦闷的、压抑的,他在传宗接代和丈夫的责任重压之下,既不能证明自己还是一个男人,也不能得到妻子的欢心;他与情人唐宛儿的关系则充满了"爱",无论是他得手之前,还是在热恋时,他都是张扬的、欢娱的,两人的关系总像是干柴烈火,一点就着,既享受着性的美妙,又感念着爱的力量;而他在同样是情人的柳月的关系中,则既没情也没爱,只有"欲",无论他是情势所迫,还是纵欲成性,他都是贪婪的、阴险的,两人的性关系充满了阴谋与较量。

《废都》最引人瞩目的是庄之蝶的风流情史,特别是多达43处的"□□□□□(此处作者删去××字)"③。有人认为这是为追逐商业利益而采用的一种"炒作"方式,也有人认为这不过是一种继承或模仿传统"洁本"艳情小说的"修辞"方式,但这种冒天下之大不韪之举所引起的震撼却是空前的。直到2009年作品重新出版的时候,仍然有人认为这种处理方式是一个败笔:"空缺,彰显了禁忌,同时也冒犯了被彰显的禁忌。"④不管这种方式成败如何,但的确是作者的"精心为之"。在作品中,凡出现空缺的地方,只与庄之蝶和唐宛儿有关,而在描写孟云房与从佛学院毕业的尼姑慧

---

① 贾平凹、王新民:《〈废都〉创作问答》,《文学报》1993年8月5日。
② 孟繁华:《谢冕和他的文学时代》,《中国作家》2009年第9期。
③ 《贾平凹三部》中的"修改版"《废都》,内容上没有任何改动,只是在形式上将"□□□□□(此处作者删去××字)"改为"……(此处作者有删节)"。
④ 李敬泽语,转引自郦亮:《贾平凹〈废都〉被禁16年后重新出版》,《青年报》(上海)2009年7月29日。

明偷情时,就直接用了虚写的手法:"半个时辰,孟云房出了清虚庵。"因此,这些空缺并不是"废文本",虽然可以理解为激发读者想象力的"导引线",但其真实目的,却是为了强调和突出庄之蝶与唐宛儿对性的态度,对人生的态度。

《废都》被称为"当代《金瓶梅》",不仅在于它有着明显的明清言情小说的痕迹,甚至故意借用了当代出版物处理明清言情小说的方式,而且还在于庄之蝶与牛月清、唐宛儿和柳月的关系几乎就是西门庆与月娘、潘金莲和春梅的关系的翻版,甚至连这些人物的结局也有相同的意味。柳月的出现,其主要目的就是为了衬托唐宛儿。两人的美,或古典或现代,虽各不相同,却难分高下,没有柳月的充满私欲,就难以展现唐宛儿的全无心机,也很难解释庄之蝶最后的凄凉出走。如果说,柳月向牛月清出卖庄之蝶和唐宛儿,造成庄之蝶与牛月清离婚是对他生活上的沉重打击,那么,唐宛儿被自己的丈夫绑架回潼关,则是对他精神上的致命一击。柳月最后按庄之蝶的安排,背叛了年轻英俊的赵京五,嫁给了残废的市长儿子大正,正是庄之蝶与柳月各怀鬼胎的一次"合谋":庄之蝶达到了自己因为官司而不得不巴结市长的理想结果,而柳月也实现了自己做个城市人的愿望。

《废都》被看作贾平凹当时所有作品中最典型、最深刻的一部,不在于它学习传统是否成功,而在于它通过对颓废的精神废墟景象的描写,从叩问存在意义的层面上,反映了一个时代在理想上的崩溃,从知识分子精神命运考察的层面上,标示了当时同类作品难以达到的高度。"渗透全书的'废都'意识,主要还不是对于古玩、丰臀、小脚之类的迷恋,而是被传统文化浸透了骨髓的人们,无法摆脱因袭的重担,无力应对剧变的现实,在绝望中挣扎的那种心态。"[①]《废都》以写颓废美、女性美而著称,曾引领了一个疯狂的世纪末风潮,同时,在不经意间又成为了后来美女作家"身体写作"的先行者。

贾平凹与始终自称"乡下人"的沈从文一样,以乡村书写步入文坛,并在文坛上建立并巩固了自己的地位。同时,贾平凹的小说又以强烈的时代感和文化精神为人称道。他步入文坛后,始终以独特的视角深刻地表现中国在现代化进程中的政治经济变革,从热情到冷静,从关注外部世界到探索人性的复杂,以极富想象的笔力展现了痛苦而悲壮的社会转型中芸芸众生的生存本相,通俗中有真情,平淡中见悲悯,用词古朴,韵味丰富,在继承传

---

① 雷达:《心灵的挣扎——〈废都〉辨析》,《当代作家评论》1993 年第 6 期。

统的同时又有新的开拓,在汉语写作实践中取得了令人瞩目的成就。因此,可以说,贾平凹是当代文学史上屈指可数的奇才,是一位具有叛逆性格、创新精神和广泛影响的"独行侠",是当代中国具有国际影响的著名文学家之一。

"陕军东征"作为当时文坛上最为火爆的现象,被看作中国文坛日渐衰微之时陕西作家的一次集体行动,由此还带动了 90 年代长篇小说创作的再度繁荣。"陕军东征"的出现是文学创作发展到一定历史时期的产物,在当代文学史上有其独特的意义:第一,证明即使在文学不景气的情况下,仍然有作家甘于寂寞,潜心创作。第二,一批有才华、有抱负的中年作家在人生积累和艺术造诣上正趋于成熟,为长篇小说的再度繁荣准备了有利的条件。第三,这批纯文学长篇作品的集中出版与火爆发行,使纯文学看到了走出"出书难、发行难"困境的希望。第四,这么多的长篇小说被人炒、被人买、被人读,说明广大的读者对纯文学作品依然存有浓厚的兴趣,而且他们也需要可读和耐读的重头文学作品。①

七 王安忆、陈染、林白与女性写作

90 年代,社会的改革开放已经取得了阶段性成果,经济体制的转轨也已经把文学挤出了社会的中心舞台,在改革的阵痛中,文学也借机完成了自身的回归,摆脱了政治意识的束缚,进入了个人化的写作。因此,这时期的女性作家可以比中国文学史上的任何时期都更加自由地表现女性意识,并公开承认和坚持自己的性别立场,大胆地书写个人的女性经验,包括性、欲望和女性的身体,表现出与以萧红、庐隐、丁玲和张洁、舒婷等为代表的前两次女性写作高潮不同的特点,形成了女性写作的第三次高潮。其中,最有代表性的是王安忆、陈染和林白,此外还有徐坤、海男、张欣、徐小斌、须兰,以及卫慧等更年轻的"美女作家"。

王安忆(1954—),原籍福建同安,南京人。1955 年随母亲茹志鹃移居上海,曾就读于淮海中路小学、向明中学,1970 年到安徽五河插队,1972 年考入江苏徐州地区文工团,在乐队拉大提琴,1976 年开始发表作品。1978 年调上海中国福利会《儿童时代》任编辑。1980 年发表成名作《雨,沙沙沙》,80 年代,曾以"三恋"《小城之恋》《荒山之恋》《锦绣谷之恋》和《小鲍庄》等爱情与文化寻根小说的创作闻名于文坛。进入 90 年代,王安忆创作

---

① 参见白烨:《作为文学、文化现象的"陕军东征"》,《小说评论》1994 年第 4 期。

发生了一次大的转化,接连创作出《纪实与虚构》《叔叔的故事》《长恨歌》《香港的情与爱》等致力于描写上海大都市现实与历史的作品。

王安忆与刘恒、刘震云等是80年代中期最早体现了回归到人本身的生存意识的作家之一。王安忆的《好姆妈、谢伯伯、小妹阿姨和妮妮》强调了人性中遗传因素的影响,暗示主人公妮妮的性格并非是由后天社会环境造就,而是受制于血缘上的承传,由此写出了人的某种很难为外力所改变的根性。在著名的"三恋"(《荒山之恋》《小城之恋》《锦绣谷之恋》)及承续其后的《岗上的世纪》等小说中,王安忆则有意突现了性爱本身具有的美感,而舍弃了一切外加的社会文化方面的意义,还原出生命存在形态中的本能欲望,深刻地探讨了人性的根源。

《长恨歌》①以王琦瑶几十年的生活为叙述对象,揭示了上海文化精神和历史生活情韵,小说中的人物显然体现了上海的精魂,而小说则体现了一种民间立场和知识女性情怀。在对王琦瑶人生命运的叙述过程中,王安忆充满了悲剧的情悟,作品充溢着一种怀旧的情绪。王琦瑶的故事是一个世俗的故事,作品描写的重心,不在于上海的社会政治风云,而是上海弄堂特有的饮食男女,日常琐事。作者有意识地追求一种舒缓的叙事语调,风趣而典雅的叙述语言,透露出一种作为知识女性所特有的古典情愫和写作姿态。这种情愫在文化精神上很显然是与张爱玲笔下上海的对接。张爱玲笔下的上海蕴含的是内在生命气质,而王安忆笔下的上海更具有文化精神的意味。

陈染(1962—),北京人,1969年在北京读小学,1973年开始随专家学音乐,1978年"弃乐从文",1979年父母离异,随母亲开始漂泊动荡的生活,1980年中学毕业待考,大量阅读中外文学、心理学和哲学著作。1982年考入北京师范大学分校中文系,同时开始在《诗刊》《人民文学》发表诗歌,并自印诗集。1985年转向小说创作,同年加入北京作协。1986年毕业后留校任教。1989年出版第一部小说集《纸片儿》,1990年移居澳大利亚,因不适旋即回国,1991年任作家出版社编辑。主要作品有《嘴唇里的阳光》《无处告别》《与往事干杯》和长篇小说《私人生活》等。

《私人生活》②把全部笔墨都用于描写女性的个体生存世界,突出地表现了个体与环境的对峙。主人公倪拗拗是一个孤僻、敏感、执拗的年轻女

---

① 《长恨歌》最初连载于《钟山》1995年第2、3、4期,1996年作家出版社出版单行本,2000年获第五届茅盾文学奖。

② 《私人生活》最初由作家出版社1996年出版。

子,她完全沉溺于内心生活中,对任何公共意识都持有憎恶和彻底拒绝的态度,最终变成了无法适应社会交往的幽闭症患者。作品不但细腻地描写了主人公的精神世界,还大胆地渲染了她的性欲望,特别是她的非伦理化的同性恋,形成了新颖的审美风格:大量的独白自赏、对躯体及器官的感受、纯粹精神上的白日幻想等,显露出了女性生命体验中极为偏至的迷狂色彩。

林白(1958—),原名林白薇,原籍广西博白,广西流县人。林白曾插队两年,当过民办教师。1982年毕业于武汉大学图书馆学系,曾在图书馆、电影厂工作,现定居北京。1989年发表《同心爱者不能分手》引起注意,后又发表《子弹穿过苹果》《回廊之椅》《致命的飞翔》等中篇和《一个人的战争》《青苔》《守望空心岁月》《说吧,房间》等长篇小说。陈染和林白都着力于探询女性生存的私人空间,但与陈染相比,林白的小说更强调女性感性世界的丰富与美丽。

《一个人的战争》[①]写一个女人的成长经历,主人公多米在性意识的成熟过程中不断遭到男性世界的打击与伤害,最终转向了自我恋,如小说题记中所说:"一个人的战争意味着一个巴掌自己拍自己,一面墙自己挡住自己,一朵花自己毁灭自己。一个人的战争意味着一个女人自己嫁给自己。"作品里直接地写出了女性感官的爱,刻画出女性对肉体的感受与迷恋,营造出了至为热烈而坦荡的个人经验世界。与此相应的叙事方式也呈现为非中心化的零散、片断式形态,并由于情绪与感受的层叠聚合,呈现出虽然无序却令人处处感到深情灵动的轻盈美感,或者也可以说是创造出了女性写作独特的审美精神。

第四节 散文的大众化与市俗化

一 散文热潮与新散文运动

散文的繁荣,总是伴随着思想的繁荣而产生的。在"五四"时期,散文曾有过超过小说和诗歌的辉煌,1985年后,随着人们生活的丰富与思想的活跃,再一次出现了散文的热潮。散文的自由和无形,为散文的创新提供了想象空间。同时,快节奏的现代生活,致使读者的阅读更偏向于相对轻松自由的散文。许多诗人和小说家在90年代专事散文写作,原来被职业作家大

[①] 《一个人的战争》最初发表于《花城》1994年第2期。

包大揽的散文创作局面被彻底打破,一些非职业写手写出了堪与职业作家相媲美的优秀散文,散文仿佛一夜之间成了人们的新宠,在原有的杂文、游记、小品,或叙事散文、抒情散文的基础上,又衍化出生活小散文、文化大散文,以及学者散文、文人散文、小女人散文等新品种。90年代真可以称得上是"散文的年代"。

后新时期散文的繁荣,主要得益于新闻媒体的推波助澜。这主要表现在三个方面:一是各报纸杂志几乎都开辟有专门的散文专栏或版面;二是出现了《随笔》《美文》《散文选刊》等专门的散文刊物;三是出版社竞相出版各类散文书系,既有旧著,也有新作,如知识出版社(上海)的"当代中国作家随笔丛书"、浙江文艺出版社的"现代散文全编"系列、百花文艺出版社的"百花散文书系"、陕西人民出版社的"中国当代名人随笔丛书"、上海东方出版中心的"大文化散文系列"、中国社会科学出版社的"世界散文随笔精品文库"、华文出版社的"中国作家海外游记丛书"、内蒙古人民出版社的"现代中国经典文库"以及汉语大词典出版社的"海派小品集丛"等。

创刊于1979年的《读书》杂志,以其浓厚的学术气息在80年代中后期渐渐成为人们关注的对象。除了学术文章外,《读书》还常常发表一些学者的海外游记、书话等,逐渐形成了学者散文的一个源头。80年代末,余秋雨的《文化苦旅》在《收获》杂志上的连载,又引发了一个文化散文的热潮。

1998年,《大家》杂志设置"新散文"栏目,《作家》《花城》等也相继开设"新散文专栏",连续推出张锐锋的《马车的影子》《皱纹》《飞箭》《别人的宫殿》《祖先的深度》《幽火》《河流》《月亮》,以及于坚的《棕皮手记》、周晓枫的《收藏》等篇幅巨大的散文作品,许多评论家纷纷对"新散文"予以肯定,许多报刊相继发表评论文章,在散文界掀起了一场"新散文运动"。这些作品有两个突出的特征,一是鸿篇巨制,动辄洋洋几十万言;二是打破了小说与散文的界限,以虚构性瓦解散文的"真实性"原则。"新散文运动"旨在突破传统散文模式,以从内容到形式的前卫探索区别于旧散文的美学新特征。1999年,《天涯》杂志第5期隆重推出"刘亮程散文专辑",并附有李锐、李陀、方方、南帆、蒋子丹五位作家的赞扬文字。刘亮程被视为"乡村哲学家",一夜走红,成为新散文写作的代表之一,并由边疆走向内陆,由边缘走向中心。之后,《天涯》又推出了谢宗玉、刘家科、陈川、黄海等新散文作家,仍以乡村题材为主,形成了一个所谓的"刘亮程模式"。

受市场因素的牵制与影响,为了吸引读者眼球,许多出版商都在努力制造热点和卖点。作家们所倡导的个人化写作和有创新特点的作品,似乎成为了出版商进行集体包装和捆绑式出版的命名方式和销售策略,于是,一种新的文学样式很快就成为一种模式,作家的个性色彩很快就被稀释和淹没,新散文创作潮流也很快沦为老套的旧散文。

二 史铁生、周涛、王小波与文人散文

在90年代的散文热潮中,文人散文仍占有不可忽视的重要地位,其中成就最为突出的主要有史铁生、周涛和王小波等。

史铁生(1951—),北京人。1967年毕业于清华大学附中初中,1969年去陕西延安插队,1972年因双腿瘫痪回北京。1974年到北京北新桥街道工厂工作,1979年发表小说处女作《法学教授及其夫人》。1981年病情加重,回家养病。1983年加入中国作协。2002年获华语文学传媒大奖"年度杰出成就奖"。史铁生的《我的遥远的清平湾》《礼拜日》《舞台效果》《命若琴弦》等中短篇小说集和《务虚笔记》等长篇小说,在对知青生活的回忆和对残疾人命运的描写中,呈现出平淡质朴而意蕴深沉的散文化倾向。

史铁生的散文《我与地坛》[①],以朴素动人的语言讲述自己的经历和所思,讲述的核心是有关生命本身的问题:即人应该怎样看待生命中的苦难。从一个残疾人的独特角度追问生与死的奥秘,探求生命最朴实的意义。作品主人公在腿残之后,无意中来到了地坛公园,感悟到自己内心与荒园有一种精神上的契合,从此他几乎天天都要来到地坛,摇着轮椅走遍了园子里的每一处角落,同时也思考着生命的难题,渐渐达到了物我合一。他从自己写到在为儿子担忧的精神折磨中走完一生的母亲,写到在园子里遇到的一个漂亮的弱智少女,这些一次次地让他感受到命运的不公。就在这融会了过去、现在和未来,融会了死生的沉思中,史铁生看到了包容所有孤独的个体生命的更大的生命本相。

周涛等西部作家在西部文学,特别是西部散文的创作中取得了突出的成就,也为稍后出现的寻根文学热潮的兴起作了重要铺垫。周涛(1946—),原名周小涛,原籍山西,北京人。1955年迁居新疆,1965年考入新疆大学中文系,并开始发表作品。1972年分配到喀什市团委工作,1979年入伍,后调入新疆军区政治部创作组,1986年后调入兰州军区政治部创作组。1982年后,与杨牧、章德益等合力提倡新边塞诗,出版有诗集《牧人集》《神山》《鹰笛》《野马集》《云游》等,推动了西部文学的发展。但周涛本质上是

---

① 《我与地坛》最初发表于《上海文学》1991年第1期。

属于散文的,他的西部散文以《巩乃斯的马》《稀世之鸟》为代表,强烈地体现了"热爱生命"的主题,这些作品一方面直接抒写了自己对生命的热爱;另一方面借助动物生灵的描写而体现了周涛的生命意识,无论骏马、雄鹰,还是蛇鼠、怪兽,都被赋予了人性的种种品格,影射着人世间的种种生命形态。

在周涛的散文中,还鲜明地表现了他对游牧文化和农耕文化的不同态度。他的许多散文都超越政治、经济、军事的范畴,上升到游牧民族与农耕民族的文化冲突的高度。《兵马俑的后裔》《伊犁秋天的札记》《哈拉沙尔随笔》《蠕动的屋脊》等作品,都表现出他对于少数民族文化的深刻眷恋。作为汉文化农耕民族的子孙,他借助游牧民族文化的强悍、阳刚来进行自我反观的理性判断。在汉族农耕文化与游牧民族文化的对比中,显示了作者对于建立在热爱生命、张扬生命力的基础上的民族文化的重构思考。

王小波(1952—1997),北京人。1968年到云南农场当知青,1971年转山东牟平插队,后作民办教师。1972年回北京,先后在牛街教学仪器厂、西城区半导体厂当工人。1978年考入中国人民大学贸易经济系,1982年毕业后到该校一分校任教。1984年赴美学习,1988年获美国匹兹堡大学东亚研究中心硕士学位,同年回国在北京大学社会学系任讲师。1989年出版第一部小说集《唐人秘传故事》,1991年到中国人民大学会计系任讲师,1992年成为自由撰稿人,先后出版有小说《王二风流史》《时代三部曲》(包括《黄金时代》《白银时代》和《青铜时代》)等小说,《思维的乐趣》、《我的精神家园》和《沉默的大多数——王小波杂文随笔全编》等散文集,以及《他们的世界——中国男同性恋群落透视》(与李银河合著)等。

王小波一生写过约三十五万字的杂文随笔,其主要内容除生活杂感和社会点评外,在思想文化方面,涉及知识分子的处境及思考、社会道德、文化论争、国学与新儒学、民族问题等;在日常生活方面,涉及科学与邪教、女权主义等;在社会学方面,涉及性问题、生育问题、同性恋问题、社会研究的伦理与方法问题等;在文学方面,涉及小说艺术、文体格调、经典评论、影视评论、当代作家作品评论等。

王小波是一个自由人文主义者,其杂文随笔以自由与独立思考精神而著称,其语言和文风与其小说一样,犀利机智、幽默有趣,具有十分独特的个人特色和讽刺艺术,既让人捧腹,又令人沉思,在当代杂文创作中独树一帜。王小波去世后,在文坛掀起一股"王小波热",王小波随笔一时成为争相传阅的热门读物,"王小波门下走狗"等文学网站,聚集了一批推崇并模仿王小波的网络写手。

在文人散文创作中,汪曾祺、张承志、陈村、韩少功、欧阳江河等也表现出十足的个性特点。汪曾祺在 1992 年出版了第一部散文集《蒲桥集》后,连续出版了《葡萄月令》等五本散文集。汪曾祺一直是个边缘作家,其散文与他的散文化小说颇为接近,记人事、写风景、谈文化、述掌故,兼及草木虫鱼、瓜果食物,间作小考证,以雅致的情趣展示文人的审美化生存,延续着明清散文和"京派"散文的闲适传统与美学特点,被称为 20 世纪最后一个"士大夫"。张承志继 1989 年的散文集《绿风土》后,一连推出《荒芜英雄路》《清洁的精神》《无援的思想》等,记录了作家的生存状态和思想历程,似乎成了职业散文家。陈村的《意淫的哀伤》等随笔有着随处可见的幽默机智,甚至比他的小说更出色。韩少功的《性而上的迷失》显示出其他作家少有的学者风采。诗人欧阳江河收在诗学随笔集《站在虚构这边》中的《纸手铐:一部没有拍摄的影片和它的四十三个变奏》,诗歌、小说、戏剧和电影的种种特点水乳交融,叙述绝不宏大,文本也不如那些新散文长,内在的韵味却相当丰厚绵长,是作者诗学理念的一次散文实践,属于真正具有革命性进展的散文之列,可称得上真正的大散文。王安忆、余华、莫言、李锐、刘震云、张炜等作家都有可喜的收获,此外,重要作品还有冰心的《我的家在哪里》、张洁的《世上最爱我的那个人去了》、张抗抗的《牡丹的拒绝》,以及王蒙关于《红楼梦》和李商隐的系列散文《红楼启示录》《风格散记》等。

三 余秋雨与文化散文

在这时期的散文热潮中,还出现了一批非职业作家的散文作者。在文化散文创作中,影响最大的是余秋雨。

余秋雨(1946—),浙江余姚(今慈溪)人。余秋雨幼年在家乡读小学,后到上海读中学,从上海戏剧学院毕业后留校任教,后任教授、院长。1962 年开始发表作品,著有《戏剧理论史稿》《戏剧审美心理学》等。余秋雨先后于 1988 年和 1993 年在《收获》上以专栏的形式刊出《文化苦旅》《山居笔记》,引起轰动和争议。此外,还出版有散文集《霜冷长河》、散文选集《秋雨散文》《文明的碎片》等。

《遥远的绝响》是一篇追怀魏晋文人风度以及讨论其与时代、与政治关系的散文。作者一开始就把魏晋时代描写成英雄时代消失后的"一个无序和黑暗的后英雄时期",在这样的时代里,专制与乱世像两个轮子载着国家狂奔在悬崖峭壁上,文人是这辆车上唯一头脑清醒的乘客,但他们稍稍有所动作,就立刻被两个轮子压得粉碎。所以当一代文豪嵇康被杀后,他的朋友阮籍、向秀等不得不向司马氏的政治权力屈服,有的郁闷而死,有的忍辱而活,风流云散。

余秋雨的散文是以"重温和反思"开始其"文化苦旅"的,"借山水风物与历史精魂默默对话,寻找自己在辽阔的时间和空间中的生命坐标",在自然山水中进行人文山水的勘探,将人、历史和自然混沌地交融在一起,既有对杨朔、秦牧和刘白羽散文模式的继承,又增加了历史的沧桑感和沉重感。余秋雨散文乍现文坛时,大多数读者惊异地以为一种新的散文已然出现,但随后其文就招致几乎全国性的批评与挑剔,讥其媚俗矫情者有之,挑其文中硬伤者有之。余秋雨的散文风雅醇厚而通俗浅显,既很好地满足了现代都市人对雅致文化的精神需求,也为心急火燎的大众文化市场制造了新的噱头,以至引发了一个盗版狂潮,成为90年代的一个重要文化现象。

文化散文的重要作家,还有张中行等。张中行长期从事编辑工作,以"杂家"著称。80年代开始,以回忆30年代以前北京大学旧人旧事的六十余篇闲话,结集为《负暄琐话》,后又有《负暄续话》和《负暄三话》,像"出土文物"般述说着"逝者如斯"的文化乡愁。翻译家王佐良的《一次动情的旅行》系列文章,以显著的人文色彩区别于一般的山水游记;海外学者董鼎山的《名作家与酒量》《海明威的立体造型》等,在介绍品评海外作家的同时,洋溢着学者的学识和学养;苏联文学研究专家蓝英年,专写苏联知识分子题材,成为冤魂的志愿"守墓者"。画家陈丹青的《邱岳峰》以回忆配音演员邱岳峰的配音艺术为线索,大胆提炼出"颓废"之美,既有历史的沉重感,又有画家对美与生活的独到理解,语言素朴而有韵味。此外,还有周国平的《迷者的悟》、刘锡诚的《走出四合院》、陈平原的《学者的人间情怀》等。

第五节 话剧的彷徨与变脸

一 探索戏剧的余热

1986年前后,探索戏剧的势头有所减弱,但随着小说创作中"文化热"的兴起,在戏剧创作中也出现了一个"文化热",这大致指80年代中期一批既具有历史文化意蕴又具有探索精神的剧作,除《红白喜事》和《野人》外,主要还有《狗儿爷涅槃》《桑树坪纪事》《天下第一楼》以及罗剑川的《黑骏马》、沙叶新的《耶稣·孔子·披头士列农》等。

锦云的《狗儿爷涅槃》①借鉴布莱希特戏剧的"叙述体"形式,以狗儿爷为叙述主人公,通过他失去土地就发疯,得到土地又清醒的变化,和他与地主祁永年之间的人鬼对话,探讨了人与土地的关系,特别是中国农民的文化心理和生存状态。

陈子度、杨健、朱晓平的无场次话剧《桑树坪纪事》②,被看作新时期探索戏剧走向成熟的标志性作品。剧本根据朱晓平的系列小说《桑树坪纪事》《桑塬》和《福林和他的婆姨》改编,既描写了生产队长李金斗的狭隘和凶残,也描写了寡妇彩芳与外来麦客榆娃的爱情悲剧,阳疯子李福林与青女买卖婚姻的悲惨命运,将斯坦尼斯拉夫斯基和布莱希特等多种戏剧体系、散文化结构和绣像人物小说等不同文学手法融为一体,在话剧观念和审美思想上都有所创新,同时,也将封建思想造成的愚昧和极"左"思潮造成的贫困与人们心理的畸形放在桑树坪这片封闭的黄土地上进行文化审视。

何冀平的《天下第一楼》③借鉴老舍《茶馆》的艺术风格,采用现实主义的结构方法,通过清道光年间开创的"福聚德"烤鸭店的兴衰史,展示了民国年间的风俗人情和饮食文化,表现出浓烈的北京地方文化色彩。

这些作品一方面保持着前期话剧创作中的多方面探索,另一方面更加突出地表现出文化意识的加强,形式和内容的结合相对于前期更加和谐。可以看出,这些文化戏剧往往带着现代意识对传统文化进行观照,尽管它们的文化意识出现要比诗歌、小说、电影稍晚,但毕竟在题材和主题上超越了过去的戏剧。这一阶段的话剧创作,虽然没有了热闹与喧嚣,但也克服了浮躁与盲目,是一个较为成熟的稳步前进的时期。

二 孟京辉与小剧场话剧

中国的小剧场话剧受欧美小剧场话剧运动影响,开始于 20 年代的"爱美剧"运动。1982 年北京人民艺术剧院上演的《绝对信号》是小剧场话剧复兴的标志。随后,上海、哈尔滨、广东、南京、大连和沈阳等地的话剧团都开展了小剧场话剧的实验演出。在 1988 年前后,小剧场话剧达到了高潮。1989 年 4 月,在南京举办了"中国第一届小剧场戏剧节",来自全国的 9 个话剧院团演出了《童叟无欺》《屋里的猫头鹰》《时装街》《火神与秋女》等原

---

① 《狗儿爷涅槃》最初发表于《剧本》1986 年第 6 期。
② 《桑树坪纪事》最初发表于《剧本》1988 年第 4 期。
③ 《天下第一楼》最初发表于《十月》1988 年第 3 期。

创话剧和尤金·尤奈斯的《犀牛》等16个剧目,并对小剧场话剧的美学特点进行了研讨。

90年代以后,话剧创作再度低迷,整体上处于不景气状态。相对而言,小剧场话剧仍在苦苦支撑,出现了一批以"工作室"或"创作室"为特点的剧社,如林兆华的"戏剧工作室",牟森的"戏剧工作车间"和"蛙"剧社,以及孟京辉以中央戏剧学院在校本科生、研究生和毕业生为主要成员的"穿帮"剧社,以郑铮等北京一些专业话剧院团的编剧、导演和演员为主要成员的"火狐狸剧社"等。

这时期的小剧场话剧主要表现出两种倾向:一是先锋性,《哈姆雷特》《零档案》《思凡》等作品,则以把玩习见,颠覆"崇高"为共同特点;二是世俗化,1993年在北京举行的"'93中国小剧场戏剧展"上,《留守女士》《尼姑思凡》《情感操练》《泥巴人》等受到好评的小剧场话剧,与这时期的大文化趋势相一致,都表现出通俗化的倾向。

先锋戏剧中真正原创的剧本不多,大多是改编或拼贴而成,且多为集体创作,或只有剧本提纲,或只有演出脚本。因此,摆在先锋戏剧家面前的最大难题,就是剧作家的稀缺。于是,"情节组装"与"故事拼贴"成为先锋戏剧的主要方式。林兆华导演的《哈姆雷特》消解了莎士比亚原作的崇高意义,对于正义战胜邪恶,哈姆雷特是王子或英雄等等毫无兴趣,他关注的是人的处境。牟森把于坚的诗歌《零档案》直接用作剧本,1994年在北京电影学院小剧场内部排演时,仅7名观众,此后在世界各地艺术节上巡回演出,反响强烈,而在国内再也没有上演。林兆华导演的《中国孤儿》由元代纪君祥的《赵氏孤儿》与法国伏尔泰的《中国孤儿》拼贴而成;林荫宇导演的《战地玉人魂》是由中国的《八女投江》与前苏联的《这里的黎明静悄悄》拼贴而成。

孟京辉(1964—),北京人。1986年毕业于北京师范学院(今首都师范大学)中文系,后考入中央戏剧学院读研究生。孟京辉1993年编剧、导演的《思凡》,将中国传统戏曲《双下山》与薄伽丘《十日谈》里的两段故事组合在一起,以瓦解性道德禁忌为目的,追求一种反讽的效果,是一部以游戏为包装却具有思想批判锋芒的"先锋戏剧"。《我爱×××》(1994)由孟京辉、黄金罡、王小力、史航共同编剧,全剧罗列一连串"我爱×××"组合成剧本内容,纵情张扬个体生命的自由选择和意志。神圣与凡俗,崇高与卑下,纷繁的人与事,对个体生命而言,只是身外同存共在的世间万象,决定其意义的是个体的自由意志。

此后，孟京辉又陆续推出了《坏话一条街》(1998)、《一个无政府主义者的意外死亡》(1998)、《恋爱的犀牛》(1999)等一系列小剧场话剧。其中，《一个无政府主义者的意外死亡》当年就连演30场，《恋爱的犀牛》更是在夏天最炎热的日子里演出40场，场场爆满。小剧场话剧逐渐为观众接受，并开始走出市场困境，孟京辉也因此成为继高行健之后话剧领域最具创新意识的代表。